ドストエフスキーの預言

Пророчества Достоевского

佐藤 優

文藝春秋

ドストエフスキーの預言

目次

前書き　私とドストエフスキー

私がドストエフスキーの作品と本格的に取り組むまでにかなり時間がかかった。今になって振り返ると最初の出会いがよくなかったからだ。私の記憶では小学校四年生のときのことだ。教室に備え付けてある図書コーナーからジュニア版の『罪と罰』を借りて読んだ。ジュニア版なので二、三時間で読み終えたが、納得できなかった。ジュニア版ではたまに設定の変更が行われており、ソーニャは娼婦ではなく、安食堂の給仕ということになっていた。安食堂の給仕だからといって、なぜ彼女が蔑まれなくてはならないかが理解できなかった。両親からもときどき通っていた日曜学校の牧師からも「どのような仕事も神さまによって与えられたものなので貴重だ」と教えられていたので、安食堂の給仕であるというだけでソーニャを蔑視し、疎外するジュニア版『罪と罰』の世界の人々が不愉快で仕方なかった。今になって振り返ると、この原体験が私を無意識のうちにドストエフスキーから遠ざけた理由なのだと思う。

小学生時代、私はラジオ少年で、六年生のときにアマチュア無線の免許を取った。中学生の夏休みまでは6メーターバンド（50MHz）の無線通信に熱中していた。拙著『先生と私』（幻冬舎文庫）に詳しく記したが、中学一年生の秋、学習塾（埼玉県大宮市にあった山田義塾）で国語の教師（岡部宏先生）から読書の面白さを教えられた。あれだけ熱中していたアマチュア無線への関心がまったく無くなってしまい、小説の世界に魅了された。最初はモーパッサンやフローベールなどフランスの小説ばかりを読んでいたが、徐々にロシア文学、正確に言うとソヴィエト文学に関心がシフトしていった。最初に読んだのがミハイル・ショーロホフの『人間の運命』だった。続いて『静かなドン』『開かれた処女地』『祖国のために』を読んだ。戦争と革命に巻き込まれたロシア人やウクライナ人の生き方が見事に描かれているのに痺れた。中学三年生のとき、読めもしないのに神田神保町の「ナウカ」書店を訪れて八巻本の『ショーロホフ選集』を買おうと思ったが、四万円近くするので諦めることにした。代わりに英語の註解がついた『人間の運命』を六百円で買うと、店員が「来年になると、雑誌『アガニョーク』の付録で、廉価版の『ショーロホフ選集』が刊行される。今から申し込んでおけば、間に合う。七千円で支払いは本が到着してからでいい」と言うので、早速申し込んだ。一年後に届いたアガニョーク版『ショーロホフ著作集』は、緑色のハードカバーの八巻本で、イラストもたくさん入っていて廉価版とは思えなかった。この本は今も私の本棚の中心に置かれている。

浦和高校で私は文芸部に入った。周囲は小説家、詩人、文芸評論家になることを夢見ている生徒たちで、ガリ版刷りの『狂詩』という月刊誌を作っていた。私は専ら本を読むことしかできず、創作活動はほとんどしなかった。もっとも文章を書くことは好きだったので、新聞部にも属して、そこで記事を書いていた。「ショーロホフが好きだ」と言うと、文芸部の先輩たちから「そういうソ連体制に迎合するスターリン主義作家の小説なんか読んでいたらダメだ」と言われ、ボリス・パステルナークの『ドクトル・ジバゴ』やアレクサンドル・ソルジェニーツィンの『イワン・デニソヴィッチの一日』を勧められた。二つの小説を読んだが、私にはショーロホフの方が面白かった。六十一歳になった現在もこの感想に変化はない。ただし、当時と異なり、現在はその理由について説明することができる。ショーロホフは書きすぎない。例えば、『人間の運命』の主人公ソコロフは、ドイツ軍の捕虜になり、逃げ出してきた兵士だ。家族全員を戦争で失い、トラック運転手をしているときに孤児を保護することにする。この男児には、自分が父親であると偽っているが、男児が徐々にほんとうの父ではないと気付き始めている。この話を赤軍のコミッサール（共産党から軍への目付として送られている政治将校）が、渡し船を待っている間に偶然会ったこの元兵士から聞くという構成になっている。ドイツ軍の捕虜になったソ連兵の多くがラーゲリ（矯正収容所）に送られた。『人間の運命』にはラーゲリのことは一言も書かれていないが、ロシア人が読めば、ソコロフがラーゲリ帰りであることがわかる。『静かなドン』にしてもソヴィエト政権にまつろわないドン・コサックの心情がよくわかる。対してソルジェニーツィンの『イワン・デニソヴィッチの一日』や『収容所群島』は書き過ぎなのである。

文芸部では、先輩たちから「ドストエフスキーの長編小説、特に『悪霊』と『カラマーゾフの兄弟』を読め」と勧められ、本は買ったが、読み進めることができなかった。現実離れした極端な人物や、観念的な会話の応酬が退屈に思えたからだ。まだドストエフスキーのテキストと格闘する時が満ちていなかったのだ。

一年浪人して、私は同志社大学神学部に入学した。水が合わなければゴールデンウイークの後で退学して二浪生活に入ろうと思っていたが、そうはならなかった。神学は私にとって天職といってよいくらい性に合った。当初、フォイエルバッハやマルクスの無神論を研究するつもりだった。しかし、半年も集中的にカール・バルトやディートリヒ・ボンヘッファーなどの現代神学者の著作を読むと、フォイエルバッハやマルクスが批判するところの神は、キリスト教の神とはまったく異質であることがわかった。人間が自らの願望を投影して作り上げた神は偶像だ。キリスト教は、偶像崇拝を厳しく禁ずる。その中には神という名の偶像も含まれるのである。むしろフォイエルバッハやマルクスの宗教批判は不徹底で、バルトの方がはるかに根源的な宗教批判（そこには当然、キリスト教も含まれる）を行っていることを知った。同時に私は神に捕らえられたという認識を強く持つようになった。そして、一九七九年十二月二十三日のクリスマス礼拝で、日本キリスト教会吉田教会（京都市左京区）で今村正夫牧師から洗礼を受けた。あれから四十二年になるが、私のキリスト教信仰が揺らいだことは一度もない。外交官になって数年を経たところで、私は日本キリスト教会から日本基督教団に教派を移動した。現在は日本基督教団賀茂教会（京都市左京区、野本真也牧師）に教会籍を置いている。礼拝にも極力出席するようにしている。

当初、私はバルトを研究しようと思っていた。しかし、バルトのマルクス主義に対する理解は浅薄で、西側（資本主義）でも東側（社会主義）でもない第三の道をキリスト教徒は選ばなくてはならないというバルトの現状認識が「逃げ」のように思えてならなかった。体系化を指向していくバルトの『教会教義学』には知的魅力を感じたが、それ以上に日本の現実に影響を与える「何か」が欲しかった。

大学二回生の夏、私にヨゼフ・ルクル・フロマートカ（一八八九～一九六九）という神学者の存在を教えてくれたのが旧約聖書神学を担当する野本真也先生だった。野本先生は牧師でもある。一九八〇年の夏休み、私は帰省せずに神学館二階の図書室に毎日通ってフロマートカの主著『人間への途上にある福音』のドイツ語訳（原著はチェコ語）を辞書を数千回引いて読んだ。このときに私はフロマートカという神学者の引力圏に引き込まれ、抜け出すことができなくなった。この神学者について知りたいから、私は大学院神学研究科を修了した後も牧師やキリスト教主義学校の教師、あるいは大学教師という道ではなく、外交官になることを選択した。

神学は哲学の知識を前提とする。また、世界史の通史的知識も必要になる。神学を本格的に習得するにはひどく時間がかかることがわかった。だから私は、下宿にあったテレビを友人に渡し、小説を読むのを止めた。テレビと小説に時間を持っていかれるのが惜しくなったからだ。しかし、ドストエフスキーに関しては、フロマートカ研究をする過程で精読することが不可避となった。フロマートカは最晩年（一九六九年）に上梓した信仰告白的自叙伝にこう記した。少し長くなるが重要な箇所なので正確に引用する。

〈ロシア共産主義、その源泉が西欧のマルクス主義運動にあるとしても、政治、社会、文学、哲学の分野におけるロシア思想の闘争に深い影響を受けている。十九世紀のデカブリスト（一八二五年）、ペトラシェフスキー・グループ（一八四八年）から今世紀初めの種々の社会主義グループに至るすべての偉大な進歩的運動は、ロシア革命の性格に影響を与えた。ベリンスキー、ゲルツェンと共にプーシキン、レールモントフ、トルストイ、ゴーリキーを理解することなしに、われわれは今日のソヴィエトの人間に生じている問題を理解することはできない。上述のことを忘れてはならない。ドストエフスキーですら、信仰と不信仰の境界線上における人間精神の闘争の適切な把握と、苦しみ、辱められ、抑圧され、不幸で、苦難を背負い、飢え、貧しい人々に対する同情によって、社会、富める者の冷たい利己主義、さらに硬直した形式主義によってロシア国民の深い苦難が見えなくなってしまった国教会に対する反乱の手助けをしたのである。メレジェコフスキーがドストエフスキーをロシア革命の予言者と呼んだのは、もっともなことである。

なぜ私はこのようなことを述べているのか。私は、共産主義を単なる抽象的イデオロギーや小さな陰謀グループによって樹立された暴力的クーデターとみなすことなく、ロシア革命の意義を理解することができたということを述べたいのである。われわれが歴史を評価し、現在と過去の世代の豊かで創造的な伝統の間の繋がりを発見したときにのみ倫理的対立、主権、正義、個人と社会の関係、歴史における個人の位置等の問題は、ロシア共産主義において（あるいは他の共産主義においても）理解されるのである。革命も内戦も究極的問題ではない。古い国家と社会秩序崩壊の後、責任を負う人々が創造的力を持つ歴史から熱心にすべてのものを獲得し、さらに人々が岩や川の砂から黄金を取り出すときに、体系的建設の時代がやって来る。われわれが未来を正確に予測できないとしても、東方正教会が発達した社会主義社会において重要な役割を果たす時代がやって来ることは予想できる。正教が古代の職階制と典礼形態の壁を超え、未来に対する諦めと宿命観を超克した後に、共産主義者のみが未来の唯一の決定的建設者なのではなく、未来はキリスト教徒や、自由に責任を負い、社会生活に貢献する様々な社会観を持った市民に依存しているということが次第に明らかになる時代がやって来る。私はマサリクの古典的著作『ロシアとヨーロッパ』を大きな関心を持って数度繰り返して読んだ。私にはマサリクは十九世紀の合理的ヒューマニズムにあまりに囚われており、革命的変動と、困難な新しい社会秩序建設の時代におけるキリスト教徒（そして人類の状況）の最も深い深淵を完全に捉えることができなかったように思われた〉（J・L・フロマートカ［佐藤優訳］『なぜ私は生きているか――J・L・フロマートカ自伝』新教出版社、一九九七年、五八～六〇頁）。

フロマートカは、ドストエフスキーが時代の最も深い深淵を捉えたと直観した。フロマートカの理解では、『カラマーゾフの兄弟』の大審問官を神学的に読み解くことが重要になる。大審問官は自由に耐えられない人間が生活できるように配慮するが故に、恐怖政治を行う。愛を実現するためにあえて独裁者となったのだ。鍵になるのは、青年が大審問官に接吻した後の大審問官の心の動きだ。

〈「で、兄さんの物語詩は、どんなふうにして終わるんです?」下を向いたまま、彼はいきなりたずねた。「それとも、もう終わっているんですか?」

「そう、こんなふうな終わりにしようと思っていた。審問官は口をつぐむと、囚人が自分に答えてくれるのをしばらく待つ。相手の沈黙が自分にはなんともやりきれない。囚人は自分の話を終始、感慨深げに聴き、こちらを静かにまっすぐ見つめているのに、どうやら何ひとつ反論したがらない様子なのが自分にもわかる。老審問官としては、たとえ苦い、恐ろしい言葉でもいいから、ひとことふたこと何か言ってほしかった。

ところが彼は、無言のままふいに老審問官のほうに近づき、血の気のうせた九十歳の人間の唇に、静かにキスをするんだ。これが、答えのすべてだった。そこで老審問官は、ぎくりと身じろぎをする。彼の唇の端でなにかがうごめいた。彼はドアのほうに歩いて行き、ドアを開けてこう言う。『さあ、出て行け、もう二度と来るなよ……ぜったいに来るな……ぜったいにだぞ、ぜったいに!』そして彼を『町の暗い広場』に放してやるんだ。囚人は立ち去っていく」

「で、老人は?」

「キスの余韻が心に熱く燃えているが、今までの信念を変えることはない」〉(ドストエフスキー[亀山郁夫訳]『カラマーゾフの兄弟2』光文社古典新訳文庫、二〇〇六年、二九五~二九六頁)

フロマートカは、ドストエフスキーが大審問官を肯定的に描いていると解釈した。そして、大審問官の類比として共産主義者を捉えた。キリスト教徒が真摯に語り、行動するならば、共産主義者の心の中でも変容が起きる。たとえそれが直ちに行動に現れなくても、心の中に熱く燃える「何か」が残るならば、そこから変化が始まると考えた。フロマートカは、ドストエフスキーを預言者ととらえた。予言と預言は異なる。予言は未来予測のことであるが、預言は神から預かった言葉だ。そこには未来予測も含まれるが、より重要なのは現状に対する批判と悔い改めを求めることだ。

私はドストエフスキーが過剰に告白する信仰には、いかがわしさを感じる。信じることができないから、神やイエス・キリストについて過剰に語るのだ。また、ドストエフスキーの革命に対する憎悪、専制政治に対する忠誠も過剰だ。ペトラシェフスキー事件に連座し、一旦死刑を言い渡されたが、恩赦で流刑となった後、ドストエフスキーは国家が心底恐くなった。国家は人間の命を奪うだけでなく、与えることもできるのだと皮膚感覚で知ったからだ。こういった過剰な言葉の中から、フロマートカは神の啓示を抽出することに成功したのである。ドストエフスキーの預言を私なりの表現で言い換えると、キリスト教徒はどのような状況でも権力者に対して、語りかけ、変容させ続けようとする努力を続けなくてはならないということだ。政治革命や社会革命ではなく、人間の心を革命することを先行させなくてはならない。もちろんそこには前提がある。権力者は、独裁者であっても大審問官のように人間に対する善意がなくてはならない。特異な人種思想により、特定の人種、民族を抹殺するような思想をもつナチスのような独裁者には、抵抗という形態でのみ語りかけ行動することになる。

ソ連型社会主義（スターリン主義）は神なきヒューマニズム（人間中心主義）だった。スターリン主義は現実政治から後退したが、神なきヒューマニズムは依然として政治の主流だ。この状況で、神学的言語を世俗的言語に転換して、権力者に悔い改めを求めて働きかけ続けるのがキリスト教徒の責務と私は考えている。

ドストエフスキー生誕二百年の記念すべき年に本書を上梓することができたのは、文藝春秋社の武藤旬氏のおかげです。どうもありがとうございます。

二〇二一年八月一日、曙橋（東京都新宿区）の自宅にて

佐藤優

第1章　ホドスラビッツェ村

領事から電話がかかってきた。

「佐藤君、ビザがとれたよ。（午後）七時頃までは領事部にいるから。パスポートを取りにきたらいい」

「どうもありがとうございます。これからすぐに行きます」

時計を見ると午後四時を少し回ったところだ。

私は一九八五年四月に外務省に入ったが、三年経ってようやく念願がかなった。いよいよホドスラビッツェ村を訪れることができる。切符は、チェドック（チェコスロバキア国営旅行会社）のモスクワ支店ですでに入手した。あとはビザ（査証）をとるだけだった。チェコスロバキア大使館の領事部にビザの申請に出かけたら、「あなたは外交パスポートをもっているので、日本大使館から口上書を出して、正式に申し込んで欲しい」と言われた。

口上書とは、政府間でのやりとりをするときに使う外交文書だ。

「在ソビエト社会主義共和国連邦・日本国大使館は、在ソビエト連邦・チェコスロバキア社会主義連邦共和国大使館に対し、敬意を表するとともに、
在ソビエト社会主義共和国連邦・日本国大使館のアタッシェ・佐藤優が、貴国を観光で訪問するにあたって、出入国査証を発給する便宜を拒否しない旨、

要請する光栄を有する」

という慇懃な文書に、大使館の公印を押し、写真四枚とビザ申請用紙を提出するのだ。そうするとだいたい二〜三日でビザが発給される。

大使館の研修指導官が、海外旅行を認めてくれるかどうか、不安だった。しかし、私が「モスクワにいると息が詰まりそうなので、プラハに行ってリフレッシュしたい」と言ったら、研修官は「そうだよな」と言って簡単に旅行を認めてくれた。真実の目的を告げたら、恐らく許可されなかったであろう。

私が外務省から命じられているのはロシア語の研修だ。最初の一年はロンドン郊外の英国陸軍語学学校でロシア語の基本文法と語彙を叩き込まれた。モスクワ国立大学での研修も五カ月を過ぎた。ソ連では新学期は三月から始まる。六月からは、研修を終え、館務につくことになる。通常、キャリア（外務省上級職員採用試験合格者）は二年間モスクワの日本大使館で勤務する。

私のようなノンキャリア（外務省専門職員採用試験合格者）は、モスクワ大使館の経済班か領事部に勤務するか、レニングラード（現サンクトペテルブルク）か、ナホトカの総領事館に勤務する。

私の希望は、レニングラードで勤務することだ。仕事もあまり多くなく、難しい案件もない。午後五時に仕事が終われば、あとは好きな本を読んで毎日を過ごすことができる。ドストエフスキーの作品にでてくる街の雰囲気を皮膚感覚で知るのはよいことだ。モスクワで知り合ったインテリたちとの交遊も続くだろう。それに、レニングラードからならば、チェコスロバキアに頻繁に出かけることもできる。

モスクワでの大使館勤務は避けたい。どうせ政務班のような、北方領土交渉やソ連の内政、外交をウォッチする最前線で、陽の当たるセクションに研修を終えた直後の専門職員が配置されることはない。外務省で十年くらい実務訓練を積んで、競争に勝ち残ったノンキャリアだけが、モスクワ日本大使館の政務班で働く機会に恵まれる。経済班では、ロシア語のみならずろくに英語もできない他省庁からの出向者の通訳と新聞翻訳くらいしか仕事はない。それでも連日十一時くらいまで残業をしなくてはならないようだ。しかも、ゴルバチョフ（ソ連共産党書記長＝当時）が経済改革に本格的に乗り出したので、翻訳しなくてはならない文書がヤマほどある。経済班でソ連の経済調査に没頭して時間を使いたくない。

私にはやりたいことがある。

仕事で何か課題を与えられると、それに徹底的にのめりこんで、その内在的論理をつかみたくなるのだ。中途半端のままでいることに耐えられないのだ。これは性格だから変わらない。

大学での研究もそうだった。私は同志社大学の神学部で、プロテスタント神学を研究した。そこで、ヨゼフ・ルクル・フロマートカ（一八八九〜一九六九）というチェコの神学者の著作に出会った。大学二回生のときのことだ。それから、この神学者の内在的論理をとらえることに熱中して今日に至っている。

外交官試験を受けたのも、プラハに留学したかったからだ。

しかし、外務省から命じられたのは、ロシア語の研修だった。一九八四年十月に実家を訪ねてきた外務省人事課の調査官は、両親の前で私に「優君は、恐らくチェコ語を研修することになると思います。共産圏ですから、女性に気をつけること。それからアルコールに溺れないようにしてください。まあ神学部出身ですから、その点については心配していません」と言ったので、てっきりプラハに行くものと思っていた。

調査官は五十代半ばで、外務省中級職員採用試験で採用されたという。その昔、ノンキャリアの試験は、英語、ドイツ語、フランス語を研修する中級職員とそれ以外の言語を研修する外務省語学研修生（語研）採用試験に分かれていたという。中級職員の研修期間は一年で、語研は二〜三年だった。処遇もだいたい同じなので、この二つの職種を専門職員でくくったのだという。外務省に入ってから知ったが、人事課の調査官は、ノンキャリアの出世頭ということだ。私の実家を訪ねてきた調査官も、その後、米国の総領事をつとめ、また中堅国の大使になる。

この調査官、口調は温厚で、終始にこやかに話をしていたが、女と酒について釘を刺すときの目は笑っていなかった。もっとも神学部の実態を知っていたならば、女にも酒にもだらしない奴はいくらでもいるので、こんなことは言わなかっただろう。そもそも外務省はどのような人物調査をしているのだろうか。神学部の石井裕二教授から、神学館ですれちがったときに呼び止められて、「外務省から人物調査の書類がきていたよ。〝リーダーシップがあって真面目な学生だ〟と書いておいたから」と言われた。〈神学部自治会のシンパで、ハンガーストライキ指導をしたり、黒旗を掲げて、民青（日本民主青年同盟）の連中とときどき殴り合いをしていた〉など、ほんとうのことの一部を抽出して書かれたら、外務省も「人物に問題あり」ということで、不合格にしたであろう。学生に不利益が及ぶことはしないというのが神学部の不文律だ。それに救われた。

年が明けて、一九八五年の二月、霞が関の外務省会議室に専門職員試験の合格者が呼び集められ、研修語の内示があった。人事課の調査官が私に内示した研修語は、チェコ語ではなく、ロシア語だった。調査官は、「いま内示された語学がどうしても嫌だという人がいたら申し出てください」と言った。申し出た者はひとりもいなかった。

正直にいうと、頭の中で「チェコに行かないならば、やめてしまおうかな」という気持ちもあった。しかし、すでに大学院博士課程の入学試験の出願期間は過ぎている。それから、文部省（当時）の留学でも、私費留学でも、日本人がチェコスロバキアで神学を勉強する可能性はない。特に私が惚れ込んでいるフロマートカは、一九六八年の「プラハの春」の立役者の一人だ。フロマートカ門下の異論派（ディシデント）が少なからずいる。

私の修士論文を指導してくれた神学部の緒方純雄教授と文学部のクラウス・シュペネマン教授は、スイス・ミッション（宣教団）から奨学金をもらって、バーゼル大学かチューリッヒ大学のプロテスタント神学部に留学することを勧めた。特にバーゼルでは、フロマートカの弟子で、スイスに亡命したヤン・ミリッチュ・ロッホマン（Jan Milič Lochman）教授が、教義学の教鞭をとっているので、そこで学べばいいという。スイスのジュネーブには、世界の主要なプロテスタント教会と正教会を糾合した世界教会協議会（WCC、World Council of Churches）がある。キリスト教界で最大のNGO（非政府組織）だ。WCCには、チェコスロバキアのプロテスタント教会も加盟しているので、スイスからときどきプラハに出張すれば、現代チェコ神学の勉強はできると緒方教授、シュペネマン教授は強調した。しかし、気乗りがしなかった。

神学部図書室で、あるとき、フロマートカの弟子で、プラハのコメンスキー福音主義（プロテスタント）神学大学の教授であるヨゼフ・スモリーク教授の論文を読んだ。その中で、ワシントンでもロンドンでもフロマートカを理解することはできない。「フロマートカ神学はプラハでしか理解できない」と強調してあった。その言葉が、私の胸に引っかかっていた。

外務省から内示されたのがドイツ語とか中国語だったならば、私はただちに入省辞退の書類にサインしたであろう。しかし、ロシア語と言われ、「まあいいか」という気持ちになった。それには二つの理由がある。

第一は、モスクワからプラハへは飛行機で三時間弱で行くことができる。モスクワを拠点としても資料集めが十分にできると思ったからだ。

第二は、ロシア思想史を学ぶ機会がある。特にドストエフスキーと正面から取り組んでみたいと思ったのである。

第二次世界大戦中、フロマートカは、米国のプリンストン神学大学で組織神学を教えていた。組織神学（英語でSystematic Theology、ドイツ語でsystematische Theologie）とは、一般に耳慣れない言葉だ。英語、ドイツ語から直訳して、体系的神学としたほうがわかりやすいかもしれない。哲学思想や他宗教との比較で、キリスト教の正しさを証明する神学の一分野だ。乱暴な言い方をすれば護教学である。

当時、プリンストン神学大学でフロマートカの教えを受けた日本人が三人いる。そのうちの一人が平田正夫氏だ。大学院の一回生のとき、私は日本キリスト教会浦和教会の牧師をつとめていた平田氏を訪ね、プリンストン神学大学時代のフロマートカの講義について、話を聞かせてもらったことがある。

「邪気のない人でした」

「平田先生、邪気がないとはどういうことですか。生真面目ということですか」

「そうじゃありません。ジョセフ（筆者註＊フロマートカのこと）はユーモアのセンスに富んでいた。しかし、政治的計算で発言することがなかったんです。発言と行動の間の乖離が少ない人だった。それから、人間を偏見をもたずに理解しようとしていた。だから私たち敵性外国人を受け容れたのです」

『敵性外国人を受け容れた』とは、どういうことですか」

「私は神学を勉強しようと思ってアメリカに留学しました。しかし、一九四一年十二月七日（日本時間同八日）の真珠湾攻撃で日米戦争が始まりました。私は敵性外国人として、収容所に入れられました。しかし、一九四四年になると連合国側にだいぶ余裕ができたので、神学生は収容所から出て、大学で勉強することができたのです。しかし、敵性外国人である私たちの身元引受人になってくれるアメリカ人はなかなかいなかった。ようやくフロマートカが身元引受人になってくれたのです。フロマートカ自身が祖国を離れて厳しい生活をしていたこともあるのでしょう。敵地で淋しく暮らす私たちにとても同情していました。大学の講義とは別に、日本人学生三人を招いて、特別講義をしてくれました。フロマートカ夫人と娘さんたちが手料理を振る舞ってくれた」

「それでどんな話をしたのですか」

「講義でも、私邸でも、二つの話題がいつも中心になっていました。一つは、カール・バルト以降のヨーロッパの弁証法神学です。もう一つは、ロシア問題についてでした」

フロマートカはバルトの盟友である。弁証法神学の話が中心になることはよくわかる。しかし、ロシアについて、フロマートカの関心は奈辺にあったのだろうか。

「フロマートカは、ロシア正教の神学について関心をもっていたのですか」

「いや、神学ではありません。ドストエフスキーについてです」

「ドストエフスキーですか」

「そうです。フロマートカは、これからの国際政治を理解するためにドストエフスキーを読む必要があると言っていました。ドストエフスキーの預言に耳を傾ける必要があるとフロマートカは何度も繰り返していました」

「ドストエフスキーの預言ですか」

「そうです」

キリスト教神学において、予言と預言はまったく異なる概念だ。予言は、将来起きることを予測して、事前に述べることである。これに対して、預言者は神からあずかった言葉を人々に伝える特別の使命をもった人だ。フロマートカはなぜドストエフスキーを預言者としてとらえたのだろうか。確かにカール・バルトの『教会教義学』にもドストエフスキーに関する記述はたくさんある。しかし、バルトがドストエフスキーを預言者として理解しているとは思えない。

「なぜフロマートカはドストエフスキーを預言者としてとらえたのでしょうか」

「そのことについてフロマートカに問い質すことはしませんでした。しかし、フロマートカが『真理は楕円である。そのことは、バルトよりもドストエフスキーを読むことで理解できる』と言っていたことをよく覚えています」

真理は楕円といっても、それが何を意味するのか、私にはよくわからなかった。

「楕円ですか」

「そう。イエス・キリストに神性と人性があるように、神学的真理はつねに焦点が二つある楕円だということです。『異端は楕円の焦点のうち一つだけが真理だと思ってしまう』ということをフロマートカは強調していました。『ドストエフスキーを読めば、真理が楕円だということがわかる。これはドストエフスキーだけではない。ロシアの宗教哲学を勉強しなくてはならない。特に、ウラジーミル・ソロビヨフ、セルゲイ・ブルガーコフ、ニコライ・ベルジャーエフの三人が重要だ』とフロマートカは言っていました。プリンストン神学大学で、フロマートカは、ドストエフスキーの読み解きを軸にロシアの宗教哲学について講義していました。そのときの講義ノートを私はきちんととって、日本に帰国するときも持ってきたのだけれど、何回か引っ越しするうちに、どこかに紛らせてしまった。チェコスロバキアに帰国してからのフロマートカは、平和運動で活躍して、ソ連の宣伝みたいなことをしていたけれど、本心は違ったんだと思います。それだから、『プラハの春』のときは、ソ連の軍事介入に抵抗した。あの姿が、私が知るフロマートカです」

平田牧師の話を聞きながら、「真理は楕円である」というフロマートカの言葉が印象に残った。これは一種の二元論なのだろうか。そうではないはずだ。フロマートカのキリスト論の基本線は、バルトと同じだ。バルト神学の意義は、教義学から二元論を徹底的に排除したことにある。

フロマートカ神学を解く鍵がドストエフスキーの中にある。フロマートカは、ドストエフスキーを宗教哲学者ととらえていたのであろうか。フロマートカ神学は、宗教批判を徹底し、哲学的手法を神学から切り離すことを主眼としていたのではないだろうか。そうなるとフロマートカ神学において、預言者フョードル・ミハイロビッチ・ドストエフスキーはどのような意味を持つのだろうか。

疑問は次々とでてくるのだが、答えは思い浮かんでこない。プラハに行ってチェコ語とフロマートカ神学について学ぶ過程で、ロシア語を習得し、ドストエフスキーとも本格的に取り組もうと思った。

一九八八年三月のモスクワに話を戻す。

ロモノーソフ大通り三十八番の外交官住宅の出入口は、一箇所しかない。外国人は、ソ連人が住む普通のアパートに居住することはできない。必ず「ウポデカ（УПОДК、外交団世話部）」を通じて住宅を借りなくてはならない。ウポデカは、ソ連外務省の外郭団体ということになっているが、実際はＫＧＢ（国家保安委員会）の外国人監視部局の統括下にあるという。

ロモノーソフ大通り三十八番の外交官住宅も四メートル近い鉄柵で囲まれている。出入口には、民警（ミリツィア）の詰め所があり、二十四時間体制で、一人か、二人、民警が立っている。ロシア語で欧米や日本の警察を「ポリツィア」という。この言葉には人民を抑圧する支配階級の道具であるというニュアンスがある。これに対して、ソ連の警察は、人民の友であるミリツィアだ。もっともロシア人の異論派インテリは民警のことを「ムーソル」という。ムーソルとはゴミの意味だ。民警は内務省の管轄下にある。

外交官住宅の詰め所に立っている民警も、内務省の制服を着ているが、実際はＫＧＢの職員であるという。ＫＧＢというと恐ろしい響きがあるが、外交官住宅を監視している連中が外交官に直接嫌がらせを加えてくることはまずない。彼らの仕事は、すべてを監視して記録することだ。外国人のすべての動きが、ＫＧＢの統制下にあれば安心するのである。民警が一人で立っているときに、ウオトカを一～二本、プレゼントしておくと、その外交官に関しては、適宜、お目こぼしをしてくれる。ロシア人を連れてくるときも、親しくなった民警が当番の日を選べば、記録されないという。外交官住宅には、外交特権がある。私の部屋には、ソ連への持ち込みが禁止されている「ポセーフ（種）」、「ナジェージュダ（希望）」、「ルスカヤ・ムィスリ（ロシア思想）」などの雑誌や新聞のバックナンバーが数年分ある。また、パリのＹＭＣＡ出版、フランクフルトのポセーフ社、ブリュッセルの「ジーズニ・ス・ボーゴム（神と一緒の生活）」社から出ているロシア語の反ソ出版物が数百冊ある。

私はロシア人を自宅に招くことはしないが、モスクワ国立大学哲学部で知り合ったアレクサンドル・カザコフ君（愛称サーシャ）には、どうしても、これらの反ソ出版物を読ませたくて、四～五回、家に招いた。

サーシャは、ロシア人だが、ラトビアのリガ出身だ。早熟のインテリで、頭の回転も抜群に速い。私が異論派関連の定期刊行物や書籍をもっているという話をしたら、「是非、見せてほしい」という。

こういうことが大使館にばれたら一大事になる。そもそも大使館の先輩から、「外交特権があっても、ソ連当局はそれを無視するときがある。以前、反体制書籍の受け渡しを問題にされて、ビザが出なくなった大先輩がいる。欧米で出ているロシア語の反ソ文献は絶対に持ってくるな」と言われていたが、私はその忠告を無視した。

イギリスでロシア語を研修したときに、書店や古本屋を歩いて集めた欧米で出たロシア語文献を廃棄する気持ちにはならなかった。それに宗教哲学関係の文献ならば、実務的なことにしか関心をもたない大使館の先輩外交官たちが、仮に私の本棚でこれらの本を見かけても、反ソ文献だということには気づかないであろうと考えた。この計算は間違えていなかった。

十六歳以上のソ連市民は全員、パスポート（国内旅券）をもっている。外交官住宅を訪れるソ連人に対して、民警はパスポートの提示を求める。そして、住所、氏名とパスポート番号を記録する。しばらくするとKGBから呼び出しがあり、「外国人の家を訪ねて何を話したのか」と事情聴取される。これを免れるために、ウオトカという「友情の印」を民警に差し出すことは効果がある。特にゴルバチョフ・ソ連共産党書記長が本格的な「反アルコール・キャンペーン」を展開しているので、良質のウオトカを入手するのは至難の業だ。質の悪いウオトカでも、酒屋がウオトカを売り出すのは午前十時からだが、午前七時から行列に並ばなくては買えない。しかも、ウオトカは一人一本の販売制限がある。仮に民警が賄賂として私からウオトカを受け取っているにもかかわらず、私が招いた友だちについて通報し、友だちがKGBに呼び出されるようなことになれば、そういう狡い奴に私は金輪際、「友情の印」を与えるようなことはしない。民警もこのあたりの「ゲームのルール」はよく守る。

親しくなった民警に勤務のローテーションについて聞いておき、そいつが担当のときにサーシャを自宅に招いた。念には念を入れて、外交官住宅からトロリーバスの停留所で二つ離れた地下鉄駅「ウニベルシテート（大学）」の公衆電話から私の家に電話をしてもらい、出入口でサーシャを待って、私が同行することにした。

初めて、サーシャが私の家にやってきたとき、反ソ文献の山を見て、「うん、これはすごい」とうなった。そして、数百冊の本から一時間くらいで、五十冊くらいを選び出した。「これ以外の本は、密輸されたものか、ソ連国内でのサムイズダート版で既に読んでいる」とサーシャは言った。
「サムイズダート（самиздат）」とは、ロシア語で自主出版という意味だ。ソ連でもタイプライターの所持は認められていた。タイプライターのキーを強く叩き、カーボン紙をはさむと五部くらいのコピーをつくることができる。それを製本して書籍にするのだ。この形式ならば、流通に限界があるので、ソ連当局も厳しく取り締まることはしなかった。

ソ連共産党中央委員会やＫＧＢは、異論派インテリの力を恐れていた。あまり強く圧迫を加えると、インテリが激しく反発する。ロシアのインテリが本気で体制に対して反発すると、政権にとって大きな障害になることは、帝政ロシア時代からの伝統だ。それだから、ブレジネフ時代のソ連当局は、インテリを極端に締めつけることはしなくなった。サムイズダートで、反ソ的主張を書いた文書を配ったり、インテリがダーチャ（別荘）に集まって、ソ連体制を非難することくらいは大目に見た。ただし、これらの活動をＫＧＢは徹底的に監視する。そして、異論派のインテリが外国人と連携したり、政治的な組織化を行った場合、ただちに介入し、弾圧を加えた。

このような状況にインテリは「国内亡命」という態度で応えた。

科学アカデミーの研究所や大学に職を得るが、研究所長や学部長というソ連体制内での出世はあきらめる。外国文献の翻訳、辞書作り、語学教師などの目立たない職に就いて、最低限の労働はする。余暇を最大限に利用して、ソ連では発表することができない論文や作品を書いて、ダーチャに集まって、友人同士でサムイズダートを回覧したり、読み上げたりして、お互いに批評する。ただし、体制と軋轢が生じるような社会的活動からは極力距離を置く。そうすれば、生活は保障され、知的にそこそこ活性化した生活もできる。このような生活様式を、ソ連のインテリは、若干自嘲の意味を込めて、「国内亡命」と呼んでいた。

一九八五年にゴルバチョフがソ連共産党書記長に就任した。ソ連になってはじめて総合大学（モスクワ国立大学法学部）を卒業した指導者である。その前は、ソ連建国の父ウラジーミル・レーニンが、カザン国立大学を中途退学したのがソ連指導者の最高学歴だった。大学教育を終え、自らがインテリであるという自負をもっていたゴルバチョフは、「国内亡命」状態にあるモスクワのインテリの力を引き出すことに成功すれば、ソ連の社会主義的国家体制を強化することができると考えた。そして、公開性（グラースノスチ）、民主化（デモクラツィザーツィヤ）などによる「ペレストロイカ（改革）」を実現しようとした。

インテリは「国内亡命」をやめて、社会に積極的に関与することになった。その結果、ソ連は内側から崩れていくことになる。サーシャは「国内亡命」の枠からはずれたインテリの一人だ。

サーシャは独自の速読術を身につけている。分厚い手帳をもっていて、一冊の本から全体で数十行の抜き書きをする。「五百頁の本でも、ほんとうに重要な部分は二〜三頁に圧縮することができる」というのがサーシャの持論だった。

私の住宅に三回通い、約五十冊の本をサーシャは読み終え、抜き書きをつくった。

「ミーシャ、このお礼をしたい。何か欲しい本があるか」とサーシャは言った。

ミーシャというのは、私が英国陸軍語学学校で研修していたときにつけられたロシア名だ。この学校では、学生を本名では呼ばず、全員にロシア名をつけた。「マサル」という私の名前は、ロシア人には覚えにくい。ロシア語の人名は、原則として男が子音、女が母音で終わる。もっとも愛称になるとそうではない。いずれにせよ「マサル」というようなウ音で終わる人名はないので、ロシア人が聞くと奇異な感じがする。そこで私はイギリス時代からのミーシャを自らの愛称として使い続けた。

もっとも私がサーシャや彼の仲間たちと話すときにミーシャという呼称を使った期間は短かった。一九八九年初め、リガ（ラトビア共和国の首都）を訪問した際にサーシャの妻カーチャ（エカテリーナ）から「あなたの顔は中央アジア人やアゼルバイジャン人に似ている。ミーシャという名前を使っているとソ連人に偽装している日本の工作員と誤解される危険がある。本名のマサルを使った方がいい」と言われたので、それ以降、サーシャたちとの関係では、ミーシャという名前は使わないことにした。

「ドストエフスキー全集が欲しい。カネは僕が準備する。どこかで手に入れることはできないか」

「ちょっと難しいがやってみる」とサーシャは答えた。

ソ連時代、書籍はすべて予約出版だった。レニングラードのアカデミー出版で、一九七〇年代に出版された三十巻本のドストエフスキー全集は、註がとてもしっかりしている。また、ドストエフスキーの草稿や構想メモ、さらに書簡を系統的に収録している。大学生時代、ナウカや日ソ図書のカタログで値段を見たら三十万円近くした。学生にはちょっと手が出ない値段だった。モスクワに来れば、何とか手にはいるだろうと考えたが大きな間違いだった。

ソ連では、新本の価格ははじめから本に刷り込まれている。国定価格だ。古本についても国定価格表があり、新本の価格の約六割で販売しなくてはならない。ソ連では読書が国民的娯楽だ。

モスクワのカリーニン大通りにある大規模書店「ドーム・クニーギ（本の家）」にドストエフスキーの『カラマーゾフの兄弟』が売りに出るという噂をモスクワ国立大学の友人から聞いて、二時間くらい行列をして買ったことがある。上下二巻本だ。誰もが二セット買っていく。売り場には「一人二セットまで」と書いてある。なぜ、同じ本を二セット買うのだろうか。『カラマーゾフの兄弟』のような人気の高い本は、やはり入手がとても難しい外国小説（例えば、アガサ・クリスティーの作品）の翻訳と交換できる。日本人作家では、安部公房の人気が高い。そのために古本屋ですでに『カラマーゾフの兄弟』を読んだ人でも行列についてこの小説を二セット買うのだ。

本屋で「科学アカデミー版のドストエフスキー三十巻全集はどうやれば入手できますか」と聞いても、店員は「私が買いたいので、どこかの古本屋にでていたら、教えてほしい」という答えだ。

サーシャによれば、この全集が優れているのもインテリの「国内亡命」と関係しているという。『戦争と平和』や『アンナ・カレーニナ』で有名なレフ・トルストイはソ連体制と相性のいい作家だった。これに対して、ドストエフスキーは禁書にはされなかったものの、ソ連体制から忌避されていた。とくにスターリン時代は、ドストエフスキーの小説が発行されることはほとんどなかった。

三十巻本のドストエフスキー全集も、一九六八年の「プラハの春」に対するソ連軍を中心とするワルシャワ条約五カ国軍（ソ連、東ドイツ、ポーランド、ハンガリー、ブルガリア。ルーマニアはワルシャワ条約に加盟していたが、軍隊を派遣しなかった）によるチェコスロバキア侵攻以降のブレジネフ政権のインテリに対する締めつけと関係しているという。

「プラハの春」に際して異論派のロシア人インテリが、チェコ人、スロバキア人のインテリと呼応して、チェコスロバキアに対するソ連の軍事介入を批判する行動をとった。また、ソ連がユダヤ人のイスラエルへの移住を認めないことに対する国際的非難も高まった。科学アカデミーにはユダヤ人の研究者が多い。また、作家にも少なからずユダヤ人がいる。ソ連当局とユダヤ人の関係も緊張した。ソ連の異論派運動で象徴的役割を果たしている「ソ連水爆の父」アンドレイ・サハロフ博士（ソ連科学アカデミー正会員）が、ユダヤ人のソ連からの出国を無条件で認めよと主張するようになり、異論派インテリとイスラエルへの帰還を求めるユダヤ人のシオニズム運動が結びつくようになった。

ソ連当局は、インテリを締めつけると同時に「ガス抜き」の場所をつくる必要があると考えた。古典として認知された作家や思想家の全集や選集の作成だ。「国内亡命」をしているインテリたちは、古典全集の編纂と註の作成に仮託して、自らの信念を世界に伝えようとしたのである。ドストエフスキー全集には、一九七〇年代の閉塞した状況に追い込まれていたインテリの想いが込められている。

サーシャは、「二～三週間、時間をくれ。必ず見つけてくる」と言った。一週間も経たないうちにサーシャから連絡があり、「現在ドストエフスキー全集を入手することは不可能だ」と言われた。その代わり、『罪と罰』『白痴』『悪霊』『未成年』『カラマーゾフの兄弟』の古本ならば入手できるという話だった。代金はウオトカ十本でいいという。外交官専用の免税店「ベリョースカ（白樺）」で、ウオトカは一本二百五十円くらいだ。早速買ってきて、ドストエフスキー五大長編小説の「代金」としてサーシャに渡した。

早速、読み始めたが、難しくて歯が立たない。文法的に極端に難しいことはない。陰鬱なドストエフスキーの文体を読み続ける気力が続かないのだ。ドストエフスキーと取り組むためには何か刺激が必要だと私は思った。

チェコから刺激を受けることが重要だと思った。フロマートカは、チェコスロバキア共和国の初代大統領トマーシュ・ガリッグ・マサリクの影響を強く受けている。マサリクはロシア思想史の研究家でもあった。マサリクは、ドストエフスキーの世界観から強い影響を受けた。ただし、否定的な意味においてだ。二十世紀初頭、マサリクは、ドストエフスキーの作品世界に現代の病理が体現されていると考えた。この病理は近未来に革命という形で爆発して、全世界に悪影響を与えると考えた。ドストエフスキーを理解するためには、古代からのロシア思想史を研究する必要があると考えた。そして、『ロシアとヨーロッパ』という全三巻の長大な研究を計画した。第三巻でドストエフスキーについて論じることにして、第一～二巻で、ドストエフスキーに至る思想的水脈を読者に紹介することを考えた。しかし、第二巻を刊行したところで、チェコスロバキアの独立の可能性が高まったので、『ロシアとヨーロッパ』を完成させることよりも、政治活動にエネルギーを傾注した。その結果、マサリクはチェコスロバキア共和国の初代大統領に就任した。執筆に時間を割く余裕はなくなってしまったのである。もっとも、マサリクの遺稿がイギリスに持ち出され、第三巻の英語抄訳版が発行された。

ロンドンでこの英語抄訳版を読んで、私はフロマートカとマサリクのドストエフスキー観がほぼ正反対といっていいくらい異なっていることに気づいた。ドストエフスキーの世界観をめぐるこの捻れを私はどうしても解消する必要があると考えた。そのためには、是非ともホドスラビッツェ村を訪れなくてはならない。

私は、チェコスロバキアに住んでいるフロマートカ門下の学者や牧師たちにつながる人脈をまったくもっていない。どこから人脈をつければいいかと考えた。いろいろ考えた結果、フロマートカが生まれたホドスラビッツェ村のプロテスタント教会の日曜日の礼拝に飛び入りで参加することがよいと思った。

人脈をつくるときは、第一回目の接触がもっとも重要だ。フロマートカが学長をつとめたコメンスキー福音主義神学校を訪ねても、私は日本の外交官なので警戒されてしまう。下手をすると「チェコスロバキア外務省を通じて面会の申し込みをしてほしい」と言われるかもしれない。

キリスト教徒には、民族や国境を越える連帯意識がある。それをもっとも感じるのは礼拝の場だ。ホドスラビッツェ村は、チェコスロバキア観光の英文ガイドブックにも出ていない小さな村だ。チェドックのモスクワ支店でこの村を訪ねたいと申し込むと、怪訝な顔をされたので、「私はチェコの歴史に関心をもっています。十九世紀の歴史家で、『チェコ民族の父』と呼ばれるフランチシェク・パラツキーがホドスラビッツェ村の出身だったので、是非この村を訪ねてみたいのです」と言った。パラツキーのことはチェコ人ならば誰でも知っている。チェドックの職員によれば、ホドスラビッツェ村にはパラツキー博物館があるという。最寄りのホテルは、ホドスラビッツェ村から約十キロ離れたノビー・イチーン市に「ホテル・プラハ」と「ホテル・カラチ」がある。「ホテル・プラハ」は十九世紀からある由緒正しいホテルだが、インフラが老朽化しているので、「ホテル・カラチ」を勧めるという。私はその勧めに従った。航空券、バスの切符、事前に宿泊代を支払ったことを示すホテルの予約証をチェドックから手に入れた。

あと残っているのはビザだけだったが、さっき領事から連絡があったので、旅行の準備はすべて整った。

私は、ロモノーソフ大通りの外交官住宅から外に出て、モスフィルム通りを渡った。そこには北朝鮮大使館がある。北朝鮮大使館の前から三十四番のトロリーバスに乗ってキエフ駅に出た。キエフ駅から地下鉄に乗り、アルバート駅まで出る。そこから大使館領事部までは徒歩三分くらいだ。大使館に着いたのは、五時少し前だった。海上保安庁から出向している領事が、「観光で申請したけれど、外交査証がでています」と言った。これならば荷物検査もない。

翌週、私と家内は、シェレメーチェボ第二空港から、アエロフロート・ソ連航空のツポレフ134型機に乗った。モスクワ・プラハ間は、アエロフロートとCSA（チェコスロバキア航空）の双方が飛んでいる。同じソ連製の機材を使っているが、サービスはCSAの方が圧倒的にいいという。それでも私がアエロフロートを選んだのは、早朝出発し、プラハでの時間を有効に使うことができるからだ。

プラハに一泊して、翌日の昼前に出るノビー・イチーン行きの長距離バスに乗る。プラハの空港は小綺麗で、モスクワのような小便と玉ねぎが混ざったような嫌な臭いがない。市の中心部バーツラフ通りにある「ズラター・フサ（黄金のアヒル）・ホテル」も、スイスのホテルのようだ。バーツラフ通りの商店では、モスクワでは外貨ショップでしか買えないようなハム、サラミソーセージ、みかんの缶詰やココアが売られている。

ロシア語の本を売っている書店があったので、のぞいてみた。モスクワでは手に入らないミハイル・ブルガーコフの小説や、エストニアの哲学者ユーリー・ロットマンの著作集が並んでいる。

ドストエフスキーの『貧しき人々』、『白夜』、『罪と罰』なども並んでいる。これまで見たことがない版だ。よく見ると、ロシア語の単語にチェコ語で註が記されている。語学学習用の教材だ。店には十数人のお客がいる。チェコ人はソ連を嫌っているので、ロシア語の書籍には見向きもしないのではないかと思っていたが、どうもそうではないようだ。

一般の書店にもゴルバチョフの『ペレストロイカ』のチェコ語版が並べられている。店員に聞いてみると、結構売れているという。私が「モスクワから来た」というと、誰もが「ゴルバチョフの権力基盤は大丈夫か。ペレストロイカはうまくいくか」と聞く。ゴルバチョフの人気は高いし、ペレストロイカに期待するところも大きいようだ。

プラハからノビー・イチーンまでは七時間近くかかった。「ホテル・カラチ」は、バスターミナルから歩いて十五分くらいのところにあった。バスでの移動は疲れる。お腹がすいたので家内と二人でホテルのレストランに行った。近所の労働者でいっぱいでビアホールのようになっている。ウエイターが上手なロシア語を話す。このホテルにはソ連からの団体客がよく来るそうだ。生卵の黄身が入ったスープを頼んだが抜群においしい。それにウィーン風シュニッツェル（とんかつ）に付け合わせでゆでたジャガイモを頼んだ。豚肉は少しスモークされている。モスクワでは食べることのできない味だった。

ノビー・イチーンとホドスラビッツェの間は路線バスと鉄道が走っている。翌朝、鉄道は本数が少ないので、バスで出かけることにした。プラハから来たときの長距離バスとは異なるソ連製の旧いバスがやってきた。十五分くらいでホドスラビッツェ村に着いた。

最寄りの停留所で降りると、右手と左手にそれぞれ大きな教会が見えた。勘で左手の教会の方に向かっていった。勘があたった。「チェコ福音主義兄弟団ホドスラビッツェ教会、牧師ヤン・ノハビッツァ」と書いてある。午前十時少し前で礼拝に参加する人々が教会に集まってくる。

上品な感じの老婦人が、ドイツ語で話し掛けてきた。

「教会に用があるのですか。どこから来られましたか」と婦人が訊ねてきた。

私は、「私たちは日本のプロテスタント教徒です。私はヨゼフ・ルクル・フロマートカの研究をしています。それでこの教会を訪ねてきました」とたどたどしいチェコ語で答えた。

老婦人は「あなたはチェコ語を話すのですか」と驚いた。

「ロンドンで少し勉強しましたが、十分な意思疎通はできません」

「いや、十分通じますよ。私たち夫婦は、フロマートカ博士のことをよく知っています。夫は引退牧師なんです。私はこの村の出身なので、引退後、夫を連れてここに戻ってきたのです。いま牧師を紹介しましょう」

教会の戸口に、黒いマントを羽織った牧師が立っていた。三十歳を少し回ったくらいであろうか。

「牧師のヤン・ノハビッツァです」と言って、牧師は私に握手を求めてきた。

第2章　『ロシアとヨーロッパ』

ノハビッツァ牧師は、ドイツ語は上手に話すが、英語はまったく理解しない。私はチェコ語の文献を読むことはできるが、会話の経験がないので、意思疎通が難しい。ドイツ語の知識はもっと受動的だ。せっかくフロマートカの生まれ故郷にやってきたのに意思疎通ができないもどかしさを感じていると、ノハビッツァ牧師がロシア語で話し掛けてきた。チェコ語なまりがあるが、文法的に正確なロシア語である。そういえば、チェコでは十一年間の義務教育期間中、第一外国語としてロシア語を学ぶことが義務づけられている。

「ロシア語で外国人と話をする経験は初めてです。もっとも神学用語や宗教用語について、私はロシア語でどう表現したらよいかわからないので、適宜、ドイツ語の術語を交えます」とノハビッツァ牧師は言った。

「術語については、チェコ語でも構いません。チェコ語で神学書はかなり読んでいますので、ゆっくりおっしゃっていただければ意味はとれると思います」と私は答えた。

「佐藤さん、今日は、礼拝後も時間の余裕がありますか」

「あります」

「それでは、礼拝後、フロマートカゆかりの地に案内します」とノハビッツァ牧師は述べた。

私と家内は教会堂に入った。教会堂の雰囲気が、日本基督教団の標準的な教会と似ているので驚いた。賛美歌も日本で聴いたことがある歌だ。チェコと日本のプロテスタンティズムは、恐らく起源を共にしているのである。

教会堂の中には大きな十字架があった。チェコのプロテスタントは、十字架をキリスト教のシンボルとして使わないと聞いていたので、少し意外な感じがした。チェコのプロテスタントは、自らを十五世紀のフス派の末裔と考えている。フス派は、カトリック諸国の十字軍によって討伐された。カトリック側は十字架を旗に掲げてフス派を攻撃した。これに対して、フス派は、聖餐式をパンとブドウ酒の両種（カトリック教会はパンのみの一種）で行うことを主張したので、ブドウ酒を入れる聖餐杯をシンボルにした。

チェコでプロテスタントが公認された後も、教会のシンボルとしてプロテスタントは聖餐杯を用い、十字架を忌避したと、チェコ語の教会史の本で読んだ。それだから、ホドスラビッツェの教会の十字架に違和感を覚えたのである。

後で、ノハビッツァ牧師が説明したところでは、この十字架には次のような事情がある。チェコ福音主義兄弟団教会は、ルター派と改革派（カルバン派、ツビングリ派）の合同教会である。改革派はフス派との連続性を強く意識している。従って、旧改革派系教会のシンボルに「カリフ（Kalich、チェコ語で聖餐杯の意味）」を必ず用いる。これに対して旧ルター派系教会は、十字架を用いるところもある。ホドスラビッツェ教会もその一つだ。ルター神学においては、神の子（イエス・キリスト）が十字架の上で死んだことが人間を救済する根拠であると考えるからだ。カトリック教会によって、十字架は誤使用されたのである。十字架をカトリック教会による侵略のシンボルととらえるのは間違えていると考える。

礼拝時間は四十五分間だった。これも日本の標準的なプロテスタント教会と同じだ。礼拝終了後、ノハビッツァ牧師は、「今日は日本からお客さんが来ている。佐藤優兄だ。日本の神学者で、われらがヨセフ・ルクル・フロマートカ牧師の研究をしている」と紹介した。私と家内は、教会の椅子から立ち、日本風に頭を下げた。

礼拝終了後、ノハビッツァ牧師は、「ドスタルさんの家でお昼を食べていてください。後から合流します」と言った。私たちはドスタル夫人の後をついて行った。五分くらいで、立派な一戸建ての家に着いた。二十世紀初頭に建った家とのことだ。一階には、ドスタル夫人の母が住んでいた。年齢は八十歳を軽く超えている。ドスタル夫人が六十歳を超えているのだから、当然だろう。

私たちは二階に案内された。ソファに上品な老人がすわっていた。ドスタル引退牧師だ。体調がよいときは、夫婦で教会に行くのだが、今日は気分がよくないので、礼拝を休んだそうだ。

「昼はクネドリキにするけれども、抵抗はないか」とドスタル夫人が尋ねた。

クネドリキとはチェコ風の蒸しパンだ。暖かいザワークラフト（キャベツの酢漬け）を付け合わせにして食べるとおいしい。

「大好きです」と私は答えた。

ドスタル夫人は、冷蔵庫からバドワー（バドワイザー）ビールを取り出して、栓を開け、チェコクリスタルのコップについでくれた。

ドスタル引退牧師が、ドイツ語でいろいろ説明をしてくれた。ゆっくり話してくれるので、大意はきちんと理解できる。フロマートカ牧師とは戦前から親しくしていた。第二次世界大戦中、フロマートカは米国に亡命し、その間、プリンストン神学大学で教鞭をとっていた。第二次世界大戦中、チェコスロバキアはナチス・ドイツによって分断された。まずスロバキアが分離され、形式的に独立した保護国とされた。チェコは西部のボヘミアと東部のモラビアに分断された。ボヘミアはドイツの保護領にされ、同じく保護領のモラビアには形式的自治が与えられた。ドスタル牧師は、モラビアの首都ブルノ郊外の教会に勤務していた。チェコのプロテスタント教会は、ロンドンのチェコスロバキア亡命政府と連絡をとりながら、ナチス・ドイツに対する抵抗運動を展開していたので、教会に対しては強い圧力が加えられた。幸いドスタル牧師の教会は農村にあったので、ドイツ軍の弾圧から免れた。

ここで、私はドスタル引退牧師からフロマートカについて興味深い話を聞いた。

「フロマートカは、一九四八年にチェコスロバキアに帰国しました。この年の二月に、共産党が無血革命を起こして、権力を奪取しました。大多数の牧師は、共産党の権力奪取に批判的だった。共産党政権が成立したことを嫌い、亡命した牧師も少なからずいます」

「しかし、フロマートカは『二月事件』（共産党の無血クーデター）を肯定的に評価しましたよね。そして、教会は社会主義国家において生き残ることを探求すべきだと述べた。私はこのことについて、日本で論文をまとめたことがあります」

「この決断について、フロマートカの両親が激昂したのです。特にお母さんは、怒り心頭に発して、『ヨゼフ、お前にはわが家の敷居をまたがせない』と宣言しました」

「それは驚きです。フロマートカは、貧農の出身ではなかったのですか」

「確かにチェコスロバキアが社会主義化した後はそう言っていました。しかし、真実は異なります」

「どういうことですか」

「フロマートカは大地主の息子です。フロマートカの両親がホドスラビッツェ村の三分の一をもっていました」

「……」

「『二月事件』の結果、土地は共産党政権によって無償で接収されました。そして、フロマートカ家は、大地主なので、人民の敵というレッテルを貼られました。もっとも、フロマートカと共産党指導部の関係がよかったので、それ以上の弾圧は免れたのです」

「そうだったんですか」と私は答えた。

フロマートカが大地主の息子だという情報は、これまでどこでも目にしなかった。現地に足を運んでよかったと思った。

ドスタル夫人が「食事ができました。みなさん、食卓に就いてください」と声をかけた。私たち四人は席に就いた。ドスタル引退牧師が手を合わせてチェコ語でお祈りをした。早口なので途中の「ブラトル（bratr、兄弟）、ヤポンスコ（Japonsko、日本）」という言葉しか理解できなかった。

食事は、最初が、細く短いパスタが入ったコンソメスープで、その後、カモのロースト、温製ザワークラフトにライ麦を和えた付け合わせにソースをかけ、玉子入りのクネドリキを添えた料理がでてきた。ドスタル夫人が「典型的な、北モラビアの料理です」と言った。

カモのローストが香ばしく焼けている。それにオレンジをベースにしたソースがかかっていてとてもおいしかった。

メインの後には、杏のタルトがでてきた。これも北モラビアの郷土料理だそうだ。ホイップクリームが山のようについている。さらに、コーヒーにも山のようにホイップクリームが乗っている。モスクワでは食べることができない味だ。

デザートを食べているときに、玄関の呼び鈴が鳴った。ノハビッツァ牧師が二階に上がってきた。

私は言葉をドイツ語からロシア語に切り替えた。

「フロマートカが大地主の子供だと知って驚きました」と私は感想を述べた。

「当時、地方から神学校に進むのは、ほとんど大地主の子供か、上流階級の出身者です。ドスタル先生ももともとは貴族の出身です」とノハビッツァ牧師は言った。

「フロマートカの生家を写真で見たことがあるのですが、確かに大きな家ですね。この写真を見た瞬間に『貧農の出身である』というプロフィールを疑うべきでした。いま、この家はどうなっているのですか。国に接収されたのですか」

ノハビッツァ牧師とドスタル引退牧師は、顔を見合わせた。ノハビッツァ牧師が、「フロマートカの弟の息子（甥）が住んでいるが、アルコール依存症で、あまり周囲と交遊していない」と答えた。

「それで、母親によるフロマートカに対する出入り禁止令は、その後、解除されたのですか」

「二年くらい経って解除されました」

「フロマートカは、この村でどのように見られているのですか」

「この村の半数はプロテスタント教徒、残りの半分がカトリック教徒です。プロテスタント教徒はフロマートカを郷土の英雄として尊敬しています。カトリック教徒は、フロマートカに関して無関心です。そういう神学者がいたことすら知らない」

想定外の答えだった。

「一九六八年の『プラハの春』でフロマートカは積極的に活躍しましたよね。このことをホドスラビッツェ村の人々はどう評価していますか」

「あまり関心がないと思います。そもそも『プラハの春』で何があったかも村の人たちはよくわかっていません」とドスタル引退牧師が言った。

「しかし、その後、ロシア人がやってきた。私たちはロシア人を嫌っています。ここから十数キロメートル離れたところにもロシア（ソ連）軍の基地があります」とドスタル夫人が続けた。

私は、ドスタル引退牧師夫妻、ノハビッツァ牧師がいずれもソ連とかソ連人と言わずに、ロシア、ロシア人と言うことが気になった。

「ソ連体制に問題があると思いますか。それともロシア人の民族性に問題があるのでしょうか」

「両方に問題があると思います」とノハビッツァ牧師が答えた。

「チェコ人とロシア人の相互理解は難しいのでしょうか」と私は尋ねた。

ノハビッツァ牧師は、「一九六八年以降は難しいです。ただ、ゴルバチョフ・ソ連共産党書記長が登場したので、私たちはロシアが変化することを期待しています」と言った。

「ゴルバチョフはソ連ではあまり人気がありません。特に反アルコール・キャンペーンで国民の心が離れてしまいました」

「そうですか。ロシア人はウオトカを飲みすぎるから、反アルコール・キャンペーンは必要と思います。ただし、ロシアでゴルバチョフの人気がないという話は心配です」とノハビッツァ牧師は言った。

「フロマートカのロシア観についてどう思いますか」と私は尋ねた。

ノハビッツァ牧師は、「基本的にトマーシュ・マサリクと同じと思います」と答えた。

「いや、マサリクはソ連体制に対して極めて批判的でした。エス・エル（ロシア社会革命党）左派のテロリストを支援して、ロシア革命直後のボリシェビキ革命を謀略で転覆させようとしたことすらある。これに対して、フロマートカは、ロシア革命を第二次世界大戦前から肯定的に評価している。この違いをどうとらえたらよいのですか」と私は尋ねた。

ノハビッツァ牧師は、「それはドストエフスキーの大審問官伝説に関する二人の解釈が違うからです。佐藤さんは、マサリクの『ロシアとヨーロッパ』を読んだことがありますか」と尋ねた。

私は「ドイツ語版から日本語に訳されています。大学生時代に読みました」と答えた。

「あの本の序文の部分にマサリクのロシア観が集約されています。チェコ人インテリのロシア観がこの序文に集約されています」とノハビッツァ牧師は言った。

二〇〇二年にこの序文が、チェコ語から日本語に訳されているので、読者にその内容をかいつまんで紹介したい。

〈日露戦争と革命〔一九〇五年のロシアの第一次革命を指す〕の後、ロシアへの関心が高まった時、私のロシア研究のことを知っていた知人たちが、それをもとに何か書くように、私に勧めた。こうして、私が革命と文学との密接な関係をはっきりと示した一つの論文が生まれ（『Österreichische

Rundschau（オーストリア展望）』誌に掲載）、また私は、ウォーレス〔ドナルド・マッケンジー・ウォーレス。一八四一〜一九一九。イギリスの旅行家・ジャーナリスト〕、ウラル〔アレクサンドル・ウラル。ロシアのジャーナリスト〕、コーニ〔アナトーリー・フョードロヴィチ・コーニ。一八四四〜一九二七。ロシアの法律家・文人〕、クロポトキン、ペトローフ〔グリゴーリー・スピリドーノヴィチ・ペトローフ。ロシアの宗教ジャーナリスト〕、ロイスナー〔ミヒャエル・フォン・ロイスナー。ドイツのジャーナリスト〕、ブリュクネル〔アレクサンデル・ブリュクネル。一八五六〜一九三九。ポーランドのスラヴ学者〕など、ちょうどその頃出版されていた新しい本の書評を幾つか書いた。これらの本を読みながら、私は、ドストエフスキーにおいてロシア革命とロシア問題一般の本質を描き出そうという意図を抱いた。しかしながら、その私の論文は成功しなかった。私はその仕事をしながら、ドストエフスキーの先行者たちと後継者たちを分析せずにはドストエフスキーを正しく描き出すことはできないということを見て取った。けれども、それは、宗教哲学および歴史哲学の最も重要な諸問題とロシア文学の諸問題一般を描き出すことを意味する。〉（トマーシュ・ガリッグ・マサリク〔石川達夫訳〕『ロシアとヨーロッパⅠ――ロシアにおける精神潮流の研究――』成文社、二〇〇二年、七頁。〔 〕は訳注）

ここでいうロシア革命とは、一九〇五年のロシア第一次革命のことだ。マサリクはこの革命を世界的規模での動乱の始まりととらえた。そして、ドストエフスキーの文学空間に、現下の世界が抱える病理と、今後、われわれが直面する否定的現象が先取りされていると考えた。人間の病理と危機について伝えるのは、旧約聖書の預言者の機能だ。

マサリクは、ドストエフスキーを同時代の預言者としてとらえたのである。

ロシア研究はマサリクのライフワークだった。マサリクはロシア語に堪能で、ロシア各地を訪れて聞き取り調査も行っている。

〈ロシアには、私は青年時代から、いや少年時代からさえ係わってきた。子供の頃、私は、家族がスロヴァキアで経験した一八四九年のロシア軍の遠征〔一八四九年にロシアがハンガリーの独立運動に干渉軍を派遣したことを指す。スロヴァキアは当時、ハンガリーの一部だった〕について、ありとあらゆるエピソードを耳にした。その後、カレンダーにあった、ロシアの教会と奇跡についての話から、私は強い印象を受けた。カトリックでない国でどうして奇跡が起こりえたのだろうかという疑いに私は苦しめられ、教会の分裂とは何なのか、どうして教会が分かれえたのか、理解することができなかった。それから数年後、一八六三年のポーランド蜂起に、私は興奮させられた。私は革命とポーランドの味方だったが、同時に私はまた、ロシアのことを勉強するように再び促された。最後に、学校での、偽の手稿〔古チェコ語で書かれたという『ドゥヴール・クラーロヴェーの手稿』と『ゼレナー・ホラの手稿』を指す。学問的・文化的・政治的に大きな事件を巻き起こした〕の講読が、ロシア語の勉強に向けた刺激となった。私は独学したが（これはブルノ〔マサリクがギムナジウムに通っていた、モラヴィア地方の中心都市〕でのことだった）、もちろんアクセントがうまくいかなかった〔ロシア語とチェコ語は同じスラヴ語に属するが、アクセントは全く異なる〕。また、ロシア語の本がなかったので、私は翻訳を探し求め、そうして自分のロシア研究をロシア文学から始めた。後になって私はロシア語をもっと良く修得した。私はロシアの作家たちからロシアについての知識を汲み取り、それを歴史その他の研究とロシア旅行によって追加的に補足するように努めた。

この研究は、ロシアの内面をその文学から捉えようと努めるものである。とりわけ私は長い間、ドストエフスキーと、ロシアに関する彼の分析を、研究してきた。そしてそれ故に、この研究では、ドストエフスキーに関する部分が主要な部分となる。

そもそもこの著作全体がドストエフスキーだけのためのものなのだが、私は、ドストエフスキーに関する説明の中にすべてを正しく適切に組み込むことができるほど、巧みに文章を組み立てられない。それ故に、私はこの仕事を分割した。第一部は、ドストエフスキーの先行者たちと後継者たちの、歴史哲学および宗教哲学に関する教説を要約して、それらの諸理念の発展史の概略を提供するものである。〉(前掲書七〜八頁)

ロシアにおいて、文学、思想、哲学は渾然一体となっている。マサリクはドストエフスキーのテキストを文学としてではなく、思想と哲学の視座から読み解こうとする。そのためには、ドストエフスキーに至るまでのロシア思想史について論じなくてはならない。結局、マサリクは十世紀末に古代ロシア(キエフ・ルーシ)がキリスト教(正教)を受容した時期にまで遡及して、ロシアの内在的論理をつかもうとする。

しかし、その主目的は、ドストエフスキーを理解することだ。

〈個々の作家たちのところであれこれの歴史的現象に言及することになるので、あらかじめロシア史に関する導入部を置くことにした。注や脱線で説明を煩瑣にしないように、私はむしろ歴史的発展の体系的な概観を提示したが、それは同時に、後に扱われる諸問題の予告でもある。

第二部〔第3巻〕は、前半でドストエフスキーの歴史哲学と宗教哲学を扱い（神を巡る闘い——F・M・ドストエフスキーとニヒリズム）、後半はプーシキン以降のロシア文学およびヨーロッパ文学とドストエフスキーとの関連を明らかにする試みが含まれる（巨人主義かヒューマニズムか？ プーシキンからゴーリキーへ）。

この著作自体が、私がロシア研究のためにドストエフスキーの分析を選んだのが正しかったことを示すことになるだろうが、この点については初めから疑わしく思われるかもしれない。何人かの専門家が、この疑いをあらかじめ私に（口頭で）伝えた……。だが私は、ドストエフスキーを選んだのが正しかったことを示しうるだろうと思う。私自身はドストエフスキーの世界観と人生観を完全に拒否しているにもかかわらず、あるいはまさにそれ故に。

仕事を進める際に、私は特別な二重の立場にあった。即ち、私はヨーロッパの読者とロシアの読者の両方を念頭に置いていた。一方の読者のために、しばしば、知られていない事柄を叙述する必要があり、他方の読者のために、しばしば、既知の事柄を別な風に定式化し、全体に別の光を当てなければならなかった。〉（前掲書八頁）

マサリクはきわめて奇妙な目標を設定した。〈ドストエフスキーの世界観と人生観を完全に拒否〉しているのにドストエフスキーを研究するのである。一般論として、研究対象に愛情をもたなくては、長期間の深い研究を行うことはできない。否定的評価を持っているのに、ある個人や対象を選ぶという事例は珍しい。ここまでしてドストエフスキーを拒否することにマサリクが情熱を注いだ理由は、チェコ人とスロバキア人に対する愛情だ。近未来にドストエフスキーの思想を体現した新しいロシア帝国が生まれる。この帝国の存在がチェコ人、スロバキア人の生存を脅かすと考えたのである。チェコ人とスロバキア人が生き残るためには、ドストエフスキーを徹底的に読み解いて、ロシアの内在的論理をつかまなくてはならないとマサリクは考えたのだ。

もっともマサリクが目標としたもっぱらドストエフスキーについて扱った『ロシアとヨーロッパ』第三巻は、マサリクの生前には完成せず、公刊もされなかった。第三巻の原稿がチェコ語で日の目を見るのは、一九九六年のことだ（邦訳二〇〇五年）。

ロシア思想の病理と特徴は、修道院に集約されているという興味深い見方をマサリクは示す。そして、私がモスクワに在住している頃によく出かけたモスクワの北東約七〇キロメートルのところにあるセルギエフ・ポサードのロシア正教の総本山における経験に、ドストエフスキーの中に存在する病理の原形を見る。

〈ロシアとヨーロッパとの精神的対立を、その意味のすべてにおいて我々が経験するのは、ロシアの修道院においてである。そこで我々は、最も純粋で最も古いロシアの生活、ロシア古来の感じ方と考え方を見出す。この生活は既にペテルブルグの修道院に見出されるが、僻地の修道院や隠者の庵では一層そうである。ロシア、古いルーシ〔ロシアの古名〕、それはロシアの修道僧である。私はこのことを、もう最初のロシア旅行の時にすぐに、まざまざと経験する機会を得た。モスクワで私は、精神的に最も先進的な人々のサークルに出入りしていたが、ある日私は、このヨーロッパ的なサークルから、モスクワ近郊の有名なトローイツェ・セールギエフ〔聖三位一体修道院〕（モスクワ北方のセールギエフ・ポサード、旧称ザゴールスクにある十四世紀以来の修道院）に足を伸ばした。修道院そのものが、その設備によって、その宝物と聖骸によって、我々を十四世紀のロシアに連れて行く。しかし、修道院からやや離れた所にあるゲッセマネの庵では、我々は更に歴史を遡ることになる。古い木造教会と共にある、森の中の隠者の庵——真のゲッセマネである！ 私は、その前の数日間をずっと、トルストイと彼の友人たちと共に宗教的諸問題について考えていたので、このゲッセマネをなおさら生き生きと感じた。当時、モスクワには偶然ブランデス（ゲーオア・モリス・コーエン・ブランデス。一八四二〜一九二七。デンマークの思想家・文学史家。『十九世紀文学思潮』などで全ヨーロッパにその名声を広げた。『ロシア印象記』も著した）もいて、自分の文学的見解をフランス語で説明していたのだが、ここではいきなり、地下の洞窟と、奇跡を起こす聖骸と聖像画《イコン》を安置した、ゲッセマネの庵なのである！ トルストイの高位の友人が、修道院長宛の紹介状を私にくれていたので、私はすべてを完全に見ることができた。忘れ難いのは、庵を案内してくれた人である。それは、修道院とその周囲で成長し、全く自分の修道院の正教的観念と理念の中で生きてきた、二十五歳くらいの若い僧だった。この世は彼には無縁のままだった。私は彼にとって使者であり、彼が今まで逃避していたこの世の一部だった。それなのに今や、私に地下埋葬所を案内し、私が目にしたものを説明しなければならなかったのである。——彼が最も熱い祈りを捧げていた様々な物を、ショーウィンドウの中の物のように、非ロシア人に、ヨーロッパ人に、異教徒に、説明しなければならなかったのである！ 私の案内人がいかに困惑しているかを、私は見て取って、彼のことが気の毒になったが、しかし正直に言うと、彼の困惑は、私の中のヨーロッパ人を少々苛立たせた。彼は一つ一つの聖骸の前で、一つ一つの聖像画の前で、とりわけ比較的大きなものの前で、頭を下げ、ほとんどひっきりなしに十字を切り、跪き、神聖な物や場所に額や口をつけた。私はあらゆる物を注意深く見て回り、私の傲慢さと不信仰に対して天が私を罰するのを今か今かと全くあからさまに待ち受けている僧の怖れが、高まってゆくのを観察していた。天罰はやって来なかった。——彼は自ら気づかず、理解しないまま、彼の魂の底には、確かに、静かな疑いが目を覚ましてきていた。そのことは、せめて最も重要な聖骸の前で私が頭を下げるように、彼が忍耐強く懇請することに見て取れた。——それはもはや異教徒への心配ではなく、最も神聖な聖骸のもとで天罰が下るような目に遭わなくてもすむようにしようという努力だった……。地下埋葬所を一通り見て、私は帰ろうとしたが、私の案内人はそうさせてくれず、私につきまとった。〉（前掲書一一～一二頁）

現実社会から隔離され、禁欲的な生活を積み重ねれば、積み重ねるほど、世俗の欲望にまみれた社会に対する関心が強まる。この二重性が、一つの人格の中で並存できるところにロシアの精神性がある。ロシアの精神性とは、同時に俗物性なのである。

〈すぐに私は、その僧が今度は私からも何かを知りたがっていることに気づいた。そして実際に彼は、自分の好奇心を完全に解放した。——そしてそれは、何という好奇心だったことか、この世について、ヨーロッパについて、何かを知りたいという、何という熱烈な願望だったことか！彼の目は、この世への飢えたような熱望の炎を発していて、私は彼が満ち足りるほど十分に話をし説明することはできなかった。ついには、ロシア人である彼が、非ロシア人に、モスクワのこと、ペテルブルグのこと、ロシアのことを、あれこれと尋ね始めた。こうして私たちは、庵から森の端までの道を、何度か行ったり来たりした。私の案内人は、飽きずに次から次へと質問をした。それまで彼は、この世を聖書と聖なる伝説の光の中で判断するだけだったが、今や、聞いたこともなければ思ってみたこともないような事柄を耳にしたのである。ついに私は、修道院に戻らなければならなくなった。全く予期しなかったことに、また私が何度か非常に丁重に礼を言ったにもかかわらず、僧は私を修道院の前まで送って来た。そして私が別れを告げたにもかかわらず、彼は戻らずに、その場に立ったままだった……。彼は心付けを受け取るだろうか、彼は私からそれを期待しているのだろうか？ その考えが、もう暫くの間私を悩ませていた。私は自分の考えを恥じ、その考えに侮辱さえ覚えたが、信仰が篤く、この世を蔑視している僧が心付けを受け取ることに慣れているということは、ついにはっきりした。私の脳裡に、ロシアとヨーロッパ、信仰と不信仰をめぐる考えが、渦を巻いた。私は、ゲッセマネの番人の期待に満ちた手の中に紙幣を握らせたとき、羞恥で顔が赤らむのを感じた……。〉（前掲書一二二頁）

この青年修道士は、偽善者ではない。この修道士は、ほんとうに禁欲的な修道生活を送っているのである。そのことと修道院を案内して、案内料を取り立てることとの間に、この修道士は何の矛盾も感じない。

深い宗教的敬虔と、世俗的な利権追求がひとつの人格の中で矛盾なく共存できるところにロシア精神の偉大さがある。ドストエフスキーの作品に出てくる人物は、セルギエフ・ポサードに現実に存在するロシア人なのである。その意味で、ドストエフスキーはリアルな世界を描いているのだ。

セルギエフ・ポサードにおけるのと類似の経験をマサリクはロシアのあちこちで経験した。十八世紀のピョートル大帝による改革以前の旧きよきロシアが、大帝が支持したニコンによる教会改革を拒否したラスコーリニキ（分離派＝旧教徒）において保持されているという言説が幻想であることをマサリクは現実として知っている。清く、敬虔なロシアの中に薄汚れ、打算的なロシアが内在しているのである。

マサリクは自らの経験をこうまとめる。

〈これと同じような、たくさんの経験、とりわけ幾つかの主要な修道院への巡礼の印象と、更には旧教徒や分派との接触、つまり、教会的・宗教的生活の観察と研究は、ピョートル以前の時代の古いロシアのしかるべき姿を我々に提供してくれる。ロシアにとって、第三のローマたるモスクワが精神的にいかなるものだったか、そして現在でもいかなるものであり続けているかを、感じ取る必要がある。そうすれば、ヨーロッパ的な、ヨーロッパ化したロシアも、理解できるだろう。

旧教徒たちの奇跡に満ちた世界に最初に私を導き入れたのはトルストイであり、このことに対して私はトルストイに感謝する。彼の案内で、モスクワにおける最良の旧教徒の骨董品屋の一人が、この古いルーシを、そのあらゆる十全さにおいて私に暴いて見せてくれた。

古きロシア、ヨーロッパの対立物としてのロシア！　ゲッセマネの僧、巡礼者、旧教徒、農民、みんなが私を、信仰篤い幼年時代へと連れ戻す。――私は子供の頃、巡礼に行った時に、彼らと同じように信仰し行動したし、我々のモラヴィア・スロヴァキアの農民の女子供は、ホスティーン〔モラヴィア地方の山。聖母マリア教会があり、有名な巡礼地〕の霊験あらたかな聖母マリア像へと巡礼する時に、今に至るまで彼らと同じように信仰し行動しているし、私の母は彼らと同じように信仰し、私を教育した。しかしながら、幼年時代は永久に過ぎ去った。それはまさに、幼年時代はより成熟した時代に席を譲らねばならないからである……。〉（前掲書一三頁）

二十世紀初頭、マサリクは世界革命の時代が始まったと考えた。これは、普遍的な世俗化の過程である。世俗化を避けることはできない。しかし、その世俗化が、ドストエフスキーが描いた作品の方向で進むと、人間の社会も国家も内側から崩壊してしまうとマサリクは考えた。

ロシアには独特の魅力がある。それはわれわれを破滅に導く、奇妙で危険な魅力なのである。それを文章化することに成功したのがドストエフスキーなのだ。ドストエフスキーが表現する世界は、徹底的にロシアにこだわっているが故に普遍性をもつ。自らの足場を掘り下げて深い穴を掘っていると地下水脈に行き着くのに似ている。そして、別の場所で、同じように自らの足場を掘り下げている他人と地下水脈でつながることができる。ドストエフスキーが到達した地下水脈には毒入り水が流れているのだ。その毒とは、ロシアの中にある非ヨーロッパ的な要素である。

〈ロシアはヨーロッパの幼年時代を保った。そして、その厖大な農民人口において、キリスト教的な、とりわけビザンチンのキリスト教的な、中世を代表している。この中世がいつ近代へと目覚めねばならなかったかということは、単に時間の問題だった。——このことが、ピョートルとその後継者たちによって、集中的に引き起こされたのである。

私は、文明化された世界も文明化されていない世界も、かなり知っているが、ロシアは私にとって最も興味深い国だったし、今でもそうだということを、認めねばならない。私はスラヴ人であるにもかかわらず、ロシア旅行には、他のどの国の旅行よりも、はるかに驚かされた。イギリス、アメリカその他には、私は全く驚かされず、最新の物も、私には、故国で見たり経験したりしている物の明らかな継続にすぎないように見えた。ロシアは違った。私はスラヴ人として、ロシア文学に言葉と民族の魂と呼ばれるものを全く良く感じ取ると自分では思うし、私がロシアの作家たちの作品から感じ取るロシアの生活は、それがスラヴ的なものである限り、まさにスラヴ的な親密さと私に固有の様態で、私の内的な感情生活をも示すにもかかわらず、それでも私はロシアに驚かされた！　現代と共に生きるヨーロッパ人は、思わず知らず、既に自らの思考を未来へと向け、所与の歴史的前提に対する帰結を予想している。——しかるにロシアでは、過去へと、しばしば中世まで、連れ戻され、それは最も進歩した西欧の現代的生活とは全く異なって見える。このような全体的印象は、アジアやアフリカの非キリスト教的諸国で、もっと強められることはありえないだろう。なぜなら、それらはまさに特徴を異にする国々だからである。それに対して、ロシアは同じ特徴を持ち、同じ質を持っている。ロシアは、かつてのヨーロッパなのである……。

ロシアは——ヨーロッパでもある。つまり、私がロシアとヨーロッパを対比するならば、それは二つの時代を比較していることになる。ヨーロッパは、ロシアにとって本質的に異質なものではない。しかし、それでもロシアは、ヨーロッパを自分のものにはしなかったし、今に至るまで

完全に自分のものにしてはいない。〉(前掲書一三～一四頁)

ロシアは、ヨーロッパとアジアにまたがるユーラシア国家だ。このユーラシア国家のヨーロッパでない部分、すなわち「アジア的」な部分に病理があるとマサリクは整理した。

マサリクのこの整理は間違えている。ロシアの病理はアジア性に求められるべきでない。ロシアが抱える病理は、人間にとって普遍的性格を帯びている。ドストエフスキーを読み解くことで、その病理を解き明かすことができるというマサリクの着想は正しいのである。アジア性という安直な解答に逃げ込まず、マサリクが追究した問題を、より深く掘り下げる必要がある。そのためには、マサリクのテキストを、著者のマサリク以上に深く解釈しなくてはならない。

第3章　ミラン・オポチェンスキー

私はノハビッツァ牧師に、「要するに大審問官について、マサリクが否定的な解釈を与えているのに対して、フロマートカは肯定的なのですね」と尋ねた。

ノハビッツァ牧師は、「図式主義的に言えばそうです」と答えた。

「なぜそのような違いがでてきたのでしょうか」と私は尋ねた。

ノハビッツァ牧師は、少し考えてからこう答えた。

「マサリクは十九世紀の子であり、フロマートカが二十世紀の子だからです」

「しかし、マサリクは一九三七年まで生きていたではないですか。チェコスロバキア共和国の創設も第一次世界大戦後の一九一八年です。マサリクも二十世紀の子ではないでしょうか」

「それは、違います。あなたは第一次世界大戦がチェコ人にもった意味を理解していない」とノハビッツァ牧師は言った。

私だって、チェコ神学の専門家のはしくれだ。第一次世界大戦がもった思想史的意味は、十分にわかっているつもりだ。第一次世界大戦の廃墟の中からカール・バルトの『ローマ書講解』が生まれた。『ローマ書講解』の初版が刊行（ただし奥付は一九一九年）されたのと、チェコスロバキア共和国の建国がともに一九一八年であったことは偶然ではない。

私は、憮然として、「第一次世界大戦の廃墟からカール・バルトたちの弁証法神学は生まれました。それと同じ時代精神の中でチェコスロバキアも生まれたし、マサリクも思索したと考えていましたが、それは間違いでしょうか」と尋ねた。

ノハビッツァ牧師は、躊躇することなく「あなたの解釈は間違えています」と答えた。何が間違いなのであろうか。私が怪訝そうな顔をしたので、ノハビッツァ牧師は、チェコ語訛りのロシア語で説明を始めた。

ノハビッツァ牧師の話を理解する前提として、バルトにとって、第一次世界大戦が、これまでのすべての価値観が崩れ去ってしまう大地震であったことを説明しておかなくてはならない。特に、神学部教授を含むドイツの有識者の相当数が「知識人宣言」に署名したことにバルトは強い衝撃を受けた。この点について、ドイツの神学者ハインツ・ツァールントの記述に即して考えてみたい。

〈二十世紀の歴史的な始まりと、その暦の上での始まりは、一致しない。歴史的に言えば、二十世紀は、一九一四年八月の第一次世界大戦の勃発をもって始まった。そしてまた、二十世紀の神学も、暦の上での世紀の転換と共に始まったのではない。当時、一八九九年から一九〇〇年にかけての冬学期に、アードルフ・フォン・ハルナックは、ベルリン大学において、各学部の聴講者のために、『キリスト教の本質』〔玉川大学出版部、山谷省吾訳あり〕についての彼の有名になった講義を行なった。ハルナックのこの講義は（ちなみに言えば、それは草稿なしに行なわれたものであるが）、一つの精神的出来事で、市民的・理想主義的時代の最高の表現であり、そのもっとも完成した自己表現であった。すなわち、精神と歴史における進歩に対する楽天的信仰によって鼓舞され、神と世界、宗教と文化、信仰と思想、神的義と地上的秩序、王座と祭壇を一致させて、ほとんど何の障害もない自然的な調和に到達できると考え、それゆえに確信をもって未来を望見していた一時代――そのような一時代のもっとも完成した自己表現であった。

この『キリスト教の本質』の第七講で、ハルナックは以下のように述べている。すなわち、「それは、われわれがわれわれの宗教の創始以来、保持して来た高い輝かしい理想である。また、われわれの歴史的発展にとって、目標また導きの星として、眼前に漂っているべき理想である。人間がこの理想に到達できるかどうか。誰がそれを言い得るであろうか。しかし、われわれは、それに近づくことができるし、また近づかなければならない、そして、今日われわれは、すでに(わずか二、三百年前とはちがって)この方向に向かっての道徳的責任を感じている。そして、われわれの中で比較的繊細な感覚を持ち、したがって予言者的感覚を持つ者は、愛と平和との国を、もはや単なるユートピアを見るように見てはいない」。〉(ハインツ・ツァールント〔井上良雄監修〕『二十世紀のプロテスタント神学(上)』新教出版社、一九七五年、三~四頁)

十九世紀と二十世紀は、暦と少しずれがある。十九世紀は、一七八九年のフランス革命から始まって、一九一四年の第一次世界大戦の勃発で終わった。実際の暦よりも「長い十九世紀」である。これに対して、二十世紀は、一九一四年の第一次世界大戦の勃発とともに始まり、一九九一年のソ連崩壊で終わった。また、第一次世界大戦と第二次世界大戦は、一つの戦争である。二十世紀の「三十一年戦争」と呼んだ方が正確だ。いずれにせよ、実際の暦よりも「短い二十世紀」が時代区分としては適切なのである。

十九世紀プロテスタント神学の父と呼ばれるフリードリヒ・シュライエルマッハーは、〈宗教の本質は、思惟することでも行動することでもない。それは直観そして感情である。〉（F・シュライエルマッハー［高橋英夫訳］『宗教論――宗教を軽んずる教養人への講話』筑摩書房、一九九一年、四二頁）と言った。「直観と感情」で宗教の本質をとらえることができるという前提に、神は人間の心の中にあるという存在論的了解がある。これで、コペルニクス、ガリレオ以降の宇宙論と矛盾せずに神学は神の場所を確保することができた。神の場所は各人の心の中にあるので、天の雲の上に神がいなくても、その事実がキリスト教信仰と矛盾することにはならない。心の中で、神の声、すなわち良心に従って、人間が行動するならば、理想的社会が構築できるはずであった。ハルナックは、シュライエルマッハーの延長線上に立って、人類の理想をこの地上に実現することが可能と考えた。

その結果起きたのが第一次世界大戦だった。ドイツの神学者はこの戦争にどう対処したのであろうか。ツァールントの記述の先を見てみよう。

〈その十五年後の一九一四年八月四日の夕べに、この同じハルナックが、ドイツ皇帝の国民に対する布告を起草した。そしてその数日後に、彼は、他の九十二人の学者や芸術家と共に、いわゆる「知識人宣言」（Manifest der Intellektuellen）に署名したのである。その文書の署名者の中には、ハルナック以外に、次のような人々がいる。すなわち、神学者では、ヴィルヘルム・ヘルマン、アードルフ・ダイスマン、フリードリヒ・ナウマン、ラインホルト・ゼーベルク、アードルフ・シュラッター。哲学者では、ヴィルヘルム・ヴィンデルバント、ルードルフ・オイケン、ヴィルヘルム・ヴント。歴史家では、エドゥアルト・マイヤー、カール・ランプレヒト、ウルリッヒ・フォン・ヴィラモーヴィッツ・メレンドルフ。自然科学者では、ヴィルヘルム・レントゲン、マックス・プランク、エルンスト・ヘッケル、ヴィルヘルム・オストヴァルト。こういう人々である。そしてまた、マックス・クリンガー、ゲルハルト・ハウプトマン、マックス・ラインハルト、というような人々の名も、その中にはあった。

この九十三人の「知識人宣言」は、十九世紀の市民的・理想主義的思想の崩壊を宣言することになった。カール・ヤスパース、パウル・ティリヒ、エーミール・ブルンナー、カール・バルトというような、次の世代において指導的な立場に立つ人々の多くは、当時そのように感じたのである。さらにその四十年後に、バルトは以下のように回想している。すなわち、「私個人にとって、その年の八月初旬の一日は、『不吉ノ日』(dies ater) という印象を残した。その日は、九十三人のドイツの知識人たちが、皇帝ヴィルヘルム二世と彼の助言者たちの軍事政策に対して承認を公表した日である。驚いたことには、私がそれまで信仰的に尊敬していたほとんどすべての神学教師たちの名前をも、私は、その署名者の中に認めなければならなかった。私は、彼らのエトスに躓くことによって、彼らの倫理学と教義学、聖書解釈と歴史叙述にも、もはやついていくことができないということを認めた。そして、十九世紀の神学が、自分にとって、もはや未来を持たないということを認めた」。〉(ツァールント『二十世紀のプロテスタント神学(上)』四~五頁)

ツァールントは、第一次世界大戦の勃発時に、バルト、ティリッヒ、ブルンナーなどのプロテスタント神学者が、十九世紀自由主義神学の終焉を自覚したと整理しているが、これは後知恵だと思う。仮に第一次世界大戦でドイツとオーストリア・ハンガリーが勝利していたならば、これらの神学者はどこまで危機を自覚していたであろうか？　ドイツが勝利できないという見通しとともに危機意識が鮮明になったというのが真相だと思う。

敗戦に直面して、ドイツ人は危機を自覚した。ただし、バルトやブルンナーの場合、ドイツ語で神学的営為を行うが、国籍はスイスだ。第一次世界大戦においてスイスは中立国だった。バルトは、ドイツ人の内在的論理を理解するが、スイス人として、ドイツ人と異なるアイデンティティーをもつ。ちなみにフロマートカは、チェコ語とドイツ語のバイリンガルである。これはチェコ人インテリとしては、ごく普通の現象である。フロマートカもドイツ人の内在的論理を理解することができる。しかし、チェコ人としての別個のアイデンティティーをもっている。ドイツ人とチェコ人の距離感は、ドイツ人とスイス人の距離感よりもはるかに遠いのである。

いずれにせよ、第一次世界大戦の大量破壊と大量殺戮に直面して、十九世紀自由主義神学の理想主義、楽観主義では、現実を物語ることができなくなってしまった。そこで、バルトはもう一度はじめから自分の頭で考え直すことを余儀なくされたのである。

〈もはや神学は、神について従来と同じように語り続けることはできなかった。神学は、神についてのその言説が、責任のある信頼に値する言説であり続けようと思うならば、また再びそのようなものにしようと思うならば、それを別の新しい仕方で行なうことを試みなければならなかった。神について語ることがそもそも神学者に許されているか、またどこまで許されているかが、問題であった。そしてカール・バルトが彼の道の初めにおいて直面していると思ったのは、まさにそのような問題であった。〉（前掲書五～六頁）

そして、バルトは神を再発見した。人間が、自らの知恵で表象することができるような神は、キリスト教が想定する神ではない。人間が頭で考えたことを投影した偶像である。ちなみにドストエフスキーは、『カラマーゾフの兄弟』を通じて、人間がつくりあげた神という名の偶像の問題をとりあげた。ロシア社会の危機を正面から見つめることによってドストエフスキーが気づいた事柄を、バルトは聖書をもう一度読み直すことによってとりあげたのだ。

〈バルトにとって、問題の中心は、当初から、聖書の正しい理解であり、それと共に、「解釈学的問題」であった。このような問題領域の内部での彼の関心は、「どのようにして、それを行なうか」という方法論的問題ではなくて、「どのようにして、それは可能か」という原理的問題であった。〉（前掲書七頁）

バルトが聖書を解釈したように、ドストエフスキーはロシアを解釈したのである。

ノハビッツァ牧師とのやりとりの場面に戻ろう。弁証法神学の精神とマサリクの精神は異なるとノハビッツァ牧師は断定する。いったいそれは何を意味するのであろうか。

「佐藤さん、バルトはスイス人ですが、ドイツ人を文字通り兄弟と考えています。第一次世界大戦の敗北を、ドイツ・プロテスタント神学の危機と考えました。そこから『ローマ書講解』は生まれてきました。これに対して、第一次世界大戦が、マサリク、フロマートカを含む私たちチェコ人にとってもった意味は異なります」

「どういうことですか。よくわかりません。説明してください」

「第一次世界大戦で、ドイツとともにオーストリアも敗北しました。その結果、ハプスブルク帝国が解体しました。これは私たちチェコ人にとっては解放でした」

「解放ですか」

「そうです。オーストリアのドイツ人による支配からの解放です。それによって、われわれはチェコスロバキアという独立国家をもつことができました。十九世紀半ばに、このホドスラビッツェ村出身のフランチシェク・パラツキーが、いずれわれわれチェコ人は独立する民族だと言っても、ドイツ人のみならず、チェコ人もそれを本気で受けとめませんでした。チェコ人はいずれドイツ人に同化してしまうのではないかと誰もが思ってた。そこで、パラツキーは『ボヘミアとモラビアの歴史』という全五巻の大著を書きます。チェコ人とドイツ人の抗争史観による歴史書です。この本が上梓され、はじめてわれわれは歴史的民族であるという自覚をもちました」

歴史的民族、非歴史的民族というのは、ヘーゲルが考え出した二分法だ。歴史的民族は独立民族となり国民国家をもつことができるが、非歴史的民族は、周辺の大民族に同化し、吸収されてしまうと考えた。マルクスの盟友であるエンゲルスは、チェコ人を非歴史的民族と規定した。いずれチェコ人はドイツ人に同化されてしまうと考えたのである。それだから、マルクス主義者はチェコ人の国家建設運動に冷ややかだった。

ノハビッツァ牧師は続ける。

「バルト、ゴーガルテン、ブルンナーにとって危機と感じられた第一次世界大戦がチェコ人にとっては解放だったのです。新生チェコスロバキアの版図が戦場にならなかったことも、チェコ人がこの戦争を大きな悲劇と受けとめなかった理由になっています。マサリクにとって、第一次世界大戦でハプスブルク帝国が解体したことは、よろこびそのものでした」

「フロマートカも同じ認識だったのでしょうか」

「フロマートカの歴史認識はもう少し複雑です。しかし、一九一八年のチェコスロバキア共和国建国をフロマートカもマサリク同様に民族解放ととらえたことは間違いありません。マサリクには、民主主義が最良の政治形態であるという信念とともに、地政学的な発想がありました」

「チェコスロバキアは、ドイツとロシアという二つの大国にはさまれているので、アメリカ、イギリス、フランスなどの遠い諸国との関係を強化することで安全保障を担保するという発想ですね」

「そうです。しかし、マサリクとフロマートカの間では、基本認識において、将来、深刻な見解の対立に発展する可能性のある差異がありました」

「どの点においてでしょうか」

「文明の将来とロシア問題についてです。これは、二人のドストエフスキー解釈の相違ともからんでいます」

ドストエフスキー解釈のどのような差異によって文明観、ロシア観に深刻な対立がもたらされるのであろうか。ドストエフスキーはそれほど大きな影響をチェコ人政治エリートに与えているのだろうか。それともこれはノハビッツァ牧師の特異な見解なのだろうか。このような問いかけが私の頭に次々と浮かんできた。

私とノハビッツァ牧師のやりとりをドスタル引退牧師夫妻が注意深く聞いている。ドスタル引退牧師夫人が、立ち上がり、紅茶を入れてきた。テーブルの上にある橙色の杏がたくさん乗ったケーキを切って、各人の皿に載せた。

「チェコ人の入れる紅茶はあまりおいしくないと言うけれど、日本人はきっとコーヒーよりもお茶の方が好きだと思うのでいれました」とチェコ語でゆっくりと話した。

ドスタル引退牧師が砂糖を入れようとすると「モメント（ちょっと待って）」と言って、冷蔵庫から茶色の小さな瓶をとりだしてきた。ケーキで十分糖分をとっているので、紅茶にはサッカリンを使えということのようだ。年齢のせいもあり、ドスタル引退牧師は糖尿病の傾向があるのだろう。

ドスタル引退牧師が、「ホンザ（ノハビッツァ牧師の名はヤンで、愛称がホンザとなる）がこんなに上手にロシア語を話すとはいままで知らなかった。戦後、義務教育ではロシア語が教えられるようになって、共産党員以外には役に立たないだろうと思っていたが、思わぬところで役に立つ」とドイツ語で言った。

ノハビッツァ牧師は、「コメンスキー福音主義神学大学でもロシア語が必修ですよ。おかげで私たちは、ドストエフスキーやベルジャーエフをロシア語で読むことができます。そのかわり英語の勉強時間が足りないので、外国からのお客さんが来たときに、コミュニケーションで支障が生じることが多いです。学生時代に英語学校に通っておけばよかった」とドイツ語で言った。

紅茶にはミントが入っていた。確かに紅茶自体はそれほどおいしくないが、ミントの香りがいい。私は、紅茶を一口飲んでから、ノハビッツァ牧師に「マサリクが現代文明の将来について、楽観的であったのに対してフロマートカは悲観的だったという解釈でよいですか」と質問した。

「その通りです」

「そして、マサリクがロシア革命に忌避反応を示し、チェコスロバキアを拠点に白衛軍を支援し、ソビエト政権を転覆させようとしたのに対し、フロマートカが容共的だったという理解で間違えていませんか」

「その解釈も正しいです」

「それがドストエフスキー解釈とどう絡んでくるのでしょうか」

「マサリクは、ドストエフスキーが現代の病理をあらわしていると考えました。そして、啓蒙の力と実証主義によって、この病気を克服しなくてはならないし、またその克服は可能であると考えました。マサリクは十九世紀の子供です。これに対して、フロマートカは、ドストエフスキーが現代の病理をあらわしているという点ではマサリクと同じ認識です。しかし、フロマートカ自身がドストエフスキーと同じ病気にかかっていると感じていました。二十世紀の子供であるフロマートカは、啓蒙主義や実証主義に全面的信頼を寄せることができませんでした。マサリクよりも、近代人がもつニヒリズムについて、フロマートカは深刻に考えていました」

「ニヒリズムですか」

「そうです」

ここまで話したところで、ノハビッツァ牧師は、「そろそろ日が暮れます。その前にフロマートカのお墓参りに行きませんか」と私たちを誘った。私は、「是非、行きたいです」と答えた。

ドスタル引退牧師は、足が弱っているので自宅に残り、ノハビッツァ牧師、ドスタル夫人、私と家内の四人で家を出た。ホドスラビッツェ村の墓地は、村はずれにある。ドスタル引退牧師の家から徒歩十分くらいの丘陵地帯だった。丘を登りながら、ノハビッツァ牧師が、「フロマートカのお墓は、丘陵の上の方にあります。フロマートカ家は、社会主義革命前には、この村の三分の一を所有する大地主でしたから」と言った。

「フロマートカの略歴を見ると貧農の出身と書いてあります」

「地主も農民であることには変わりありません。社会主義体制下で大地主の出身ということならば、教会や神学校の要職に就くことができません」

そう言った後、ノハビッツァ牧師は、ドスタル引退牧師夫人にチェコ語で何か質した。夫人が早口で答える。私には何を言っているのか聞き取れなかった。夫人の話の概要をノハビッツァ牧師がロシア語に訳してくれた。

一九五〇年代にチェコスロバキアで農業集団化がなされた。フロマートカの両親は、社会主義政権による土地の無償没収に強く抵抗した。大地主だけでなく自作農も、先祖代々耕してきた土地に対する愛着が強い。共産党政府とホドスラビッツェ村の地主や農民が対立していたときにフロマートカが故郷にやってきた。フロマートカは一九四八年にアメリカから帰国して、プラハのコメンスキー福音主義神学大学学長をつとめており、ホドスラビッツェ村出身の出世頭だった。フロマートカの両親は、息子が先祖代々の土地所有を認めるように共産党政権の幹部に働きかけてもらえるものと勝手に思い込んでいた。ところが、フロマートカは、共産党政権による土地の無償没収を支持した。これに対して、フロマートカの両親は深く失望した。母親は、「お前にはわが家の敷居をまたがせない」と言い渡したそうだ。もっとも、この破門は、その後二年で解除される。さっき聞いた話の詳しい事情がこれでわかった。ドスタル引退牧師夫人の話はここまでだった。

私は、「破門が解けた後、フロマートカはこの村をときどき訪れたのですか」と尋ねた。

それに対して、ノハビッツァ牧師が、「フロマートカは親孝行なので、両親が健在のうちは、ここを頻繁に訪れました。ただ、両親が死んだ後は、あまり訪れなくなりました」と言って、その後の事情について話した。

この経験を通じて、ホドスラビッツェ村の人々は、フロマートカが共産主義にかぶれた「赤い神学者」になったと批判するようになった。両親の死後、住居と家督はフロマートカの弟が引き継いだ。かつては小作人や使用人を抱え、豊かな生活をしていたフロマートカ家の人々も、これからは集団農場に出て、昔の小作人たちと一緒に仕事をしなくてはならない。フロマートカの弟は、そのような時代の転換についていけず、アルコール飲料に逃げるようになった。現在、家督はその息子が継いでいるが、この人物もアルコール依存症だ。フロマートカ家の人々は、村人とほとんど交流をしなくなった。そうして時は流れていった。

一九六八年八月、「プラハの春」をソ連軍を中心とするワルシャワ条約五カ国軍の戦車が叩き潰した。このときフロマートカが真っ先にプラハのソ連大使館を訪れ、チェルボネンコ・ソ連大使に抗議書簡を叩きつける。その後、いくら圧力をかけられても、ソ連批判を撤回しない。そして、チェコスロバキア政府からフロマートカは、政治犯とみなされるようになった。

ホドスラビッツェ村の人々は、社会主義体制になってから、極力、政府とは縁をもたない生活をするようになった。そこで、社会主義体制に迎合する「赤い神学者」がソ連非難の先頭に立ったのだから、常識では理解できない状況に当惑した。

その翌年の一九六九年十二月にフロマートカは死去した。遺言として、遺体はホドスラビッツェ村の一族の墓地に埋めてくれということだった。それだからここに墓があるのだ。墓標は大きな黒曜石で、フロマートカの両親や妹のものとまったく同じ作りだった。

墓にいるうちに日が暮れた。今度はノハビッツァ牧師が「もう一度、教会に行きましょう」と私たちを誘った。私たちはノハビッツァ牧師についていった。教会に着くと、教会堂ではなく、牧師館に案内された。

牧師館では、ノハビッツァ牧師の奥さんと二人の息子が待っていた。私たちは、書斎に案内された。書斎には数千冊の神学書が揃っている。それもほとんどチェコ語だ。ハルナック、バルトやティリッヒなどの主要な神学書がチェコ語に訳されている。チェコ人の牧師は、コメンスキー福音主義神学大学でドイツ語の神学書を徹底的に読み込む。従って、神学者や牧師にとってならば、ドイツ語の神学書をチェコ語に翻訳する必要はない。ドイツ語を解さない一般信者のためにこのような翻訳を作成しているのだ。

戦前の翻訳は、立派な表紙がついた通常の本だ。戦後も一九五〇年代初頭までは通常の本だ。それが最近のものになるとわら半紙にタイプ打ちの謄写版で、画用紙の表紙がついた仮綴本ばかりだ。

「どれくらいの部数を刷っているのですか」

「標準で百五十部、多くて三百部くらいです」

「用紙は、国からの配給ですか」

「そうです。紙は人民のものです。キリスト教のような反動イデオロギーのために割り当てることができる紙は、必要最低限ということになります。神学書は、コメンスキー福音主義神学大学の教材で必要な部数ということになります。神学生と教師が合わせて百人ですから、この程度の用紙割り当てしか受けられないのです」

チェコスロバキアの共産党政権は、ソ連と比して狡猾だ。ソ連では決して公刊することができないような神学書がチェコスロバキアでは公刊され、またソ連では通常、輸入が認められないような神学書の輸入も認められ、その翻訳も認められている。これで対外的には、共産党政権がチェコスロバキアではキリスト教関連の出版物を刊行する自由が認められていると宣伝することができる。しかし、実際の発行部数は三百部を超えることはない。仮にこれらの神学書の出版を当局が認めないならば、チェコの神学者たちは、タイプにカーボン紙をいれて複写する「サムイズダート（自主出版）」方式で、数百部くらいならば簡単につくってしまう。それならば、政府が用紙を割り当て、キリスト教に理解ある姿勢を示しておいた方がよい。

「これらの神学書を本屋で買うことができるのですか」と私は尋ねた。

「一般の本屋では買えません。プラハのユングマンノワ通り9番に行ったことがありますか」

「まだありません。確か、キリスト者平和会議（CPC、the Christian Peace Conference）の本部があるところですね」

「そうです。キリスト者平和会議だけではありません。あのビルは〝フス・ハウス〟と呼ばれていて、プロテスタント関係の施設が集まっています。チェコ福音主義兄弟団本部、コメンスキー福音主義神学大学、カリフ出版所、カリフ書店の住所は、すべてユングマンノワ通り9番です。神学書はこのカリフ書店だけにあります。東ドイツで刊行された神学書も売っています。それ以外、西ドイツやスイスで刊行された神学書をチェコスロバキアで購入することはできません。ただし、スイスやドイツの大学のプロテスタント神学部がコメンスキー福音主義神学大学に対する支援プログラムを作っていて、新刊の神学書を寄贈するので、プラハに行けば最新の神学書を読むことができます」

「地方に住んでいる信者は、カリフ出版の本をどうやって買うのですか」

「一般書店には流通していないので、教会で牧師を通じて買うことになります」

チェコ語の神学書を入手すること自体、一般の信者にとっては難しいようだ。

「キリスト教徒であることの不利益はありますか」

「公式の回答は『いいえ、ありません』となります」と言って、ノハビッツァ牧師は笑った。

ロシア人も、「公式の答えは『はい』です」、「公式の答えは『いいえ』です」という応答をすることがある。これは、公式と実態は、まったく別だということだ。

ノハビッツァ牧師は、「たとえばうちの息子たちは、大学進学をすることができません。父親が現職の牧師である場合、大学の文科系の学部の入学試験に合格した事例がありません。理科系で高等学校の成績が抜群によければ、大学への入学が稀に認められることがあります。教会で両親が熱心に活動している場合も、同じような扱いを受けます。コメンスキー福音主義神学大学を卒業しても、一般の大学卒業の扱いは受けません。それよりも一段階低い専門学校卒業の扱いになります」と説明した。

「コメンスキー福音主義神学大学の教育水準は、大学レベルですよね」

「そうです。大学院もあり、博士学位を授与する権限もあります。ドイツやスイスの大学神学部とも少数ですが留学生の交換を行っています。しかし、チェコスロバキア国内では一回りレベルが低い教育機関としての扱いを受けています」

「神学大学で使う教材はすべてカリフ出版所で刊行しているのですか」

「大部分がそうです。ただし、フス全集やコメンスキー（コメニウス）全集のように、一般的価値が認められている書籍は、アカデミー出版から刊行されています」

そう言った後、ノハビッツァ牧師は、「コメンスキー福音主義神学大学の教授でも、カリフ出版所から神学書を出せない人がいます」と言った。私は、「誰ですか」と尋ねた。

「ミラン・オポチェンスキー教授です」

「聞いたことがあります。確かフロマートカの秘書をつとめていた神学者ですね」

「そうです。フロマートカの信任がいちばん厚かった弟子です」

「そういえば、オポチェンスキーの神学論文を読んだ覚えがない」

「キリスト教神学と革命に関するオポチェンスキー教授の教授資格請求論文はすばらしい内容です。英語とドイツ語で刊行されていますが、チェコ語では刊行が認められていません」

「内容に問題があるのですか。それとも著者の政治姿勢に問題があるのですか」

ノハビッツァ牧師は、少し考えてから「両方です」と答えた。そして、「昼間、話をしたドストエフスキーと現代神学の関係についてもオポチェンスキー教授は深い関心をもっています」

「なんでオポチェンスキー教授が当局によって警戒視されているのですか」

「いろいろ理由があります。まず、オポチェンスキー教授のお父さんは、トマーシュ・マサリク大統領の信任が厚い牧師でした。マサリクはもともとカトリック教徒だったのですが、オポチェンスキー牧師の影響を受けて、プロテスタントに改宗しました」

「その話ははじめて知りました」

「それから、やはりオポチェンスキー教授のお父さんは、第二次世界大戦中、ナチス・ドイツに対する抵抗運動を、ロンドンのチェコスロバキア亡命政府と連絡をとりながら行っていました。逮捕され、ダッハウの強制収容所に入れられていました。もう少し戦争が長引いていたならば、処刑されたと思います。社会主義政府は、ロンドン亡命政府とつながる活動家の家族をいまでも警戒しています」

そう言えば、イギリスに住んでいた頃に、ロンドンの古書店店主でBBC（英国放送協会）海外放送部チェコ課の記者兼アナウンサーのズデネク・マストニク氏に連れられて、ロンドン北部のハムステッド・ヒースにあるチェコスロバキア・クラブに行って、チェコ料理を御馳走になったことがある。マストニク氏が「このクラブはロンドン亡命政府関係者の親睦センターになっているので、プラハの社会主義政権に近いチェコ人はやってこない」と言っていたことを思いだした。私はこのクラブに出入りしていたことについて、黙っていることにした。

「『プラハの春』のときの姿勢は問題視されていないのですか」と私は尋ねた。

「それが最大の問題なのです」とノハビッツァ牧師は述べて、以下の事情について説明した。

一九六八年の「プラハの春」のとき、オポチェンスキーは、スイスのジュネーブの世界学生キリスト教連盟に勤務していた。そして、「プラハの春」を積極的に支持し、ソ連軍などの介入後は、チェコスロバキアからの避難民や亡命者を保護していた。誰もがオポチェンスキーは亡命すると考えていた。しかし、周囲の予測に反して、一九七三年に帰国する。帰国した後も、社会主義政権に対して公然と叛旗を翻すことはしないが、ミラン・マホベッツ、ヤコプ・トロヤンなどの反体制派との付き合いを続けている。チェコスロバキア国内では、著作をほとんど刊行できず、論文はドイツとスイスで、主にドイツ語で刊行している。一九七〇年代末まで、オポチェンスキーの出国は認められなかった。現在も、抵抗権を神学的に基礎づける作業に従事しているので、当局はオポチェンスキーを嫌っている。他方、オポチェンスキーも自分を取り巻く状況についてよくわかっているので、「憲章77」に署名したり、ドイツやオーストリアやカナダにある反共系のチェコ語出版社から書籍を発行したりすることは避けている。

私は、ノハビッツァ牧師に「オポチェンスキー教授と面会することはできますか」と尋ねた。

「何とも言えません。ミランが、この瞬間、自分が置かれている状況をどう判断しているかによります。仮に面会を断られたとしても、悪く思わないでください。コメンスキー福音主義神学大学よりも、夜、自宅に電話をする方がいいです」

ノハビッツァ牧師はそう言って、机の上から大型手帳を取りだして、オポチェンスキー教授の自宅の電話番号を教えてくれた。

その日は、夜十時頃まで牧師館で話し込んだ。ノハビッツァ牧師夫人が、冷製ソーセージの盛り合わせとピクルス、それにライ麦パンをスライスしてもってきた。チェコ人の標準的な夜食ということだ。チェコ人は朝が早い。午前五時には起床し、六時頃から仕事を始める。それだから夜十時というのは日本人の感覚では午前一時くらいだ。

「もうバスも電車もありません。私がホテルまで送ります」と言って、ノハビッツァ牧師は車を出してきた。オレンジ色のチェコ製小型車「シュコダ」だ。ホドスラビッツェ村からノビー・イチーンまでの道路はきれいに舗装されていたが、街灯がまったくない。対向車もほとんど走っていない。ノビー・イチーンの街に入っても、誰も歩いていない。

ホテル・カラチに着いたのは午後十時半頃だった。すでにホテルの扉は閉まっているので、呼び鈴を押してフロント係を呼び出した。ロシア語が堪能なフロント係の中年女性が、眠そうな顔をしてでてきた。

その日は、興奮してなかなか寝付くことができなかった。

ノビー・イチーンには、その後二泊した。月曜日もホドスラビッツェ村を訪れ、牧師館に入り浸り、ノハビッツァ牧師から神学書を見せてもらいながら、チェコのキリスト教事情や、反体制運動との関係について、話を聞いた。ノハビッツァ牧師やオポチェンスキー教授は、異論派（ディシデント）と公認教会の境界線上に立っている人々であるということがわかった。

水曜日の早朝のバスでプラハに向かった。ノビー・イチーンからプラハ行きの高速バスが一日三本でている。プラハまでは約七時間だ。列車だと十時間くらいかかるので、バスの方がずっと便利だ。ボストンバッグにはノハビッツァ牧師からもらったチェコスロバキアに社会主義体制が成立する以前に刊行されたフロマートカの神学書が十数冊入っている。

昼過ぎにプラハの中央バスターミナルに着いた。今度は、市の中心部から少し離れた「パノラマ・ホテル」に宿泊する。新しい西側基準のホテルで、プールやレストランが整っているという話だ。ホテルに着くとサービスも行きとどいているので、モスクワのホテルとはまったく違った印象を受ける。

チェックイン手続きを終えると、私は早速、ノハビッツァ牧師から聞いたオポチェンスキー教授の自宅の電話番号を回した。呼び鈴が二、三回鳴ったところで、電話が通じた。

「ミラン・オポチェンスキー教授ですか」私は英語で尋ねた。

先方は、「はい、そうです」と答えた。

私はモスクワの日本大使館員で、この電話番号はノハビッツァ牧師から聞いたと伝えた。オポチェンスキーが警戒している雰囲気が受話器を通じて伝わってくる。

私は簡潔に自己紹介をした。京都の同志社大学神学部の卒業生で、フロマートカ神学を研究していること。フロマートカのバルト理解やドストエフスキー理解に関心をもっているので、「御都合がつけば、是非お会いしたいのです。土曜日の昼、モスクワに戻らなくてはなりません」と述べた。

私の話を聞きながら、オポチェンスキー教授が好奇心を膨らませている感じが、声のトーンでわかった。私は「うまくいった」と思った。

「佐藤さん、今晩だったら時間があります」

「それでは、恐縮ですが、『パノラマ・ホテル』の最上階にあるメイン・レストランに御招待申し上げます」

「それでは、よろこんで御招待をお受けします」とオポチェンスキーは答えた。

第4章　無神論

「パノラマ・ホテル」は、プラハの中心部、バーツラフ広場から南に約三キロ離れたところにある。バーツラフ広場駅から地下鉄で四駅で、パンクラツェ駅に着く。そこから一〇〇メートルくらいでホテルの入口だ。近くに名勝旧跡はない。住宅と商店が混在している地域だ。「パノラマ・ホテル」は二十四階建ての頑丈な建物だ。その最上階がレストランになっている。私はプラハ城がよく見えるテーブルを予約した。オポチェンスキーとは、午後五時半に約束した。チェコ人は、早寝早起きだ。ロシア人と比べると二時間くらい時差がある。

オポチェンスキーは、時間ちょうどにやってきた。

席を勧め、自己紹介をした。私がチェコ語で、「チェコ語はほとんど理解できません。ドイツ語で神学書は読んできましたが、話した経験はありません。ロシア語か英語で意見交換ができるとうれしいです」と言った。

オポチェンスキーは、訛りのある英語でこう話し始めた。

「エキュメニカル・イングリシュという言葉を御存知ですか」

エキュメニカルの語源は、ギリシア語で人間が居住する領域の意味だ。キリスト教会が教会の壁を越えて、再一致しようとする運動だ。プロテスタント教会が中心になって展開している運動だが、ロシア正教会、ルーマニア正教会、ブルガリア正教会などの東側の教会も参加している。

WCC（世界教会協議会）というNGO（非政府組織）をもっている。スイスのジュネーブにWCCの本部がある。ヨゼフ・ルクル・フロマートカも長い間、WCCの執行委員をつとめていた。エキュメニカル運動と関係をもった英語のことなのだろうか。

「エキュメニカル・イングリシュという言葉ははじめて聞きました」

「エキュメニカル運動で国際会議に参加しても、英語をうまく話すことができる人たちだけではありません。文法を無視した、単語の羅列だけの、滅茶苦茶な英語で意思疎通をする。私は、ドイツ語で教育を受けた世代です。正規教育で英語は勉強しませんでした。それだから、相当、乱暴なエキュメニカル・イングリシュを話します。失礼な表現があっても、お許し下さい」

そういうものの、発音はチェコ訛りだが、正確な英語を話す。

ウエイターが食前酒リストをもってきた。

「何にしますか」と私がオポチェンスキーに尋ねた。

「私はアルコールはあまり飲みません。佐藤さんは、ベヘロフカを飲んだことがありますか」

ベヘロフカ（Becherovka）とは、カルロビバリ特産の少し甘い薬酒だ。十九世紀の初め、カルロビバリのヤン・ベッヒャーという薬剤師がつくったハーブ酒で、チェコの名産品になっている。モスクワでも、チェコ土産として重宝される。

「あります。それでは、私はベヘロフカをとります」と私は言った。

「それでは、私もご相伴します」とオポチェンスキーは答えた。

「モスクワでの生活は、もうどれくらいになりますか」

「去年（一九八七年）八月末にモスクワに赴任しました。まだ七カ月しか生活していないので、様子はよくわかりません」

「私はもう二十年以上、モスクワに行っていません。ただし、ペレストロイカでソ連は変化しつつあるので、近いうちに訪ねていきたいと思います。もっともロシア正教会の神父や神学者たちは、ウオトカを浴びるほど飲む。あれにはついていけませんでした」

そう言って、オポチェンスキーは笑った。

「フロマートカは、ウオトカを飲まなかったのですか」と私は尋ねた。

「フロマートカは、体質的にアルコールをほとんど受け付けませんでした。食事のときにワインを少し飲むくらいでした」

二つくらい離れたテーブルでは、五～六人のソ連からの観光客が、ウオトカとワインの瓶を並べて大騒ぎしている。顔つきから判断すると、ロシア人ではない。アルメニア人かグルジア人のような感じだ。ただし、ロシア語で話をしているので、ロシア人がはいっているのかもしれない。

チェコスロバキアへの旅行は、ロシア人に人気がある。ロシアでは手に入れることが難しい、ウイスキー、マールボロ、ケントなどのアメリカ・タバコ、それにバナナやオレンジが簡単に手に入る。また、ソ連のルーブルを使うこともできる。それから、ホテルでは、ロシア語が通じるし、レストランのメニューもロシア語で書かれている。

試しに、ロシア語のメニューの頁を開いてみた。ロシアでは手に入りにくい高級キャビアがある。ロシア語を話す観光客の席にも、キャビアが並べられている。値段もモスクワの外貨ショップの半分だ。私は、前菜にキャビアとパンケーキを注文した。

メインは、「もっともチェコ的な料理を食べたい」と言うと、オポチェンスキーが「鴨のローストに、ザワークラフトをつけあわせた料理にしましょう。きっとおいしいと思います」と勧めるので、それをとった。食前酒の後は、オポチェンスキーと私の家内はミネラルウォーター、私はビールをとることにした。チェコで、ビールは、国民的飲料だ。高級レストランでワインのかわりにビールを飲んでいても、別におかしくないという。

「日本人と話をするのは、ほんとうに久しぶりです」とオポチェンスキーは言った。

オポチェンスキーは、フロマートカに同行して、一九六三年に訪日したことがある。

そのときのことについて、私は水を向けた。

「あなたがフロマートカと一緒に訪日したときに、私の母校である同志社大学神学部を訪れました」

「京都の神学校ですか」

「そうです。そのとき、フロマートカの通訳をしたのが、私の指導教授だった緒方純雄先生です。フロマートカは、チェコ宗教改革の伝統と社会主義国におけるキリスト教の現状について話し、日本のキリスト教徒にとても強い印象を残したと緒方先生は言っていました」

「京都の神学校のチャペルでフロマートカが講演したことは覚えています。しかし、学校の名前までは覚えていません。フロマートカも私も、日本訪問で強い印象を受けました。特に印象的だったのが、日本のキリスト教徒は、数は少ないが、社会的影響力が強いことです。それから、知識人にキリスト教徒が多いことです」

「むしろそれが日本のプロテスタンティズムの弱点と私は考えています」

「どうしてですか」

「社会的な広がりをもつことができない。日本でフロマートカ神学を研究し、発表しても、その内容を理解できる人は、五十人くらいしかいないでしょう」

「五十人もいれば十分です。チェコでもフロマートカ神学を理解している人は、実のところ、あまりいないと思います。ところで、日本で私たちはとても奇妙な話を聞きました」

「何ですか」

「日本人にはキリスト教の罪が理解できないという話です」

「まともな神学者や牧師がそんな話をしていたのですか」

「そうです。日本人には、恥の文化はあるが、罪の文化がないので、キリスト教が受け容れられないのだという議論です。フロマートカも私も、この議論の意味がよくわからなかった」

「それは、恐らく、米国の文化人類学者ルース・ベネディクトの影響です。日本人は恥を基準に行動するので、罪の意識が稀薄だという議論です」

「どうして、そのような暴論を日本のキリスト教徒は黙って聞いているのですか」

「たしかにその通りだと思っているからでしょう」

「しかし、罪も恥も、どの人間ももつ普遍的概念です。欧米のいわゆるキリスト教国でも恥の基準で動いている人はたくさんいます。恥の民族、罪の民族などという二分法は通用しません。帰国後、フロマートカは、そのことをＣＰＣ（キリスト者平和会議）の機関誌に書きました」

「その論文は、同志社の神学部図書室で読みました。鋭い指摘と思いました」

そして、オポチェンスキーは、日本で新しいキリスト教神学が生まれる可能性をフロマートカが考えていたという話をした。その理屈は次の通りだ。少し回りくどくなるが、ていねいに説明したい。

ラテン語で、コルプス・クリスチアヌム(corpus christianum、キリスト教共同体)と呼ばれる概念がある。ユダヤ・キリスト教の一神教(ヘブライズム)、ギリシア古典哲学(ヘレニズム)、ローマ法(ラティニズム)という三つの伝統に基づく文化システムである。近代とは、コルプス・クリスチアヌムの解体過程であるとフロマートカは考えた。それとともに国家とキリスト教会の関係も、根本から変化する。三一三年にミラノ勅令で、コンスタンチヌス大帝がキリスト教を公認した。これにより、これまで反体制的地位に置かれていたキリスト教は、体制側の宗教になった。一七八九年のフランス革命後、教会は国家から分離される傾向が主流になった。しかし、フランス革命初期を除いて、国家から教会が激しく弾圧されたわけではない。キリスト教徒であるということは、穏健な市民であることの証左として受けとめられた。また、キリスト教的ということが、文明的と同じ意味で受けとめられるようになった。西欧的文化様式とキリスト教を同一のものとみなしても、誰も異議申し立てをしなかった。

一九一七年のロシア革命で、無神論を掲げるソ連国家が生まれたことによって、「コンスタンチヌス帝の時代」が終わり、「コンスタンチヌス帝以降の時代」が始まった。国家とキリスト教会の癒着は断ち切られた。その結果、「特権なきキリスト教」という状態がうまれた。フロマートカは、このことによって、市民社会(資本主義社会)において、社会的評価を得るために教会に来ていた人々が離れたことを歓迎した。キリスト教徒であることが、社会的に何の利益ももたらさないところでこそ、キリスト教徒は真価を発揮できるというのがフロマートカの信念だった。

その観点からすると、日本のキリスト教はそもそも特権をもっていない。また、キリスト教徒であることで、経済的利益や社会的評価を受けることもない。それにもかかわらず、キリスト教徒であるということに意味があるとフロマートカは考えた。

　私自身が、フロマートカ神学に惹かれたのも、フロマートカが「コンスタンチヌス帝以降の時代」を肯定的に評価し、そこでイエスが説いた愛のリアリティーを回復しようとしたからだ。非キリスト教的風土の日本において、キリスト教を土着化させる示唆がフロマートカ神学にあると私は考えた。オポチェンスキーの話を聞くうちに、私は神学生時代の着想が間違いでないという感触を強めた。

「チェコスロバキアにおいて、コンスタンチヌス帝以降の時代は到来したのでしょうか」と私は尋ねた。

「一部だけ、現実になったということでしょう」とオポチェンスキーは答えた。

「おっしゃることの意味がよくわかりません。一部だけとは、どういうことなのでしょうか」

「もっとも重要な点で、牧師は事実上の国家公務員です。国家から給与を得ています」

「えっ、ほんとうですか。一方において、無神論キャンペーンを展開しておきながら、牧師の給与を社会主義国家が出しているのですか」

「そうです」

　これはほんとうに驚きだった。ソ連では、国家と教会の分離が厳格に貫かれている。従って、神父の給与は、信者からの献金によってまかなわれている。日本の教会でも、牧師の給与は教会が支払っている。私は、オポチェンスキーに「なぜですか」と尋ねた。

「その方が、教会を国家に依存させることができるからです。戦前のチェコスロバキアは、ドイツの領邦教会の制度を継承しました。主要な教会の牧師や神父の給与は、国家が支払っていました。その伝統を継承した方が国家統治に有利だと社会主義政権が判断したのです。もちろん信者であると、社会的に不利な取り扱いを受けます」

「どういう取り扱いですか」

「例えば、牧師の子弟は、総合大学に進学することができません。また、企業につとめていても、信者ならば管理職にはつけません。教会が、外国から資金援助を受けることは、禁止されています。キリスト教徒には十分な経済力がないので、牧師の給与を信者が支払うことはできません。政府はここに付け込んで、経済的に教会の首根っこを押さえています」

チェコスロバキアの社会主義政権は、どうすれば教会を体制に従属させることができるかを熟知しているのだ。

「社会主義政権はなかなか狡猾なのですね」

「それはそうです。特に一九六八年の『プラハの春』以降の〝正常化〟の過程で、狡猾さを増しました。佐藤さんは、『新二王国説』という言説を聞いたことがありますか」

「ルターの『二王国説』と関係するのですか」

「関係します。現在、東ドイツのプロテスタント教会で主流になっている言説です」

そう言って、オポチェンスキーは、「新二王国説」について、説明した。一五二四年から翌年にかけてのドイツ農民戦争に際して、ルターは、国家と教会という二つの区分された権威、すなわち王国を認めた。そして、地上において、キリスト教徒は国家に従うべきであると説いた。究極的に神の権威によって、国家は建てられているのだから、国家に服従することは、キリスト教徒の義務であると説いたのである。もちろん、ルターが抵抗権をまったく認めなかったわけではない。人間の内心、つまり信仰の領域に国家が介入してくるときには、キリスト教徒は、法秩序をできるだけ尊重しながら、異議申し立てを行わなくてはならないとルターは主張した。

東ドイツのプロテスタント神学者たちは、社会主義統一党（共産党と社会民主党が対等の立場で合同した政党）政権と教会の関係を、社会主義体制に「二王国説」を回復することで、調整しようとした。つまり、信仰をキリスト教徒の内面の事柄として、公民としては、社会主義体制を支持するという姿勢だ。これを「新二王国説」という。

「『新二王国説』によって、東ドイツ政府と教会の間に軋轢は生じないのですか」

「児童や青少年に対する宗教教育をめぐって、ときどき軋轢が生じます。だいたい政府が譲歩して解決しています」

「東ドイツでプロテスタント教会は無視できない影響力をもっているのですか」

「もっています。東ドイツには、キリスト教民主同盟というキリスト教徒の政党があり、国会にも議席をもっています。もちろん社会主義統一党の衛星政党です。しかし、この政党を通じて、キリスト教徒は政治に影響を与えることができます。その大前提として、内心の自由としてのキリスト教を重視する『新二王国説』を堅持する必要が生じるのです」

「しかし、キリスト教信仰を内面におさえることはできない」

「その通りです。フロマートカは、『ポレ・エ・テント・スベート（Pole je tento svět. フィールドはこの世界である）』と言った。キリスト教徒は、この世界で、他者のために生きることによって信仰を証しするのです。内心にのみとどまる信仰は、信仰の抜け殻に過ぎません。そう考えて、フロマートカを中心に私たちは、マルクス主義者との対話を進めた。このアプローチに東ドイツの神学者たちは、とても冷淡でした」

「どうして冷淡だったのですか」

「いくら誠実に対話しても、マルクス主義者が世界観の問題で譲歩する可能性はないとあきらめていたからです」

「あなたたちはあきらめなかったのですか」

「あきらめませんでした。人間という切り口で、誠実に話し掛ければ、かならず変化が生じるというのがフロマートカの信念でした。もっともマルクス主義者だけでなく、私たちキリスト教徒も変化する。この対話が『プラハの春』の道備えをしました」

問題は、核心に入ってきた。ホドスラビッツェ村教会の牧師館で、ノハビッツァ牧師から、オポチェンスキーが「プラハの春」の精神を継承しているので、当局から警戒されているという話を聞いたことを思いだした。

「結局、フロマートカは、マルクス主義者を大審問官と思って、対話をしたのでしょうか」と私は尋ねた。オポチェンスキーは、声をあげて笑い、こう言った。

「そう。大審問官と思って対話したんです。当時は、確かにチェコスロバキアの共産主義者は大審問官だった。自由の力に耐えられない国民にかわって、パンと平和を与えようとしていた」

「パンと平和ですか」

「そうです。チェコスロバキアはもともと反共的土壌が強い国です。それにもかかわらず、一九四八年二月に、社会主義への平和的移行がなしとげられたのは、一九三八年のミュンヘン会談の影響です。ところで、チェコスロバキアでは、末尾に八がつく年に大きな事件が起きる」

「八がつく年ですか」

「そうです。一九一八年にチェコスロバキアが建国され、一九三八年のミュンヘン協定で国家が解体し、一九四八年に社会主義革命が起こり、一九六八年の『プラハの春』が戦車によって叩き潰された。もっとも今年は一九八八年ですけれども、チェコ人もスロバキア人も疲れ切ってしまい、何かが起きるとは考えていません。ただし、モスクワには期待している。ゴルバチョフがペレストロイカに成功すれば、チェコスロバキアにも変化が起きると私たちは考えています」

オポチェンスキーは、興奮して、早口で話した。

「オポチェンスキー教授、話が錯綜してついていけません」

「佐藤さん、名字で呼ぶのはよそよそしいのでやめましょう。ティカート（tykat）にしましょう」

「わかりました」

チェコ語には、ドイツ語のSie（あなた）にあたるvy（ヴィ）とdu（君）にあたるty（ティ）がある。それによって、動詞の変化形が異なってくる。ちなみにロシア語も同様だ。ティカートとは、俺―お前、僕―君という雰囲気で話そうということだ。

「ミラン、大審問官が人間にパンを保障しようとしたことはわかる。しかし、平和までも保障したのだろうか。平和が必要ならば、異端者を火刑に処する必要はなかったのではないだろうか」

「マサル、それは組み立てがちょっと違う。人間はパンを分かち合うことができない。それだから、戦争が起こる。大審問官は平和主義者でもある」

私は、『カラマーゾフの兄弟』における関連箇所についての記憶をもう一度整理してみた。大審問官はこう言っていた。

〈そう、人間どもは、われわれなしではぜったいに食にありつけない。彼らが自由でいるあいだは、どんな科学もパンをもたらしてくれず、結局のところ、自分の自由をわれわれの足もとに差しだし、こう言うことになる。『いっそ奴隷にしてくれたほうがいい、でも、わたしたちを食べさせてください』

こうして、ついに自分から悟るのだ。自由と、地上に十分にゆきわたるパンは、両立しがたいものなのだということを。なぜなら、彼らはたとえ何があろうと、おたがい同士、分け合うということを知らないからだ！　そしてそこで、自分たちがけっして自由たりえないということも納得するのだ。なぜなら、彼らは非力で、罪深く、ろくでもない存在でありながら、それでも反逆者なのだから。〉（ドストエフスキー［亀山郁夫訳］『カラマーゾフの兄弟2』光文社古典新訳文庫、二〇〇六年、二六九頁）

人間が反逆者で、おたがい同士、分け合うということを知らない本性をもつならば、自然状態で戦争が起きるというミランの解釈は十分妥当だ。

「確かにミランの言う通りだ。大審問官は、パンと平和を担保している」

「『プラハの春』に対するワルシャワ条約五カ国軍の武力介入は、社会主義体制がもはや平和を担保できないことを明らかにした。ここで、僕たちがもっともショックを受けたのは、ロシア人が入ってきたことではない」

「言っていることの意味がよくわからない」

「ドイツ人が入ってきたことの意味だ」

「しかし、東ドイツ軍は補給部隊だけだったはずだ」

実際には東ドイツ軍はチェコスロバキア領内に入って来なかったが、その事実が明らかになったのは東西ドイツ統一後のことだった。この時点でミランを含むチェコ人は東ドイツ軍もチェコスロバキア領内に入ってきたと信じていた。

「それでもドイツ軍が入ってきたということが重要だ。ナチス・ドイツがわが国を消滅させ、全土を占領し、殺戮や暴行を繰り返していたのは、『プラハの春』のわずか二十三年前に過ぎない。僕は、一九四五年の解放のとき十四歳だった。一九四二年にボヘミア・モラビア保護領総督代理のラインハルト・ハイドリヒが暗殺された後、チェコの中等教育機関は閉鎖されてしまった。だから僕は、家で独学した。父は反ナチス分子として、ダッハウの強制収容所に収容されていた。ドイツ人はドイツ人だ。東でも西でも一緒だ。ドイツ人が再びチェコスロバキアを占領したことで喚起される記憶が重要だ。これで、チェコ人とスロバキア人の深層心理にドイツ人とロシア人は同じだという意識が刷り込まれてしまった」

「ソ連指導部はそのことに気づいているのだろうか」

「多分、気づいていないと思う。チェコ人とスロバキア人の心理を正確にとらえることができる専門家がいないからだろう」

ミランの父親は、ダッハウの収容所が解放された直後に、やせ細って帰宅した。父親は、布に肉片を包んで戻ってきた。それはひからびた心臓だった。ダッハウには、チェコの著名な神学者ヤロスラフ・シムサが収容されていた。収容所では、病気になっても治療を受けられない。ナチスは死亡者を焼却し、灰をどこかに廃棄する。収容所の死者は墓に入ることすら許されないのだ。ミランの父親は、病死したシムサの胸を裂いて、心臓を取りだした。そして、それを日干しにして、布に包んで隠し、持ち帰ったのだった。

ミランの父親は、改革派（カルバン派）教会の牧師で、チェコスロバキア共和国初代大統領のトマーシュ・ガリッグ・マサリクと親しかった。マサリクはもともとカトリック教徒だったが、チェコ人とスロバキア人の主権国家を創るためには改宗する必要があると感じ、プロテスタント教徒になった。このときもミランの父親に相談した。

マサリクは反ソ、反共主義者だった。ミランの父親も、ソ連や共産党に対しては、決定的な違和感をもっていた。しかし、第二次世界大戦後は、チェコスロバキアが社会主義陣営に参加することを支持した。それは、一九三八年のミュンヘン協定の記憶からだった。チェコスロバキアは、ドイツとソ連にはさまれた民主主義国家として、理念を共有するイギリス、フランス、アメリカの支援によって生き残るという戦略をとった。また、軍事力ではなく、国際連盟による集団的安全保障によって、国家主権を維持しようとした。しかし、一九三八年、ナチス・ドイツのヒトラーと、ファッショ・イタリアの圧力に屈し、イギリスとフランスは、チェコスロバキアのズデーテン地方をドイツに割譲させた。その結果、チェコ人とスロバキア人は、国家を失った。

第二次世界大戦後、チェコ人とスロバキア人は、ソ連を後ろ楯にしなくては国家を保全できないと考えた。そして、資本主義を是とする民主政党と共産党の連立によるユニークな政権が戦後のチェコスロバキアに生まれた。西欧型自由民主主義とソ連型共産主義が融和した、新しい政治体制がこの地にうまれるという期待が高まった。しかし、それは幻想だった。一九四八年二月、連立内閣の危機が生じたときに、共産党が政権奪取を図った。街頭には、共産党主導の政権を望む数十万人が繰り出した。西側諸国に対する不信が、共産党への期待という形で現れたのだ。軍隊も共産党に対して、好意的中立の姿勢をとった。そして、クーデターは成功した。それによって成立した共産政権は、このクーデターを「二月革命」と呼んだ。

「フロマートカは、『二月事件』を受け容れたよね」と私はミランに確認を求めた。

「確かにそうだ。このとき、フロマートカは、共産主義者を大審問官と考えた」

「大審問官を肯定的にとらえたということか」

「そうだ」

「どうしてそういうことになるのか。共産主義者による自由の抑圧を認めるということか。スターリニズムを容認したのか」

「そうじゃない。一九四八年の時点で、共産党のゴットワルト首相も、〝チェコスロバキアの道〟に即した社会主義を建設すると言っていた。事実、他の東欧諸国と比べ、チェコスロバキアでは、自由と民主主義、それから資本主義的経営が認められるユニークな社会主義が、一九五二、三年までは続いていた。この国にスターリニズムが導入されるのは、その後のことだ」

「それでもまだよくわからない。共産主義者を大審問官ととらえることは、確かに妥当と思う。大審問官は、自由に耐えることができない人間にかわって、人間の物質的生活を保障するために圧政を展開した。しかし、キリスト教信仰からすれば、そのような圧政者は、イエス・キリストの名によって否定されなくてはならない。それをなぜ、フロマートカは肯定したのだろうか」

ミランは、少し考え込んだ。そしてこう言った。

「フロマートカは、ドストエフスキーを預言者として、とらえていた。ドストエフスキーの預言を正面から受けとめることを考えた。その結果が、大審問官に対する肯定的評価になった」

こう言われても、私にはオポチェンスキーの論理がよくわからなかった。

ウエイターが「メインができているのですが、もってきてもよろしいでしょうか」と言って近づいてきた。私たちが、熱中して話しているので、近寄りがたかったのだと思う。私たちのテーブルの横に、調理用の小さなテーブルを置いて、鴨を切り分け、ソースをかけて、横に温かいザワークラフトを置く。ウエイターが「クネドリキ（チェコ風蒸しパン）をつけますか」と尋ねたので、私は「三つつけてください」と言った。ソースとザワークラフトの酸味が蒸しパンに染みこんで、絶妙な味になる。

「マサル、実は、京都の食事で、忘れられない思い出がある」

「何か奇妙なものがでてきたか」

「逆だ。とてもおいしいステーキがでてきた。それまで連日、魚しかでなかった。どこでも日本料理で歓待してくれる。だけど、フロマートカは、食事の好みがとても保守的なので、ずっと肉を食べたいと思っていた。それが京都で満たされてほっとした」

ミランは笑いながら、話を続けた。

「それから、日本ではバルト神学とドストエフスキーの影響が大きいことに、私もフロマートカも驚いた。チェコスロバキアでもドストエフスキーの影響は大きい」

「それは、マサリクがドストエフスキー研究を本格的に行ったことと関係しているのだろうか」

「もちろんそれもある。しかし、それ以前に、ドストエフスキーはチェコ人の魂を揺さぶる」

「どういう風に」

「不気味な感じがする。ドストエフスキーは、根源的なところで、人間の魂に働きかける。そして、見えないように隠していた事柄を外に出す。いわば、悪魔を呼び出すような感じがする。悪魔を呼び出すことは、簡単だが、それを消し去ることは、至難のわざだ。マサルは、フロマートカの自伝『なぜ私は生きているか』を読んだことがあるか」

「同志社の図書館に英語版とドイツ語版が入っているので、読んだ。修士論文にも使った」

「あれは、フロマートカが死を意識して書いた、信仰告白的な自叙伝だ。フロマートカは、ロシア思想の影響を強く受けている。宗教哲学者では、ウラジーミル・ソロビヨフ、セルゲイ・ブルガーコフ、ニコライ・ベルジャーエフの三人だ。作家ではドストエフスキーだ。フロマートカは、ソロビヨフ、ブルガーコフ、ベルジャーエフの三人については、哲学者と考えていた」

「この三人は神学者ではないということか」

「そうだ。神学者でなく、哲学者だ。ロシアでは神学よりも宗教哲学に特殊性がある。宗教哲学は人間の知恵を用いて、神に近づいていく道だ。神が人間について何を語っているかを追究する神学とは、別の目標を追求している。ロシアの宗教哲学者のうち、フロマートカは、ベルジャーエフの影響を強く受けている。アメリカ亡命を終えて、チェコスロバキアに帰国する途上、フロマートカはパリでベルジャーエフを訪ねている」

　フロマートカは、自伝でロシアの思想家について、こう述べている。

〈ロシアの革命的文献を読むことにより、私はベリンスキー、ゲルツェン、チェルヌイシェフスキーら革命的民主主義思想家にたいへん魅きつけられた。しかしそれに留まらなかった。進歩的ロシア人はゴーゴリを正教への帰依のゆえに非難し、ドストエフスキーは現代ソ連人の間で論争の対象となる人物であるということを私は知っている。しかし、ゴーゴリ、ドストエフスキー、キレーエフスキー、ソロヴィヨフによって述べられたことが現代ソ連社会の精神活動において重要な役割を果たしたということと、ロシアで起こった革命的変動の十分な理解を抜きにして、ソ連社会の未来を考えることはできないと私は確信している。私はアントニー府主教（フラポヴィツキー）を知っている。彼は、（保守的観点ではなく）反動的観点から、新社会主義国を破門した。他方、私はニコライ・ベルジャーエフを知っている。ベルジャーエフは死の直前、パリで私に革命後のロシアに帰ることを自分は強く望んでいると告白した。過去五十年間にわたり、教権制度《ヒエラルヒー》、典礼、サクラメントの枠組の中にしがみつくこと以外、ほとんど何もしなかった正教会が、いかにすれば今日のソヴィエト社会に創造的に参与し、歴史的遺産を伝えることができるかということは、特に難しい問題である。〉（J・L・フロマートカ［佐藤優訳］『なぜ私は生きているか――J・L・フロマートカ自伝』新教出版社、一九九七年、五六～五七頁）

私は、ミランに「フロマートカによると、ベルジャーエフはソ連に帰国することを望んでいたということだ。事実、パリのソ連大使館員もベルジャーエフに接触して、帰国を働きかけていた。

しかし、ベルジャーエフは、帰国する意思をもたなかったのではないだろうか。少なくとも、ベルジャーエフの自伝から、僕はそういう印象を受ける。これは、ベルジャーエフの大審問官解釈と深くかかわっている。ベルジャーエフは、レーニンを大審問官と考えていた。ベルジャーエフにとって、スターリンは、レーニンと比べれば、小さな存在だ。大審問官は悪であり、話が通じないとベルジャーエフは考えている。ベルジャーエフは、ロシアの大地に対する郷愁はあったが、共産主義国家の内側に入って、そこから対話によって変化を促すということは考えていなかったと思う」と言った。

「マサル、僕の理解は違う。帰国前にフロマートカは、ベルジャーエフに相談に行ったんだ。僕はそのときの事情をフロマートカから、詳しく聞いている」

「何を相談しに行ったのか」

「チェコスロバキアが共産化することは明白だった。そこで、無神論をかかげる共産主義国家に帰国することが、キリスト教徒として正しい対応であるかどうか、フロマートカはベルジャーエフに相談しにいった。そのとき二人でドストエフスキーについて話し合った。話題の中心は大審問官だった。共産主義が大審問官であるということで、二人の意見は一致した。これにたいして、ナチズムは大審問官ではない。ナチズムはニヒリズムの革命だ。大審問官は、ヒューマニストだということでも、二人の意見は一致した」

「ヒューマニスト？　異端審問で人間を焼き殺す大審問官がヒューマニストなのか」

「その通りだ。原罪を帯びている人間が行うヒューマニズムは、善意から出発しても、必ず大審問官のような結果をもたらす。大審問官には、超越性がない。大審問官は、神を失って、なお、正義を求める近代人の姿だとフロマートカは考えた」

「フロマートカは確かにそう考えただろう。しかし、ベルジャーエフもそのような認識をもっていたのだろうか。共産主義をもっと邪悪なものと考えていたのではないだろうか」

「フロマートカの理解では、共産主義観をめぐって、基本的見解の相違はないということだった。二人は、ロシアの共産主義を理解するために、マルクス主義に関する知識はほとんど役にたたないという点でも一致した。ロシアの共産主義は、本質的に宗教的現象と二人は考えた。そして、ドストエフスキーは、この新しい宗教が到来することを預言したというのがフロマートカの確信だ」

ドストエフスキーは預言者であるとフロマートカは、本気で考えていたのである。そして、ベルジャーエフを通じて、この預言の意味を確認したのだ。預言とは、神からあずかった言葉のことだ。それだから、預言を啓示と言い換えてもいい。

「ミラン、そうするとドストエフスキーの預言を神からの啓示と考えて、社会主義国となったチェコスロバキアに帰国したのだろうか」

「そう思う。フロマートカにとって、『カラマーゾフの兄弟』、『悪霊』、『罪と罰』などドストエフスキーの作品は、小説ではない。人間の生き死にに直接かかわる預言なのだ」

「どういうことなのか。よくわからない。真理は具体的だ。もう少し、具体的に説明してほしい」

「わかった。マサル、預言はどのような状況においてなされるのだろうか」

「それは、人間の危機的状況においてなされる」

「ドストエフスキーは、自らに危機を呼び寄せる才能があった。そして、政治家や外交官が意識していない未曾有の危機が近未来に到来すると考えた」

「その危機とは、具体的に何か」

「世界大戦とそれに引き続いて起きる世界革命だ。それによって、混乱の極みが生じるとドストエフスキーは考えた。多くの人々が、これをドストエフスキーの妄想と考えた。しかし、これは妄想ではない。天才の直観だ。直観というよりも、神がイエス・キリストを通じて、人間に伝えられた預言だ」

「まだよくわからない。その預言の核心はいったい何なのか」

「われわれの文明の統一を可能にする中心が失われたということだ」とミランは答えた。

「文明の統一を可能にする中心とは何なのだろうか」と、私は心の中でつぶやいた。

第5章　大審問官

話に熱中していたので、鴨のローストが冷えてしまい、脂が白く固まってしまった。ナイフで脂を落として、クネドリキの上に載せて食べた。冷えていてもおいしい。

デザートには、木いちごとブルーベリーが載ったケーキを頼んだ。ミランは、「ケーキはいらないが、コーヒーにスレハチュカをたっぷり載せてくれ」と言った。スレハチュカとはホイップ・クリームのことだ。ウインナー・コーヒーのことだが、チェコではこういう頼み方をするとコーヒーがたいていガラスのカップに入ってくる。

チェコのホイップ・クリームはまろやかに泡立っていて実においしい。私もミランと同じコーヒーを頼んだ。

モスクワのケーキはすべてバタークリームでできている。それはそれでおいしいのだが、甘くて重い。チェコのケーキは生クリームでできている。甘さも控え目だ。日本のケーキを思い出す。

「チェコ人は紅茶を上手にいれることができない」とミランが言った。

「確かにそう思う。イギリス人は紅茶が大好きで、一日に五～六回、紅茶を飲む」と私は答えた。

「ロシア人も紅茶好きだけど、イギリス人とどちらがよく飲むか」

「多分、イギリス人だと思う。ロシア人とイギリス人は紅茶のいれかたが違う」

「その話は初めて聞いた」

私はミランに、イギリス人とロシア人の紅茶のいれかたの違いについて説明した。イギリス人は、ポットに紅茶を入れて、それをそのままカップに注ぐ。これに対して、ロシア人は紅茶の濃縮したエキスをつくっておく。これをカップに少し入れて、あとは熱湯を注いで薄めるのだ。それだからロシアの紅茶は、イギリスの紅茶に比べれば香りがほとんどない。

「イギリス人は紅茶の香りを楽しむが、ロシア人は紅茶の熱さを楽しむ」と私は言った。

「それはおもしろい。チェコ人には紅茶の香りや味がよくわからない。ただ、コーヒーについては、豆や焙煎を変え、クリームやリキュールをいれてさまざまな楽しみ方をする。ロシア人はトルコ風のコーヒーを好むという印象をもっているんだけれど、間違えていないだろうか」

「ミランの言うとおりだ。ロシアでコーヒーは、インテリの飲み物だ。インテリは、濃いトルコ風コーヒーを好む。ただ、いまモスクワにはコーヒーがない。ノビー・イチーンの普通の商店にコーヒーが山積みにされているのを見て驚いた。チェコの消費物資の水準は、ドイツやスイスと比較しても遜色ない」

「確かにそうだ。しかも物価が安いのでドイツやスイスの観光客がチェコのハムやソーセージ、酒類やチョコレートを大量に買っていく。一九六八年の『プラハの春』が潰された後、チェコスロバキア政府は、消費物資の供給に力を入れている。その替わり、政治的な異議申し立てはほとんどできない。ドストエフスキーの預言が、ある程度、実現している」

「ミランは、大審問官伝説のことを言っているのか」

「そうだ。ここでは地上のパンは保障されている。そして、思っていることを、個人的に語ることはできる。しかし、それを公表することには限度がある。東ドイツと比較すれば、限度の幅は広い。しかし、僕たち神学者がほんとうに語らなくてはならないことを語れるような状況ではない」

「フロマートカは、共産主義者を大審問官として理解していた。そして、イエス・キリストが大審問官に接吻して、大審問官の心が熱く燃えた。そのことによって、大審問官の心が変化する可能性に賭けたという理解で間違いないだろうか」と私は質した。

『カラマーゾフの兄弟』における大審問官伝説の結末はこうなっている。まずアリョーシャが兄のイワンに尋ねる。


〈「で、兄さんの物語詩は、どんなふうにして終わるんです？」下を向いたまま、彼はいきなりたずねた。「それとも、もう終わっているんですか？」

「そう、こんなふうな終わりにしようと思っていた。審問官は口をつぐむと、囚人が自分に答えてくれるのをしばらく待つ。相手の沈黙が自分にはなんともやりきれない。囚人は自分の話を終始、感慨深げに聴き、こちらを静かにまっすぐ見つめているのに、どうやら何ひとつ反論したがらない様子なのが自分にもわかる。老審問官としては、たとえ苦い、恐ろしい言葉でもいいから、ひとことふたこと何か言ってほしかった。

ところが彼は、無言のままふいに老審問官のほうに近づき、血の気のうせた九十歳の人間の唇に、静かにキスをするんだ。これが、答えのすべてだった。そこで老審問官は、ぎくりと身じろぎをする。彼の唇の端でなにかがうごめいた。彼はドアのほうに歩いて行き、ドアを開けてこう言う。『さあ、出て行け、もう二度と来るなよ……ぜったいに来るな……ぜったいにだぞ、ぜったいに！』そして彼を『町の暗い広場』に放してやるんだ。囚人は立ち去っていく」

「で、老人は？」

「キスの余韻が心に熱く燃えているが、今までの信念を変えることはない」〉（ドストエフスキー〔亀山郁夫訳〕『カラマーゾフの兄弟2』光文社古典新訳文庫、二〇〇六年、二九五～二九六頁）

ミランは少し考えてから、こう答えた。

「多分、マサルが言う通りなのだと思う。フロマートカは、大審問官としての共産主義者が変化する可能性を期待したんだ。キスの余韻が心に熱く燃えているならば、いつかそこから大審問官が心を開くと信じた」

「その試みは成功したのだろうか」

「イエスでありノーでもある」とミランは答えた。

ミランは何を言いたいのだろうか。私は細かく問い質してみることにした。

「ミラン、然りとはどういうことだろうか」

「フロマートカの働きかけにチェコとスロバキアのマルクス主義哲学者が反応した」

「ガルダフスキーやマホベッツたちを指しているのか」

「その通りだ。心を開いたマルクス主義哲学者がいなければ、『プラハの春』は起きなかった」

「否とはどういうことなのだろうか」

「フロマートカの、マルクス主義者に対する開かれた姿勢は、チェコスロバキア共産党の幹部には政治的影響を与えなかった」

「例えば、ゴットワルト（一八九六〜一九五三、元チェコスロバキア共産党議長兼チェコスロバキア大統領）にフロマートカの言葉は通じなかったのだろうか」

「いや、そんなことはない。フロマートカは、ゴットワルトと同世代だ。チェコスロバキアが社会主義化した一九四八年の『二月事件』をフロマートカは支持した。国際的に著名な神学者であるフロマートカが『二月事件』を支持したことにゴットワルトは感謝している。しかし、ゴットワルトはフロマートカのマルクス主義者に対する開かれた姿勢が恐かったのだと思う」

「恐かった」

「そう。恐かったのだと思う」

「なぜ」

「ゴットワルトは性格的に弱かった。フロマートカの真摯な問いかけに、自らが変容して、マルクス主義の原則を譲ることになるという恐れがあった」

「ゴットワルトはスターリン主義者ではなかったのか」

「ゴットワルトはスターリンを尊敬していた。しかし、スターリン主義者にはなり切れなかった。チェコスロバキア独自の社会主義への道を探求していた」

　スターリンは一九五三年三月五日に死んだ。ゴットワルトはその九日後の三月十四日にプラハで死んだ。三月九日、モスクワで行われたスターリンの葬儀にゴットワルトも参列した。

〈国葬の三月九日正午――。摂氏零度のモスクワの薄曇りの空に弔砲がとどろきわたった。赤の広場のレーニン・スターリン廟に独裁者の棺が安置された瞬間だった。ソ連全土の港や停車場で汽船や列車の汽笛が三分間も鳴り響いた。労働者は一斉に帽子を取って黙禱した。

これに先立ち廟上から葬儀委員長の政治局員、ニキタ・フルシチョフの開会宣言に続き、マレンコフが「我が時代の偉大な思想家、スターリン同志は新たな歴史的条件下でマルクス・レーニン主義を発展させた」と追悼の辞を読み上げた。二番手のベリヤは「党と国民はソ連国家の敵による陰謀に警戒心を研ぎ澄ましていかねばならぬ」と警告、最後にモロトフは「スターリンの不死の名は常にソ連国民の、そして全ての進歩的人々の胸に生きている」と称えた。廟上では中国首相、周恩来ら外国からの賓客が見守った。〉（斎藤勉『スターリン秘録』扶桑社文庫、二〇〇九年、三八八頁）

その日、レーニン・スターリン廟の上に長時間立っていたゴットワルトは、寒さで体調を崩したという。それにスターリンの死が精神的に大きな衝撃となってゴットワルトの死を早めたのだろう。スターリンが説いたマルクス・レーニン主義には、フロマートカからの真摯な働きかけを受けて、変化する余地が残されていなかった。晩年、ゴットワルトはアルコール依存症で苦しんでいた。確かに性格的に弱かったのである。


時計を見ると午後九時を回っていた。前に述べたように、チェコ人は、他のヨーロッパ人と比較して二時間、早寝早起きだ。他の国の感覚だと午後十一時になる。そろそろ夕食会を切り上げた方がいいと私は思った。

「ミラン、どうもありがとう。今晩はこの辺にしておこう。近いうちにまたプラハに来る。僕はフロマートカとマサリクの大審問官解釈の差異に関心がある」

「それが重要なポイントになる。問題は二つだ」

「どういうことか」

「第一に、共産主義者が大審問官であるかどうかだ」

「共産主義者は大審問官よりもずっと矮小なものかもしれない」

「第二は、大審問官の心がイエス・キリストのキスによって熱く燃えることにより、心が変化する可能性があるかどうかだ」

「ミラン、フロマートカは、共産主義者を大審問官ととらえ、キスによって大審問官の思想が変化したという理解でよいか」

「間違いない」

「ミラン自身はどう考えるか」

「僕もフロマートカと同じ考えだ」

「共産主義者が思想を変化させるようなことが、果たしてあるのだろうか」

「それは、現在、ソ連で行われている。ゴルバチョフの思想はマルクス・レーニン主義から変化している。チェコ人はペレストロイカに期待している」

「その点は僕にはよくわからない。ロシアのインテリはペレストロイカに対して批判的だ」

「ロシア人には問題の本質が見えていないのかもしれない」とミランはつぶやいた。

「次にプラハに来るまでに何を読んでおけばよいだろうか」

「フロマートカの著作では、『破滅と復活』と『なぜ私は生きているか』だ。マサリクについては『ロシアとヨーロッパ』の第三巻だ。ただし、英語版がロンドンで出ているだけだ。読んだか」

「もっているが読んでいない」

「断片的なノートのような著作だが示唆に富む。ていねいに読むことを勧める」

「わかった」

大きな宿題を課されてしまった。

一九三八年のミュンヘン協定でチェコスロバキア共和国は解体されてしまった。マサリクの一族は、ロンドンに亡命した。そのときマサリクがたいせつにしていた原稿を携行した。その中に一九一六年に執筆された『ロシアとヨーロッパ』の第三巻部分に相当する草稿が含まれていた。その英訳が一九六七年にロンドンで刊行された。ただし、マサリクをチェコスロバキアの社会主義政権は「好ましくない人物」と見なしていた。従って、この本のチェコ語訳は刊行されなかった。ミランは、英語版を取り寄せて読んだということだった。チェコ語版が公表されるのは、一九八九年にチェコスロバキアの社会主義体制が崩壊してから七年後の一九九六年のことだ。

ミランと会った翌々日に私と家内はモスクワに戻った。自宅の本棚から『ロシアとヨーロッパ』第三巻を取りだした。序文で『ロシアとヨーロッパ』と題する長大な研究がドストエフスキーの分析にあてられていることが明らかにされている。

〈私の本来の構想は（〔第1部への〕はしがきを参照）、ロシアについての研究、実際にはロシア革命についての研究を、詳細な「ドストエフスキーの分析」を通して提示することだった。のちに私は、自分の作業プランを変更したが、それでもドストエフスキーと、彼に関連して文学というものに、一見したところ不釣り合いなほどの関心を払っている。ロシア文学の特色の一つは、文学の中に（「純」文学の中に）社会学と歴史哲学と政治が、顕著に入り込んでいることである。——絶対主義的抑圧の下で文学は、最も自由な政治的論壇であり、ロシアの議会だった。ちなみにすべての国と民族の文学についてそう言えるが、ロシアにおいてはそのことがよりはっきりと現れている。ロシアでは文学は直接に政治的だが、ヨーロッパではどちらかと言うと間接に政治的で、文学はロシアにおけるよりももっと芸術に捧げられている。ヨーロッパでは芸術はそれ自身の領域を形成しており、その芸術の枠内で文学もそれ自身の領域を形成しているが、ロシアにおいては未だに分業一般、特に精神領域における専門化は、それほど進展していない。ロシア文学は、政治と哲学と宗教のフォーラムであり、また芸術と文学のフォーラムである。

近代のすべての著名な詩人は、いわば思想家を兼ねていて、特に自らの時代の解説者である。このことはゲーテやバイロンらについて当てはまるが、ロシア作家については、前述したように更に一層当てはまる。すべてのロシア作家はこの問題に取り組んできたのであり、ロシアとはロシア文学のことである。

ロシアとその精神活動についての知識を、ヨーロッパ人とロシア人は相変わらずロシア作家から汲み取っている。〉（トマーシュ・ガリッグ・マサリク［石川達夫・長與進訳］『ロシアとヨーロッパIII——ロシアにおける精神潮流の研究』成文社、二〇〇五年、七頁）

マサリクは、ロシアにおいて、政治、歴史哲学、社会学はすべて文学の形態で現れると考えている。帝政ロシアの言論弾圧下では、政治や思想の言葉で直截な表現をすることはできない。政治や思想に関する言語は、いちど文学の言葉に変換されるのだ。それに加え、ロシアでは思想と文学が未だ分化されていない混沌とした状況にある。西欧と比較してロシア文学は芸術としての洗練度が劣る。しかし、人間の魂を揺さぶる根源的な力をもつのだ。

マサリクは個人的理由からドストエフスキーに関心を持ったという。

〈私が（ドストエフスキーに）関心を持ったのは、個人的理由からだった。私は彼を知る以前から、しばしば同じ道を歩んでいて、同じ基本的問題に悩まされていた。（拙著『近代文明の集団的社会現象としての自殺』（一八八一年）を参照）。だが、ドストエフスキーについてのこの関心には、客観的な裏付けがある。

彼のように、自国の民衆の心の奥底の精神的側面を分析したロシア人は他にいなかった。ドストエフスキーのように、歴史的・社会的諸事実をロシア的精神の発現として理解し、ロシアの国家活動と民族活動の原動力を、心理学的に解明しようと試みた者は他にいなかった。

ドストエフスキーはロシア最大の社会哲学者であり、我々は彼からロシアを最も良く知ることができる。ロシアに関する価値ある良書は確かにたくさんある。ヨーロッパ人は、個々の制度と全体について、ロシアの歴史について、支配階級と宮廷について、革命についてなどを学ぶことができる。文学史関係の著作の数は多く、近年では国民経済学関係の文献なども増えている。――しかしこれらすべてが提示しているのは、個別的な事柄と、関連性に欠けた全体にすぎない。――ドストエフスキーの中に我々が見出すのは、全体としての生きたロシアである。〉（前掲書七

〜八頁）

マサリクは社会学者である。しかも実証的方法論をとる。それにもかかわらず、ロシアについて知るためには、文芸批評に依拠するのである。ロシアという個性をとらえるためにはその必要があるからだ。ドストエフスキーの作品を読み解くことによって、生きているロシアを全体として把握できることをマサリクは確信している。マサリクは実証主義者であるにもかかわらず、「なぜドストエフスキーか」ということについて、合理的説明をしない。とにかくドストエフスキーでなくてはならないのである。これはマサリクの直観にもとづくものだ。それだけではない。「現代」のロシアを知るために、ドストエフスキーを知ることが不可欠とマサリクは確信している。マサリクはこのまえがきを一九一六年に書いている。ドストエフスキーは一八八一年に死んだ。四半世紀前に死んだ作家の文章を読み解くことにマサリクは固執する。マサリクはドストエフスキーのテキストを恐れている。ドストエフスキーの個人的な世界観を恐れているのではない。ドストエフスキーの作品で稜線を明らかにしたロシアが抱える破壊的思想を恐れているのである。

〈詩人の時代解釈は、あまりに個人的であるという反論がなされるかもしれない。——我々には、どれだけの数のファウスト解釈があることか？——ドストエフスキー解釈の多くも、同じようになるだろう。詩作品の中で何が現実であり、何を著者が付け加えたのか？　更に、詩人たちの解釈は主観的なものである。——それ故に我々は歴史家と社会学者に依拠した方がいい〔と彼らは主張する〕〉。

しかし——歴史学者たちもやはり主観的ではないだろうか？　ロシアの多くの制度について、ロシアとヨーロッパの研究者は全く正反対の見解を持っていて、例えばロシアの農業制度、農村共同体（「ミール」）などについてそうである。〉（前掲書八頁）

ここでマサリクはミールをとりあげる。ロシア語でミールという単語は、農村共同体、世界、平和を同時に意味する。ロシア人にとっては、世界も自らが生活する最小の共同体も、観念の上では同一なのだ。ここでは土地、生産手段が共有されている。チェルヌイシェフスキーをはじめロシアのナロードニキ（人民主義者）は、農村共同体に未来の社会主義の原形があると考えた。そして、ロシアは資本主義を迂回して、社会主義に至ることができると考えた。

これに対して、ロシアのマルクス主義者は、資本主義の発展によって、農村共同体は解体されるべきと考えた。そして、農民が工業プロレタリアートになり、社会主義革命を起こすというシナリオを考えた。しかし、一九一七年十一月に起きた現実のロシア革命は農民の力を無視して行うことはできなかった。ソホーズ（国営農場）、コルホーズ（集団農場）はミールの延長線上に位置しているのではないだろうか。ロシア型の革命がチェコスロバキアにも及んでくるのではないだろうか。後にチェコ人とスロバキア人が抱く懸念をマサリクは先取りしているのだ。

ドストエフスキー解釈は困難であるが、それに挑まなくてはならない。

〈私は、ドストエフスキーを解説するのが簡単ではないことを認めるし、それ故に我々は、彼の作品のある解釈が、彼の思想を正しく表現しているかどうかに疑問を呈しても構わないと考える。

だが、ドストエフスキーは長編小説の書き手であったばかりか、文芸批評家であり評論家でありジャーナリストでもあった。彼は兄〔ミハイール・ミハーイロヴィチ・ドストエフスキー〕の「厚手の総合雑誌」〔『時代』と『世紀』を指す〕の共同編集者であり、その誌上で直接に政治を論じたし、あらゆる日常問題について書き、自分の雑誌〔『作家の日記』を指す〕の出版というユニークな試みさえ行ったが、その雑誌は日々の時事問題についての議論に、全人格をかけて没頭できるように、彼一人で執筆するはずだった。〉(前掲書八頁)

ドストエフスキーは、単なる小説家ではない。現実に影響を与えるジャーナリストでもある。それだから、必要な事柄について、「いま、ここで」発言するのである。

〈あらゆる事柄について、nonum prematur in annum(九年間寝かせておくべし)〔ホラティウスの言葉〕などではなくて、journalièrement, â la minute(毎日すぐさま)発言すること——これは確かに、いわゆるオリンポスの平安、客観性などに馴染んだ文学史家の尺度を越えている。つまり、ドストエフスキーは闘士であり、過去に対して決定を下す美学的な宮廷作戦会議の指示に従わなかった。ドストエフスキーは歴史哲学者であり、現代に取り組む政治家であり、党派的な人間であり、自分の敵の敵であり、自分の友の友だった。彼は一八七三年に、メシチェールスキー公爵の雑誌『市民(グラジダニーン)』の編集者として、世相評論(フェリエトン)の欄で、初めて独自の個人的ページを担当することを試みた。その当時の『市民』は週刊誌であり、同じメシチェールスキー公爵の今日の〔同名の〕日刊紙のようなものには、まだなっていなかった。一八七六～一八七七年にドストエフスキーは、前述の自分自身の雑誌を、『市民』において担当したのと同じタイトル、つまり『作家の日記』と名付けて出版した。一八八〇年と一八八一年には一号ずつしか出なかった。この『作家の日記』は、ヨーロッパでは相変わらず知られていない。だが、我々はそこからじかに芸術的潤色抜きで、ドストエフスキーがどのような問題に関心を抱いているか、彼がどんな見解を持っているかを知ることができる。『作家の日記』は、長編小説に対する全く独特なジャーナリスト的注釈である。

ドストエフスキーの『手帖』から活字化されたコメント〔Ｏ・ミルレル、Ｎ・ストラーホフ編『Ｆ・Ｍ・ドストエフスキーの伝記、書簡および手帖からのコメント』（サンクト・ペテルブルグ、一八八三年）を指す〕――残念ながら分量はあまり多くないが――、更に、不完全な書簡集や、様々な知人と友人の幾つかの情報も、同じ目的のために役に立つ（十五冊の手帖が現存するが、その中でドストエフスキーは文学上のプランを素描している）。〉（前掲書八～九頁）

マサリクは、ドストエフスキーの『作家の日記』を重視する。『罪と罰』、『白痴』、『悪霊』、『未成年』、『カラマーゾフの兄弟』などの長編小説を『作家の日記』と照らし合わせることによって、ドストエフスキーの時局認識が明らかになる。このような手法でマサリクはジャーナリストとしてのドストエフスキーの姿を浮き彫りにしようとする。

ドストエフスキーは、ロシアの愛国者である。それ故にこの男はチェコ人とスロバキア人にとって危険なのだ。ロシアの愛国主義が、中東欧のスラブ系諸民族にとって脅威であるというフランチシェク・パラツキーたちが十九世紀半ばに展開したオーストリア・スラブ主義の伝統をマサリクは継承している。

〈これらの資料と、ドストエフスキーの作品の比較分析に基づいて、私は読者諸氏に、ある男の精神活動を垣間見る機会を提供したいと思うが、この男は心の奥底で、ロシアへの熱愛に満たされ、自分が考えたことにおいて、また自分が考えなかったことにおいても、現代ロシアの最も壮大なイメージを描いた。ドストエフスキーは既に二十年以上も昔に亡くなったにもかかわらず、私は「現代」という言葉を使う。

私はロシア問題を、世界的な歴史哲学の問題として理解しているし、そのように理解する必要がある。――ドストエフスキーは、ロシア問題の迷路（ラビリンス）における良き導き手である。〉（前掲書九頁）

マサリクは解釈学の手法を用いてドストエフスキーが考えたことのみならず、考えなかった「何か」についても読み解こうとする。そのようにして、ロシアの破壊性を言葉で理解しようとしているのだ。『ロシアとヨーロッパ』は、ドストエフスキーの世界観を拒否するという問題意識に貫かれて書かれているのだ。

マサリク『ロシアとヨーロッパ』の第3部第2編は「神を巡る闘い――ロシア問題の歴史哲学者としてのドストエフスキー」と題されている。そして、次のような構成になっている。

ドストエフスキーの伝記　Dostojevskij. Životopis

ドストエフスキーの公式　Formule Dostojevského
第１章　ニヒリズム――アナーキズム的無神論 Nihilismus - anarchistický ateismus
第２章　ゾシマ――宗教哲学（ニヒリズムを克服するロシアの修道司祭）Zosima. Náboženská filozofie.（Ruský mnich překonává nihilismus）
第３章　修道司祭に対立するフォイエルバッハ　Feuerbach proti mnichovi
第４章　大審問官　Veliký inkvizitor
第５章　異端者ゾシマ――懐疑主義者としてのドストエフスキー　Zosima kacířem - Dostojevskij skeptikem
第６章　哲学と教養　Filozofie a vzdělání
第７章　宗教と道徳Ⅰ　Náboženství a mravnost I
第８章　宗教と道徳Ⅱ（カラマーゾフ主義）Náboženství a mravnost II（Karamazovština）
第９章　殺人と自殺　Vražda a sebevražda
第10章　ドストエフスキーの公式は間違っている　Dostojevského formule pochybena
第11章　ロシア的全人　Ruský všečlověk
第12章　人間性と国民性。国民性と宗教性　Humanita a národnost. Národnost a náboženství
第13章　排外主義。生命の消費　Šovinismus. Plýtvání životem
第14章　ロシア的性格　Ruský charakter
第15章　ロシアとヨーロッパ　Rusko a Evropa
第16章　外交政策、内政を凌駕する外交　Politika diplomatická, vnější nad vnitřní

第17章　内政　Politika vnitřní
第18章　ツアーリズム　Carismus
第19章　ベリンスキーからウバーロフへ　Od Bělinského k Uvarovovi

さっそく私は「大審問官」の章を開いた。マサリクは『カラマーゾフの兄弟』における大審問官伝説について要約する。マサリクは、ドストエフスキーの文学的表現を剝ぎ取って、大審問官伝説を思想としてまとめる。

〈大審問官と言ったときに私の念頭にあるのは、『カラマーゾフの兄弟』の「大審問官」である。イワンはこの（散文形式の）「叙事詩」を考え出して、神と無神論について弟のアリョーシャと話した後で、彼に暗記《そら》で語って聞かせる。

実際にこの「叙事詩」は、人生と歴史の概念についてのドストエフスキーの基本思想を提示する。これは、『カラマーゾフの兄弟』全体とドストエフスキーのその他の長編小説の、簡潔な繰り返しにすぎない。ドストエフスキーに関するもっと幅広い研究においては、恐らくこの章を一字一句引用するのが最適だろう。『カラマーゾフの兄弟』のこの章を通読してくださるように読者諸氏にお願いしたい。なぜなら私は要約に止めているからである。

「大審問官」のストーリーが演じられるのは、十六世紀である。〉（前掲書四六頁）

大審問官伝説の舞台が、プロテスタント教会が分離し、西欧においてカトリック教会が唯一の普遍的教会と言えなくなっている十六世紀に置かれていることが重要だ。

〈その彼が自分の王国にやってくるという約束をして、もう十五世紀が経っている。彼の預言者が『わたしはすぐに来る』と書いてから十五世紀だ。彼がまだ地上にいたとき述べたように『その日、その時は子も知らない。ただ父だけがご存じである』であっても、人類はかつての信仰、かつての感動をいだいて彼を待ちつづけている。いや、その信仰は昔よりもむしろ大きいくらいだ。なぜって、天から人間に与えられた保証が消えて以来、もう十五世紀が過ぎているんだからな。

心が語りかけることを信じることだ
天からの保証はすでにないのだから

つまり、心が語りかけることに対する信仰だけがあったんだ！　たしかに、当時は奇跡もたくさんあった。奇跡的な治療をおこなう聖人もいたし、『聖者伝』によると、厳しい戒律を守っている義《ただ》しい人々のもとへ、聖母が自分から天くだったとされている。でも悪魔だってそうそう昼寝ばかりしてたわけじゃない。人々のあいだに、そういった奇跡の信憑性に対する疑いが早くも生まれはじめたんだ。ドイツ北部に恐ろしい新しい異端が現れたのはまさにそのときだった。『松明《たいまつ》に似た、大きな星が』つまり教会のことだが、『水源の上に落ちて、水は苦くなった』ってわけだ。〉（ドストエフスキー『カラマーゾフの兄弟２』二五三〜二五四頁）

ここでいう「ドイツ北部の異端」とはルター派のことだ。ルター派教会の出現により、唯一の普遍的教会という神話が崩壊した。そこから異端審問が激化するのである。カトリックはプロテスタントに対し、プロテスタントはカトリックに対し、自らの正統性を証明するために次々と異端をつくりだしていったのである。ドストエフスキーは大審問官伝説において、中世のカトリック教会のみでなく、近世以降のプロテスタント教会を含む西欧の教会全体を断罪しているのである。

それではマサリクの要約を見てみよう。

〈異端審問が行われている時期のセヴィリヤに、キリストが出現する。全く静かに、気づかれないように姿を現したのだが、それでも民衆はすぐに正体を見破って、群れをなして彼の方に殺到する。福音書の奇跡が繰り返されて、ちょうど死んだ娘を蘇らせた時に、枢機卿である大審問官が通りかかる。彼は一部始終を見ていて、救世主をそれと認めた。——彼が指さすと、盲従することに慣れた民衆は、異端審問の番人の前に道を空けて、キリストは牢獄に連行される。九十歳の審問官が囚人のもとにやって来る。キリストは沈黙して、眼差しだけで老人を金縛りにする。審問官は彼に、福音を悪魔の教えと取り替える方に彼の教会を押しやった理由を説明する。

キリストは精神の自由と良心の福音を説いたが、しかしそうすることで誤りを犯した。なぜなら、人間というものを誤解したからである。——人間は自由に耐えることができず、本性からして弱くて低劣で、せいぜい反逆者になることができるだけだ。民衆が望むのは満腹することで、彼らはパンが欲しい。しかしパンを十分に持つこと、パンが万人に行き渡ることは決してない。

なぜなら自分たちの間でパンを分ち合うすべを知らないからだ。キリストは民衆に天上のパンを勧めた。――しかし、この点で彼を見習うことができる者はごく少数で、群衆は満腹することを願っている。

キリストは、人間の本性を誤解した。――誘惑者は三つの誘惑によって、人間の真の本質を明らかにしたが、しかし、キリストは彼の指摘に注意を払わなかった。ローマ教会は悪魔の言ったことを理解して、キリストの教えを誘惑者の教えと取り替えたので、人類を支配して、完全に我が物とするだろう。教会は、どのような力が「弱虫な反乱者たち」を我がものにして、彼らの良心を獲得できるかを理解した。奇跡と秘密と権威がそれである。〔ローマ教会は〕自由な心の信仰ではなくて、奇跡に基づいた信仰を提唱して、救世主の教えの代わりに誘惑者の教えを群衆に与える秘密を大事に護り、皇帝たちとローマの権力を持ち、自らの権力の中にパンと良心を持つ。民衆自身が、自由と自由な理性と科学は、自分たちを救えないと確信している。自由と科学の影響によって、民衆は反乱者になるだけである。反抗的で凶暴な連中は、我と我が身を滅ぼすだろうし、力足りぬ者は互いに相手を滅ぼそうとし合い、あとに残った「弱虫の」不幸な連中は、ローマの聖職者たちの足元にいざり寄って、泣きつくことだろう。「そうです、あなたのおっしゃる通りでした。あなた方だけが神の神秘を支配していたのです。あなた方のところに戻ってまいりますから、私たちを私たち自身から救ってください！」。なぜなら人間にとっては、自由な選択よりも耐え難いものはないからである。善と悪との間で選択して決定するよりも、むしろ死地に赴く方がましなのだ。――良心の自由は最悪の苦難である。民衆は子供であり、教室で荒れ狂って教師たちを追い出すが、しかしじきに自分の愚かさを悟って従順になる、幼くて愚かな子供

である。子供っぽい幸福は、最も甘美である。〉（マサリク『ロシアとヨーロッパIII』四六〜四七頁）

ちなみにドストエフスキーは、大審問官伝説において、スペインのセビリヤに現れた男について、「彼」と呼ぶだけで、イエス・キリストとはひとことも言っていない。この男が、ロシアでときどき現れる偽キリスト（キリスト僭称者）である可能性を排除しない。マサリクはこのような深読みをせずに、「彼」がイエス・キリストであると素直に解釈する。

そもそもキリストは何を望んでいるのだろうか。マサリクはドストエフスキーがここで自由の問題を扱っていると読み解く。

〈キリストは、民衆に自由な信仰を、自由な良心を与えることを望んだ。――しかし、人間は自由になる力を持たず、それができたのは、せいぜい力のある強い者たちだけだが、しかし彼らは数万人にすぎず、一方で数百万人の群衆は自由を望まない。人間は自由を獲得するやいなや、もう跪拝できるような者を求める。人間が議論の余地のないことに跪くように努めるのは、すべての人々が揃って、共同の跪拝を決意できるようになるためである。つまり、弱い人間は、自分が跪くことができるものを探し求めるだけでなく、万人が信じることができるもの、万人が、それもみんな揃って跪くことができるものを探し求めるのである。この共同の跪拝への欲求は、個人と人類にとって最大の苦しみであり、戦争と宗教の発生は、この欲求から説明される。人々は同時に、全世界的で普遍的な統合の欲求をも抱えていて、チムール〔一三三六〜一四〇五。モンゴル系の征服者〕とジンギスカンの輩が証明したように、「議論の余地のない共同の親密な蟻塚」

において結びつくことを望んでいる。

ローマ教会は、こうした世界の征服者たちの教えを理解したが、しかしまた悪魔の教えをも理解した。教会は人間的弱さを利用して、民衆に救世主を説教するが、しかし現実には悪魔の教えに従う。群衆が望むのは、絶対的で明白な何かである。――パンより明白なものはない。教会は全く意識的に、群衆の唯物論に理解を示し、更には彼らが罪を犯すことを大目に見て、罪は存在せず飢えた人々がいるだけだという群衆の科学的真実を受け入れるが、まさにそれ故に群衆を完全に支配する。こうして〔ローマ教会は〕人々を死に至るまで導いて、これらの数百万人はみなが幸福だと感じて、彼らを支配する者たちだけが不幸になるだろう。欺いて嘘をつくことを強いられるからである……。大審問官は自分のモノローグを、キリスト自身を火刑に処するという脅迫によって終える。――救世主は無言のまま老人に歩み寄ると、血の気のない彼の唇にそっと接吻する。――これが返事のすべてなのだ。老人は接吻の後で身ぶるいし、唇の端で何かがぴくりと動き、戸口に歩み寄り、牢獄の扉を開ける。「出て行け、もう二度と来るなよ……決して来ちゃならんぞ……絶対に、絶対にな！」。キリストは立ち去るが、接吻によって胸が燃える老人は、今まで通りの理念に踏みとどまる……。〉（前掲書四七～四八頁）

ここまで要約したところでマサリクは、大審問官伝説には「何か」が欠けていると批判する。

第6章　カトリシズム

頭の中が少し錯綜してきた。居間兼書斎の机から立ち上がり、台所に行ってコーヒーをいれた。深夜三時を回っている。雪が降っている。三月のモスクワで雪が降ることは珍しくない。マグカップに入れたコーヒーを飲みながら、窓越しに外の景色を見た。向かいの高層アパートにも二、三室、灯りがともっている。酒盛りをしているようだ。

ロシア人は三階以上の窓に、寝室を除いてカーテンをつけない。チェコではプラハでも、ノビー・イチーンでも窓にはカーテンがかかっていた。あるときモスクワ国立大学の同級生であるサーシャ・カザコフに「何でロシア人は窓にカーテンをつけないのか」と聞いたことがある。サーシャの答えはこうだった。

「ザミャーチンの『われら』を読んだことがあるか」

「あるよ」

「あそこの都市では、みんなガラス張りの家に住んでいるよね」

「ただし、ブラインド権があって、ピンククーポンでセックス・パートナーを選択できた時、ブラインドを降ろすことができる。確か主人公はそのときに手記を書いていたよね」

「そうだ。共産主義社会にプライバシーはない。それだから、カーテンも必要ない。人類がもっと発展して、セックスに羞恥を感じないようになったら、このモスクワにおいても寝室のカーテンが撤去される。われわれはソ連でまだ共産主義が完遂されず、寝室にカーテンを降ろしてセックスできる状況に感謝すべきではないか」

同じ社会主義国でもソ連とチェコスロバキアでは根本的な何かが異なる。ドストエフスキーはロシア人の魂を揺さぶる。ドストエフスキーのテキストによって、人間存在の根底に触れたような気がする。普通のロシア人でドストエフスキーに対して露骨な嫌悪感を示す人は少ない。

ドストエフスキーはチェコ人の魂も揺さぶる。しかし、そこでチェコ人が感じるのは、不安なのだ。その不安は、実存に関する不安とは異なる。ドストエフスキーの思想を生みだしたロシアとロシア人に対する現実的不安なのだ。この不安は、ある条件の下で恐怖に変化する。マサリクは「遊び」でドストエフスキーを研究しているのではない。マサリクにとってロシアはチェコ人の存在をおびやかす脅威である。実証主義者（ポジティビスト）であるマサリクは、国際政治の現実を知るためにドストエフスキーのテキストと格闘しているのだ。

列車の警笛が鳴った。ロモノーソフ大通り沿いに鉄道の引き込み線がある。そこを貨物列車が走っている。日中に列車が走っている姿を見たことがない。引き込み線の向こう側には軍需工場がある。防諜上の観点から機材の搬入は深夜に行われているのであろう。モスクワには秘密が多すぎる。地図に出ていない道路、地図では林になっているはずなのに実際には巨大な工場がある地区、またロモノソフスキー大通りとモスフィルム通りが交差する北朝鮮大使館のそばには、「地下都市」と呼ばれる巨大な防空壕に降りていく秘密の通路があると言われている。モスクワは謎だらけだ。

モスクワの夜景を見ながら、プラハのホテルの窓から見た夜景とは、別の世界がここには存在すると思った。

机に戻ってマサリクのテキストを読み進めることにした。マサリクは大審問官伝説には欠陥があると考える。

〈「大審問官」は一般に非常に称賛されている。――正直に言うと私には、何かが（芸術的にも）欠けているように思える。気になるのは、キリストが我々の傍らを、ストーリーを欠いた図式のように通り過ぎることである。――それによってこの「叙事詩」は、聖者伝や教会劇とは異なるのだが、ドストエフスキーがイワンの口を借りて語るように、それらはこの叙事詩の手本だった。他方で、審問官は長いモノローグを語り、荒野におけるキリストの誘惑を説明する。ドストエフスキーはもちろん我々に、キリストの沈黙を説明する。――審問官にとって恐ろしかったのは、キリストがまっすぐに彼の目を見つめて、彼の言葉に注意深く耳を傾けてはいたが、しかしどうやら返答する気がないことだった。老人はむしろ、たとえ辛くて恐ろしいことでもいいから、何か言ってもらいたかっただろう。もちろん、戻って来たキリストが何を語ることができただろうか？　やはりガリラヤで既に語ったことだけだろう。だとすれば、なぜ彼は地上に降りて来たのだろうか？　大審問官の話に耳を傾けて、それから立ち去るためではあるまい。――では、どこへ立ち去ったのか？〉（トマーシュ・ガリッグ・マサリク［石川達夫・長與進訳］『ロシアとヨーロッパⅢ――ロシアにおける精神潮流の研究』成文社、二〇〇五年、四八頁）

ドストエフスキーは、「大審問官」において、「彼」（マサリクはイエス・キリストと理解している）にひと言も語らせていない。ロシア正教の伝統では、物事を積極的に語り、定義していく肯定神学によって、神を理解することはできないと考える。これでもない、あれでもないという形態で表現する否定神学が、人間の限られた知恵で神を理解するためのより適切な方法であると考える。従って、沈黙は神を理解するための究極的方法なのである。しかし、マサリクはこのような沈黙に意義を認めない。

マサリクはロシアにおける「大審問官」解釈について批評するなかで、独自の解釈を打ち出そうとする。

まず、ドストエフスキーがロシアの分離派のキリスト観を提示しているというローザノフの見方についてだ。

〈ロシアの批評は既にしばしば「大審問官」を取り上げて、その真の意義を明らかにしようとした。私の見る限り、多くの批評家が扱っているのは、副次的問題にすぎない。Ｖ・ローザノフはこのテーマで単行本を上梓した（『大審問官伝説』一八九四年）。その後、このテーマは雑誌『新時代（ノーヴォエ・ヴレーミャ）』で取り上げられた（同誌、一九〇一年、第九二四一号、「文学情報」欄）。匿名の著者（インフォリオ）の解説によると、この伝説はプロテスタント系の典拠から取られていて、それ故にドストエフスキーの潤色もまた一面的であり、党派的に反カトリック的だという。匿名のインフォリオ氏に対して、ローザノフはドストエフスキーを弁護する。つまり、この伝説はゲーテやヴォルテールのものではなくて、ドストエフスキーが手を加えたのはロシア分離派の見解であり、それによると、キリストが地上で支配するのは名目上だけのことで、現実に支配しているのは反キリストだという。〉（前掲書四八頁）

反カトリック的立場を表明することは、当時のロシアの体制側イデオロギーに与することであり、政治的にも安全だ。ただし、分離派のキリスト観を提示することになると話は変わってくる。分離派の指導者で火刑にされたアバークムは、この地上を現実に支配している反キリストがピョートル大帝であると考えたからだ。この解釈に立つと、ドストエフスキーは、ロシア皇帝による支配に異議申し立てをしていることになる。

保守主義者であるローザノフは、ここで論点を少しずらして、大審問官は国家によって公認されたロシア正教会を指しているのではなく、現代のキリスト教であると主張する。近代化し、疎外され、世俗イデオロギーに回収可能なキリスト教にドストエフスキーは大審問官の姿を認める。

〈ローザノフによれば、ドストエフスキーが非難したのは、カトリシズムというよりむしろ現代のキリスト教であり、大審問官の形象の中に見て取るべきなのは、スペインの審問官ではなくてロシアの知識人である。最後に発言するのは、ドストエフスキーから雑誌『市民（グラジダニーン）』の編集を引き継いだ、同僚のプツィコーヴィチ氏〔ヴィクトル・テオフィロヴィチ・プツィコーヴィチ。一八四三生。ロシアの出版人〕である。〉（前掲書四八頁）

これに対して、ドストエフスキー自身は、「大審問官」で異端審問の世紀のカトリシズムを批判の対象にしていると明言したそうだ。

〈作家〔ドストエフスキー〕は一八七九年に彼に、「大審問官」は自分の主要な思想を含むと語ったという。ほぼ一生涯このテーマを考え続けていたそうで、ドストエフスキーが反対するのは教皇制度とカトリシズムであり、それも異端審問の世紀のカトリシズムである。カトリシズム一般、特に初期キリスト教時代のカトリシズムに対しては、ドストエフスキーは異議を唱えないが、しかし異端審問期のカトリシズムはまさに悪魔の仕業であり、キリスト教と人類をひどく損なったという。プツィコーヴィチ氏も、この伝説がヴォルテールとゲーテに由来しているとは信じない。〉（前掲書四八～四九頁）

マサリクによるこの説明は図式主義的だ。初期カトリシズムのキリスト教を認める、教皇制度に反対するなど、ロシア正教会の公式の立場にあまりにも近いのだ。この立場をとっている限り、政府からドストエフスキーが弾圧されることはない。このような過剰な当局の公式イデオロギーとの自己同一化に私は違和感を覚える。

さて、マサリクは、「大審問官」を社会主義者とみなす。

〈私見によれば、「大審問官」の中にはゾシマ神父の教義問答書が含まれるが、しかしそれはアリョーシャ版ではなくてイワン版であり、カトリシズムと社会主義に対する闘いが正面に押し出される。またドストエフスキーは、マーイコフ宛ての書簡の中で、カトリシズムとイエズス会主義について、正教との比較において確かに何かを言うことができると述べているが、文脈からすれば、既に当時からカトリシズムとイエズス会主義を、無神論と同一視していることは明らかである。ちょうどこの時期にドストエフスキーは、ヨーロッパに長期滞在して、現地で直接にカトリシズムとプロテスタンティズムを観察する機会に恵まれた。彼は既に『白痴』で、カトリック問題に詳細に取り組み、カトリシズムを無神論より下に置いている。彼の言葉によると、無神論は否定するだけで何も説教しないが、カトリシズムの方は歪められたキリストを、反キリストを説教する。まさにこうして『悪霊』では、フランスは今や社会主義の名の下で無神論を信仰するが、それは無神論がカトリシズムよりは健全だからであると説明される。

ストラーホフ宛ての書簡〔一八七一年五月十八日（三十日）付け〕の中でドストエフスキーは、パリ・コミューンと教会国家の崩壊との間に、内的な関連を探し求める。――カトリシズムのせいで、西欧はキリスト信仰を喪失したとして、なぜルソーが、なぜ実証主義が、なぜ社会主義が、それぞれ自己流で世界を改造しようと努めたかを――もちろん無駄に終わったが――、それによって説明する。〉（前掲書四九頁）

ここでドストエフスキーが言う「ゾシマ神父の教義問答書」とは何を意味するのか？「大審問官」について記されている『カラマーゾフの兄弟』第5編「プロとコントラ」に「ゾシマ神父の教義問答書」に関する記述はない。マサリクは何を言おうとしているのだろうか？

マサリクは、「大審問官」とゾシマ長老（神父）を類比的存在としてとらえているのだ。そして、『カラマーゾフの兄弟』第6編「ロシアの修道僧」で展開された、ゾシマの説教に社会主義の影を察知したのだ。私の理解では、ゾシマの社会主義観は以下の二箇所に顕著に現れている。

まず、民衆は卑屈でないとゾシマが説教において強調する部分だ。ここにはナロードニキ（人民主義者）的な社会主義が潜んでいる。

〈民衆は卑屈ではない。二世紀にわたる農奴制のあとですら、そうなのだ。顔つきも態度も自由だが、いかなる無礼さもそこにはない。それに、復讐心もつよくないし、嫉妬深くもない。「おまえさんはお偉い方だし、お金持ちだし、頭もよくて才能もある――それはそれで大いに結構、神さまの祝福がありますように。おまえさんを敬っているが、わたしも自分が人間だとわかっている。うらやみの気持ちをもたずおまえさんを敬うことで、このわたしも、おまえさんに対し、人間的な品位というものが示せるわけでして」じっさいにこんな言葉は吐かないにしても、（彼らはまだそういう口のきき方を知らないからだ）、彼らがそんなふうに行動するのを、わたし自身この目で見てきたし、経験もしてきた。

だから驚くかもしれないが、わたしたちロシアの人間は、貧しくなればなるほど、身分が低くなればなるほど、彼らのなかでますます立派な真理が明らかになるのだ。なぜなら、金持ちの富農や搾取者たちというのは、その大半がすでに堕落しているからである。しかしそれも、わたしたちが熱心さを欠いたり、怠慢だったりしたことで生じているのだから！〉（ドストエフスキー［亀山郁夫訳］『カラマーゾフの兄弟2』光文社古典新訳文庫、二〇〇六年、四四二～四四三頁）

〈ロシアの人間は、貧しくなればなるほど、身分が低くなればなるほど、彼らのなかでますます立派な真理が明らかになる〉という未来予測は、〈金持ちの富農や搾取者たちというのは、その大半がすでに堕落している〉という現状分析を踏まえて行われている。「大審問官」は、人間が余剰のパンを分け与えることができないといった。従って、パンを地上の人々に行き渡らせるために圧政を行う。ロシア人が貧しくなれば、貧しくなるほど、「大審問官」が出現し、社会主義を実行する可能性が高まるのだ。

ゾシマの説教の先を見てみよう。

〈だが、神は自分の僕《しもべ》である人間を救うだろう。なぜなら、ロシアはその謙虚さゆえに偉大だからだ。わたしはわたしたちの未来を夢み、すでにそれをはっきりと目にしているような気がする。なぜなら、いずれはわが国のもっとも堕落した金持ちも、貧しい人々の前で自分の富を恥じ、貧しい人々は彼らの謙虚さをみて理解し、喜んで譲歩し、その立派な恥じらいに愛情をもって応えることになる。最後はそうなると信じるがいい。じっさいそうなりつつある。

人間の精神的な価値のなかにのみ平等はあるのであって、それがわかっているのは、わたしたちの国だけである。兄弟がいれば、兄弟愛も生まれるだろうが、この兄弟愛よりも先に、公平な分配がおこなわれることはけっしてない。キリストの御姿をたいせつに守り、それが高価なダイアモンドのように世界全体に輝きわたることを……そうなりますように、アーメン、アーメン!〉

（前掲書四四三頁）

ゾシマが予測する〈もっとも堕落した金持ちも、貧しい人々の前で自分の富を恥じ、貧しい人々は彼らの謙虚さをみて理解し、喜んで譲歩し、その立派な恥じらいに愛情をもって応える〉とは、要するに金持ちが自らの富を貧しい人に再分配し、それ故に貧困層と富裕層の融和した社会ができるということだ。精神的な価値において平等が成立するならば、それは物質的な世界にも受肉（具現化）するというのがキリスト教の考え方だ。確かにこれは社会主義を意味している。

さらにゾシマは、「罪のある人間を愛しなさい」という説教によって、「大審問官」の出現を正当化しているとマサリクは考える。ゾシマはアリョーシャたちにこう呼びかけた。

〈兄弟たちよ、人々の罪を恐れてはいけない。罪のある人間を愛しなさい。なぜならそれは神の愛の似姿であり、この地上における愛の究極だからだ。神が創られたすべてのものを愛しなさい。その全体も、一粒一粒の砂も。葉の一枚一枚、神の光の一筋一筋を愛しなさい。動物を愛しなさい。植物を愛しなさい。あらゆる物を愛しなさい。あらゆる物を愛すれば、それらの物のなかに、神の秘密を知ることができるだろう。いつかその秘密を知ることができたら、そのときには、日々たゆみなく、ますます深くその秘密を認識するようになるだろう。そしてついに、全世界を全世界的な愛で、まるごと愛するようになるだろう。〉（前掲書四五一頁）

ここでゾシマは、罪のある人間を「神の愛の似姿」としている。しかし、これは神学的に間違っている。確かに人間は「神の似姿」である。しかし、神は罪を有していない。従って、罪まで含めた人間を神の似姿とすることは、罪の責任を神に帰すことになる。神に罪があるならば、この世の悪は神によって創られたという解釈が成り立つ。しかし、神はこの世の悪に対して責任がまったくない存在である。罪を神の似姿に取り込むことによって、ゾシマは汎神論ではなく、汎悪魔論によってこの世を解釈している。その結果、悪によって悪を制することが是認される。それだから、「大審問官」のような「罪のある人間を愛しなさい」という倫理的指針が導き出されるのだ。

ドストエフスキーは、人間は宗教的存在であると考える。すべての人が神を信じているとは言えない。しかし、人間は誰であっても「何か」を信じている。無神論者は、無神論を信じている。唯物論者はモノを信じている。観念論者は観念を信じている。そして、カトリック教会は偽りの神を信じている。無神論者とカトリック教徒を比較するとカトリック教徒の方がより大きな罪を犯している。なぜなら、無神論者は神を否定するだけであるが、カトリック教徒は、偽りの神を信じ、布教するからだ。ドストエフスキーの理解では、カトリック教徒はモーセの第一戒違反、すなわち、わたしをおいてほかに神があってはならない、という戒に反し、ローマ教皇という偶像を崇拝していることになる。

マサリクは、「大審問官」伝説でドストエフスキーが狙ったのはカトリシズムに反対する言説を展開することだったと考える。

〈『手帖』の中でドストエフスキーは非常にはっきりと、キリストなら異端派を火刑に処さなかったと断言する。——それ故に、異端審問裁判は不道徳的行為である。ドストエフスキーの言葉によれば、「異端審問官は、心の中に、良心の中に、人々を火刑に処する必要性という思想が住み着き得たという一事だけで、不道徳である」。それ故に審問官は、暗殺の下手人オルシーニ

〔フェリチェ・オルシーニ伯。一八一九〜五八。イタリアの革命家、一八五八年に処刑〕や裏切り者ワレンロード〔コンラード・ワレンロード。十四世紀後半。十字軍遠征の参加者〕と同じレベルに立つ。

既にこれらの明白な資料からして、ドストエフスキーの見解については疑問の余地がない。彼は「大審問官」によってカトリシズムに反対したかったのである。〉（マサリク『ロシアとヨーロッパⅢ』四九頁）

『カラマーゾフの兄弟』の「大審問官」伝説のテキストを素直に読めば、ドストエフスキーの「大審問官」評価は両義的だ。これをマサリクは、ドストエフスキーは否定的人物として「大審問官」を描いたと読み解く。そして、「大審問官」によってカトリシズム批判を行ったと決めつける。

ドストエフスキーの見方からすれば、プロテスタンティズムは十六世紀にカトリシズムから派生した異端に過ぎない。カトリシズムとは、西のキリスト教世界と同義だ。そこにはマサリクも含まれる。マサリクは、「大審問官」を自らに対する批判と受け止めたのである。

カトリックとは、普遍的（神学用語ならば〝公同の〟）という意味だ。ドストエフスキーも一〇五四年に東西教会が相互破門する教会大分裂（シスマ）までのカトリック教会の普遍性を承認する。それ以降のカトリシズムは、普遍的で正統なキリスト教から離脱した、キリスト教の疎外態なのである。このようなドストエフスキーのカトリック教会解釈も図式主義的だ。ロシア正教会の教科書的な解釈をそのまま踏襲している。このような主張をしている限り、当局からドストエフスキーが思想的逸脱者と見なされることはない。

〈言うまでもなく、本来の古いカトリシズムにではない。十一世紀のシスマ〔教会分裂〕に至るまでの古いカトリシズムを、ドストエフスキーはもちろん受け入れた。――このことを、前述の批評家たちは失念している。ドストエフスキー自身からも、彼が特に近代のカトリシズムに取り組んだことは明らかである。ドストエフスキーは原則において、カトリシズムの、それもまさしく現代のカトリシズムの、不倶戴天の敵である。異端審問はカトリシズムの最も恐るべき過ちであり、今後ともこの点は変わらないが、反宗教改革的カトリシズムに代表される新たなカトリシズムに反対するやいなや、ドストエフスキーは全く正当にもその点を指摘しなければならなかった。〉（前掲書四九～五〇頁）

さらにドストエフスキーは、イエズス会批判を積極的に展開する。ここでいう「反宗教改革的カトリシズム」とは、プロテスタンティズムによって触発されたカトリシズムの教会改革運動を指す。その一つがイグナチオ・ロヨラ、フランシスコ・ザビエルたちによって十六世紀に創設されたイエズス会である。イエズス会は軍隊的秩序をもつ修道会によって、プロテスタントを放逐することと、世界宣教に力を注いだ。そして、一五四九年にザビエルが来日し、キリスト教の布教を開始した。

ドストエフスキーはこのイエズス会を主敵と定める。これも当時のロシア正教会の公式の立場を踏襲したものだ。

〈だが、いささか曖昧なプッィコーヴィチの情報によって、彼がことさら異端審問期のカトリシズムに取り組んだと判断するのは、正しくないだろう。『カラマーゾフの兄弟』との関連全体において、ドストエフスキーにとって異端審問期のカトリシズムが何だというのだろうか？「大審問官」の章の中でアリョーシャは、伝説の詩人〔イワン〕に反論して、彼の描いた審問官はカトリシズム一般の代表者ではなく、せいぜいカトリシズムの中の最悪の精神、つまり審問官たちとイエズス会士の代表者にすぎないと述べる。イワンにとってさえイエズス会士は正しく描かれていないという。現実のイエズス会士は、いかなる人間的な罪も担わず、いかなる秘密も隠さず、人々の幸福を虚偽によって維持しなければならないことに対して、いかなる呪詛も感じていない。イエズス会士は、世界支配を目指すローマ教皇の軍隊にすぎず、要するに権力と支配、薄汚れた幸福、奴隷化を――未来の奴隷制の方法を目指して、そこでは彼らが地主になるのだという。恐らくイエズス会士たちは無神論者だが、しかし苦悩する審問官は幻想の産物である……。イワンはこのイエズス会士の特徴づけに反対して、今世紀〔十九世紀〕のカトリック運動の中に、本当に薄汚い享楽を求める欲求しか見て取れないかどうか、弟に訊ねる。

それからアリョーシャは、パイーシー神父からも同じ話を聞いたことを思い出す。イワンは、パイーシー神父が近代カトリシズムの理念を正しく理解したと言い張る……。〉（前掲書五〇頁）

確かにマサリクがここで要約したようにドストエフスキーは、〈イエズス会士は、世界支配を目指すローマ教皇の軍隊にすぎず、要するに権力と支配、薄汚れた幸福、奴隷化を――未来の奴隷制の方法を目指して、そこでは彼らが地主になる〉という認識をもち、イエズス会のドクトリンに社会主義の原型を見る。しかし、ドストエフスキーはほんとうにこのようなイエズス会観をもっていたのであろうか？　イエズス会はロシアの知識人に強い知的刺激を与えていた。イエズス会士がもつ死をも恐れない教皇への忠誠心にドストエフスキーはある種の憧れをもっていたのではないだろうか？　そうなるとドストエフスキーは、社会主義に対しても一種の憧れをもっているということになる。ドストエフスキーのロシア正教会に対する迎合が過剰である。過剰な忠誠心の表明は、当該ドクトリンを信じていないということの裏返された表現に他ならない。

マサリクは、アレクサンドル一世が専制的で反動的な政策を推進したときに、少なからぬ貴族がイエズス会に惹きつけられたことがドストエフスキーに衝撃を与えたのではないかと考える。

〈ドストエフスキーはロシア人として、キリスト教を社会の基本的支柱に据えることを願うやいなや、カトリック問題を極めて鋭い形で提起しなければならなかった。その他の主要なキリスト教会と、批判的に決着を付けることを迫られた。ドストエフスキーは、特にカトリシズムの中に自らの敵を認めたが、それは正しかった。——彼がどこかで、ローマやイエズス会士と異端審問に向けられた鋭い批判の言葉を読んだかどうかは、重要なことではない。例えばシラーの愛読者だった彼は、恐らく既に若い頃に、イエズス会士と異端審問に向けられた生気溢れる的確な判断を読んだだろうが、しかしそこから彼の「大審問官」が成熟することは、決してなかっただろう。

アレクサンドル一世のロマン主義的な反動期以来、多くの同国人がカトリシズムに傾いたことに、ドストエフスキーは気づいたに違いない。だが、特に彼を不安にさせたのは、チャアダーエフである。それ故に、「大いなる罪人」についての長編小説へのプランの中で述べたように、罰としてチャアダーエフを一年間修道院に蟄居させて、分別を得させようと考えた。

ドストエフスキーは、カトリシズムに対するスラヴ派の論争とその後の論争を知っていた（例えばイエズス会士マルティーノフに対するサマーリンの論争）。既に述べたようにドストエフスキーは、ヨーロッパにおけるカトリシズムを観察した。ヨーロッパで彼は、無謬性の教義の布告を目撃し、『作家の日記』における折に触れてのコメントと議論から明らかなように、特にヴィヨ〔ルイ・ヴイヨ。一八一三〜八三。フランスのカトリック系作家〕と彼の教皇権至上主義の崇拝を追い、ビスマルクの文化闘争をも見逃さなかった。哲学者ソロヴィヨーフのカトリック的精神において振る舞う傾向を、文学的に追うことはもうできなかったが、しかし（一八七〇年代末に）彼ともカトリシズムの問題について議論しなかったかどうかは疑問である。だがそれらは主に、ドストエフスキーをかくも断固としてカトリシズムに反対させた内面的理由である。〉（前掲書五〇〜五一頁）

ここでのマサリクの議論は、少し錯綜しているので、以下の四点に整理しておく必要がある。

1. ドストエフスキーは、危機に瀕しているロシア帝国を再建するためには、キリスト教精神を国家の中心に据えなくてはならないと考えた。

2. この場合のキリスト教精神は、真性のキリスト教精神でなくてはならない。そのためにはカトリシズムと対峙し、その精神を克服しておくことが不可欠だ。なぜなら、カトリシズムは疎外されたキリスト教であり、そこに無神論が潜んでいるからである。

3．カトリシズムは、革命思想として、具体的には農奴制とロシア正教に反対する『哲学書簡』を著したピョートル・チャアダーエフのような形で出現する。

4．革命を阻止するという観点から、徹底的なカトリシズム批判を展開しなくてはならない。西欧においては、反革命の牙城であるカトリック教会が、ドストエフスキーの目にはロシアに革命をもたらす根拠地のように見えるのである。

カトリシズムに革命の危機を感じるというのは、強迫観念というよりも妄想に近い。カトリシズムに対する偏見の故に、客観的に見れば、より革命的傾向を内包したプロテスタンティズムに対して、ロシア正教会は好意的である。ここには「敵の敵は味方である」という認識を導く関心が働いている。マサリクもこのことに着目している。

〈ロシアの論争的神学を知っている者は、ロシア正教の護教家たちがカトリシズムに対しては強く反対するが、プロテスタンティズムに対してはそれほどでもないことを、感じ取り確認したに違いない。

教会が互いに近いほど、それらの擁護者たちが相互に、一層の憎しみを込めて対峙することは、古来からの経験である。ロシアの憎しみからは、恐れのようなものが感じ取れる。カトリシズムは神学的に強力で、教会面の組織は見事で、イエズス会士たちは神学的・政治的擁護者の訓練された軍隊である。――正教の教会は、教会面と神学面において脆弱で、政府の庇護なしでは、敵とのいかなる自由競争にも取り組めないだろう。正教の神学者、特にロシアの神学者も、最も強力な武器をプロテスタントから借用することを余儀なくされている。〉（前掲書五一頁）

ロシア人のカトリシズムに対する激しい憎しみの背後には、憧れが隠れている。ロシア正教会をイエズス会のように再編して、普遍教会にしたいという欲望が存在する。ドストエフスキーが理想とするロシア正教会がカトリック的であることにマサリクは気づいている。

〈ドストエフスキーにとってカトリシズムが敵であったのは、正教を理想として設定したからである。彼はこの宗教的基盤の上で全人類を結びつけ、自らの「普遍性《カトリシズム》」を組織したいと願ったので、ローマのカトリシズムに反対しなければならなかった。教皇たちの教会合同を目指す意向と、東方とロシア国内における彼らの宣伝活動を、ドストエフスキーは冷静に受け止めることができなかった。ポーランド人がカトリシズムおよびイエズス会主義と、非常に固く結びついていたという事情が、彼にとってはローマに対する特別の警戒心の原因になった。〉（前掲書五一頁）

教皇たちの教会合同を目指す意向とは、カトリック教会がベラルーシや西ウクライナで展開したユニア（東方帰一）教会の運動を指す。正教会が、ローマ教皇の首位権と聖霊が父と子（イエス・キリスト）から発出するという「フィリオクエ（filioque、ラテン語で〝子からも〟という意味）」を認めるならば、下級司祭の妻帯、イコン（聖画像）崇敬は従来通り認めるというカトリック教会の方針に基づいてできたのがユニア教会だ。見た目は正教会と変わらないが、本質はカトリック教会である。イエズス会はユニア教会においても大きな影響力をもった。ドストエフスキーは、ロシアがカトリシズムによって侵蝕される脅威が現実に存在すると認識していた。

マサリクは、ドストエフスキーの反カトリック的姿勢を軽視する見方に反対して、こう述べる。

〈恐らくドストエフスキーは、自分自身の中でカトリシズムをそれほど強く攻撃しなかったのではないか、という疑問が出されるかもしれないが、私はそうではないと思う。ドストエフスキーには、ローマへのいかなる好みも見出せない。彼はカトリシズムの中に、教会の権力とその世界的地位を見て取って、それを拒否した。彼はある程度まで、ロシアの国家教会に干渉することをも望んだ。

ドストエフスキーにとって看過されるわけにいかなかったのは、彼の最も強力な反カトリック的論拠が、同時にロシアの教会にも的中したことである。例えば「大審問官」の中で、ローマに対して慈悲の教えから持ち出したことは、ロシアの教会にも全くそのまま当てはまる。死後に奇跡を現すことなく腐っていく〔ゾシマ〕長老についての章の矛先は、ローマにではなく第三のローマ〔モスクワ〕に対して向けられている！ イエズス会主義に対する論争も、自分の教会に関わっている。なぜなら、ロシアの教会の中にもすべての教会と同じように、かなりの程度のイエズス会主義が認められるからである。イエズス会主義に対する闘いの中で、ドストエフスキーは内面的虚偽と闘ったが、彼はその虚偽を自分自身の中にも感じ取って、それと生涯格闘したのである。なぜならドストエフスキーは――既にここで言っておく必要があるが――ゾシマであるだけでなく、またイワン・カラマーゾフでもあるからである。〉（前掲書五一～五二頁）

ドストエフスキーの中にイエズス会的要素があることに気づき、その内面的虚偽と生涯格闘したというマサリクの洞察力は鋭い。このイエズス会的要素を社会主義、無神論と言い換えてもよい。ドストエフスキーを敬虔なキリスト教作家と見なしてはならないのである。ドストエフスキーの内部には、社会主義的で無神論的な革命への情動が潜んでいる。そのことに気づいていたからこそ、ドストエフスキーは過度に正統的で硬直したロシア正教会のドクトリンを繰り返すのである。神に関する過剰な言及は、神を信じることができないという現実の反映である。

ドストエフスキーの内部にカトリシズムとロシア正教という二律背反がある。この二律背反が弁証法的に止揚されることはない。永遠の抗争を続けるのである。しかし、人格が分裂しているのではない。ドストエフスキーの中で区別されるが分離できない形で二律背反が有機的連関を維持しているのだ。この二律背反の有機的連関がドストエフスキーの世界観の特徴なのである。

〈繰り返すと、心理学者と人間観察の達人たちは、ローマとの論争だけでなく、この論争の性格と激しさにも注目している。『白痴』と『悪霊』と『未成年』の男女の主人公たちの、カトリック的精神において振る舞う傾向に対する結論と併せて、「大審問官」をより注意深く読む者は、生きた感情を外面的影響に帰することはできない。読者は純粋に芸術的観点からも、理念とその代表者たちが有機的に生まれたことを、理解するに違いない。また多くのカトリック教徒が、ほかならぬカトリック教徒（信仰者という意味ではない）が、ローマとそのイエズス会主義に、最も強硬に反対したことを想起してみよう。例えばカルドゥッチ〔ジョズエ・カルドゥッチ。一八三五～一九〇七。イタリアの詩人、文芸批評家〕だけでなく、冷静なパルナス派であるルコント・ド・リール〔シャルル＝マリー＝ルコント・ド・リール。一八一八～九四。フランスの詩人〕も、晩年にはカトリシズムを自らの敵として闘い、ドストエフスキーと同じように、悪魔をローマの代表者として描こうとさえ望んだ。そう、ドストエフスキーが「大審問官」の中で我々に提起するのは、理念、自らの理念なのである!……〉(前掲書五二頁)

「大審問官」伝説において、ドストエフスキーは自らに内在するカトリシズム(それを社会主義、無神論と言い換えてもいい)と闘っているのだ。

カトリシズムと正教では、教会と国家の関係が大きく異なってくる。正教の伝統では、ビザンチンハーモニーと呼ばれるように、国家と教会が有機的に結合している。皇帝は宗教的権威を代表している。これに対して、カトリシズムにおいて、教会と国家は分離され、互いに牽制しあう関係にある。カトリシズムと正教の間の教会と国家の関係の差異にドストエフスキーは関心をもつ。

〈カトリシズムにおける教会と国家との関係も、ドストエフスキーには気に入らない。彼は教会と国家との関係一般に関する問題を、極めて重要と見なすが、それはまさにそこで、フォイエルバッハとロシアのフォイエルバッハ主義者、特にバクーニンを論破する必要があったからである。彼がこのテーマにいかに関心を払ったかは、『カラマーゾフの兄弟』から見て取れる。『カラマーゾフの兄弟』の出発点はこの問題で、それに基づいてすぐに巻頭で、ニヒリズムの問題全体が公式化される。哲学者イワン・カラマーゾフは、教会の裁判制度に関する神学的著作の批判によって有名になった。特別のきっかけを与えているのは、教会は犯罪者を裁き、場合によっては罰しても構わないかどうかという問題である。――イワンはある神学者に対して、キリスト教会は罰してはならず、そうすることもできず、また国家の方もキリスト教の精神において、犯罪と刑罰に対する自説を変えなければならず、一般に自らを完全に教会に改造しなければならないというテーゼを擁護するが、一方ヨーロッパでは三世紀以来、まさに反対に、教会は絶えず国家の中に埋没する（それに対して、以前は教会は国家から完全に分離されて、国家とはいかなる結びつきもなかった）。

刑罰という特殊な問題を考えないとすると、イワンが提起しているのは、『作家の日記』から確認できるように、厳密にドストエフスキーの見解である。またそこには、ヨーロッパにおける教会と国家との関係は、ロシアにおける両者の関係とは正反対であると書かれている。――ヨーロッパでは教会は国家に変身しようと努めるが、他方でロシアの国家は教会になりたがる。ドストエフスキーの論争相手は、ドイツでフィルホフが、フランスでガンベッタ〔レオン・ガンベッタ。一八三八～八二。フランスの政治家〕が擁護したような自由主義的見解である。明らかなように、イワンが初期の教会に依拠していることは、彼に何の影響も与えない。教会はその当時国家から切り離されていたが、それは国家が異教的だったからで、他方でキリスト教国家は、教会との緊密な関係を避けるわけにはいかない。〉（前掲書五二一～五三三頁）

ここで重要なのは、〈ロシアの国家は教会になりたがる〉ということだ。ロシア国家は統治だけでは満足しない。国家が人間の内面も支配しようとする欲望をもつ。当然、このような国家は、独自の道徳的基準をもつ。このような国家観がでてくる基盤にロシア独自の「神人論」という形態のキリスト論がある。

第7章　神人論

イエスが一人一人の人間を救済する根拠であるというのがキリスト教の基本教義だ。それだから、キリスト教神学において、イエス・キリストという名が決定的に重要になる。ここでドストエフスキーは巧妙な仕掛けをする。イエス・キリストを神人と言い換えるのだ。神学的に見て、イエス・キリストは、「真の神であり、真の人である」。従って、この言い換えには何の問題もないように思える。しかし、そうではない。神人と言い換えることによって、それは一般的概念となり、イエス・キリストという名から離れてしまう。救済においては、名が決定的に重要になる。イエス・キリストとは、一世紀に生きたナザレ出身のイエスという大工の青年が、神から送られた救い主であるキリストであることを信じる信仰告白なのである。従って、救済のためには神人という一般名詞ではなくて、イエス・キリストという固有の名に徹底的にこだわらなくてはならないのである。しかし、そのような名に固執するという姿勢がドストエフスキーには希薄である。

〈教会と国家との関係に関するドストエフスキーの見解は、純粋に論理的構成物である。キリスト教が社会の確固たる基盤であり、教会がキリスト教的組織、つまり真にキリスト教的社会であるとするなら、国家は教会に従属しなければならない。ドストエフスキーはここでヨーロッパとロシアを、神人への信仰と人神への信仰と同じように対置して、民衆が神人を信じるところでは国家は教会に変わり、人神を信じるところでは教会が国家の中に埋没するという。非常に整合的である。――しかし、ロシア人も人神を信じ始めたら、どうなるのだろうか?〉(トマーシュ・ガリッグ・マサリク［石川達夫・長與進訳］『ロシアとヨーロッパⅢ――ロシアにおける精神潮流の研究』成文社、二〇〇五年、五三頁)

マサリクは、神人への信仰が人神への信仰に転化する危険性について、気づいている。ただ、この部分の理論的説明を省いているのでわかりにくくなっている。敷衍してみる。十字架にかけられて、死後三日目に復活したイエス・キリストは、地上に数週間滞在した後に、「然り、わたしはすぐに来る」と言って再び天に去っていった。イエスの弟子たちは、近未来に先生が再臨すると固く信じた。そして、再臨のときにこの世の終末が起きる。イエスをキリストと信じる者たちは、終末のときに永遠の命を得る。しかし、いくら待っても再臨は起こらず、終末も到来しない。そこで、イエスの弟子たちは、イエスについて証しする文書を作成した。これが新約聖書の起源である。終末が遅延する状況で、イエス・キリストが述べ伝えた救済に関する使信は、教会において、集団的に保全されているという了解が広まった。「教会以外に救いなし」という状況になったのである。

ここまでの教会の系譜を以下の五点に整理してみる。

1. 神が、ひとり子をこの世に派遣した。

2. イエスという名をもったナザレ出身の青年は、自らが神の子であり、救済主であるという意識をもち、その見解を公言した。

3．イエスを救済主キリストであると信じる人々の集団が生まれた。

4．イエスはローマ帝国の官憲に捉えられ、裁判で死刑を言い渡され、十字架上で刑死した。そして、死後三日目に復活し、地上に数週間滞在した後に昇天した。復活したイエス・キリストに出会った人々は、神による救済に対する確信を強めた。

5．弟子たちが考えていたよりも、終末、すなわち救済の時は遅延することが明らかになった。そこで、救済に関する正しい教えは教会において保全されているという了解をキリスト教徒がもつようになった。

この流れは、神から人、上から下へという指向性をもっている。

ドストエフスキーは、この神から人への流れを、人から神に逆転させることが可能であると考えた。神が人になったのは、人が神になるためというわけだ。従って、神人論は人神論への道を可能にする。東方正教会の伝統において、このようなイエス・キリストの名に固執しないキリスト論解釈は、ごく普通に行われていた。それをドストエフスキーが生きた時代状況で、精緻に展開したのが宗教哲学者のウラジーミル・ソロビヨフ（一八五三～一九〇〇）だ。ドストエフスキーとソロビヨフは親しく、一八七九年にオープチナ修道院を一緒に訪れている。ドストエフスキーが小説の中で展開するキリスト教的言説の内容に関しては、ソロビヨフの宗教哲学を通俗化したものが散見される。特に重要なのは、『神人論に関する講義』（一八七七～八一年）だ。連続講演をもとにしたこの著作において、ソロビヨフは人間から神に至る道筋について説明する。そこでは、人間の内部で、世界精神が神のロゴスと結合することが強調される。

〈人間にあって世界霊魂（引用者註＊世界精神と訳すこともできる）はまず意識の中で内的に神のロゴスと結びつく。そして意識とは全一態の純粋形態のことにほかならない。現実では自然の多くの存在物の一つにすぎない人間は、その意識の中で理性――あるいは全ての存在物の内的結合およびその意味（λόγος）――を得る能力を有するのである。そして人間はイデヤの中で全てとして現われるのである。〉（V・ソロヴィヨフ［御子柴道夫訳］『神人論　V・ソロヴィヨフ選集2』東宣出版、一九七二年、二八二頁）

人間には、ロゴス（言葉、論理）をとらえる能力がある。イエス・キリストが神のロゴスであるというロゴス・キリスト論を用いて、人から神に至る道を確保するのだ。ソロビヨフにおいて、神は内面化されている。中世的な天上にいる神をソロビヨフは信じていない。当然、ドストエフスキーもそのような神を信じていない。神は形而上的な天にいるのではなく、各人の心の中に存在するのである。

人間は、直観と感情によって、世界精神をとらえるのである。これは同時に神のロゴス、すなわちイエス・キリストと出会うことなのである。イエス・キリストと出会うことによって、人間も神性を帯びるのである。当然、このことが救済の根拠となる。

〈この意味（引用者註＊人間の内部においてロゴスをつかみとる能力があること）において、人間は第二の全一者、神のかたちであり似姿であるのだ。人間の中で、その本性は自己自身より大きなものに成長し、絶対存在の領域へと移行してゆく（意識において）。人間は、自己の意識の中で永遠の神的なイデヤを担い、また知覚する。それと同時に人間は、その事実上の発生と存在性に従い、外界の自然と離れ難く結びついている。したがって、人間は神と物体存在との間の自然的な媒介者であり、全一的な神的本源を多くの自然力の中に導く導き手であるのだ。すなわち人間は全世界の組織者であり、管理者であるのだ。この役割は、永遠の人格としての世界霊魂に属しているものである。そしてこの役割が自然の秩序の中で最初に事実上実現可能となるのは、自然人、すなわち世界過程の中で生まれる人間においてであるのだ。けだし、宇宙の推移によって産み出された全ての残りの存在物は、actu（実際には）自己の中に、ある自然的で物質的な原理を有しているにすぎない。彼らにとっては、ロゴスの働きの中の神的イデヤは、単なる外的な法、外的な存在形態なのである。そして自然の必然性によって彼らはそのイデヤに従ってはいるのだが、それを自分のものとしては意識していないのだ。この段階では、部分的で有限な存在物と普遍的な本質の間には何の内的な和解も存在しない。『全てのもの』は、『このもの』にとって単なる外的な法にすぎない。〉（前掲書二八二～二八三頁）

すべての人間は、ロゴスをつかみとる能力をもっている。なぜなら、神が人間を創造したときに、そのような能力を付与したからだ。「創世記」で、神がアダムに吹き込んだ息が、人間の精神として機能しているのである。精神は、キリスト教徒ではない人々にも共有されている。真実の神について知らない異教徒も、神による被造物である。より正確に言うと、神によって「神の似姿」として造られた被造物だ。従って、異教徒も精神をもっている。

それとともに、聖霊の機能について、ここで考えてみることが重要だ。カトリック教会の三一

（三位一体）論において、聖霊は父及び子から発出すると考える。これに対して、正教会においては、聖霊は父からのみ発出すると理解される。

カトリック教会において、父なる神は子（イエス・キリスト）を通して、知られることになる。イエス・キリストが昇天した後、人間がキリストと会うことができる場は、教会だけである。また、人間は神を直接知ることができない。ただ、イエス・キリストを通してのみ神について、直接知ることができる。イエス・キリスト自身が真の人であるとともに真の神だからだ。キリストとは教会でしか会えないのであるから、聖霊の活動も教会経由ということになる。

これに対して、正教会の場合、聖霊は父から発出するのであるから、イエス・キリストを経由しなくても、人間が聖霊を受けることが可能になる。従って、非キリスト教徒であっても、聖霊の働きによって神について知ることができる。イエス・キリストの名に固執しない神人論が人神論に容易に転化しやすいのは、聖霊に関する正教会独自の解釈があるからだ。

別の切り口から論じるならば、人間がもつロゴスをとらえる能力から、人間は自らの中に潜んでいる神性を見出すことが可能になる。ソロビヨフはこのことについて、以下のような論理を組み立てている。

〈全ての被造物の中でただ人間だけが、事実上では自己を『これ』であるとみなし、同時にイデヤの中にあっては『全て』として意識するのである。このように、人間は一つの原理によっては制約されない。彼はまず第一に、自然界と結びついた物質存在の自然力というものを自己の中に有している。第二に、神と彼を結びつける全一態のイデヤ的な意識を持っている。そして三番目に人間は、そのどちらによっても一方的に制約されることなく、自由な『自我』として現われているのである。人間は、その『自我』によって、自己の存在の二つの側面との関わりの上で自己をともかくも定義づけることができるのであり、またその両者に従い、その両者の領域で自己を確立することができるのである。人間は、そのイデヤ的な意識という点で神のかたちを有している。だとすれば、事実からと同様にイデヤからも絶対に自由だということ――人間の『自我』の形態上のこの無限性――が、人間の中に神の似姿を表象しているのだ。人間は、神が持っているようなあの生の内的な本質――つまり全一態を有しているばかりではない。彼は、神のようにその本質を持つことを自由に欲することができるのである。すなわち、神のようになることを自分から願うことができるのである。人間が直接的な知覚の中でその本質によって決定され、また人間の知が神のロゴスと内的に一致するかぎり、まず彼はこの本質を神から受けとる。〉（前掲書二八三〜二八四頁）

ピョートル大帝の西欧化政策は教会に対しても適用された。ロシア正教会はこれまで総主教によって、自主的に統治されていた。ピョートルは総主教制を廃止し、国家機関である宗務院（シノード）に正教会が従属する体制を構築した。宗務院長官は、世俗の官僚である。このようにして、ロシア教会は政府機関の一部になった。国家によって、教会が吸収されたのである。これに対して、ドストエフスキーは異議申し立てをする。国家が教会を吸収すべきでなく、教会が国家を吸収すべきであると主張するのだ。

マサリクは、ドストエフスキーの異議申し立てにいかがわしさを感じている。社会が教会から自立していく世俗化の過程は、近代において不可避である。ドストエフスキーは、近代国家の機能を理解することができなかったのではないかという疑念をマサリクはもっている。

〈ドストエフスキーは『作家の日記』の中で、ロシアの教会はピョートル〔大帝〕の時期以来、麻痺状態にあると認めた。この点で彼に先んじたのはスラヴ派だが、しかし歴史的に見ると、この見解は正しくない。ピョートルのずっと以前に、ロシアの教会では皇帝教皇主義が勝利した。教会が国家を吸収したのではなく、国家が教会を吸収したのである。ドストエフスキーはロシアの理想として、教会による国家の吸収を挙げるが、指摘しなければならないのは、ヨーロッパではフィヒテだけでなく、最近では著名な神学者・倫理学者のケーテ〔フリードリヒ・アウグスト・ケーテ。一七八一〜一八五〇。ドイツのプロテスタント系神学者〕も、国家の中への教会の解消に賛成して、それを歴史の歩みであると予見したことである。私は問いたいのだが、ドストエフスキーが関心を持つキリスト教的観点からすると、何に優先権を与えるべきだろうか？　何がより徹底的だろうか？　歴史的発展を観察して、最も進歩的な国々において教会が国家から分離する様子を見るなら、我々はフィヒテとケーテの理想を、より正しくて正当と見なさなければならない。社会が教会なしで存在することができれば、それがよりキリスト教的なのである。

しかし、ドストエフスキーはまさにロシア人であるために、社会の組織者になりうるのは国家だけであると想像することができない。またヨハネの教会をも想像できないという点でも、彼はロシア人である。彼の理想はキリストではなくて、ロシアのキリストである。――福音のキリストが教会を設立しなかったことを、ドストエフスキーはスラヴ派と同じように認識しなかった。〉

（マサリク『ロシアとヨーロッパⅢ』五三〜五四頁）

教会が国家に従属し、世俗化が進捗することによって、結果として、キリスト教は本来の機能を果たすことができるとマサリクは考える。マサリクにとって、キリスト教は実証的な宗教である。ただし、マサリクの言う実証性においては、神の啓示が排除されていない。

〈いわゆる実証的な宗教は、あらゆる宗教的認識と機関の源泉として、啓示を引き合いに出す。即ち、神自身が人間のもとに現れて、霊感や教示などの直接的な伝達によってその意志を人間に表明したのだとする。啓示にはいろいろな形態がある。神が語りかけたり、しるしを与えたり、夢に現れたりする。啓示は特に、神が人間のもとに現れるために人間に化肉（引用者註＊受肉）したというキリスト教的信仰に見られる。そしてイエスは、単に教えを授けただけでなく、自ら多年にわたってこの世の人々の間で人々のために、模範的に生き、行動した。

人間は啓示を感覚と理性によって受け入れるが、それは理性を越え、理性に反している。「不合理なる故に、我は信ず」という主張は、ここに由来する。〉（カレル・チャペック［石川達夫訳］『マサリクとの対話――哲人大統領の生涯と思想――』成文社、一九九三年、二一五頁）

啓示は、人間の知性の枠組みを超える現象だ。超越性そのものといってもいい。マサリクは、キリスト教が啓示を中心にする宗教であることをよく理解している。教会が国家に従属するようになっても、キリスト教の本質として、啓示は残る。その結果、キリスト教は、教会制度や伝統によってではなく、啓示によって担保されるということが、世俗化の過程で明らかになる。人間の合理的思考によって把握することができない啓示という現実を再認識することが、現代人にも可能である。教会が地上における支配のような世俗的権力を手放した方が、キリスト教の本質である啓示の働きがわかりやすくなるのだ。

マサリクにとって、啓示は、神がイエス・キリストという真の人間に受肉したことを抜きには考えられない。従って、キリスト論をイエス・キリストの名から離れた神人論に解消することはできない。マサリクにとって、人が神になるというような人神論的アプローチはあらかじめ排除されている。

ドストエフスキーは、教会が国家を吸収すべきであるという時代錯誤の主張を行うことによって、現実に存在するロシア国家に宗教的な超越性を付与している。マサリクはこのことを危惧するのである。

ひとことで言うと、ドストエフスキーは近代社会が世俗化をもたらすことを理解しようとしないのである。

〈ドストエフスキーは、近代社会の歴史的発展を理解できなかったし、特に、社会が政治的・社会的に絶えずますます脱教会化していることを理解できなかった。脱教会化とは国家化であるというのが、かの二重の発展である。中世の教会は社会生活全体を、つまり国家をも教会化したが、それが意味するのは歴史的具体性においては神権政治である。宗教改革とルネサンスによって脱教会化が始まったが、まず最初に科学と哲学、文学と芸術が脱教会化される形を取った。国家は、プロテスタント系諸国においても強力になった。プロテスタント系諸国では〔国家が〕教皇制を抑圧するために、カトリック系諸国においても強力になった。プロテスタント系諸国では教皇制を保持したために、そうなった。当初この新しい国家は絶対主義的だったが、しかしその全能性に対抗して、教会革命と宗教革命の継続として、政治的大革命とその継続が生じる。社会は立憲国家と更には議会制度を、非常に信頼するので、国家に学校を委ね、今日では既に社会政策をも委ねている。貧困層の世話さえも教会の手には残されず、彼らの世話自体が社会的立法制度に変化して、それは倫理的観点からは、より高次のものと見なす必要がある。〉（マサリク『ロシアとヨーロッパⅢ』五四頁）

教会によって国家が吸収されると観念された中世において、国家は人間を救済する宗教的機能を帯びていた。そこから神権政治（テオクラシー）が生まれる。神権政治の下で、国家は人間の魂も支配しようとする。世俗化は、国家と教会の機能を分離することだ。現実には、暴力を合法的に行使することができる国家の力によって、教会の力を封じ込めていくことになる。ただし、国家は暴力を恣意的に行使したのではない。国家の暴力を行使する際、理性を正当化の基準としたのである。その結果、国家は理性を、教会は啓示を保有するという棲み分けがなされた。すべての人間が理性をもっている。従って、国家の統治形態は、神権政治から、普通の人々による民主政治（デモクラシー）に移行する必然性をもつ。民主主義の対立概念は、独裁制ととらえられることがよくあるが、そのような理解は論理的整合性を欠く。民意が一人の人間に体現されているという了解があるならば、独裁であっても民主主義である。

具体例に基づいて話そう。衆議院の定数は四百六十五名だ。国民の意思がこの四百六十五名によって代表されると観念されている。それではここで、定数を四百六十四名に減らしたら国民の意思は体現されなくなるのであろうか？　「そんなことはない」という返事がかえってくるであろう。それでは定数をもう一人減らし、四百六十三名にする場合、どうなるか。このような操作を続けていくと、最後に国民の意思が一名によって代表されるか？　という質問に対しても、肯定的に答えなくてはならなくなるはずだ。人間が、自らの意思を誰かに委任することができるという擬制をとった瞬間に、民主主義に独裁制が内包されてしまうのだ。そして、その可能性をアドルフ・ヒトラーは、一九三〇年代に具現したのである。

民主主義の反対概念は、人間ではなく、神が国家を統治するという神権政治なのである。ドストエフスキーは、神権政治を称揚しているのだ。しかし、ロシアでも世俗化は進んでいる。世俗化は産業化の随伴現象であるので、すべての国家がそれを拒否することはできないのである。そのような状況で、神権政治を強行するためにはどうすればよいのだろうか？　国家に、世俗化時代にふさわしい神話を与えることだ。一見、理性に適合しているようで、巧みに超越性が含まれる国家神話をつくることである。そして、国民にこの国家神話を信仰させる。キリスト教的観点からすれば、これは人間が創った神、つまり「国家という神」に対する偶像崇拝なので、絶対に認めることはできない。神権政治を主張するドストエフスキーの中に偶像崇拝の要素があることをマサリクは敏感に嗅ぎつけたのである。

そして、マサリクの危惧は一九一七年十一月のロシア社会主義革命で現実になった。ボリシェビキによって創設されたソビエト国家は、世俗国家ではなかった。国民に世界観を押しつける思想国家だった。共産党は教会としての機能を果たした。国家と共産党は一体となって、共産主義社会を実現することによって人間の救済を追求した。マルクス・レーニン主義の名で神権政治が実現したのである。

そして、レーニン、トロツキー、スターリンは、この新しい救済宗教を全世界に輸出しようとした。各国の共産党は、コミンテルン（国際共産党）の支部だった。そして共産主義という宗教を布教した。

前出の『神人論に関する講義』で、ソロビヨフはカトリシズムの危険性について、こう述べた。

〈事実、キリストの真理を現実に信じるならば、当然、その真理の方がこの世を支配している悪よりも強いということが建前になっているはずなのであり、またその真理の霊的道徳的な力は悪を屈服することができる――つまりその力によって悪は善へと導かれうるということが前提となっているはずなのである。それなのに、キリストの真理、すなわち永遠の愛と絶対の慈悲というう真理が実現されるためにはその真理とは無縁なむしろ直接に対立さえしている強制と欺瞞という手段が必要なのだと仮定することは、とりもなおさず、この真理が無力であり、悪は善よりも強いということを認めることなのであり、つまるところ善を信じず、神を信じないということとなのだ。

最初からカトリック教会の中にほんの小さな胚芽として潜んでいたこの不信は、後にはっきりと露見されるにいたった。たとえば、イエズス派――これはローマ・カトリック教会の方針をもっとも極端にまたもっとも純粋に表現しているものである――の動因となっているものは、すでに権勢欲そのものなのであって、キリスト教的な熱心さではない。民衆は、キリストにではなく教会権力に跪ずいているのだ。また民衆に要求されているものは、キリスト教的な実際の信仰告白ではない――ただ法皇を承認し、教会権力に服従すればそれでことは足りるのだ。ここに至っては、キリスト教信仰は偶然的な形式にすぎず、本質と目的は強権制の支配という点にあるのだ。だがこのことはもはやそのまま、この偽りの主義の罪の自白であり、また自滅である。なぜなら、この主義は、その活動の目的である自己の権力の基盤をすっかり失ってしまっているのである。〉

（ソロヴィヨフ『神人論』三二六～三二七頁）

このような記述をしながら、ソロビヨフはカトリシズム、特にイエズス会にあこがれていたのである。最晩年、ソロビヨフは、カトリシズムに転宗したと言われている。カトリック教会はそう主張し、正教会はそのような事実はないという。筆者の理解では、ソロビヨフが組織としてどちらの教会に帰属していたかということが争点ではない。ソロビヨフの救済観が問題になる。ソロビヨフは、悪の本質について「善の欠如」などという生ぬるいものではないと考えた。悪はそれ自身、十分に自立する力があると考えた。ここまでは正教的な考え方だ。そして、その悪を現実において規制することができるのは、悪の力でしかないと考えた。ここにソロビヨフがイエズス会のようなカトリシズムを利用できると考えた。これがソロビヨフがカトリシズムに接近した理由と思う。

このソロビヨフの思想が、ドストエフスキーの『カラマーゾフの兄弟』において、大審問官という形で現れている。ドストエフスキーは、大審問官を否定的に描いているのではない。大審問官、イワン、そしてゾシマ長老やアリョーシャにも、悪を悪の力で規制すべきであるという信念がある。この信念がロシア革命を生みだしたのだ。

マサリクは、ドストエフスキーの小説を読み解くことによって、世俗的な神話をもった神権政治体制が近未来にロシアで成立することを予測した。そして、それがチェコ民族の存亡にとって危険であると感じた。それだから、ドストエフスキーを徹底的に批判し、神権政治の成立を阻止しようと考えたのである。

マサリクは、神権政治を阻止する力がプロテスタンティズムに備わっていると考えた。それだから、マサリク自身がカトリック教徒からプロテスタント教徒に改宗したのである。その観点から、マサリクは、ドストエフスキーがプロテスタンティズムを誤解していると厳しく批判する。


〈ドストエフスキーはプロテスタンティズムに対して、カトリシズムとは違った態度を取る。ロシアの神学者は（ギリシャの神学者も同様だが）、プロテスタンティズムの中に反カトリック的同盟者を見ており、そのことを我々は、ロシアの神学の中ではっきりと観察できる。二つの宗派〔正教とプロテスタンティズム〕の隔たりは、正教とカトリシズムの隔たりよりも遥かに大きく、プロテスタンティズムを拒否することは〔正教にとって〕ほとんど自明である。神学的に見て、また哲学的・科学的な教養全体によって、プロテスタンティズムはロシア人に、カトリシズムよりも遥かに大きくまた鋭い影響を与えたとはいえ、ロシア人にとって間違いなくプロテスタンティズムは、カトリシズムよりも宗教的に危険度が低いように見えた。〉（マサリク『ロシアとヨーロッパⅢ』五四～五五頁）

確かに、ローマ教皇の首位権を認めないという点で、プロテスタンティズムと正教は共通している。しかし、正教、カトリシズム間の神学的に最大の争点である聖霊の発出について、プロテスタンティズムは、聖霊が父及び子から発出するという「フィリオクエ（filioque、子からも）」の立場を堅持する。また、聖餐式におけるパンとブドウ酒について、正教会はカトリック教会と同様に、パンがほんとうのキリストの肉に、ブドウ酒がほんとうのキリストの血に変化する「実体変質説」をとる。これに対して、プロテスタンティズムにおいては、教派ごとの差異はあるが、実体変質説をとらないということでは共通している。

ところで、カトリシズムにおいては、カトリック教会が個別国家を凌駕すると考えられている。従って、教会は普遍（世界）教会となる。これに対して、プロテスタンティズムは、教会が支配する領域と国家が一致する国教会が主流だ。この点で、正教とプロテスタンティズムには共通点があるように見える。しかし、それは現象面での類似にすぎず、本質は異なるというのがマサリクの考えだ。マサリクは、プロテスタンティズムが国教会という形態をとるのは、世俗化の流れにおける過渡的現象と考える。

〈政治的に見ると、神権政治の弱体化はまず、近代国家が一時的に国家教会を創設したことに始まる。アメリカ合衆国、フランス、最近ではジュネーヴ州（カントン）において、国家は完全に脱教会化され、教会は国家から切り離された。発展はこの方向に向かっており、更には宗教の非教会化に向かっている。〉（前掲書五四頁）

バチカン（ローマ教皇庁）による神権政治を弱体化させ、カトリシズムが国家の管轄事項に介入できないようにするために、国家がプロテスタント教会を国教会にするのである。カトリシズムの脅威がなくなれば、教会は国家から分離される。そして、国家はもっぱら世俗的な運営を行う。その結果、教会は啓示の受け皿としての機能を、国家統制に服さずに自由に行うことができるようになる。プロテスタンティズムにおける教会の基本形は、国家による統制を受けない自由教会なのである。これに対して、正教会が国教会という形態をとるのは、神権政治に固執しているからだ。これは時代錯誤で、必ず近代システムと衝突する。もっともロシアの場合、キリスト教的神権政治から、ロシア革命を経て共産主義的神権政治が出現した。正教は捨て去られたが、神権政治は生き残ったのである。

それでは、プロテスタンティズムに対して、ドストエフスキーが示す忌避反応がなぜそれほど強くないのだろうか？　それはドストエフスキーが「敵の敵は味方である」という政治的視座からプロテスタンティズムを見ているからだ。プロテスタンティズムの内在的論理に対する関心がドストエフスキーにはない。カトリシズムに敵対するという観点に関心が集中しているのだ。これに民族的要素が加わる。

〈またロシア人にはプロテスタントは、民族的に見ても危険度が低いように見えた。バルト海沿岸地方のプロテスタント系ドイツ人は、正教ロシアに堅実な官僚と将校を供給していて、プロテスタント系のフィンランドは国法上分離されていたので、プロテスタンティズムはロシア人の中に、ポーランド・カトリシズムやポーランド化するカトリシズムのような感情を引き起こさない。

文学においてプロテスタントのイギリス人とドイツ人は、例えばレスコーフ（ライネルの形象）やゴンチャローフ（シュトルツ）に見られるように、ロシア人にとっての手本として言及されるのに対して、カトリック系ポーランド人がどこでも、全く別の役割を演じていることは、これによって説明される。ドストエフスキーは、ドイツ人を文化的・民族的に拒否するにもかかわらず、彼らに対して政治的敵対感情を抱いていない。以下で見るように、ドストエフスキーは宗教的にはプロテスタンティズムを、西欧の宗教的合理主義の極致と見なして、ほとんど宗教と見なしていないが、それは彼によると、宗教の本来の本質が神秘主義だからである。〉（前掲書五五頁）

ドストエフスキーにとって、民族的主敵はポーランド人なのである。ポーランド・ナショナリズムは、カトリシズムと結びついている。これと比較すれば、プロテスタンティズムはロシアにとって危険をもたらさない。

ドストエフスキーが、プロテスタンティズムを合理主義の枠内に押し込もうとしていることは、明らかに不当だ。プロテスタンティズムは、そもそもイエス・キリストに還れという復古運動で、非合理的要素を強くもっている。

十八世紀後半以降、プロテスタンティズムの主流派が啓蒙主義的世界観を受容した。ただしその後も、神秘主義、敬虔主義はプロテスタンティズムにおいて無視できない潮流を形成している。マサリクはこのことを鋭く指摘する。

〈もちろん彼はその際に、プロテスタントの神秘主義のことを失念して、プロテスタントの合理主義をも一面的に判断する。彼は「大審問官」において、少なくとも反プロテスタント的異端審問に情熱的に反対して逆らう限りにおいて、実際にはプロテスタント革命とその帰結を称賛する。しかし、そのことをドストエフスキーは考えなかった。プロテスタンティズムについて直接に言及しているところでは、否定的にだが冷静に対処する。プロテスタント的性格のロシアの宗派、特に時禱派（引用者註＊独自の祈りの手引き書に基づく祈りを重視するグループ）とラドストック主義（引用者註＊個人的悔い改めを強調する布教師ラドストック卿に従うグループ）に対しても、『作家の日記』で遺憾の意を表明しただけである。

カトリックが非常にしばしばそうするように、ドストエフスキーもプロテスタンティズムの中に、カトリシズムの否定だけを、つまり「抗議すること（プロテスト）」だけしか見ることができず、肯定的側面が目に入らず、それを理解できない。『冬に記す夏の印象』という作品の中で、英国国教会の教義に狙いを定めたが、しかし「宗教の教授たち」と、特にイギリス人の宣教活動を嘲笑するだけで、その際に非常にはっきりと、宗教活動に消極的なロシア人の姿が現れている。――実際にロシアの教会は、言及に値するような宣教活動を行っておらず、この点ではプロテスタンティズムにもカトリシズムにも比肩できない。ロシア人はこの点に、自らの教会の大きな優越性を見たがる。〉（前掲書五五頁）

ドストエフスキーは、プロテスタンティズムが啓示の超越性を何よりも重視しているという本質が理解できていない。より正確に言うと、プロテスタンティズムの内在的論理を理解しようという思想的構えがドストエフスキーには欠如している。プロテスタント教徒は、カトリック教会に抗議（プロテスト）している分派に過ぎない。ルター、ツビングリ、カルバンらによって展開された宗教改革が、時代を画する意義をもったという認識がドストエフスキーには欠如しているのである。

カトリック教会が消え去れば、抗議する対象を失うのであるから、プロテスタント教会は自動的に消滅するとドストエフスキーは考える。その後に何が残るのであろうか？　プロテスタンティズムの批判精神から生まれた、実証主義、合理主義である。これは唯物論の一歩手前だ。

〈長編小説『未成年』に、ニヒリストのクラフトが登場する。――ドストエフスキーは彼に自殺させるが、クラフトはもう完全にロシア人化していると、はっきり述べている。彼は明らかに純粋に図式的形象で、むしろ特徴ある名前のために選ばれているが〔クラフトはドイツ語で「力」を意味する〕、レスコーフとゴンチャローフの場合のように主要な役割を担ってはいない。

ドストエフスキーはプロテスタンティズムを、カトリックの理念と並ぶ偉大な歴史的理念として認める。しかし、それは否定的理念にすぎない。――カトリシズムの消滅と共に、プロテスタンティズムもまた消滅するが、それはもう抗議（プロテスト）すべきものが無くなるからである。〉（前掲書五五〜五六頁）

ここで言うニヒリズムは、ニーチェが述べるニヒリズムとは異なる。既成の価値を認めないが、社会には積極的に関与し、革命を志向する秩序侵犯者のことだ。しかし、それは人間の内在的力をひきだすことができない「ひ弱な革命家」なのである。

マサリクはさらに手厳しく、ドストエフスキーのプロテスタント理解の欠陥について指摘する。〈プロテスタンティズムへのこの皮相な判断と較べられるのは、ドストエフスキーがプロテスタンティズムを、非常に不正確に観察している事実である。――彼はルターとルター主義しか見ておらず、様々な差異を些細なセクト性にすぎないと見なし、プロテスタンティズムの肯定的側面を見出すことができない。

ゲルツェンはプロテスタンティズムの中に、juste-milieu（中庸主義）を見て、ロシアは決してプロテスタントの国にならないと述べた。ドストエフスキーも、ゲルツェンと同じように感じた。懐疑的で不信心なカトリック教徒にとっても、プロテスタンティズムは宗教としてあまりに合理主義的に見える。特にカトリックが理解できないのは、プロテスタンティズムが宗教の本質を、両カトリック教会〔カトリック教会と正教会を指す〕よりも、ずっと道徳性の領域に移行させていることである。プロテスタント的道徳はカトリックにとって、本来の禁欲（もちろん守らなければならないわけではないが）にもかかわらず、あまりに道徳的で真面目で厳格である。カトリシズムにおいて宗教的要素はむしろ、神秘的極端さと崇拝の中に、それも非常に入り組んでいて、物質的に理解しやすい崇拝の中に現れており、宗教は道徳性から、より鋭くより明らかに区別される。プロテスタント的道徳性はどちらかと言うと日常のためで、一方カトリック、特にローマ・カトリック的道徳性はむしろ日曜と祭日のためだが、それ故に（カトリックにとっては）非禁欲的で実際的で日常的で、地道な労働を目指すプロテスタント的道徳は、あまりにも月並みで散文的で、あまりにも「冷たい」と感じられる。――より神話的で神秘的なカトリシズムと、その人間を取り巻く環境全体と自然の蘇生と人格化は、「より暖かい」ように見える。これが、プロテスタント系のロマン主義者をローマに導いた感覚、リアリストと実証主義者――例えばフローベール〔ギュスターヴ・フローベール。一八二一〜八〇。フランスの散文作家〕、ハイネ、ゾラ――が、プロテスタンティズムに対して表明した感覚であり、ドストエフスキーもこの感覚を共有する。プシビシェフスキ〔スタニスワフ・プシビシェフスキ。一八六八〜一九二七。ポーランドの散文作家、随筆家、劇作家〕流の今日のデカダン派は、プロテスタンティズムについてはもう全く聞く耳を持たない。〉（前掲書五六頁）

マサリクは、カトリシズムから改革派（カルバン派）に転宗した。カルバン派の観点からすれば、ルター派は「半カトリシズム」なのである。改革派において、信仰は極度に内面化される。礼拝は簡素になり、聖書の読み解きが礼拝の中心になる。そして、道徳が重要な意味をもつようになる。カトリシズムが、救済のためには「信仰と行為」が必要であると考えるのに対して、プロテスタンティズムは「信仰のみ」と主張する。そうすることによって、信仰があれば、直ちに行為につながるので、信仰と行為という二項を立て、「信仰があるにもかかわらず、行為になってあらわれない」という可能性をあらかじめ排除しているのだ。マサリクは、この観点からドストエフスキーの世界観に忌避反応を示す。ソーニャのように、強い信仰をもっているが、売春を生業にしている現状を改めないという倫理観は唾棄すべきと考える。マサリクには、ドストエフスキーが、信仰と行為の二元論を正当化するドクトリンを提供しているように見えるのだ。

第８章　人神論

ドストエフスキーは、根源的に神を信じることができない人間であるというのが、マサリクのドストエフスキー観の根本にある。筆者は、マサリクがドストエフスキーの世界観の本質を的確につかんでいると思う。もっとも、社会全体が世俗化していく傾向の近代において、人間が神を信じることができなくなるというのは当たり前の現象だ。ドストエフスキーが神を信じることができない人間であるということ自体はそれほど珍しいことではない。問題はドストエフスキーが神を信じていないにもかかわらず、神を信じていると装っていることだ。ドストエフスキーの神やキリストに関する過剰な表現に、多くの人々が騙される。神学的訓練を積んでいる人々も騙されている。

マサリクがドストエフスキーの信仰のいかがわしさに気づいたのは、マサリク自身がカトリシズムからプロテスタンティズムに転宗した経緯があるからだ。この過程で、マサリクは、プロテスタンティズムが、全面的に世俗化した世界においてキリスト教信仰を維持しようとする必死の試みであることを理解した。

マサリクは、アメリカのプロテスタント教徒と接触することによって、実用主義的、功利主義的姿勢が、キリスト教信仰によって裏付けられていることに気づいたのである。例えば、浣腸器に関する以下の事例だ。

〈ドストエフスキーを研究していて、自分のアメリカでの経験と観察から、ある些細な事柄を彼に伝えられなかったことを、私はしばしば残念に思った。――それは彼の『作家の日記』のテーマになったことだろう。古いピューリタンの家系のアメリカ婦人のことなのだが、子供たちが外国に出発する時、このプロテスタントの母親は彼らのスーツケースの中に、言うまでもなく家族伝来の聖書の一冊を入れたが、しかし浣腸器を添えることも忘れなかった。頭と心だけでなく、胃袋の方も正常であるべきだと言うのである。「Read your Bible and keep your bowels open（バイブルを読み、お通じの方も順調に）」。そしてこれは――宗教だろうか？　衛生面にも気を配るこのアメリカ人の母親は、深く宗教的で、家族と周囲の人々すべてにとっての祝福だった。助けが必要だった時に彼女は助け、協力して助け、細心の献身的愛情によって、家庭の内外で一人ならず病人の生命を救った。このピューリタン教徒の女性は、生涯嘘を口にせず、子供たちを養育し、彼らもまた生涯嘘をつかなかった。これは宗教だろうか？　しかりである！〉（トマーシュ・ガリッグ・マサリク［石川達夫・長與進訳］『ロシアとヨーロッパⅢ――ロシアにおける精神潮流の研究』成文社、二〇〇五年、五六～五七頁）

このピューリタン（清教徒）の女性と子供が生涯嘘をつかなかったということに事柄の核心があるのではない。重要なのは、聖書を読むとともに、浣腸器を用いて、腹の調子をよくすることがキリスト教信仰だという発想だ。

キリスト教徒は、自らの身体を、自分のために用いるのではなく、神の栄光に奉仕するために用いなくてはならないと考える。それだから体調を整えなくてはならないのだ。ピューリタニズムが酒やタバコなどの嗜好品を禁じるのも、それらが身体に与える悪影響によって、神の栄光に奉仕することができなくなるというおそれからだ。

ドストエフスキー自身のルーレットにかける異常な情熱、また彼の作品に出てくるアルコール依存症の男、売春婦によって、逆説的に信仰を説くという手法が、マサリクには受け入れることができないのだ。

言い換えると、ドストエフスキーには「信仰のみ」というプロテスタンティズムの根本原理を理解することができないのである。カトリシズムや正教は、救済のためには「信仰と行為」の双方が必要であると考える。これに対して、プロテスタンティズムは「信仰のみ」というスローガンを掲げる。これは行為を無視しているからではない。信仰があれば、それは必ず行為と結び付く。プロテスタンティズムは極度に行為を重視する。行為が信仰からいささかでも切り離される可能性を認めないので「信仰のみ」となるのだ。

真実の信仰をもっていれば、ルーレット賭博やウオトカに溺れることはない。真実の信仰をもっていれば、売春によって生計をたてるという生き方から離脱するはずだというのがマサリクの認識だ。

聖書を読むことと、浣腸器で整腸することが単一の「信仰のみ」という原則から導き出されることを、ドストエフスキーは理解できない。それはドストエフスキーに功利主義的視座が欠けているからだ。

マサリクは功利主義と宗教の関係について、こう記す。

〈功利主義は、宗教と結びつけることができる。旧約聖書はユダヤ人に、非常に徹底的にエホヴァを教え込んだが、しかしそれと並んで、食べ物と生活規範についての極めて詳細な規則も忘れなかった。そして、キリストが愛の戒律を与えるのは、たいていは病いを癒す時である。ドストエフスキーが探し求める生の宗教は、結局のところ、恐らく医学と衛生学にも行き着くことだろう。〉（前掲書五七頁）

ドストエフスキーは、奇跡を重視する。奇跡は、病の治癒との関係であらわれる。それならば、医学と衛生学の発展によって、信仰は完成するではないかとマサリクはドストエフスキーをからかっているのだ。キリスト教信仰は、勤勉をもたらす。勤勉な医師や研究者が医学と衛生学を発展させる。これが信仰の受肉である。しかし、ドストエフスキーには、信仰を現実の世界に生かすという発想が皆無だ。そして、心理操作によって、信仰の問題を処理しようとする。そのときにでてくる鍵となる単語が「вдруг（ブドルーク）」という「突然」を意味するロシア語だ。

〈ドストエフスキーは、奇跡に基づく信仰に対してだけセンスと理解を持つ。――彼の性格全体は、自然と生活の決定論的動きを認めて、それに従って生活を整えることに、徹底して逆らう。ドストエフスキーは絶えず驚いていたいと望むし、また自身でも絶えず読者たちを驚かせる。「ヴドルーク」――突然――という言葉は、ドストエフスキーと彼の精神構造にとって非常に特徴的である！〉（前掲書五七頁）

「突然」という単語を挿入することによって、舞台装置を転換する。これまで積み重ねられてきた、あるいは積み重ねられてきたように見えた出来事を、脇に置き、新たな場面に突入する。この突然の舞台転換をもたらすのが、ドストエフスキーの神だ。マサリクにとって、このような舞台回しを人間に都合がよい形で行う神は、真実の神ではなく、ドストエフスキーの観念が生み出した「機械仕掛けの神」に過ぎない。しかし、ドストエフスキーの巧みな心理操作によって、多くの人々がこの「機械仕掛けの神」を真実の神と勘違いしてしまうのである。『カラマーゾフの兄弟』の中でゾシマ長老が説く神は、まさに「機械仕掛けの神」であり、ドストエフスキーの願望が作り出した神であるが、多くの読者がそのからくりを見抜くことができないのである。

ドストエフスキーは、奇跡を信じる。それは、ドストエフスキーが神の啓示を受け入れているからではない。奇跡という見える事柄を信仰の根拠にすることは、一種の合理主義である。「不合理故に我信ず」というのが信仰の本来の姿勢だ。ドストエフスキーは、自らの世界観を展開するために有利だから奇跡を信じるのである。

〈プロテスタンティズムは決定論的であり、特に改革派プロテスタンティズム（カルヴァン主義）、つまりイギリス人、アメリカ人、オランダ人などはそうである。ローマとギリシャのカトリシズムは、非決定論的である。プロテスタントは科学を認める程度に応じて、ますます奇跡を排除するが、カトリックが奇跡を排除するのは、懐疑と科学の影響によってのみで、彼らは決定論的生活概念も、自分自身への信頼も受け入れない。これが、イギリスとアメリカの実証主義と功利主義の本質である。カトリックは、決定論的実証主義をどんなに認めて受け入れる場合でも、常にカトリック的奇跡信仰の名残を保つ。実証主義の哲学的創始者コントは、やはりじかに古典的実例であり続ける！　彼は物神崇拝に抵抗できずに、それを実証主義的形態で再導入した。それに対して、コントの弟子であるミルを較べてみよう！　フランスの実証主義作家——彼らは理論においては決定論的実証主義を認めるが、実践においては非決定論的奇跡信仰を称賛する——、例えばゾラを、更にフランス人一般を較べてみよう。まさにこの点でイギリスやドイツの長編小説は、（フランスの長編小説と）本質的に異なっている。

このように、ドストエフスキーもまた非決定論者であり、ロシア語に翻訳されたヴィクトル・ユーゴーである。ドストエフスキーは、民衆をリアリズム的に観察するにもかかわらず、奇跡を待望する国に住んでいる。ここで重要なのは、奇跡を支持する非決定論的気分と、奇跡を信じてそれを待ち受ける周囲の人々を、彼がリアリズムによって描いている事実である。〉（前掲書五七〜五八頁）

マサリクがここでいう決定論とは、カルバンの選びの教説と関係している。ある人々は、生まれる前から神によって選ばれ、救われることが予定されている。その予定を人間の意志や努力が覆すことはできない。ドストエフスキーは、このような予定を受け入れたくない。従って、自らの意思に基づく決定による救済を担保しようとする。人間から神に至る道を確保するためには、非決定論の立場をとることが必要とされる。

ドストエフスキーは、純朴に奇跡を信じているのではない。奇跡は、神の恣意にもとづく。神の選びによって救済が決定されているという言説を崩すために奇跡が必要とされるのだ。

〈恐らくドストエフスキーは、奇跡についても疑念を抱いたのだろう。『カラマーゾフの兄弟』では、前述のように、死去したゾシマ神父の遺骸がすぐに腐敗したことについて、非常に多く論じられて、アリョーシャ自身の信仰がこのようにして試される。ドストエフスキーはしばしば同じ意図をもって、例えばヒステリー症の女たちの治療のように、信仰する群衆が奇跡として理解するものは、奇跡信仰によってごく自然に説明できることを示す。しかり、悪魔どもが夜だけでなく昼間にも、修道僧たちを誘惑して苦しめる時（幻覚）には、神の人ゾシマは彼らに祈らせて断食させるが、また彼らに――下剤をも与えることを、ドストエフスキーは許す。しかし、それでもドストエフスキーは、奇跡信仰を否定していない。〉（前掲書五八頁）

この世界の理不尽な現象、不可解な出来事、不公正な現実も、神の奇跡を導入すれば、全て説明することができる。「このような苦難は、神があなたを奇跡によって救済するために与えた試練なのです」という図式で、すべての問題を解決することができる。奇跡によって、「突然」、人間が救済されるという物語を導入することにドストエフスキーは成功した。

ドストエフスキーは、奇跡を信じることができないとマサリクは考える。

〈彼自身が自由な信仰と、奇跡に基づいた信仰との相違と対比を強調する。しかし、よく注意したいのは、この見解を大審問官のものとするのが、イワンであることである。「奇跡を否定する

人間は、神を否定する」と大審問官は述べるが、これはまさに自分自身に対して言い聞かせる言葉である。〉（前掲書五八頁）

ドストエフスキーは、「奇跡を否定する人間は、神を否定する」というテーゼを自らに押しつけている。そして、無理をしてでも奇跡を信じることによって神を信じようとしているのである。しかし、ドストエフスキーは奇跡を信じることができない。ドストエフスキーも啓蒙主義の洗礼を受けた「近代の子」なのである。

そして、奇跡を信じていないのに信じたふりをして悪用する偽預言者について警告を発する。もっともマサリクの認識では、ドストエフスキーが偽預言者そのものなのである。

〈ただドストエフスキーは、奇跡信仰が偽りの予言者によって悪用されるかもしれないことを認める。偽りの奇跡と真の奇跡とを区別し、そうすることで奇跡というものを、高次の世界からの低次の世界への干渉を、更に効果的に弁護しようとする。同時に彼は、素朴な奇跡信仰は、たとえ粗野な迷信に変わるとしても、宗教を損なわないことを示そうと努める。そもそもドストエフスキーが、ロシアの教会のすべての短所と欠点を容認するのは、それだけ修道僧に、自らの理想の修道僧に、一層緊密に寄り添うことができるためである。彼は世俗の聖職者層を全く否認して、自作の中では高潔な世俗の聖職者を一人も登場させず、多くの醜悪で不潔な修道僧を描いているが、それは自らの修道僧の人格を、それだけ印象的に強調するためである。〉（前掲書五八頁）

ドストエフスキーが作品の中で描くような高潔な修道司祭が果たして現実に存在するのであろうか？　そのような修道司祭は、ドストエフスキーの観念の中にしか存在しないとマサリクは考える。

ドストエフスキーは、奇跡に弁証法的性格を認める。奇跡は高次の世界から低次の世界への干渉である。裏返して言うならば、低次の世界に生きるわれわれは、奇跡をつかむ、すなわち奇跡を固く信じることによって高次の世界に至る入場券を確保することになる。キリスト教における最大の奇跡は、神がそのひとり子であるイエス・キリストをこの世界に派遣したことだ。ドストエフスキーは、イエス・キリストの受肉の奇跡が、イエス・キリストの名を消去した神人論という形でも成立すると考える。そして、奇跡を信じることによって、人間が神になることを可能とする人神論が成立するとドストエフスキーは考える。

プロテスタンティズムにおいて、人神論はありえない。人間の自己神格化は神に対する反逆であるからだ。

マサリクは、ドストエフスキーが示す人神論を、閉塞状況に置かれた近代人が再び神を取り戻すための処方箋の一つと考えているようだ。同時にマサリクはこれは誤った処方箋で、近代人の病状を極端に悪化させると危惧した。マサリクの危惧は、ロシア革命によるソ連国家の出現という形で現実となったが、ここでは話を急がない。

マサリクが考える近代人が神を取り戻す正しい処方箋は、プロテスタント原理の徹底である。「信仰のみ」の立場から、此岸であるこの世界に人間の努力を傾注することだ。神への愛を隣人愛という形で世俗化するのだ。奇跡や迷信に頼ることなく、祈りにより超越性を回復する。神は、形而上的な天ではなく、人間の心の中に位置することを率直に認め、そこから信仰を組み立て直すのだ。

ドストエフスキーは、ヨーロッパのプロテスタント諸国で数年を過ごした。しかし、プロテスタンティズムの精神に触れることはなかった。もっともヨーロッパ滞在の主目的はルーレット賭博なので、プロテスタンティズムやカトリシズムについて深く考える余裕はなかったのであろう。ドストエフスキーのヨーロッパ体験は、浅薄な水準である。ヨーロッパに対する即時的反発によって、ドストエフスキーの正教に対する傾斜が強まった。マサリクはこの点についてこう記す。

〈ドストエフスキーはヨーロッパで数年間を過ごし、最も長く滞在したのはプロテスタントのドイツだったが、しかし彼には、プロテスタントないしカトリックの信仰心を深く感じ取る力がないし、ロシアの宗教性を越えることもできない。ドストエフスキーの、無限の超人性における神性の強調、十字架上での奇跡的な死と神秘の強調、神秘主義的気分、希望としての救済の確実さ――これらはロシアの信仰心の最も本質的な要素であり、それを彼は自らの分析の中で、我々に提示しているのである。

ドストエフスキーは、宗教の中に揺るぎない信仰を探し求める。彼に感銘を与えるのは、ロシアの民衆と、特に民衆出身の女性、ロシアの分離派の信仰の力、そして迷信であり、プロテスタンティズムとカトリシズムの中に彼が見て取れるのは、合理主義だけである。強い盲目的信仰が彼に感銘を与えるのは、自分自身がもう信じることができないからである。〉（前掲書五八頁）

ドストエフスキーは、ヨーロッパの影響を受けた近代人である。従って、もはや奇跡を信じることができない。神を信じることもできないのである。しかし、ドストエフスキーは神を信じる必要があった。そのために、自らとは異質な、ロシアの「ナロード（Народ）」すなわち民衆の信仰を通じて、神を信じようとする。特に女性の熱烈な信仰、分離派の信仰に自らの信仰を委ねようとする。ドストエフスキーの神やイエス・キリストに対する表現がぎこちないのは、他者の信仰の言葉で語っているからである。ドストエフスキーの語るキリスト教は、自らのものでない、疎外されたキリスト教なのである。

ドストエフスキーは、世界を変容させることを生涯にわたって考えていた。その意味で、その本質において革命的なのである。ドストエフスキーは、ペトラシェフスキー・サークルに加わり、逮捕、投獄され、死刑判決を言い渡された。しかし、銃殺刑が執行される直前に皇帝の名により恩赦がなされ、死刑は破棄され、流刑となった。ここにおいて、ドストエフスキーに死を言い渡したときも、彼を死から救い出したときも、皇帝という名が語られたことが重要だ。人間に生死を付与する権限は、固有名詞と結び付いているのである。それならば、救済に関しても、ドストエフスキーはイエス・キリストという名にもっと固執してもよいはずである。しかし、ドストエフスキーにとって重要なのは、イエス・キリストの名ではなく、神人という概念なのだ。

前に述べたように、ドストエフスキーの神人論は、同時代の傑出した宗教哲学者ウラジーミル・ソロビヨフの影響を強く受けている。そして、ソロビヨフの神人論には、「神が人になったのは人が神になるためである」という人神論への転換を可能にする回路がある。この点を押さえておくことが、ドストエフスキーの神理解を知る上での鍵になると筆者は考える。

ソロビヨフは、人間には無限を感知する能力があると考える。それ故に、啓示によって、上からやってくる神が人になることをそのまま受け止めることに、人間は我慢できなくなると考える。

〈だが、人間は（もしくは彼の中の世界霊魂は）、その無限の性格故に、この受動的な統一には満足しない。彼は自分自身で神的な本質を有することを欲する。自身でその本質を領有し獲得したいと願うのである。人間は、その本質をただ神からばかりでなく、自分から得るために、自己を神から引き離し神の外で主張する。そして、世界霊魂がはじめに、そのあらゆる存在性という点で神から離反したように、人間は自己の意識にあって神から離脱もしくは背反するのである。〉（V・ソロヴィヨフ［御子柴道夫訳］『神人論　V・ソロヴィヨフ選集2』東宣出版、一九七二年、二八四頁）

人間は、神によって自由を付与された。ここにソロビヨフは、人間における「神の似姿」を見る。そして、神について、外部からの力を借りずに、人間だけの力によって知ろうとする。神について知ろうとするが故に人間は神から疎外されるのである。ここから、一種の人間中心主義（ヒューマニズム）が生まれるが、この過程を忌避してはならない。最終的に人間が神と合一するために、人間はいったん神から疎外されなくてはならないからだ。

〈しかし人間は、全一態の神的本源に対し反逆し、その本源を自己の意識から排斥する。そしてそのことによって物質的な原理の権力に服するのである。けだし、彼がこの物質的な原理から解放されるのは、神的本源の中に対地線を有している場合だけであるのだ。つまり人間は、神的イデヤの力によってのみ自然の事実の権力から解放されるのである。自己から神的イデヤを排斥してしまった人間は、自然界の主導的な中心となるかわりに単なる事実にすぎなくなってしまい、また多くの自然存在の一つに化してしまう。彼は、『全てのもの』の中心となるかわりに、ただの『これ』となってしまう。以前には、人間は宇宙の霊的な中心として、全ての自然を自己の霊魂で包みこみ、その自然と一体となって生き、愛し、そして理解した。それ故、自然を支配もしていた。これに対し今は、彼はエゴイズムの中で自己を主張し、全てのものから自己の霊魂を閉ざしてしまった。そのことによって彼は自分というものを、無縁な敵意に満ちた世界の中に見いだしているのだ。そしてこの世界はもはや明瞭な言葉で人間に語りかけることはせず、また人間の言葉に耳をかそうともせず、理解しようともしないのだ。〉（前掲書二八四〜二八五頁）

ドストエフスキーが考える現実の人間の世界もこのようなものである。自由によって神から疎外されてしまった人間は、物質の力に服することになる。ここから人間は二つの種類に分かれる。一つは、疎外された現実だけを現実と思って、自然界だけで生きていく人間だ。浪費によって欲望を追求する貴族、世俗内的禁欲によって企業経営に専心する資本家、平等な社会の建設に向けて尽力する社会主義者のいずれもが、物質によって成り立つ世界しか考えていない。この道から人間の真実の救済は得られない。

人間の救済は、神人の関係について、人間の側から正しく理解することによって生じる。人間の自由のみに依存して理解した神人の関係が、疎外されてしまうことについてはすでに述べた。

ただし、この地上において、神人の関係が正しく保全されている場がある。それは教会だ。人間は教会と結び付くことによって神人の関係を正しく理解することができる。ソロビヨフはこう主張する。


〈人格内での神格と自然との正当な関係は、人類の霊的な中心であり、あるいは首長であるイエス・キリストという個人によって獲得された。だからキリストのからだである全人類もこの関係を会得しなくてはならない。

イエス・キリストを媒介としてその神的本源と再び結びついた人類とは教会のことである。原初の永遠の世界にあってはイデヤ上の人格が神のロゴスのからだであるのに対し、派生的な自然界では教会がこの同じロゴスのからだとして現われるのである。だがこのロゴスは、すでに肉化させられたものである。すなわち、それはイエス・キリストという神人の個的人格の中で歴史上個体として独立させられたロゴスであるのだ。〉（前掲書三二二頁）

教会の長がイエス・キリストであるというのは、神学的に正しい理解だ。さらに、十字架にかけられて死に、死後三日目に復活したイエス・キリストが地上から去った後、教会においてのみイエス・キリストが伝えた真理が保全されたという認識も、神学的に正統な見解だ。正教会の伝統では、ロゴス・キリスト論をとる。このロゴスが受肉したものがイエス・キリストであり、それが教会という形で現存していることも、神学的に非難される見解ではない。

結論から言うと、ソロビヨフがこの見解を展開している限り、特に問題はない。ただし、ドストエフスキーがソロビヨフのこの見解を繰り返した場合、その意味が異なってくる。

ドストエフスキーは、神権政治の擁護者だった。しかし、近代において、世俗化は不可避である。そのような状態で、教会が国家から分離され、世俗的な統治機関となることは必然的である。教会は、国家に従属しない自由教会となる。教会は、社会団体となることによって、社会の側から国家に対して影響力を行使する。ドストエフスキーも、世界的にこの潮流が大勢を占めることについて理解している。しかし、それを認めたくない。そして、教会が国家を支配すべきであるという主張を繰り返す。

ここから逆説が生まれる。教会には国家を支配する力はない。実態は国家に教会が従属することになる。そして、国家に対して教会がもつのと同じ人間の救済という使命を帯びさせることになる。その結果、キリスト教徒は国家を信仰の対象としなくてはならないことになる。ソロビヨフにおいて、あえて曖昧なままにされていた教会と国家の関係をドストエフスキーは、「教会が国家を支配する」という単純な定式に整理したために国家という偶像を崇拝する思想ができあがってしまったのである。

ソロビヨフは、教会の使命は、成長していくことにあると考える。

〈このキリストのからだは、最初は小さな芽ばえとして初代キリスト教徒の少数共同体となって出現した。その後それは徐々に生い育ち発展してゆき、ついに世の終わりには全人類および全自然を宇宙的な神人という一つの有機体の中に包含するに到るのである。なぜなら、使徒のことばにあるように、残りの自然も、実に切なる思いで神の子たちの出現を待ち望んでいるのであるから（ローマ人への手紙八章一九節参照——訳者）。けだし、被造物は自から進んで空《くう》に屈したのではなく、彼を屈服させた者の意志によってやむなくそうせざるを得なかったのである。そして彼らは、腐朽の奴隷の状態から解き放たれ、神の子の栄光を得る自由が与えられるのを待ち望んでいるのである。周知のように、万物は、今日に到るまでもろともに、呻き苦しんでいるのである。〉（前掲書三二二～三二三頁）

ソロビヨフは、万人救済説にたつ。従って、神の国を人間の側から準備することが可能であるという立場をとる。まさにここに人から神に至ることを可能にする人神論がある。ソロビヨフは、パウロが「ローマの信徒への手紙」において述べた、将来の栄光に関する部分の独自の解釈から、〈世の終わりには全人類および全自然を宇宙的な神人という一つの有機体の中に包含するに到る〉ことを導き出そうとする。聖書の関連箇所を見てみよう。

〈現在の苦しみは、将来わたしたちに現されるはずの栄光に比べると、取るに足りないとわたしは思います。被造物は、神の子たちの現れるのを切に待ち望んでいます。被造物は虚無に服していますが、それは、自分の意志によるものではなく、服従させた方の意志によるものであり、同時に希望も持っています。つまり、被造物も、いつか滅びへの隷属から解放されて、神の子供たちの栄光に輝く自由にあずかれるからです。被造物がすべて今日まで、共にうめき、共に産みの苦しみを味わっていることを、わたしたちは知っています。被造物だけでなく、〝霊〟の初穂をいただいているわたしたちも、神の子とされること、つまり、体の贖われることを、心の中でうめきながら待ち望んでいます。わたしたちは、このような希望によって救われているのです。見えるものに対する希望は希望ではありません。現に見ているものをだれがなお望むでしょうか。わたしたちは、目に見えないものを望んでいるなら、忍耐して待ち望むのです。
　同様に、〝霊〟も弱いわたしたちを助けてくださいます。わたしたちはどう祈るべきかを知りませんが、〝霊〟自らが、言葉に表せないうめきをもって執り成してくださるからです。人の心を見抜く方は、〝霊〟の思いが何であるかを知っておられます。〝霊〟は、神の御心に従って、聖なる者たちのために執り成してくださるからです。神を愛する者たち、つまり、御計画に従って召された者たちには、万事が益となるように共に働くということを、わたしたちは知っています。神は前もって知っておられた者たちを、御子の姿に似たものにしようとあらかじめ定められました。それは、御子が多くの兄弟の中で長子となられるためです。神はあらかじめ定められた者たちを召し出し、召し出した者たちを義とし、義とされた者たちに栄光をお与えになったのです。〉
（「ローマの信徒への手紙」八章一八～三〇節）

　被造物は、虚無の中にある無力なものなので、服従させた方の意志、つまり神の意志によってのみ解放されることになる。仏教に引き寄せて言うならば、「お念仏を唱えることも自らの意志によるものではなく、仏の絶対他力による」とする浄土真宗に親和的な構成だ。パウロのこのテキストを読む限りにおいて、人間の救済はあくまでも神からの圧倒的な恩恵の力によってのみ実現されるはずである。しかし、ソロビヨフはそう考えない。無力な被造物であっても、救済されることを渇望している。この渇望に答えるのが神人の秘技なのである。

神が天から下降して人間になることによって、神人という一つの点が生じる。この点から神と人間の双方向性が担保されるとソロビヨフは考える。もっともこれはソロビヨフ独自の考え方ではなく、正教神学に共通した認識だ。パウロは、〈わたしたちは、目に見えないものを望んでいるなら、忍耐して待ち望むのです〉と強調する。しかし、忍耐して待ち望むだけでは不十分とソロビヨフやドストエフスキーは考える。神人によって担保された点を用いて、世界を変容させ、人間が神になる道を追求するのだ。それは可能なのである。全人類が単一の、普遍的教会のもとで統一を回復する日が、必ずやってくるのである。

〈万物が切なる思いで待ち望んでいる神の子たちのこの啓示および栄光とは、自由な神人的な結びつきを全人類の生活と活動の圏内であまねく完全に実現することなのである。人間の生活の諸範域は全て、神人の調和のとれた統一へと帰せられなくてはならない。すなわち自由神政制（引用者註＊自由な神権制）の機構の中に組み入れられなくてはならない。この神政制の中で、万有普遍の教会はキリストの背たけに完全にとどくほどに大きく成長するのである。〉（ソロヴィヨフ『神人論』三二三頁）

ソロビヨフの宗教哲学において、自由な神権政治は重要な概念だ。オーケストラにおいて、第一バイオリン、第二バイオリン、チェロ、パーカッション、クラリネットなどの各部分は、自発的に指揮者の指導下に入る。それによって調和のとれた音楽を奏でることができるからだ。国家制度もそれと同じく、天上において、イエス・キリストを頭とする神権政治に各民族が自発的に帰属する世界を考える。民族において、各人は王の下に自発的に帰属する。そのことによって、調和のとれた全体が出現する。

ソロビヨフにおける神権政治は、天上界における理念型だ。この地上において、そのような神権政治が実現するとは考えていない。

ドストエフスキーにおいて、神権政治は、この地上でロシア帝国と教会が一体となり、人々を統治することだ。ロシア帝国の拡張政策は、地上における神の国の拡大と見なされ、推奨されることになる。

ソロビヨフの思想は、ドストエフスキーというフィルターを通すことにより、異なった内容になる。ソロビヨフは、人間がキリストに服従する必要についてこう述べた。

〈このように、キリストのからだとしての（比喩の意味ではなく、形而上的な公式の意味で）教会概念から出発する際、忘れてはならないことは、このからだが必然的に成長し、漸次変化し、そして完成されてゆくものであるということである。教会はキリストのからだであるが、今日にいたるまで、まだ光栄を与えられ神性を付せられたからだにはなっていない。現在この世に存在している教会は、地上で生活していた時の（復活する前の）イエスのからだに相当する。それは、個々の部分的な場合にはその奇蹟的な特性を表わしはしたが（現在の教会もこのような特性を有している）、やはり全体としては死すべき物質的なからだであって、肉の無力さおよびその苦悩から自由なものではなかったのだ。けだし、キリストは、人間の本性が有している無力さ、苦しみというものをあまねく感受したのである。だがキリストにあっては、この世的なもの無力なるものは全て、霊のからだの復活によって併呑された。そして、全世界にわたるキリストのからだである教会もまた、キリスト御自身と同じようなものでなくてはならないのだ。そうなってはじめてその教会は完全な充実したものとなるのである。

人類がこの域に達するためには、神人の個的人格の場合と同様の条件が必要である。すなわち、人間的な意志を自己否定して、その意志を神格に自由に服従させなくてはならないのだ。〉（前掲書三二三〜三二四頁）

教会は、人間の苦悩と苦難を積極的に引き受ける。それは、イエス・キリストが自身が罪をもたないにもかかわらず、人間の罪を引き受け、十字架の上の死によって人間の罪を贖った事実から導き出されている。従って、人間は、現在、地上において、聖霊の力によってイエス・キリストを体現している教会に従わなくてはならないのである。ソロビヨフの議論も、神学的にそうおかしな話ではない。しかし、このドクトリンがドストエフスキーの手を経ると内容がまったく異なってしまう。前に見たようにドストエフスキーにおいて、国家と教会は一体である。しかも、国家が主導する形で教会との一致がなされている。そのような状況で、地上に神の意志を実現させるために、〈人間的な意志を自己否定して、その意志を神格に自由に服従させなくてはならないのだ〉ということを現実に引き寄せて理解すると、「つべこべ言わずにロシア帝国の方針に従え」という結果をもたらす。これは、ロシア帝国の帝国主義政策を礼賛するドクトリンに他ならない。

ソロビヨフは、宗教哲学の観点から、神人と人神の相互浸透が起こり、人間が神になる道が担保されることによって、新たな普遍性をもった人類が生まれることを期待した。『神人論』の結びは次のようになっている。

〈すなわち人―神は、人類全てに渡るもの、もしくは万有普遍の教会でなければならない。必然的に、神人は個体化され、人―神は普遍化されるのである。円周のどの点をとってもその半径は等しい。したがってその任意の点そのものがすでに円のはじまりなのである。そして円周のこれらの各点は連結してはじめて円というものを形づくる。キリスト教の歴史において、東方教会は人間の不動の神的な基礎を代表しており、西欧世界はその人間的な原理を代表している。その歴史の中で理性は、教会を豊かに富ませる原理となる以前に、その教会から離れ自己の全ての力を自由に発展させなくてはならなかったのだ。そして人間的な原理は完全に独立し、その後、この独立において自己の無力さを認識したのだ。その時はじめて、この人間的な原理は、東方教会の中で維持されてきたキリスト教のあの神的な基盤と自由に結合することができるのである。そしてこの自由な結合の結果、霊的な人類を生み出すことができるのである。〉（前掲書三三八頁）

東方教会の雄であるロシア正教会の使命は、西方教会が自己抑制し、忘却してしまった人間が神になる自由を回復することである。ドストエフスキーは、これをロシアの帝国主義と結びつけた。チェコ人、スロバキア人をはじめとする中東欧のスラブ系諸民族は、ロシアの帝国主義、拡張主義の脅威に常にさらされている。ドストエフスキーにとっては、言葉遊びの域を出ないであろうロシア帝国の政策にキリスト教的意義をもたせることが、チェコ人にとっては民族存亡の危機をもたらす。だから、マサリクは、ドストエフスキーの世界観を受け入れることはできないのである。

マサリクは、ドストエフスキーの世界観が帝国主義的で、神に対する信仰も口先だけで、内心では神を信じていないのではないかという疑念を強くもった。より正確に言うと、マサリクがもった危機意識は、ロシアのみならずヨーロッパにおいても、人々がドストエフスキーの偽装を見抜くことができていないところにある。それは、ドストエフスキーのレトリックが巧みで、本心を覆い隠すことに成功しているからだ。マサリクは、真の霊性をもったという偽装をするゾシマ長老の言説を分析すれば、ドストエフスキーのいかがわしさが明らかになると考える。

第9章　無神論者ゾシマ

ドストエフスキーは愉快犯である。神などまったく信じていない。神を信じたいと思っても信じることができない現代人の一人である。『カラマーゾフの兄弟』におけるテーマも無神論者について描くことであった。

大審問官伝説によって、神の意思を地上に実現するという口実で現れた無神論者の姿を描いた。これに対して、ロシアの修道僧として描かれているゾシマ長老には、真実のキリスト教徒の姿が描かれていると解釈されるのが普通だ。

あるいは、大審問官が疎外されたキリスト教であるカトリシズム（とりわけイエズス会）であり、これに対して、ゾシマ長老が、ロシアの国家体制に組み入れられた教会と異なる修道院での真実の（疎外されていない）キリスト教信仰の姿であるという二分法的解釈もある。

しかし、マサリクはそのような見方をとらない。大審問官もゾシマ長老も、同じような無神論者なのである。マサリクは、このことに気づいた数少ないドストエフスキー研究家なのである。ドストエフスキーの文学的意義は、不信仰をリアルに描いたことであるとマサリクは考える。

〈実際に、ドストエフスキーは信じたいと願うが、しかしもう信じることはできない。そしてまさにドストエフスキーの世界文学上の意義は、疑うことを、信仰への満たされない憧れを、かくも力強く分析して描いた点にある。しかり、狭量なフェラポント神父が、ゾシマ神父を異端者と宣言したのは、全く根拠がないわけではない……。〉（トマーシュ・ガリッグ・マサリク［石川達夫・長與進訳］『ロシアとヨーロッパIII——ロシアにおける精神潮流の研究』成文社、二〇〇五年、五九頁）

神学的基礎訓練を受けた者ならば、ゾシマの説教にある反キリスト教的要素にすぐに気づく。例えば、以下の動物崇拝の記述だ。

〈わたしの青春時代、かれこれ四十年も昔の話だ。わたしはアンフィーム神父と、修道院への喜捨を集めるためにロシアじゅうを巡礼したことがある。あるときわたしたちは、船がとおる大きな川のほとりで漁師たちと一夜をともにした。わたしたちのとなりに、上品な顔だちをした一人の若者が腰をおろした。見たところ十八、九の農民で、次の日に商人の艀《はしけ》をロープで曳く仕事があるらしく、目的地に急いでいるところだった。

ふと気づくと、その青年がじつに晴れやかな顔をして、感慨深そうに前方を見つめている。静かな、暖かい七月の明るい夜だった。広々とした川の水面から立ちのぼる靄《もや》がなんとも爽やかだった。小魚がぽんと跳びはね、小鳥たちは囀りをやめ、あたりは静寂につつまれ、荘厳の気がみなぎり、万物が神に祈りを捧げている。眠りについていないのはわたしたち二人きり、わたしとその青年であり、二人は、神のものであるこの世界の美しさや、その偉大な神秘について語りあった。

どんな草も、甲虫《かぶとむし》も蟻《あり》も、金色の蜜蜂も、生きとし生けるものが、およそ知恵などというものを持たず、驚くばかりに自分の道をわきまえ、神の奥義を証明し、倦《う》むことなくその成就につとめている。こんなことを話すうち、愛すべき青年の心が熱く燃え立っているのがわかった。青年は、森や森の小鳥たちが大好きだとわたしに話してくれた。鳥をつかまえるのが上手な彼は、どんな鳥の鳴き声も聞き分け、どんな鳥でも呼び寄せることができるらしかった。森の中にいるときほどすばらしいことは何ひとつ知らない、ほんとうにすばらしいと、彼は話した。

「ほんとうにそう」とわたしは彼に答えた。「なにもかもすばらしい。荘厳だね、だってすべてが真実なんだから。馬をごらんよ、人間のそばに立っているあの大きな動物さ。でなきゃ、あっちの牛をみてごらん。人間を養い、人間のために働きながら、あんなふうに考え深そうに頭を垂れている。馬や牛の顔をよくごらんよ。なんて優しい表情だろう。自分に無慈悲な鞭をくれる人間に対して、あんなに愛着を示している。顔にはほら、なんという温和と信頼、そしてなんという美しさがあるんだろうね。あの動物たちにどんな罪もない、そう知るだけでなにか胸に迫ってくるよね。だって万物は完全なんだし、人間をのぞけば罪がなくて、動物たちには、ぼくらよりも先にキリスト様がついておられるんだから」

するとと青年はたずねた。「それじゃ、ほんとうに動物たちにもキリストさまがついておられるんですね？」

わたしは答えた。「もちろんそうに決まっているさ。だって、生きとし生けるもののために神の言葉はあるのだし、すべての創造物、すべての生きものは、木の葉っぱ一枚にいたるまで神の言葉をめざし、神を誉めたたえ、キリストさまのために泣き、自分でも気づかぬまま、罪のない生活の神秘によってこれを営んでいるんだもの」そしてわたしは言った。「たとえば、森の中をさまよっている恐ろしい熊さ。あの恐ろしい凶暴な熊だって、何ひとつ罪はないんだ」。そこでわたしは青年にこんな話をしてやった。

あるとき、一頭の熊が、森のなかの小さな庵《いおり》で修行している大聖人のもとにやってきた。大聖人は熊をあわれみ、ひるむことなく熊を迎え、ひと切れのパンをくれてやると、「さあ、行くがいい、キリストさまがついておられる」と言った。すると獰猛《どうもう》な熊は言われるままにおとなしく去って行き、聖人にはまったく危害を加えなかったという。

青年は、危害を加えずに熊が離れていったことや、熊にもキリストがついているという話にすっかり感動してしまった。「ほんとうにいい話ですね、神さまの世界って何もかもがほんとうに美しくてすばらしいんですね！」青年は腰をおろしたまま、うっとりと静かに感慨にふけった。彼が何かを深く悟ったことが、わたしにはわかった。それから青年は、わたしのとなりで汚れない安らかな眠りについた。主よ、あの青年に祝福をお与えください！　わたしも眠りに就くまえ、この青年のために祈りを捧げた。主よ、あなたの僕である人間たちに、平和と光明をお与えくださ い！〉（ドストエフスキー〔亀山郁夫訳〕『カラマーゾフの兄弟2』光文社古典新訳文庫、二〇〇六年、三八二〜三八五頁）

ユダヤ教、キリスト教の大原則は、被造物を拝んではいけないということだ。特に動物を拝むことは、異教の偶像崇拝として、キリスト教では忌避されている。動物たちにキリストがついているということはない。神はひとり子であるイエス・キリストを人間を救うためにこの世界に遣わしたのである。あくまでも人間の救済だけが問題になっているのだ。さらにここに熊が出てくることによって、異教的な要素が強まる。

ロシア語で熊をメドベージ（медведь）という。これは、蜂蜜（ミョード、мёд）を食べるもの（エスチ、есть）という意味だ。熊は、キリスト教が伝来する以前のロシアにおいて、神だった。もちろんそれには名前があった。しかし、その名を直接呼ぶのがあまりに畏れおおい。そこで、「蜂蜜を食べるもの」という間接的な表現で呼ばれるようになった。そして、いつしか熊の本来の名前が何であったか、誰も覚えていないような状態になったのである。ドストエフスキーは、ゾシマ長老を狂言回しにもってくることによって、熊崇拝を復活させているのだ。

仏教的世界においては、息をするもの（アニマー）はすべて同じカテゴリーに括られる。人間は、輪廻転生で畜生道に生まれ変わることもある。これに対して、キリスト教の世界では、人間と動物は峻別される。神が人を造ったときに、神は人の鼻に息を吹き込んだ。ここから、人間は「神の似姿」として、特権的地位をもち、他の動植物を支配し、管理する権限をもつようになる。キリスト教によれば、動物と人間は、決定的に異なっている。

動物は、原罪をもたない。それ故に、動物はイエス・キリストによって、救済される必要もないわけだ。もちろんドストエフスキーもそのことはわかっている。それだから、ゾシマの口を借りて、〈あの動物たちにどんな罪もない、そう知るだけでなにか胸に迫ってくるよね。だって万物は完全なんだし、人間をのぞけば罪がなくて、動物たちには、ぼくらよりも先にキリスト様がついておられるんだから〉と述べているのだ。この前段の、動物に罪がないというのは、確かにその通りだ。問題は、結論だ。人間よりも先に動物が救済されているという奇妙な救済観をドストエフスキーは、持ち込む。その結果、動物に学ぶことによって、人間は救済されるということになる。このレトリックが偶像崇拝であることを見抜けない読者がいることを、恐らく、ドストエフスキーは愉快に思っているのであろう。そして、被造物である自然に対する祈り、すなわち偶像崇拝によって、このエピソードをまとめあげている。

マサリクは、ドストエフスキーのキリスト教解釈が、合理主義と神秘主義の間で大きな振幅を見せることに注目する。

〈ドストエフスキーは絶えず、ロシアの教会の見解や規定と、もっと自由な自分の宗教的理想との間を動揺していて、その理想を、歴史によって与えられた状態を、自由に――しばしば非常に自由に――解釈することによって、見出そうと試みる。ドストエフスキーが、絶えず神秘主義と合理主義との間を動揺するのは、宗教問題を、ある時は神秘主義的に、またある時は合理主義的に理解しようと試みるからである。ドストエフスキーは何とかして、自分がその中で育てられ、自分が愛した教会の教義と規定を、根拠づけようと試みて、あちらこちらと動揺するとはいえ、しかし常に民衆的宗教によって定められた潮流の中にとどまろうと努め、そうすることで自分の宗教哲学において、ロシアの教会の理念を、自らの宗教的理想と和解させようと努力する。ゾシマ――ドストエフスキーは、あまりに直接に聖書に依拠して、教会の伝統に十分な注意を払わないので、それによって彼の教義の中には、非常に多くの非正統的要素――プラトン主義、プロテスタント風の聖パウロ主義とアウグスティヌス主義――が浸透して、既に見たように、フォイエルバッハにも敬意が払われる。ほとんど教会全体が、アレゴリーとシンボルの中に埋没する。

『カラマーゾフの兄弟』は、イリューシャのための「追善供養」に参加するようにという、年若い仲間へのアリョーシャの呼びかけで幕を閉じる。若いコーリャはこの習慣を、非常に不自然なものと見なすが、しかしアリョーシャは笑って彼をこう慰める。「ホットケーキを食べるからといって、気にすることはないんですよ。だって昔からの古い習慣だし、良い面もあるんだから……」。ゾシマの地獄観なども、まさにこのように評価する必要がある。

神秘主義も、正統の側からの非難に対してゾシマを守ることはできないだろう。〈神秘主義者はしばしば、合理主義者に劣らず危険な異端者だった。教会は、神秘主義者を常に厳しく監視した！〉（マサリク『ロシアとヨーロッパⅢ』五九頁）

合理主義と神秘主義は、一見、激しく対立するように見えるが、そうではない。特に近代の神秘主義は、最初の段階で、超越性に身を委ねるという命がけの飛躍をする。その後、物事は、すべて合理的に進んでいくことになる。恐らく、このことは近代資本主義システムと表裏一体の関係にある。資本主義システムが維持されるためには、商品と貨幣の間の交換が常に円滑に行われる必要がある。現実には、貨幣は常に商品と交換することができるが、逆に商品が常に貨幣に交換することができるとはいえない。交換の非対称性に気づいたのはマルクスだった。

〈商品価値の商品体から金体への飛躍は、私が他のところで名づけたように、商品の salto mortale（生命がけの飛躍）である。この飛躍が失敗すれば、商品は別に困ることもないが、商品所有者は恐らく苦しむ。〉（カール・マルクス［向坂逸郎訳］『資本論　第一巻』岩波書店、一九六七年、

一三八頁）

〈商品は貨幣を愛する。が、「まことの恋がおだやかに実を結んだためしはない」ことを、われわれは知っている。〉（前掲書一四一頁）

神秘主義は、最初に「私は神を信じる」という超越を決断し、その後は、神に至る階梯を論理的にのぼっていくのだ。商品を貨幣に交換することが、常に可能であるという前提で展開される経済学の論理と親和的だ。マサリクには、ドストエフスキーが語る神に作業仮説以上の意味があると思えないのである。

もっとも、神を信じることができないという現実を率直に描くことによって、逆説的に信仰への道を示すことはできるはずだ。しかし、ドストエフスキーはそれをしなかった。敬虔なキリスト教徒を偽装した。フォイエルバッハは、自らが無神論者であると公言した。しかし、フォイエルバッハが提示する疎外されていない本来の人間は、キリスト教が想定する神と同じ内容である。フォイエルバッハが忌避する人間の願望や欲望を投影した神は、まさに預言者やイエス・キリストが拒否した偶像である。フォイエルバッハは、人間を礼賛する無神論、宗教批判を展開することによって、真実の神の姿を明らかにしたのである。フォイエルバッハは無神論者を自称するが、ニヒリストではない。ニヒリストこそが、本来的に神を必要としない、言葉の正確な意味での無神論者なのである。

マサリクは、ドストエフスキーの世界観はニヒリズムに基づいていると考えている。

〈要するに――正統的な教理問答書はドストエフスキーで損をしたのである。既にスラヴ派は、私が強調したように、ロシア正教とロシアの教会の理想を提起した。この理想から判断すると、彼らにとって国家教会は、理想的と言うにはほど遠いように思われた。またドストエフスキーはゾシマの中で、浄化されたギリシャのキリスト教を提示している。

ゾシマの神学だけでなく、『カラマーゾフの兄弟』のすべての登場人物が我々に示すのは、懐疑主義者である。最も成熟した最後の作品の中でも、ドストエフスキーはニヒリズム的無神論を克服できなかった。

真理は、ゾシマの側だけでなく、イワンの側にもある。将来のロシアの救済者であるアリョーシャは、ストーリーにほとんど介入せず、介入するところでは、ふつう他人の指示でそうしている。〉（マサリク『ロシアとヨーロッパⅢ』五九〜六〇頁）

大審問官、ゾシマ長老、イワン・カラマーゾフは、同じ事柄を別の言葉で説明しているに過ぎない。そこで通底しているのは、ニヒリズムに基づく無神論だ。この人たちは、いずれも神を信じることができないのである。

そして、ロシアの救済主になることが暗示されているアリョーシャは、他人の発言を反復するだけで、自ら積極的に信仰を提示することはない。誰も神を信じることができず、神など生活の中心になっていないにもかかわらず、あたかも神が問題の中心であるかのごとく、全ての登場人物が演技しているのが『カラマーゾフの兄弟』の世界であるとマサリクは考える。

この構成は、『悪霊』においても基本的に同じである。

〈ニヒリストに関するユニークな長編小説である『悪霊』の中でも、ドストエフスキーの懐疑はそれに劣らず明らかである。スタヴローギンとシャートフが、ニヒリズムとロシア問題について議論する場面だけでも読んでみよう。これは壮大な場面で、無神論に駆られたスタヴローギンは、虎が子羊に対するかのように、無神論を越えたがっているスラヴ派のシャートフの良心を試すが、最後に彼の胸に論理のピストルを突きつける。「……君自身が神を信じているのかどうか、知りたいだけなんです」、「僕はロシアを信じています、その正教を信じています……僕はキリストの肉体を信じています……僕は新しい降臨が、ロシアで行われると信じています……僕は信じています……」とシャートフは興奮で舌をもつらせた。「で、神は？　神は？」、「僕は……僕は神を信じることになるでしょう」。シャートフは、できれば神を信じたがっていて、まさにそのためにスタヴローギンは彼のもとで、決定的で断固とした救いの解答を探し求めるが、誠実なシャートフからそれを受け取ることはない。

スタヴローギンとシャートフとの関係は、芸術的な側面からも、シャートフがスラヴ派の理念を無神論者スタヴローギンから受け入れたので、なおさら効果的に捉えられる。スタヴローギンは自らの懐疑の中で、シャートフを有神論の方に導いたが、しかし同じ時期にキリーロフを無神論の方に導いたのである……。〉（前掲書六〇頁）

スラブ派において、本来、国家の理念は希薄だった。スラブ派は、農村共同体であるミールを重視する。このミールの延長線上に国家を見ている。ミールを日本に引き寄せて説明するならば権藤成卿が称揚した社稷に近い。社稷とは、土地とそこで取れる五穀を祀ることによってできる祭祀共同体だ。権藤は、社稷を中国から律令制が導入され、支配する機関としての国家が生まれる以前の「原国家」としてとらえている。ミールの延長線上に存在する聖なるルーシ（ロシアの古称）も社稷に近い。

ドストエフスキーの場合、スラブ派がもったミールへの憧憬は存在しない。ロシア正教は、ロシア国家と一体視する。神のかわりにロシア国家が超越的性格を帯びるようになっている。

もっとも、このような現象自体は珍しいことではない。世俗化が進行し、キリスト教の神が人間の生き死にの原理でなくなるときに、近代人にとって、主流の宗教はナショナリズムになる。国家と民族が一体であると擬制されたネーションのために、近代人が命を捧げるのはごく普通の現象だからである。マサリクは、ドストエフスキーが、キリスト教の名の下で、ロシアのナショナリズムを煽っていることを警戒しているのである。

それではドストエフスキーは、ほんとうにロシア国家のために命を差し出す気構えができているのだろうか。この点について、マサリクは懐疑的である。ドストエフスキーは、ナショナリズムが近代人にとって、新たな宗教になっていることを理解する。しかし、神を信じることができないように、ロシアを信じることもできないのである。

ドストエフスキーは、少年期に信仰を失っているというのがマサリクの見方だ。

〈臨終の床にあるゾシマは、自分の周囲の人々に勧める。「無神論者、悪を説く者、唯物論者など、彼らのうちの善き者だけでなく、悪しき者をさえ憎んではいけない。とりわけ今のような時代には、彼らのうちにも善い人はたくさんいるのだから」。

ドストエフスキーの諸作品のこうした分析は、彼の書簡と手帖と『作家の日記』の中の多くの見解によって、完全に裏付けられる。

シベリア以前の、ごく初期のドストエフスキーの書簡からは、彼が既に工兵学校で、子供時代の信仰を失ったことが読み取れる。彼は一八三八年に兄に宛てて、「僕には一つの途方もない計画があります。それは狂人になることです」と書いている〔一八三八年八月九日付けの書簡〕。主に（E・T・A・）ホフマンの作品を読んだことが、彼にこうした影響を与えたようだ。少なくともホフマンのアルバンと、彼の神への態度について言及されている。（「理解しがたい力を持った人間、何をしてよいかわからずに、神にほかならぬものを玩具にしている人間を見ることは、恐ろしいことです！」）。作家になりたての時期の書簡には、失敗するかもしれないという焦燥感の中で、自殺に脅かされる様子がしばしば目につく。――これは、彼の後年の公式と一致する。ドストエフスキー自身から分かるように、後に彼はベリンスキーの見解の情熱的支持者になったが、しかしシベリア以後の自作の中では、この教えと闘っている。「ニヒリズムが」――と彼は『手帖』の中で書く。――「我が国に現れたのは、我々がみなニ、ヒ、リ、ス、トだからである。その出現の新しい独自な形は、我々を脅かしただけだった。（一人残らずみんな、フョードル・パーヴロヴィチである）。我が国の賢人たちの狼狽と、どこからニヒリストが出現したかを探求しようとする心労は、喜劇的なものだった。しかし、彼らはどこから出現したわけでもなく、みんな我々と共に、我々の内に、我々のもとにいたのである（『悪霊』）」。「我々がみな（私もまた！）」と、ドストエフスキーはここで全くはっきりと認めている。〉（前掲書六〇～六一頁）

ドストエフスキーは、一八二一年十一月十一日（露暦十月三十日）生まれだから、この手紙を書いたときは十六歳だ。マサリクはすでにこのときにドストエフスキーが神を信じることができなくなったと見ている。神がいないならば、何をやっても許されるという思想がこのときドストエフスキーの中に忍び込んだ。それがニヒリズムである。この当時のロシアのニヒリズムは、既成の秩序を認めないという革命性、破壊性を帯びていた。ドストエフスキーが革命サークルに接近していくのも、ニヒリズムという思想を首尾一貫させるためだったのである。

シベリアへの流刑を通じ、キリスト教に回心したという建前の下でも、ドストエフスキーに流れるニヒリズムがときどき頭をもたげる。ドストエフスキーは、それが官憲に察知されることを恐れる。そのため、作品の中に神やキリストという言葉が過剰に出てくるのだ。マサリクは、ドストエフスキーの神やキリストへの過剰な言及の裏側に、無神論と不信仰を見るのだ。

ドストエフスキーは、逆説的に信仰を示すために、あえて無神論を説いたのだという予防線を張っている。

〈非常に強烈で特徴的なのは、『カラマーゾフの兄弟』への次のようなコメントである。「ならず者たちは、無教養で時代遅れな神への信仰によって私を苛立たせた。こうした間抜けどもは、『大審問官』とその前の章において記されたような、神を否定する力については夢想だにしなかったが、この長編小説全体が、それに対する答えになっている。私は、愚か者（狂信者）のように神を信じてはいない。ところが連中は、私に教えを垂れたがって、私の未熟さを嘲笑った！

彼らの愚かな本性は、私がくぐり抜けてきたような否定の力については、夢想だにしなかった。そんな彼らに、私を教える資格があるだろうか」（出典は『手帖』）。

これらの文章は雄弁に物語っていると私は思うし、明らかなように、それらは『カラマーゾフの兄弟』の出版後に、つまりドストエフスキーの死の直前に書かれた。そして『カラマーゾフの兄弟』の欄外への次のようなコメントは、自由主義的教授（K・D・）カヴェーリンの公開書簡に対する回答として読むことができる。「大審問官と、子供たちの章。これらの章を考えれば、君も私に対してせめて学問的に、しかし哲学の部分であれほど傲慢にではなく、対応できたはずだ。もっとも、哲学は私の専門ではないけれど。ヨーロッパに、あれほど力に満ちた無神論の表現はないし、過去にもなかった。つまり、私は少年のようにキリストを信じて説いているわけではなく、懐疑の大きな試練を経て、私のホサナは訪れたのである。私のあの長編で悪魔が語っているように」。〉（前掲書六一頁）

ここでいう「ホサナ」とは、アラム語ホシャアナーのギリシア語への音写だ。「どうか私たちを救ってください」という意味である。救済は、無神論を通じて、逆説的にやってくるとドストエフスキーは説く。しかし、マサリクはこの説明を額面通りには受け止めない。

マサリクは、信仰をもつことができないと悩む女性からの手紙に対するドストエフスキーの返信に興味を示す。

〈一八八〇年に、自らの宗教的疑念に関する助言を求めて質問してきたある貴婦人（エカテリーナ・フォードロヴナ・ユンゲ」に、ドストエフスキーはこの説明と、同時に信仰告白を与えている。彼に言わせると、すべての人間は生来分裂している。ただ、内面的分裂の程度は様々である。ドストエフスキーの考えでは、手紙を書いた女性は自らの内部で非常に強く分裂しているが、しかし彼も全く同じような体験をして（書簡は一八八〇年四月十一日付け）、一生を通じて自身の内部で分裂していたと断言して、彼女を慰める。この苦しく、しかし反面ではまた大きな快楽でもある分裂を、ドストエフスキーはより大きな才能と思想の感受性をもって解釈する。こうした人間は、自分自身と人類とに対する道徳的義務を、自ら理解して遂行することが必要だと感じるという。視野の狭い人間、あまり知性が発達していない人間は、矛盾を感じず、自分自身に満足している。しかしそれでも、この分裂は大きな苦しみをもたらす。「深く尊敬する、親愛なるエカテリーナ・フォードロヴナ、あなたはキリストと、その誓約を信じますか？　もし信じるなら（あるいは、ぜひ信じたいとお思いなら）、キリストにすっかり心を委ねれば、その二面性から生ずる苦しみはずっと和らげられて、あなたは精神的な出口を得られるでしょう。それが肝心なことです」。この書簡において全く同じように、ゾシマはイワンに、永遠性の問題に悩む力の恩寵について語っている……。

つまりドストエフスキーができるのは、信仰への意志をかき立てる願望を表明することだけで、疑う者にとってキリストは、盲目的に身を委ねる権威になるべきである。そして結局、神人であるキリストが理解しがたいために、リアリズム的懐疑主義者はフォイエルバッハの処方箋に従って、例えばアリョーシャが（ゾシマ）長老にそうするように、人間的権威にすがるのである……。〉（前掲書六一～六二頁）

信仰と不信仰の間で分裂するのが、現代人としては当然の現象であると、ドストエフスキーは、エカテリーナの悩みに共感しているという姿勢を示す。そして、不信仰が大きくなればなるほど、信仰に全面的に身を委ねる可能性が高まるという逆説を説く。「悩む力」が救済の源泉になると説くのだ。問題は、ドストエフスキーが、ほんとうにこのような救済観をもっていたかどうかだ。ドストエフスキーは、キリストにすべてを委ねることができたのであろうか。マサリクは、できなかったと考えている。それはドストエフスキーが本質においてニヒリストだからだ。

内面において深く分裂した人間は、不安にさらされることになる。神を信じることができない。神と人間の媒介者であるイエス・キリストを信頼することができない。しかし、人間は何かを信じなくては生きていくことができない存在である。こういう人間は、強い人間の権威にすがるようになる。不安な現代人の心理をドストエフスキーは的確にとらえている。ゾシマ長老も大審問官も、権威によって他の人間を従わせているのである。

ゾシマ長老は、フォイエルバッハ流の無神論者である。フォイエルバッハは、疎外されていない本来の人間を措定する。その人間は、自然の一部である。この考えに立つならば、ゾシマの動物崇拝の呼びかけの意味がわかる。動物を崇拝せよということは、自然に対する信仰によって裏づけられているのだ。マサリクの理解では、『カラマーゾフの兄弟』におけるゾシマ長老の役割を、『悪霊』ではチーホンが果たしている。

〈更に、もう一つの非常に教訓的な個所を引用したい。

（記念出版における）長編小説『悪霊』への前述の補遺〔「スタヴローギンの告白」を指す〕の中に、スタヴローギンが、チーホン長老の庵室を訪れる様子を描いた場面がある。私が長編小説から引用したシャートフとスタヴローギンの会話が繰り返されるが、しかし特徴的なのは、ここでスタヴローギンがチーホン自身に、神を信じているかどうか、彼のその信仰が山を動かせるかどうかを、訊ねていることである。――チーホンは、自分の信仰が不十分であり、岩のように堅固なものではないことを認める。不完全に神を否定するスタヴローギンと、不完全に神を信じるチーホンは、好意を持っているという相互の表明で終わる……。

ゾシマは、無神論者のために祈ることを呼びかけ、ゾシマ――チーホンは、完全な無神論は世俗的な無関心よりもましであると認める（(長編小説『悪霊』への）補遺を参照）。チーホンに言わせると、完全な無神論者は、既に信じていようといまいと、上の方に、最も完全な信仰に至る最後から二番目の段階に立っているが、無関心な者は信仰というものを全く持っていない。――スタヴローギンはチーホンに、黙示録のある個所（第3章15）を想起させるが、そこでは生ぬるい者に対して、熱い者が、しかしまた冷たい者が優先されている。

ドストエフスキーは既に、ストラーホフ宛ての書簡の中で全く正しくも、神の存在についての問題に生涯悩まされたと述べた。――確かに彼は生ぬるくなく、ある時は熱く、ある時は冷たかった……。〉（前掲書六二～六三頁）

マサリクは、ドストエフスキーの作家としての良心を疑っているのではない。ドストエフスキーは、自らが考えたことを正直に作品に書いている。そこから、分裂したドストエフスキーの神観がうかがわれる。極端から極端への移動を、ドストエフスキーは回心と描き出そうとする。マサリクはここにいかがわしさを感じる。それは、ロシアの聖人ウラース（Влас）伝説に対するドストエフスキーの解釈に顕著にあらわれている。詩人のニコライ・ネクラーソフは、一八五四年に「ウラース」という詩を書いた。農民のウラースは、信仰を失い、無神論者になる。そして、妻を殴り殺してしまう。その後、大病にかかる。そのとき回心して、教会を建立するために浄財を集めるという誓願をたてる。この誓願を実行し、三十年間、ロシア各地を放浪して、募金を集めた。ウラースは、自らの罪を罰するために足に鎖をつけて歩いた。ウラースのような、極端な転換をドストエフスキーは高く評価する。

〈ドストエフスキーは、自らのヴラスの身に起こった出来事を語り、まさにこうした「ヴラスたち」がロシアを救うのだと、我々に語る。「私は相変わらず、彼らこそ、つまり、悔い改めているのもいないのも（！――マサリクの注）共に含めて、この種々雑多な『ヴラス』たちこそ、締め括りの最後の言葉を述べる役回りを負っているという意見である。彼らが新しい道と、一見尽きることがないほど存在するすべての我々の困難からの新しい出口を数え、示してくれるであろう。ロシアの運命を最終的に決するのはペテルブルグではない」。〉（前掲書四一頁）

ペテルブルグに住む貴族、官僚、インテリゲンチアではなく、ウラースのような、回心した大地と結びついた農民がロシアを根源から変革することを、ドストエフスキーは望んでいるようにみえる。果たして、ドストエフスキーは、ナロードニキ（人民主義者）のように、農民を信頼しばいるのであろうか。マサリクはそうではないと考える。ウラースに関する考察を注意深く読めば、ドストエフスキーが腹の中で何を考えているかがわかる。

〈ネクラーソフの詩『ヴラス』についての前述の分析の中で（『作家の日記』一八七三年）、修道僧がある信仰告白の秘密を物語っている。遠方から彼のもとに百姓がやって来て、ついに魂の平安を得るために告白する。若い頃に自分の村で、最も大胆不敵なことをやるという賭をした。それを仲間に誓って確認した。「よろしい」と仲間は言う、「もうじき精進が始まるから、断食を始めろ。聖餐式に行った時にはな、聖餐は受けていいが、それを飲み込んじゃならねえぞ。それを持ってこい。それから先はその場でおまえに言うからな」。

言われた通りに実行された。——彼は聖別されたパンを持ってきて、それにピストルを撃ち込むように命令される。それを試みて、狙いを定めるが、しかし十字架にかけられた者の姿が現れて、青年は気絶して倒れる。長い年月が過ぎて、結局こうして修道僧のもとに罪を負ってやって来る。罪を許された後で、彼はロシアの「ヴラス」の一人になる。〉（前掲書六三頁）

ロシア正教会は聖餐について、実体変質説をとる。従って、パンは真のキリストの身体に変化する。そのパンを拳銃で撃つということは、キリストを撃つということだ。キリスト殺しに荷担せよということだ。ドストエフスキーは、神聖冒瀆から真の信仰に至る回路を是認する。

〈ドストエフスキーはこのありそうなストーリーを分析して、そこにロシアの宗教性の本質を指摘する。ロシア人はいかなる点でも節度を知らず、それ故にまた否定への自然な傾きを持つ。最良の人間がいきなり、自らの内面の最も神聖なものを否定し破壊することを望むが、それはまさに最も神聖なもの、自分の理想、その前で敬虔の中に沈潜した自らの民族の理想である。彼は、自己否定や自己破壊の束の間の情熱に捉えられる。しかしその直後に、同じように急激で情熱的に、否定したものを再び蘇らせて、自分を守ろうと努める。肯定的側面へのこの転換は、否定による幻惑よりも常に重要であるという。〉(前掲書六三頁)

自己否定や自己破壊は、信仰への過程ということになる。振り子が、正しい方向に振れるようにするためには、まず反対側に引っ張っておかなくてはならないという理屈だ。悪は、善を呼び起こすために必要ということになる。マサリクはそれを陳腐な弁証法とみなし、評価しない。

〈ドストエフスキーのこの説明が、完全に成功していると私は信じないし、最良の人々がこんなにいきなり、極端から極端への急激な移行についてのヘーゲルの弁証法的指示に、左右されるとは信じない。だが、もしもドストエフスキーが、神聖冒瀆の事実と神聖冒瀆への憧れを強調しているのだとすれば、彼が書き留めた観察は非常に重要である。しかし、彼の説明には若干の手直しが必要である。まず何よりも述べておく必要があるのは、この種の瀆神癖が現れるのはロシアだけではないことである。カトリック系諸国においても、特にフランス文学の中で瀆神癖を観察することができるし、ヴォルテールに始まって有名な『冒瀆詩集』〔J・リシェパン編、一八八四年〕に至るまで、一連の神聖冒瀆者を列挙することができる。プロテスタント系諸国、つまりイギリス文学とドイツ文学においては、神聖冒瀆はこれほど急進的には現れない。なぜだろうか？　懐疑と否定が神聖冒瀆として現れるのは、宗教が理性よりも権威の上に、性格の倫理的陶冶よりも、神秘主義的霊感と啓示の上に基礎づけられる所であり、こうした否定はそれ故に常に、宗教的環境に対して向けられる。神聖冒瀆の気分はしばしば、教室での生徒たちの発作的な馬鹿笑いと何か共通している。神聖冒瀆は、たいていは弱さの証拠である。〉（前掲書六三～六四頁）

神聖冒瀆は、宗教が各人の信仰によってではなく、権威によって維持されている諸国で起きる現象だ。また、理性にもとづいた学術的神学を拒否している知的環境で起きる現象でもある。ただし、ロシアの神聖冒瀆は独自の特徴をもっている。

〈ドストエフスキーは、ロシアの神聖冒瀆は独特であると、正しく感知した。神秘主義的諸要素と神秘主義的に非合理的な諸要素、ロシアの教会がかくも強力に――カトリシズムとプロテスタンティズムよりも大きく――依拠する絶対主義は、独特の神聖冒瀆、しばしば粗野な神聖冒瀆を生み出す。

ドストエフスキーの説明には、神聖冒瀆の気分の程度が考慮されていない。彼は自作の中からでも、色合いの違った神聖冒瀆を、風刺として、またしばしばユーモアとして現れる神聖冒瀆を、引用することができるだろう。

ドストエフスキーはしばしば自作の中で、神聖冒瀆を行う様々な非信者と半信者の姿を描いている。長編小説『罪と罰』のスヴィドリガイロフが、いかに永遠性を描いているか、あるいは老カラマーゾフが地獄の刑罰について、いかに不安げに冗談を言うかを思い出してみよう。彼は一章全部を費やして、ゾシマの死後にその死臭が、修道僧と修道院の周囲の人々に与えた印象を描いている。「聖人の」身体は損なわれることなく、この最初の奇跡と神聖さの証拠が示されるものと、広く期待されていたのだが、見よ、なんという幻滅だろう。――ドストエフスキーはこのストーリーを、比類なきリアリズムと、強い風刺的アクセントを込めて描く。〉（前掲書六四頁）

ロシア正教の伝統では、聖人は腐らない。それだからミイラになる。教会を建立するときには、地下に必ず聖人のミイラの一部分が埋められる。ソ連共産党政権が、「赤の広場」にレーニン廟をつくり、レーニンのミイラを保存したのも「正しい人は腐らない」というロシア正教の伝統を簒奪したからだ。

正しい人と思われてきたゾシマ長老が腐敗する箇所を描いたリアリズムにドストエフスキーの宗教観が凝縮されているとマサリクは考える。

第10章　悪臭と悪魔

ドストエフスキーの描写の特徴は、臭いに関する表現が巧みなことだ。カラマーゾフ家の下男スメルジャコフは、「悪臭を放つ男」という意味だ。ロシア人には、特に体臭がきつい人がいる。ロシア語で『カラマーゾフの兄弟』を読んでいると、スメルジャコフの世の中を斜めに見た語り口と体臭が合わさって伝わってくる印象を受ける。ロシア人に尋ねても「確かにスメルジャコフという名前でなければ、体臭の感じはでてこないね」という反応だ。翻訳からだとこの雰囲気は伝わりにくい。

これに対して、ゾシマ長老の死体から漂う死臭は、翻訳でも伝わってくる。この部分にこそ、ドストエフスキーのキリスト教信仰に対する懐疑が現れているとマサリクは見る。確かにその通りと思う。むしろ、これは懐疑というよりも、信仰自体を嘲笑していると見た方がよい。ドストエフスキーのニヒリズムは、ゾシマ長老の死に関する描写において、端的に現れているのだ。

〈まだ夜が明ける前に、葬送の儀に向けて準備された長老の亡骸を棺に納め、それを元の応接間にあたるとっつきの部屋に運びだしたとき、棺に侍っていた者たちのあいだで、ふと疑問が生まれた。「部屋の窓を開けなくてもよいだろうか？」だれかが何かのついでにちらりともらしたこの疑問には、だれも答えず、ほとんど気づかれずにその場は過ぎた。

たとえ気づいた人がいたにしても、そこに居合わせた何人かだけで、彼らも内心ひそかにこう思ったにすぎない。つまり、これほどの故人の亡骸に、腐敗や腐臭が起こるなどと予期するのは愚劣のきわみであり、それを口にした者の信仰の浅さと軽薄さ（たとえ嘲笑でないにせよ）は同情にも値する……。なにしろ彼らが期待していたのは、それとはまるで正反対のことだったからである。〉（ドストエフスキー［亀山郁夫訳］『カラマーゾフの兄弟3』光文社古典新訳文庫、二〇〇七年、一六～一七頁）

聖人は腐らない。ゾシマが死んでから、まだ二十四時間も経過していない。しかし、窓を開けなければならないと人々が思うほど、激しい悪臭がするのだ。ゾシマは普通の人よりも早く腐っていく。

ドストエフスキーは、腐臭の度合いが強まっていく様子をこう描写する。

〈ところが正午を過ぎてまもなく、ある異様な事態が起こりはじめた。はじめのうち、庵室に出入りする人たちは、口にこそしないが内心でそれを受けとめ、脳裏にきざしたその意味をだれかに伝えるのさえ、明らかに恐れている様子だった。

だが午後の三時近くになると、それはもうあまりに明らかで否定しがたいものとなったため、知らせはたちまち僧庵全体に広がり、僧庵を訪れていた巡礼たちも巻き込んで、ただちに修道院にも浸透して、修道僧全員を愕然とさせた。そしてついに、ごく短時間に町にも伝えられて、信者、不信心者の別を問わず、町じゅうの人々を興奮に陥れたのだった。

不信心者たちが快哉を叫んだことは言うにおよばず、信者たちについていうなら、彼らのうちの何人かは、不信心者すら顔負けするほどの喜びようだった。ある説教の席で、故人となった長老みずからが語ったように、「人々は心義《ただ》しい人間の堕落と恥辱を好む」道理である。

要するに、棺から少しずつ漏れだした腐臭は、時が経つほどにはっきりと鼻につくようになって、午後の三時近くにはそれがもうあまりに明白なものとなり、その度合いがますますはげしくなっていったのである。〉（前掲書一七～一八頁）

人間の腐臭には、他の有機物の腐臭とは異なる特徴がある。言葉では、形容しがたいが、記憶に焼きつく独特の臭いだ。私は母からこの臭いについて教えられた。それは、母の沖縄戦のときの記憶に基づいている。一九四五年六月二十三日、沖縄を守備する日本の第三十二軍は組織的抵抗をやめた。牛島満司令官、長勇参謀長は、自決した。昭和高等女学校の二年生（十四歳）だった母は、石部隊（第六十二師団）の軍属となり、日本軍と行動をともにした。その後、母は摩文仁の洞窟に潜伏していた。摩文仁の丘は、敗残兵と避難民で、「帰省ラッシュの上野駅のような状態だった」と母は言う。

このとき沖縄県師範学校の学生で、鉄血勤皇隊の一員であった大田昌秀氏（後の沖縄県知事）も摩文仁にいて、海に面した断崖の岩陰に隠れていた。大田氏は、インテリジェンスを担当する千早隊に所属し、沖縄北部に脱出し、残地諜者となって、ゲリラ戦を展開しながら米軍の動向を観察し、報告することを命じられていた。しかし、もはや摩文仁を脱出し、沖縄北部に到達する可能性は、客観的に見てまったくない。

〈わたしはさる沖縄戦の末期、学業半ばで軍に動員され戦場に投入されたあげく、右足に負傷、歩くことも叶わぬまま、最後の決戦場・摩文仁岳の海寄りの断崖の岩陰に横たわっていた。二、三日もの間、食物はおろか一滴の水さえ口に入れてなかった。昼夜を分かたず意識はもうろうとしたまま。相共に戦った学友たちの無惨な死を目の当たりにした故《せい》で心は打ちひしがれ、もはや生きているのか死んでいるのかさえ覚束ないありさま。あまつさえ断末魔の戦場とあって眼前では相も変わらず連日人間同士の殺戮が繰り返されていた。折角激闘の戦場から生き延びたにもかかわらず敵の敗残兵狩りであっけなく命を落とす者。かと思うとわずかの食物や水を奪い合って味方同士で殺し合う者。果ては絶望のあまり自ら命を絶つ者。死は至るところに幾重にも重なっていた。この大量の命を犠牲にして、わたしたちは、何を贖《あがな》い得ると言うのだろうか。

お腹が風船状に膨れ上がって波打際に打ち寄せられた無数の死体の山を朝昼となく凝視しながら、なぜ自分はこんなところに身も心も傷ついたまま横たわっているのか。わたしは空ろな気持を持て余しながら考え込まずにはおれなかった。なぜ、なぜ、なぜと。

思えば、二〇歳にも充たないわたしの短い人生は、すべてこれ戦場に出るための準備期間でしかなかったのか。この人里離れた海辺で誰にも看取られることもなく死ぬためにこれまで生きてきたのか。こんなところで死ぬことが国家のために忠なる所以だろうか。郷土を愛することなのか。思いは千々に乱れるばかり。夏の海の静かな潮騒を聞きながらわたしは、無性に物憂くけだるい気持でそんなことばかり考えていた。と同時にいったいどこで何が間違っていたのだろうか。もしも生き延びることができたら、何とかこの問いに答えを見出したい、と自らの心に固く誓わ

ずにはおれなかった。〉（大田昌秀『沖縄戦下の米日心理作戦』岩波書店、二〇〇四年、三四九〜三五〇頁）

母もこのお腹が風船状に膨れ上がって波打際に打ち寄せられた無数の死体の山を見た。そこから、形容しがたい腐臭が放たれている。このときの臭いの記憶が母の脳裏に焼きついた。

摩文仁で母は米軍の捕虜になり、しばらく収容所生活を送った後、故郷の久米島に戻った。久米島に糸満高校の分校が開設され、そこに通うようになった。通学の途中に川がある。橋げたに土嚢が積まれているが、母にはそれが死体に見える。そうすると、腐臭が漂ってくる。摩文仁での臭いの記憶が、甦ってくるのだ。結局、この「戦争ボケ」は、一九五二年に将来の夫となる人（私の父）に連れられて、本土に渡って来るまで消えなかったという。

臭いの記憶に関する母の話を、私が皮膚感覚で理解できるようになったのは、モスクワでのことだ。

一九九三年十月四日、エリツィン露大統領は、戦車で最高会議建物を砲撃した。その後、銃撃戦が行われ、最後に特殊部隊が突入して、籠城していたルツコイ副大統領、ハズブラートフ最高会議議長らを逮捕した。戦車の砲弾は、火薬が詰められていない模擬弾だったが、摩擦熱で最高会議建物の上部数階は炎に包まれた。最高会議建物は白い大理石で造られていたので「ベィルィ・ドーム（白い建物）」と呼ばれていたが、煤で上半分が黒くなった。公式発表での死者は百数十人だったが、実際は、数百人が焼け死んだと噂された。人が焼けこげる何とも形容しがたい臭いが鼻についた。二〜三日経つとそれに腐臭が加わってくる。その臭いが私の記憶に焼きついた。エリツィン大統領は、「ベィルィー・ドーム」から死の痕跡を消すことに腐心し、一週間後には、煤は洗い流された。もちろん死臭も消えた。その後、「ベィルィー・ドーム」はロシア政府の中央庁舎になった。仕事で要人と会うために、私はこの大理石の白い建物を何度も訪れたが、ときどき不意に一九九三年十月の記憶が甦ってくる。そうすると、あの人がこげる臭いと腐臭がするのだ。ほんとうに臭うのである。そのとき、母が「戦争ボケ」で、死体の臭いがすると言ったのが、母の作り話ではないということを私は納得した。

ゾシマ長老に関する部分を読んでいても、モスクワの腐臭がよみがえってくる。ドストエフスキーが、ゾシマ長老を聖人ともちあげたのは、あとで「実はあいつは腐敗していた俗物である」とこき下ろすためなのだ。下降させるために、あえて過度に上昇させたのである。これは、神がそのひとり子であるイエス・キリストをこの世界に派遣したのとまったく逆の動きをしている。神は人間の悲惨さと苦悩のもっとも深い深淵にまで降りてきた。そうすることによって、もっとも高いところにイエスはあげられたのである。ドストエフスキーは、ゾシマにイエスと正反対の運動をさせる。

そして、ゾシマがいたこの修道院でも、腐敗しなかった聖人がいたことを紹介する。

〈かなり前に逝去したこの長老のほか、比較的最近亡くなった大修道苦行司祭ワルソノフィー長老についても、同じような記憶がいまもって息づいていた。ゾシマ神父は長老の位階をこのワルソノフィー長老から受けついだのだが、この長老は生前、修道院を訪れてくる巡礼たちがただちに神がかりとみなした人物である。かつてのこの二人の長老については、まるで生きたまま棺に横たわり、埋葬されたときもいっさい腐敗せず、棺のなかにあってもその顔が光り輝くようであったという伝説が、まことしやかに語りつがれてきた。当時を思い出して、彼の亡骸からはまぎれもなく芳香が感じられたと、かたくなに言いはるものもいたほどである。〉(ドストエフスキー『カラマーゾフの兄弟3』一九〜二〇頁)

ここで重要なのは、死後、腐敗しなかった「ほんものの聖人ワルソノフィー」対腐敗した「にせものの聖人ゾシマ」という二項対立図式をドストエフスキーが立てていないことだ。過去にも、聖人と思われていた人が腐敗したこともあるのだ。

〈その後、多くの年月を経たのちも、修道院の分別ある僧侶たちは、この日一日を事こまかく思い起こしながら、この罪深い事件が当時どのようなかたちでこれほどの段階にまで達することができたのかを不思議がっては、慄然たる思いにとらわれたものである。なぜかといえば、これ以前にも、きわめて正しい生涯を送り、だれからもその敬虔さを認められていた修道僧や敬神的な長老たちが死んだとき、その素朴な棺から、すべての死者たちから生じる腐臭が当然のようにただよったことがあったし、それらの場合、罪深い騒ぎどころか、何がしかのかすかな興奮さえ起こらなかったからである。〉(前掲書一八頁)

ゾシマの事例が、周囲に大きな動揺を与えたのは、「聖人は死後、腐敗しない」という伝承に反したからではない。ゾシマが長老制という新しい制度を持ち込んだことに対する反発が、死体が腐ったという問題をきっかけに、噴き出したのである。教会政治を巡る対立が騒動の原因なのだ。

教会政治を巡る対立と、生前のゾシマの名声に対する他の修道司祭たちの嫉妬が騒動の原因になったのである。

〈ゾシマ長老の棺の周辺でどうしてこれほど軽はずみでばからしい、悪意に満ちた現象が起こったのか、その直接の理由を説明することはやはりむずかしかろう。わたし個人の考えを言うなら、じつにいろいろなことが、たがいに影響しあうじつにさまざまな原因が、ここにいちどに重なりあったためではないかと思う。

そうした原因のうちのひとつに、たとえば今なお修道院内の多くの修道僧の脳裏に根深くひそむ敵意、つまり、長老制を有害な新制度とみなす抜きがたい敵意もあった。それから、ここが肝心なところだが、生前からすでにこれほどまで強固に確立され、それに盾つくことがご法度でもあるかのような故人の神聖さへの、羨みの念もむろんあった。

故人となった長老が多くの人々を惹きつけたのは、奇跡というよりはむしろ愛の力によってであり、長老は周囲に、自分を慕うものたちからなる独立した世界のようなものをまるまる築きあげていた。にもかかわらず、いやそれだからこそ、羨みに凝りかたまった者を生み、その後、修道院だけでなく、上流階級の人々のあいだにさえ、公然、隠然を問わず、情け容赦ない敵までも作り出してしまったのである。

たとえば、とくにだれかを傷つけたわけでもないのに、こういう言い方までされた。「どうしてあんなに聖人扱いされるんだ?」そして、こんな疑問がひとつ放たれただけで、それがしだいにくり返されるうち、やがては底知れずはげしい憎しみを巻き起こしていった。

だからこそ、長老の亡骸から腐臭が漂いだしたとの知らせを、それもこれほどの早さで聞きつけたとき――なにしろ長老が死んでからまだ一日と経っていなかったのだ――多くの人々が度はずれなぐらい喜び勇んだのだとわたしは思う。同じように、長老に傾倒し、これまで深く彼を崇めたててきた人たちのなかにも、この事件にほとんど屈辱を覚え、個人的に傷つけられた人たちがすぐさま現われた。ちなみに、事の推移は次のようだった。〉(前掲書二〇〜二一頁)

ゾシマはロシア正教会の革命家なのだ。そして、その革命家は、民衆の間で人気を博した。しかし、死後、ただちにゾシマは腐敗し始めた。死後、腐敗せずにミイラになることが聖人のための条件だ。従って、ゾシマが聖人になることはない。長老制を苦々しく思いつつも、ゾシマの人望に逆らうことができず、内面で嫉妬の炎を燃やしていた修道士たちの感情が爆発する。

〈腐敗があきらかになるや、故人の庵室に入ってきた修道僧たちの顔つきひとつで、彼らが何のためにやってきたかがすぐに結論できた。庵室に入っても、そこにしばらくたたずむだけですぐに出ていく。外で群れをなして待ちかまえている連中に、この知らせには裏づけがあることをいち早く知らせるためである。外で待ち受けている人々のなかには悲しげに首を横に振るものもいたが、しかしほかのものは、憎しみに満ちたまなざしにありありと浮かぶ喜びを、もはや隠そうともしなかった。そして、だれひとりそういう彼らをとがめだてするものもなければ、弁護の声をあげるものもなく、これはもう奇異とでもいうしかないことだった。なぜなら、修道院内ではそれでも、亡き長老に信服する人たちが大多数を占めていたからである。しかし今日、主はこれ見よがしに、一時的にも少数派が勝ちをおさめることをお許しになった。〉（前掲書二一一～二一二頁）

ここで、ドストエフスキーは、キリスト教を揶揄するためのひねりを入れている。キリスト教徒は「地の塩」である。塩の量は、食事の中でもごく一部に限られている。真のキリスト教徒は常に少数派なのである。主すなわち、神が〈勝ちをおさめることをお許しになった〉少数派は、内面で嫉妬の炎を燃やし、他人の死を喜ぶような人々なのである。このような人々が、「真のキリスト教徒」なのだ。ドストエフスキーは、乾いた無神論者の目で、ゾシマ長老の死を巡る騒動を描いている。

これまで読み解いてきたことからも明らかなように、ゾシマは動物崇拝を奨励する偶像崇拝者である。長老制は、国家と一体になったロシア正教に対する革命思想だ。教会と国家が一体化しているのであるから、教会に対して革命を企てるゾシマは、ロシア国家にも反逆しているのだ。しかし、民衆はそのことに気づかない。そして、偶像崇拝と革命思想に引き込まれていく。これを批判する「真のキリスト教徒」なるものも、嫉妬で目が曇った連中だ。この修道院の様子を見る限り、キリスト教による人間の救済など、ありえないように思える。その様子をドストエフスキーは冷たい目で観察している。

これは、『カラマーゾフの兄弟』に特有の描写ではない。マサリクは、『未成年』や『悪霊』にも同じようなドストエフスキーの視線を感じている。

〈長編小説『未成年』では老公爵が、俗人のヴェルシーロフが宗教的尊厳を高めていることについて、冗談を言う。「わしが今日クラブで食事をしていて、突然――よみがえれる遺体となる！」。長編小説『悪霊』でシャートフは、「……ウサギのソースを作るためにはウサギが要る。神を信じるためには神が要る」というスタヴローギンの言葉を引用する。興奮したシャートフは、最も重大な状況の一つにおいて自分を抑えきれずに、この「卑劣な言いぐさ」を文字通りに引用して、悪意を込めてそれを嘲笑する……。ドストエフスキーが、程度の差はあれ滑稽なこうした気晴らしに、満足していることが見て取れる。この冒瀆的ユーモア抜きでは、イワンも自らの否定を表明できないことは、悪魔と彼との交渉が証明する。ちなみに、民衆は悪魔に対して、独特の神聖冒瀆をもって振る舞う。〉（トマーシュ・ガリッグ・マサリク〔石川達夫・長與進訳〕『ロシアとヨーロッパⅢ――ロシアにおける精神潮流の研究』成文社、二〇〇五年、六四頁）

ロシア人がウオトカで、酩酊し、意識を失った後、酔いが少し醒めたときに「まるでラザロの復活のようだな」と冗談を言うことがあるが、「よみがえれる遺体」とは、酔いつぶれることを指しているのであろう。「……ウサギのソースを作るためにはウサギが要る。神を信じるためには神が要る」という表現は、哲学的な要素を含む。神が人間をつくったのではなく、人間が神をつくったというフォイエルバッハの無神論から、「神を信じるためには神が要る」という命題が導かれる。ゾシマ長老の宗教観も、すべてを自然史の過程で見ていこうとするフォイエルバッハの無神論ときわめて親和的だ。マサリクは、〈ドストエフスキーが、程度の差はあれ滑稽なこうした気晴らしに、満足していることが見て取れる〉と述べるが、この気晴らしはフォイエルバッハの無神論という世界観に基づいたものだ。

ドストエフスキーの世界観を解明するにあたって、フォイエルバッハの無神論が、謎を解く鍵になっていると筆者は考える。

さて、ゾシマの腐臭がただよう遺体のそばに、フェラポント神父が乱入し、悪霊退治をする。ここにもドストエフスキーのキリスト教観が端的にあらわれているので、読み解いてみたい。

〈と、そのときとつぜん、礼儀を露骨にやぶる玄関口での異常な物音が、彼の耳に届いた。ドアが勢いよく開けはなたれ、敷居にフェラポント神父が姿を現したのである。

そのうしろには、階下の玄関口に、彼に付き添ってきた多くの修道僧たちがひしめいているのが感じられ、庵室からもその様子をはっきり見ることができた。なかには俗世の人たちの姿もあった。しかし、後から付きしたがってきた修道僧たちは中に入らず、表階段も上らずに下でとどまって、フェラポント神父が今から何をいい、何をするか待ち受けていた。なぜなら彼らは、勇気をふるってついてはきたものの、いくらか恐怖の念さえ覚えて、神父がここに来たのは彼なりに何か思惑があることを、予感していたからだった。

敷居のうえで立ちどまると、フェラポントは両手をふりあげた。右手の下からは、オブドールスクの客人の鋭い好奇のまなざしがちらりとのぞいた。すさまじい好奇心の虜となってついに彼は耐え切れず、フェラポント神父のあとについてひとり表階段を駆け上ってきたのだ。彼をのぞくほかの連中は、ドアがバタンと勢いよく開かれるや、たちまちの恐怖にかられて逆にあとじさりし、体を寄せ合ったほどだった。両手を高々とさしあげると、フェラポント神父はふいに叫び声をあげた。

「悪霊はわたしが退治してやる！」そう言うなり、彼は四つの方角に順に体の向きを変え、庵室の壁と四つの隅に、手で十字を切りはじめた。フェラポント神父のこの仕草を、彼に付きしたがって来たものたちはただちに理解した。なぜなら、どこへ入るにも彼はそういう仕草をするのがつねであったのと、悪霊を追いはらわないうちは腰をかけることもないし、何か言葉を口にすることもないのを、彼らは知っていたからである。〉（ドストエフスキー『カラマーゾフの兄弟3』二九～三〇頁）

フェラポントは、悪魔の実在を信じている。もっともこのように悪魔の実在を信じること自体は、ロシア正教を含むビザンツ神学の伝統を引く東方正教会においては珍しくない。それは、神がイエス・キリストという身代金を支払うことによって、原罪を負った人間を救い出すという解釈を東方正教会が取っているからだ。もちろん、聖書をいくら注意深く読んでも、神が悪魔に身代金を支払ったという記述を見つけることはできない。類比の手法を用いて、こういう解釈を行う。英国の神学者アリスター・E・マクグラスは、こう説明する。

〈新約聖書はイエスが自分の命を罪人のための「身代金」として献げると語っている（マコ一〇・四五、Iテモ二・六）。この類比は一体どういう意味なのであろうか。「身代金」という言葉の日常的な用法から出てくるのは三つの考え方である。

1　解放。身代金は捕えられている人を自由にするものである。誰かが誘拐されて、身代金が要求されたなら、その身代金を支払うことは解放につながる。

2　支払い。身代金は、ある人を解放するために支払われる金のことである。

3　支払いを受ける者。身代金は、ふつう誰かを捕えている人に、あるいは仲介者に支払われる。

これらの三つの考えが、こういうわけで罪人のための「身代金」としてのイエスの死について語ることに含まれていると思われる。しかし、そのすべてが聖書にあると言えるであろうか。疑いもなく、新約聖書はイエスの死と復活によって我々が虜の状態から解放されたと宣べ伝えている。我々は罪と死の恐れとの虜の状態から解放されたのである（ロマ八・二一、ヘブ二・一五）。新約聖書がイエスの死を我々の解放のために支払われた値であると理解しているということも明らかである（Iコリ六・二〇、七・二三）。我々の解放のための値は高い。これらの二つの点では、「贖い」という聖書の用語は言葉の日常的用法に対応している。しかし、第三の側面についてはどうであろうか。

新約聖書の中には、イエスの死が我々の解放のために誰か（悪魔のような）に支払われた値であるということをほのめかす箇所はない。しかしながら、最初の四世紀の思想家の中には、この類比を極限にまで押し進めることが出来ると考えた者がいた。そして、神はイエスを我々の解放のための値として支払うことによって、我々を悪魔の力から解放したのだと言った〉（アリスタ

ー・E・マクグラス［神代真砂実訳］『キリスト教神学入門』教文館、二〇〇二年、三四九～三五〇頁）

イエスの死が人間を罪から解放することは確かだ。古代ギリシア教父のうち大グレゴリオスは、悪魔は罪に落ちた人間に対する支配権をもっていると考えた。神もこの悪魔の権利を尊重しなくてはならない。それでは、神はどのようにして、この悪魔の支配から人間を救うことができるのであろうか。大グレゴリオスによれば、罪のない人間が、罪ある人間の姿でこの世界に入るときである。この罪なき人間を自らの支配下に置こうとすることによって、悪魔は自らの権限を踏み越えてしまう。その結果、人間を支配する権利を失う。これが東方正教会の伝統による類比的解釈である。身代金を支払って誘拐犯から人質を解放するという出来事と、イエス・キリストの十字架の死により人間を罪から解放するという出来事を、関係の類比によってとらえたのである。

フェラポント神父は、悪魔は罪に落ちた人間に対する支配権をもっていると考えるから、この世界のいたる場所に悪魔が実在していると考える。それだから、真剣に悪魔払いを行うのだ。

フェラポントは、十字を切りながら悪魔払いを行う。この男には、実際に悪魔が見えるのだ。

〈「悪魔よ、出ていけ、悪魔よ、出ていけ！」十字を切るたびに、彼は繰り返しそう言った。「わたしが退治してやる！」彼はまた叫んだ。神父は粗末な僧衣に縄を巻いていた。ラシャのシャツの下からは、白毛が一面に生えたはだかの胸がのぞいていた。両足はすっかりはだしのままだった。両手を振りまわすと、僧衣の下につけている苦行用の鉄鎖がゆれて、音を立てた。パイーシー神父は朗読を中断し、一歩前に歩みだすと、何かを待ち受けるかのように立ちはだかった。

「神父どの、何をしにいらっしゃった？　なんのために礼儀を乱される？　なんのためにおとなしい羊の群れを騒がせる？」厳しい表情で彼を見やりながら、パイーシー神父はやがて切りだした。

「何しに来たかだと？　なんの用と聞いとるのか？　おまえの信仰はどんなものか？」フェラポント神父が、神がかった口調で叫んだ。「ここにいるおまえの客人どもを追い払うためだ。不浄な鬼どもよ。わしの留守に、さぞかしどっさりはびこりおったろう。やつらを白樺の枝で叩きだしてくれるわい」

「悪魔を追っぱらうと口ではいいながら、ご自分が、悪魔に仕えているかもしれませんぞ」パイーシー神父はひるまずにつづけた。「それに、自分が『聖人である』などと言える者がどこにおります？　神父、まさかあなたじゃないでしょう？」

「わたしは汚れた身だ、聖人どころではない。肘掛椅子に収まるつもりもなけりゃ、偶像みたいに拝んでもらう気もない！」フェラポント神父がどなり立てた。「近ごろの人間は、神聖な信仰をだめにしている。故人になったおまえらの聖人は」と神父は言って棺を指さしながら、群集のほうをふり向いた。「悪魔を退けようとした。悪魔くだしのプルゲン薬など与えよってな。ところがみろ、やつら、部屋の四隅の蜘蛛の巣みたいにはびこりよった。今日なぞは、自分から悪臭を発するしまつだ。ここに見るものこそ、偉大な神の啓示ではないか」〉（ドストエフスキー『カラマーゾフの兄弟3』三〇〜三二頁）

この世界は、悪によって蔽われている。原罪をもった人間が作り出した人間の社会に悪が蔓延するのは当然のことだ。もちろん神は最終的に悪の支配を許すことはない。そのためには、できるだけ悪が地上に広がり、神が耐えられないような状況が生じなくてはならない。そうすれば、神が罪のある人間を装った、実は罪のない神人を送り込んでくる。その目的は、悪魔を陥れるためだ。これは、フェラポント神父の思いつきでなく、ロシア正教の公認神学に裏づけられたものだ。

〈グレゴリウスは餌の付いた釣針のイメージを出す。キリストの人性が餌で、神性が針である。悪魔は大きな海の怪物のように餌に飛び付く。針に気づいたときには、もう遅い。「針にかけるために餌は誘うのである。それゆえに我々の主は人類の贖いのために来られたとき、悪魔の死のために自らを一種の針としたのである」。他の思想家たちは同じ思想を別のイメージを用いて考えているが、それは悪魔を罠にかけるというイメージである。キリストの死は鳥を捕まえる網、あるいは鼠を捕える罠のようなものである。〉（マクグラス『キリスト教神学入門』五六七〜五六八頁）

状況がもっとも悪くなったときに、餌の付いた釣針であるイエス・キリストが地上に降りてくる。状況が悪くなればなるほど、救済が近づいてくるのである。

レーニンは、帝政ロシア政府が労働者に対して融和的政策をとることを警戒した。労働者の置かれている状況が悪くなればなるほど革命の可能性が高まると考えたのである。革命を主観的願望によって起こすことはできない。革命が起きる瞬間を見極めて、それをとらえて放さないことが重要である。革命という名の餌の付いた釣針が現れたときに、それに食いつくことが重要だ。そうすれば、革命は成就するのである。この世界に悪魔が満ちていればいるほどイエス・キリストの再臨が近づくというフェラポントの救済観は、レーニンによる社会主義革命を先取りしているのだ。

フォイエルバッハ流の人間主義をとるゾシマは、状況が悪くなれば悪くなる程、救済が近づくというフェラポントのような発想はしない。人間の悩みに対しては、祈りだけでなく、薬品による解決もあると考えた。修道士が見る幻覚や妄想を、祈りと共に薬物投与を行うことで、ゾシマは解消できると考えた。近代主義者の特徴が顕著だ。

〈たしかにあるとき、ゾシマ長老の生前、このようなことが起こった。ひとりの修道僧が悪魔を夢に見るようになったのだが、しまいにはそれが現《うつつ》にも現れるようになった。とてつもない恐怖に襲われた彼がそれを長老に打ち明けると、長老は彼に絶えまない祈りと、より徹底して精進に励むように忠告した。しかしそれでも効き目がないとわかると、彼は精進も祈りもそのままつづけたうえ、ある薬を呑むように勧めたのである。これについては当時、多くの人々が疑問をいだき、首を横にふっては内輪で話しあったりしたものだった。だれよりも激しかったのがフェラポント神父で、このとき何人かの誹謗好きな連中が彼に、こういう特殊なケースに対する長老のこの「異例の」処置をめぐって、さっそく報告に及んだのである。〉(ドストエフスキー『カラマーゾフの兄弟3』三二頁)

汎悪魔論的な言説を展開するフェラポントを啓示の立場からパイーシー神父が否定する。ここで重要なのは啓示を否定するフェラポントの論理だ。

〈「神父、出ていきなさい！」命令的な口調で、パイーシー神父がきっぱり言った。「裁くのは人間ではなく、神です。いまここに見る『啓示』は、あなたにも、わたしにも、ほかのだれにも理解できないような啓示かもしれませんぞ。神父、出ていきなさい、羊の群れを惑わすのはおやめになることです」彼は執拗にくり返した。

「苦行僧の身分にあるべき斎戒を守らなかった、だから、啓示が下されたのだ。これは火を見るより明らかなことで、それを隠すなどというのはもってのほかだ！」あまりの興奮に前後の見さかいを失った狂信者は、もはやとどまるところを知らなかった。

「菓子などに目をくらまされおって、奥さん連にこっそり運ばせてお茶を楽しんだり、腹に甘いものをたらふく貢いでは、頭は思いあがった考えでいっぱいに満たし……ああして死に恥さらしたのも、そのためだわ……」

「神父、軽はずみな言葉は慎みなさい！」パイーシー神父も声を高めた。「あなたの精進や苦行には感嘆しているが、言葉が軽すぎますぞ、それじゃ、信仰も甘く、思慮も浅い俗世の若者が言うのと同じではありませんか……。神父、ここから出て行きなさい、あなたに命令します」パイーシー神父は、そう叫んで締めくくった。〉（前掲書三二一～三二三頁）

「神父、出ていきなさい！」という表現は、フェラポント神父が悪魔に「出ていけ！」と叫ぶのと類比的だ。さらに紅茶と甘い菓子を楽しみ、断食や節食などの斎戒をしなかったから、啓示が天罰として天から降りてきたという。啓示を因果律で捉えるのは誤りだ。フェラポントにも、神の使信を伝達する資格は備わっていないのである。

フェラポントは、神学に対して悪態をつく。

〈「出て行くとも！」いくらかたじろいだ様子ながら、なおも憎悪をみなぎらせてフェラポント神父は叫んだ。「おまえらは学者よ！　たいそうな知識を誇って、わたしのようなつまらん人間を見下している。無学の身でここにまいったが、ここに過ごすうちに、知っていることも忘れてしまった。おまえらのさかしらから、このちっぽけなわたしを守ってくださったのは、神さまご自身なのだ……」

パイーシー神父は相手を見おろしながら、毅然として待っていた。フェラポントは口をつぐみ、ふいに沈みこんで右手のてのひらを頬に押しあて、亡き長老の棺をじっと見つめながら、歌うような口調で話しはじめた。

「明日の朝、この男を悼んで『わが助け人にして守り人』が歌われる。ありがたい賛美歌だ。だがこのわしがくたばったときは、せいぜい『この世に生きる歓び』が関の山だ。つまらん歌よ（修道僧や苦行僧の場合、庵室から教会への出棺のさい、さらに葬儀のあと教会から墓地に運ばれるさいにこの歌が歌われる。しかしこれが修道苦行司祭の場合、歌われるのは賛美歌『わが助け人にして守り人』である）」と涙を浮かべ、愚痴っぽい調子で話した。「えらそうにふんぞり返っていたくせに。ここはなんとも空虚な場所だ！」神父はふいに逆上したように叫び、手をひと

振りするとすばやく身をひるがえして、すたすたと表階段を下りていった。〉（前掲書三三一～三四頁）

ゾシマ長老もパイーシー神父も、神学や宗教哲学を援用して、信仰を表現するインテリだ。インテリが民衆の間で人気を得ても、それは一時的現象に過ぎない。民衆は知的に洗練された神学や宗教哲学を必要としない。この世界の中を変える力は、フェラポントがもつ、悪の実在を直観する力なのである。そして、悪と戦っていく意志なのである。

民衆は、フェラポントについてくる。フェラポントは、大地に平伏する。大地は、神の啓示ではなく、自然の象徴だ。フェラポントも自然崇拝者なのである。ゾシマとフェラポントは、超越的に人間に介入する神を、究極的には信じることができない人々である。ゾシマは、フォイエルバッハの無神論を世界観の基礎にすえた唯物論者である。それだから物質としての自然を信じる。フェラポントは、この世界に悪魔が充満していることを感じる力はある。これは、宗教人として、「目に見えないもの」を感知する優れた能力だ。しかし、フェラポントには、啓示を虚心坦懐に受け入れることができない。そして、大地に平伏することによって、自然崇拝に取り込まれていく。

〈神父を下で待ちかまえていた群集のあいだに、動揺が起こった。あるものは彼の後ろからすぐに歩き出したが、ためらうものもいた。なぜなら、庵室のドアがまだ開いていていて、フェラポント神父のあとから表階段に出てきたパイーシー神父が、立ったまま様子を見守っていたからである。

だが、怒りにわれを忘れた老僧は、それですべての鬱憤を吐きだせたわけではなかった。二十歩ばかり離れたところで彼はいきなり夕日に体を向け、両手をあげると、まるで両足をすくわれでもしたかのように、すさまじい叫び声をあげて地面に倒れこんだ。

「わたしの主が勝った！ キリストが、沈む太陽に勝ったのだ！」太陽に手を差しのべながらそう絶叫すると、そのまま地べたに顔をすりつけたまま涙で全身をふるわせ、地面に両手を広げながら、幼い子どものようにおんおんと泣きだした。それを見て人々はいっせいに駆けより、歓声やもらい泣きが響きわたった……ある種の熱狂が、一同を襲った。

「聖人はこの人だ！ 正しいのはこの人だ！」もはやはばかりなく、歓声が響きわたっていた。

「長老の座にはこの人がおさまるべきだ」他のものは、憎しみをたぎらせながらそう言い添えた。

「なに、長老の座になどおさまるものかね……自分から拒否するさ……あんな呪わしい制度に仕えるはずがない……やつらのばかげた仕組みなど真似るはずがない」ただちに他の声が引きとった。この騒ぎがどこまで発展するか想像もつかないほどだったが、そのときちょうど晩禱を告げる鐘が鳴りわたった。一同は急に十字を切りはじめた。フェラポント神父も起きあがり、十字の徴でわが身を守りながら、うしろも振り返らず庵室のほうに歩きだし、それでも何かを叫びつづけていたが、それはもはやまるきり脈絡のないものだった。彼のあとから何人かが走り出したが、それもごくわずかで、大部分はちりぢりになって夕べの礼拝に急いだ。〉（前掲書三四～三五頁）

ゾシマにもフェラポントにも、原罪にまみれた人間を救済する可能性がないことを、ドストエフスキーは明らかにしている。ドストエフスキーは、ニヒリズムの故に革命運動に関与し、死刑を言い渡された。そして銃殺の直前に恩赦により流刑になり、流刑地でキリスト教に転向した。ドストエフスキーが転向したことは間違いない。しかし、それは、ニヒリズムを放棄したということに過ぎない。ニヒリズムを放棄したが、その空白をキリスト教信仰は埋めたわけではないのだ。神を信じようとしても信じることができないので、ドストエフスキーが描く神や信仰からは、救済につながる確信が得られないのである。

第11章　懐疑

ドストエフスキーは、神を信じようと思っても信じることができない近代人だ。『カラマーゾフの兄弟』は、無神論者たちに関する物語なのである。大審問官だけでなく、ゾシマ長老もフェラポント神父も無神論者だ。フョードル・カラマーゾフは、もともと神を信じていた。しかし、あるとき突然、神を信じることができなくなってしまった。それから、酒とセックスに溺れるグロテスクな生活が始まる。フョードルの息子たち、長男のドミトリーは、父同様に酒とセックスに溺れ、信仰とは掛け離れた生活をしている。次男のイワンは、フォイエルバッハの影響を受けた無神論者だ。イワンが修道服を着るとゾシマ長老になる。ゾシマも自然を崇拝する無神論者である。フョードルが婚外でつくった息子であることが強く示唆される下男のスメルジャコフも無神論者だ。イワンの「神がいないならば、すべてが許される」という思想を実践すると「父親殺しも是認される」という結論になることを、粗野な論理で明らかにしたのがスメルジャコフだ。そして「すべてが許される」という中には、自らの決断で、自らの生命に終止符を打つことも認められる。それだから、スメルジャコフは自殺した。スメルジャコフは言説と行為が分離しない思想家である。この思想の強靭さにイワンは打ち勝つことができなかった。

イワンは、スメルジャコフからフョードルを殺したという告白をされる。実行犯はスメルジャコフだが、「神がいないならば、すべてが許される」というイワンの思想が父親殺しを引き起こしたのだ。

〈イワンは急に立ち上がって、相手の肩をつかんだ。

「さあ、ぜんぶ吐け、この毒虫、ぜんぶ吐くんだよ！」

スメルジャコフは、少しもたじろぐ様子を見せなかった。彼はただ、ぎらつくような憎しみを浮かべて、相手の顔をじっと見やるだけだった。

「それなら、申しますが、殺したのは、ほら、そこにいる、あなたですよ」スメルジャコフは、怒りをみなぎらせてささやいた。

イワンは、まるで何か思いあたることがあったかのように、おとなしく椅子に腰をおろした。そして、憎々しげな薄笑いを浮かべた。

「あのときのことを蒸し返してるんだな？　この前と同じことを？」

「ええ、この前も、ぼくの前に立って、何もかも理解なさっていました、今も理解なさっておいでですよ」

「わかってるのは、おまえが気がくるったってことだけさ」

「人間ってのは、飽きることを知らないもんなんですね！　こうして面と向かい合って腰をおろしながら、どうして、おたがい、だましあったり、コメディを演じたりするんですかね？　それとも、やっぱり、ぼく一人に罪をおっかぶせる気なんでしょうか、面と向かって？　殺したのは、あなたですよ、あなたが主犯なんです。ぼくは、ただ、あなたの手足を務めただけにすぎません。ぼくは、召使リチャルダって役どころにすぎないんでしてね。あれを実行したのも、あなたの言葉にしたがったまでのことなんです」
「実行しただと？　じゃあ、ほんとうにおまえが殺したのか？」イワンは、思わずぞっとなった。脳みその何かが、まるでぴくりとしたかのようで、彼は悪寒で小きざみに全身を震わせはじめた。そこでようやくスメルジャコフも、今さらながら驚いた様子で、相手の顔をまじまじと見やった。どうやら、イワンのあまりに真剣な驚きように、あらためてショックを受けたものらしかった。〉（ドストエフスキー［亀山郁夫訳］『カラマーゾフの兄弟4』光文社古典新訳文庫、二〇〇七年、三一六〜三一八頁）

思想には、文字通り人を殺す力がある。理論として、イワンはそのことがわかっていたはずだ。しかし、自らの理論が殺人をもたらしたという現実に接して、イワンは狼狽してしまう。思想的に狼狽しただけではない。悪寒で小きざみに全身を震わせはじめたのである。身体が自らの思想を受け入れない。その様子を見て、スメルジャコフの方がショックを受ける。

〈「あのころは、いつも大胆でいらしたのに。『すべては許されている』とかおっしゃって。なのに、今はもうすっかり怯えきって！」スメルジャコフは、ふしぎそうに口ごもった。〉（前掲書三二二頁）

イワンは神を信じることができないのみでなく、無神論を信じることもできないのだ。これに対して、スメルジャコフは、無神論を信じた。ロシア革命後権力を握ったボリシェビキたちも、スメルジャコフと同様に無神論を信じたのである。信仰としての無神論は裏返されたキリスト教である。これに対して、イワンは何も信じない、徹底的な懐疑の中で生きている。しかし、イワンには、自らの思想がもたらす現実に耐えることができる精神の強靱さがない。

ドストエフスキーは、敬虔な正教徒を偽装している。しかし、神を信じることができない。無神論を信じることもできない。ただし、イワンと異なり、思想がもたらす作品の中の現実に耐える精神の強靱さをもっている。マサリクはドストエフスキーの懐疑に止目する。

〈ドストエフスキーについての専門的研究では、彼の懐疑を遥かに厳密に分析する必要があるだろう。

ドストエフスキーの登場人物たちには、懐疑的気分の心理学的に興味深い様々なニュアンスが見出される。即ち、風刺、アイロニー（ゲルツェンにおけるアイロニーの意義を想起してみよう！）、軽薄さ（『カラマーゾフの兄弟』の悪魔は自由主義者である）、悪意、それも強調されるように冷静な悪意（『悪霊』のスタヴローギン）。我々が見出すのは、絶望の微かな兆しだけである。——ドストエフスキーの描く懐疑主義者は、活動的であり、自分自身を否定と自己破壊の願望の対象にする時でも、彼は革命的である。

批評家ミハイローフスキーは、ドストエフスキーを「残酷な才能」と呼んだ。実際にドストエフスキーの作品は、残酷で容赦のない印象を与える。残酷で苦しい分だけ、詩人は自分自身を苛む。ドストエフスキーはストラーホフ宛ての書簡の中で、このことを全く事実通りに、神の存在を巡る問題は意識的かつ無意識的に、自分を生涯苦しめたと語った。——これがまさにそれである！

ドストエフスキーの主要モチーフを、「悔悟するニヒリスト」という言い方で公式化したストラーホフは、全く正しい。このニヒリストは数多くの自作の中で、公けに悔悟して、最も強烈な悔悟と更には自虐に身を委ねる。それでもニヒリズムは取り除かれず、そのために悔悟と呵責は絶えず蘇る。

この点がまさに独特で、ドストエフスキーの中で不安をかき立てるところである。彼はニヒリズム、つまり不信仰を克服したいと望むが、しかし完全な信仰を見出すことは決してできない。〉（トマーシュ・ガリッグ・マサリク［石川達夫・長與進訳］『ロシアとヨーロッパⅢ――ロシアにおける精神潮流の研究』成文社、二〇〇五年、六四～六五頁）

懐疑主義者は、常に不安な心理状態の中に置かれている。それ故に静止することができないのだ。資本主義社会において、資本は、貨幣やさまざまな商品（その中には労働力商品も含まれる）に形を変え（マルクスはこの過程を変態と呼んだ）、自己増殖を続ける。資本は他の資本との競争につねにさらされている。いずれの資本も他の資本の動向に対して懐疑的だ。資本主義社会において、資本家は職業的良心に従って活動しなくてはならない。それだから、資本家は、懐疑的でかつ活動的になるのだ。

ただし、ドストエフスキーの懐疑主義は、徹底しているので、資本の論理に吸収されない。「悔悟するニヒリスト」というのは、ドストエフスキーの思想の本質を見事に表現している。ドストエフスキーは、ニヒリズムを信じることもできない。ドストエフスキーの懐疑主義の根底にある存在論は、旧約聖書の「コヘレトの言葉（伝道の書）」の冒頭で展開されている空《くう》（ヘブライ語のヘベル）と親和的だ。

〈エルサレムの王、ダビデの子、コヘレトの言葉。
コヘレトは言う。
なんという空しさ
なんという空しさ、すべては空しい。
太陽の下、人は労苦するが
すべての労苦も何になろう。
一代過ぎればまた一代が起こり
永遠に耐えるのは大地。
日は昇り、日は沈み
あえぎ戻り、また昇る。
風は南に向かい北へ巡り、めぐり巡って吹き
風はただ巡りつつ、吹き続ける。
川はみな海に注ぐが海は満ちることなく
どの川も、繰り返しその道程を流れる。
何もかも、もの憂い。
語り尽くすこともできず

目は見飽きることなく
耳は聞いても満たされない。
かつてあったことは、これからもあり
かつて起こったことは、これからも起こる。
太陽の下、新しいものは何ひとつない。
見よ、これこそ新しい、と言ってみても
それもまた、永遠の昔からあり
この時代の前にもあった。
昔のことに心を留めるものはない。
これから先にあることも
その後の世にはだれも心に留めはしまい。〉(「コヘレトの言葉」第一章一〜一一節)

ここで言う空は無ではない。現象はあるが、実体性を欠いた状態を空という。実体を欠く現象は、常に変化する。従って、空なる世界の変化に応じた適切な変化が人間にも求められるのだ。空の存在論をもつ人は活動的になる。ドストエフスキーが精力的に作品を書き続けたのも、実体がない変転世界に対応するためだったのだ。

ロシア人は無神論者になれないというのがドストエフスキーの認識だ。フォイエルバッハは「神がいない」ということを信じた。それと同時に、神が人間を創ったのではなく、人間が神を創ったということを信じた。このような形態でフォイエルバッハは人間を信じたのである。マサリクは、ゾシマ長老をフォイエルバッハ型の無神論者と類型化しているが、これでは少し舌足らずだ。フォイエルバッハは神を否定し、人間を信じる無神論という信仰をもっていた。これに対して、ドストエフスキーの分身で、懐疑主義者であるゾシマは無神論という信仰をもつことができない。一つの場所にとどまらず、神肯定と神否定の間を振り子のように振動するのである。スメルジャコフが無神論という信仰をもっていたのとは本質的に異なるのだ。

〈ドストエフスキーはしばしば、ロシア人はそもそも無神論者になれないと主張する。それはまさに、ロシア人が常に懐疑主義者にとどまることだけを意味する。ロシア人が非常にしばしば全く突然に信仰を喪失し、その同じロシア人がその後で、同じように簡単にまた突然に、信仰を取り戻すという観察は、まさにそのように説明しなければならない。

ロシア人が無神論者と不信仰者にならないというのは、正しくない。ドストエフスキー自身が全く正当にも、無関心主義を真の不信仰であり無神論であると見なした。つまり、ロシア人にも色々いるのである。ミリュコーフは、宗教と教会からの離脱について、次のように述べた。――カトリックは、自分の教会と宗教に対して敵対的に振る舞う（フランスで！）。プロテスタンティズムの代表者としてのイギリス人は、新しい理念を自分の宗教と和解させることが未だにできる。ロシア人が、宗教と教会に対して無関心に振る舞うのは、教会が新しい世界観に対して、カトリシズムにおけるように敵対することもなく（正教には）異端審問がなかった）、プロテスタンティズムにおけるように、それを助けることもなかったからである。〉（マサリク『ロシアとヨーロッパⅢ』六五頁）

近代化は、聖なるものと俗なるものが分離されていく世俗化の過程でもある。この世俗化に対して、近代人の態度は、カトリック国、プロテスタント国において、正反対になる。カトリック国において近代人は教会と敵対する。これはカトリシズムが、近代以前の世界観の中で信仰を営むという決断をしたからである。そのためカトリシズムは、近代化の過程で、政治、経済における主導的機能を果たすことができない。他方、近代的社会が行き詰まりを見せたときに、カトリシズムは、ポストモダンではなく、プレモダンのベクトルで近代を超克することができる。これに対し、プロテスタンティズムと近代の関係については、少し複雑な経緯がある。十六世紀にルター、カルバン等が宗教改革運動を開始したときに、プロテスタンティズムは近代に背を向けた。イエスの時代に還ることで教会を刷新することを意図した。プロテスタンティズムは復古維新運動だった。この性格が十七世紀に変化する。啓蒙主義とうまく折り合いをつけた。まず、神の場所を、形而上的な天から、人間の心の中に移動した。これならば、コペルニクス、ガリレオ以降の地動説の宇宙観と神の矛盾を取り除くことができる。その結果、神と心理現象を区別することが難しくなってしまった。近代的思考が発展するにつれて、人間の心も科学的言語によって語ることが可能になった。神は心の中からも追放されそうになった。プロテスタンティズムは、近代を正面から受け止めたが故に、近代の行き詰まりとともに、力を失っていったのである。

ロシア正教は、近代に対して、カトリシズムともプロテスタンティズムとも異なる対応をとった。近代と正面から対峙することを避けたのである。あたかも何事も起きなかったがごとく、近代化から超越したところで信仰を営もうとした。しかし、人間は社会的存在である。正教徒であっても、食事をとり、生きて行かなくてはならない。その過程においては、近代的な産業社会（それは同時に資本主義社会である）に適応しなくてはならない。同時に、伝統的信仰も維持する。この両者を絶対矛盾の自己同一のような形でロシアの知識人は処理した。ここで重要なのは、二つの矛盾する概念を止揚したのではないことだ。人間は複合アイデンティティーをもっている。経済生活、信仰生活、家庭生活などのそれぞれの局面において、異なるアイデンティティーがでてくるのをそのままにした。差異に耐えるという形で問題を処理したのである。

差異に耐えるためには、異なるアイデンティティーの間を移動しなくてはならない。このような移動を繰り返すうちに、心の中に懐疑主義が定着するのである。知識人が正教会に対して、敵意を感じないのも、知識人が自らの生を、キリスト教信仰に基礎づけようとしないからだ。ドストエフスキーの不信仰は、ロシアの近代化が必然的に導いた帰結であるとマサリクは考える。

〈ミリュコーフは、教会に対するカトリックの敵対関係を正しく認識したが、しかしロシア人も、無関心でないとしたら同じように感じることに気づかなかった。ミリュコーフは自由主義者だけを代弁して、しかも自由主義者の一部、恐らく多数派だけを代弁している。教会から離脱した者の感情が、フランス人の〔場合の〕感情に非常に似ていることは、ドストエフスキーだけでなく、ベリンスキーに始まる一連の思想家も証明している。ただ、ロシアの教会はローマ教会よりも弱いために、教会に対するロシア人の気分は、フランス人ほど神経質ではない。ロシアの教会は、自らの教義の絶対性から伝統を演繹して、進歩を認めないので、神学も哲学（スコラ哲学）もほとんど持たない。司祭と修道僧は、遥かに教養に乏しい。教会も遥かに国家に従属していて従順であり、それ故にいかなる威厳も持たない。それ故にロシア人は、ドストエフスキーが述べるように、非常に簡単にまた突然に無神論者に、つまり懐疑主義者か無関心主義者になる可能性があるが、それは教会がロシア人に自らの教義と自らの理念を、主に儀式を介して提供するからである。教会の儀式と権威に嫌気がさすと、いかなるロシアのスコラ哲学も、懐疑的なカトリックを惹きつけるようにはロシア人を惹きつけない。ロシア人（教養あるロシア人）が正教について、非常に不十分でお粗末な知識しか持ち合わせず、まさにこのことが時禱主義やラドストック派などの流行を支えていることを、ドストエフスキーは非常に残念がる。正教と正教会は、ローマ教会よりも抵抗力が弱いのである。

ドストエフスキーは大部分の宗教的懐疑主義者と同じく、熟考の末に自らの教会の信仰を失った者は、この信仰をもう決して再び獲得できないことが理解できなかった。ゲーテは近代人の魂の奥底を、何度も深く覗き込んだ。そうした深い眼差しは、「誰も信仰に戻ることはできず、確信に戻れるだけだ」という文章によって表現されている。〉（前掲書六五〜六六頁）

「誰も信仰に戻ることはできず、確信に戻れるだけだ」という表明は、キリスト教信仰を失った西洋人の自己意識を正確に示すものだ。ただし、ロシアの知識人は確信に戻ることができない。確信ではなく、終わることのない移動を始めるのである。これがロシア的な不信仰の特徴だ。

マサリクは、ドストエフスキーがペトラシェフスキー・グループに加わっていた時期に確信犯的な無神論者だったという見方を否定する。教会やキリスト教信仰に対して、そもそもドストエフスキーの関心は希薄なのである。

〈既に読んだように、ドストエフスキーは自らのかつての不信仰の深さを誇っているが、彼は間違っている。宗教に対する懐疑、特に教会宗教に対する懐疑は弱いものであり、それは人間の本性の認識する威力一般への懐疑に較べて、相対的に浅いものである。〉（前掲書六六頁）

近代の哲学の基礎には懐疑が据えられている。教会の権威によって、永遠の真理として、疑問の余地がない形で提示されるドグマ（教義）を拒否することから始まった。この懐疑を徹底的に突き詰めたのがイギリスの哲学者デービッド・ヒュームだ。ヒュームは、「明日、太陽が昇ることも確実とは言えない」という徹底的な懐疑主義の立場に立った。同時にヒュームは進歩をまったく信じなかった。人間は本質において愚かな存在なので、振り子のように二つの極の間を往復するだけと考えた。このヒュームの思想がドストエフスキーと親和的なのである。人間は懐疑を克服することができず、永遠に振り子のように移動を繰り返すだけなのだ。しかし、このような懐疑主義に西洋人は耐えることができなかった。そこで、先験的な時間と空間を前提とするカントの批判哲学が生まれた。マサリクが引用したゲーテの「誰も信仰に戻ることはできず、確信に戻れるだけだ」という言説は、カントの批判哲学を通俗化したものだ。

ドストエフスキーは、カントよりもヒュームに近い。カントによって近代的認識論の基本的枠組みができたことを考えると、ドストエフスキーの信仰理解は、近代と位相を異にするのである。ドストエフスキーの作品に懐疑主義を克服してキリスト教信仰に至った人物は一人もいないとマサリクは見ている。

〈ドストエフスキーの試みも、成功しなかった。懐疑を本当に克服したような登場人物を、彼は一人も描けていない。即ち、我々が見るラスコーリニコフは、危機の中にいるだけであり、長編小説の結末で耳にするのは、彼を信仰に転向させることになるのが――ゾシマではなくて、元娼婦の女性であることである！　ゾシマはイワンを転向させることができず、我々は危機の中にいるイワンと別れる。全く同様に、シャートフもスタヴローギンも、目的に行き着かない。ドストエフスキーは、信仰に転向した懐疑主義者をどこでも描いていない。――ゾシマは完全に転向したわけではないし、ちなみに彼はイワンのような懐疑を経ていない。

ドストエフスキーは確かに、見事に白痴を描くことができたが、しかしこれはまさに白痴であって、信者のままとどまった子供であり、スキラとカリブディスとの間の狭い海峡〔非常に危険な難所の比喩〕を、そうとは知らずに通り抜ける子供の思いである。それに白痴は、宗教的側面よりはむしろ倫理的側面から描かれる。――ドストエフスキーには、自身が願っているような信者を描く力が全く欠けている。〉（前掲書六六～六七頁）

『罪と罰』のソーニャにしても、信仰と売春の間を移動するだけで、このような行動の根底にある懐疑主義を克服することができていない。ラスコーリニコフは、ソーニャの影響でキリスト教に回心したことになっているが、これが振り子現象で、再び不信仰に戻ることがないという担保はどこにもない。ラスコーリニコフもソーニャも、共に移動する人間と見た方がいい。ソーニャは民衆（ナロード）の一人であるが、気質は知識人的なのである。ドストエフスキーは、懐疑主義を克服し、移動することをやめる力をもった、確固たる信仰をもつ人物を描きたかった。しかし、そのような人物を描くことができなかった。

内側からの確固たる信仰や信念を持つことができない人は、儀式に頼ることになる。儀式は、特定の手続きを守れば、約束された結果がでるという思想である。魔術、近代的科学の基底には儀式に対する信頼がある。ドストエフスキーの小説の登場人物の何人かも、儀式によって懐疑を克服しようとする。

〈そしてもちろんドストエフスキーは、懐疑を克服すること、宗教的懐疑をも克服することができない。彼の宗教的な登場人物と、彼らが信仰に戻る方法に注目してみよう！　ある懐疑主義者は、自分なりの意義を付け加えるとはいえ、儀式にすがり、別の者は指導者の権威、例えばゾシマ長老に向かう。全員が神秘主義に埋没して、宗教的信仰を証明する必要は全くない（雌牛は幸せだ！）という確信によって、自分を慰める。常に子供に依拠し、子供の信仰が、子供のような信仰が求められる。また別の者は、労働、農村における労働によって、再び信仰を獲得することを願い、更に別の者は、信仰に民族性を持ち込んで、ロシア人は全く無神論者になれないし、そうなったとしたら、まさにロシア人であることを、正しいロシア人であることを止めてしまう、等々の理由を挙げる。（フランス）大革命以後に起こった、教会の信仰に戻ろうとするほとんどすべての典型的な試み、今日に至るまでのロマン主義者のすべての転向は、ドストエフスキーの諸タイプの中に――少なくとも部分的に――見出される。彼はまさにこの方向で、ことさら熱心

に文献を渉猟した。〉（前掲書六七頁）

ロシア正教会の伝統では、聖体礼儀（カトリックのミサに相当）という儀式に参加することによって人間は救われる。この儀式に懐疑を抱く者に対して、ドストエフスキーは、長老の権威、神秘主義、労働、民族性を根拠とする人間救済のメニューを提示する。ただし、ドストエフスキー自身は、このうちのどれも心底信用することができないのである。儀式、長老の権威、神秘主義、労働、民族性のいずれに対してもドストエフスキーは超越性を認めることができないのだ。

ドストエフスキーは、イエス・キリストへの回帰を強調したではないか。キリスト論的集中によってドストエフスキーは、懐疑主義を克服し、真の超越性を発見したのではないだろうか。カール・バルトやヨゼフ・ルクル・フロマートカは、ドストエフスキーの小説を通じてイエス・キリストを再発見した。しかし、解釈者が原著者よりもテキストの内容をより深く解釈することはよくある。原著者が気づいていない意味を、解釈者が読みとる特権がある。あるいは、読者はテキストを、原著者の意図とは異なる形で誤読する権利がある。マサリクは、ドストエフスキーは、イエス・キリストを信じることもできないが、拒否することもできないという、不安定な状態を生涯にわたって続けたと見る。

〈晩年のドストエフスキーから聞こえるのは（私が念頭に置いているのは、一八八〇年のある貴婦人宛ての手紙である）、内的葛藤はより高い贈り物であり、主要な事柄は結局のところやはり――魂のための解決策を見出すことだ、ということである。ミーチャ〔ドミートリー〕（・カラマーゾフ）が、自分を惹きつける一切に遮二無二向かっていくように、ドストエフスキーはキリストに回帰するように助言する……。懐疑を克服すること、本当に克服すること、更には宗教的懐疑をも克服することが、ドストエフスキーにはできなかった。そして、自分の心の奥底では、それを望んでもいなかった。ゾシマは非常に正しくまた早く、イワンにとっては悩みと苦悩が慰めと快感になることに気づいた。彼以前と彼以後のすべてのロマン主義者の場合も、その通りだった。ドストエフスキーの描く懐疑主義者たちは、中毒した魂である。毒は有害だが、しかしそれを用いる者は——彼らの誰もが承知していることだが——やはりそれを放棄しないのである。〉（前掲書六七頁）

マサリクは、ドストエフスキーの心の奥底に潜む秘密をつかむことに成功した。ドストエフスキーは、懐疑主義を克服することを望んでいなかったのである。ドストエフスキーにおけるキリスト教信仰が偽装ということではない。ドストエフスキーは、キリスト教信仰、無神論、唯物論、社会主義というさまざまな思想の間を渡り歩く懐疑主義者に過ぎないというのがマサリクの結論なのだ。

ここまで読んだところで、私は『ロシアとヨーロッパⅢ』を閉じた。マサリクは、ドストエフスキーの思想に危険を感じていた。近未来に、ドストエフスキーのようなニヒリストによる革命が起きる。このニヒリストたちは、キリスト教を信じていないことはもとより、無神論も、唯物論も信じていない。無政府主義もナロードニキ主義（人民主義）もマルクス主義も信じていない。

さまざまな思想を革命を実現するという観点から移動する。そこで、シニシズムとプラグマティズムが結びつく。この革命は巨大な破壊力をもつことになる。ニヒリズムの革命に成功したロシア帝国が西に拡大すると、チェコ人、スラブ人もこの革命の嵐に巻き込まれる。この嵐から同胞を守ることが、マサリクにとって焦眉の課題となった。

一九一七年十一月のボリシェビキ革命をマサリクはドストエフスキーの預言の成就と考えた。そして、ロシア発のニヒリズム革命の影響がチェコ人とスロバキア人に及ぶことを避けるためにマサリクは一九一八年にチェコスロバキア共和国という民主主義国家を建設し、初代大統領に就任した。チェコスロバキアは、本質において反ソ、反共国家だった。しかし、この国で共産党は合法化された。民主主義的競争のゲームに共産党を加えた方が、結果として、ソ連と通謀した共産主義者がチェコスロバキアを転覆する可能性が低くなるとマサリクは考えたのである。国民の民主主義的選挙によって、大統領が正統性を得ることによって共産主義革命を回避することができると考えた。

チェコスロバキアにとって、一九三〇年代にナチスが台頭し、ドイツ帝国がソ連以上の脅威となった。マサリクは、民主主義政策を徹底し、価値観を共有する英米仏三国との連携を強化することによって、チェコスロバキアの安全保障を担保しようとした。しかし、一九三八年九月のミュンヘン会議で、ヒトラーの要求を受け入れないと戦争が勃発すると怯えた英仏は、チェコスロバキア領のズデーテン地方のドイツへの割譲を認めた。自国の運命が決定される会議にチェコスロバキア代表団は参加することを認められなかった。

英米の対独宥和政策は失敗した。一九三九年にドイツによってチェコスロバキア国家は解体されてしまった。

マサリクは一九三七年九月に死去したので、チェコスロバキア国家の崩壊を直接経験することはなかった。マサリクは、ボリシェビズムというニヒリズム革命からチェコスロバキア共和国を防衛することに成功した。しかし、ナチズムというニヒリズム革命から祖国を防衛することはできなかった。

フロマートカは、マサリクの弟子だ。マサリクのロシア観からフロマートカは強い影響を受けている。ただし、フロマートカはロシア社会主義革命を肯定的に評価した。そして、ドストエフスキーについても、弁証法神学の先駆者と考えた。大審問官は、ヒトラーと異なる「光の子」であると解釈した。マサリクとフロマートカの間で、ロシア観、ドストエフスキー観が決定的に異なるのはなぜか。オポチェンスキー教授が私に与えた宿題は、「マサル自身の頭で、まずその理由を考えろ」ということだった。

そこで私は、まずマサリクとの間でもっとも見解の差異が大きいロシア革命に関するフロマートカの解釈を整理してみることにした。そこからフロマートカがドストエフスキーの預言をどう受け止めたかを読み解くことにした。

フロマートカは、一九五八年に西ベルリンの出版社からドイツ語で『無神論者にとっての福音』（Evangelium für Atheisten, Käthe Vogt Verlag. Berlin, 1958）を刊行した。同書で展開されたフロマートカのロシア革命観を見てみたい。

フロマートカは、一九一七年のボリシェビキ革命を、肯定的にとらえている。ここがマサリクとの大きな差異だ。

〈一九一七年の革命には深い精神史的な意味がある。キリスト教界でそれと対決したような方式や様式は、不吉なものにならぬとは限らない。そのなかにデーモン的な諸力やもろもろの破壊力や反神的諸力の爆発を見ている間は、ひとはロシア革命をそれの本来的念願や企図においては理解することができないし、それにたいして意味深く出会うことも不可能である。今日的状況のもっとも怪しげな局面の一つは、ロシアの諸国に起こった革命・顚覆を消極的にしか捕えないし、この革命を積極的に使いこなすことを好まない点にある。西欧的人間がロシア革命とソヴィエト・コミュニズムを十字軍気分によってか、政治的な防諜活動によってか、あるいは軍事上の方策を講ずることかによって、弱体化させたり、防壁をもうけたり、それればかりか道徳的に誹謗したり、とどのつまりは突き倒してしまおうとする試みは、みな力がないのみならず、結局のところ政治的無力に、知的な無能に、そして精神的な希望喪失に導きこむだけである。わたしには、ソヴィエト革命の無気味な事実に容易にかつ軽率に折り合いをつけることもできなければ、折り合いをつけてもならないということなら、よく分かる。この革命にたいして人がひどく批判的になったり、不安な気持に陥ったりすることなら、よく分かる。だがこの革命は、西欧諸国の進歩主義的市民階級や改良主義的社会主義がかき抱いていた大きな希望や期待を、ことごとくこなごなに打ち砕いてしまった。政治的にもっとも腹蔵のないヨーロッパ精神やアメリカ精神の予想——人類は自由民主主義か社会民主主義の方向に発展していくであろうとか、西欧的な社会政策の構造がすべての大陸を包括する国際秩序の模範となるであろうとかいうような予想——は、みんな崩壊した。〉（J・ロマドカ〔山本和訳〕「無神論者のための福音——真正の実存を求めて」佐古純一郎編集・解説『現代人の思想3　現代の信仰』平凡社、一九六七年、三〇六～三〇七頁。筆者注：訳書はフロマートカをロマドカと表記）

フロマートカは、キリスト教を西側の資本主義体制と同一視することに反対する。キリスト教は、体制を越えて存在するのである。重要なのは、欧米の自由民主主義、社会民主主義が人間に活力を与えられなくなったことだ。ロシア革命には、欧米のブルジョア社会がもっていなかった人間を突き動かす力がある。この力を承認することから始めないと世界の現実を正確に理解することができなくなるとフロマートカは考える。

〈いうまでもなく、われわれにとって問題なのは、こうした諸事実だけではなくて、ロシア革命の精神史的影響である。世界は、西欧的な意味で民主化してはいない。ところが世界は、ヨーロッパおよびアメリカ以外の地域では、キリスト教的ミシオン（宣教活動）の突進に反抗している。われわれの世代は、世界伝道について、四、五〇年前の力動的な伝道圏域で待望されていたようには、想い描いてはいない。民主主義的メシアニズムと同様にキリスト教宣教活動のメシアニズムは、今日では廃墟のなかに横たわっているか、さもなければ少なくとも無力な弱体のなかに伏している。もちろん人は既に述べられた事柄にたいして、こういって異議を申し立てることもできるであろう、ソヴィエト革命は、キリスト教領域以外の地域で行なわれるキリスト教会の宣教活動とはほとんど関係がなかったか、あるいは全然無関係であった、と。しかし重要なことは、手にとって見うるもの、対象的につかめることだけではない、重要なことは目にも見えず、手に触れて見ることもできなくても、一個の歴史的出来事が及ぼしている重大影響である。一九一七年の革命は、今日では、西欧諸国民の政治力のみならず、道徳的権威をも侮りがたい仕方で弱めた一要因であることが証明ずみである。〉（前掲書三〇七頁）

十九世紀末から二十世紀初頭にかけて、キリスト教会は、全世界にキリスト教の福音を宣教しようと考えていた。カトリシズム、プロテスタンティズム、正教という差異はあるが、キリスト教的な原理は普遍的なものであるから、全人類が受け入れることができる価値観だという了解があった。一九一七年のロシア革命と、第二次世界大戦の後、社会主義国が拡大した。科学的無神論を国是として掲げる国家群が地上の三分の一を覆っている現状を虚心坦懐に見るならば、キリスト教的な原理が普遍的であると言うことは、もはやできない。

西側のキリスト教文明なるものは、ユダヤ・キリスト教の一神教、ギリシア古典哲学、それにローマ法という三つの起源を異にするドクトリンが融合した原理だ。この原理を「コルプス・クリスチアヌム（corpus christianum、キリスト教共同体）」と言い換えることもできる。

〈第二次世界大戦以前なら、まだ人びとは、ソヴィエト国民の政治的ならびに歴史的地歩を低く評価することもできたであろう。そして一九三三年と一九三九年の間の激動する危機の期間なら、彼らの声と彼らの警告とを軽蔑し、いや無視することさえできたであろう。しかし、今日では、これらのすべてがついに最後にソヴィエト国家の政治的ならびに文化的権威のために役に立ったことを、人は見てとっている。たとい今日のアジアやアフリカで西欧の政治的および文化的諸価値を受けいれて、人びとはそれらの諸価値によって将来も生きていくことがあろうとも、しかもなお西の立場は、政治権力の点でも文化的にも、東欧ならびに中国における社会主義的秩序の建設によって制限されることは必定である。西欧人はもはや社会的・政治的生活形成の唯一のお手本とは見なされていない。〉（前掲書三〇七頁）

一九三八年のミュンヘン会談とその翌年のチェコスロバキア解体がフロマートカに与えた影響は極めて大きい。西側の自由民主主義、社会民主主義は、すでに潜在力を使い果たしてしまった。それだから価値観を共有するチェコスロバキアを防衛することができず、ナチス・ドイツによる世界戦争を食い止めることもできなかったのだ。これに対して、ボリシェビズムには人間の魂をつかみ、人間を行動に駆り立てる力がある。フロマートカはここに注目する。

〈われわれは、革命の問題そのものがただ社会的・政治的側面だけではなくて、一個の倫理的・神学的側面をも具えていることを、よく知っている。どの範囲まで革命は正当化されうるのか、またどのようにしてわれわれは一九一七年の社会主義革命と積極的に対論しうるのか。どのようにしてわれわれはそれにたいしてある肯定的立場をとることが許されるのか。こうした問いに対しては、いかなる軽率な解答も許されない。ソヴィエト革命の問題と事実を虚心にかつ何の障害もなく観察することは、ドイツ・プロテスタント教徒にとっては、われわれチェコのプロテスタント教徒たちにとってよりも、はるかに困難であろうということは、わたしにはよく分かる。なぜならわれわれチェコのプロテスタント教徒は、歴史的にも、政治的にも、文化的にも、スラヴ的な東にはるかに近接しているし、歴史のなかの革命的なものを、昔から神学的にももっと積極的に評価しているからである。〉（前掲書三〇七～三〇八頁）

チェコ人が地理的にロシアに近接しており、十五世紀のフス宗教改革以来の革命的伝統があることをフロマートカは重視する。

第12章　文明の自殺

マサリク、フロマートカの双方の認識において、チェコ民族の存亡にとって、ドイツ帝国、ロシア帝国の双方が脅威である。しかし、どちらがより脅威かという点での見解が異なる。マサリクは、一九一七年十一月の社会主義革命によって生じたロシアの方がより脅威であると考える。これに対して、ナチズムの脅威にさらされた経験をもつフロマートカは、ドイツが脅威であると考える。チェコ人にとっての実存とは、民族の存亡と一体の集合的実存なのである。

〈われわれがその中で生きているし、われわれの人間的および神学的実存のなかまで深く浸透している精神史的気流は、われわれのところでは、ドイツ諸地方におけるのとは著しく異なっている。われわれが互いにもっとよく理解し合うためには、双方でこの事実を注視することがたいせつである。それにもかかわらず、われわれが相互信頼をもって活動し、かつわれわれの諸国民や諸教会にたいして、創造的な救援作業におもむくためには、どうしても共通地盤を見出さなければならない。そうするためには、勇気と腹蔵のない心構えとが必要である。とにかく、ここではどんな抽象的 - アカデミックな諸解決も問題ではないし、どんな政治の常道といわれる諸決断も問題になっているのではない、いわんや外形ばかりの教会的改革なども全然問題にならない。われわれは、いわば裸の歴史に当面させられている。われわれは、ある噴火山上の震動の真只中に立っている。それによって、われわれの政治生活、社会生活、文化生活の形態は一変してしまった。第一次世界大戦とともに始まる世界革命の枠内に組みこんで考察しないと、われわれは一九一七年の革命をすら理解しえないであろうし、まして評価することなどとてもできないであろう。ヨーロッパ全体がロシア革命の発生に寄与したのである。〉（J・ロマドカ〔山本和訳〕「無神論者のための福音――真正の実存を求めて」佐古純一郎編集・解説『現代人の思想3　現代の信仰』平凡社、一九六七年、三〇八頁）

フロマートカは、ドストエフスキーを預言者としてとらえている。預言者とはいっても、第一義的に革命の預言者ととらえているのだ。現在起きている世界革命は、近代を超克するという性格を帯びている。

フロマートカは、近代において主導的役割を果たした西欧的人間観が限界に達していると考える。ここでいう西欧には、北米も含まれる。それは、ロシア革命が近代の超克という性格を帯びていることが、西欧人に理解できないという点で如実に表れている。

〈ヨーロッパ的人間の悲劇は次の点にある。すなわち、ロシアの社会主義革命を外からでも無理矢理に揉み消そうと試みたが、しかも一九一八年以後中欧および西欧の指導的な社会主義グループが、東にたいして否定的な態度をとり、こうして自分自身の国内でいかなる創造的社会政策行為にも成熟せず、また活発にもならなかったことにある。いわゆる反共思想体制は、その不安、その虚しい否定、その積極的かつ精神的な目標の欠如において、ヨーロッパ的人間を政治的に蚕食し、精神的に弱体化させ、かくて彼らを残忍な反動勢力に引き渡してしまった。〉（前掲書三〇八〜三〇九頁）

西欧は、反共主義をとったことによって思考停止に陥ってしまった。西欧は、内在的発展の契機を失ってしまった。フロマートカには、スターリン主義に対する批判的視点が弱い。しかし、それは一九三八年のミュンヘン会談で、西欧がチェコスロバキアのズデーテン地方をナチス・ドイツに対して売り渡したのに対し、ソ連が反ナチズムという観点から、ロンドンのチェコスロバキア亡命政府と提携し、国家回復のために貢献したことに対するフロマートカの実存的解釈に基づくのである。後に詳しく説明することになるが、ソ連に対する肯定的評価をフロマートカは、『カラマーゾフの兄弟』の大審問官伝説から導き出すのである。この点において、フロマートカは、恩師のマサリクとは逆の大審問官像を提示する。

ロシア革命に人間の情熱を呼び起こす力があるところにフロマートカは惹きつけられた。しかし、それは唯物論からもたらされるものではない。無神論の仮面をつけた共産主義者の中に宗教的情熱が潜んでいるとフロマートカは確信した。そこにはかつてキリスト教がもっていた情熱と共通するものがある。

〈それにまた人は、ロシア革命の精神的情熱、この革命がロシア国民の精神的・国民的な生ける伝統に根差している根株をも、ちっとも理解しなかった。これはもう間違いのないことだが、革命諸力の荒れ狂う叫び声の背後に、体制顚覆によって襲撃された人間の流血と苦難の背後に、本来の人間らしい目標をつかまえ、そして評価することは、非常に困難である。しかしみんな忘れてはならない、あの社会主義革命の指導者たちはみな、ロシア国民の巨大な思想家や作家、社会的宣教師や殉教者たちの後継ぎであったということを。レーニンとかれの文学的生き写しであるマクシム・ゴリキーとは、彼らの心と行為とで隷属ロシア農民とプロレタリアートとの苦悩を結び合わせただけでなく、プーシュキンからトルストイやチェーホフにいたる、ベリンスキーやゲルツェンからプレハノフにいたる偉大な指導的精神の、もっとも高貴な諸理想ともっとも深い内奥の憧憬とを結び合わせたのである。〉（前掲書三〇九頁）

ロシア革命には、マルクス主義の影響だけでなく、ベリンスキーやゲルツェンなどの西欧派（ザーパドニキ）の影響がある。ロシアの西欧派は、単なる文明開化論者ではなかった。産業社会の流れからロシアが逃れることは不可能である。しかし、資本主義と産業社会が結びついた西欧は、格差が拡大し、プロレタリアートは貧困にあえいでいる。このような社会を理想視することはできない。ロシアの近代化は、社会主義によって実現されるべきだ。それだから、ロシアの西欧派は例外なく社会主義者になった。

フロマートカは、レーニンやゴーリキーには、西欧派の伝統のみならず、ウラジーミル・ソロビヨフやドストエフスキーの宗教思想が入っていると考える。ロシアで社会主義革命を引き起こしたあの情熱を宗教を抜きにして考えることができないからだ。

〈もし人がかれらの人格性の最内奥の深所を見透すならば、実際、かれらのうちにF・M・ドストエフスキーやウラジミール・ソロヴィヨフのような思想家の鼓動をも感じ取るのだ。これらの名前を一緒に並べて置くのは、矛盾にみちているように見えようし、まったく非常識の観なきにしもあらずである。なるほど革命の諸事件と一九一八―一九二一年間の内乱の流血、ロシア国内にいる大衆の飢餓と苦悩は、さながら地獄絵巻にも似て、その惨状は上記諸人物の理想やヴィジョンをほとんど反映していないように見える。だがこの一事は忘れられてはならない、この大惨事が他の諸国のさまざまな陰謀や干渉によって例の筆舌に絶する大規模なスケールで広がっていったということを。最近の四〇年間を見透すと、人はこの事情をよりはっきりと、かつより深く観取しうるであろう。それと同時に、ソヴィエト国民の痙攣性の諸現象は、破壊的な革命期の効き目があらわれたものだったばかりでなく、社会主義建設の底を掘り崩そうとする外国の不断の計画でもあったということを、観取しうるであろう。何百年にもわたるロシア皇帝専制の遺産のことは言うまでもないが。〉(前掲書三〇九頁)

ここでフロマートカが述べていることを整理しよう。ソ連体制が、痙攣を示していることをフロマートカは熟知している。フロマートカが『無神論者にとっての福音』を公刊したのは一九五八年だ。一九四八年二月の共産党の無血クーデター「二月事件」によって、チェコスロバキアは社会主義化した。それから二~三年間、チェコスロバキアでは、知識人やキリスト教に対する締め付けは緩やかであった。

しかし、一九五一年に状況が劇的に変化した。この年、チェコスロバキア共産党書記長スランスキー、外相クレメンティスらが背任罪で逮捕され、自白を強要する拷問の末、罪を認めた。一九五二年の「完全に仕組まれた」裁判で死刑判決を言い渡され、執行された。スランスキーもクレメンティスもスターリン主義者だった。しかし、二人はユダヤ人だった。この頃、ソ連、東欧で反ユダヤ主義の嵐が吹き荒れた。一九五三年にスターリンが死んだ。一九五六年に行われたソ連共産党第二十回大会の秘密報告で、フルシチョフ第一書記がスターリン批判を行った。その影響で、チェコスロバキアにおいて、スランスキー、クレメンティスらも名誉を回復された。しかし、チェコスロバキアのスターリン主義体制には、変化がなかった。

フロマートカは、このような閉塞した体制を内側から脱構築することを考えた。チェコスロバキア共産党のイデオローグたちと対話することで、マルクス主義のヒューマニズムとしての側面を引き出し、そこからスターリン主義を克服しようとした。

『無神論者にとっての福音』は、「奴隷の言葉」で書かれた政治的文書なのである。「鉄のカーテン」の内側で、何が起きているかを、西側の神学者や牧師たちに伝えようとした暗号がかかった文書なのである。この暗号を解く鍵が、以下の部分にある。

〈さらにもう一つ、注意すべきことがある。共産主義革命の反宗教的・反教会的情熱は、それの特殊な意義をもっている。それはただ一部分だけマルクス主義思想の表現であるにすぎない。それは同時に他の一部では、不信仰なロシア・インテリゲンツィアの自由思想家ふうの精神気流によって規定せられている。この情熱は、二種類の根株をもっているが、ともに中欧ないし西欧諸国においては、ほとんど知られていない。西欧の無神論は、ある懐疑的な否定的性格をもっている。それは、信仰と精神的確信の解体がはるかに進捗していることとの一表現である。そのなかに反映しているのは、キリスト教的《世界観》と文化統一との崩壊なのだ。それは、部分的には、西欧知性の精神的無力の一徴候でもある。この無力は、近代的な、知性的に閃光を発する、文学的には優勢だが、内面的には分解過程にある実存主義において最高点に達したものである。その際、わたしは、神概念を全面的に遮断した近代科学によって、産出された無神論のことは、顧慮しないでおく。

これに反して、ロシアの革命的無神論は、信仰の事柄であった。一九世紀の近代的なロシア思想家は、人間を発見した、そしてこの発見によって感動させられて、行為にまで、実に殉教の死にまでも動かされていったのである。かれには人間がその尊厳と偉大さにおいて現われ出た。人びとは神を礼拝することをやめて、人間を神の王座に即かせた。人びとは教会によって宣べ伝えられている神を、権力者や富める者の同盟者として憎んだ。実際、ドストエフスキーがあのように深く動顛させる仕方で描いた巨人主義的個人というものがいたのである。だがたいていの革命的気運に動かされていた人びとの間では、神の退位は一つの新しい発端を意味した。すなわち、全力を人間の奉仕に捧げること、いいかえると、奴隷にされた者、《世の卑しい者や軽蔑された者たち》の奉仕のために全力をつくすことである。この無神論は、それから宗教にたいするマルクス主義的闘争と結びついた。宗教は、迷信と神話論の残滓であり、搾取階級の貧しき者たちを搾取せんがための手段であると見なされたからである（自由思想家流の懐疑論者にやどる無神論には、必ずといっていいほどシニシズムや道徳的ニヒリズムがつきものであったが、これは革命的集団の圏外にとどまっていた）。〉（前掲書三一〇頁）

ロシアの無神論の二重性をフロマートカは次のように理解する。

第一に、この無神論は、啓蒙主義の影響を受けたヒューマニズムの必然的な帰結である。西欧においても、無神論が基調となっている。キリスト教は文化や慣習として受け止められているにすぎない。西欧においてもキリスト教が生き死にの原理になっている人はほとんどいない。人々は無神論を公言しないだけで、実際には生活に神は必要ないと思っている。

第二に、ロシアの無神論は、信仰の事柄であるということだ。これは、西欧の無神論が啓蒙主義から生まれているということとは位相を異にする。ロシアの共産主義者は「無神論を信じる」という信仰をもっている。このことをドストエフスキーの作品を通じてフロマートカは学んだ。これは、共産主義者だけでなく、ロシアのインテリゲンチアの特徴だ。インテリゲンチアの近代科学に対する姿勢は科学的ではない。「科学を信じる」という宗教的態度で科学に向かっているのだ。特に『カラマーゾフの兄弟』のイワンがその典型である。もっとも、このような科学を信じる、無神論を信じるという姿勢は、ロシア人のみでなく、西欧の知識人にも、無自覚的に存在している。

無神論という名の下に、啓蒙主義的な批判精神と、啓蒙主義とまっこうから対立する宗教的信仰が共存していることにフロマートカは気づいた。

ここで、私はもう一度、フロマートカが、第二次世界大戦中、米国のプリンストン神学大学で教鞭をとっていた時期に展開したドストエフスキー論を細かく読み直す必要があると感じた。一九四四年二月に行われた「スプラント講演（Sprunt Lectures）」でフロマートカはドストエフスキー論を展開した。この講演をもとに『破滅と復活』（Josph L. Hromádka, Doom and Resurrection, Madrus House: Richmond, Virginia, 1945、邦訳：ジョセフ・ロマデカ［土山牧羔訳］『破滅と再建』創元社、一九五〇年）が上梓された（筆者注：訳書ではフロマートカをロマデカと表記）。本書から、フロマートカのドストエフスキーに関する独自の解釈を見ていきたい。

フロマートカは、ステファン・ツワイクの自殺が、近代市民社会の限界を示していると考える。

〈オーストリアの著述家スチフン・ツワイグが、一九四二年二月二十三日に自殺した。その前日、彼は遺書を記して、自ら此の世を去る理由を述べた。彼が死を決した真の動機は、悲哀でも、憎しみでも、物質的欠乏と苦痛でも、社会的恥辱と失敗でもなかつた。彼は文学的に非常な成功を収めていたし、偉大な詩人であり、論説家であつた。彼は優れた文化と心情を持ち、多くの友と賞讃者を得ていた。彼はブラジルに亡命の身となつていたけれども、彼が受けた親切と厚遇の故にブラジルを礼讃していた。彼は、「私の新しい生活を築く為に、他の如何なる処も選ばなかつたであろう。私の母国語の世界は既に私にとつて消え去つてしまつたし、私の精神的故郷であつた欧洲は自壊してしまつた。」と、書いている。そして、彼の死の動機を述べて、次の様に記している。「然し、一人の人間が六十年の生涯の後に、他の全く新しい出発をする為には異常な能力を必要とする。私が持つていた之等の能力は、家無き放浪の長年の間に全部尽き果てゝしまつた。」と。

「他の全く新しい出発をする為には異常な能力を必要とする。」これは二つの大戦の間の典型的な欧洲人著述家が語つた病的徴候を示す象徴的言葉である。スチフン・ツワイグは之等の能力に欠乏していたのである。そして遂に自らの手で生命を絶つたのである。彼は多くの点に於て、文明の創造的成熟の絶頂にある欧洲の知識階級を代表している。そして彼の死は現代文明が持つ内面的疲労と精神的空虚と生命の枯渇を表現している。〉（『破滅と再建』二九〜三〇頁。引用にあたって、旧漢字は新漢字にあらため、仮名遣いはそのままにした）

ツワイクはオーストリア生まれのユダヤ人作家だ。父親は豊かな実業家だった。近代の知性を集大成した知識人で、詩、戯曲、小説、評論、翻訳、伝記など文芸のあらゆる分野で活躍した。第一次世界大戦中、ロマン・ロランとともに平和運動を展開した。国民国家の枠を超えたヨーロッパ人を形成することによって、ツワイクは戦争を超克することができると考えたのである。ナチズムの台頭とともにオーストリアはドイツに併合された。ユダヤ人でありかつ平和主義者であるツワイクの身に危険が迫った。ツワイクは一九一九年以来、ザルツブルクに住んで知的活動を続けたが、一九三八年に英国に亡命する。そして、一九四一年に米国に渡り、その後、ブラジルに移住する。そして、フロマートカが述べたように一九四二年二月二十三日、妻ロッテとともに服毒自殺をした。フロマートカは、西欧の運命をツワイクと重ね合わせる。

〈スチフン・ツワイグは人道と理性を熱愛した人であつた。第一次世界大戦が齎らした最初の世界的悲劇に刺戟せられて、熱狂的憎悪の力を克服する道を純真に探究しようとした。荒涼とした状勢に囲まれ、未来に不穏な気運が窺われ、神秘的民族主義と政治的圧制が欧洲大陸に蔓延した時、彼は人道的な優しい美的生活をなして、人心を鼓舞する人物の典型を欧洲の歴史の中に探していた。彼はマルチン・ルッターの敵対者であつたロテルダムのエラスムスや、ジョン・カルビンの敵対者であつたセバスチアン・コステリオの中に、斯かる人物の典型を見いだす事が出来たと思つた。彼は絶対的自由と自由な人間の人格と、仁愛と魅力と美と、寛容と平和の合理的世界とを夢に描いていた。その世界は崇高な叡智によつて調和せられ、頑迷、盲目的狂信、横暴、侵害的熱狂的自己主張、等を起す事がない静かな世界であつた。エラスムスとコステリオの中に、彼が憧憬していた世界が人格化せられていた。彼はブルジョア文化の旧時代が、その中に内在している空虚によつて、既に過去の歴史として過ぎ去ろうとしている事を悟つていた。「今迄、不動の誠実を保持していたブルジョアジー社会の場所を、戦後の一種の熱狂が奪い、一切の旧価値は崩壊してしまつた。」此の場所に新しい世界が建設せられなければならなかつた。〉（前掲書三〇〜三一頁）

フロマートカは、ツワイクに近代的無神論が潜んでいると考える。ルターに敵対したエラスムス、カルバンに敵対したカステリオは、いずれもヒューマニストだ。フォイエルバッハの人間中心主義の先駆者だった。エラスムスもカステリオも、理性を信頼した。理性によって、理想的な社会が構築できることを疑わなかった。そのため、この二人は原罪を軽視した。そして、神の超越的な力を信じなかった。この二人にとって、啓示は、人類の知的発達が不十分であった時代の神話に過ぎなかった。これに対して、ルターもカルバンも、啓示を心の底から信じていた。その意味で、この二人は近代的な啓蒙主義とは異なるパラダイムで思考していた人々なのである。

ヒューマニズムは、アドルフ・ヒトラーによって体現されたアンチ・ヒューマニズムの前で、あまりにも無力だった。ヒューマニズムに新しい社会をつくりだす内在的力はもはや枯渇している。フロマートカの盟友であるカール・バルトは、ヒューマニズムを否定して、再び神の啓示に身を委ねることによって、人間に内在する力を引き出そうとした。言い換えると、徹底的な他者である神との触発によって、人間の力を引き出そうとしたのだ。

しかし、ツワイクは、啓示ではなく、フロイト流の人間の心理に踏み込むことで新しい力を得ようとした。

〈嗚呼、悪と圧制の権力を征服し、永遠の平和と正しい秩序を確立する為には、彼が心に懐いていたものが余りにも脆弱な夢と魅力ある偶像に過ぎない事を悟る様になつた。スチフン・ツワイグは人間の本質と文明の悲劇を理解する為に、シグモンド・フロイドの助力を求めた。彼は、文化が本能よりも上位にある事を認める事は、一種の迷いに過ぎないと自覚した。「人間の霊魂の中に存在する野蛮な根本的破壊的本能を根絶する事は困難である。」寛容と理智と平和の王国を勝利に輝いて建設する夢と理想と確固たる信念は、欧洲に圧制的政権ナチスが蔓延してゆくのを抑止出来ない悲哀によつて打ち砕かれてしまつたのである。彼は諦念的な憂鬱な調子で、エラスムスに就いて著書を書いた。「彼は時代の狂憤した状態を、他の専門的世界改良家以上に明瞭に理解した。けれども、それは不合理性に対抗出来ない悲劇的人本主義者の精神的肖像画に過ぎなかつた事は、正当な理由に基いているのである。」

エラスムスは、実に欧洲の知識階級の面目を保持する一つの模範であつた。自由主義的人道主義的文明の典型的代表者であるスチフン・ツワイグは快活さを持つ事が出来なくなり、理性や科学や道徳の最後の勝利を信ずる事が出来なくなつた。残忍な暴力と非合理な衝動は、道徳性を失い、古典的文明を動揺させ、勇敢な人々を挫き、弱者を倒し、暴徒を盲目的とならしめた。人間性を真に理解させて、激流の如き狂熱と破壊力を抑止させる事が出来るのは何であろうか。それは確固たる信仰と信念と忠誠心と規律のみによつて為されるのである。絶望の果にも勝ち誇つた希望のみが、精神的混沌の巧妙な謀に打ち勝つ事が出来、疲れ果てた霊魂を忍耐と勇気を以て鼓舞する事が出来るのである。如何なる文明であつても、強力な信仰と信念が無いならば保存せられる事が出来ない。如何なる自由の秩序であつても、永遠に妥当な法則が無いならば保存せられる事が出来ない。若し真理に従う態度が無いならば、真実の寛容は存在する事が出来ない。自ら悔改めと敬慕を以て、躊躇なく額づく事が出来る祭壇が無いならば、真の喜悦を以て生活する事が出来ないし、真の意味での諧謔さえも持つ事が出来ない。之等の事柄が、戦後の最も決定的時期に欠乏していたのである。「全く新しい出発をする為には異常な力を必要とする。私が持つていた之等の能力は、家無き放浪の長年の間に全部尽き果ててしまつた。」〉（前掲書三一〜三二頁）

ツワイクには、フロイトをユダヤ教のカバラーの伝統でとらえるという視座がなかった。フロイトをスペンサー流の社会進化論とあわせて解釈した。そして、本能が文明を凌駕すると考えた。ナチス・ドイツの台頭と、第二次世界大戦の勃発、さらに初戦におけるドイツの軍事的優位によって、本能が文明を凌駕するというテーゼがツワイクには正しいように思えてきた。ここでルターの人物像が重要だ。ヒトラーはルターを尊敬していた。確かにルターの極端な主観主義は、ヒトラーの世界観と親和的だ。

ツワイクは、エラスムスと自分を類比的に捉えた。エラスムスは人間の自由意志を認めた。これに対して、ルターは人間に自由意思はないと言い切った。人間は罪にとらわれた奴隷意志しかもっていないと考えた。しかし、この罪は、神のひとり子であるイエス・キリストによって償われ、われわれ人間は救済される。しかし、ここでもし神がいなかったらどうなるか。そうなると、一世紀にイエスという男が存在したとしても、この男は自らが神の子であると僭称したか、もしくは神の子であるという妄想に取り憑かれた人間に過ぎないということになる。そうすると、人間は永遠に奴隷意志から逃れられないということになる。罪にとらわれた人間は、強い人間に服従することによって、救われようとするようになる。結局、強い人間の本能に弱い人々がすべて従属してしまうことになる。仮に『カラマーゾフの兄弟』の大審問官が神を信じていなかったとするならば、大審問官とヒトラーは同類ということになる。

このような現実から、ツワイクは降りることにした。闘争から逃走に方針を転換したのだ。闘争即逃走で、逃走即闘争なのだ。その結果が自殺なのだ。フロマートカは、この出来事を近代（モダン）文明の行き詰まりを示す象徴的な出来事と考える。

〈スチフン・ツワイグの絶望の叫びと死は、非常に深い意味を持つた一つの象徴である。彼が「家無き放浪の人」であつた事は、母国で狙われ、文化的宝玉と友を失つた事をのみ意味しているのではない。彼の霊魂と知性が、形而上学的に空虚であつて、何によつても防備せられていなかつた故に、彼は「家無き人」であつたのである。その終局は、たゞ諦めであり、放棄であり、

敗北であり、自殺であつたのである。〉（前掲書三二一〜三二三頁）

フロマートカも、ナチス・ドイツのチェコスロバキア侵攻によって、亡命を余儀なくされた「家無き人」である。ただし、フロマートカには信仰があった。この信仰は、十五世紀のフス宗教改革の伝統を継承する土着のプロテスタンティズムに基づいている。それだから、フロマートカの魂と知性は、空虚な状態に陥らなかったのである。フロマートカは、人間の理性を信頼し、それによりすべてが工学的に構築できるという近代の形而上学をもっていなかった。それだから、ナチスの台頭に直面しても、そもそも存在しない形而上学が崩壊するという危機から免れることができたのだ。

近代文明は、合理性に基づく産業社会、資本主義、自由主義と結びついている。ツワイクの自殺に近代文明の全般的危機をフロマートカは読み込む。

〈こゝに我等の文明が象徴せられてはいないであろうか。我等は此の破滅に直面してはいないであろうか。我等が立つている根拠は何であろうか。我等の精神的資源は何であろうか。アングロサクソン諸国家、特にアメリカに於て、若い軍人達が宗教的に全く無知であり無頓着である事を警告せられている。我等は自己反省しなければならない。——若し若い兵士達が宗教的に文盲であるならば、彼等は何を信じようとしているのであろうか。彼等は何を生活と思想の中心点としているのであろうか。彼等は何を最高の権威としているのであろうか。彼等は如何なる神を拝するのであろうか。そして我等は何を信じ拝するのであろうか。根本問題は将来の教会の外面的組織の如何にあるのではない。真に提題となる事柄は、「新しい出発をする為に異常な能力」を持つているか否かにあるのである。〉（前掲書三三頁）

そして、人間が危機に直面したときに、「新しく出発するためのわれわれが必要とする尋常でない力（unusual powers we need in order to make a new beginning）」を現実的に獲得するために、フロマートカはドストエフスキーを読み解くのである。

ここで、あらかじめ指摘しておきたいことがある。フロマートカは、実存的、あるいは実存主義的にドストエフスキーを解釈するのではない。それならば、ドストエフスキーに固執する必要はない。ツワイクの著作であってもそのような読み方はできる。ドストエフスキーには人間の実存を破壊する力があるとフロマートカは考える。それだから、いわば脱実存的にドストエフスキーのテキストと取り組むのだ。そして、人間が自らの実存に固執することをやめた瞬間に、人間は啓示に対する畏敬の念を取り戻すことができる。バルトが「ローマの信徒への手紙」を読み解いたときと同じ方法でフロマートカはドストエフスキーの小説を読み解くのである。

フロマートカは、ドストエフスキーを近代の危機を総合的にとらえた天才と考える。

〈F・M・ドストエフスキイは一八七〇年代のロシアの多方面の天才であつた。彼の心は現代の欧洲文明の根柢が動揺し、混沌とした不可解な悲劇的終局に近づきつゝあると言う恐るべき予想によつて悩まされていた。或る人々は、彼の不安が不正当に誇大化せられていると考えるであろう。ロシアに於ては、皇帝アレキサンダー二世によつて、社会的政治的大改革が遂行せられようとしていた。ドイツは統一せられて繁栄していた。フランスは一八七〇年の敗戦を速かに挽回しつゝあつた。英国の国際的地位は、植民地を前哨線として世界の安定を保持する根幹となつていた。諸国家は自由主義的哲学と科学的研究の凱歌を奏し、学術的進歩と政治的自由の精神は、未来への希望を充分に鼓吹していた。丁度その時代にドストエフスキイは小説と政治的文学的論文を書いて、悲劇的大動乱が間もなく起る徴候と形跡を指摘したのである。一八七七年に彼は、欧洲の専門的外交家達が奇異な程にまで盲目的である事を驚いて書いている。総ての外交官は確かに敏捷であつた。けれども、真の外交的機智と世界状勢の理解とを欠いていた。彼等は歴史の深さを洞察する事が出来なかつたし、欧洲を非常に恐るべき終局に導いている一つの神秘的法則を感じ付く事が出来なかつたのであつた。〉（前掲書三四〜三五頁）

ドストエフスキーは、時代状況をデフォルメしている。これは、ドストエフスキーが微分を用いて、変化を考察しているからだ。圧倒的大多数の人々が固定的で変化しないと見ている資本主義やロシアのツァーリズム（帝政）が、ドストエフスキーには変化する関数態に見えるのだ。その関数態を微分して、極端な形で読者に示す。それだから、職業外交官にできない国際社会の未来予測をすることが、ドストエフスキーにはできたのである。人類は、確実に悲劇に向かって進んでいる。

〈単なる国際的災禍よりも更に大きな恐るべき悲劇的終末を、ドストエフスキイは敏感に感知して警告した。それは、不可視な本質的な道徳的秩序と文明の基礎が崩壊に向いつゝあると言うことであつた。彼は、ロシアの中産階級と貴族社会が原理と秩序を失つて果てしない内面的混乱状態にある事を甚しい恐怖を以て感知したのであつた。ドストエフスキイは、偉大なシエークスピアの芸術をさえも統一と調和を持つていないと批判したのである。生活上の破綻と、理性と心情の混乱のみが凡ゆる場所に横わつている。誰も混乱と死と破壊を克服するものを知る事が出来なかつた。たゞ精神的惰性のみが存在していて、悪と死の力を理解しようと努力する者はいなかつた。再建と新しい出発の為には不可欠な唯一の方法のみが存在していた。その方法は、深淵の奥底深く洞察し、暗黒と悪魔の実在を理解し、之に挑戦する事を得せしめた。此の方法によつて得られる満足と繁栄は、警告なき社会の眼によつて見られる事が出来なかつた。ロシアの自由主義者にも保守主義者にも、彼等よりも一層腐敗した西欧人の生活の有様が反映されていた。〉（前掲書三五頁）

近代になり、人間は内面的な自己同一性を失っているのである。人間の存在の根底には、闇がある。もっとも深い底にまで降りて、人間の闇を理解しない限り、人間が再生することはできない。フロマートカは、ドストエフスキーの作品を最も深い深淵に降りていく階段と考える。

この下に降りていく階段の途上で、多くの善意の人々とすれ違う。残念ながら、この人々には危機を洞察する力がない。

〈ドストエフスキイの作品の中に、シレシア（引用者註＊ドイツの劇作家ヨハン・クリストフ・フリードリヒ・フォン・シラーのようなという意味）の優しい心情を持つた人々に就いて幾度も語られているのを読む時、我々は喜悦と同情に迫られるのである。彼等は悪の深刻さを理解していないし、人間の罪性と堕落と残忍性と悪業の巨大な事実を捉えてはいない。然し、彼等は情熱を以て人間の善と美と仁愛に信頼し、愛が占める最後の勝利を歓喜を以て夢に画いている理想主義者達であつた。ドストエフスキイが愛と自由と喜悦を憧憬している之等の人々に接した度毎に、彼の心の中には望郷病《ノスタルジア》に罹つた様な或る憂鬱なものを感じるのであつた。望郷病《ノスタルジア》――彼はシレシアの人々（引用者註＊シラーのような考え方をする人々という意味）を愛していたのにも拘らず、彼等の美しい夢と快よい理想は、悪と罪と死の実在を克服する事が出来ない事を自覚していたからであつた。憂鬱性――彼等が懐いていた仁愛と歓喜の優しい感情は、巨大な悲劇と叛乱を引き起す猛烈な欲望を打破する事が出来なかつたからであつた。限りない混沌と無秩序とは、単なる人間の理性と道徳的能力のみに依つて克服される事が出来ないからである。〉（前掲書三五〜三六頁）

ドストエフスキーも西欧的な啓蒙主義の影響を受けた近代人である。しかし、啓蒙主義の前提となる理性を信用することができないのである。ドストエフスキーの問題意識は存在論的だ。人間存在の根底に確固たる基盤は存在していない。人間は混沌と無秩序の上で存在している頼りない存在なのである。人間は、非理性的で、非道徳的存在だ。これは人間が原罪を負っている以上、当然のことだ。従って、人間存在の根底を理性や道徳で理解しようとしても、カテゴリーの異なる規準を適用することになるので、その試みは失敗する。

〈ドストエフスキイの批判に依れば、現代人が急激な変動に直面して絶えず脅かされている状態は、精神的道徳的な事柄に対する反抗として現われ、怠慢な無頓着な不活潑な現代精神として現われている。人々は危険な状態にありながら、誤つて安閑として自らの生活を楽しんでいる。彼等の生活の拠点は嵐によつて荒らされ、彼等の見えざる秩序の基礎は動揺してしまつた事を、未だ自覚していないのである。彼等は火山の噴火口の際で踊り歌つているのであつた。自由奔放な肉慾と病的懐疑主義と道徳的無統制によつて、人間の知性は破壊されてしまい、転落を防ぐ不可視的な防壁が除去されてしまつた事実に盲目的となり、不注意にも深淵の端に一歩々々近づきつゝあつた。我々の地上の秩序を此の世界の彼方にある永遠の秩序に継ぐべき、細き救の綱が存在していなければならなかつた。之がドストエフスキイの最後の希望であつた。此の細き綱を切断しないように護り、此の世界を自己崩壊から保存する者達が、我々の間に存在していなければならなかつた。彼等は謙虚な純真な人々であつて、生死の支配者であるキリストが持たれる最上の権威に確固として服従し、大胆な信仰と自己犠牲的な愛を所有する少数の「愚者」(Stulti pro Christo)の一群であつた。人が知ると知らぬに拘らず精神的破綻の結果が、全き無情と混沌と、社会的政治的崩壊の恐怖となつて、不可避的に我々に直面して来るのである。幾分の外形的秩序が未だ残つている。然し崩壊しつゝある此の精神的実在は軈て去つてしまうであろう。そして我々は今や、復興を期待する事が出来ない程、全面的な現代文明の崩壊に不可避的に直面しているのである。〉(前掲書三六～三七頁)

近代人は、自らの存在論的根拠が脆弱であることに気づいている。しかし、恐いからそれを見つめようとしない。従って、存在論的問いから逃走する傾向がある。知的怠惰、金銭追求、セックスへの執着、病的な懐疑主義、これらはいずれも近代人が根源的問題から逃走するための方便なのだ。

近代において、人間の最も深い深淵を見つめることができるのは、正教会の伝統で佯狂者《ようきょうしゃ》と呼ばれる「白痴（idiots）」と見なされる「キリストの愚者（stulti pro Christo）」だけであるとドストエフスキーは考えた。フロマートカは、佯狂者の世界観を追体験することによって、近代人がイエス・キリストを再発見できるのではないかと考える。マサリクと異なり、フロマートカはドストエフスキーを通じてキリスト教信仰の神髄をつかむことができると考える。右に引用した文章に続け、フロマートカはこう述べる。

〈ドストエフスキイの文学的作品の背後には斯うした思想が存在しているのである。彼が直面した暗澹たる危機の状態は、我々の素朴な言語では充分に表現される事が出来ない。一切の自然的秩序も理知的秩序も理性的秩序も道徳的秩序も社会的秩序も経済的秩序も政治的秩序も、我々が持つ人間能力や徳や技巧によつては如何とも為し得ない彼方の点へ転回して行くのである。此の点は不可視的で感覚を以ては把握する事が出来ない。それは一切の自然的調和と精神的調和を横暴と破壊（殺人）や自己崩壊（自殺）の混沌たる状態に自由自在に瓦解させてしまうのである。永遠に動揺する事の無い不易の真理と規範と愛を永遠の根拠と為さない限り、世界は存続する事が出来ないし、最高の文明も安全である事が出来ないのである。至上の真理より離れて、如何なる人間的真理も存在する事が出来ない。人が至上であり永遠である生の規範に服従しない限り、又絶対的な永遠の根拠に自らを委ね切らない限り、世界に道徳的秩序を求める事が出来ない。超自然的美を持つた絶対的純潔と栄光を憧憬し追求しない限り、地上の美と愛は存在する事が出来ない。人と社会が至上の真理と認め、その究極の権威を容認しない限り、人間の人格の尊厳と政治的権威は保証される事が出来ない。人々が生命を賭して自己を犠牲に供し得る覚悟を以て愛と規律を保たない限り、真の人生は確立せられる事が出来ないのである。

我々の文明の統一を完うする中心点が見失われたのではないであろうか。これがドストエフスキイによつて発せられた警告的質問なのである。〉（前掲書三七～三八頁）

近代的人間観において、人間はアトム（原子）に擬せられる。このような人間観を取る限り、文明の統一はできない。そこで、アトム的人間観とは本質的に異なる「人が至上であり永遠である生の規範」をドストエフスキーは小説において提示することを試みたとフロマートカは解釈する。

第13章　リアリズム

ドストエフスキーは、巨大なロシア帝国の崩壊が革命によってしか実現しないと考えた。フロマートカにとって、それは他人事でなかった。なぜなら、フロマートカ自身がハプスブルクという巨大帝国の中に住んでいたからである。フロマートカは、少年時代にチェコ人というよりもスラブ人という自己意識をもっていた。フロマートカが生まれ育った北東モラビアのホドスラビッツェ村は、チェコ人、ポーランド人、ドイツ人が住む境界地域にあった。特にホドスラビッツェに隣接するノビー・イチーンはドイツ人の町だった。

〈家庭の中で、われわれはしばしばチェコ宗教改革の悲劇的闘争を思い起こし歴史への深い関心を寄せた。しかしながら、この関係で別の重要な点に言及しなくてはならない。私の生まれた村ホドスラヴィッツェは諸民族の境界線上に位置している。隣村はもうドイツ人のものであり、われわれの地域の主要都市ノーヴィー・イチーンは住民の大部分が汎ゲルマン主義思想の影響を受けており、チェコ的なものすべてに反感を持っている町であった。われわれの国がまだオーストリア帝国の統治下にあった時でさえ、十人のウィーン出身者に一人を加えても、ノーヴィー・イチーンから来た一人にはかなわないと一般に言われていた。ドイツ人側のこのような侵略的ナショナリズムは、チェコの隣人に非常に強力な愛国心をよびおこした。今日、青年時代を振り返った際に、オーストリアをドイツの利益のために、すなわちドイツ皇帝とホーエンツォレルン派の側につけようとしたドイツ系住民よりも、われわれモラヴィアのチェコ人のほうがおそらくずっと旧オーストリア帝国に対して忠実であったのではないかとの疑問を投げかけずにはいられない。さらに、青年時代に私は自己をスラヴ人と考えることからチェコ人であると考えるように変わっていった。チェコの土地での汎ゲルマン主義の野望のために私はしだいに反オーストリア的になっていった。私が見る限り、オーストリア・ハンガリー帝国の真の墓掘人はスラヴ諸民族ではなくドイツ人であった。〉（J・L・フロマートカ［佐藤優訳］『なぜ私は生きているか——J・L・フロマートカ自伝』新教出版社、一九九七年、五〜六頁）

皇帝に対する忠誠心によってまとまる帝国が、ナショナリズムの台頭によって内側から崩されていくことをフロマートカは意識した。自らの自己意識が、スラブ人からチェコ人に変容する経験をフロマートカはもった。そのなかでフロマートカはハプスブルク帝国の臣民から、市民としてのチェコ人になった。

人間が内側から崩壊すると自殺を起こす。帝国が自らの成立基盤を破壊する。これが革命なのである。革命の前と後では、仮に同じ名称をもっていても、国家の間に断絶がある。オーストリア・ハンガリー二重帝国とも言われたハプスブルク帝国が崩壊した後に誕生したハンガリー人民共和国、ドイツ・オーストリア共和国は、ハプスブルク帝国とは異なる有機体である。

もっとも、チェコ人にとって、ハプスブルク帝国の崩壊は、チェコ人とスロバキア人による新たな国家建設を意味した。ドストエフスキーは、ロシア帝国の解体に実存的恐怖を感じた。ドストエフスキーは、革命への衝動に突き動かされるとともに、この衝動によってロシア帝国が崩壊することを恐れた。フロマートカはハプスブルク帝国の崩壊に実存的意味づけをしなかった。フロマートカにも実存的な基礎がある。それは、宗教意識に裏付けられている。十五世紀のフス宗教改革の復興にフロマートカは実存的意味を見出そうとした。この意識は部分的にマサリクとかさなる。チェコスロバキア共和国を建国するためにマサリクは、カトリックからプロテスタントに改宗した。しかし、プロテスタンティズムの原理ではなく、地政学によってマサリクはチェコスロバキア国家は建設されかつ維持されると考えた。すなわち、ドイツとロシアという二つの帝国に囲まれたチェコスロバキア共和国は、独露と異なる原理の大国によって支えられることで、国家体制を維持することができると考えた。具体的には、イギリス、アメリカ、フランスの民主主義三国の支援を得ることが、チェコスロバキア国家の存続のために不可欠と考えた。マサリクは、この視座からドストエフスキーを解釈した。それだから、ドストエフスキーはロシア帝国が生き残るための原理を体現した天才であるが、チェコ人とスロバキア人にとっての脅威であると受け止めたのである。

フロマートカは、マサリクと別の視座をもった。フロマートカは地政学を信用しない。民族や国家を成り立たせるためには、超越的な信念をもつことが不可欠と考えた。そして、超越性をドストエフスキーの作品から読み解こうとした。それだから、フロマートカは、ドストエフスキーとフロイトの世界観的差異を強調するのである。

〈第一世界大戦より第二世界大戦に到る間、ドストエフスキイの人間観は、潜在意識と抑制出来ない本能を主張するフロイド哲学の先駆として、屢〻解釈せられた。潜在本能と性的衝動の領域である無道徳的非合理的精力が、我等の進歩した習慣や思考や道徳的慣例の表皮の下で絶えず沸騰するのである。幾百年かの年月を経て合理的道徳的政治的労作を以て形成せられ完成に到達したものを、潜在本能と性的衝動の領域が、我々の僅かな修養の表皮を通じて、一瞬間で潰滅させてしまうのである。若しも之がフロイドの歴史と文明に就ての哲学であるとするならば、それはドストエフスキイとは本質的に異つたものである。実にドストエフスキイの人間観と歴史観の心髄は、フロイドの様に人間の本能の優位を主張する厭世的哲学とは全く相容れる事が出来ない。ドストエフスキイの観察と分析によれば、人間と社会に於て動物的生活による破壊的叛乱が起るのは、精神的なものに対して侮蔑的な態度を取る事に依るのであり、宇宙と歴史と人間の支配者に対して人間が知的道徳的自己主張を為す事に依るのである。

ドストエフスキイの哲学は、非常に多くの騒乱した状態を説明していると共に、非常に多くの約束によつて充たされている。彼が人間の中に見いだしたものは、多くの基本的衝動ではなかつた。彼は人間の形をした単なる一個の動物を見ていたのではなかつた。人間が人格的責任を負わせられている厳然たる事実を無視しようとはしなかつた。人間の歴史とは、理性と精神によつて形成せられたものを破壊しようとして常に働く強力な或る精力が演じる、喜劇や笑劇ではあり得ない筈である。人間の歴史とは何であるか。それは、神の為に創造せられ、神に対して責務があり神にありてのみ自由であり、神のうちに至上の喜を持つ事に依つてのみ自由を獲得する人々によつて造られる歴史である。然し同時にそれは、人々が至上の真理と愛に対して叛逆し、故意の侮蔑を為す事によつて造られた歴史なのである。我々の霊魂の中に潜んでいる破壊的情熱と社会的政治的悲劇が、我々の歴史の中に莫大な荒廃を齎らした。その事実から観察して、一切の事柄に就いての責任は人間の側に存在するのである。我々人間自身が頼りにならない事も、我々が負わなければならない責任なのである。現代人は最も優れた知的哲学的方法を以て反逆したのである。現代人は自己の霊魂を生命の支配者である生ける神より分離した。そして自己の責任を神の権威による最高の審判の前に否認したのである。彼は善と悪、正義と不義、真理と虚偽を区別する境界線を明瞭にする努力を止めて、曖昧にしてしまった。恐るべき肉慾と衝動、道徳的混乱と煩悩、放蕩と淫乱、死の力等より我々を防禦すべき砦は、人が故意に犯した良心的責任を伴う行為に依つて除去せられてしまつた。〉（ジョセフ・ロマデカ［土山牧羔訳］『破滅と再建』創元社、一九五〇年、三九～四〇頁。引用にあたって、旧漢字は新漢字にあらため、仮名遣いはそのままにした）

ジークムント・フロイトは、モラビアのチェスキー・プシーボル（フライブルク）の出身だ。フロイトが四歳のときウィーンに転居しているが、ウィーンにもチェコ人は多く住んでいた。フロイトは一八五六年生まれで、フロマートカはそれより三十三年後の一八八九年に生まれている。フロマートカにとって、フロイトは両親の世代にあたる。フロマートカは、フロイトが精神分析学を構築する精神風土を皮膚感覚で理解することができるのである。それは、ユダヤ教のなかにある無神論だ。

フロイトがいう潜在意識や性的衝動は、ユダヤ教のカバラーの現代的な解釈だ。カバラーにおいて、神は信仰ではなく認識の対象になる。精神分析の秘技を身につけた者は、直接、神に近づくことができる。言い換えると、神の力を借りずに、人間が自らの力で神に対峙することができる。フロイトは観念論の立場には立たない。この世界の実在を認めている。その意味において、フロイトには外部が存在する。精神分析によって、人間は、外部と相対することができるようになる。この外部を神と言い換えてもよい。ただし、神に至る道は、無神論的に可能なのである。

このような、外部を言い換えたような神は、人格神ではない。フロマートカの理解では、人間が外部である人格神を知るためには、無神論的なアプローチではなく、神と人間との人格的な交流が必要である。ドストエフスキーは、逆説的に神と人間の人格的交流を説いたとフロマートカは考える。この観点から、『悪霊』に注目する。

フロマートカは、『悪霊』の主人公をスタブローギンではなく、ベルホベンスキーであると考える。


〈「憑かれた者」（引用者註＊『悪霊』）に於けるピーター・バーコベンスキ（引用者註＊ピョートル・ベルホベンスキー）は陰険な悪漢であり、死の人であり、若き虚無主義の指導者であつた。彼は官僚的社会の代表的男女より間接に与えられた援助を、悪意を以て自己の享楽の為に使用した。秩序と礼節を崩壊させ始めたのは、神を無視する事を子供達に教える教師や、犯罪の自然性を説く検事や陪審員や、善悪の判断に就いて確固たる信念を失つて犯罪を公正化する事を以て「自由主義」とする裁判官等によつて、為されたのであると、ピーター・バーコベンスキは彼の主人であるスタブロキン（引用者註＊スタブローギン）に言うのである。

ドストエフスキイは、現代欧洲に於ける如何なる哲学的厭世家や自然主義的作家よりも一層批判的な方法で、現実に即して人間性を分析した。彼の心の中には、破壊と混乱の原動力と文明の根柢に潜在する危険に就いて、如何なる迷妄も全く持つていなかつた。ドストエフスキイは此の危険の責任を人間が負わなければならない事を説いた。罪と悪の起源は、不合理や不道徳の性質の程度の如何によるのではない。罪と悪は、我々の精神的意識の頂点に於て、生と死、天国と地獄、神と悪魔、真理と虚偽の間に立つて、人間が具体的責任を伴つた決断を為す場合や、神の真理の究極の権威に対して故意の反抗をする瞬間に於て、精神の領域の中に実在となつて意識せられるのである。〉（前掲書四〇～四一頁）

スタブローギンの行動の規範は衝動ではなく、理性である。理性によって、世界の森羅万象を読み解こうとするのが合理主義だ。理性の自由な働きを無条件に認めるという点に着目すれば、合理主義は自由主義でもある。スタブローギンは、合理主義者で自由主義者である。しかし、理性によってこの世界を構築することはできない。第一次世界大戦、第二次世界大戦という、理性を基本とする近代人のほとんどを巻き込んで行われた大量殺戮と大量破壊によって、理性の力はその限界を明らかにした。啓蒙によって、人間の知性が発達したように思えても、人間の暴力は除去されないのだ。

もちろん人間に理性は必要だ。理性の意義は十分に尊重されなくてはならない。しかし、理性だけでこの世界を読み解くことはできない。まして、世界を構築することなど不可能だ。理性の限界において、人間は神と出会うのである。チェコ（ボヘミア）宗教改革のフス、コメンスキーはまさにそのような形で神と出会った。

マサリクは、構築主義的な姿勢がある。兄弟民族であるチェコ人とスロバキア人を、ドイツとロシアの脅威から守るという観点でチェコスロバキア共和国を建設した。そして、この国家は、米英仏の支援を得て、中東欧における民主主義陣営の代理人としての地位を獲得した。また、国際連盟で積極的に活躍することによって、マサリクはチェコスロバキア国家の保全を考えた。

フロマートカは、このような構築主義的態度に限界を感じた。そして、チェコ人とスロバキア人が超越性を回復する道を模索した。そのようなコンテクストで、フロマートカはドストエフスキーを読み解いたのである。

近代は啓蒙の時代であった。人類の知的水準は向上した。科学技術も発展した。しかし、人間は生きていくための指針を失ってしまった。マサリクは、近代人に自殺の傾向があることを見抜いた。そして、この自殺化傾向は、個人だけでなく、民族や国家においても、自己破壊衝動として現れる。自らの命をたいせつにしない人は他者の命を平気で踏みにじる。同様に、自己破壊衝動に取り憑かれた民族や国家は、他の民族や国家を破壊する。こうして人倫が内側から崩れていくのである。

フロマートカは、ドストエフスキーの作品を読み解くことによって、人類が「死の舞踏（danse macabre）」を踊っているという認識をもつに至った。

〈現代人は明確な一定の道標も道程碑も進路も無い所に、北斗星の輝きも見えない荒涼とした曉に、地図も無く佇んでいる。伝統的な一切の理性の範疇も、一切の道徳的価値と規範も、既に意義を失つてしまつた。一切の慣例と忠誠心を価値判断する標準は総て去つてしまつた。一切の政治的常識と社会正義の意識は消滅してしまつた。人間は自己自身を理解する事が出来なくなり、混乱した人間観の旋風の中に自己を如何にも為す事が出来なくなつてしまつた。彼は現代の時代的意義をも悟る事が出来ないのである。明確な標準と規範を欠くならば、真の知識も理解も得ることが出来なくなるのである。若し人が誰の名の為に生き、誰の栄光の為に働くべきであるかを知らないならば、真の人生を確立する事が出来ないのである。神と神の真理と律法が無ければ、真の自由を獲得する事が出来ない。規律と規準を全く失い、神聖なるものへの無条件の畏敬の念が無くなるならば、精力も熱情も不治の病の如くなつて、ついに自己崩壊を以て亡びざるを得ないであろう。現代文明は、骨の無い人がリズムとメロディーの分別を持たないで、秩序と規律を乱して、美も歓喜も無い死の舞踏（引用者註＊a macabre dance）を踊る凄さを呈している。それは深淵の巌頭に於ける死の舞踏である。〉（前掲書四一～四二頁）

「死の舞踏」を「マカベアの踊り」と表現するのは、旧約聖書に描かれたマカベア族の殺戮をテーマとした中世の奇跡劇に基づく。中世のヨーロッパで黒死病が流行したときに、人々は死の恐怖から逃れるために、集団舞踏の現象を起こすことがあった。立川《たつかわ》昭二氏はこう説明する。

〈死の舞踏　しのぶとう　dance of death

死は古くからしばしば骸骨の姿で表象された。そして疫病に襲われると、人びとの間では死の恐怖から逃れるために集団舞踏の現象が起こることもあった。とくに14世紀末ヨーロッパのペスト（黒死病）被災地では、人びとは群れをなし、ときには全村あげて、半狂乱になって踊り狂ったという。15世紀になると、ペストを退散させるお祓の行事にかたちを変えていった。たとえば

1433年のフィレンツェでは車の上に大鎌を持った〈死〉が立ち、まっ黒な衣装に骸骨を白く描いた〈死者〉が墓からあらわれ、〈苦しみ、嘆き、悔いよ〉と歌い、車の前後の従者はしゃれこうべを描いた黒い旗と十字架をかざし、〈主よ、憐れみたまえ〉と唱和しながら練り歩いたという。また、男女のペアが交互に地上に倒れ、その〈死〉を悼み笑う〈ダンス・マカブル danse macabre〉という娯楽的な踊りが流行した。

やがて〈死の舞踏〉は、〈メメント・モリ memento mori（死を想え）〉を基調とする中世末期の終末観を表現する主要な芸術的モティーフとなる。生者と骸骨で表された〈死者〉とが手をとり合っている図像が、聖堂のフレスコやステンド・グラスを飾り、また都市の広場に建てられた〈ペスト塔〉にも刻まれた。ドイツ・ルネサンスの画家デューラーやホルバインがこのモティーフで名作をのこした。一方、死の恐怖を表した当時の旋律は、後世のリストの《死の舞踏》などの名曲にそのなごりをとどめている。〉（『世界大百科事典』平凡社、ネットで百科）

フロマートカには、ドストエフスキーの小説に出てくる人々が「死の舞踏」を踊っているように思えるのだ。そして、この「死の舞踏」を通じて、人間は、逆説的に神と出会うのである。人間は、神の姿を直接見ることはできない。ただイエス・キリストを通じてのみ神を知る。従って、神を知るということは、われわれがイエスとの出会いを追体験することによってしか得られない。

ドストエフスキーにおける逆説を、フロマートカは次のように解釈する。


〈ドストエフスキイは人間の堕落と文明の悲劇に就いて、此の様な幻を描いたのであつた。到る処に文明の崩壊の臭気が充ち〳〵ている。聖であり義である憐みの神の持ち給う究極の権威に対する不信任の故に、道徳的に抑止せられる事が出来ない横暴の力が頭をもたげている。頽廃した現代の人心は病的になつて、公正と邪悪の間に如何なる分別をも為す事が出来なくなつている。その結果、困窮者、弱者、破滅者等の保護に就いて関心が乏しくなり、カインが言った「我あに我が弟の守者ならんや」（創四・九）との反抗を為し、病的な孤立主義（只に米国のみならず）に陥つている。残酷な者の勢力に断じて屈従しないドンキホーテー的決断の騎士道的生活は、信仰と信念の欠乏によつて腐敗し切つている。実証法的思惟が人間の精神を単なる環境の副産物と解釈した結果、悪をして公然と正義に敵対せしめ、我々を盲目にし、人間が持つている永遠性の栄光を認め得ない様にしてしまつた。現代の人心は我々の悲劇の真の深さを悟ろうとしないし、崩壊に直面した文明の再建と勝利に就いて如何なる知識をも得る事が出来なくなつている。〉（ロマデカ『破滅と再建』四二〜四三頁）

近代人は超越性に対する感覚を失ってしまった。神の権威を認めることができなくなってしまったのである。これは、本来、限界をもつ人間の理性に対して、人間が絶対的な地位を付与してしまったことにより生じたのだ。神を恐れなくなった人間には、善悪の境界線が見えなくなってしまった。『悪霊』のベルホベンスキーやスタブローギン、『カラマーゾフの兄弟』のフョードル・カラマーゾフやイワン・カラマーゾフ、そしてスメルジャコフがその典型例だ。いま必要とされるのは、ニヒリズムの壁を破るドンキホーテ的な楽観主義なのである。この楽観主義を、フロマートカはドストエフスキーから読みとろうとするのである。

マサリクは、フロマートカよりもロシア語が堪能で、ロシア思想史に関する深い知識をもっていた。しかし、マサリクはドストエフスキーから、楽観主義を読みとろうという視座がなかった。マサリクは、ドストエフスキーの小説を、逆説ではなく、額面通りに受け止めた。マサリクの認識を導く関心は、本質においてアジア的な侵略性をもつロシア帝国の脅威から、チェコ民族を保全するということにあった。このようなロシア観は十八世紀にフランチシェク・パラツキーらによって展開されたオーストリア・スラブ主義の伝統を継承している。これに対して、フロマートカは、異なった視座からドストエフスキーを読み解こうとしている。フロマートカは、ドストエフスキーからロシア的な事柄ではなく、普遍的な事柄を読み解こうとしているのだ。この点で、フロマートカとカール・バルトのドストエフスキーに対する視座は一致しているのである。近代人が危機を超克するための知恵をドストエフスキーのテキストに探しているのだ。

フロマートカは、ドストエフスキーの作品に「神秘的なユートピア（a mythical Utopia）」があることを認める。しかし、これは理想主義とは異なる。

〈ドストエフスキイの趣向と性格は多分に理想郷を慕う神秘的な色彩を持つているのである。然し、それは単に多くの夢を描くに過ぎない理想主義とは全く異つたものである。彼に取つて、社会の屑である殺人や悪漢や道化者や自惚屋や好色者や癲癇患者や弱き子供等に対する病的な程の熱烈な偏愛が一切なのであつた。然し彼等に対する愛の中に反映せられていた信念は、暗黒と不徳と虚偽と混沌と死が征服せられる事の出来るのは、夫等が現実的な猛威と権力を揮う現状に於てのみである事であつた。我々が悪の強硬な権力を認める事が出来る時にのみ、悪魔の淫慾を破る為に不可欠な武器を知る事が出来るのである。悲惨な堕落した人間の霊魂の深淵を窺う事によつてのみ、罪と悪の現実の相を悟る事が出来、此の事が単なる人間の観念と夢によつて克服せられる事が出来ないで、勝利は神の聖と憐みと愛の実在によつてのみ完うせられる事を悟る事が出来る。〉（前掲書四三〜四四頁）

フロマートカは、ドストエフスキーを神義論（Theodicy、弁神論と訳されることもある）の立場から読み解こうとしている。神義論とは、ライプニッツの造語である。神の全能や善と、この世界にある悪の現実を矛盾することなく説明するというのが神義論の課題だ。神学的問題は、常に最初に結論が決まっている。神は、現実の悪に対して責任を負わない。このことをどのように説得力をもって語ることができるかで、神学者の腕が判断される。

フロマートカは、〈悲惨な堕落した人間の霊魂の深淵を窺う事によつてのみ、罪と悪の現実の相を悟る事が出来〉るというテーゼをたてる。このテーゼは、後にフロマートカの主著『人間への途上にある福音』（一九五八年）において、次のように定式化される。

〈主の業は、最初から最後まで、人間の命と人間の歴史の地平で遂行された。人間の解放と人間の真実の生活は、地上から離れた高いところにおいてではなく、人間の生活の深淵において展開される。〉（Josef Lukl Hromádka, Evangelium o cestě za člověkem, Kalich: Praha, 1958, s.154）

神はそのひとり子であるイエス・キリストを、人類の歴史のもっとも深い深淵に送った。そこには、すべての悪が凝縮している。そのような場が、一世紀のパレスチナだったのだ。そして、神のひとり子は、人間によって十字架にかけられ殺害される。ここにおいて、人間の悪は、その絶頂に達する。それ故に、この十字架につけられた神によって人間は救われたというのが、キリスト教が説く救済のための逆説だ。この類比によってのみ、人間は救済を理解することができる。ドストエフスキーの作品にあらわれた悪を現実として追体験することが、救済のために不可欠であるとフロマートカは考える。

〈ドストエフスキイは決して現今の状態に失望し迷妄を暴露する事がないであろう。彼は現代のセンチメンタリスト達が喚き叫ぶのを聞いて、彼等の悲喜劇的な迷妄暴露を現実的に注視するであろう。そして彼は必ず次の様に語るであろう。「その他に道があるのであろうか。迷の上に家を建てる者は必ず迷妄を暴露せざるを得ないのである。然し信仰の人は決して失敗する事がないのである。」と。それと同時に、ドストエフスキイは皮肉的「現実主義者」が第二義的智慧を最良のものとして主張する事に対して、最も徹底した反駁を為すのである。彼等の現実主義は、実在に就いての凡ゆる深い知識、即ち悪の実在と、神的真理と憐憫の実在に就いて深い知識を持たぬ中途半端な現実主義である。彼は、彼等の世俗的現実主義が不確実である事に対して、徹底的に挑戦するのである。人間の生の深さは、我々の政治的心理的歴史的領域を超越しているのである。ドストエフスキイは、所謂科学的実在論に対して挑戦している。「君の批判的実在論は目的地の一つ手前の駅で汽車を降りた様なものだ。」彼は斯う言うであろう。「最優秀の知識の工具によつて、生と精神の奥底に障害となつている硬い岩石を砕こうとして、目的を貫徹する一瞬間前に中止してしまったのだ。」と。人間の存在と歴史に就いて真の知識を得べき唯一の工具は、我々の生死を支配する神を知る知識の中にのみ存在する。神を忘却しては生に就いて一面の真理しか理解する事が出来ない。生半可な真理は明瞭な虚偽よりも更に危険である。仮令、真理を知る知識は欲望に反し安全を破る事があつても、普遍的調和と和解を回復させる唯一の道なのである。その道のみが我々を救いと復活に導くのである。〉（ロマデカ『破滅と再建』四四〜四五頁）

フロマートカは、ドストエフスキーが実証主義を「第二義的知恵」であると認識していたと見なす。実証主義は必要である。しかし、それは理性の上に構築されたものなので、限界がある。ほんとうの現実は目に見えないとフロマートカは考える。この点において、フロマートカは中世のリアリズムの系譜に立つ。フスのリアリズムを二十世紀に甦らせることをフロマートカは試みる。悪も目に見えないところに実在する。この悪が、形をとって現れるのである。実証主義的手法で、この世に現れる目に見える悪を放逐しようといくら努力を積み重ねても、悪の根を抜くことはできない。見えないところにある悪の現実を除去するためには、見えない力に頼るしかないのである。

マサリクは、実証主義者である。同時にマサリクには、超越性に対する感覚もある。しかし、フロマートカからするとマサリクは十九世紀の精神を体現した知識人だ。ここで言う十九世紀とは、暦でいう十九世紀よりは長い、一七八九年のフランス革命から、一九一四年の第一次世界大戦までの「長い十九世紀」である。

マサリクの思考は、カントの延長線上にある。従って、超越性も統整的（Regulative）なものとなる。構築主義的な悟性とは異なる、人間の認識の限界や目的を定める統整的理念がマサリクにとっての超越性だ。この超越性は、仮象であり、現実的根拠をもたない。これに対して、フロマートカにとっての超越性は「神は神である」という、人間の目には見えないが、リアル（現実的）な存在なのである。マサリクの宗教論において、人格としてのイエスの要素は希薄だ。重要なのは、キリスト教という理念である。これに対して、フロマートカは、理念としてのキリスト教、別の言い方をすると宗教に関心をもたない。フロマートカにとって重要なのは、イエス・キリストとの人格的交流を追体験的手法によって回復することだ。この視座からフロマートカはドストエフスキーを読み解くのである。人間が到達することが原理的に不可能な外部から、目に見えないが、現実的な力によって、人間は命を回復するのである。この過程で、近代の科学的実証主義が粉砕される。この外部からの力を、伝統的な神学用語で表現するならば啓示となる。フロマートカは、ドストエフスキーが啓示を現代に回復したと考えている。これは、フロマートカのみならず、弁証法神学者と呼ばれるカール・バルトやエドゥアルト・トゥルナイゼンのドストエフスキー解釈と共通している。

これに対して、マサリクは、ドストエフスキーの科学的実証主義に対する忌避反応をニヒリズムにもとづくものと認識していた。マサリクにとって、啓示とは、中世的世界像の残滓に過ぎない。それだから、外部性は啓示という、超自然的観念によってでなく、人間の理性を駆使した統整的理念あるいは超越的仮象として提示すべきであるという信念をマサリクはもったのである。フロマートカは、マサリクから強い影響を受けたが、マサリクには何かが欠けていると感じていた。マサリクのアプローチでは、超越性をつかむことができないと考えたのである。そして、ドストエフスキーを深読みすることで、超越者に至ろうとした。

優れたテキストからは、首尾一貫した複数の物語を抽出することができる。ドストエフスキーの作品から、マサリクのようにニヒリズムとシニシズムを、フロマートカのように啓示と超越性を読み解くことも、共に可能なのである。

フロマートカは、ドストエフスキーにとって、苦難が倫理的に特別の意味を占めていると解釈した。

〈此のドストエフスキイの信仰の哲理が此の世の知識に絶望させるのに止らないで、前途に精神的希望を約束させせるのは、実に此の能力を自覚する事によるのである。彼の批判によれば、最暗黒の危機と悲劇的終局は、同時に摂理の神の智慧と愛によつて与えられる新しい機会となるのである。我々の無力と苦悩の深淵の底を見ない限り、上を仰ぐ事が出来ない。只それのみが我々に逃れる道を知らしめ、その時にのみ上より差し伸べられた手が我々を光明と希望に救い上げるのである。そこにのみ、我々を一切の悲劇的自己主義と愚劣な恐怖より解放して全き自由を与える道があるのである。

我々は背水の陣を敷いている。歴史的大変動期に於ては常に、反動的自己主義的恐怖は破壊の危険を増加するのみであつた。何故ならば、それは凡ゆる暴君達が威力と暴力を以て「秩序」と外形的統一と「幸福の平等化」を実現する事が出来ると考えたと同様の烈しい迷妄を起さゞるを得ないからである。〉(前掲書四五頁)

フロマートカは、ルター派の神学教育を受けた。〈我々の無力と苦悩の深淵の底を見ない限り、上を仰ぐ事が出来ない。只それのみが我々に逃れる道を知らしめ、その時にのみ上より差し伸べられた手が我々を光明と希望に救い上げるのである〉という認識は、ルターの十字架の神学につながる。苦難が自由への道備えをするのだ。

現実の苦難を直視するだけでは自由は得られない。フロマートカは、ロシア思想家による自由主義批判に注目する。ドストエフスキーのような、帝政を支持する者だけでなく、ゲルツェンのような、西欧派の社会主義者も自由主義を批判する。

〈然しその反面に、究極的永遠の真理に関する自由主義的無頓着と無関心は同様に誤つている。ドストエフスキイは欧洲大陸に於ける自由主義が一切の信念を失わしめ、一切の忠誠心を無くならしめた事を批判している。それは小さい店の主人公（グアーツエン）が、自己主義に基いた狭量を以て、ドンキホーテー的騎士道の偉大な伝統的遺産を破棄してしまつた事である（引用者註＊ドンキホーテの騎士道の偉大な伝統が破壊され、小商店主の利己主義な狭い心にとって代わられてしまった（ゲルツェン）、との意味）。古の騎士達が持つていた信念と弱者、窮乏者、貧者等への憐憫の心に欠乏するならば、悪徳や弊害を防止し除去する方法は全く存在しないのである。〉（前掲書四五〜四六頁）

ゲルツェンをはじめとするロシアの西欧派は、ロシアの近代化のためには、西欧文明の成果を取り入れることが不可欠であると考えた。しかし、ゲルツェンたちは、西欧が理想的社会であるとは考えなかった。資本主義は深刻な格差をもたらす。そして、構造的な貧困が生じる。このような格差や貧困を近代化の過程でロシアにもたらしてはならないと西欧派は考えた。そのためゲルツェンをはじめとする西欧派の思想家のほとんどが社会主義に傾斜していった。

しかし、社会主義は自然発生的に生じるものではない。社会主義者が、実証性や科学をいかに強調したとしても、人間を突き動かす動機は、科学や実証主義からはうまれない。社会主義者の中にも、「聖なる観念」が存在することをフロマートカは見抜いた。

〈我々を解放して精神的王国と地上的王国の責任を背負う国民とならしめる絶対的究極的権威の前に我々の心が謙虚を以て低頭しない限り、我々文明人は救われることが出来ないのである。我々が善と悪、義と不義、神と悪魔等の間の神聖な境界線を認め、最も困窮し難破した罪人達の悲哀と悲痛、堕落と悲惨に我々自身を自己同一し、「聖なる者」を認め、我々自身が人類の悲劇の責任を背負わぬ限り、我々は救われる事が出来ない。迷える理想主義者達が、失望に自己満足を感じる事や、軟弱な理想と抱負を以て世人を自称義人的に譴責する事は、圧制者の横暴や道徳嘲笑主義的自由主義者の無頓着と同様に悪いのである。〉（前掲書四六頁）

ドストエフスキーは、「ラザロの復活」に注目した。復活の前提に、人間の苦難があるとフロマートカは考える。

〈復活が来る！　ドストエフスキイの復活の幻は、人間の深淵の底から出発している。聖なる勝利はゲッセマネの園でキリストが生死の苦闘を為した瞬間に、又、十字架上に於て「我が神、我が神、何ぞ我を見捨て給いし」の絶対的に神より放棄せられた絶望の叫の後にのみ来たのであつた。ドストエフスキイは自己満足の全面的不可能を悟り、己が眼を以て天国と地獄の究極的実在を真実に直視させられた程の、烈しい試煉と苦悶と絶望を青年時代に経験したのであつた。彼の父は殺害せられた。一八四九年十二月の或る日に、彼自身も帝制政権《ツアリスト》によつて銃殺せられる危機に直面したのであつた。之等の経験は時間と永遠が最も現実的に実存的方法で接触し、人生が迷妄と虚構と人工的観念を全く除去した飾りも装いも無く裸体の儘の悲惨な姿で、有りのまゝに見いだされた一点に彼を自ら立たしめた。彼が大赦に浴した後、シベリヤの獄屋で、殺人、暴徒、悪漢、盗人、無頼漢等、彼の国の最も難破した貧窮な人々の間に生活せしめられた。此処で新しい苦難が彼を待つていたのであつた。死刑場から引き出された彼は、生ける死へと社会の汚水溜の中に生き埋の如く突き落されたのであつた。〉（前掲書四六～四七頁）

自らの体験をどれだけ他者に理解可能な言語に転換するかが思想を評価する際の規準になる。ドストエフスキーは、ペトラシェフスキー事件に連座して、銃殺刑の判決を言い渡された。そしてその執行直前に恩赦となり、シベリアへの流刑に減刑された。この経験をドストエフスキーは、ラザロの復活との類比でとらえた。復活したラザロも人間であるのだから、いつか死ぬことを免れることができない。ドストエフスキーも銃殺からは免れたが、いずれ到来する死から免れることはできない。国家は、銃殺刑を免れたことによって、ドストエフスキーは、逆説的に死を意識することになった。国家は、死刑囚を「赦し」、生命を救うという形態で、「国家はいつでもお前の命を奪うことができる」という現実感覚をドストエフスキーに植え付けることに成功した。その結果、ドストエフスキーは常に国家が恣意的な暴力に訴える可能性を危惧するようになった。シベリアでドストエフスキーはいつも死を意識していた。そこで、イエス・キリストと人格的に出会ったのである。ドストエフスキーの認識についてフロマートカはこう記す。

〈然し丁度その時その所に於て、彼は死して甦つたキリスト、即ち生けるキリストの不可視的な臨在を認める様になつたのである。其処で彼は福音の中心問題を理解する様になつた。御稜威あり愛と力に充ちた神が、聖なる御座より降り、人と邂逅し給う場所は、人間的成果や道徳的善や高遠な観念等の最高頂ではなくて、その反対に人間の生活が極悪の腐敗と無力と悲惨と悲哀の底に堕ちた深さに於てなのである。ドストエフスキイはキリストの受肉と代罰と復活の意義を自覚する事が出来る様になつた。人の心が悲哀によつて破られて死の実在が恐しき暗黒の恐怖を以て険悪な様相を呈している。罪悪に充てる人の心は生命の主なる神に叛逆し、己の犯した極悪非道の行為を弁解し、責任を回避しようとしている。悪魔は混沌と破壊と横暴の王国を建設する為に、人間の高慢と情熱を狡猾な方法で利用しようとしている。神は斯かる現実に於て、悲哀と死と罪悪と悪魔に対して悪戦苦闘を挑み給うのである。キリストは人格的に存在する事によつて死と罪の力に挑み給うのであつて、決して状況を浅薄な自己欺瞞によつて正当化したり、信仰深き聖人を装う偽善や宗教的高慢や正統主義を以て自己満足する事によるのではない。人がキリストの人格的臨在に邂逅する時、人はキリストに服従するか或は公然と反抗するか、何れかを選ばなければならない。中立的である事も無関心である事も許されない。中立的態度や無関心はキリストに

対する敵対的決断の行為に他ならない。〉（前掲書四七〜四八頁）

フロマートカは、ドストエフスキーがシベリアでの経験を通じて〈生けるキリストの不可視的な臨在を認める様になつた〉と考える。フロマートカにとって、ドストエフスキーは、見えない現実を察知することができる実在論者（リアリスト）である。中世的実在論を遅れた認識として斥けるカントの影響を受けたマサリクには、見えない世界のことがよくわからないのだ。

第14章　インマヌエル

この世界に存在するのは、見えるものだけではない。普通の人間の眼には見えないが、確実に存在するものがあるのだ。ドストエフスキーは、死刑を言い渡され、それが執行される直前に恩赦によって命を救われたという経験によって、これまで見えなかった「何か」が見えるようになった。これを神学者や哲学者は、実存主義的に受けとめた。しかし、フロマートカはこのような実存主義的解釈をしなかった。それは、人間がいかに自らの実存的基礎を深く掘り下げても、そこから眼に見えないものが見えるようになることはないからだ。眼に見えないものが見えるようになるためには、外からの働きかけが必要だ。実存ではなく、実存を破壊する脱実存的な外部性が必要なのだ。この外部性を神と言い換えてもよい。なぜなら、人間の側からいくら誠実に働きかけても、神について直接知ることはできないからである。神は神であり、人間は人間だ。神と人間は質的にまったく異なる。人間は罪を免れないが、神は罪をもたない。罪をもち、能力に限界がある人間が、罪をもたず、全能の神を理解することはできない。それだから、人間の側から真剣に神を求めても、それは、「われわれには到達不能な外部がある」という認識の限界にとどまるだけだ。重要なのは、この認識の限界をよく理解し、外部に偶像を作らないことだ。偶像を作ることは、神によって厳しく禁止されている。

神と人間の関係は、本質において非対称なのである。そのことは、以下のイエスの言葉に端的に現れている。

〈「人々を恐れてはならない。覆われているもので現されないものはなく、隠されているもので知られずに済むものはないからである。わたしが暗闇であなたがたに言うことを、明るみで言いなさい。耳打ちされたことを、屋根の上で言い広めなさい。体は殺しても、魂を殺すことのできない者どもを恐れるな。むしろ、魂も体も地獄で滅ぼすことのできる方を恐れなさい。二羽の雀が一アサリオンで売られているではないか。だが、その一羽さえ、あなたがたの父のお許しがなければ、地に落ちることはない。あなたがたの髪の毛までも一本残らず数えられている。だから、恐れるな。あなたがたは、たくさんの雀よりもはるかにまさっている。」〉（「マタイによる福音書」一〇章二六～三一節）

神はすべての動物の命がいつ尽きるかを知っている。またわれわれ一人一人の髪の毛の数がいくつあるかも知っている。人間は神について知ることができないが、神は人間についてのすべてのことを、具体的に知っている。この現実から神学者は考えなくてはならない。それだから、ドストエフスキーのテキストを実存主義的に解釈することは誤りだ。人間の実存を破壊する、あえて言うならば脱実存の立場から、ドストエフスキーを読み解かなければ、その預言をとらえることはできないのである。

ドストエフスキーは、神の啓示を否定神学的に読み解いた。否定神学は、ビザンツ神学の伝統を継承するロシア正教神学においては、もっとも月並みな方法である。

〈ビザンティンは、西方が「神秘主義」と呼ぶものと神学との間の対立はおろか、その両極化もついに知ることはなかった。事実、東方キリスト教神学全体がしばしば「神秘的」と呼ばれてきた。この用語は、ビザンティンでは感情的な個人主義を意味するのではなく、まさにその正反対であること、すなわち、教会全体に留まっている聖霊との継続的な交わりであることを忘れない限り、真に正しい用語である。それはまた、真理の完全性を表現するには人間の知性や人間の言語が不十分なものであることとの絶えざる認識と、神についての積極的な神学的主張と否定神学の矯正作用との絶えざる均衡化を意味している。最後に言えば、それは神との「我・汝」関係、すなわち、知識だけでなく愛の関係を前提にしている。

コヘレトの言葉三章七節の「黙る時、語る時」という言葉を注解してニュッサのグレゴリオスは神学者（ナジアンゾスのグレゴリオス）に次のように指摘した。

神について語る場合、神の本質が問題になっている時、それは「黙る時」である。しかし、それが神の活動である時には、その知識がわれわれにも到来することのできるものである時には、それは、神のみわざを告げ、神の行為を説明することによって神の全能について「語る時」であり、この限りで言葉を使う時である。しかし、これを超えた事柄においては、被造物はその本性の限界を超えてはならず、自己を知ることで満足せねばならない。なぜなら、わたしの見解では、事実、もし被造物が自己を知るようにならず、魂の本質、肉体の本性、存在の原因を理解しなければ――もし被造物が自己を知らないのなら、それはいかにして自己を超えた事柄を説明できるであろうか。こうした事柄については「黙る時である」。ここでは確実に沈黙がふさわしい。しかし、それによってわれわれの生涯の中で徳において進歩することができる事柄については、「語る時」がある。

したがって、ビザンティン神学の特徴と方法は、神と世界との関係、創造者と被造物との関係という問題によって規定されていて、その究極的な鍵をキリスト論の中に見いだす一つの人間論を含んでいる。〉（ジョン・メイエンドルフ〔鈴木浩訳〕『ビザンティン神学――歴史的傾向と教理的主題』新教出版社、二〇〇九年、三四～三五頁）

ニュッサのグレゴリオスが強調するように、人間が自己の限界について知ることが、神について知るための前提なのである。ドストエフスキーは作品において神について語っている。過剰なくらい語っている。しかし、神学的に見ると、この部分はまったく重要ではない。むしろ神の本質を知るための障害になる。ドストエフスキーが神についてではなく、人間について語っているところから、逆説的に神を読み解くのである。フロマートカはそのようにドストエフスキーを読む。それだから、ドストエフスキーが描くイエス・キリストの沈黙に着目するのだ。しかし、この沈黙は雄弁ななかでの沈黙だ。フロマートカは『罪と罰』におけるラスコーリニコフの回心の場面をこう読み解く。

〈キリストが悪と崩壊の原動力に対して悪戦苦闘し給う方法は、普通の人間の思考や予想とは全く異つている。キリストは人間が最も脆弱になり難破した背後に、沈黙を以て静かに到来し働き給うのである。ドストエフスキイがそれを把握したのは次の様にしてゞあつた。聖ペテロスバーグ（引用者註＊サンクトペテルブルク）大学の若き学生ラスコルニコブ（引用者註＊ラスコーリニコフ）は、神と人間社会の標準に対して公然と反抗し、人間の無限な権威と自由を大胆に主張する活潑な人間のロマンチックな思想に陶酔していた。「私は私の運命の支配者である！　私は私の思想と行為の究極の審判者である！　私以外に私の決断の自由を制限する権利を持つた者は誰もいないのだ。私に許された事と許されない事との区別を、思い切つて告げる事が出来る者は誰であろうか。私の為に正義と不義、善と悪の間の境界線を率直に定める事が出来る者は誰であろうか。若しも忌しい憎むべき女の金を、或る便利の為と正しい目的の為に用いる事が出来るとしたら、撃退すべき虱の様な女を殺す自由を私は持つているのではなかろうか。」彼は斯くの如き思想を以て、遂に二人の女を殺してしまつた。一人は故意に殺し、他は不意に家に帰つて来て、彼を妨害したので殺したのである。人を殺した瞬間、ラスコルニコブは自分が自分の生と運命の支配者では無かつた事を自覚したのである。彼が犯した罪の恐るべき現実は、内面的にも外面的にも彼に肉迫して来るのであつた。そして如何なる理論も、哲学も、詭弁も、それを正当化する事が出来ないし、それから逃れる事も出来ないのであつた。然しラスコルニコブの高慢と理論は彼を敗北させる事も出来ないし、彼の犯罪を自白させる事も出来なかつた。ソニア・マルメラドブア（引用者註＊ソーニャ・マルメラードワ）は子供じみた若い娘であり、継母に強制せられて売春婦として街を浮浪し、家族を飢より救う為に身を売つているのであつた。然し彼女は純潔な魂の持主であつた。彼は彼女を知る迄、自ら悔改めて謙虚に刑罰を受けようとはしなかつた。〉（ジョセフ・ロマデカ［土山牧羔訳］『破滅と再建』創元社、一九五〇年、四八〜四九頁。引用にあたって、旧漢字は新漢字にあらため、仮名遣いはそのままにした）

ラスコーリニコフ（Раскольников）という姓は、ロシア正教の分離派（ラスコーリニキ、раскольники）に由来する。分離派は、国家によるこの世界の統治を認めない。それだから政治犯と見なされた。サンクトペテルブルク大学生のラスコーリニコフも、国家秩序に従わない政治犯だ。金貸しの老婆を殺した。それとともにもう一人、罪なき女性を殺した。予定した金品を強奪することはできなかった。誰にも目撃されていない。証拠も残していない。完全犯罪を実行したはずだった。しかし、「何か」が違うとラスコーリニコフは感じた。その「何か」について、フロマートカは、〈人を殺した瞬間、ラスコルニコブは自分が自分の生と運命の支配者では無かつた事を自覚した〉と解釈する。〈如何なる理論も、哲学も、詭弁も、それを正当化する事が出来ない〉、人間の眼には見えない「何か」が確実に存在するのである。

ソーニャ・マルメラードワの姓にも意味がある。ロシア語の姓は、男性形と女性形で語尾が異なるので、男性形ならばマルメラードフ（Мармеладов）だ。これは、フルーツゼリー、フルーツキャンデーを意味するマルメラード（мармелад）からきている。もっとも、ロシア語の口語で「マルメラード！」は感嘆詞としても用いられる。「よくやった！」、「たいしたもんだ！」という意味がある。ソーニャの父で飲んだくれの元下級官吏セミョーン・マルメラードフが登場したときから、「よくやった！」、「たいしたもんだ！」という出来事がいずれ起きることが予測される。

ラスコーリニコフが偶然殺害した老婆の妹リザベータは、ソーニャの友人だ。

〈筆舌に尽きた貧困と悲劇によつて難破したラスコルニコブとソニアの二人は、彼女のみすぼらしいけれども温い室に共に坐しているのであつた。彼は箪笥の上にある新約聖書に気が付いた。その本はラスコルニコブによつて不幸にも殺害せられたリザベタがソニアに贈つたものであつた。ソニアとリザベタは常に此の聖書を共に読んでいたのであつた。ラスコルニコブはソニアにヨハネ伝第十一章のラザロの復活の物語を読む事を強く求めた。彼女がそれを読んでいる間に、「彼女は肉体に熱を覚えながら震えていた。彼はそれを期待していた。彼女は最大の奇蹟の物語に読みかゝつていた。そして彼女の上に大勝利の気持が臨みつゝあつた。彼女は鐘の様な大声で読み続けた。そして勝利と喜悦によつて力が加えられた。文字は彼女の眼に霞んで見えた。然し彼女はその読む所の意味を心の中に悟る事が出来た。」〉（前掲書四九〜五〇頁）

ここで重要なのは、ラスコーリニコフがソーニャとともにいるということだ。二人で聖書を読む。そのことによって、「神はわれわれと共におられる」という現実を再確認することだ。「マタイによる福音書」にヘブライ語でインマヌエルとかかれた現実である。

〈イエス・キリストの誕生の次第は次のようであった。母マリアはヨセフと婚約していたが、二人が一緒になる前に、聖霊によって身ごもっていることが明らかになった。夫ヨセフは正しい人であったので、マリアのことを表ざたにするのを望まず、ひそかに縁を切ろうと決心した。このように考えていると、主の天使が夢に現れて言った。「ダビデの子ヨセフ、恐れず妻マリアを迎え入れなさい。マリアの胎《たい》の子は聖霊によって宿ったのである。マリアは男の子を産む。その子をイエスと名付けなさい。この子は自分の民を罪から救うからである。」このすべてのことが起こったのは、主が預言者を通して言われていたことが実現するためであった。

「見よ、おとめが身ごもって男の子を産む。

その名はインマヌエルと呼ばれる。」

この名は、「神は我々と共におられる」という意味である。ヨセフは眠りから覚めると、主の天使が命じたとおり、妻を迎え入れ、男の子が生まれるまでマリアと関係することはなかった。そして、その子をイエスと名付けた。〉（「マタイによる福音書」一章一八〜二五節）

イエス・キリストというまことの人が登場したことによって、眼に見えない神が見えるようになったのだ。

ここでラスコーリニコフとソーニャが読むラザロの復活の物語には、二義的な意味しかない。この物語では、ラザロが復活したときの状況についてこう記す。


〈人々が石を取りのけると、イエスは天を仰いで言われた。「父よ、わたしの願いを聞き入れてくださって感謝します。わたしの願いをいつも聞いてくださることを、わたしは知っています。しかし、わたしがこう言うのは、周りにいる群衆のためです。あなたがわたしをお遣わしになったことを、彼らに信じさせるためです。」こう言ってから、「ラザロ、出て来なさい」と大声で叫ばれた。すると、死んでいた人が、手と足を布で巻かれたまま出て来た。顔は覆いで包まれてい

た。イエスは人々に、「ほどいてやって、行かせなさい」と言われた。〉（「ヨハネによる福音書」一一章四一～四四節）

神はそのひとり子であるイエス・キリストをこの世界に派遣した。いま群衆の前にいるイエスという男によって、神は見えるようになったのだ。しかし、群衆はそのことに気づかない。そして、眼に見える証拠を求める。そこでイエスは、ラザロを復活させる。ラザロの復活を見て信じるような信仰は、真実の信仰ではない。証拠による実証という発想が、人知によって神をとらえようとする本質的な誤りなのだ。

地上で復活したラザロもいずれ死ぬ。そのような復活に本質的意味はない。将来、イエス・キリストの到来（再臨）によって眼に見える現実となる、永遠の命を得る復活を信じることが、キリスト教信仰の骨幹なのである。

この時点でラスコーリニコフは、真実の信仰をもっていない。それだから、「ラザロの復活」の物語を読んで、聖書の証拠に触れて、神を発見するのだ。このような信仰は、本質において弱い。重要なのはラスコーリニコフの回心ではなく、回心せず、売春を続けるソーニャなのである。

フロマートカの解釈を見てみよう。

〈ドストエフスキイは福音に就いて次の様に解釈するのである。ラスコルニコブは殺人者であり、智力はあつても頼る所なき悲惨な無力な叛逆者である。彼が哀れな多くの人々に就いて考慮するのに、自己の高慢と社会に対する反抗を以てしている。踏みにじられた賤しい少女ではあるけれども、彼女自身の罪によつて身を売らなければならない悲劇的境遇に置かされているのではなかつた。彼女の心の中には愛と憐みが燃ゆる焔の様に宿つていた。一つの蠟燭のゆらぐ灯火のともつた貧しい一室である。人間的に難破した二人は、侘しさと貧しさと飢餓と恥と罪とを重荷として背負わされている。復活の主なるキリストは己を隠しつゝもその処に臨在して居給い、今臨在して居給うと雖も、猶も己を隠して静寂の中に不可視的な方法で、ラスコルニコブの心の中に潜む高慢と叛逆の魔と戦つて居給うのである。そして聖ペテロスバーグの貧民窟の最も哀れであると共に最も美しい魂であるソニアに、勝利と歓喜を与えつゝラザロの物語を通して今も語つて居給うのである。御稜威と愛に富むキリストは、恣な罪と死と貧困と無情の横暴によつて虐げられ悩まされている人々の場所に迄降り来つて、人間に背負わせられた堕落と悲哀の耐え難い重荷を自ら担い給うのである。

無力なか弱いソニアの異常な道徳的力と精神的力は、ラスコルニコブの上に最後の勝利を占めた。そして彼は自己の犯した罪を自白してシベリヤの地へ服役の為に送られて行つた。ソニアは彼と共にシベリヤへ行つた。復活の主なるキリストは彼の背後に隠れて居給うのであつた。〉(ロマデカ『破滅と再建』五〇～五一頁)

人間は食べなくては生きていくことができない。ソーニャの場合、自分一人が食べていくならば、(公娼であることを証明する)「黄色い鑑札」をぶらさげなくてはならない職業に従事することを逃れられたであろう。養う能力がある人間が、家族のためにカネを稼がなくてはならない。これは人倫である。ドストエフスキーの『罪と罰』の罪(プレストプレーニエ、преступление)は、

「一線を超える」、すなわち犯罪という意味だ。ここに宗教的、道徳的な罪（グレフ、rpex）の意味はない。

ところで、犯罪であるか否かを定める一線を引くのは誰か？　それは国家である。ソーニャは売春に従事しているが、公娼として登録し「黄色い鑑札」を受けている。定期的に性感染症の検診も受けている。これらの規則を守り、国家が引いた線の内側にいる。従って、ソーニャは犯罪者ではない。それだから、ソーニャは罰せられることもない。しかし、ソーニャは殺人を犯し、罰せられるラスコーリニコフについていく。ドストエフスキーはその理由について説明しない。著者であるドストエフスキーが、説明できないか、あるいは問題の所在について気づいていない、ソーニャがラスコーリニコフと「共に在る」という問題をフロマートカは読み解こうとするのだ。

〈ラスコルニコブは「最初、彼女が彼の不信仰を心配し、福音に就いて語り聖書を以て彼を悩ますだろうと恐れていた。」然し彼女は決して、その様な事を為さなかつた。彼女は新約聖書さえも彼に与えなかつた。彼は彼女に逆う如何なる口実も術も得る方法が無かつた。彼女は義と不義、善と悪との相違に就いて知つていた。彼女は総ての人々が服従しなければならない権威、究極で永遠の権威について知つていた。然し彼女は彼を訓戒しなかつたし、譴責も非難もしなかつた。然し、彼女自身の苦難と謙遜と不幸な服役者達に達する深い愛と憐みを通して、復活の主の隠れた御稜威は反映されていた。同獄人達はラスコルニコブを憎んでいた。彼は自己の高慢と詭弁を弄する心を以て、他の同獄人達より分離していた。その反面に、囚人達が途上でソニアに会う時、皆帽子を取つて彼女に挨拶するのであつた。か弱いけれども優しい彼女に向つて、下品な犯罪人

達は「貴女は私達の愛する良い小さなお母様ですね。」と、語るのであつた。〉（前掲書五一〜五二頁）

ソーニャは境界線上の人間だ。それはソーニャが売春に従事していることとは関係ない。自らの存在に意味がないという自覚をもちながら、自殺の誘惑に引き込まれず、境界線上で生き続けている。この境界線は、義と不義、善と悪の境界線と重なる。ソーニャは境界線の外側には行かない。このように限界に留まることによって、ソーニャは神の声を聞くことができる。具体的には、聖書を通じて神の声を聞くのだ。「ラザロの復活」の物語を読むことによって、ソーニャはインマヌエル、すなわち「神は我々と共におられる」という現実を知るのだ。

インマヌエルという現実は、イエス・キリストが出現する以前から、「ある」。そのことが旧約聖書の「イザヤ書」において明らかにされている。

〈主は更にアハズに向かって言われた。「主なるあなたの神に、しるしを求めよ。深く陰府《よみ》の方に、あるいは高く天の方に。」

しかし、アハズは言った。

「わたしは求めない。

主を試すようなことはしない。」

イザヤは言った。

「ダビデの家よ聞け。

あなたたちは人間に
　もどかしい思いをさせるだけでは足りず
わたしの神にも、もどかしい思いをさせるのか。
それゆえ、わたしの主が御自ら
　あなたたちにしるしを与えられる。
見よ、おとめが身ごもって、男の子を産み
その名をインマヌエルと呼ぶ。
災いを退け、幸いを選ぶことを知るようになるまで
彼は凝乳《ぎょうにゅう》と蜂蜜を食べ物とする。
その子が災いを退け、幸いを選ぶことを知る前に、あなたの恐れる二人の王の領土は必ず捨てられる。
主は、あなたとあなたの民と父祖の家の上に、エフライムがユダから分かれて以来、臨んだことのないような日々を臨ませる。アッシリアの王がそれだ。」〉（「イザヤ書」七章一〇～一七節）

イザヤは預言者だ。それだから、普通の人には見えない神の実在をつかむことができる。アハズはユダヤの王だ。預言者ではないので、イザヤのように見えない神の実在をつかむことはできない。しかし、アハズは神を畏れるので、神のしるしを求めるようなことはしない。しるしを求めることは、神を試すということだからだ。「ラザロの復活」の物語において、群衆は神を試したのである。まことの人の子であるイエスは、群衆の挑発に乗って、ラザロを復活させたのだ。

繰り返すが、この復活に本質的意味はない。永遠の命を得るために終わりの日に起きる復活のみがたいせつなのだ。聖書を注意深く読めば、ラザロの妹（もしくは姉）であるマルタはそのことを理解している。ラザロが墓に葬られた四日後のイエスとマルタのやりとりで、そのことがわかる。

〈マルタはイエスに言った。「主よ、もしここにいてくださいましたら、わたしの兄弟は死ななかったでしょうに。しかし、あなたが神にお願いになることは何でも神はかなえてくださると、わたしは今でも承知しています。」イエスが、「あなたの兄弟は復活する」と言われると、マルタは、「終わりの日の復活の時に復活することは存じております」と言った。イエスは言われた。「わたしは復活であり、命である。わたしを信じる者は、死んでも生きる。生きていてわたしを信じる者はだれも、決して死ぬことはない。このことを信じるか。」マルタは言った。「はい、主よ、あなたが世に来られるはずの神の子、メシアであるとわたしは信じております。」〉（「ヨハネによる福音書」一一章二一～二七節）

ここで過去から未来に流れると観念されている人間の時系列で、ラザロの復活を解釈しようとしても、問題の本質に迫ることができない。終末論的に、人間の歴史が終わる時点から、人間の歴史の目的が完成する時点に立って考えなくてはならない。このときキリストが再臨する。神を信じる者は「終わりの日の復活の時に復活する」のである。ここからの類比によって、一世紀のパレスチナでラザロという青年が復活したのだ。そして、ラザロは再び死んだのである。

ラスコーリニコフは、ラザロの復活の物語に触発されて、回心したのではない。ソーニャとラスコーリニコフとの関係、ソーニャと囚人たちの関係に、イエス・キリストと神の関係の類比があるということに気づいたことで、ラスコーリニコフは、眼に見えない神の実在をつかんだのだ。フロマートカはこう強調する。

〈最後の勝利を復活のキリストが得給う日が来た。ラスコルニコブは、全く砕かれてしまつたのである。彼は泣きつゝソニアの膝の上に彼の両腕を投げ懸けた。彼は横柄な態度を捨て去つた。彼女の謙虚と信仰と愛の力に対して、又「そのか弱き小さな存在」の背後に隠れて居給う復活の主の疑う事の出来ない実在に対して、彼は全く服従したのである。傍若無人な高慢と、石の如く頑くなゝ自己主義と、智力に優れた破壊の悪魔は敗北した。「生命が理論に入れ換つた。そして或る全く異つたものが、彼の心の中に働いている様であつた。」之が「罪と罰」の物語の終局である。「生命」とは一切の人間的思惟と範疇の彼方に働き、罪と死と悪魔の実在よりも強力な唯一の神の真理と愛の実在なのである。人間が自己の作つた理論によつて神の権威を否定したり、許された事と禁ぜられた事との間にある境界線の実在を勝手に変更したり再調整する時に、人間生活の上には必ず混沌と破壊が臨むのである。〉（ロマデカ『破滅と再建』五二頁）

ラスコーリニコフは、ソーニャの背後にいる眼に見えない神の実在に気づいた。人間には、神に従うか、反抗するか、どちらかの選択しかない。ここでは排中律が適用される。ラスコーリニコフは従うことを選択した。このことによって、ラスコーリニコフの実存は破壊されるのである。

実存を破壊することによって、神への転回が起きたのだ。

ここで、イエス・キリストは何を語ったのであろうか？　何も語っていない。沈黙によって語ったのだ。この否定神学の手法を遠藤周作もよく用いた。そのことに気づいたのが高橋和巳だ。高橋和巳は、遠藤周作の小説『沈黙』の主役が沈黙を貫き通す神であることに気づいた。そして、

〈第一の主役は、すべての人間の悲惨をじっと見ており、しかも沈黙しつづける神である。それは作中にはただ祈られるもの、問いかけられるものとして背後に想定されるだけだが、その姿なきものが主役であることが解っていないと、この作品は読みちがえる。〉（「〈沈黙する神〉と転向」『高橋和巳作品集8　エッセイ集2（文学篇）』河出書房新社、一九七〇年、三五九頁）と強調する。

高橋和巳は優れた翻訳能力をもつ。この論考を発表した頃は、思考する人々は全共闘運動の衝撃を受けていた。そこで、神の実在の問題を、高橋和巳は政治の言葉に置き換える。キリスト教信仰ではなく、革命の問題として類比的に読み解く。

〈一つの、みずからを絶対とする正義が、異質な風土の中に持ち込まれる。素朴な人々は、それを信奉し、踏絵をさせられてそれを拒み、つぎつぎと血を流す。こうした悲惨に対したとき、歴史の記述者に二つの態度がありうる。

たとえばマルクスが『資本論』の中で、植民地化されたインドの農民の悲惨な状態を記述して、彼らが迷信と因襲から脱して社会的革命を実現するための、やむを得ない歴史過程と見なしたよ

うな態度。従来のカトリックの立場は殉教者を称揚し、その流血に対してはやがて神の償いがなされるとするであろう。
だが、果してそうか。遠藤周作氏は、「踏みなさい。踏みなさい」その踏む足の痛みは踏まれるキリストには解っているのだからと考える。一挫折者が自己のころびを正当化するために呟くのならば、この思念にはさほど衝撃的な意味はない。ロドリゴは、この作中においては、同時に日本の教会だから、この作品の一篇の帰結は、思想的に重い意味をもつ。またロドリゴが、新しいキリストの顔を見たのではないかという作者の提言にも意味があるのである。〉（前掲書三五九～三六〇頁）

人間の「最も深い深淵」を見つめ、人間の実存を破壊することによって、眼に見えない神の実在を実感することができるのだ。ロドリゴが「踏み絵」を踏むときの足の痛みを踏まれるイエス・キリストはわかっている。それと同様に、売春で生きていくしかないソーニャの苦しみをイエス・キリストはわかっている。フロマートカは苦難の類比から、イエス・キリストを読み解こうとする。苦難のキリスト論によって、ドストエフスキーの世界観を再構成しようとしているのだ。フロマートカは、こう強調する。

〈ドストエフスキイの作品を真に理解出来ない者は、此の解釈に対して懐疑と不信頼を懐くかも知れない。専門的神学者が教義学的立場を文学の天才の中に読み取る典型的手段であると、この分析を怪しむかも知れない。その反面、福音主義者達は、ドストエフスキイの小説の中に、キリストと彼の救の道に就いて率直で明確な説教が、あまり為されていない事に失望するかも知れない。それは確かに正しいであろう。ドストエフスキイの小説の中には、人間を超越した神的な動機が全然無い様に思われる程、最も地上的な方法で物語が進められ、男女が行動し、劇と悲劇が展開せられている。進行、変化、崩壊、危機、勝利等の一切の事件は、彼方の世界の実在とその働きに就いて殆ど関係が無いと思わしめられる程である。ドストエフスキイは説教をしないで、たゞ折に触れて稀にキリストを明確に語るのみなのである。彼の小説は文学としての芸術の一片に過ぎない。それにも拘らず、若し諸君が小説の文字に現われていない意味を読み取つて、彼が描写している事件と変化の彼方に突き抜ける事が出来るならば、諸君は彼の世界の第四次元を悟られる事が出来るであろう。〉（ロマデカ『破滅と再建』五二～五三頁）

重要なのは、〈彼（ドストエフスキー）が描写している事件と変化の彼方に突き抜ける事〉なのである。神は神であり、人間は人間である。人間の世界における出来事については、徹底的に人間的に描かなくてはならない。そこにはリアリズムが求められる。その人間的なリアリズムを限界まで突き詰めたところで、われわれは神に出会うのである。しかし、それはわれわれの努力によって神に至るということではない。知らず知らずのうちに、われわれが神に引き寄せられていくのだ。そして、人間としての限界に到達したところで、われわれが個別的に神の実在をつかむのである。それは、個別の出来事として起きる。しかし、純粋に個人的な出来事ではない。キリストに連なる人々は、形態は異なっても共通の経験をもつのである。そこで、人間は、見えない神と出会うのだ。フロマートカは、こう記す。

〈十字架に磔けられ復活し給うたキリストの不可視的肖像が、ドストエフスキイの殆どすべての作品の背後に立つているのである。ドストエフスキイに取つて、世界の凡ゆる運行の中心点は、キリストの御稜威ある栄光と、キリストが堕落した世界に対して測り知る事が出来ない方法で自己同一し給うた事であつた。キリストは我々の生活の重心である。キリストに於て、知的にも道徳的にも解決する事が出来ないことは無いのである。彼は我々に自由を与え、我々に無私の自由を与える権威なのである。それは、我々が悪を最も深く理解出来る様にし、真理と虚偽、正義と不義の間の境界線を明確にし、最も憐れむべき罪人をも愛する事が出来る様にするのである。〉（前掲書五三頁）

人間には、真理と虚偽を判別する能力が備わっている。それだから、その間に境界線を引くことができる。倫理においても、人間は正義と不正を判別することができる。従って、その間にも境界線を引くことが出来る。キリスト教徒は、この境界線上にとどまることになる。人間の虚偽と不正から眼を逸らしてはならない。しかし、線を飛び越えて、虚偽と不正の側に身を置いてはならない。ラスコーリニコフもソーニャも、このような境界線に留まる力をもっている。この力をラスコーリニコフやソーニャの意志と勘違いしてはならない。この力は、人間の外側からもたらされるものなのである。

カール・バルトは、この外側からもたらされる力を啓示という概念で表した。ドストエフスキーとバルトは、同じ事柄を別の言葉で表現しているとフロマートカは考えている。図式的な整理をすれば、ドストエフスキーもバルトも近代がもたらした神を想定しない合理主義、生命至上主義の限界を、神を再発見することによって克服しようとしたのである。バルトは、神学者として、神の主権から、上から下へというベクトルによって眼に見えない神の実在を明らかにしようとした。これに対してドストエフスキーは、作家として、人間の現実から、下から上へというベクトルによって、見えない神の実在を、見える形で示そうとしたのである。

神を信じる人は、生命至上主義を克服している。平たい言葉で言うと、死を忌避しない。この視座からフロマートカはドストエフスキーを読み解く。

〈ドストエフスキイが真に語ろうとした意図は、「若し必要とあらば、死をも厭わない」事であつた。若し生命を賭して戦う準備が無いならば、勝利も真の生活も文明も存在する事が出来ない。死をも厭わない事は、真理が生命よりも高い事と、神が被造物たる世界の支配者である事との信念から起るのである。真理は、漸進的進歩や自然的進化によつて自律的に勝利を得るのでない。人間の歴史はキリストと非キリストの隠れた闘争を反映している。今も此の闘争は継続している。一方に於て隠れた方法で常に臨在して居給うキリストと、他方に於て悪と罪の力に服従する人間の高慢と、二つの間の厳粛な戦であり、悪戦苦闘である。〉（前掲書五四頁）

そして、キリストとアンチキリストの闘いが、歴史において見えない形で続いていると考える。その視座からフロマートカは、大審問官伝説を読み解く。この読み解きは、ごく月並みであるように見える。しかし、マサリクやニコライ・ベルジャーエフと異なり、大審問官をキリストの側ると考える。ここにフロマートカのドストエフスキー解釈の特徴がある。フロマートカは、ドストエフスキーの世界観が大審問官伝説にもっともよく現れていると考える。大審問官伝説を、神学的コンテクストで読み解こうとするのだ。フロマートカの議論をていねいに追っていきたい。まず、フロマートカはドストエフスキーの反カトリシズムに着目する。

〈カラマゾフの兄弟の一人であるイヴンによつて語られた大審問官の伝説の中に、ドストエフスキイの心の中に深く存在したものを良く現わしている。ドストエフスキイは、ロマ・カトリック主義の横暴な専制的法王制度に対する攻撃を、大審問官に語らせている。イヴンの弟のアリヨシャは非常に動揺した感情を以て、その伝説を説明して「それはローマです。そしてローマ全体でさえもないのです。それは虚偽のものなのです。それらはカトリックの最悪のものなのです。大審問官です。ジエスイットです。」と言つている。一部のロマ・カトリックのみならず、イヴン自身と自由思想家全体とが、普遍的調和と幸福の世界国家と世界平和を全人類の為に形成しようとした。そして理性や才能や正義、兄弟社会、平和、平等、等の人間的観念の上に立つて文明を創造する為に秘密結社を組織したのである。イヴンが「メーソンの結社員の間にさえも同様な神秘性が根柢に横わつていると思う。」と言つた。イヴンの意見に従えば、カトリックがメーソンを嫌悪するのは、両者共に一つの群と一人の牧者を持つた普遍的調和と、平和と幸福の統一した王国を建設する為に努力しているからなのである。両者は異つた道程を通り、異つた方法を用いている故に互いに競敵である。然し両者は何れも、人類を統一して総ての人々に真の自由と個人的責任の無い秩序と平和と安寧と食糧を与える目標に向つているのである。自由と責任が可能であり真実のものとなるのは、一つの条件の下に於てのみなのである。その条件とは、一切の人間的標準、範疇、制度、組織、法律、努力等を超越した神の真理が一切の社会的経済的政治的理想と一切の人間的宗教と見解と夢想に対して、質的に優位な場所を占める事である。〉（前掲書五四〜五五頁）

カトリック教会もフリーメーソンも、理性を肯定的に評価する。そして、この地上に普遍的秩序が成立すると信じる。この人々にとって、正義、同胞社会、平和、平等などの価値は普遍的概念だ。それだから、これらの価値を実現することは可能であり、望ましいということになる。そのために、人間が設計図を書き、それに従って普遍的かつ理想的な社会を構築することを指向する。この価値観は普遍的なので、誰に対しても承認を求めることができるはずだ。こうして、カトリック教会もフリーメーソンも、力によって自らが正しいと信じる普遍的価値を実現しようとする誘惑に取り憑かれる。質が悪いことに、この誘惑に取り憑かれている人々は、正しいことを実現していると確信しているので、反省機能が働かない。善意によって、暴力を行うのである。

大審問官は、神に対して反逆しているのではない。神の意思を、人間の現実を踏まえ、実現しようとしているのだ。フロマートカは、〈大審問官はキリストに対して公然と反抗しなかつた。却つてキリストの名の下に、様々の行動をする。然し大審問官はキリストの業を改訂し再調査し、自ら究極の権威の場所に席を占め、人間と人間の理性と幸福と真理に対する見解と人間の善悪の範疇とを究極の根拠とするのである。〉（前掲書五五〜五六頁）と指摘する。人間が理性によって判断する幸福、真理、善が大審問官の判断基準だ。ここに大きな罠が潜んでいるとフロマートカは考える。

第15章　外部

大審問官は、「善意の人」である。大審問官は、神を信じている。しかし、大衆を信じることができない。神の意思は、エリートによって、合理的な計算と設計によって実現できると考える。フロマートカは、大審問官の原型が旧約聖書の「バベルの塔」の物語にあると考える。旧約聖書の「創世記」は、バベルの塔の建設が試みられ、それが頓挫した経緯についてこう記す。

〈世界中は同じ言葉を使って、同じように話していた。東の方から移動してきた人々は、シンアルの地に平野を見つけ、そこに住み着いた。

彼らは、「れんがを作り、それをよく焼こう」と話し合った。石の代わりにれんがを、しっくいの代わりにアスファルトを用いた。彼らは、「さあ、天まで届く塔のある町を建て、有名になろう。そして、全地に散らされることのないようにしよう」と言った。

主は降って来て、人の子らが建てた、塔のあるこの町を見て、言われた。

「彼らは一つの民で、皆一つの言葉を話しているから、このようなことをし始めたのだ。これでは、彼らが何を企てても、妨げることはできない。我々は降って行って、直ちに彼らの言葉を混乱させ、互いの言葉が聞き分けられぬようにしてしまおう。」

主は彼らをそこから全地に散らされたので、彼らはこの町の建設をやめた。こういうわけで、この町の名はバベルと呼ばれた。主がそこで全地の言葉を混乱（バラル）させ、また、主がそこから彼らを全地に散らされたからである。〉（「創世記」一一章一～九節）

当時、メソポタミヤで、建築革命が起きた。レンガとアスファルトが発明されたのである。人間の知恵でつくったこの新資材を用いて、バベルの人々は都市を建設し、天まで届く塔をつくろうとしたのである。誰のためにであろうか。有名になり、離散を免れるという自分たちの目的のためだ。「有名になろう」という呼びかけには、自分たちの集団が強大になり、他者を支配したいという欲望が潜んでいる。「全地に散らされることのないようにしよう」という呼びかけには、自分たちの集団だけでまとまって他者を排除しようという欲望が潜んでいる。エリートによって弱者は支配されるべきであるという前提で、バベルの人々はバベルの塔を建てようとしたのだ。

神は、この状況に介入することを決めた。なぜなら、バベルの人々は、神と人間の間に引かれた境界線を踏み越え、自らを神格化しようとする欲望に取り憑かれているからだ。ただし、人類を滅ぼすことは神の意図するところではない。そこで、神は人間に制約を設けた。言語を混乱（バラル）させ、人類が一つになることはなく、さまざまな集団が分散して居住するという制約だ。

しかし、ある種の人々は、普遍的原理によって、人類をひとつにまとめたがる。そしてこのような試みは神によって粉砕される。フロマートカは、バベルの塔の物語と大審問官伝説に通底する地下水脈があると考える。

〈大審問官はバベルの塔の継続である。彼は、人間が持つ最高の宗教的合理的道徳的社会的政治的憧憬と努力の化身である。ドストエフスキイは西欧文明の最後の功績を大審問官の中に画いている。それは普遍性と権威と統一の観念を持つロマ・カトリシズムの偉大な伝統である。又それは全宇宙の隠れた神秘の正体を悉く露わしめ、一切の人間的課題に完全な科学的解答を与える偉大な魅力を持つた欧洲的合理主義である。又それは神を地上に引き下し、キリストと彼の権威ある真理を人間化し、キリストを我々の「宗教経験」に従属させ、聖なるもの丶領域を人間の手で速に侵犯しようとする現代神学と、その傲慢である。又それは難破せる人間の敗残者に対する同情と、パンの問題の解決と、平等化の実現と、神無き地上の楽園を建設する為に、熱烈に自己犠牲を以て闘争する社会主義や共産主義等である。〉（ジョセフ・ロマデカ［土山牧羔訳］『破滅と再建』創元社、一九五〇年、五六頁。引用にあたって、旧漢字は新漢字にあらため、仮名遣いはそのままにした）

人間の合理性によって理想的な社会を構築していくという発想は、啓蒙主義から生まれた。フロマートカは、大審問官を中世人としてではなく、啓蒙主義を体現した近代人と見ている。それが普遍主義と結びついている。これをカトリシズムの特徴とするのではなく、〈神を地上に引き下し、キリストと彼の権威ある真理を人間化し、キリストを我々の「宗教経験」に従属させ、聖なるもの丶領域を人間の手で速に侵犯しようとする現代神学と、その傲慢である〉と規定するフロマートカの洞察は秀逸だ。ここでフロマートカが念頭に置いているのは、十九世紀プロテスタント神学の父と呼ばれたシュライエルマッハーだ。シュライエルマッハーは宗教の本質を人間の内面に求めた。

〈宗教は形而上学のように、宇宙をその本性に基づいて規定し、説明しようとは望まないし、道徳のように、自由の力や神のごとくに気ままな人間の自由意志から宇宙を形づくり、完成しようともしない。宗教の本質は、思惟することでも行動することでもない。それは直観そして感情である。宇宙を直観しようとするのである。宇宙の独自な、さまざまの表現、行動の中にひたって、うやうやしく宇宙に聴き入り、子供のようにものを受け入れる態度で宇宙の直接の影響にとらえられよう、宇宙に充たされよう、とするのである。〉（F・シュライエルマッハー［高橋英夫訳］『宗教論――宗教を軽んずる教養人への講話』筑摩書房、一九九一年、四二頁）

形而上学に基づくと神は上に存在する。しかし、コペルニクスによる地動説の提唱が、近代人の宇宙観を抜本的に変化させた。地球は球体だ。日本から見て上にあたる方向は、ブラジルから見るならば下になる。また、地球は太陽のまわりを回る惑星である。形而上学的な天上に神がいるということを近代人は信じることができなくなった。そこで「直観と感情」で宇宙を洞察することが宗教の本質であると規定することで、シュライエルマッハーは神を天上から人間の心の中に移動させたのである。心を座標軸上に示すことはできない。神を内面化することによって、プロテスタント神学は、コペルニクスによるパラダイム転換との共存を図ったのだ。それは成功したように見えた。しかし、深刻な別の問題をかかえることになった。人間の心に神が宿るということで、人間の心理と神が同一視されるようになった。そこから人間の自己絶対化に対する歯止めがきかなくなった。宗教の本質を「直観と感情」に求めたシュライエルマッハーは、ロマン主義によって啓蒙主義を克服しようとした。確かに、目に見えない心を計算し、合理的設計を行うことはできない。ただ、神と人間の心を同一視するシュライエルマッハーの神学は、その本質においてヒューマニズム（人間中心主義）である。フロマートカにとって人間中心主義は、キリスト教として容認することができない人間の自己神格化なのである。

マルクス主義の本質もヒューマニズムであるとフロマートカは考える。マルクス主義には合理的な構築主義、設計主義に基づき社会主義社会、共産主義社会を実現するという啓蒙主義とともに、所与の状況で国家権力と対決しても叩き潰されるだけだという状況においても、革命のために命を捨てる気構えを求めるロマン主義が混在している。大審問官にロマン主義はない。しかし、大審問官もヒューマニストなのである。

フロマートカは、ドストエフスキーが大審問官を愛していると解釈する。

〈ドストエフスキイは西欧文明に熱烈な愛情を傾けた如く、大審問官をも愛していた。ドストエフスキイはイワンであると同時にアリョシャでもあつた。彼はトルストイのように西欧文明を責めなかつた。彼は大審問官を通じて、西欧の人々に烈しく警告し、西欧の哲学、芸術、科学、自由主義、社会主義等を無批判に崇拝するロシアの同胞達に烈しく警告するのであつた。西欧人は次の如き結論に到達した。即ち、西欧人は第一に、自己を至上権を有する君主と宣言し、自己の理性を最高の権威と宣言した。次に彼は、自己の理性の名に於て神の最高権威に叛逆した。最後に彼の理性によつて彼の理性そのものをさえも否定し、自己を自然の過程や社会環境の無力な副産物と宣言してしまつた。此の現代思想の混乱によつて、社会と文明を成立させていた一切のものは次第に解消されてしまうのである。その時に大審問官は人々から自由と責任を除去し、人間的多神を創作し、偶像と祭壇を築き上げた。そして遂に、人々が信頼していた「彼等自身」を、もはや信頼しなくさせる事によつて世界を救おうとした。〉（ロマデカ『破滅と再建』五六〜五七頁）

トルストイのような西側文明に対する拒絶反応がドストエフスキーにはなかったというのがフロマートカの認識だ。人間の理性を信じる形態の啓蒙主義であれ、人間の心を基点にするロマン主義であれ、ヒューマニズムは神に対する意図的もしくは無意識な反逆である。人間は限界をもつ存在である。理性、心のいずれを基点としても、真摯に思考し、行動する人間は、自らの限界を認識する。自らの限界を認識しても、ヒューマニズムにとどまる限り、限界を突破することはできない。その結果、自らが弱い存在であることを人間は意識するようになる。最終的に人間は、理性も心も信用することができなくなってしまう。そこから、他の強い人間に依存し、自由を放棄することによって、人間としての責任から逃れる。弱い人々が放棄した人間の自由と責任を一身に引きうけるのが大審問官だ。大審問官は偉大なるヒューマニストで善意の人なのである。

この点で、アンチ・ヒューマニストであるヒトラーとヒューマニストである大審問官の間に共通性はない。

〈ドストエフスキイは、大審問官がヒットラーとその徒党の如く卑劣な下賤な血に渇いた者等ではないと理解していた。大審問官は、人間が永遠の真理に対する信仰と信念と謙遜と敬虔を失い、自己の自由と彼自身と自己の魂と隣人に対して何を為すべきか知らなかつた世界に於て、名実共に勢力あり貢献ある存在なのである。大審問官はキリストを拒絶しなかったが、自己の型に消せてキリストを彫刻し、自己の方法に基いてキリストを別に製作したのである。〉（前掲書五七頁）

人間は、本質において何かを信じる宗教的存在だ。真の神を信じない人間は、偶像を作りだす。人間の形に似せて、神を作るのである。まさにフォイエルバッハやマルクスが批判している神が、このような人間によって作られた偶像としての神である。それだから、キリスト教徒がフォイエルバッハやマルクスの無神論、宗教批判を恐れる必要はない。ここで批判される神は、ユダヤ教、キリスト教が忌避している偶像だからだ。

復活したキリストと出会い、大審問官は、事柄の本質に気づく。

〈イエス・キリストが死した後、復活して裁判所に再来した時、大審問官は驚愕したのである。彼は最初キリストを異端者の一人として宗教裁判の結果、火刑にしようとした。大審問官は長い独言を以て、彼の領内にキリストを容るべき場所が無い理由をキリストに説明した。キリストは彼の顔を大人しく見入つて、心を籠めて静かに聞いていた。大審問官はキリストが烈しい恐るべき事を語るのを期待していた。然しキリストは一言の返答もしないで、急いで静かに此の老人に近寄つて行つた。そして彼の血の褪せた老いた唇に優しく接吻した。それがキリストの大審問官に対する解答の全部であつた。大審問官は扉の戸を開いて、「去り給え、再び来り給うな。」と言つた。イエスは去つた。接吻は大審問官の心の中で熱し輝き始めた。然しその老人は自己の思想を固守して変えなかつた。〉（前掲書五七〜五八頁）

キリスト教の教義では、イエス・キリストが復活、再臨するのは「終わりの時」だ。しかし、まだこの世界の終わりは到来していない。それならば、この状況で復活するのは、イエス・キリストではない。もっとも大審問官伝説に登場した青年は、さまざまな奇跡を起こしたが、自らがキリストであるとは名乗っていない。大審問官伝説において、ドストエフスキーがこの青年が復活したキリストであったと明示しないことが重要なのだ。「終わりの時」よりも前にも、神の啓示は匿名のイエス・キリストを通じて、人間に伝えられるのだ。大審問官は、この青年をイエス・キリストとの類比で理解したのだ。

この青年を、聖書に描かれたイエス・キリストの物語とどのように類比しているかが、大審問官の独白に現れている。

〈私はキリストが、現代と古代の西欧人の叛逆と無神論と高慢と人本主義的タイタニズムに基いた文明に対して、闘争し給う事実を洞察して、ドストエフスキイが此の物語の中に画いているのであると思う。偉大な文明よ！　それをドストエフスキイは愛した。彼は西欧のカトリシズム、騎士道、人本主義、科学、芸術、社会主義的理想郷等を愛した。彼は西欧を非常に憧憬していた。確かに彼にとつては、西欧は没落に瀕した国であり、その文明は墓場の如くに見えた。然し、何と美しい墓ではないか！　そこには復興の可能性があるのであろうか。墓が破られて、枯れた骨が生命を得て、死人の姿から生ける者に復活する事が出来るであろうか。これがドストエフスキイの質問であり、充満した愛と憐みであり、ノスタルジアであり、同時に悲哀なのであつた。〉

（前掲書五八頁）

西欧は墓場である。啓蒙主義もロマン主義も近い将来に埋葬されることになる。しかし、それが復活する可能性があるのではないかというのが、フロマートカが理解するドストエフスキーの問題設定なのだ。

フロマートカの解釈を読みながら、私は、ミラン・クンデラの『存在の耐えられない軽さ』を思い出した。この小説に登場する画家のサビナは、一九六八年八月、ソ連を中心とするワルシャワ条約五カ国軍が、「プラハの春」と呼ばれた民主化運動を軍事介入で叩き潰すよりも少し前に、絵画展を開催するためにスイスに出国した。ソ連軍の介入後、サビナはそのまま西側にとどまることにした。サビナはそこでリベラルなスイス人大学教授フランツと知り合い、二人は恋人になる。フランツは妻帯者だ。

サビナとフランツは、同じ言葉を用いていても、それが意味する内容がまったく異なる。クンデラはそれを「理解されなかった言葉」の小語彙集にまとめる。その中に「墓地」という項がある。

〈墓地

ボヘミアの墓地は庭園に似ている。墓石は芝生と鮮やかな色の花に覆われている。控えめな記念碑が葉叢の緑に隠されている。夕方になると、墓地は灯されたちいさな蠟燭でいっぱいになり、まるで死者たちが子供らしい舞踏会を開いているようだ。そう、子供らしい舞踏会。なぜなら、死者たちは子供のように無垢だから。人生がどれほど残酷だろうと、墓地はいつでも平和に支配されていた。戦争中でさえ、ヒトラーのもと、スターリンのもと、あらゆる占領のもとにあってさえも。悲しみを感じると、彼女は車でプラハから遠く離れたところに行き、好きな墓地のひとつを散歩したものだった。青みがかった丘を背景に、その田舎の墓地は揺り籠のように美しかった。

フランツにとって墓地は、骸骨と砕石の汚らわしいゴミ捨て場でしかない。〉（ミラン・クンデラ［西永良成訳］『世界文学全集Ⅰ－03――存在の耐えられない軽さ』河出書房新社、二〇〇八年、一二一頁）

北東モラビアのホドスラビッツェ村で、フロマートカの墓地を訪れたときのことを思い出した。墓地は村外れの丘にあった。芝生と鮮やかな色の花に覆われた庭園のようだった。チェコ人は墓地をよく訪れる。そこで祖先と対話をするのだという話をドスタル引退牧師夫妻から聞かされた。その話を聞きながら、私は母親から聞かされた沖縄の亀甲墓の話を思い出した。沖縄・久米島で母が住んでいた家よりも一族の墓の方が立派だったという。墓は亀の甲羅のような形をしているので亀甲墓と呼ばれる。シーミー（清明節、春分の日の十五日後）から一カ月以内にウシーミー（御清明）と呼ばれる祭が行われるという。御馳走をつくって重箱に詰め、一族が墓地に集まるのだ。餅、魚の天麩羅、昆布の煮しめ、かまぼこ、豚の角煮などを必ず奇数個入れる。そこには、墓から死者たちもやってきて、飲食をともにするという。それだから、母親は墓地がまったく恐くないという。母は、後にキリスト教徒になったが、死人が復活するという話を聞くと、亀甲墓から死んだ祖先が身体をとって出てくる様子が目に浮かぶという。

フロマートカも、チェコの墓地から死者がよみがえる様子を思い浮かべていたのだと思う。

大審問官に話を戻す。復活したキリストと思われる青年との出会いは、大審問官にどのような影響を与えたのであろうか。

〈大審問官の伝説の最後に彼の解答が記されている。「老人は自己の思想を固守して変えなかった。然し、接吻は彼の心の中で熱し輝き始めた。」キリストは見えざる形で、ラスコルニコブ（引用者註＊ラスコーリニコフ）の心の中の高慢と傲慢の悪鬼と闘っている。即ち、キリストは欧洲の文明人の魂の中に潜む破壊と混沌の悪鬼と闘って居給うのである。キリストは大審問官の心の中で闘つている。キリストは去つた。然し、猶も彼の愛と沈黙した権威と能力の中に臨在して居給うのであつた。〉（ロマデカ『破滅と再建』五八〜五九頁）

大審問官は、いままでと行動を変化させていない。しかし、人間の限界を見つめよという神からの使信が大審問官の魂を揺さぶっているのである。なぜ大審問官は、魂を揺さぶられているにもかかわらず、行動を変えないのか。それは大審問官が官僚だからである。大審問官は、国家の指導者とともに、現実の国家運営に携わる宗教官僚だ。官僚の職業的良心に基づいて、弱い人間を守り、平等を確保するために、暴力による支配を継続しなくてはならない。人間は原罪をもつ存在だ。この人間によってつくられている現実の社会には悪が充ちている。悪の力を現実的に抑えるためには、悪を行使する必要がある。この悪を行使することによって、大審問官の魂は滅びるであろう。しかし、自らの魂を捧げて愛の実践を行うことこそが、真に自己犠牲的な愛なのである。

キリスト教徒には、例外なくイエス・キリストとの出会いがある。ドストエフスキーの場合、幼年時代にイエス・キリストと出会っている。

〈ドストエフスキイが少年の頃、ロシアの片田舎で、此のキリストに会ったのであった。その事は、死ぬばかりの危険に直面した瞬間、（彼の信ずる如く）彼を慰めた文盲の百姓であるマレーを通して起ったのであった――「恐る丶勿れ、キリストは汝と偕に居給ふ。」彼はシベリヤに於ける苦悩の日にマレーから受けたものを絶えず記憶していて決して忘れなかった。全欧洲とロシアの知識階級は、無関心と知的高慢と無と懐疑の病菌に感染して、無力な存在となっていた。彼等は崩壊の病菌を自己の中に所持していて、権威と秩序と調和の根柢を無意識に害っていたのである。その時、マレーは真理と平和の音信をドストエフスキイに齎らしたのであった。それは純粋の信仰と謙遜の精神であり、信念と忠誠心と内的平和を伴っている。その内的平和を持たなければ、人生は意義を全く失い、世界は美と喜悦を全く失うのであろう。〉（前掲書五九頁）

イエス・キリストは、常にわれわれ人間と共にいるのだ。それは、人間の意思とは関係ない。神の意思を体現し、イエス・キリストは人間と共にいるのだ。問題は人間がイエス・キリストと共にいるという現実にどのようにして気づくかということだ。人間の力によってこの現実に気づくことはできないのである。人間の実存をどれだけ掘り下げても、イエス・キリストと出会うことはできない。そこで出会ったと勘違いするイエス・キリストは、人間が作った偶像に過ぎない。

人間は、外部からの介入によってしか、イエス・キリストと出会うことはできないのである。

そして、外部からの介入によって、真実のイエス・キリストと出会った人が内側から変容する。

正義、自由を志向する人間の動きの背後にはイエス・キリストとの出会いがあるとフロマートカは考え、ドストエフスキーを読み解く。


〈ドストエフスキイの批判に基けば、キリストは政治的正義と、兄弟社会《ブラザーフッド》を建設する為の苦闘に無ければならない間断なき原動力なのである。キリストに依つてのみ、我々の文明の最も価値ある知的芸術的道徳的要素を子孫の時代の為に保存する事が出来るのである。キリストの内にのみ、被害を受けて戦闘力を失つた社会や、屈辱せられ傷つけられた凡ゆる人々や、人類の屑や糟や廃物の如き最下層に属する総ての者を、救い栄光ある存在とならせる事が出来る。キリストによつて、我々は信仰と信念の力と忠誠と敬虔を回復し、夥しい精神的無関心と、骨を抜かれた様な無頓着の悪鬼を追放する事が出来る。たゞ彼を通してのみ、無能な、愚劣な、陰気な、反動の石屑と、破壊的革命によつて荒廃した地上に、新しい殿堂を築き上げる事が出来るのである。〉（前掲書五九～六〇頁）

キリスト教は、アンチ・ヒューマニズムである。人間内部に救済の根拠はない。これに対して、フォイエルバッハの流れを引くマルクス主義の無神論はヒューマニズムの系譜に属する。従って、キリスト教からすれば、マルクス主義は外側の思想である。この外側の思想との出会いを通じて、無神論の中にある、神の啓示を知ることが神学者に与えられた課題なのである。イエスは、常に貧しき人々、虐げられた人々とともに行動した。正義、自由は、イエスが常に追求した価値である。しかし、国家と一体化してしまったキリスト教は、イエス・キリストの原点を忘却してしまった。キリスト教徒が本来行わなくてはならないことを、マルクス主義者が疎外された形態で行っているのである。キリスト教徒は、ロシアの共産主義を通じて、人間に伝えられている神の啓示に耳を傾けなくてはならない。しかし、それは疎外された啓示である。したがって、マルクス主義者が伝えている内容を、本来の形に復元するのがキリスト教神学者の課題なのである。

ヒューマニズムの影響を受けた自由主義神学には、この課題を遂行する力がない。そこでカール・バルトによる神の再発見が起きた。人間が神について語るのではなく、神が人間について語っている事柄に虚心坦懐に耳を傾けることが重要であるとバルトは説いたが、フロマートカはそのことをステファン・ツワイクやドストエフスキーの読み解きによってとらえたのだ。

ここで紹介したフロマートカの見解は、一九四四年時点のものである。第二次世界大戦中で、チェコスロバキア国家は解体され、ナチス・ドイツの占領下に置かれていた。この時点で、復興されたチェコスロバキア国家が社会主義陣営に組み入れられることは想定されていない。しかし、フロマートカには、ロシアの共産主義を肯定的に受けとめる基盤ができていた。この点が、徹底的に反ボリシェビキ的立場をとったトマーシュ・マサリクと根本的に異なる。

ドストエフスキーの読み解きをめぐって、フロマートカとマサリクの間に、差異がある。フロマートカのマサリク解釈から、この差異を読み解いて見たい。この作業によって、マサリクには聞こえなかった啓示をフロマートカが聞き取ることができた理由も明らかになるはずだ。

マサリクとドストエフスキーは、西欧の自由主義がもたらす危機を正確にとらえていたとフロマートカは考える。

〈マサリクは現代欧洲に於ける弱点の一つが、欧洲大陸の自由主義である事に注目していた。之はアングロサクソン諸国とアメリカに於ける、グラッドストン、ジョン・スチユアート・ミル、ロイド・ジョージ、ウドロウ・ウイルソン、ジヤン・クリスチヤン・スムツ、フランクリン・デイー・ルーズベルト、ウインデル・ウイルキー等の、社会的政治的進歩主義の傾向とは全く別型のものであつた。こゝで謂う自由主義とは、一つの気分であつて、一定した知的政治的理論と実践を超越したものであつた。それは政治と知的生活の領域に於ける旧時代型の革命に依る制度と、他面に於て新しい極端な進歩的観念との間に為された妥協であつた。それは、人間生活に於ては宗教と道徳と知識の究極的問題に対する無関心の態度であり、政治に於ては便乗主義と妥協主義の態度であつた。マサリクは欧洲に於けるブルジョア的自由主義精神の怠惰と衰弱を、容赦なく公然と非難するのであつた。それが何を信ずる事もせず、真理を追求する事もしないで、生活と利益と国家とを単に崇拝している事に、マサリクは愛想を尽かしてしまつたのである。彼は、早晩此の道徳的知的相対主義が、真理の根本観念である確実な信念に対して冷笑的軽蔑を起させ、政治的近視眼と臆病を齎らせる事を懸念したのである。真の自由と正義が断乎として忠誠心と燃ゆる信仰と勇気を主張する処に、斯くの如き自由主義は存在し能わぬ事を、第一世界大戦よりも余程以前から注視していた。マサリクの自由主義的な気分に対する批判を読むならば、ドストエフスキイが同様の傾向を持つた思想と生活態度に対して、苦言と軽蔑を表現した事を記憶させら

れるのである。〉（前掲書七八〜七九頁）

自由主義は、初期に持っていた内在的力を徐々に喪失していった。自由主義に基づき、旧時代を断絶するフランス革命型の政治転換が行われた。この革命は理性を基準とする。すべての人間が理性をもつ。それだから理性的（合理的）計算によって理想的な社会を構築することができる。しかし、人間は理性で解決できない限界に突き当たる。このときその限界を突破しようとしない人間は、理性に対する根源的な信頼を失う。しかし、その出来事について、真剣に考え、深く掘り下げようとせずに、理性を信じている素振りをする。ここから近代的市民の欺瞞が生じる。この欺瞞が自由主義という形で現れる。自らの社会的立場を失いかねない革命に自由主義者は反対する。それと同時に、進歩も信じることができない。その結果、文化としての市民（ブルジョア）社会に自己を同一化する。キリスト教の場合、それは文化プロテスタンティズムという形で現れる。教会に通うプロテスタントのキリスト教徒であるということは、有産階級の市民で、革命を忌避する穏健な政治的見解の持ち主であるという証明なのだ。そこでは、イエス・キリストを信じることが、人間にとって唯一の救いであるというキリスト教の根本使信に触れることはない。

何も信じず、真理を追求しないような人ばかりになると、社会が内側から崩れていく。社会が崩れれば、国家も弱体化する。自由主義が社会と国家を内側から蝕んでいくのだ。当初、マサリクは自由主義の危機を実証主義によって克服しようとした。それだから、オーギュスト・コントに惹かれた。

〈マサリクは最初、オーガスト・コムトが現代の人類を不安より救い、革命と反動の間によろめく事から救う為に努力した事実に、同情深き興味を懐いていた。古代神話と形而上学を科学的批判的知識に基いた哲学を以て置き換え、それに依つて人生に関した一切の領域を包含しようとしたコムトの観念は実に壮大であつた。マサリクがコムトの実証法に感化せられた理由は、コムトの実証法が、我々の実際的社会的要求と必要と過失と痼疾に就いて、具体的な活ける理解を提供するからであつた。救助を要する者の真の状態と物質的必要、苦悩、社会的環境、経済的福祉、貧窮等を、我々が理解する時にのみ彼を救助する事が可能なのである。或る観点に立つて、実証法はマサリクに取つて強力な心の叫びなのであつた。即ち、一人の人が、飢餓や貧窮や教育状態や家系や社会悪や、経済的政治的国家的種族的環境の複雑な混乱の中にあつて具体的生活を為し、圧迫の下にあつて社会と歴史に依つて働かされている事実を、我々は知らなければならないのである。彼を斯くの如くして知つた時にのみ、我々は彼を理解し批判する事が出来るのである。社会的に経済的に変化や改良や革命を齎らす事に依つて、人間の害悪を浄化しようとする社会主義的努力が、実証主義に対して持つ緊密な連関に深い注目を為していた。マルクスが一切の人間の問題に対する態度は実証主義的である。マルクスに取つて一切の道徳的文化的精神的困難と疾患を治療する唯一の薬剤は、社会的経済的状態を改良し変革し転換させる事である。〉（前掲書八〇～八一頁）

コントの実証主義には、批判理論に基づく哲学がある。この哲学が、啓蒙主義の限界を突き破り、形而上学にかわる人間の生き死にの規範を作りだすことができるとマサリクは考えた。しかし、形而上学を、形而下の批判理論で克服することは無理であるという結論に至った。そこでマサリクは、現代に神話を復活することを考える。神話の復活によって、民族の形而上学をつくりだそうとした。チェコ民族の形而上学は、十五世紀のヤン・フスによるチェコ宗教改革だ。この神話を信じたからこそ、マサリクはカトリック教徒からプロテスタント教徒に改宗したのである。そして、チェコのプロテスタンティズムは、ドイツやスイスから輸入したルター派や改革派ではなく、フスやヤン・アモス・コメンスキー（コメニウス）に起源をもつチェコの宗教改革であるという物語をつくった。そして、この物語を神学的に理論化した一人が、フス福音主義神学大学初代学長時代のフロマートカなのである。

マサリクもフロマートカも社会主義を実証主義的に理解する。資本主義社会では、必然的に格差、さらに絶対的貧困などの社会問題が発生する。それを解決するためには、国家が経済過程に介入して再分配政策を行うことと、国民の教育水準の向上が不可欠である。教育によって同胞意識を強化しない限り、貧困問題を解決するための国家による再分配に国民が反発を強めるからである。社会問題は、抽象的にではなく、具体的、実証的に解決されなくてはならない。突き放して見た場合、マサリクもフロマートカも、ラッサール的な国家社会主義者なのである。

マサリクの社会主義観について、フロマートカはこう説明する。

〈マサリクは社会主義運動の有名な指導者であつた。マサリクは、チエツコに於ける他の如何なる哲学者や政治家が持つたよりも更に大なる興味を、マルクスとエンゲルス、カウツキイとベルンスタイン、プレカノブ（引用者註＊プレハーノフ）とレニン等に対し持つていた。マサリクは彼等の社会悪に対する批判を研究し、彼等が未来に対する幻を分析した。彼は、強力な社会改良と労働階級の文化生活と政治生活に於ける地位を充分に獲得する為に、全力を尽し無限の努力を惜しまなかつた。「私は飢えた者にパンを与える事を忘れた理想主義を拒絶する。」物質状態の絶えざる改良と組織的改革が為されないならば、自由は保有せられる事が出来ない。貧者、窮乏者、社会的落伍者等に対する憐憫と愛の精神が無いならば、キリスト教文明の持つ最良の価値を滅亡から救う機会は失われるであろう。此処に於て、マサリクを通して記憶させられる事は、ドストエフスキイの最も破滅した人々、社会の最も惨めな階級に対する燃ゆる火の如き同情である。マサリクは貧困と苦悩の中に在る人々を無視し、愛と同情に欠けた哲学を持つ思想家や著述家を好まなかつた。彼の哲学は、或る「実存的」なものを持つていた。真の哲学は冷たき論理的知的範疇の彼方を目指しているのである。真理の問題は、アカデミックな、合理的客観的抽象的知識の問題以上である。人間に対する燃ゆる愛が無く、彼の霊魂と肉体の必要の為の実践が無いならば、真理は知られる事が出来ないのである。我々の真理に対する知的理論的探究は、他者に向う愛の籠つた関心を伴つていなければならない。愛に充ちた同情が無いならば、我々の理性は人間の存在と歴史の本質的問題に就いて、必然的に盲目的となるのである。愛の無い心理学的な人間の分析は、貧困な心理学と言わざるを得ないのである。〉（前掲書八一～八二頁）

フロマートカと比較し、マサリクはマルクス主義関連文献を徹底的に読み込んでいる。フロマートカは、マサリクの社会主義をマルクスとエンゲルス、ドイツ社会民主党のベルンシュタインとカウツキー、プレハーノフ、さらにロシア共産主義のレーニンの系譜でとらえようとするが、これは視座がずれている。マサリクの社会主義は国家を大前提とする。従って、ドイツ社会民主党のマルクス派ではなくラッサール派と共通了解をもっていることがフロマートカには見えないのだ。国家の力による社会主義の実現という点で、ラッサールと大審問官は親和的なのである。

フロマートカは、ドストエフスキーの特徴が、〈最も破滅した人々、社会の最も惨めな階級に対する燃ゆる火の如き同情〉にあると考える。その前提として、ドストエフスキーには、他者の存在を認め、他者の体験を、解釈し、追体験する能力があると考える。他者の存在を究極的に認めることができない観念論者とは別の位相にドストエフスキーが立っていると考える。それだから、ドストエフスキーの分身である大審問官にも他者を認める精神の力があると考える。そして、大審問官伝説の中でイエス・キリストとみなされている青年こそが、他者なのである。他者が存在しなければ、同情も愛も存在しない。他者の存在を欠いた純粋理性や、冷たい物自体からの絶対的な命令としての愛の実践を前提とするカント哲学をマサリクは忌避した。この点について、フロマートカはこう説明する。

〈マサリクは、此の角度からインマヌエル・カントに対して激しい反対を表明した。カントの合理主義と道徳主義には、愛と同情を容るべき場所が無かつた。マサリクはカントの偉大性を心から承認しカントがヒュームの懐疑論と異常な苦闘を為し、人間の理性の自発性と自律性を強調した事に対して大なる評価を為した。彼はカントの道徳的潔白に深く感銘して、次の如く言つている。「ボルテア（引用者註＊ヴォルテール）主義が浮薄になつた時代にとつて、カントの倫理的厳格主義は良き学風であつた。そして感情を理性以上に優位とならしめ、非常な勢力を得つゝあつたルソー達のセンチメンタリズムに対して良き解毒剤となつた。」然し、その反面にマサリクの批判に依れば、理性と直言命令の荘厳と、隣人に対する真の愛の欠けた自律的良心の威厳を、カントが専ら強調した事は、ドイツのロマン的知力巨大主義である心情の無き冷淡な詭弁を弄するファウストや、ドイツのプロシャ的な軍国的自己主義を発展させる原因となつた。若し、理性と直言命令を持つた人間が、世界で最高の実在であつて、世界は彼の為にのみ存在し、彼が自己にとつて究極の権威であるならば、誰が彼を自己と自己中心主義と自我主義と反逆から救うのであろうか。〉(前掲書八二頁)

カントの純粋理性が、人間から情熱を奪い去ってしまったのだ。そして、極端な主観主義をドイツ知識人に植え付けてしまった。ファウストとカントは、同じ種族に属する。人間と神の絶対的、質的差異を無視したヒューマニズムの宿痾がカントに宿っているのだ。カントは神を信じているという。しかし、それは偽装された神であり、人間が作りあげた偶像だ。

〈カントは愛を哲学上の考察に取り入れなかつた。それで彼の客観的外界に対する態度は本質的で無い為に、曖昧になつて朦朧としていた。カントは神を信じなかつた。彼は道徳的合理的理由で神を仮定したのに過ぎなかつた。之はカントと、その後継者であつた観念論者達の悲劇的過誤であつた(客観的で永遠の妥当性ある真理に対して、無条件の服従と自己克服である)。信仰が無く、(我々の隣人の悲劇と弱さに対する温い心を以てする自己同一である)愛が無いならば、我々に取つて外界は真に実在する事が出来ない。その場合に、外界は思想と行動の手段や、道徳的威厳の単なる実験的根拠として存在するに過ぎないのであって、それは我々の愛と自己犠牲的奉仕の場所としての外界ではないのである。〉（前掲書八三頁）

図式的に整理するならば、ドストエフスキーには外部があるが、カントには外部がないのである。外部を承認することなくして、神を信じることはできないとマサリクが考えていたというのがフロマートカの解釈だ。

第16章　カント

マサリクは、カントの純粋理性という考え方が、人間から情熱を失わせてしまったと考える。ゲーテのファウスト博士とカントは、マサリクにとって同じ範疇の知識人なのだ。そこには実践に対する情熱が、欠如しているということだ。メフィストフェーレスという対談相手をもたないファウストが、カントなのだ。果たしてこのようなカント理解は正しいのであろうか？　私は、濃いコーヒーを飲んで考えてみることにした。

ロシア人はトルココーヒーが好きだ。トルコのジェズベ（コーヒー用の小さな鍋）よりは少し大きな器にコーヒーを入れて、ガスコンロに直接かける。日本大使館のそばの軍用品デパート「ボエントルグ（軍用製品売買）」で買ったコーヒー用の鍋に豆を入れ、水道水を加えて、ガスコンロにかけた。三分もかからずにコーヒーが出来た。イギリスの陸軍語学学校でロシア語を勉強していたときによく使っていた白色のマグカップにコーヒーを注いだ。いい薫りがする。

マルクス主義は、ドイツ古典哲学を継承したことになっている。しかし、モスクワの新刊書店で、カントやヘーゲルの著作を入手することは、至難の業だ。サーシャが、「ソ連共産党のイデオロギー官僚は、ロシアのインテリが、カントやヘーゲルに立ち返り、党官僚と別のマルクス主義解釈をすることを恐れている。裏返して言うと、弁証法の力をわかっているということだ」と言っていた。

私が「弁証法の力という観点からすると、カントとヘーゲルのどちらが危険だ」と尋ねると、サーシャは意外な答えをした。

「マサル、疑問の余地がない。カントだ」と答えた。

「何でカントなんだ。カントの二律背反は歴史を動かす原動力にはならない」

「それは違う。二律背反だから、ほんとうに歴史を動かす原動力が生まれる」とサーシャは強調した。

「どういうことか。二律背反で、物自体を想定する不可知論をとると、人間は歴史に対する関心を失うと思う。僕にはサーシャの論理展開がよくわからない。僕にもわかるように、もう少していねいに説明してほしい」

「要するに、物自体に対する立場設定の問題だ」

「立場設定？」

「そうだ。物自体が『あるかもしれないし、ないかもしれない』などという曖昧な状態に人間が耐えることができるだろうか？　純粋理性の立場をとる人も、究極的には物自体があるか、ないかのいずれかを想定しているのではないだろうか」

「それはそう思う。カント自身も神を想定していたと思う」

「確かにマサルの言うとおりだ。もっともその神が、キリスト教が説くところの神と同じかどうかという問題は残るけどね。カントにおける物自体があると想定すると、実はひじょうに恐い結論が導かれる。スターリンはカントが好きだった」

「えっ!?」

「マサルは、ワレンチン・フェルディナンドビッチ・アスモス（一八九四〜一九七五）の著作を読んだことがあるか」

「モスクワ国立大学の哲学部教授をつとめていた論理学とカント哲学、それからロシア哲学史など広い範囲で業績を残した哲学者だよね。ウラジミール・ソロビヨフに関する本を読んだことがある」

「あのソロビヨフ伝はひじょうに良い本だ。ソ連で出たソロビヨフに関する著作ではもっとも優れている」

「確か、一九五六年ソ連共産党第二十回大会の後、フルシチョフがイデオロギー的政策を緩和するまで、アスモスは、不遇な状態に置かれていたと聞いている」

「表面上は確かにそうだ。しかし、スターリンはアスモスを高く評価していた」

「スターリンが？」

「そうだ。スターリンは、アスモスをとても高く評価していた。スターリンに呼び出され、哲学について直接講義したこともある」

「いつ頃のことか」

「一九三〇年代の後半だったと思う」

「大粛清のまっただ中じゃないか。何について、スターリンは聞きたがったのだろう」

「論理学についてだと思う。アスモスはスターリンに赤軍幹部に論理学を教えるように頼まれたという」

「どうして論理学なのだろう」

「スターリンは、ディベートが好きだった。それだから、論理学に関心をもったのだと思う。まず、結論を決める。そして、それに適合した論理を作り上げる。その意味で、スターリンの統治にとって、論理学は重要な道具だった」

「サーシャ、恐ろしい話だ。恣意的な暴力を論理で正当化するということだ」

「しかし、それは、それほど珍しい話ではない。キリスト教神学においては、よく使われる手法だと思う。スターリンの基礎教育は神学だから、論理に関心をもったのだと思う。カントは二面的に用いることができる」

「二面的？」

「そうだ。物自体に関心をもたない人にとって、純粋理性はまさに啓蒙の哲学だ。この世界で、解決可能な問題だけに取り組めばよいということになる。しかも、それはニュートン力学に基づいて組み立てられているので、力と力の均衡をどうとらえるかという政治モデルになる」

「それはわかる」

「物自体に強い関心を向けて、倫理を構築するとどうなるだろうか。物自体を神と言い換えてもいい」

物自体と呼ぼうが、神と呼ぼうが、人間は「それ」について知ることができない。知ることができない「それ」を根拠にどのような倫理を組み立てることができるのだろうか。

「僕にはサーシャの問題意識がよくわからない。だから、答も見つからない」と私は答えた。

サーシャは、にやりと笑ってこう言った。

「所有者を想定することだ。物自体を誰がもっているのだろうか？」

「物自体を？　誰がもっているかって？　そんなことを考えたことはない。そもそもそういう問題意識をもったことがなかった」

「それじゃいまここで考えてみて。そうするとスターリンがカント哲学に関心をもった理由がわかる」

「そうだな。僕はキリスト教徒だから、物自体を所有しているのは神以外にいないということになる」

「そうだ。それじゃ無神論者の立場で考えてみよう。神はいない。しかし、物自体はある。ここで、物自体を所有する人は……」

「神としての機能をもつ」

「マサル、そう。そういうことだ。物自体を所有することによって、スターリンは神になった。物自体を所有していない普通の人々は、スターリンから物自体の影について教えてもらうことになる。スターリンは地上における真理の保全者ということになる」

「とても恐ろしい話だ」と私は答えた。

私はレーニンもスターリンも、ヘーゲル哲学を粗雑に再編して継承していると考えていた。スターリンをカントとの連関でとらえるサーシャの見方はとても新鮮だった。それとともに「物自体に所有者がいるのではないか」というサーシャの問題意識がどこからでてきたかに興味が出てきた。

「何でサーシャは、物自体に所有者がいると考えたのか」と私が尋ねた。

サーシャは少し考えてからこう言った。

「ロシア人の所有概念は特殊だ。ドイツ人やイギリス人の所有概念と異なる。英語のhave、ドイツ語のhaben（ハーベン）に相当するロシア語は、иметь（イメーチ）だけど、日常的に使わないだろう」

「そう言われればそうだ。ロシア語では、前置詞のу（ウ）を用いる」

уは「そばに」を意味する前置詞だ。ロシア語では、「私は本を持っている」という場合、「у меня есть книга.（ウ　メニャー　エスチ　クニーガ）」と言う。直訳すると「私のそばに本がある」という意味だ。自分のそばにあるということと、自分のものの区別がロシア人にはつきにくい例としてよくあげられる。

「厳密に言うと、スターリンが物自体を所有していなくてもいい。物自体のそばにいればよい。スターリンは論理学や言語学によって、物自体のそばにいることが可能になると考えたというのが、僕の仮説だ」

「それだから、晩年になってスターリンは、『プラウダ（真理）』（ソ連共産党中央委員会機関紙）に『言語学におけるマルクス主義について』（一九五〇年）を発表したのか」

「そうだ。言語における階級性を否定し、言語が上部構造でないとした。ソシュールを通俗化したような論文だけど、言語をこのように位置づけることで、スターリンは自らが物自体のそばにいることができるようにしたのだと思う」とサーシャは言った。

スターリンのこの論文は、問答式になっている。大学の演習で用いる教材のような体裁になっている。質問者に、謬説の真偽を問う質問をさせ、スターリンがそれに反駁するという構成になっている。

〈問　言語は土台のうえに立つ上部構造であるというのは正しいか。

答　いや、正しくない。

土台というのは、そのあたえられた発展段階における社会の経済制度である。上部構造とは、社会の政治的・法律的・宗教的・芸術的・哲学的な見解と、これに照応した政治的・法律的その他の機関である。

あらゆる土台は、それに照応した特有の上部構造をもっている。封建制度の土台は、自分の上部構造、すなわち自分の政治的・法律的その他の見解と、これに照応した機関をもっており、資本主義的土台は自分の上部構造を、社会主義的土台は自分の上部構造をもっている。土台が変化し、なくなると、これにつづいて、その上部構造も変化し、なくなり、新しい土台がうまれると、これにつづいて、それに照応した上部構造がうまれる。

言語は、この点で上部構造とは根本的にちがっている。ロシア社会とロシア語を例にとってみよう。最近の三〇年間に、ロシアでは古い資本主義的土台が根絶され、新しい社会主義的土台が建設された。これにおうじて、資本主義的土台のうえに立つ上部構造は根絶され、社会主義的土台に照応した新しい上部構造がつくりだされた。したがって、古い政治的・法律的その他の機関は新しい社会主義的機関におきかえられた。だが、それにもかかわらず、ロシア語は基本的には十月革命前とおなじであった。〉（『スターリン戦後著作集』大月書店、一九五四年、一三三〜一三四頁）

スターリンは、言語を経済のような下部構造、法律、政治、思想のような上部構造に分節化することができないコミュニケーション手段としてとらえている。言語とは、言語外の現実における課題や機能を果たすための恒常的で目的をもつ道具とスターリンは考えている。スターリンの論理学に関する関心は、言語記号の構造を解明するという構造言語学者の発想とかみ合う。それだから、ソ連では記号論が独自の発展を遂げたのである。記号の構造をつかんだ者が、物自体すなわち神のそばに座ることができる。言語に関する研究は、形を変えた神学なのである。

スターリンは言語の階級性を否定する。そして、言語の特徴について、こう述べる。

〈言語は社会が存続するあいだじゅう作用するいろいろの社会現象の一つである。言語は社会の発生と発展とともに発生し発展する。それは社会の死滅とともに死滅する。社会をそとにして言語はない。だから、言語とその発展法則が理解されるのは、言語が社会史や人民の歴史と緊密にむすびつけて研究されるばあいだけである。というのは、いま研究しようという言語はこの人民のものであり、人民が言語の創造者で、保持者であるからである。

言語は手段であり用具であって、人々はこれによって、たがいに交通し、思想を交換し、相互の理解にたっするのである。言語は思惟と直接にむすびつき、人間の思惟活動の結果や認識活動の成果を単語や文中の単語の組合せのうちに記録し定着させ、このようにして、人間社会における思想の交換を可能にする。

思想の交換は、恒常的で切実な必要事である。なぜなら、それなしには、自然力との闘争にあたり、また必要な物質的財貨を生産するための闘争にあたって、人間の共同行動を組織することは不可能であり、社会の生産活動にあたって成果をあげることは不可能であり、したがって社会的生産の存在そのものも不可能となるからである。したがって、社会にとって理解され、社会の成員にとって共通な言語がなければ、社会は生産をやめ、分解し、社会としては存在しなくなる。この意味で言語は、交通用具であるとともに、社会の闘争と発展の用具である。〉(前掲書一五〇〜一五一頁)

スターリンが言語の本質ではなく、特徴について語っていることが面白い。言語の本質は物自体であるので、それについて語ることは出来ないのである。物自体は、「言挙げをしない」、沈黙の中で、逆説として語られるのである。これはビザンツ神学の「否定神学」の系譜に立つ発想だ。言語は、人間社会の交換における重要な手段なのである。

「そうなると、スターリンは、人間の努力によって神の国ができるとは考えていなかった。神の国は、向こう側から到来するという千年王国を考えていたのだろうか」と私は尋ねた。

サーシャはしばらく考え、こう言った。

「わからない。千年王国が到来するときには、事前か事後かわからないけれど、メシアの到来がある。スターリンがメシアの到来を信じていたかどうかが僕にはわからない」

「メシアの到来とは、もちろんキリストのことだよね」

「僕たち(キリスト教徒)にとってはそうだけど、スターリンがキリストの再臨を信じていたかどうかが、僕にはわからない。終末論の構成はとったけれど、再臨は信じていなかったように思える」

「根拠は」と私が尋ねた。

「根拠？」と言って、サーシャは考え込んだ。

「スターリンの基礎教育は神学だろう。それにスターリンは読書家で、かなり貪欲に知識を吸収していった。それに、言語学論文でわかるように自分の頭で考え、理論を構築することができた。優れたインテリだと思う」と私がたたみかけるように言った。

「マサル、それは違う。スターリンの知識は粗野だ。インテリとしての水準は中の上くらいだ。レーニンがもっていたような体系知への志向がない。知識を断片的に、道具として使うことができる。むしろ知に対する姿勢はプラグマティズムに近い」

「しかし、プラグマティズムならば、正しい物を選択するという作用に、目に見えないものを想定することになる。中世普遍論争でいうならばリアリズムの構えをとることになる」

「それはそうだ。少し乱暴に言えば、物自体をリアルととらえてもいい。問題はそこにあるんじゃない。イエス・キリストが救世主かどうかということについて、スターリンがどういう認識をもっていたかということだ。正教の伝統では、イエス・キリストを迂回してでも、人間の救済は可能だ」

　サーシャは何て奇妙なことを言うのだろうか。キリスト教でありながら、イエス・キリストを抜きにした救済が可能なのだろうか。自然神学による理論構成なのだろうか。

　神は自然を創造した。それだから、自然の中には神の秩序がある。ここから「創造の秩序の神学」を構築する。自然を構築することで、人間を救済する。ここからエコロジーの神学が生じる。

しかし、それはあくまでも、人間の側からの神の国の準備に過ぎない。究極的な救済は、イエス・キリストの再臨によってもたらされる。サーシャは何を考えているのだろうか。

「正教の伝統では、イエス・キリストを迂回してでも、人間の救済は可能だと言うけれど、それは、自然神学を想定しているのか」と私は質した。

サーシャは笑いながら手を振って、「違う。違う。自然神学は、トミズム(トマス・アクィナスの言説を基礎とする神学体系)と親和的だ。むしろカトリック神学の伝統だよ。僕が言う正教神学の伝統とは、聖霊の自由な働きを認めることだ。聖霊に満たされた人間は、イエス・キリストを迂回してでも、神になることができる。『神が人になったのは、人が神になったということ』だ。カントの物自体を現実の世界とつなげるためには聖霊の自由な働きを確保しなくてはならない。どこかで、カントとプラトンをつなげないと」とサーシャは言った。

私はトルココーヒーを飲みながら、サーシャとのやりとりを反芻した。そして、フロマートカのテキストともう一度取り組んだ。フロマートカの理解では、マサリクのカント批判がプラトンに対する再評価につながる。その動機を「聖霊の自由な働きを確保するため」と読むことができないだろうか。

〈現代に於ける宗教的社会的思想と政治的生活の危機を克服する為に、マサリクは熱烈な努力を為し先ず第一に、哲学の古聖プラトンに注意を向けた。プラトンが、実在と迷悟、知識の確実な標準と不確実な標準、との間に明確な境界線を引こうとして、人間精神の自律的発意と、その官能が自然の領域を支配する事を高調した事に基いて、我々の文明は形成せられたのであつた。彼が所有していた世界の目標と目的（Τέλος）の観念は、自然主義的進化論者達の持つ傾向に対して闘う為に、強力な哲学的武器となつた。マサリクは、全生涯を通じて、我々の文明が持つているプラトン的モーティフに深い尊敬を持つていたのである。〉（ジョセフ・ロマデカ［土山牧羔訳］『破滅と再建』創元社、一九五〇年、九〇頁。引用にあたって、旧漢字は新漢字にあらため、仮名遣いはそのままにした）

目的論的構成を取るということは、神学的に解釈すれば終末論を強調することになる。しかし、これだとカントよりもヘーゲルに近い社会倫理が導かれることになる。ヘーゲルは、『精神現象学』の序論でこう強調している。

〈私は学を現存させるものは概念の自己運動にあるとするのだが、そうなると、真理の本性や形態について現代がもっている考えの、すでにのべたいくつかの側面や、なおそのほかの外面的な側面が、この点からはずれているだけでなく、それに全く反してさえいることを思うと、学の体系を、前に言ったような規定でのべようとする試みは、こころよく迎えられるだろうとは思われない。それはそれとして、次のように考えてもいいであろう。たとえば、時に、プラトン哲学のすぐれた点は、学的には価値のないその神話にあるとされるが、また夢想の時代とさえ言われるような時代もあって、アリストテレスの哲学が思弁的深さをもっているからと言うので、尊敬されたり、プラトンの「パルメニデス」、この、おそらくは古代弁証法の最大の芸術作品が、神的生命の真の露呈、すなわち肯定的表現であると考えられたりした。そして忘我の境を生み出すものが、多分にもうろうとしたものであるにもかかわらず、この誤解された忘我の境〔新プラトン派〕が、実際には、純粋概念にほかならなかったのである。——さらに現代哲学のすぐれた点は、その価値そのものを学的であることにおいており、たとえ他の人々がそれをちがった仕方で受けとろうとも、この学的であることによってのみ実際にその価値を認められるのである。だから、私は、学を概念にかえそうとし、学をその固有の場〔境位〕でのべようとするこの試み〔『精神現象学』〕が、事柄に内在する真理によって、世に容れられるようになると望んでもいいわけである。真実は時が来れば浸透する性質をもっていることを、この時が来た場合にだけ現われることを、それゆえ、現われるのに早すぎることもないし、未熟な読者に出会うこともないことを、われわれは確信していなければならない。また、個人〔著者〕にとっては、まだ著者ひとりの問題にすぎないものが、うまく行って真と認められ、やっとまだ特殊なものでしかない確信が一般的なものとして経験されるようになるためには、個人〔著者〕の著作がいまのべたような意味でうまく行くことが必要なのである。われわれは、そういうふうにも、確信していなければならない。ただそのさい、自分が読者の代表であり、代弁者であるようにふるまう人々と、読者とをしばしば区別しなければならない場合がある。読者はいろいろな点でそういう人たちとはちがった態度をとるものである、いや対立しさえする。読者は、哲学上の著作が自分の性に合わないという責を、むしろ気前よく自分で引き受けるが、これと反対に、そういう人たちは、自分に資格があると思っているので、すべての責を著者におしつける。その与える影響から言えば、読者の場合の方が、彼ら〔代弁者たち〕「死せるものがその死せるものを葬る」ときのふるまいよりも、穏やかである。現在では一般の洞察は総じて一層進んでおり、その好奇心も一層活潑になっており、その判断も一層はやくなってしまっているので、「お前をつれ出すものたちの足は、もう戸口に立っている」。そうだとすれば、これとゆるやかな影響とは区別されねばならない。このゆるやかな影響は、いかめしい断言のために無理にひかされていた注意の方向を正し、侮蔑的な非難を正してくれる。その結果、一部の著作に対しては、しばらく時がたって初めて、同時代の読者が与えられるけれども、他の著作には、同時代の読者がいなくなれば、その後には、もう読者はいなくなってしまう。〉（G・W・F・ヘーゲル〔樫山欽四郎訳〕『精神現象学　上』平凡社、一九九七年、九二〜九四頁）

ヘーゲルの〈真実は時が来れば浸透する性質をもっていることを、この時が来た場合にだけ現われることを、それゆえ、現われるのに早すぎることもないし、未熟な読者に出会うこともないことを、われわれは確信していなければならない〉という部分は、実にキリスト教的だ。イエス・キリストが救済主であるということを信じる人々は、当初、ほんの一握りだった。しかし、キリスト教は全世界に広がることになった。イエス・キリストが現れたのは決して早すぎたのではない。

マサリクとフロマートカも、ヘーゲルがここで述べていることと類比的な思考をしている。現時点で、自らの思想が受け入れられなくとも、それはその思想が現れるのが早すぎたからではない。その思想が対象として語られる人々とともに成長していくのである。このためにプラトンの目的論的構成は魅力的だ。しかし、それだと汎神論に陥る危険がある。この点についてフロマートカはこう述べる。

〈然し、プラトンの形而上学と倫理論が、マサリクの知的欲求を充たすべき唯一の糧ではなかつた。それのみでなく、これらはマサリクの精神的道徳的渇望を、鎮める事が出来なかつた。プラトンは、一元論と汎神論の危険に対して、我々の思想を防禦する事が出来なかつた。プラトンの倫理には、聖き人格的神の意志の荘厳さが欠けていた。プラトンの思想の領域には、最も哀れな罪人に対する愛の宏大性が欠けていたのである。マサリクは、キリストを除いて、文明の真の本質を保存し得るものはないと信じていた。彼の「自殺」に関した著述(一八八一年)の中に、死と絶望に瀕した我々の文明の苦闘に於て、イエスとその福音が何を意味するかを、明示している。即ち、不死の信仰と愛の倫理を持つた秀れた有神論の体系は、神の子イエス・キリストの仲保の業のみを、基礎とし礎石としている事である。何故ならば、キリスト者はキリストを信ずる信仰によつてのみ、宗教に於ける抽象的な接近し難い不可知的な一切のものを克服し、人の子イエス・キリストのみを信仰と希望と愛と忠誠と犠牲と礼拝と献身の目標とするからである。キリストの全生涯は真理である。そして神の子は極度の単純性を説き給い、真の意味での完き純潔と聖潔を現わし給うのである、彼の生活には、如何なる技巧も形式主義も儀式主義も伴つていなかつた。キリストの魂の最奥から湧き出す絶対的真理、絶対的美、絶対的善が、キリストの一切であつた。〉(ロマデカ『破滅と再建』九〇~九一頁)

プラトンの目的論では、罪に沈んだ人間を救うことができない。マサリクは自殺に関する研究の結果、このことを確信した。

第17章　ニヒリズム

マサリクは当初、自殺の原因が貧困であると考えた。そこで、社会学的調査を行ってみた。チェコにおいて、プロテスタント教徒の方がカトリック教徒よりも経済的に豊かである。しかし、実際はプロテスタント教徒の自殺者の方が多い。いったいどういうことなのだろうか。マサリクは、自殺が個人的事情から生じるという見方もとらなかった。病気、家族間の不和、失恋などの問題は昔からあった。しかし、これらの悩みを持つ人が軽々に自殺することはなかった。自殺者の大量発生というのは近代的現象なのである。マサリクは、社会的な価値観が変動するときにそれに対応することができなくなり、人間は自殺を試みるという結論に至った。カトリック教会は、近代的世界観を拒否し、中世的規範でカトリック教徒の生活を指導している。それだから、カトリック教徒は近代社会との軋轢を感じにくいのである。これに対して、プロテスタンティズムは、近代化を正面から受け止めた。そもそも十六世紀にドイツやスイスで起きた宗教改革運動は、「イエス・キリストに還れ」というスローガンを掲げた復古的改革運動だった。十六、十七世紀の古プロテスタンティズムと呼ばれる時代のプロテスタント神学は、中世スコラ哲学の延長線上にあった。

このプロテスタンティズムが十八世紀に啓蒙主義の影響を受け、根本的に変化する。啓蒙主義の世界観は理性（合理）を基本にしている。そして、理性の光に照らして、すべての制度、習慣の中にある非合理的なものを排除しようとする。そして、理性で説明することができない不明瞭なものをすべて否定しようとする。

宗教改革にこのような啓蒙主義の起源はない。むしろ、十四世紀から十六世紀にイタリアを中心にヨーロッパ各地で展開されたルネサンスに啓蒙主義の萌芽がある。啓蒙主義は十七世紀における自然科学の発展に触発されて、適用領域を拡大していった。そして、自然科学的な方法を人間の知的活動の全領域に適用することを試みた。そこには宗教と道徳も含まれる。

それとともに歴史的背景もある。一六一八年から四八年にかけて三十年戦争が起きた。「神の国」を求めるカトリック教会とプロテスタント教会が地上で行ったことは、中央ヨーロッパにおける大量殺戮と破壊だった。教会に対する人々の不信は高まった。ここで影響力をもったのは理神論だ。ジョン・ロック（一六三二～一七〇四）とアイザック・ニュートン（一六四二～一七二七）の思想がプロテスタンティズムに大きな影響を与えるようになった。ロックもニュートンもイングランドで活動したが、その思想はヨーロッパ大陸においても強い影響を与えた。ロックは、経験によってのみ観念が生まれると考える。その経験は、外的経験すなわち感覚と内的経験すなわち反省によって成立する。ロックは、キリスト教は合理性によって基礎づけられるべきと考える。もっともロックの理解では、人間に理性を付与したのは神だ。それだから、聖書は神によって書かれたものであり、キリストは救済主であることを信じた。神がひとり子であるイエス・キリストをこの世界に派遣したのは、そのことによって神が人間に真の知識を普及するためと考えた。ロックは啓示の独自性を認めている。それと同時に神によって創られた自然には理性が働いていると考えたのである。

ニュートンは、ロックの自然観を発展させた。ニュートンは、理性に基づく自然界の法則が、人間の悟性が適用されるすべての領域を支配していると考えた。ニュートンは近代物理学の父であるが、物理学の世界において発見された原理が他の学問分野にも当然適用することができると考えた。この方法によって、世界が合理的に成り立っていることを、理性をもつ人ならば誰でも認識できると考えた。この発想が十八世紀のイギリスでキリスト教に対して適用されるようになった。キリスト教は、感情に走るべきでなく、冷静に受け止められるべきであると考えられた。合理性に裏付けられた信仰のみが真のキリスト教と考えられるようになった。ここから広教会主義という潮流が英国国教会に生まれた。

広教会主義の立場をとる人々は、英国国教会の構成員にとどまったが、典礼（儀式）、教義、教会制度を重視しなかった。伝統的な神学用語を世俗的言語に転換することが可能と考えた。広教会主義者は、キリスト教を理想的な道徳ととらえた。善行には報賞がある、悪行には懲罰があるという合理的言説にキリスト教を還元することが可能であると考えた。英国とチェコは、中世から教会間の交流が緊密である。マサリクにも無意識のうちに広教会主義の影響が及んでいる。

この考え方は、哲学的に理神論という形をとった。理神論の先駆者チャーベリーのハーバート（一五八三〜一六四八）は、理神論の五つの特徴をあげた。

1. 神の存在。
2. 神への礼拝。
3. 道徳。
4. 人間の義務としての罪の悔い改め。

5．報賞と罰則のための来世の存在。

これらの観念は、すべての人間に生来的に備わっているので、すべての宗教がこの五つの要素をもつと考えた。トーランド（一六七〇～一七二二）は、神も啓示も人間の理性によって理解可能であり、キリスト教に神秘的要素は存在しないと主張した。さらに理神論を集大成したティンダル（一六五五～一七三三）は、著書『創造と同時に古いキリスト教』において、神の創造は完璧であって、それに別の要素を付加する必要はないので、キリスト教は自然宗教であるとした。

このような理神論がイギリスの知的世界を席捲することに対して警鐘を鳴らしたのがジョージ・バークリー（一六八五～一七五三）だ。バークリーは、さまざまな観念は実在し、人間は実在としての観念を知ることができると考えた。物質がそれ自体として存在すると考えてはならない。物質は感覚される限りにおいて存在するのである。それだから、物質の存在は二次的である。観念は人間の精神から生み出されたものではない。こういう観念の存在は神によって可能になるとバークリーは考える。キリスト教のさまざまな観念は人間の精神によって生み出されたものではないが、これらの観念によって人間の幸福が増進されるのである。バークリーの思想もマサリクに影響を与えている。

バークリーとは別の論点で、理神論を徹底的に批判したのがデービッド・ヒューム（一七一一～七六）だ。ヒュームは「すべては疑いうる」という立場をとった。知識は、観念と観念の結合によって生じるが、それは習慣に基づくものに過ぎないと主張する。この結合に必然的な関係が存在するかどうかについて、人間が知ることはできないのである。ヒュームの立場を取れば、「明日、太陽が東から昇る」とか「すべての人はいつか死ぬ」ということも確実ではない。経験を超えた神の存在を人間が知ることはできないのである。神は存在するかもしれないし、存在しないかもしれないという以上のことを人間は言えないのである。

啓蒙主義の影響を受けたプロテスタンティズムは、自然や人間の本性について楽観的な見通しに立った。しかし、このような浅薄な宗教観に飽き足りない潮流も生まれた。それが敬虔主義である。チェコのプロテスタンティズムは、敬虔主義の影響を強く受けている。敬虔主義の父と言われるフィリップ・シュペーナー（一六三五～一七〇五）は、一六六六年にフランクフルトの牧師となった。三十年戦争が終結したのが、その十八年前の一六四八年のことだ。三十年戦争の結果、ドイツの国土は荒廃し、人口は三千万人から千二百万人に激減した。ドイツ人は同時代のイギリス人やフランス人のように、人間の理性を素直に信じることができなかったのである。

シュペーナーは、フランクフルトで家庭集会を行うようになった。そこでは聖書研究と祈りを重視した。シュペーナーの運動は「敬虔の集い」と呼ばれるようになった。家庭集会で、聖書から神の言葉を学び、悔い改めて新たに生まれなおすこと（新生）と宗教体験が信仰の中心となった。シュペーナーの敬虔主義に基づいて一六九四年にハレ大学が創設された。そして、この大学でシュペーナーの感化を受けたアウグスト・フランケ（一六六三～一七二七）が活躍した。フランケはシュペーナーの影響を受けて敬虔主義者になったためライプチヒ大学から追放された。そして、ハレ大学の古典学の教授として迎えられた。フランケは傑出した社会活動家で、ハレ大学は敬虔主義の中心地となった。フランケは、孤児院、印刷工場、聖書協会などを創設した。聖書協会は、一般の信者に聖書を普及させるための団体である。また、「デンマーク・ハレ外国伝道協会」を設立し、北米大陸やインドでプロテスタンティズムの宣教を行った。それ以前、カトリック教会と比較して、プロテスタント教会は、海外伝道に強い関心を示さなかった。

敬虔主義とチェコのプロテスタンティズムを結びつける上で重要な役割を果たしたのがザクセン選帝侯の息子であるニコラウス・ツィンツェンドルフ伯（一七〇〇～六〇）だ。ハレ大学で学び、敬虔主義者になった。そして、チェコのフス派の伝統を引くモラビア兄弟団が迫害を逃れてザクセン（サクソニア）にやってきたとき、ツィンツェンドルフは領内にモラビア兄弟団の人々に定住地を与えた。モラビア人はこの土地を「ヘルンフート（主の守り）」と呼んだ。そして、この人々は「ヘルンフート兄弟団」とも呼ばれるようになった。この人々は、西インド諸島、グリーンランド、北米大陸、エジプト、南アフリカなどで積極的な宣教活動を行った。ヘルンフート兄弟団の特徴は、キリスト教に対する抵抗感が強い地域に積極的に出かけていくところにあった。

フロマートカは、ヘルンフート兄弟団との精神的結び付きについて自伝においてこう述べている。

〈私の生まれたホドスラヴィッツェ村はモラヴィアの北東部にあり、モラヴィアン・ヴァラキアとクラヴァリア（ラシュコ）の境界線上にある。ベシュキート山脈にかかった雪がこの地域に特別の魅力を与えている。モラヴィアとシレジアの境界線もそう遠くない。私の村は、住民が少しポーランド訛りで話す地域にある。ラシュコの人々の行動様式はすべてモラヴィアン・ヴァラキアの人々とは異なっている。しかし、深い精神的伝統がわれわれプロテスタントをヴァラキアの村々と親密に結びつけている。なぜなら、かなり多くのプロテスタントが密かに山の中で抵抗していたからである。そこにプロテスタントが存在できたのは、山の隠れ家や洞穴に入り込むのは極めて難しいため、反宗教改革の影響が極めて限定されていたということと、チェシン市付近においては、一七〇九年にプロテスタントはいわゆる恩寵教会の建設を許されていたということによる。チェシンからの敬虔主義の影響はかなりわれわれの村にも及び、十七世紀の終わりから寛容令が布告される一七八一年までの間に、隠れプロテスタント集団の雰囲気に強い影響を与えた。チェシンの教会は隠れプロテスタントを魅きつけ、その精神生活を支えた。ヘルンフート兄弟団の創設者であるツィンツェンドルフ伯と共にサクソニアに行ったクリスチァン・ディヴィッドはわれわれの地域の出身であったということも述べておいたほうが良いだろう。数家族のプロテスタントがディヴィッドについていった。アングロ・サクソン世界において、ヘルンフートのキリスト教徒が「モラヴィア兄弟団」（モラヴィア教徒）の名で知られているのはこのためである。モラヴィア東部で発達したプロテスタント共同体はフスから白山の戦いまでのチェコ宗教改革の古典期と密接に関係していると言えよう。〉（ヨゼフ・ルクル・フロマートカ［佐藤優訳］『なぜ私は生きているか――J・L・フロマートカ自伝』新教出版社、一九九七年、二一～三頁）

この敬虔主義の感覚がマサリクにはない。フロマートカと比較して、マサリクには合理性を重視する実証主義者としての傾向が強い。このことがフロマートカとマサリクのドストエフスキー理解の差異を生み出す要因となっている。

マサリクはカントを批判するが、第三者的に見るならば、カント哲学の枠組みで思考している。もっともカントにおいて稀薄だったキリスト論を、倫理において回復しようとしている。フロマートカは、マサリクのキリスト論をこう整理する。

〈マサリクはイエスに於て、真理と責任ある自由と愛の綜合を見出した。彼は、文明が完成され統一される能力は、イエスに於てのみ持つ事が出来ると、信じたのである。即ち、それは不信と無神論と懐疑主義に対する真理の力、道徳的嘲笑主義と放蕩と混沌に対する責任ある自由の力、利己主義と横暴と暴力崇拝者に対する愛の力である。マサリクは、彼の二著書を次の様に力を込めた告白と警告の言葉を以て終つている。「イエスを、而してカイゼルにあらざれ!」と。「新欧洲」(一九一八年)は「イエスを、而してカイゼルにあらざれ。これは民主的欧洲にとつての警語である。」と結ばれている。「世界革命」(一九二五年)の結語は「イエスを、而してカイゼルにあらざれ——これが我々の歴史と民主々義の意味である事を、私は繰返すのである。」との思想を以てなされている。確かに彼の思想は、イエスの福音の人本主義的解釈によつて影響されていた。彼が熱意を以て合理的解明に努めた結果、罪の深さと神の恩寵の奥義は暗くなつたけれども、イエスはマサリクの思想とマサリクの道徳的感受性とマサリクの政治的決断に対して、強く肉迫し続けて居給うのであつた。それ故に、イエスの権威の偉大性が抑制され、マサリクより忘れ去られてしまう事は不可能であつた。我々は、国家的政治的領域を超越し、一切の社会的文化的理想よりも優れた規範と至上権威を、イエスに於て持つているのである。マサリクは、ドストエフスキイの大審問官が為した烈しき挑戦を知覚していた。イエスを捉えて、諸君の国家的抱負と政治的規範に協調させようと努めるならば、諸君は文化と文明の真の基礎と道徳的政治的秩序の土壌の中に、破壊の種子を播く事になるであろう。〉(ジョセフ・ロマデカ[土山牧羔訳]『破滅

と再建』創元社、一九五〇年、九一～九二頁。引用にあたって、旧漢字は新漢字にあらため、仮名遣いはそのままにした）

前に述べたようにカントの政治観、道徳観は、ニュートン物理学の均衡モデルによってつくられている。カエサルでなく、イエスを基準に世界を見るべきであるとマサリクが考えているのは、世界に「破れ」があるからだ。普通の人々には、その「破れ」が見えない。この「破れ」を見ずに人間の理性によって理想社会を構築しようとするのが、大審問官であるとマサリクは考えた。それだから、マサリクは大審問官の中に人間絶対主義を認め、それを拒否したのである。

もっともフロマートカの大審問官理解は、マサリクと異なる。大審問官も世界の「破れ」に気づいていたとフロマートカは考える。「破れ」を直視した上で、誠実に愛を地上に実現しようと大審問官は努力しているというのがフロマートカの解釈だ。

フロマートカは、マサリクを通じてドストエフスキーを理解した。この点についてこう記している。

〈マサリクは一八九二年に、ドストエフスキイに関した論文を熱意を以て書いた。それは、私が今までに読んだ書物の中で、最も熱烈に書かれ、私を狂喜させるものゝ一つである。「我々はドストエフスキイ以上に、真面目な人物を考える事は不可能であろう。」マサリクの評によれば、ドストエフスキイは真面目な人であつた。而して、猶も諧謔の人であつた。彼は笑わなかつたけれども、微笑した。カントの「極悪」に関する解説を読んでも、ドストエフスキイを読む程の身震いを感じはしないであろう。マサリクに従えば、此のロシア人は、此の時代に存在する最も偉大なクリスチヤンであつた。彼は弱者、貧者、悲しめる者、悪人、犯罪人、徒刑者、彼の作品にで丶来る「凌辱された者と傷けられた者」等の為に愛の限りを尽した。彼は最も破滅した人々の心の中に、浄き火焰が燃え上るのを、理想に描いていた。彼が、変態性慾と性的罪悪を作品の中に取り扱う時にも、結婚や男女関係に対する態度は純潔で高尚であつた。ドストエフスキイの大審問官は、我々の時代に対する恐ろしい論告であつた。即ち、現代は叛逆と否定の哲学の勢力下に於て、厭世主義と自殺的狂気の中に滅亡してゆく。そして、不信と外面的圧制的方法によつて、人間の幸福を築き上げる道を、索ね求めているのである。〉（前掲書九二〜九三頁）

マサリクは、ドストエフスキーのユーモア（諧謔）に注目した。人間は、認識の限界に突き当たったときに笑う。この笑いを文学作品に取り入れることによって、ドストエフスキーは無意識のうちに存在論を展開したのである。カントにはユーモアが欠けるとマサリクは考えた。真の道徳は、ユーモアによって、逆説的に示されるのである。もっとも破壊された人間の心の中で、愛のリアリティーが見いだせるのであるが、そのリアリティーはユーモアとともに現れる。この逆説に、人間存在の中に埋め込まれた神の啓示があるのだ。

ドストエフスキーが、『カラマーゾフの兄弟』において、大審問官を描いたのは、近代人が構築している文明社会の行き着く先に大審問官型の恐怖社会があると予測したからだ。その恐怖社会を、イエスとの出会いによって逆転させることを狙ったからである。

しかし、このようなフロマートカの解釈とマサリクのテキストに即したドストエフスキー観の間には乖離がある。このような批判が生じることを想定し、初期と後期でマサリクのドストエフスキー観が変遷したのだという予防線を張る。

〈マサリクはドストエフスキイに就いて、斯くの如く評価するのであつた。然し二、三十年程経つた後、彼はドストエフスキイに対して冷静になり、次第に穏健になつて来た。マサリクは、ドストエフスキイの作品中に描かれたアリヨシヤ、ミシキン、ソニア、ゾシマ、マカル等に大いなる愛を持つていた。これらの人物は、ロシア精神が秘蔵していた愛と同情の宝玉であり、欧洲と全世界の人々の為の遺産であつた。マサリクは、ドストエフスキイが為した現代人の分析と、現代人の悲劇的終局の分析に対して、誠実の籠つた同意を表明した。然しマサリクは、ドストエフスキイの中に、頽廃に関して一つの混乱したモーティフがあり、真理に対する正直と献身とに就いて、一つの欠点がある事を看取していた。マサリクは無条件の真実と誠実を主張した。愛と真理、真理と愛の絶対的調和と綜合を我々が保ち得る限り、保たなければならない。マサリクの綱領は、「真理に対して忠誠である強き信念と、人に対する愛と同情に燃ゆる心！」であつた。ドストエフスキイは、真理を犠牲にしても愛の実行を志し、その為には妥協をも敢て冒そうとした様に思われる。ドストエフスキイはキリストを愛した。然し、彼は真理にありてキリストを愛したか？　彼の心は、懐疑から全く自由に解放せられていたであろうか？〉（前掲書九三〜九四頁）

初期のマサリクは、ドストエフスキーの逆説を額面通りに受け止めた。ユーモアによって、キリストの愛をドストエフスキーが示そうとしたと考えた。そこで、ドストエフスキーが逆説的に提示しようとしたのが、「真理に対して忠誠である強き信念と、人に対する愛と同情に燃ゆる心！」、即ちマサリクのキリスト教観と同じであると考えた。しかし、マサリクは次第に不安になってきたのである。ドストエフスキーは本心から逆説として悪を述べているのではなく、逆説という体裁を取りながら、実はシニカルな言説を読者に提供しているのではないかという疑念がマサリクの中で膨らんでいったのだ。

〈嘗て、ドストエフスキイがシベリヤにいた際、キリストに就いて次の様な熱情を込めて、個人的手紙を書いた事がある。それには「キリスト以上に美しさ、深さがあり、同情あり、理に適い、勇敢で完全な者は、他に何者も無い！」と、書かれていた。若しも誰かゞ、キリストは真理以外の者であつて、真理とはキリストより異つた全然別個の何物かである事を具体的に証明する事が出来るならば、ドストエフスキイは真理を拒絶して、キリストに与するであろう！　これがキリストとキリストの愛と憐に対する、ドストエフスキイの情熱の圧倒的な表現であろうか。然し同時に、それは彼の警告的気分の緊張と皮肉的矛盾と悪魔的誘惑が存在する、この奇妙な証明ではなかつたであろうか。我々はドストエフスキイに於ける此の対立と不調和を、誇張したり強調してはならない。キリストの愛が、真理の道を外れる事は、決してあり得ないとの強い信念を持つて、早合点を防がなければならない。更に、ドストエフスキイが真理に就いて苦悩し、知的道徳的疲労に遭遇した結果、欧洲の危機に於ける罹災者の一人の如く成つた形跡が見出された時、マサリクの迷は益〻増加したのであつた。如何にしてキリストは、真理を持たないで大審問官を克服する事が出来たのであろうか？　実に不可解な観念ではないか？　何と「ジエスイット的」で

はないか！〉（前掲書九四～九五頁）

ドストエフスキーは、革命思想からキリスト教信仰に転向したことになっている。それは、果たして真実なのだろうか？　偽装転向ではないのだろうかという疑念をマサリクはもったのだ。マサリク自身が革命家である。チェコ民族の独立のためには、テロリズムの行使が必要になるということをマサリクは冷徹に認識していた。マサリクが革命運動への関与の度合いを深めるにつれて、ドストエフスキーは、偽装転向した革命家であり、その小説も、キリスト教信仰への回帰を訴える保守的体裁を取りながら、そこから読者の心の底にある革命に向けた衝動を引き出そうとしているのではないかとマサリクは思い始めたのである。

マサリクは、ドストエフスキーをロシアのコンテクストで読むことをやめた。ロシア正教を一旦括弧の中に入れて考えてみることにした。ドイツ古典哲学は、マックス・シュティルナーを経て、一方において、フォイエルバッハ、マルクスという方向への発展を遂げた。他方、シュティルナーから、ニーチェへのニヒリズムに発展していった系譜もある。このニヒリズムの系譜でドストエフスキーを読むことも可能であるとマサリクは考えた。

〈欧洲の実情を注意深く警戒し、右傾と左傾の脆弱に対して、不屈の闘争を敢行すべく、マサリクは教訓を得たのであつた。カントとゲーテ、フイヒテとスチルネル、ヘーゲルとショーペンハウエルによつて展開せられたドイツ哲学は、最後に形而上学的絶望とニイチエの超人を以て終つたのである。権力と残忍の本能によつて真理は軌道を脱れた。同じ真理が、ドストエフスキイの愛と同情によつて危くせられたのではなかつたか。ドストエフスキイと、彼が作品の中に語り擁護した人物は、恐しい誘惑に遭つて、真理無くして、即ち神無くして、同情と幸福と博愛の王国を建設する事を計画したのではなかつた。ドストエフスキイの魂の中に存在した絶えざる誘惑は、バベルの塔では無かつたであろうか。〉（前掲書九五頁）

ドストエフスキーにはユーモアがある。このユーモアによって、否定的人物や否定的事象を覆し、キリスト教信仰への回帰を訴えているように見える。しかし、そのような形で得られた信仰が、人間の生き死にの原理にはならないという感触をマサリクは得たのである。すぐに覆されるような逆説をあえてドストエフスキーは提示しているのではないかという懐疑心がマサリクの中で徐々に膨らんでいった。そして、ドストエフスキーは、革命を人々に教唆しているのではないかと疑うようになった。その革命は、理想社会を構築しようという積極的原理に基づくものではない。一切は無であるというシュティルナー型のニヒリズムに基づく革命だ。ロシアのニヒリズムは、既成の秩序を認めず、新たな社会を構築するという積極的原理をもっていた。しかし、ドストエフスキーのニヒリズムにはそのような積極性がない。愉快だから革命を行うのである。それ以上でもそれ以下でもない。『カラマーゾフの兄弟』の登場人物に即して言うならば、スメルジャコフの思想に基づいて革命を行うことになる。それは世界的規模での破壊をもたらすことになる。マサリクには、ドストエフスキーの思想が極めて危険に見えるようになった。

〈ドストエフスキイに対する、マサリクの批判は更に増大した。その批判は、マサリク自身の過度の合理主義と世俗主義に依つているのか、或はドストエフスキイが荒海の見えない深い底に向けた適確な洞察力に依つているのであるか、私は明確には知らない。ドストエフスキイに対するマサリクの抗議は、これ迄に私が語つた問題のみではなかつた。然し、マサリクはドストエフスキイに就いて、次の点に於て愈〻懐疑的になつたのであつたと、判断して差支ないと思う。即ち、ドストエフスキイの心の中には、アリヨシヤがイヴンに勝ち、キリストが大審問官に勝ち、ソニアがラスコルニコブ（引用者註＊ラスコーリニコフ）に勝ち、純粋の信仰が無神論的叛逆に勝つたか否か、明確でなかつたのである。彼の「若き青春」の中に彼は懐疑的心の絶望の極に、愛を以て天国を荒らし、普遍的博愛によつて神の空位を補充しようと試みる無神論的人本主義者になる事を、空想に描かなかつたであろうか。〉（前掲書九五〜九六頁）

『罪と罰』において、ソーニャの素朴な信仰がラスコーリニコフのニヒリズムを打ち破ったように見える。しかし、そのようなテキストの読み方でよいのだろうか。ソーニャは、福音書をラスコーリニコフに読んで、回心を促した後も、売春によって生活するという態度を改めない。このような生活と分離した信仰がほんものの信仰なのだろうか。この程度の信仰でニヒリズムを克服することができるのであろうか。

『カラマーゾフの兄弟』において、アリョーシャは、イワンの発言を反復するだけである。イワンのニヒリズムを打ち破るほどの強い信仰がアリョーシャにあるのだろうか。アリョーシャを通じて、ドストエフスキーは無神論を称揚しているのではないだろうか。後期のマサリクは、ドストエフスキーの逆説的信仰を疑うようになった。

もっともフロマートカは、このようなマサリクのドストエフスキー解釈の変遷に関して、自らの立場を明確にしていない。マサリクの立場について、肯定も否定もせずに、判断を留保している。その上で、一九一七年のロシア社会主義革命を理解するために、マサリクがドストエフスキーを繰り返し読んだことを強調する。

〈それにも拘らずマサリクは、ドストエフスキイやトルストイや、西方人種とスラブ民族の両方を含めてロシアの主な思想家の総てに、深い同情を所有していた〔。〕マサリクにとつて、一九一七年の革命はロシア人の非常な騒擾を反映し、新しい更に人道的な世界を求める熱烈な焦慮を反映していた。レニンの哲学はマサリク自身の信念と一致出来なかつた。ボルシエビクスの革命的実践が、残忍性と暴行を以てした事は、マサリクを驚愕させた。ボルシエビクスの人々は、革命的に未開な野蛮人の姿を確実に示した。彼等の多くは、正義と博愛による新しい世界を欲求するよりも、破壊の為の熱情が更に強いのであつた。彼等は、旧時代の皇帝主義者《ツアリスト》達の方法手段を用いた。彼等は皇帝《ツアー》を打倒した。然しツアリズムを克服しなかつた。然し、最大限度の克己と勤勉を以て、自己犠牲を遂行した。彼等は超人の幻によつて導かれる代りに、貧者や弱者の為と、人類の為と、「幸福な世界王国」の為の熱心を以て導かれたのであつた。これは、破壊と叛逆と憎悪と復讐の勢力の背後に、屢〻潜んでいた最強のモーティフの一つであつた。今も猶、ロシアの著述家、思想家、言語家、革命家に就いて、少しでも知つている者であるならば、それを誰でも感知する事が出来るであろう。マサリクは、ロシア革命の爆発を了解する為に、ドストエフスキイを繰返して読んだのである。〉（前掲書九六〜九七頁）

ドストエフスキーは、ロシア革命に二重性を認めた。一面においてこの革命はロシア固有の現象だ。ロシア帝国はあまりに硬直化し、帝政を維持したままで近代化を実現することができなくなっていた。そこで、社会主義という装いでロシア帝国が生き残るために革命が起きたのである。レーニン、トロツキー、ブハーリン、スターリンなどのボリシェビキが、帝政ロシアの官僚と同じような暴力的手法で統治したことは、この視座に立つならば何の意外性もない。マサリクはマルクスのテキストを詳細に読んでいた。レーニンよりもマルクスの思想、特にその哲学的側面について通暁していた。マサリクは、レーニン主義がマルクス主義とは別の起源をもつことに気づいていた。それは、帝政ロシアのニヒリズム思想である。

この認識は、ロシア革命における別の側面についてのマサリクの認識と関係してくる。ロシア革命は、普遍的現象であった。しかし、マルクス主義に基づく普遍的革命ではない。世界的規模で広がるニヒリズム革命だ。既成の秩序を認めずに、貧者や弱者の救済と地上に千年王国を建設しようとするニヒリズムなのである。

フロマートカは、ロシア革命について、超人の幻によって導かれるのでないと整理しているが、これはマサリクの理解と異なる。マサリクはロシア革命が超人幻想（タイタニズム）によってもたらされたものだという認識を明確に抱いていた。フロマートカはこの側面を無視している。

フロマートカのマサリク解釈において特徴的なことは、マサリクのドイツに対する警戒感を強調することだ。

〈ドストエフスキイは、アレキサンダー二世（一八八一年）が暗殺せられた一ヶ月前に、ロシアの歴史の暗黒な険悪な荒涼とした時代の当初に於て死去した。マサリクは一九三七年に、即ち彼の国の悲劇の前年であり、全欧洲が大戦に巻き込まれる二年前に死去した。マサリクは、己が批判に反して、西欧の民主的世界、主として英米諸国は、猶も建設的宗教的道徳的社会的政治的偉大性の多くを保持していると信じていた。彼が真剣に試みた事は最も深いプラトン的モーティフと、カントの道徳哲学と、ドストエフスキイの現代に於ける精神的痼疾に対する洞察の、綜合を造り出す事であつた。彼は欧洲の大衆が企てゝいる社会的噴火的止揚を中絶させ得る間に、極度の社会改良を完成させようと、活潑に努力していた。彼は、新しい社会が革命的社会混乱によつて、全面的な非キリスト教化に終る事を回避する為に、心を悩ませていた。彼は、現代世界が非常事態に臨んでいる事を知つていた。然し、最悪の悲劇が終つた後、「若し出来るならば、世界大戦によつて我々の古い制度のみでなく、推移しつゝある革命的時代をも、全面的に克服しよう」と、希望していた。彼はアングロサクソンの人々に、大きな信頼を懸け、彼等の持つている道徳的正直と、政治的自由と、純粋の敬虔の精神を、心から信頼していた。彼が祖国の国民に強く要求したものは、ジョン・ハス（引用者註＊ヤン・フス）の最も秀れた遺産である「一致同胞教会」と、ジョン・アモス・コメニュース（引用者註＊コメニウス）のキリスト教的真理と愛の遺産を、新しく理解し復活させる事であつた。マサリクが常に心を悩ましていたのは、一方に於て現代人の柔弱化であり、他方に於て暴力主義的汎ドイツ民族的哲学に就いてゞあつた。特に、彼はドイツの軍国的巨大主義に就いて予知した事柄を、決して黙してはいなかつた。然し、彼は此の事実によつて、民主的世界に一つの教訓が与えられ、彼等は崩壊した社会を再建し、再形成する事が出来ると、確固たる自信を以ていた。彼の標語であつた「イエスを、而してカイゼルに非ざれ！」の言葉は純な希望を以て、強力な民主的精神が道徳的に、精神的にその建設的任務を果す事を指示していたのである。〉（前掲書九七〜九八頁）

ロシアの共産主義、ドイツのナチズムは、共にニヒリズムによる革命とマサリクは考えた。このような革命の預言者として、マサリクはドストエフスキーに着目したのである。この革命を回避することはできない。しかし、西欧社会に蓄積されてきたヒューマニズムの力によってニヒリズムを克服することが可能であるとマサリクは考えた。そして、キリスト教的ヒューマニストとして、イエス・キリストをとらえたのである。

フロマートカは、ヒューマニズムの可能性に関しては懐疑的だった。それは、フロマートカが人間中心主義に対して徹底的に否をとなえたカール・バルトと神学的基本線を共有したからである。しかし、バルトのように人間の可能性を全面的に否定するのではなく、かすかな希望を託した。ここで、カレル（プラハ）大学教授で、フロマートカの盟友であったエマヌエル・ラードルからフロマートカが受けた影響が大きい。

〈マサリクの弟子で、プラーグ大学の哲学教授であつたエマヌエル・ラドル（一八七三年―一九四二年）は、大戦後の自由主義的民主々義的精神に就いて、更に批判的であり懐疑的であつた。戦後のアングロサクソン諸国が、道徳的無秩序と精神的頽廃と冷たい主知主義の細菌に侵されて、欧洲文明の最も良き伝統と旧新約聖書と古代哲学の真理の探求と中世紀的騎士道の精神と清教徒的道徳上の潔白とカルビン主義の規律に無関心になつた事を、意識して非常に悲しんだのである。ラドルの見解によるとデイー・エチ・ローレンス、ジエームス・ジヨイス、アルドウス・ハクスレー（引用者註＊オルダス・ハクスリー）、リトン・ストラケイ（引用者註＊リットン・ストレイチー）、バートランド・ラツセル、フロイド等に対する、変態的関心と潜在意識崇拝等は、欧洲が険悪な崩壊に直面している徴候であつた。ラドルは彼の著した「哲学史」（一九三三年）に、「英国が欧洲の精神的脊柱でなくなつた事によつて、如何に多くの混乱が我々の間に起つたかを、知り語り得るのは誰であろうか。」と言つている。〉（前掲書九八～九九頁）

フロマートカの理解によると、ラードルはチェコスロバキアの文脈において、ドストエフスキーと同じ内容について語っているのである。特に心理学の興隆をラードルはヨーロッパの病理現象と考えた。ジグムント・フロイトはチェコ出身である。人間の無意識についての探求は、中央ヨーロッパでユダヤ教のカバラー主義者が関心を持ち続けた問題である。フロイトはそれを医学的言語を用いて、心理学という新しい学問で提示したのである。人間の無意識に過度に依存する傾向が、ニヒリズムの変種であることにラードルは気づいたのである。

〈ラドルはアメリカを愛した。長年の間、ラドルは彼の国チエッコスロバキアに於ける「基督教青年運動」の知的指導者であつた。彼は、その運動を、アメリカが欧洲大陸の再建のために為した最良の貢献の一つであると、理解していた。然し、アメリカの増大しつゝある精神的危機が、欧洲の悲劇的終局を促進させている事実を、非常に悩んでいたのであつた。米国に於て、大戦前に盛であつたリヴイヴル運動が潰滅し、清教徒精神が衰退し、経済的に動乱し、宗教に於ける相対主義と神学に於ける自然主義の傾向が強くなり、外国伝道への無関心が増大しつゝあつた。此の事実が警告すべき不穏な精神的道徳的状態の結果である事を、ラドルは看破したのであつた。シンクレヤ・ルイス、エイチ・エル・メンケン、セオドア・ドライサー達の名や、アメリカの歴史哲学に透徹しているマルクス的経済的唯物論の精神や、真理に対する熱意の欠乏や、古代と近代の歴史的重要事件に対する冷笑的批判的態度や、共産主義的過激論と極端な平和主義の横行――之等の一切は、英米に於て現代アングロサクソンの精神が責任に就いて無感覚になり、より良き世界組織を建設する熱情が益〻欠乏しつゝある騒乱した事実に就いて、ラドルが心証した所である。ラドルの見解によれば、アングロサクソンの知識階級は、個人的には社交的で正直であるけれども、現今の歴史の意義を捉える事が不可能である。〉（前掲書九九〜一〇〇頁）

チェコ思想には、英米の経験主義の影響が強い。これは中世後期に、ヨーロッパの知的世界において唯名論（ノミナリズム）が大勢を占めていたにもかかわらず、オックスフォード大学とカレル大学において実在論（リアリズム）が主流だった伝統を継承するものだ。実念論の前提とされた、目に見えないが確実に存在するリアルなものが英米人の心から消え去りつつあることにラドルは危機を覚えたのである。

〈若しも、西欧が精神的に知的に柔弱になつて頽廃するならば、誰が欧洲と他の大陸を無秩序と全体主義的横暴より救う事が出来るのであろうか。現今の哲学者よ、著述家よ、神学者よ、政治家よ、――諸君は次に来ろうとしている悲劇的終局に対して責任を持つている！　諸君の国々を災害に導きつゝあるのは諸君だ！　諸君は今、古来未曾有の奴隷化に直面している！　罪悪ぞ汝等のものなる！　ラドルは斯くの如く一九三二年頃、既に叫んでいるのである。幾年か前に彼は一度、欧米の知識階級の精神状態に就いて解釈し、深き嘆息を以て次の如く閉じた。即ち、「日暮れて四方は暗く、我が霊はいと淋し、よるべ無き身の頼る、主よ偕に宿りませ。」と。

ラドルは、欧洲の知的昏睡状態が険悪化しているのを眺めた時に、全体主義の奇怪な制度は、混乱した人間の精神に対して怒り給う神の鞭の如く感ぜられたのであつた。社会は、柱石と連帯性が無いならば、存在する事が出来ない。若しも、人々が神と真理と絶対的道徳的規範に対する信仰を失つて神の聖旨の啓示に聴かなくなる時に、彼等は非人格的運命を信じたり本能を信じたり、人種と血と経済的利益を信じたり権力と暴力を信じたりする様になるのである。〉（前掲書一〇〇頁）

第18章　エマヌエル・ラードル

エマヌエル・ラードルは、チェコでもほとんど忘れ去られてしまった思想家だ。フロマートカは、チェコ人の民族的アイデンティティーを考える上で、ラードルがきわめて重要と考える。それは、ラードルがドストエフスキーが問題にしたのと同じ事柄を、別の言葉で語ったとフロマートカが考えているからである。結論を先取りすると、フロマートカにとって、ドストエフスキー、マサリク、ラードル、そしてカール・バルトは、すべて同じ事柄を別の言葉で語っている預言者なのである。

ラードルは、一八七三年十二月二十一日、プラハの西三十五キロメートルにあるプィシェリ村で生まれた。両親は商店を経営していた。少年時代から成績が抜群に良く、プラハのカレル大学で数学と生物学を学んだ。昆虫の神経システム、植物の屈光性、視覚の進化に関する研究に従事した。その結果、ラードルは歴史や社会を生態系として理解するようになった。

ラードルは、一九〇四年にカレル大学哲学部の自然哲学・博物学科の助教授に就任した。そして、進化論について本格的な研究をする。ラードルは、ハーバート・スペンサー流の適者生存の社会進化論に反対する。生物にも、民族にも、独自の生態系があって、棲み分けが可能であるという立場を取った。ラードルは近代文明が近未来に行き詰まると考えた。それは、人間の能力のごく一部であるに過ぎない理性によって、人間と世界のすべてを解明することができるという誤った方法を近代人が採用したからである。それと同時にラードルは、チェコ人とスロバキア人が、ハプスブルク帝国から分離して、独立国家をもつべきであるというマサリクを支持するようになる。チェコスロバキア共和国は一九一八年に創設されたが、ラードルはマサリクの盟友になる。マサリクもラードルも、チェコ人が偏狭なナショナリズムに陥る危険を強く自覚していた。チェコスロバキア共和国において、チェコ人とスロバキア人、ハンガリー人、ルシン人、ドイツ人が実質的に平等な地位をもつことができるように腐心した。もっとも、ドイツ系住民の政治活動を保障したことが、後にチェコに在住するドイツ人の多くがナチスを支持し、チェコスロバキア国家が崩壊する原因を作り出すのである。

さて、マサリクは、合理主義者であり、実証主義者だった。フロマートカとラードルはマサリクの思想に物足りなさを感じるようになっていく。晩年の自叙伝で、フロマートカはラードルに接近していった事情についてこう記している。

〈マサリクは、合理主義と実証主義、さらにキリスト教信仰を世俗的、文化的、理性的、倫理的影響の下で理解しようとした点で十九世紀の人物であった。私は現代人の宗教的危機に関するマサリクの分析に魅きつけられた。マサリクが成しとげた、ゲーテの『ファウスト』、ミュッセからバイロンとレールモントフのロマン主義を経て、ニーチェに至るまでの十九世紀のタイタニズム（巨人主義）の研究は、チェコ文学史上における、近代人が真剣にいわゆる宗教問題を追究した不朽の著作である。ファウストのタイタニズムを、マサリクは客観的真理や束縛と考えられていたすべてのものに対する個人の闘争であると考えた。マサリクは主観主義に対し、また倫理的規範と知的真理を外的世界の物質のレヴェルに矮小化したり、人間の主観をすべての真理と倫理規範の源泉にしようとするすべての試みに対して闘った。人間は自己の主権の支配者にはなれない。マサリクは現代の実存主義に行きつくような傾向に極めて批判的だった。しかし、神は自己を受肉と言葉によって啓示するという啓示宗教に対するマサリクの実存的批判は、マサリク自身が、知的、道徳的活動、責任感において人間の人格は精神的価値秩序において最高の権威を有しているという考えから抜け出せていないことを示す証拠であった。一八九〇年代初期に書かれたドストエフスキーに関する研究とキレーエフスキー哲学を分析するなかで、われわれが啓示と呼ぶ出来事の入口にまでマサリクは到達したようであった。しかし宗教を取り扱った後期マサリクの哲学は、徐々に明確に古典的キリスト教が常に信仰と生活の源泉と基礎であるとみなしてきたすべてのものを否定した。政治、文化面のマサリクの権威に対する私の取り組みは二義的関心となり、マサリク宗教哲学に対する積極的批判にとって替わった。マサリクの最も著名な弟子の一人であるエマヌエル・ラードルによれば、マサリクはあまりに静的な哲学者であり、倫理的合理主義が旧・新約聖書におけるすべての思想の出発点、われわれの文明に特有の性格を与えているものを理解できなくしてしまった。マサリクは哲学と真理の支配者になろうとし、そのため上からやってきて、神と仲間の人間に仕えるようわれわれを導く真理に対する開かれた素直な関係を見落としてしまった、とラードルは考えた。哲学教授であるラードルとの協同作業は、私にとって最も重要な経験であり、私自身が与えるよりも、ずっと多くのものを得たケースであった。〉

（ヨゼフ・ルクル・フロマートカ〔佐藤優訳〕『なぜ私は生きているか——J・L・フロマートカ自伝』新教出版社、一九九七年、四二～四四頁）

フロマートカは、ラードルとの接触を通じて、マサリクのドストエフスキー解釈に対する違和感の理由がわかったのだ。マサリクは、カントの限界に気づいた。しかし、合理主義と実証主義の枠組みから抜け出すことができなかった。ドストエフスキーがもった人間存在の根底が不安定であるという危機意識がわからなかった。マサリクが啓蒙を信じたからである。それだから、レーニンたちボリシェビキを突き動かした情熱や衝動の本質を捉え損ねた。マサリクにとって、ロシア革命は、ボリシェビキが国家権力を奪取したクーデターに過ぎず、ロシアの根本構造は変わっていない。少数のエリートが、暴力装置によって圧倒的大多数の大衆を支配しているにすぎない。ボリシェビキとは、帝政ロシアの軍服を裏返しにして着ているに過ぎないのである。

マサリクにとって、ロシアの社会主義革命は、非文明的で、非民主的な暴力革命に過ぎなかった。しかし、フロマートカやラードルは、近代の限界を超克しようとするエネルギーをロシア革命の中に認めたのである。このこととマサリクがキリスト教における啓示を人間中心主義（ヒューマニズム）の立場から批判したことが根底でつながっているようにフロマートカには思えた。マサリクの思想には外部がない。もちろんマサリクにおいても超越はある。それは人間の心理作用として説明することができる内在的超越なのである。これに対して、フロマートカにとって神の啓示は、徹底的に外部的なものだ。それと同様にロシア革命も外部の出来事なのである。それだから、フロマートカは、チェコのプロテスタント教徒たちは西欧のブルジョア文明に慣れ親しんできて、特定の文化形態とキリスト教を区別することができなくなってしまったために、ロシア革命を理解できないと考えた。

ドストエフスキーは、これから理解不能な世界が出現することを預言した。マサリクはドストエフスキーの言葉に耳を傾けたが、それを預言とは捉えなかった。人間中心主義者のマサリクにとって、合理性を欠く預言自体が唾棄される表現形態だったからだ。マサリクは、十九世紀の精神を体現していたのである。これに対して、フロマートカは、二十世紀の精神で世の中を見た。二十世紀の知性は、理性の限界を前提にした上での反啓蒙主義によって特徴づけられている。その観点からすれば、ロシア革命も、バルトによる「人間が神について語るのではなく、神が人間について語ることに素直に耳を傾ける」という人間中心主義から神中心主義への転換も、ロシア革命が無神論、バルトによる神の再発見が有神論という違いはあるが、外部に超越的な存在を見出したという点は共通している。

ラードルは、フロマートカとは別のアプローチ、すなわち生態系を動かす背後に、生命の原理があり、そこに歴史と人間を支配する神があるという考え方から啓示を受けいれた。フロマートカとラードルは、「YMCAアカデミー」の活動に積極的に取り組む。そこで、ドストエフスキーの世界観について、積極的に検討する。YMCAアカデミーは、YMCAから一九二七年に分離した研究機関だ。フロマートカとラードルの共同編集で雑誌「キリスト教評論」を刊行した。このなかで、積極的に社会主義の問題を取り上げる。このときの導きの糸になったのが、ドストエフスキーの世界観だ。フロマートカたちは、ドストエフスキーをロシア革命の預言者であると解釈した。ドストエフスキーは、大審問官に両義性を見ていたというのが、フロマートカの解釈の特徴だ。大審問官は、自由に耐えることが出来ない人間に、現実的に平等（パン）を保障する愛の人なのである。同時に暴力による人間に対する支配は、イエス・キリストの教えからかけ離れているので、受けいれることができない。大審問官の両義性を、ロシアの共産主義者もあわせてもつのだ。

〈「大学YMCA」（引用者註＊YMCAアカデミーのこと）の活動に関してマルクス主義社会学者イリナ・シクロヴァは次のように述べている。「大学YMCAのメンバーたちはマルクス主義の哲学と社会主義・共産主義の思想にたいして精力的に関心を示した。そして、人々は、大学YMCAの『中立』の地平で、他の場合や場所ではとても戦わせることができない見解を戦わせた」。しかし、シクロヴァは他方で、大学YMCAのキリスト者たちの共産主義に関する議論は「最終的に学問的拘束力をもったものではなかった」、また、「『下から』の革命的な権力掌握による変革よりも『上から』の社会改革による変革を待望するものであった」と述べている。ロマドカの優れた研究者ノイメルカーは、「大学YMCAの一つの意図は、もちろん、共産党の国家破壊的な傾向を阻止するということであった」と述べる。これらの証言が当時の大学YMCAにおける共産主義をめぐる議論の雰囲気を表わしている。次のようなロマドカの言葉はこの大学YMCAと一体となった彼の当時の共産主義理解を示すものであろう。すなわち、「ロシアの教会の（一九一七年以降の）事態は深刻である。しかしながら、ロシアの民衆が直面している宗教的混沌は無条件に終わりの始まりとは言えない。……われわれはソ連に起こるすべてのことを目を凝らして見つめていかねばならない」。このようなロマドカの言葉をとおしてわれわれは共産主義にたいする彼の両義的な見解を知ることができる。こうして、ロマドカは共産主義運動の動機を「肯定すべき、救済力のある、建設的なもの」と見たと同時に、「しかし、マルクス主義はあらゆる倫理的問題を解決しうる鍵をもつというほどに、それに信頼を置いたわけではなかった」のである。〉（西谷幸介『ロマドカとニーバーの歴史神学――その社会倫理的意義』ヨルダン社、一九九六年、二五五～二五六頁）

フロマートカとラードルにとって、真理は現実的なのである。ロシアの共産主義は、理論の問題ではなく、チェコスロバキア国家、そして、チェコ人の実存に直結した問題だった。チェコスロバキアは、民族と国家が一体であると擬制する国民国家ではない。前に述べたように、チェコ人、スロバキア人、ハンガリー人、ルシン人、ドイツ人が併存する多民族国家である。しかし、複数の国民国家が結びついた連邦国家という体裁もとらなかった。マサリクは国家の基礎を民主主義においた。この場合、個人の人権と、それぞれの民族の権利が対等に保障された上で民主主義が成立すると考えた。アメリカ合衆国型の民主主義観がマサリクの国家理念に強い影響を与えている。同時にここには、安全保障上の思惑もあった。チェコスロバキアが中欧における民主主義の牙城となることにより、民主主義大国であるアメリカ、イギリス、フランスに、有用性を認めさせ、そのことによって国家の安全保障を担保しようという思惑だった。

もっともマサリクのこの考え方は、フランチシェク・パラツキーによって展開されたオーストリア・スラブ主義の延長でとらえることも可能だ。パラツキーは、チェコ人、スロバキア人、ポーランド人など、中欧のスラブ系民族にとっての脅威は、ドイツとロシアであると考えた。マサリクもこの認識を共有していた。一九一八年にチェコスロバキア共和国が建国された時点で、ドイツは敗戦国として、混乱の極みにあり、弱体化していた。これに対して、社会主義革命直後のロシアは、ヨーロッパに革命を輸出しようとしていた。このような国際環境を反映してチェコスロバキアは反共産主義の防波堤としての性格を強く持つようになった。マサリクは現実主義的政治家として、反共政策を採用した。もっとも、他の資本主義国の指導者がとった粗野な反共政策とマサリクのボリシェビズム批判は本質的に異なった。マサリクは、当時、マルクス主義の研究者としても、国際的権威だった。マルクス主義の理論に照らしてみても、資本主義の発達が不十分であるロシアに共産主義社会が実現する可能性はないとマサリクは考えていた。それと同時に、マルクス主義は、ヘーゲルの方法論を採用したために、道徳に特別の場を与えない。「目的のために手段は浄化される」というテーゼをマルクス主義は否定することができないのである。そのために、倫理は革命を推進することが善であるという政治主義に還元されてしまう。この観点から見ると、一九一七年のロシア革命の結果生まれたソ連に肯定的要素は何もないということになる。マサリクは、大審問官に肯定的要素をまったく認めなかった。それだから、躊躇することなくソ連を断罪することができた。

フロマートカは、マサリクのこのソ連観に与しなかった。それは、フロマートカが大審問官を両義的に解釈したことと関係している。二十世紀の時代精神を体現したフロマートカは、十九世紀の時代精神を体現したマサリクの理性に対する全幅の信頼を共有することができなかったのである。ドストエフスキー、ニーチェ、フロイトが提起した、ヒューマニズムに対する不信をフロマートカは正面から受け止めた。一八八九年に生まれたフロマートカよりも十六年先に生まれたラードルも、二十世紀の精神を体現していた。だから、ラードルも、合理主義、実証主義、啓蒙主義に対して、根源的に批判的立場をとったのである。

フロマートカは、マサリクとラードルの差異についてこう述べる。

〈文化人であつたマサリクは聖書的宗教を合理的に倫理的に解釈していた。ラドルは、現代が知的にも道徳的にも深淵の岸にまで到来している事を、自覚していた。問題は明瞭であつて、そこに一切が懸つていた。知識階級が、自己のアカデミックな知識に満足し、冷淡な詭弁的精神を弄している事実は、幾世紀もの長期間を経てゞはなく、僅かな数十年の間に蔓延して此の状態を愈ゝ悪化させているのである。多くの点に於て、ラドルはドストエフスキイと平行した道を歩み、現代に於ける相対主義と虚無主義との崩壊の責任を、ギリシヤ的主知主義とカトリック的合理主義的スコラ主義に負わしめた。〉（ジョセフ・ロマデカ［土山牧羔訳］『破滅と再建』創元社、一九五〇年、一〇一頁。引用にあたって、旧漢字は新漢字にあらためため、仮名遣いはそのままにした）

マサリクは、聖書を合理的に解釈した。これは、十九世紀の自由主義神学の聖書に対するアプローチと同じだ。しかし、理性は人間の能力の一部分に過ぎない。人間には理性だけでは把握できない部分がある。聖書は、古代から人間の生と死を包摂する書物として捉えられてきた。その聖書のテキストを理性だけで裁断することが不当な方法なのである。

自由主義神学の父と呼ばれたシュライエルマッハーは、宗教の本質は「直観と感情」であると言った。直観と感情によって、人間が宇宙の精神を把握できると考えた。シュライエルマッハーは、神の場所を形而上的な天から人間の心の中に転換した。これによって、近代的宇宙観とキリスト教が矛盾することはなくなった。その結果、啓示は外部性を失った。啓示は人間の心の中で聞こえる声、つまり心理作用に還元されることになった。ただし、シュライエルマッハーは、宗教を理性に還元できるとは考えなかった。啓蒙主義に対してロマン主義を対置した。直観と感情によって、宇宙を把握することが啓示であるとシュライエルマッハーは考えたのである。

一部のロマン主義者は、直観と感情で捉えられる宇宙を民族と同一視するようになった。シュライエルマッハーは、自由主義神学の父であるとともにナショナリズムの父でもある。一見、正反対に見える啓蒙主義的なコスモポリタニズムとロマン主義的なナショナリズムは、人間中心主義という点において出自を同じくする。ラードルは、啓蒙主義とナショナリズムの双方に反対した。それは、生態史観をとり、人間を自然史的過程において理解するラードルが人間中心主義の立場をとらなかったからだ。

ラードルは、人類史を文化の観点から考察した。その結果、理性を世界観の基礎に据える主知主義を批判した。中世のスコラ哲学は、古代ギリシアの人間中心主義と一見対立するように見えるが、スコラ哲学体系もアリストテレス哲学の論理学を方法に取り入れているので、その中に合理主義が潜んでいる。最初の段階で、「この世界は神によって創られている」という超越性を受けいれてしまえば、スコラ哲学は理性を頼りにして考察を進めるのである。

近代文明は、神なき人間の理性によって推進された。その結果、人間は生命から遊離してしまった。学問は詭弁になり、文明は戦争により大量殺戮と大量破壊をもたらす野蛮に転化していった。その原因についてラードルはこう考える。

〈ラードルは、文明の最も重大な誤謬と過失が何であるかを看破した。それは、我々がギリシヤ哲学と合理的知識を、聖書的神への人格的力動的実存的態度に従わしめなかつた事であつた。聖書的神は、一切の人間的官能と範疇を超越した存在である。それは人間が、一切の道徳的行動と知的観念と社会秩序を、無条件の服従を以て神の権威に服さしめない限り、知られる事が出来ない神である。生と文明の究極的問題は、懐疑の余地が無い確実な保証と弁明を、絶対的真理の探求に於て持つているか否かに存在するのである。〉（前掲書一〇一頁）

人間は神の似姿である。この原点を近代人は忘れてしまった。確かに聖書は人間の手によって書かれたテキストだ。しかし、その内容を人間の理性に還元することはできないのである。理性や知識は、それ自体だけでは何の意味ももたない。人間が神についていくら語っても、それは人間の願望を神に投影したものに過ぎない。そのような神は人間が構築した偶像に過ぎない。近代神学は、合理主義と実証主義によって解釈されたイエス・キリストや神を崇拝する偶像崇拝に陥っているのである。

そもそもその危険性は、中世神学において生じていた。西ヨーロッパで発展した中世神学は、ユダヤ教とキリスト教の一神教、ギリシアの古典哲学、ローマ法の三要素による総合された文化だ。この三つの要素が安定的に調和している。中世人は静的に神を理解した。しかし、ユダヤ教徒、キリスト教徒が信じる神は、本来、歴史に介入し、人間社会の静謐を破る神だ。十五世紀のヤン・フス、十六世紀のマルティン・ルター、ジャン・カルバンなどの宗教改革者は、静謐を破る、動的な神を回復しようとした。しかし、プロテスタンティズムにもスコラ学が生まれ、再び神が静的になってしまったのである。

神は超越的存在だ。人間が形成した文化や文明を破壊する力を神はもっている。キリスト教徒は、理性を信頼してはならないのである。人間の理性ではなく、神を信頼しなくてはならない。しかし、同時に近代人は、素朴に神を信じることができない。このことも正直に認めなくてはならない。これは近代人が、古代人、中世人とは異なる世界観をもっているので、当然のことだ。自ら信じていない事柄を信じていると言ってはいけないのである。神を信じたいが、信じることができないという近代人が抱える根源的葛藤と真摯に取り組んだのがドストエフスキーであるとフロマートカとラードルは考えたのである。

西側のプロテスタント教徒も、カトリック教徒も、近代が抱える問題と正面から取り組むことを考えなかった。プロテスタンティズムは「聖書に還れ」、「キリストに還れ」と訴えた復古運動だ。十七世紀までプロテスタンティズムもカトリシズムも世界観を共有していた。十八世紀の啓蒙主義の流行に対してプロテスタンティズムとカトリシズムは別の対応をした。カトリシズムは啓蒙主義を忌避した。そして、中世の世界観を維持した。啓蒙主義は科学技術と生産力を発展させた。そして、資本主義が社会全体を覆うことになる。ここから、逆説が生まれた。カトリシズムは、近代の限界が見えてきたところで、力を取り戻した。プレモダンな世界観を保全していた故に、近代の限界によって衰退する危機からカトリック教会は免れることができたのである。

ロマン主義者は、啓蒙主義を超克したと考えた。しかし、そこで啓蒙主義を超克する主体は人間である。ロマン主義も人間中心主義の一類型なのである。この人間中心主義を克服しない限り、プロテスタンティズムは近代の終焉とともに衰退してしまう。一九一八年の『ローマ書講解』によって、カール・バルトが、神の啓示を中心に据え、プロテスタント神学を根源から、神中心に転換した。このことによって、プロテスタンティズムは、近代とともに心中する運命から免れることができた。バルト神学の本質は、アンチヒューマニズムなのである。

バルト自身はスイス人である。このことがドイツ神学に対して、バルトが一定の距離を置くことができた理由だ。しかし、バルトはドイツ精神も体現している。バルトはスイス人とドイツ人の複合アイデンティティーをもっている。第一次世界大戦の敗北は、ドイツにとって、軍事、政治的敗北にとどまらず、精神的敗北でもあった。ドイツの自由主義神学者たちは、ドイツ帝国の戦争政策を支持した。世界大戦の大量殺戮と大量破壊を引き起こすことを承認した神学が、人間の救済と無縁のものであることは誰の目にも明白だった。プロテスタント神学は、死滅を免れるために抜本的に転換する必要に迫られていた。それだから、カール・バルトが、『ローマ書講解』で展開した人間から神への転換という命題をドイツ人が受けいれることは、それほど困難でなかった。

これに対してチェコでは事情が根本的に異なっていた。第一次世界大戦の結果、チェコ人は念願の独立を達成した。戦争の結果は、チェコ人に喜びをもたらしたのである。ヒューマニズムが、ドイツ帝国の軍国主義とハプスブルク帝国を打倒したというのが、チェコ人の受け止め方だった。一九三〇年代にドイツでナチズムが台頭するまで、平均的チェコ人は人間の危機を深刻に受け止めることがなかった。

しかし、ラードルは歴史研究によって、フロマートカはドストエフスキーの著作を読み解くことによって、人間中心主義的な近代がもたらす危機を深刻に受け止めたのである。前の引用に続いてフロマートカはこう述べる。

〈それは又、絶対に動揺しない不壊の枢機に、我々の一切の観念と定義と規範が根拠を置いて展開しているか否かの問題なのである。我々は再びドストエフスキイの提題を記憶しなければならない。我々が悲劇的終局に至る第一歩は、現代が宇宙と人間の存在の究極的根本問題に関して無頓着であつたと、ラドルは解釈するのであつた。知識人達は、第一に知識の絶対的擁護者である啓示を否認し、彼等が立たしめられている一切の確実な根拠に対する確信を動揺させた。次に、彼等は中心も統一も無い宇宙の無限空間のみを観察し、生の中心さえも否認してしまつた。生は意味も目標も目的もなく、永遠から永遠に去つて行くのであつた。斯かる見解の結果、真理と真理の確実性と道徳的規範に対して、冷淡な罪深い愚かな無関心を招来させた。然し、嘲笑的知識人達は、正気で眩暈していないと自ら主張しているのであつた。〉（前掲書一〇一〜一〇二頁）

宇宙が成立するためには、何らかの核が必要になる。人間にも中心が必要だ。原点を決めないで座標軸を描くことができないように、宇宙にも人間にも中心あるいは基点が存在するのである。キリスト教はこの基点を神と考えた。ただし、この基点は静的ではない。神は動くのである。神の存在は、固定的ではなく、生成において捉えられる。ただし、このような生成する神においても基点が存在する。バルトは、啓示という形でこの基点を再び神学に取り戻したのである。ドストエフスキーは逆説でこの基点を示した。ここでドストエフスキーが述べるロシア正教会の公式教義に基づくキリスト教信仰には何の価値もない。ドストエフスキーが描く神を失った人々の姿が重要なのである。神を信じようと努力するが信じることができないフョードル・カラマーゾフ、あるいは無神論者に徹しようとするが、その重圧に耐えきれずに自己崩壊してしまうイワン・カラマーゾフのような人々が重要なのだ。このような、人間存在の境界線について真剣に考え、行動する人々が、啓示の受け皿となりうるのだ。

神なき近代は、われわれをニヒリズムに導いた。ドストエフスキーの問題提起を別の形で行ったのがニーチェだ。キリスト教神学はニーチェを避けて通ることができない。

〈遂に、ニイチエは残酷な程の率直さを以て真理などは何等の問題にするに足らないではないか、と問を提出した。何故、真理でなければならないのか？　何故、非真理であつてはならないのであろうか。Gesetzt wir wollen Wahrheit: warum nicht lieber Unwahrheit? Und Ungewissheit? 然り、何故に虚偽と過誤とが不確実であつてはならないのであろうか。これが提題中の最大の提題なのである。それを理解し、充分な大胆さを以て応答する事が出来ない限り、一切の哲学は教授が教室に於てする鬱陶しい仕事であるか、或は虚栄心の高い哲学的学究的プリマドンナのする沈黙劇かに過ぎ無くなるのである。〉（前掲書一〇二頁）

ニーチェは、神、愛、真理など、これまでヨーロッパ人が肯定的価値を付与することが自明と思われていた事柄を根源から疑う。「もし神がいないならば、すべてのことが許される」というドストエフスキーが『カラマーゾフの兄弟』で設定したのと同じ問題だ。しかし、ニーチェはドストエフスキーのように神信仰に逃げ込むという表現はしなかった。真理、非真理という二項対立を超克したところで、人間存在を基礎づけようとした。もっともドストエフスキーの場合も、とってつけた神信仰は偽装で、実際はニーチェと同じように真理と非真理の彼岸の世界を描いていたのかもしれない。徹底したニヒリストとしてドストエフスキーを解釈することも可能である。ラードルは、ニヒリズムとの対決こそが知識人にとっての焦眉の課題と理解した。

〈知識人達が、真理の為に生死を賭けて苦闘する事によつて絶えず活気を得ない限り、人間の礼節と威厳が破壊されるのを悟る事が出来なくなつてしまうであろう。真理に対する熱情の欠乏は、一切の強い信念を虚偽の宣伝と考える不可解な有害な事実を招来させるであろう。真理への関心の欠乏は、思想を持たない映画俳優達を崇拝して熱中する俳優偶像崇拝の雰囲気を創り出すのである。知識人を初め総ての現代人は、確固たる信念に充ちて攻撃する者を憎悪するのである。神秘的な難解な高尚な智慧を語り、要領よく恰好よく装われ、感銘深く飾られた「真理」を以て、知的演芸をする俳優（文学、映画、科学、哲学等を初め其他一切の俳優）の演じる演劇を好むのである。現代の一般人や牧師達や教授達が讃嘆するのは、偉大な俳優の折紙が付けられた人物によつて語られ如何なる苦痛も流血も苦悩も必要としない安楽な真理なのである。〉（前掲書一〇二～一〇三頁）

真理はなぜ必要なのか？　ドストエフスキーやニーチェが立てたこの問題に、ラードルは正面から答えていない。正確に言うと、答えたいと思っても正面から答えることができないのだ。要するに「真理は真理だから必要である」というトートロジー（同語反復）でしか、この問題に対して答えることはできないのである。それは、バルトが「神は神であり、人間は人間である」というトートロジーで、近代神学の限界を突破したのと同じ事柄なのである。フロマートカは、ラードルとの対話を通じて、人間の限界について学んだ。それと同時に、限界に立つ人間は、人間の外側にある絶対他者を察知することができることもラードルから学んだ。

人間存在の限界に徹底的に迫っていくという点でラードルの方法は実存主義に近い。しかし、実存主義とは本質においてことなる。ラードルにとって重要なのは人間の実存ではなく、人間の実存を外部から破壊するあの力なのである。人間の実存が破壊され、「真理は真理である」というトートロジーを回復することによって、人間は生命を回復するのだ。ラードルの方法は、脱実存的なのである。

フロマートカはラードルの脱実存的な救済観を受けいれた。ここからフロマートカ神学とバルト神学の重要な差異が生じる。バルトは、人間的なものに肯定的価値を付与することを一切拒否する。これに対して、フロマートカは人間的なものに、究極的な神に至るために不可欠な究極以前のものとしての肯定的価値を付与している。バルトにとって、キリスト教徒は神の前で悔い改めなければならない。他の人間の前で悔い改める必要は原理的にない。常に神だけを見ていればよいのだ。これに対して、フロマートカでは、キリスト教徒が神の前で悔い改めるということは、同時にキリスト教徒が非キリスト教徒である人間の前で悔い改めるということにもなる。『カラマーゾフの兄弟』において、復活したイエス・キリストは、無神論者である大審問官に対しても悔い改めているのである。キリスト教徒が、イエス・キリストに徹底的に従い行動していなければ、大審問官が生まれることもなかったのだ。

この類比でフロマートカは、現実の世界を解釈する。ロシアの共産主義は、神を認めない。ソ連では、暴力が社会を支配している。しかし、キリスト教徒は、それを単純に断罪することはできないのである。キリスト教、特にプロテスタンティズムは、資本主義社会と同化しすぎてしまった。社会構造から貧困に苦しむ人々、疎外された状況で労働を余儀なくされている人々と向かい合うことを教会は避けてきた。そして、本来、キリスト教徒がやらなければならなかったことをマルクス主義者が行ったのである。この現実に対する悔い改めが、神に対してとともに無神論者であるマルクス主義者に対しても必要とされるのだ。フロマートカとラードルは、マルクス主義者との対話は可能であると考えた。それは、マルクス主義者も「真理は真理である」というトートロジーを信じているからだ。マルクス主義はその本質において宗教なのである。

キリスト教にとって真の脅威はマルクス主義ではなくニヒリズムだ。ニヒリズムに二つの形態があることを明らかにした。

第一は、ニーチェのように真理と非真理の差異を認めない正直なニヒリズムである。このニヒリズムは正直であるので、その姿がよくわかる。これに対して、第二のニヒリズムは偽装したニヒリズムだ。真理が存在するとは思っていないのだが、真理を掲げることに利用価値を見出すようなニヒリズムである。このニヒリストたちは、神、真理、愛、正義などの熱心な擁護者であるがごとく振る舞う。しかし、実際にはこれらの究極的価値を信じていない。

ニヒリズムはドイツでナチズムという形態をとって現れた。しかし、それだけではない。キリスト教の中にも、イエス・キリストが救済主であるということを信じていないのに、信じる素振りをしたニヒリズムが蔓延している。十五世紀チェコの宗教改革者ヤン・フスは、教会の中に、真のキリスト教徒と偽りのキリスト教徒がいると論じた。そして、当時のローマ教皇や枢機卿は偽りのキリスト教徒であると厳しく非難した。この状態がより深刻になっているのだ。ナチズムの台頭に関し、ドイツのカトリック教会は終始批判的だった。これに対し、プロテスタント教会の多数派はナチズムを支持した。イエス・キリストとの類比でヒトラーを救済主と見なした牧師も多い。もちろんプロテスタントにもナチズムに抵抗した告白教会の人々がいる。しかし、告白教会は圧倒的少数派であった。キリスト教の中のニヒリズムを克服することとナチズムに対する闘争は同時進行的に行われるべきとフロマートカとラードルは考えた。それだから、スペイン内戦で、共和国軍を支援する活動をフロマートカとラードルは「YMCAアカデミー」の活動を通して積極的に行ったのである。

フロマートカは、この時期のラードルの活動についてこう述べる。

〈一九二八年より一九三五年に至る運命の年月に、ラドルが書き記した論文と著書は総て警告と不安の怒号であつた。一九三五年秋に力尽きて病に罹り、一九四二年五月に死去した。彼は常に批判的であつたけれども、厭世的ではなかつた。彼はオスワルド・スペングラーの様な、病的厭世主義の哲学者達を嫌悪していた。決定論と虚無主義の哲学は、卑劣な諦念と悲惨な無責任を来らせる哲学である。真の哲学者の任務は、患者の脈搏を験べて死の時期を予告する事のみに止つてはならぬと考えていた。真に哲学者たる名に値する者は、真理の主なるイエスの名と祝福の下に、死と混沌に対して悪戦苦闘する武士でなければならない。真の哲学者は、預言者イザヤの立脚点から出発しなければならない。「禍なるかな我滅びなん我は穢れたる唇の民の中に住みて、穢れたる唇の者なればなり」(Rádl, Christian Review, Prague, 1927)。真の哲学者は、一切の思索を最後の審判の予想の下に為すのである。イエスはイスラエルの預言者達と同様に、我々が絶対者の一部分で無い事と、我々が神の前に人格対人格の関係に於て立たしめられる事を、明らかに為し給うた。我々の一切の思想と理想や教育と政治は、我々の魂が裸のまゝで神の審判の座の前に現われる時に、験されるのである。〉（前掲書一〇三〜一〇四頁）

フロマートカは、ドイツのゲシュタポによる逮捕の危機が迫ったので、一九三九年にスイスとフランスを経由して、アメリカに亡命した。健康が悪化したラードルはプラハにとどまった。ラードルは最後まで、悲観主義に陥らず、ニヒリズムに対する戦いを続けた。

ここでラードルは、徹底的な終末論に立脚し、希望を回復しようとした。歴史には必ず終焉がある。この終焉はギリシア語でいうテロスだ。終焉であるとともに完成、目的でもある。この目的に向かって進んでいくのが知識人の責務であると考えた。

ナチズムはニヒリズムに基づく革命だ。ナチス主義者はヒトラーを全知全能と考えている。しかし、ヒトラーも神によって造られた。被造物を崇拝することは、偶像崇拝として神によって厳しく禁止されている。神は神であり、人間は人間である。ヒトラーを含むあらゆる人間に神的要素は存在しないのである。人間は罪をもつ。神に対して悔い改めることを忘れると、人間の社会に悪が蔓延する。しかし、すでに一世紀のパレスチナに神はひとり子を派遣した。このイエスという男によって、悪の根は断ちきられている。現在、一時的に悪がヨーロッパを席捲していても、それはやがて駆逐されるとラードルもフロマートカも確信した。悪の力は、連合国の軍事力によって駆逐されるのではない。イエス・キリストを通して働く神の力によって克服されるのである。

ラードルは一九四二年五月十二日、プラハの自宅で死去した。享年六十八。キリスト教徒は終末論的に考える。それだから、どれだけ状況が絶望的であっても希望を失わないのだ。フロマートカは、ラードルを終末論の哲学者と考えた。終末論に立つ者のみが真の希望をもつことができるのだ。

〈我々の状態は墓場、死せる墓場である。真面目な哲学者のみが、此の状態に応対する事が出来るのである。彼等は、神との預言者的邂逅を把握し、最後の審判に対する畏れを以て、死と罪と混沌とに闘う哲学者達なのである（Rádl, The History of Philosophy, 1933）。斯くて、一切の具体的問題と一切の本質的詳細は、冷淡な詭弁的自己満足的哲学者によつて、決して把握される事が出来ない意義を持つているのである。

狂える哲学者！　ラドルは己が故国に於てさえも、屢〻狂人として嘲弄せられ、罵倒せられた。然らば、我々の精神状態を救うべき他の道が存在するのであろうか。「神は智き者を辱しめんとて世の愚なる者を選び強き者を辱しめ〔ん〕とて弱き者を選び給えり。」〉（前掲書一〇四頁）

キリスト教徒は、この世界においては常に少数派なのである。ヤン・フスのこのような教会観をラードルとフロマートカは継承しているのだ。

第19章　隙間

　そもそも私が外交官になろうと思ったのは、外務省のチェコ語研修生になって、プラハに二年間留学したかったからだ。外務省に入省する直前の一九八五年二月になって人事課から内示された研修語は、チェコ語ではなくロシア語だった。既に、大学院博士課程の入学願書受付は締め切られていた。チェコに行けないならば外務省に入っても意味がないと落胆したが、一年間大学院浪人はしたくない。ロシア語とチェコ語は、スラブ語で語系統が近いので、ロシア語を本格的に勉強すればチェコ語の文献を読む役に立つと思った。それとともに、モスクワとプラハは飛行機で3時間弱くらいだ。休みを利用して、プラハに行って神学関係の資料を集めることができると考えた。いずれの考えも甘かった。

　ロシア語と比較して、チェコ語は、語彙でドイツ語の影響を強く受けている。またアクセント（力点）が、ロシア語では単語ごとに移動するが、チェコ語の場合、第一音節に固定している。このアクセントの差が、とても気になる。挨拶や店で買い物をする程度の意思疎通ならば、ロシア語とチェコ語の間で可能だ。しかし、神学や哲学について議論するためには、中途半端なチェコ語の知識は役に立たない。ロシア語の知識については一旦、すべて忘れて初歩からチェコ語を勉強しなくてはものにならない。

　モスクワに来れば、休暇を取っていつでもプラハに行けると考えたのも甘かった。大使館の内規で、ソ連国外に研修生が出ることは、原則として禁止されていたのである。私の場合、一九八八年三月にプラハやホドスラビッツェ村に出かけることができたのも、運が良かったからだ。当時、特殊事情があって、研修生のソ連国内の旅行が禁止されていた。大使館幹部が、「そろそろ研修も終わりになる。君たちは極東のナホトカ勤務になるかもしれないので、息抜きにヨーロッパでも見てこい」と言ったので、その言葉をとらえて、チェコスロバキア旅行の許可を得た。「なんで西ヨーロッパじゃないんだ」と大使館幹部は怪訝な顔をしたが、それ以上、詮索しなかった。

私がソ連に着任したのは、一九八七年八月末のことだった。その一週間前に防衛駐在官（駐在武官）をつとめる海上自衛隊の一佐が、スパイ容疑で帰国する事件があった。日ソ関係が著しく緊張していた。大使館に勤務するロシア人職員のうち十数名が突然、辞表を提出した。誰もが「一身上の理由」としていたが、当局が裏で糸を引いているのは明白だった。

モスクワの日本大使館に着任の挨拶に出かけたら、すぐに二階の渡り廊下の前に連れて行かれた。壁に金属の扉がついている。研修を担当する二等書記官がその扉を開けると、窓のない倉庫のような中に、透明なアクリルの板でできた「象の檻」のような箱があった。外にはカセットデッキが置いてある。二等書記官がスイッチを押すと、音楽と話し声、それに街頭の音がミックスされた雑音が大音響で流れた。ここは、盗聴を防止するための特別会議室だった。

「象の檻」には、同じくアクリルの板でできた扉がついている。取っ手もアクリルで出来ているので透明だ。私たちは部屋に入り、二等書記官が扉を閉じた。雑音はまったく聞こえない。

「大使館内で、機微に触れる話が出来るのは、この部屋だけだ。それ以外の部屋や、住宅には盗聴器が仕掛けられ、録音されていると考えろ」と二等書記官は言った。

二等書記官は、私たち研修生に椅子を勧めた。椅子もアクリルでできている。この年からモスクワに赴任した研修生は五人いた。そのうち私の一年後輩になる研修生は、大学時代にロシア語を専攻していたので、東京の実務研修を終え、既に六月に赴任していた。それだから今回、「象の檻」に招かれた研修生は四人だった。

「この部屋の存在は、一切外部に伝えてはならない」と二等書記官は言った。

私は、「いま研修指導官は、この部屋は盗聴に関して、安全だという話をされましたが、電波のシールド（遮蔽）はなされているのですか」と尋ねた。

「シールド」と二等書記官は尋ね返した。

「そうです。音声は雑音テープで遮断されていますが、小型盗聴器がこの箱の中に仕掛けられた場合、電波で盗聴することは可能です」

「その危険性があるから、何か仕掛けられているかわかるように透明な部屋になっている」

私は、「それだけでは危ない。例えば、大使館員の靴のかかとをくりぬいて、小型盗聴器を仕掛けることができる。さいころくらいの大きさで、電池付き盗聴器をつくることは可能だ」と心の中で思ったが、口に出すのはやめた。

「佐藤は、この分野に詳しいのか」と二等書記官が尋ねた。

「昔、アマチュア無線をやっていたので、無線工学の入口に関する知識があるだけです。決して詳しいわけではありません」と答えた。

「それならば、あまり口出しをしない方がいい。この部屋は、外務省の保秘（秘密保全）専門家によってつくられたものなので、それに対する疑念を研修生が口にしたとなると、後で面倒なことになる。それから、ロシア人の前で君が無線をやっていたことは言わないように。警戒される」

私は「わかりました」と返事をした。

二等書記官は、オデッサで起きた、防衛駐在官の拘束事件と事実上の国外追放で、日ソ関係がかつてなく緊張していると前置きして、こう続けた。

「君たちには、将来の対ソ外交を担う第一人者になって欲しい。普段ならば、研修生には極力、ソ連国内を旅行し、普通の国民の生活に触れ、モスクワ国立大学の研修でもロシア人の友だちをつくり、家庭訪問の機会を逃すなと指導するところだけど、今は違う。緊張度がきわめて高い。モスクワから動いてはならない。それだから、ロシア人との付き合いをできるだけするな。ロシア人の家を訪れると、どのような罠が仕掛けられているかわからない。これから君たちは『ウポデカ（外交団世話部）』を通じてロシア語の家庭教師をとることになる。『ウポデカ』は必ず女性の家庭教師を派遣してくる。自宅で授業を受けてはならない。大使館の領事部に小さな会議室が三つあるので、授業はそこで受けること。わかったな」

「ウポデカ」はソ連外務省の外郭団体で、外交官はこの組織を通じて以外、住宅の賃借、ロシア人を雇用することができない。

私たち四人は「わかりました」と答えた。

研修生の一人が二等書記官に「『ウポデカ』はKGB（国家保安委員会）の機関なのですか」と尋ねた。

「事実上、KGBの指揮下にあると考えた方がいい。家庭教師、女中、運転手、大使館職員も全員KGBに対する報告義務をもっている。絶対に気を許してはならない。ゴルバチョフが（ソ連共産党）書記長になり、ペレストロイカ（改革）が進んでいる。西側との関係も改善しているが、残念ながら日本だけはこの流れから取り残されてしまった」

「なぜですか」と研修生の一人が尋ねた。

「この先は、大使館としての公式見解ではなく、僕の個人的意見だ」と前置きしてから二等書記官はこう言った。

「イワン・コワレンコ（ソ連共産党中央委員会国際部日本課長）が画策しているからだ。コワレンコは、シベリアで日本人捕虜から協力者をつくり、対日革命工作を指導していた。日本人は、力で押さえつければ、何でも言うことを聞くと思っている。ゴルバチョフのペレストロイカに抵抗している。ソ連外務省の日本サービスには対日関係改善派もいるが、共産党中央委員会国際部に牛耳られているので、身動きがとれない」

「共産党中央委員会国際部とソ連外務省では、国際部の方が圧倒的に強いのですか」と別の研修生が尋ねた。

「比較にならないほど強い。共産党の国際部長は、外務大臣よりも影響力がある。この国は政府ではなく共産党が支配している国だ」

「コワレンコは日本語ができるのですか」

「上手だ。日本語の辞書もつくっている。ユーモアのセンスもある。一級の日本専門家であることは間違いない」

「それなのになぜ反日になるのですか」

「それは僕たちだって、ロシア語を話し、ソ連事情に通じた一級のソ連専門家だけど反ソだ。そうだな。コワレンコは、大審問官のようなものだ」

「『カラマーゾフの兄弟』の大審問官ですか」と私が尋ねた。

「そうだ。佐藤は『カラマーゾフの兄弟』を読んだことがあるのか」と二等書記官が尋ねた。

「あります。ただし、翻訳でです。修士論文で大審問官を扱ったのでていねいに読みました」

「それならば、家庭教師について『カラマーゾフの兄弟』の一部を読むとよい」

「小説や文芸批評を読むことが、外交官になるうえでどこまで役に立つのですか」と別の研修生が尋ねた。

二等書記官の目つきが一瞬、鋭くなった。

「役に立つ。特にロシア人にとって、文学は特別の意味を持つ」

「特別の意味ですか」

「そうだ。ペレストロイカになっても、この国ではスターリン時代の大粛清について公然と語ることはできない。それだから、『諸民族の友好』誌に連載されたアナトーリー・ルィバコフの『アルバート街の子供たち』が読まれている。あの作品は、二十年前に書かれたものだが、検閲に引っかかり、お蔵入りになっていた。君たちのうちで、小説を読んだ人はいるか」

誰も返事をしなかった。

「近く、クロポトキンスカヤの『本のベリョースカ』に『アルバート街の子供たち』が出ると思う。何冊か買っておいた方がいい」

「ベリョースカ」とはロシア語で白樺の意味であるが、この場合、外貨専門店を指す。書籍を専門とするベリョースカは、クロポトキンスカヤ通りにある。

「ロシア人の本、特に小説に対する情熱は、日本人や西側の連中と本質的に異なる。恐らく、言論や表現の自由が制限されていることと関係している。検閲を意識しているので、ロシアの作家は、帝政時代もソ連になってからも、隠喩や反語をあちこちで用いる。それだから、ロシア語の正確な知識をもっているだけで、外国人がロシアの小説を読み解くことはできない。どういう隠喩や反語になっているかがわからないからだ。それだから、家庭教師について小説を読まなくてはならない。新聞でも『文学新聞』には、隠喩や反語があちこちに用いられている。『わかる人にはわかるが、わからない人にはわからない』というテキストになっている。ロシア語のテキストを現実とのコンテクストで読み解く訓練を研修生時代にしておくことが重要だ。君たちは、ソ連国内の旅行が禁止されているが、テキストを読み解く訓練をすれば、そのマイナスを十分補うことができる」と二等書記官は言った。

「しかし、ロシア語でも『百聞は一見にしかず』ということわざがあるじゃないですか」と研修生の一人が反論した。

「確かに『百聞は一見にしかず』という面もある。ソ連国内を旅行して、人々の生活を皮膚感覚で知ることは重要だ。しかし、観光旅行に毛が生えたような視察で得られる知識には限界がある。本を読んできちんと勉強した人とそうでない人とでは、同じ旅行をしても、そこから吸収するものがまったく異なって見えてくる」

「それでは、具体的にどういう勉強をすればよいのですか」

「そうだな」と言って、二等書記官は少しの間、沈黙した。

「君たちの当面の目標は、『プラウダ（真理）』（ソ連共産党中央委員会機関紙）と『イズベスチヤ（ニュース）』（ソ連政府機関紙＝官報）を完璧に理解できるようにすることだ。新聞の論説は、二年も本気でロシア語に取り組めば読めるようになる。しかしフェリエトンはそうはいかない。読み解くのに相当の力が必要とされる」

「フェリエトンて何ですか」

「社会風刺や時事問題を扱ったコラムのことだ。特に『イズベスチヤ』には、現在、クレムリンで進行している権力闘争をうかがわせるフェリエトンがときどき掲載される。それを読み解く腕を磨かなくてはならない。僕もフェリエトンの意味がわからず、家庭教師に尋ねることがある」

この二等書記官は、日本外務省でもっともロシア語ができると評価されている。総理大臣や外務大臣の通訳も担当している。東京大学や東京外国語大学の大学院でロシア語を教授する力をもっている。それにもかかわらず、今でも家庭教師を雇っていることを知って驚いた。

「フェリエトンを理解できるロシア語力をつけるのには、どうやって勉強すればよいのでしょうか」と私が尋ねた。

「ロシア文学をよく読むことだ。日本では、ロシア文学というとトルストイとドストエフスキーばかりが取り上げられるが、古典文学ならばチェーホフがいい。チェーホフのロシア語は実にきれいだ。また、文法的に正確で、文体も整っている。それから、ゾーシチェンコ、ブルガーコフ、パステルナークなどもいい」

「ソルジェニーツィンはどうでしょうか」と別の研修生が尋ねた。

「ラーゲリ（収容所）言葉や、犯罪者の言葉を多用している。しかし、庶民の言葉を知るのならばシュクシンの方がいい。シュクシンをはじめ農村派と呼ばれる作家の作品は、言葉だけでなく、内容においても、モスクワのエリートとは異なる普通のロシア人の論理が見事に表現されている。もっともカリーニン大通りの『ドーム・クニーギ（本の家）』（当時、ソ連最大の書店）に行っても、ゾーシチェンコやシュクシンの小説が売りにでていることはまずない」

「どうしてですか」

「予約出版だからだ。こういう文学書は、出版予定が二～三年前に告知されるので、葉書で予約をする。予約数に応じて、紙が配給され、本が刷られる」

「重版はしないのですか」

「ソ連の本は重版をしない。初版だけだ。ドストエフスキーの『罪と罰』や『カラマーゾフの兄弟』なども、重版ではなく、まったく新たに活字を組んで出し直す。それだから、予約をしておかないと、古典文学や人気作家の作品を入手することはできない」

「逆に予約をしておけば、必ず入手できるということですか」と私は尋ねた。

「残念ながらそうじゃない。人気の高い本は、抽選になる。唯一の例外が、『本のベリョースカ』だ。外国に輸出する書籍は、『メジュクニーガ（国際図書輸出入公団）』が注文とは別枠で確保している。こういう本が日本のナウカ書店や日ソ図書に送られる。また、その一部が、モスクワに在住する外国人のために『本のベリョースカ』で販売されている」

「科学アカデミー版のドストエフスキー全集を『本のベリョースカ』で購入することはできますか」と私は尋ねた。

「以前は出ていたけれど、今はない。恐らく、今後、『本のベリョースカ』に出ることもないと思う。あとは、『ドーム・クニーギ』の周りにいる本の闇屋から買うしかない」

「ドーム・クニーギ」の前には、大きな鞄の中に本をたくさん入れた闇屋が立っている。きれいな装丁の絵画アルバムや第二次世界大戦前や帝政ロシア時代に出た本を売っている。あるとき帝政ロシア時代に出た聖書が出ていたので、値段を聞くと「千五百ルーブル」と言われたので、即座に断った。モスクワの学校教師の平均給与が二百ルーブル程度だ。聖書一冊が半年分の給与以上だというのは、あまりに法外だ。闇屋は、鞄の中に入っている本以外に、全集本のリストをもっている。そこで商談が成立すると、後日、場所を指定して、現金と引き替えに本を渡す。

「闇で本を買うと危ないでしょうか」と私は尋ねた。

「今は日ソ関係が緊張しているので、絶対にやったら駄目だ。情勢が落ち着いてきたら、ルーブルで本を買うことは、当局も大目に見ている。ドストエフスキー全集を手に入れたいのならば、闇屋から買うしかない」

「古本屋で買うことはできないのでしょうか」

「古本屋の『表』で買うことはできない」

「どういうことですか」

「古本にも国定価格が定められている。ソ連の本にはすべて定価が印刷されている。その定価の確か六割が古本の定価だ。買い取り価格はそれよりも一割低い。帝政ロシア時代に出た本も国定価格が定められている。実勢価格と比べるとはるかに低い。それだからドストエフスキーのような人気のある本が古本屋に出ることはまずない。いずれにせよ、人気作家の本は闇屋から入手するしかない。ただし、ドルは絶対に使ったらダメだ。ＫＧＢが介入してくる危険がある。それから、一九七〇年以前に刊行された本は、国立レーニン図書館の許可がないと国外に持ち出すことができない」

「許可は簡単に取ることができるのでしょうか」

「これもそのときの日ソ関係の状況によって変わる。一九二〇年以前に刊行された本の輸出許可はまず出ない。文化財に準じる扱いがなされているからだ。それだから、苦労して十九世紀の本を入手してもモスクワに置いて行かなくてはならない」

「外交官の荷物は、国際法で開封することができないじゃないですか。引っ越し荷物の中に入れておけばバレることはないでしょう」

「普段はそれでも大丈夫だ。しかし、日ソ関係が緊張しているときは、引っ越し荷物の箱が、不可抗力によって壊れ、そこから輸出禁制品が出てきて外交問題になることがある。過去に日本の外交官の荷物から、禁制品のイコン（聖画像）が出てきて大問題になったことがある。外交官は、不逮捕や所持品の不可侵、非課税などの特権を持つ。しかし、それは外交官が超法規的存在という意味ではない。外交官も任国の法令を遵守する義務を負う。不可抗力で荷物の梱包が崩れ、中から禁制品が出てきたということになると、深刻な外交問題を引き起こす。特にうるさいのが反ソ出版物だ。君たちの荷物はまだモスクワに着いていないか」

「着いていません」と四人は答えた。

「君たちの中で、西側で出版されたロシア語の出版物を荷物に入れて送った人はいるか」

私ともう一人が手を挙げた。

「どんな本だ」と二等書記官が尋ねた。

私ではない研修生が、「ロシア語の文法書とパステルナークの『ドクトル・ジバゴ』、それからソルジェニーツィンの『収容所群島』が入っています。両方ともソ連では禁書なので、あえてニューヨークの本屋で買いました」と答えた。

「よくない。特に『収容所群島』はよくない。無事にモスクワには着くと思うが、自宅の本棚できちんと管理して、絶対に外に持ち出さないように。ロシア人に『収容所群島』を貸すと、反ソ活動で国外追放になる危険がある。あるいは、今後、ソ連に赴任するビザ（査証）が発給されなくなることがある。僕たちの先輩でも、ビザの発給を拒否された人がいる」と二等書記官は顔をしかめた。

「執務の参考にするために、西側で刊行された出版物を持ち込むことはできないということですか」と私は尋ねた。

「そうじゃない。僕が言っているのは、そういう本を持ち込むときは、細心の注意を払えということだ」

「具体的にどういう注意を払えばいいということですか」

「スウェーデンのストックホルムにある日本大使館気付で送る。Embassy of Japan M. と宛先に表記しておく。このM. はモスクワの略で、この宛先の郵便物や荷物をスウェーデンの日本大使館は別途保管していく。それを一週間に一回、モスクワからクーリエ（外交伝書使）が引き取りに行く。クーリエの荷物が開封されることは絶対にないので、この方法でソ連に持ち込む」

「密輸みたいですね」

「密輸じゃない。あくまでも合法的手段を用いている。ところで、佐藤は本が好きなようだが、ロンドンからかなりたくさん本を送ったのか」と尋ねた。

「段ボール箱十五個くらいです。三百冊くらいになるかもしれません」

「西側で印刷されたロシア語の本もあるか」

「聖書をはじめ、宗教関係の本が数点あります」

「聖書は一冊か」

「一冊です」

「聖書を大量に持ち込んで、モスクワでロシア人に配ると、摘発される危険がある。聖書自体は禁書ではない。しかし、聖書は闇市場で高い値段で取引されているので、経済犯として摘発される危険がある」

「私が読むためのものなので、他人には配りません」

「それならば、問題ない。政治関係のロシア語の本はないだろうね」

「ありません」

私は嘘をついた。ロシアでは聖書が不足しているという話を聞いたので、ロシア人に配る予定の小型聖書を三十冊ほどロンドンで買い付け、荷物に入れた。また、ソルジェニーツィンの著作はもとより、ベルジャーエフ、フランクなどのソ連では禁書になっている思想家の著作、フルシチョフ回想録をはじめとするロシア語で書かれた反ソ文献が私が持ち込む荷物の三分の一を占めていた。これらの反ソ文献は、私がモスクワで人脈を構築する過程でとても役に立った。

二等書記官は、「わかった。それならば問題ない」と言った。それにこう続けた。

「一応、大使館の規則についてはここで説明した。僕は君たちから相談されたら、研修指導官として大使館の公の立場で答えざるを得ない。それ以外の立場を僕は持たない。君たちは、これからロシアの専門家になる人たちだ。その意味で、研修期間はとても重要だ。この機会を逸すると、僕たち外交官は、ロシア人と付き合う機会がほとんどなくなる。ロシア人と深く付き合うことなしには、ロシア人の気持ちを理解することはできない。大学の授業や家庭教師についてロシア語を習っても、それだけでは言葉は上達しない。一般論としては、ロシア人社会に徹底的に入り込まなくては、ロシア専門家にはなれない。しかし、大使館上層部の方針は、研修生を含め、大使館員はロシア人との付き合いを必要最低限にしろということだ。大使、公使などの幹部は、今後、二度とソ連で勤務することはない。君たちは、今後、何度もソ連で勤務する。いまの研修期間を逃すとロシア語が上達する機会も、ロシアについて知る機会も逸する。皆さんは頭がよいのだから、後は自分で考えて、うまくやることだ」

この二等書記官は、ロシア文学を愛するインテリだ。しかし、外務官僚としてその気持ちを押し殺しながら生きている。外交官の事実上の相互追放が行われるというかつてない関係悪化が起きている。東京の外務本省も、モスクワの日本大使館幹部も「安全第一」の観点から、ロシア人との接触を必要最小限にするという方針を決めた。それでは、ロシアでの研修を命じられた研修生は、ロシア語を十分に習得することができない。もっとも外務省は、毎年、ロシア語の研修生を四～六人養成している。今年の研修生のロシア語の修得度が低くても、極端な話、この連中を語学力をあまり必要としない仕事につければよいだけのことだ（そういう仕事はたくさんある）。外交官としての能力には、さまざまな要素がある。ただし、研修を命じられた外国語を十分に習得できないような人は、外交官としての入場券を購入することができない。競争に入る以前に弾き飛ばされてしまうのだ。外務省でいちばんのロシア語使いであるこの二等書記官は、外務官僚のこのような「ゲームのルール」について、熟知している。それだから、「君たちが生き残るためには、大使館の方針を無視してロシア人と付き合え。ただし、何かトラブルに巻き込まれたときに、大使館は君たちを切り捨てる。そのことを認識した上で、うまくやるのだ」ということを伝えたと私は受け止めた。

もっとも他の研修生が、この二等書記官の訓辞をどう受け止めたか、私にはよくわからなかった。しかし、私は「うまくやる」ことにした。

モスクワ国立大学で、日本外務省の研修生が聴講を認められているのは、言語学部の外国人用ロシア語コースだけだった。大使館幹部から私たちは、「日本政府は、ソ連外務省から派遣される研修生の受け入れを東京外国語大学の外国人用日本語コースに厳しく制限している。ソ連側は、東京外国語大学ではなく、東京大学に研修先を変更することを要請しているが、日本側が拒否している。ソ連の外交官が、東京大学で将来日本の政界、官界、マスメディアやアカデミズムで指導的役割を果たす可能性がある学生に工作活動を仕掛けるのを防ぐためだ。モスクワ国立大学に留学している日本外務省研修生が日ソ両国で合意した以外のコースの授業を聴講すると、ソ連側が相互主義原則を持ち出し、東京でのソ連外務省研修生の活動範囲の拡大を求める可能性があるので、絶対に余計な動きはするな」と釘を刺されていたが、私はそれを無視していた。

私が東京の外務省ソ連課で研修していたときの担当は、ソ連の大使館員、総領事館員の旅行制限だった。ソ連の外交官に日本国内を移動するときの申請を出させ、それを警察庁、公安調査庁、防衛庁（当時）に連絡する。連絡をうけたこれらの省庁は、尾行や聞き込みで、ソ連人外交官の動静を徹底的に観察する。その報告が外務省に対して定期的になされる。その報告によると、ソ連外務省の研修生は、東京外国語大学にはほとんど通わずに、麻布台（狸穴）のソ連大使館で、勤務しているというのが実態だった。ソ連外務省の日本専門家は、モスクワ国際関係大学かモスクワ国立大学アジア・アフリカ諸国研究所で五年間、日本語を徹底的に叩き込まれた後、就職している。モスクワ国立大学生の場合、在学中に東海大学もしくは創価大学との交換留学制度を用いて、日本に一年間留学した経験がある人がほとんどなので、東京外国語大学に留学して日本語を習得する必要は、客観的に見てなかった。それだから、私がモスクワ国立大学で指定された講義以外を聴講しても、相互主義に基づいて、ソ連政府が日本政府にソ連外務省研修生の活動範囲の拡大を要求する可能性はないと見ていた。

ソ連社会は、建前と本音の二重構造になっている。ロシア人はその隙間でどう生きるかを心得ている。それに対応して、モスクワの日本大使館でも建前と本音が乖離した二重構造になっている。私の場合も、大使館の建前と本音を見分け、その隙間でどう生きていくかを素早く身につけた。

そのとき私はドストエフスキーの世界を思い浮かべた。ドストエフスキーは、ロシア帝国や正教会に対して全面的忠誠を誓う。しかし、それは建前の世界だ。ドストエフスキーには、この建前と異なる根源的な破壊性がある。ここから独自の隙間が出てくる。イワン・カラマーゾフを見てみよう。イワンは合理主義者で、無神論者だ。しかし、心がひどく弱い。それだから、イワンの思想がスメルジャコフに受肉して、フョードル・カラマーゾフ殺しが起きる。「神がいなければすべてが許される」という思想が、「父親殺し」という結果をもたらしたことに、イワンは戦慄し、精神に変調を来す。合理主義者で冷徹な思想家であるイワンと、自分が直接手を下していない殺人に直面して、精神に変調を来してしまうようなあまりに繊細なイワンとの間に、大きな隙間がある。恐らく、ドストエフスキー自身にもこのような隙間があるのだと私は思った。そして、それと同じ類の隙間に私も入っていくことにした。

私が見つけたのは、モスクワ国立大学哲学部科学的無神論学科という隙間だった。モスクワ国立大学の言語学部、歴史学部、法学部、哲学部、経済学部、社会学部は十二階建ての巨大な建物の中にある。言語学部のロシア語コースは、八階の西端にあった。ある日、何気なく、十一階東端の科学的無神論学科事務室の扉をノックした。そして、アレクサンドル・ポポフ助教授と知り合いになった。そして、ポポフ助教授のゼミに出席するようになった。前にも述べたが、そこで、私はラトビア共和国のリガ出身のアレクサンドル・カザコフという早熟の天才学生と知り合う。アレクサンドルの愛称は、ロシア語でサーシャとなる。サーシャも隙間を見つけ、そこで生きていた。ラトビアからモスクワ国立大学に進学するのは、共和国で五指に入る成績優秀者だけだ。サーシャは、ソ連体制でのエリートの道を保証されていたが、ラトビアのソ連からの分離独立を図る人民戦線の活動に深く関与していた。

私とサーシャは、波長がとても合った。当時、私はモスクワ国立大学から一キロメートルくらい離れたロモノーソフ大通り三十八番の外交官住宅の十一階に住んでいた。この住宅は鉄柵で囲まれ、出入口は一箇所しかない。出入口には、民警（ミリツィア）の詰め所がある。この民警は内務省に所属しているという建前になっているが、実際はKGBの将校であるというのが公然の秘密だった。詰め所の前まで、住人が迎え、同行するならば、ロシア人を外国人住宅に招くことはできた。もっとも従来はKGBに目をつけられることを恐れ、普通のロシア人は外国人住宅に寄りつかなかった。ただし、ペレストロイカが始まり、インテリの中には外国人との接触を恐れず、外国人住宅を訪れるロシア人も出始めていた。

科学的無神論学科のサーシャとディーマがときどき私の住宅を訪れた。二人とも反体制的な学生運動に深く関与していた。当時の反共、民主化、宗教復興をスローガンに掲げていた。スローガンだけを見ると保守的だが、こういう学生運動に関与する人たちの体質は日本の新左翼運動に近かった。サーシャたちとともに、私はモスクワで青春を繰り返した。外交官になってから、私はいくら同僚や上司と親しく付き合っているときでも、自らの信仰や思想に関する問題については、深く話さないようにしていた。ときどきそのような話題を振ってくる同僚もいたが、私は話を適宜、そらした。

ようやく念願のチェコスロバキアに旅行することができ、ホドスラビッツェ村では、フロマートカの墓参りをし、ノハビッツァ牧師からフロマートカの著作やチェコ語の神学書を入手することができた。またプラハでは、コメンスキー福音主義神学大学のミラン・オポチェンスキー教授とフロマートカ神学に関する率直な意見交換をすることができた。フロマートカ神学について本格的に研究するという私が外務省に入った当初の目的に適う活動ができ、私は興奮した。しかし、建前の世界である大使館の同僚にこの興奮について伝えることはできない。仮に伝えても、それは理解されなかったであろうし、また研修指導官の「佐藤はロシア語やソ連と真剣に取り組む気持ちをなくしたのではないか」という疑念を呼び起こす危険があった。それだから、私はチェコで受けた知的衝撃について、大使館関係者にはひと言も語らなかった。しかし、知的に強い刺激を受けたできごとについては、誰かに語りたいという欲望が内側から湧いてくる。

サーシャは一週間に一回は、必ず私に電話をかけてきた。プラハから帰った後、数日して、サーシャから電話がかかってきた。私は、「プラハで買った土産を渡したい」と言って、サーシャを「赤の広場」の向かいにあるレストラン「ナツィオナーリ」に呼び出した。

このレストランは、同名のホテルの二階にある。ホテル「ナツィオナーリ」は、ロシア革命の直後にレーニンが住んで、ここからクレムリンに通ったという由緒正しい革命の記念施設だ。レストランには大きなガラス窓があり、そこからクレムリンの壁とスパスカヤ塔の上の赤い星がよく見える。帝政ロシア時代には、赤い星ではなく、ロマノフ朝の紋章である金色の双頭の鷲がついていたという。

サーシャへの土産は、プラハの空港で買った免税の「マールボロ」二カートンだ。当時、モスクワでは深刻なタバコ不足が起きていた。それだから、外国タバコはとても価値をもった。特に赤いマールボロは、マルクスが『資本論』で述べた一般的等価物の機能を果たしていて、事実上の貨幣になりつつあった。

当時、ソ連では、反アルコールキャンペーンが展開され、ウオトカやワインの極端な減産が行われていた。ただし、「ナツィオナーリ」では、クリスタル工場製の高級ウオトカ「ストリチナヤ」やグルジア・ワインの「ツィナンダーリ」がいくらでも出てくる。ロシア人がこのレストランを予約しようとしても、職場から紹介状をとった上で二、三カ月待たされるが、外交官の場合は、特別のテーブルがあるので、電話で予約がとれる。もちろん外交官が座る席には盗聴器がつけられている。正確に言うと、席に盗聴マイクがついているのではなく、席に置かれている金属製の灰皿に盗聴器がつけられているのである。「タバコを吸わないので灰皿を下げてくれ」と言うと、ウエイターは灰皿の替わりに金属製の燭台を持ってくる。この燭台に盗聴器が仕掛けられているのだ。

もっとも、ロシアのインテリは、レストランや屋内では、盗聴を前提にした話しかしない。ほんとうに機微に触れるような人物やカネや反体制文書の受け渡しに関する類の話は、道路や公園を歩きながらする。

サーシャは時間通りにやってきた。私が「マールボロ」を渡すと、すぐにタバコを取り出して、二本続けて吸った。

「うまい。三日間、タバコを吸っていなかった。生き返る思いがする」とサーシャは言った。

「僕はタバコを吸わないので、その感覚がよくわからない。二十世紀プロテスタント神学の父と呼ばれるカール・バルトは、ヘビースモーカーだった。日本のキリスト教は、ピューリタニズムの影響が強いので、酒も飲まず、タバコを吸わない人が多い。バルトは、パイプタバコの愛好者だったが、禁煙を信条にする日本の神学者や牧師を『なんで、人生の楽しみを遠ざけるのだ』とからかったという」

「面白い。喫煙は神に近づく道の一つだと僕は思う。ところで、プラハにはタバコの欠乏は生じていないのか」

「まったくない。ウオトカやウイスキーもどこでも入手できる。ビアホールはどこもいっぱいで、みんな楽しそうに飲んでいる。消費面で国民の不満が出ないようにフサーク政権は細心の配慮をしていることだ」

『プラハの春』後、政治については考えず、消費生活を豊かにすることで、国民の気持ちをつなぎとめようとしているということか」

「そうだ。国民にまずパンを保障する。その代わり、自由は共産党政権に委ねろという大審問官の発想だ」

「それで、その政策はうまくいっているのか」

「いまのところうまくいっている。今回、チェコに行って、フロマートカの著作をいくつか手に入れるとともにフス宗教改革に関する研究書もだいぶ手に入れた。それから、フロマートカの愛弟子だったミラン・オポチェンスキー教授にも会った。モスクワに帰ってから、いろいろ考えているのだけれど、今日はサーシャと議論して、ドストエフスキーに関して整理したい」と私は言った。

第20章　ベルジャーエフ

大使館の上司からレストラン「ナツィオナーリ」では、羽目をはずしてはいけないと厳しく言われた。私の二〜三年前に日本外務省から派遣された研修生が、このホテルでKGB（国家保安委員会）の罠にはめられたことがあるからだ。レストラン「ナツィオナーリ」は、同名のホテルの二階にある。そこには外貨バーがある。ソ連製のウオトカやコニャックだけでなく、西側のウイスキー、タバコが自由に手に入る。ハイネケンやレーベンブロイなどの西側の缶ビールも売っている。それだから、外貨をもった観光客やモスクワに住む西側の外交官、新聞記者、商社員がこのバーをよく訪れる。

このバーは深夜一時まで営業している。モスクワで午後十一時以降営業しているのは、インツーリスト（外国人旅行公社）が運営するホテルの中のバーだけだ。ソ連のインツーリスト系のホテルに外国人は自由に出入りすることができるが、ソ連人の場合は宿泊客かレストランを予約した客以外は入れない。玄関で門番がパスポートや予約を厳しくチェックする。

しかし、インツーリスト系ホテルのバーには夜七時ころから、娼婦が集まってくる。娼婦は顔パスでホテルに入ることができる。これらの娼婦を仕切っているのはマフィアだ。同時に、娼婦はKGBに情報を流しているというのが、公然の秘密だった。ソ連では売春は刑事犯罪だ。もっとも外交官が娼婦と関係をもっても、それだけで脅してくることはない。娼婦は支払いを米ドルかドイツマルクで要求する。外国人がソ連市民に外貨を渡すことは法律で厳しく禁止されている。闇両替で国外追放になった外交官もいる。それだから、KGBは外交官が娼婦にドルを渡している現場に踏み込んで、現行犯で拘束し、脅し、協力者に仕立てるということがときどきあった。

可哀想な外務省研修生は、ホテル「ナツィオナーリ」のバーで親しくなったロシア人娼婦とホテルの部屋にしけ込んでいるところをKGBに踏み込まれた。娼婦は、摘発を免れるためにKGBに協力してほしいと研修生に頼んだ。もちろん、娼婦はKGBの協力者なので、この事件は仕組まれたものだ。研修生は娼婦を愛していたので、悩んだ。そして、大使館の上司に相談した。通常、大使館の幹部が、「君の親が重病だということで、すぐに帰国させる」という判断をした。こういう事故を起こした研修生は、退職に追い込まれる。もっとも騒ぎが大きくなると、上司にも監督責任が及ぶので、この幹部は研修生に「温情」をかけたのであろう。とはいえこの研修生はロシア語を勉強したにもかかわらず、ソ連に勤務することは二度とない。自らの専門知識を使うことができない場所で、雑役のような仕事をあてがわれ、一生、飼い殺しにされる。外交官として日の当たる舞台に出ることもない。

この話を聞いてから、『罪と罰』のソーニャについて考えているときも、外務省の研修生を陥れた娼婦と二重写しになってしまうのだ。ソーニャが語るキリスト教の背後には、帝政ロシアのオフラナ（秘密警察）がいるように思えてしまう。そして、ラスコーリニコフの危険思想を監視する当局のネットワークにソーニャも加わっているという妄想が私の頭から去らないのだ。サーシャに、ソーニャをめぐる私の妄想について話そうと思ったが、この切り口で話をすると、話題は神学よりも、KGBになってしまうのでやめた。

ウエイターが、クリスタル工場製の高級ウオトカ「ストリチナヤ」とキャビアをガラスの器二つに山盛りにしてもってきた。五百グラム以上はあると思う。外貨で買えば、十万円以上するが、このレストランはルーブル払いが可能なので、二千円程度の出費で済む。もっとも、普通の客がキャビアを頼んでも「品切れです」という答えが返ってくるだけだ。私は、レストランのフロアマネージャーに賄賂としてプラハで買った「マールボロ」を一カートン渡したので、こうして稀少品であるウオトカやキャビアがでてくるのだ。

私が「ドストエフスキーのために」と音頭をとって、二人でショットグラスに入ったウオトカを飲み干した。喉から食道にウオトカが降りて二〜三秒くらいたったところで、今度は食道から喉に向かって熱いものがあがってくる。この感じがよいのでウオトカはやめられない。

「チェコ人はウオトカを飲むのか」とサーシャが尋ねた。

「あまり飲まない」と私が答えた。

「もっぱらビールだけで強い酒は飲まないのか」

「確かにチェコ人はビールをよく飲む。これに対してスロバキア人は、ビールに加えてワインをよく飲む」

「チェコ人とスロバキア人はだいぶ性格が異なるか」

「異なる」

「どういうところが」

「まず、電車やバスに乗っていて、『どこから来たのか』と話しかけてくるのは、ほぼ例外なくスロバキア人だ」

「スロバキア人の方が好奇心が強いのか」

「違うと思う。チェコ人の方が好奇心が強い。しかし、その好奇心を強く抑える。これに対して、スロバキア人はより率直だ。モスクワ国立大学にチェコ人やスロバキア人はいないのか」

「哲学部にはいない。スラブ言語学かロシア文学を専攻する以外の学生はソ連に留学したがらない」

「（一九六八年の）『プラハの春』以降の傾向か」

「そうだと思う。もともとロシアにとって、チェコスロバキアは遠かった。もっともそれだから、チェコにはネオスラビズム（新スラブ主義）のような、極端な親ロシア的傾向があった」

新スラブ主義とは、民族的に近いロシア人とハプスブルク帝国内のスラブ系諸民族が経済同盟を形成していこうという十九世紀末から二十世紀初頭にかけての運動だ。スラブ人の相互交流を強化することで、ロシア帝国とハプスブルク帝国に友好関係を持たせようとする運動だったので、一九一四年に第一次世界大戦が勃発するとともに終焉した。

「ロシアのインテリは、チェコやスロバキアについて、どれくらい知っているか」

「ほとんど知らない。もちろんマサリクについては知っている。ただし、レーニンがマサリクを激しく憎悪していたので、マサリクの著作はほとんど読まれていない。むしろカレル・クラマーシュの方が読まれていると思う」

カレル・クラマーシュとは、チェコスロバキア共和国の初代首相で、マサリクの政治的ライバルだった。新スラブ主義を継承する親露主義者で、一九一七年のロシア革命後、退位させられたロシア皇帝をチェコスロバキアに招き、国王に推挙することを考えていた。そのため共和主義者のマサリクと対立した。

「クラマーシュについて知っている日本のインテリはほとんどいないと思う。ロシアのインテリの方がチェコについてはよく知っている。スラブ交流概念を思想の中心に据えたスロバキアのヤン・コラールについてはどうだろうか」

「思想史を専攻する標準的なインテリならば知っていると思う。それから、モスクワではルシン人のインテリが一定の影響力をもっている。確か、（ソ連）科学アカデミー・スラブバルカン研究所のポップ教授はルシン人だったと思う」

ルシン人は、ザカルパチア・ウクライナ地方に住む人々だ。反ウクライナ、反スロバキアだが、親ロシア、親チェコという傾向をもっている。要するに隣に住んでいる民族との仲はよくないが、その一つ向こうの民族とは仲がよいということだ。この地域はもともとチェコスロバキア共和国に含まれ、ポドカルパチア（ルテニア）と呼ばれていた。この地域に住む西ウクライナ語を話す人々は、ルシン人とかカルパチア地方のロシア人と呼ばれていた。ルシン人は、九八八年にキエフでキリスト教を受容したルーシ（古代ロシア）の民の末裔であるという自己意識をもっている。

もともとチェコスロバキア共和国は、チェコ、スロバキア、ルテニアの三地域からなっていた。ルテニアにも自治が認められていた。ソ連はルテニア人を独自の民族と認めずにウクライナ人の一部であると主張した。それだから、この地域をザカルパチア・ウクライナと呼んだ。そして、ソ連は、民族自決権に基づいて、ルテニアのウクライナへの併合を要求した。一九四六年にチェコスロバキアは、ルテニアをソ連に割譲した。チェコスロバキアに社会主義政権が成立するのは一九四八年のことだ。一九四六年時点のロンドン亡命政権の流れを引くベネシュ大統領は、ルテニアの割譲を拒否するとソ連がスロバキアを併合する危険が生じると考えたので、譲歩したのだ。事実、スロバキアには、チェコから分離独立した上で、ソ連に加盟しようとする動きがあった。

ソ連にとってルシン人が独自民族かウクライナ人であるかは本質的問題ではなかった。ルテニアをチェコスロバキアから割譲させれば、ソ連はハンガリーと国境を接することになる。そうすれば、第三国を経由せずにハンガリーへの軍事侵攻が可能になる。この安全保障上の利益をソ連は確保しようとしたのだ。事実、一九五六年のハンガリー動乱に際して、ソ連はザカルパチア・ウクライナを経由してハンガリーに戦車を送り込んだ。

「それは知らなかった。ポップ教授はチェコに関する論文をいくつも書いているが、あの世代ならばチェコスロバキア時代にチェコ語で基礎教育を受けているので、チェコ語は堪能なはずだ」と私は答えた。

「ルテニア人はロシア正教徒だということになっているけれど、ほんとうはユニア教徒ではないのだろうか」とサーシャが答えた。

私は「そうだ。あの地域に正教徒はほとんどいない」と答えた。

ユニア（東方帰一）教徒とは、イコン（聖画像）を崇敬し、儀式は正教会とほとんど同じで、下級司祭も妻帯している。外見上はロシア正教と同じに見えるが、実はカトリックなのである。ローマ教皇の首位権を認め、聖霊は父及び子（イエス・キリスト）からも発出するという「フィリオクエ（ラテン語で〝子からも〟の意味）」の立場をとるカトリック教会なのだ。本質的な部分以外は、すべて譲歩し、正教会の領域を切り崩すというカトリック教会の戦略から生まれた教会だ。歴史的にハプスブルク帝国の版図に属し、第二次世界大戦後、ソ連に併合されたガリツィア地方（西ウクライナ）の主流派はユニア教徒だった。ソ連はユニア教会をロシア正教会に強制併合し、ユニア教会を非合法化した。ユニア教徒の多くが、ソ連による支配を潔しとせずに、国外に亡命した。この人々が、カナダのエドモントン周辺に集中して住んでいる。それだからカナダでは、英語、フランス語に次いでウクライナ語を話す国民が多いのである。また、ウクライナに残留したユニア教徒で、反ソ武装闘争を展開した人々もいる。この非合法武装闘争は一九五〇年代半ばまで続いた。

ゴルバチョフがソ連共産党書記長に就任し、ソ連人の出国が容易になり、またこれまで外国人に対して閉ざされていたガリツィア地方が部分的に開放された。その結果、カナダのウクライナ人がガリツィア地方の民族主義者を支援するようになった。ウクライナ民族主義者は、ユニア教会の復活とウクライナのソ連からの分離独立を要求している。これに対して、ルシン人はユニア教会の復活には賛成だが、ウクライナの独立に対しては断固反対し、ソ連維持を主張している。この地域の民族と宗教の関係は、きわめて錯綜している。

「スロバキア人もチェコ人もカトリック教徒が主流なのか」とサーシャが尋ねた。

「統計上は一応そうだ。スロバキア人の場合、六割以上がカトリックで、一部にプロテスタントがいる。プロテスタントのほとんどがハンガリー系の少数民族で、カルバン派に属する」

「チェコでもカトリックが主流なのか」

「表面上はそう見える。しかし、スロバキアでカトリック教会が社会に対して強い影響力をもっているのに対して、チェコではそうではない。戦前のチェコスロバキアでは、カトリックが八割、プロテスタントが二割だったが、エリートのほとんどがプロテスタントだった」

「どうして」

「それは、プロテスタントが実質的にはフス派だからだ」

「コンスタンツの公会議で火あぶりにされたフスの系統ということか」

「そうだ。フス派はハプスブルク帝国によって弾圧されたが、チェコ北東部のモラビアの山中で地下教会を維持した。表面上は、ルター派か改革派（カルバン派）に属しているという顔をしていたが、フス派の末裔という意識をずっと維持した。ちなみにチェコのカトリック教徒もフスを異端とは考えていない。チェコ民族の英雄と考えている。それだから、マサリクはチェコスロバキア国家を創設するにあたって、フスのイメージを最大限に活用した」

「どういうことか」

「マサリクはもともとカトリック教会に属していたが、改革派教会に改宗しプロテスタント教徒になった。これは、当時のコンテクストにおいてはフス派を復興させる意味をもった。今回、チェコに行ってはじめて知ったのだが、このときマサリクの改宗した改革派教会の牧師がミラン・オポチェンスキー教授の父親だった。また、フロマートカは、ルター派に属していたが、改革派教会との合同を熱心に推進した。どうもそれがルター派教会幹部の逆鱗に触れて、第一次世界大戦のときガリツィア地方に従軍牧師としてフロマートカが送られる理由になったようだ」

「要するに『死ねばいい』ということか」

「そうだ。もっともハーシェクの小説『勇敢な戦士シュベイク』を読めばわかるように、チェコ兵はハプスブルク帝国のために戦うつもりがまったくなかった。むしろ同じスラブ人であるロシア人に対して共感をもった。ロシア側に投降したチェコ人もかなりいたということだ。フロマートカは戦場で、時代の変化を実感した。そのときの手引きになったのがドストエフスキーだ。ドストエフスキーが預言したカオスが目の前に出現したように思えたのだ」

「それは、戦場の悲惨さを目撃したということか」

「そうだ。それもある。ただそれよりももっと深刻だったのは、国家という価値が相対化されたということだ。チェコの兵士たちは、ハプスブルク帝国のためにかり出され、命を捧げることを要求された。これに対し、チェコ人は徹底的なサボタージュをした。特にスラブ系のロシア人やウクライナ人と殺し合うという気持ちにならなかった。同時に、ロシアではボリシェビキ革命が起こった。労働者と農民が権力を奪取する新しい革命だ」

「マサル、あれは革命ではない。レーニンやトロツキーによるクーデターだ」

「いやサーシャ、それじゃ問題を矮小化してしまう。ロシア革命の結果、社会構造、経済構造は変化した」

「確かにそれはそうだ。ロシアの社会も経済も悪い方向に向けて変化した。しかし、政治構造はどうだろうか。皇帝による専制が、プロレタリア独裁という名による共産党による専制に転換しただけではないだろうか」

「それがまさにマサリクのいう帝政ロシアからソ連への衣替えだ。マサリクはソビエト・ロシアについて、『帝政ロシアの軍服を裏返しに着ているに過ぎない』という冷ややかな見方をしていた」

「そのたとえは、半分正しく、半分間違っている」とサーシャが言った。サーシャの考えでは、ロシアは本質において帝国だ。それだから専制的支配が不可欠である。帝政ロシアにおいては、軍服に象徴される暴力による支配とともに、ロシア正教にもとづく秩序感覚があった。帝政ロシアの文部大臣ウバーロフは、ロシアの特徴として、「専制、正教、国民性（ナロードノスチ）」の三要素をあげたが、この定義は事柄の本質を衝いている。このような理念なくして、ロシアは成り立たないのである。ソ連はこのような国民を統合する理念を構築することができなかった。それだから、赤軍の制服に象徴される暴力による統治という手法をとるしかなかった。サーシャは、共産党官僚によるこのような暴力統治はすでに臨界点に達しているので、ソ連は近未来に自壊すると言う。

「ソ連は、マルクス・レーニン主義という宗教をもっていて、共産党は教会ではないのだろうか。ベルジャーエフはこのような見方にたって、ロシア共産主義は、ロシア正教の伝統からしか読み解くことができないと考えている。僕はベルジャーエフの説明には説得力があると考える」

「いったいどこに説得力があると言うんだ。ベルジャーエフはボリシェビキだ。言っていることに説得力なんかない」とサーシャは吐き捨て、「一杯飲もう」と言って、私のショットグラスにウオトカを注いだ。私もサーシャのショットグラスにウオトカを注ぎ返した。

ロシアには手酌の習慣がない。会食の場で、手酌でウオトカを飲んでいると、アルコール依存症と見なされる。

「健康と真の相互理解のために」とサーシャが乾杯の音頭をとって、二人でグラスを乾した。

「サーシャの言うことがよくわからない。ベルジャーエフがボリシェビキとサーシャは言うが、それはおかしいんじゃないか。ベルジャーエフはレーニンによって追放された反共主義者だ。僕はベルジャーエフの『ロシア共産主義の歴史と意味』を注意深く読んだ。ベルジャーエフは徹底した反共主義者だ。それがどうしてボリシェビキなんだ」

「率直に言うけれど、ベルジャーエフがボリシェビキであることを見抜けないようでは『ロシア共産主義の歴史と意味』を注意深く読んだとは言えない」

「それじゃ、いったいどういう風に読めばいいんだ」

「まあ、そう怒るな。ベルジャーエフのような悪党について話す前には、ウオトカの量が足りない」

そう言って、サーシャは二人のショットグラスにウオトカをなみなみと注いだ。サーシャは興奮してくると手酌になる。そして、「悪酔いするといけないから、少し食べた方がいい」と言って、黒パンにバターを塗ってその上に茶さじ一杯分のキャビアを乗せて軽く伸ばしたオープンサンドイッチをつくって私に渡した。私は、「ありがとう。それじゃ、『ベルジャーエフの共産主義観を正確に理解するために』」という口上を述べ、乾杯し、ウオトカを一気に飲み乾した。

「マサルはベルジャーエフのマルクス主義観をどう評価するか」

「マルクスの著作はよく読んでいる。ただし、初期マルクスの著作はほとんど読んでいない。もっとも『経済学・哲学草稿』をはじめとする初期のマルクスの著作が明らかにされるのは、一九二〇年代以降なので仕方がない。基本的にマルクス主義を発展史観として受け止めている」

「ベルジャーエフ、ブルガーコフ、フランクなどの道標派がそもそもロシアにマルクス主義を導入した。当時、帝政ロシアのオフラナは、ロシアにマルクス主義が広がることを歓迎した」

「革命思想が入ってくることを秘密警察が歓迎したのか。そんなことがあるのだろうか。ソ連共産党史を読むと、社会民主主義者（マルクス主義者）はツァーリ（皇帝）警察から徹底的な弾圧を受けたと書いてある」

「ソ連共産党史の記述を信じたらダメだ。あれはあいつらに都合がいいように改変された歴史だ。それほど弾圧が激しいならば、ルミャンツェフ博物館付属図書館（その後の国立レーニン図書館、現在の国立ロシア図書館）になんであれほどたくさんのマルクス主義文献が所蔵されていたのか。誰でも閲覧することができた」

「そう言われれば、確かにそうだ」

「当時のロシアの革命運動の主流はテロリズムだった。ナロードニキ（人民主義者）の流れを引く社会革命党は、テロによって一挙に革命を実現しようとした」

「ドストエフスキーの『悪霊』の世界に近いわけか」

「ドストエフスキーよりもサビンコフ（ロープシン）の『蒼ざめた馬』の世界だ。ナロードニキは、『人民の中へ（ブ・ナロード）』というスローガンを掲げて、農民を革命に向けて啓蒙しようとした。それは徒労に終わった」

「知っている。農民にとってナロードニキは迷惑な存在だった。農民はツァーリを神の代理人であると信じていた。皇帝は統治者であるとともに信仰の対象だった。それで、農民たちがナロードニキを捕まえて、官憲に突き出した。突き出されるときにナロードニキの革命家は、『お前たちのためにやっているんだぞ！』と叫んだという話を読んだ」

「ナロードニキの活動家たちは、自分たちの特権を否定した悔い改めた貴族だった。農民の中に入り、無知蒙昧な人民を啓蒙することは不可能だという結論に至った。そこから民衆の受動性を評価することになる。トカチョフのように、民衆を極力政治から隔離し、テロと陰謀で国家権力の中枢を乗っ取ろうと考えた」

「大審問官と同じ発想か」

「似ている。ドストエフスキーを評価するときのコツがある。あの男を宗教哲学者として見てはならない」

「ベルジャーエフはドストエフスキーを宗教哲学の文脈でとらえている」

「それは間違いだ。ドストエフスキーの教養はきわめて粗い」

「それは確かに言えると思う。しかし、ドストエフスキーの思想には類い希な独創性があった」

「マサルはほんとうにそう思うのか。僕はドストエフスキーに独創性を認めない。そこらのサロンで聞きかじった話や新聞で報じられた事件を脚色して、大衆向けの小説を書いたにすぎない。マサルはロシアを専門にしているわけだろう」

「そうだ。日本のロシア専門家は、だいたいドストエフスキーを読んでいる」

「率直に言ってそれは間違えたアプローチだ。ロシアの思想史をきちんと勉強してからドストエフスキーの小説を読めばいい。大審問官なんていうことは、ロシアのインテリだったら誰でも思いつく。もっともドストエフスキーのような文才がなければ、あのような作品にすることはできなかった」

「ロシア語としてドストエフスキーの文体は素晴らしいのか」

「素晴らしい。読者を引き寄せる魅力がある。しかし、この魅力には罠がある」

「罠？」

「そうだ」

「どういう罠だ」

「半教養だ。半教養は無教養よりも悪い」

「どういうことだ。サーシャが言うことの意味が僕にはよくわからない」

「ドストエフスキーの思想は徹底していない。思想が中途半端なのをレトリックで誤魔化している。ここから両義性や多義性がでてくる。それに対して、読者はテキストを過剰に読み込む。『カラマーゾフの兄弟』を読んでもドストエフスキーが大審問官やゾシマ長老を肯定的に描いているのかどうかがさっぱりわからない」

「確かにそれはそうだ。フロマートカはドストエフスキーが大審問官を愛していたという。そして、大審問官を肯定的に評価していたと考える。そして、共産主義者が大審問官であると考える」

「僕はその解釈は間違えていると思う。まずドストエフスキーは、大審問官を愛していないし、憎んでもいない。同時にドストエフスキーは大審問官を愛しているし、憎んでもいる。両義的なのだと思う。フロマートカの読み方は、あまりにも単純だ。もっともロシア人以外にはドストエフスキーの両義性が皮膚感覚でわからない。だから誤読してしまう」

「サーシャ、その言い方はおかしい。テキストは、書かれてしまった後は著者の手を離れる。読者は誤読する権利をもっている」

「それは確かにそうだ。しかし、フロマートカやマサリクはロシアやソ連を理解するためにドストエフスキーのテキストと取り組んだ。この場合、ロシア人の論理に即してテキストを読まないと判断を誤る」とサーシャは強い調子で言った。

その話を聞いて、私も確かにそうだと思った。それではどうやってドストエフスキーを解釈すればよいのだろうか。サーシャはどのようにドストエフスキーを読んでいるのだろうか。

「サーシャはドストエフスキーをどのように読んだのか。この作家からどういう影響を受けたのか」と尋ねた。

「ドストエフスキーの小説、評論、手紙を熱中して読んだのは大学に入る前のことで、リガで読んだ。影響はほとんど受けなかった」

「僕も中学生から高校生の頃に『カラマーゾフの兄弟』、『罪と罰』、『白痴』、『悪霊』、『未成年』、『貧しき人々』を読んだ。ドストエフスキーを読んだ同級生は、みんな強い衝撃を受けたという感想を述べていたが、僕は全然衝撃を受けなかった。ショーロホフの『静かなドン』、『祖国のために』や『人間の運命』から影響を受けた」

「僕はドストエフスキーもショーロホフも嫌いだ。ショーロホフはトルストイのエピゴーネンに過ぎない。ドストエフスキーは根源的にニヒリストなのだと思う。ドストエフスキーの両義性、多義性は、ドストエフスキーが無の上に自己を置いているからだと思う」

「サーシャは、ドストエフスキーがシュティルナーの『唯一者とその所有』の延長にある作家と考えるのか」

「そうだ。ロシアの思想界にシュティルナーの与えた影響はきわめて強い」

「ニーチェよりも強いのか」

「ずっと強い。シュティルナーのニヒリズムは実存主義の枠に収まらない破壊性がある。社会革命党のテロ思想はシュティルナーのニヒリズムがロシアに受肉したものだ」

「レーニンもテロを否定しなかった」

「レーニンはテロリストだ。レーニンをマルクス主義の系譜で理解することはできないというベルジャーエフの指摘はあたっている。レーニンは哲学的な基礎教養が弱い。数学や物理学もさっぱりだめだ。そもそもマルクスがもっていた体系知（学問）に対する関心がレーニンには稀薄だ。レーニンは徹底した実践家で革命家だ。革命の実現に役立つことは何でも正しいという立場だ。目的のためならば、あらゆる手段が許されるという形で弁証法を理解した」

「ルカーチがいう『革命の現実性』ということか」

「そうだ」

「それで、レーニンは革命によって何を実現しようとしたのだろうか」

「マサルはどう考える？」

「主観的には、搾取者と被搾取者、抑圧者と被抑圧者という二項対立図式を克服した自由の王国を作ろうとしたのだと思う」

「僕はそうは思わない」とサーシャは断言し、こう続けた。

「レーニンは帝政を打倒し、革命を起こすことが楽しかったんだ」

「楽しい？　あの革命を遊びで行ったというのか」

「遊びか。いい表現だと思う。レーニンとその仲間たちは遊びであの革命を行ったのだと思う。マサリクもフロマートカもレーニンやソ連をあまりに真面目にとらえすぎている。それではソ連がニヒリズムの上に立てられた国家であるということがわからない。この国は漂流しているだけだ。スターラヤ・プローシャジ（旧い広場）のソ連共産党中央委員会の建物の机にしがみついている官僚が、自己保身だけを考えて漂流している国家にすぎない」

「しかし、ソ連共産党中央委員会にはイデオロギー部があるじゃないか。ペレストロイカもイデオロギー的な刷新によって、ソ連社会を活性化し、国家を強化するという戦略目標をもっていると思う」

「確かにそういうイデオロギー戦略はある。ただし、肝心のイデオロギーをつくっているアレクサンドル・ヤコブレフ政治局員がもはやマルクス・レーニン主義を信じていない。著者自身が信じていないイデオロギーをどうやって人々に信じさせることができるのだろうか。不可能じゃないか」

「……」

「ヤコブレフはドストエフスキーと同じことをしている」

「どういう意味か」

「ドストエフスキーはロシア正教も神もツァーリも信じていない。近い将来に大混乱が起きて、神もツァーリも殺され、教会もロシア帝国も破壊されるという予感がドストエフスキーにはあった。それがあるから、あれだけ過剰な言葉を用いてドストエフスキーは教会や専制を擁護したのだと思う。その意味でドストエフスキーは預言者だった」

「そうするとヤコブレフも預言者ということになるのか」

「聖書では、キリストには王と祭司と預言者の権能がある。それとの類比で述べれば、ヤコブレフは祭司だ。ソ連体制を生き残らせるためにヤコブレフは新しい宗教儀式を導入しようとしているに過ぎない」

「ゴルバチョフは預言者じゃないのか」

「違う。ゴルバチョフの機能は王つまりソ連帝国の皇帝だ。王は臣民がいなくなると王ではなくなる。国民は共産主義に愛想を尽かしている。それだから、近くソ連帝国の臣民はいなくなる、そうなれば、ソ連帝国の皇帝であるソ連共産党書記長も自動的に消える」

サーシャはソ連が消滅すると本気で信じているようだ。そんなことがあるのだろうか。とても信じられない。ソ連共産党の幹部だって、国家の生き残り策を必死になって考えているはずだ。

「サーシャ、いまのソ連で預言者の役割を果たす人はいないのか」

「いない。もう少し状況が煮詰まって本格的な危機が到来しないと預言者は出てこないと思う。ただ、こういう状況で偽預言者がでてくることが恐いんだ」

「偽預言者というと?」

「ソ連体制を解体する素振りをしながら、ソ連体制を維持する役割を果たすイデオローグだ。そいつはベルジャーエフの思想的遺産を必ず活用する。これまで禁書にされていたベルジャーエフの著作を共産党中央委員会が解禁したのも、そういう意図があるからだ」

それでサーシャがベルジャーエフに忌避反応を示した理由が分かった。ベルジャーエフは、共産主義を徹底的に批判したが、ロシア人にとっての祖国はソ連しかないと明言していた。

第21章　対話

　確かにサーシャが言うとおり、最近のベルジャーエフ・ブームは奇妙だ。レーニンがベルジャーエフたち「道標派」をソビエト・ロシアから追放したのである。レーニンの教えに反する思想を再評価するためには、ソ連共産党中央委員会イデオロギー部の承認が不可欠だ。

「ベルジャーエフの『ロシア共産主義の歴史と意味』の刊行を許可するなんて、ソ連共産党中央委員会は何を考えているのだろうか」

「それは簡単だ。レーニン主義からの離脱を図っている」

「レーニン主義からの離脱？」

「そうだ。レーニン主義から離脱して、社会民主主義に戻る。ソ連共産党のもともとの名称は、ロシア社会民主労働党だったろう。それで、社会民主主義と共産主義はもともと同根であるというプロパガンダを西側で展開する」

「しかし、西独社民党がバート・ゴーデスベルク綱領でマルクス主義からの離脱を鮮明にした後、社会民主主義と共産主義が同根だという議論は説得力をもたない」

「僕はそうは思わない。ゴルバチョフが強調する人類共通の価値というのは、本質において共産主義だ」

「どうして。むしろブルジョア的な人権思想のように思える」

「マサル、そうじゃない。一杯飲もう」と言って、サーシャはショットグラスを手にとって、乾杯のポーズをとった。

ロシアでは、手酌でウオトカを飲むのは厳禁だ。かならず乾杯の口上を述べなくてはならない。そして、一気に飲み乾すのが正しいマナーとされている。もっとも、酒が強くない人に対しては、ショットグラスに注ぐ量を少なくして調整する。サーシャも私も、アルコールに対する耐性は強いので、少し話がはずむと二人で最低三本のウオトカをあけてしまう。

「反革命のために」とサーシャが言った。

「世界ブルジョア革命のために」と私が言い返し、グラスを合わせ、ウオトカを一気に飲み乾した。

「いいか、マサル、よく聞け」と言って、サーシャはこう続けた。

「共産主義者のキーワードは平和だ。核の脅威に西ヨーロッパはおびえている。これをゴルバチョフは最大限に利用し、平和攻勢をかける。なぜだと思うか」

「基本は、このまま軍拡競争を続けることにソ連経済が耐えられないからだろう。民生部門の犠牲はもう限界に来ている。このままでは国民の不満が高まり、社会が弱くなる。アフガニスタン戦争からゴルバチョフが手を引こうとしているのも、それを支える経済力がもはやソ連にないからだ」

「その通りだ。ただし、同時にこの軍拡競争から生じた弱い輪にゴルバチョフは気づいている」

「弱い輪？」

「そうだ。西ヨーロッパ、特に西ドイツだ。軍拡競争の舞台はヨーロッパだ。ソ連、東西ヨーロッパに共通するが、米国にはない価値がある。平和だ」

「平和？」

「そうだ。二度の世界大戦の記憶がロシア人とヨーロッパ人には焼き付いている。それは自分たちの住んでいる土地で地上戦が行われたからだ。地上戦が行われなかった地域でも空爆を経験している。米国は国土が戦場になったことがない」

「日本軍が真珠湾を攻撃した」

「ハワイは米国本土ではない。アメリカ人には戦争で敗北したという記憶がない」

「それは確かにそうだ。そう言うならば、ソ連も戦争の勝利者だ」

「ただし、犠牲が大きすぎた。戦争だけは絶対に嫌だというのが、ロシア人の共通意識だ。ロシア人だけではない。ウクライナ人もベラルーシ人もラトビア人もリトアニア人もエストニア人も平和という価値で結びついている」

「ウズベク人やタジク人は？」

「イスラーム世界やトランスコーカサスは文化が異なる。それだから、今もあれだけ激しい流血をともなう民族紛争が起きているんだ。アフガニスタン戦争にソ連が敗北しつつあるのは、経済要因だけではない。国民の反戦感情に火がついた。いまアフガニスタンの戦場に子供を送っている親たちは、幼い頃に戦争を体験している。泥沼の戦争を始めた共産党政権に対する忌避反応が草の根から起きている。ゴルバチョフはそのことに気づいている。それだから、平和を追求するという姿勢で、アフガニスタンからも手を引く。それによって、権力基盤の立て直しを図る。同時に世界革命に着手しようとしている」

「どういう理屈で平和が世界革命とつながるのだろうか」

「中距離核兵器、通常兵器などの軍縮が進めば、ヨーロッパ人の対ソ感情が劇的に改善する。その理由はなぜかと考える。そこに共産主義も社会民主主義も起源を同じくするからだというプロパガンダを展開する」

「要するに共産主義も社会民主主義もマルクス主義を起源とする思想ということか。東ドイツで共産党と社民党が合同してドイツ社会主義統一党ができたときの理屈だ」

「ちょっと違う」

「どこが」

「東ドイツの場合は、共産党による社民党の吸収だった。しかし、ゴルバチョフの場合、普遍的な価値でソ連とヨーロッパを結びつけようとしている。そのときにレーニンを用いる。レーニンは『マルクス主義の三つの源泉と三つの構成部分』でどういう説明をしているか」

「マルクス主義は、ドイツ古典哲学とイギリス古典経済学とフランス社会主義思想の綜合であると規定している。そうか、マルクス主義を人類の知的遺産を綜合した普遍的価値という形で整理して、世界革命を行っていこうとするのか」

「そうだ。ゴルバチョフやシェワルナゼが示しているのは普遍原理による世界革命だ。平和という記号を掲げた世界革命を展開し続けることによってのみ、ソ連は生き残ることができると考えている」

「サーシャの分析は面白い。要するにソ連国家を建設したときの原点に立ち返るということだね」

「原点？」

「そう原点だ。マルクス主義とアナーキズムは、国家を廃絶するという共通の目標をもっている。アナキストは政治意思で国家を廃止することができると考える。これに対してマルクス主義者は、政治意思で国家を廃止することはできず、経済が発達し、生産様式が変化するときに国家が消滅すると考える。ロシア革命は時期尚早だった。それだから、ロシア・マルクス主義の父であるプレハーノフも、この革命は失敗すると考えた。しかし、そんな間抜けた教義に付き合うほどレーニン、トロツキー、ジノビエフ、スターリンたちはお人好しではなかった。そこで、過渡期国家としてのソ連を創った。マルクス主義の教義に基づけば、国家は暴力装置で、階級抑圧の機関だ。この議論をレーニンは逆転させる。共産主義社会は生成過程にある。ブルジョア階級は、外国と結びついて、ソビエト政権の転覆を計画している。それだからプロレタリア独裁国家を創り、国内におけるブルジョア階級を抑圧し、外国からの干渉を阻止する」

「そう。プロレタリア独裁国家は、多数者による少数者の支配なので、もっとも民主的ということになる。ブレジネフ時代にソ連では、階級が廃止されて全人民の国家が成立したということになっている。しかし、何が全人民の国家だ。ソ連共産党の官僚によって支配された階級国家だ」

「サーシャ、ここで重要なのは、ソ連国家の正当化を主張する論理だ。国家が暴力装置であるという点は動かない。階級対立が廃絶されたのだから、国内においてソ連国家は国民に対する暴力を行使しない」

「そう、暴力は行使しない。力をともなう同志的指導をするだけだ。一九六八年のチェコスロバキアに対しても、ソ連は同志的かつ率直な援助をしただけだ。そして現在もアフガニスタンに対して同志的かつ友好的な援助を続けている」

「暴力を軸にして考えるから、ソ連国家の特徴が見えなくなる。原罪を切り口にすべきと僕は思うんだ」と私は言った。

「原罪？」とサーシャは問い返した。

「そうだ。国家は暴力装置で、支配階級が多くの勤労大衆を抑圧し、戦争を引き起こす。そして、国家のために死ね、と国民に命じる。これは国家が原罪をもっているからではないだろうか」

「確かにそうだ」

「これに対して、原罪を背負った国家を廃絶するという特別の使命をもって、原罪のない未来の世界から、人類を救うために受肉したのがソ連国家と考えると、理屈が通ると思わないか」

「確かにマサルの言うとおりだ。要するにソ連国家はイエス・キリストの地位を占めている。原罪から免れた救済国家ということになる」

「そう。ここから自己絶対化の誘惑が忍び寄る。ゴルバチョフによる平和攻勢に関するサーシャの説明を聞いているとモスクワが『第三のローマ』としての使命を取り戻そうとしているように思える」

「わかった。見えてきた」とサーシャは言って、今度はショットグラスではなくワイングラスに半分くらいウオトカを注いだ。百グラム（ロシアではウオトカは重さで量る）くらい入っている。話がはずんでくるといつも最後は飲み比べのような状態になってしまう。二人で一気にウオトカを飲み乾した。二〜三秒くらい経ってから、胃から食道にかけて熱いものが上がってくる。ウオトカの醍醐味は、飲んだ直後のこの熱い感じにある。サーシャは、黒パンの上にキャビアをのせ、うまそうに食べた。サーシャは早口でまくしたてた。

「ベルジャーエフの復権は、ゴルバチョフが展開している世界革命に対する反動だ。ベルジャーエフは、ロシア共産主義はマルクス主義と断絶していると考える。ロシア共産主義は、ロシア正教、特に修道院でときどきあらわれる偏狭な禁欲思想の変種と考えている。この連中は、本質的に対話を拒否する」

「対話の拒否？」

「そうだ。対話と見せかけても、共産主義者の意見に最終的に賛同するのを待つという姿勢だ。ゴルバチョフは、普遍主義的な世界観に基づいて、西側と本気で対話をしようとしている。もしかしたら、この対話は成功し、世界革命が成功するかもしれない。まず、ソ連とヨーロッパの間に共通の価値観に基づく革命が成功する。そして、その革命が米国に及ぶ。そして、この革命は世界的規模で展開される。しかし、それはソ連が終焉することにもなる」

「ソ連がなくなるというのか」

「名称はソ連のままかもしれない。しかし、普遍的価値に基づく対話を始めたらその価値がソ連にも入ってくる。そうするとソ連が内側から崩れる。その危険にイデオロギー官僚が気づいたんだ。マルクス・レーニン主義は、もはや内的生命力を失っている。それだから、ベルジャーエフの宗教哲学で、マルクス・レーニン主義と断絶したソ連国家の再編を考えている。そのためには、対話をしてはだめだ。ベルジャーエフは、『カラマーゾフの兄弟』を通じて、対話が本質において成り立たないことを発見した」

「どういうことだ。サーシャの言うことの意味がよくわからない」

「イワンだよ。イワン。それにアリョーシャもだ。あの連中は、対話を拒否している」

「どういうことか。僕には何が問題になっているのかすらまったくわからない。確かに大審問官に対して、キリストは何も答えていない。それだから、対話が成り立っていないということなのか」

「違う。違う」とサーシャは首を強く横に振った。

「どう違うんだ」

「キリストは沈黙することによって、大審問官を内的対話に追い込んでいる。最終的に大審問官は内的対話を拒否する。いろいろ考えた挙げ句、結局、従来の生き方を変えようとしない。形式的な対話は成り立っているようにも見える。しかし、そこにあるのは二つのモノローグ（一人語り）でジアローグ（対話）は成立していない。何で今までこのことに気づかなかったのだろうか。対話をしたらいけないと、ソ連共産党中央委員会のイデオローグは考えている。ある意味で、それは正しい」

「サーシャが言っていることがわからない。もっと具体的に、僕にもわかるように説明してくれ」と私は頼んだ。

「マサル、イワンの前に悪魔が現れた場面を覚えているか」

「覚えているよ。でもあの話は、ゲーテの『ファウスト』をデフォルメしたものなので、面白くない。それに修道士時代のルターが、悪魔に対してインク壺を投げたエピソードなど衒学的で、面白くない。神学的に重要な議論は何もなされていない。大審問官伝説とは本質的に異なる」

「マサル、前にも言ったけれど、ドストエフスキーから神学を素直に学ぼうとしたら駄目だ。ドストエフスキーは、神もキリストも国家も皇帝も、何も信じていないニヒリストだ。このニヒリズムと徹底的に付き合うんだ。そこから、逆説的に神が見えてくる。イワンの前から悪魔が去って、代わりにアリョーシャがやってくるところだ。覚えているか」

「もちろん」と私は答えた。

イワンが悪魔と激しく問答している。そこにアリョーシャが訪れ、スメルジャコフが首を吊って死んだことを伝える。イワンは、スメルジャコフの自殺について、既に悪魔によって知らされていたと言い張る。そこから、イワンとアリョーシャはこんなやりとりを始める。

〈「兄さんは、だれかがここに座っていたと本気で思ってるんですね？」アリョーシャはたずねた。

「ほら、そこのソファだよ、隅の。おまえが追っ払ってくれればよかったんだ。いや、おまえがやつを追っ払ってくれたんだな。だって、おまえが現れたとたん、姿を消したもんな。おまえの顔が好きだよ、アリョーシャ。おまえの顔が好きだってこと、知っていたか？　で、やつはな、アリョーシャ、おれなのさ、おれ自身なんだ。おれがもっているぜんぶの下劣な部分、いやらしい部分、軽蔑すべき部分なんだよ！　たしかにそう、おれは『ロマンチスト』だ、やつがそう指摘した……ただし、それも中傷だったがな。やつはおそろしく頓馬なんだが、それがあいつの強みでな。ずるがしこい、動物的にずるがしこい、おれを怒らせる方法を知ってやがった。おれがやつの実在を信じているってからかいつづけてな、それで自分の話を聞かせてしまうんだよ。おれのことをガキみたいにだましやがって。もっとも、おれにかんして、いろいろとほんとうのことも教えてくれたがね。自分ではとても言えないようなことをさ。いいか、アリョーシャ、いいか」おそろしく真剣な、何か秘密でも打ちあけるような調子で、イワンが言い添えた。「おれは心から願っているんだ、やつがほんとうにやつで、おれじゃなけりゃいい、ってな！」

「兄さんを苦しめたんですね」同情の目で兄を見つめながら、アリョーシャは言った。

「おれをからかったのさ！　それも、ひじょうに巧妙にな。『良心ねえ！　良心ってなんですか？　ぼくはそれを自分でこしらえてるんです。じゃあ、どうしてぼくが苦しんでいるんですか？　たんなる習慣からですよ。七千年の、全人類的習慣からですよ。だから、そんなもの忘れて、神々になりましょうよ』――これは、やつが言ったことさ、ほんとうに言ったことなんだ！」

「兄さんじゃなくて？　兄さんじゃなくて？」晴れやかな目で兄を見つめながら、アリョーシャはがまんしきれずに叫んだ。「いや、そんなやつのことなんてどうでもいいです、放っておきなさい、忘れてください！　兄さんがいま呪わしく思っているものをぜんぶ、その男に持っていかせて、二度と来ないようにさせましょうよ！」

「そうだな、だが、やつは意地が汚いからな。おれを笑いやがった。これが厚かましいやつなんだ、アリョーシャ」腹立たしさに身をふるわせながら、イワンが言った。〉（ドストエフスキー〔亀山郁夫訳〕『カラマーゾフの兄弟4』光文社古典新訳文庫、二〇〇七年、四〇三～四〇五頁）

「イワンの前にほんとうに悪魔が現れたのだろうか。それとも、イワンは自分の心の中での対話を悪魔と呼んでいるのだろうか」と私は尋ねた。

「いい質問だ。ルターがインク壺を投げたときのことを考えてみよう。ルターは、尻尾が生えた悪魔が、目の前に現れたと思ったのだろうか」

「思った。ルターには神経症的なところがあった。悪魔の実在を信じていた」

「ルターが神経症的なのではなくて、僕たちが鈍感になっているのかもしれない。近代人は目に見えないものを存在しないと見なしてしまう。しかし、目に見えないものは確実に存在する。そして、少し工夫をすれば、目に見えるようになる。電波だってテレビのブラウン管上の画像になれば、目に見えるようになる。悪魔だって、工夫をすれば、目に見えるようになるはずだ」

「サーシャは、悪魔を見たことがあるか」

「残念ながら、まだない。もっとも共産主義国家のソ連には悪が満ちあふれている。ということは、悪魔もたくさんいるということだ。悪魔の数があまりに多いので、誰が悪魔かわからなくなっているだけなのかもしれない」

「その理屈を使うならば、資本主義諸国にだって悪が満ちあふれている。神が悪をつくるはずはないのだから、悪をつくるのは悪魔ということになる。スピノザの汎神論は誤りで、汎悪魔論が正しいということになる」

「いや、そういう神義論を展開すると、事柄の本質を捉えることができなくなる。悪は厳然と存在する。この世で悪は現実に影響を与える力をもっている。このことだけを確認すればいい」とサーシャは言った。

「わかった。それで、悪とどう戦う」と私は尋ねた。

「悪とは戦わなくてはならない。そのためには、悪と取り引きをしてはいけない。僕は悪魔と対話することは、悪との取り引きに応じることになると考える」

「僕はそうは思わない。対話は悪を切り崩していく、多分、唯一の手段だと思う。開かれた対話によって、人間がお互いに心を開くことによって、悪は解体されていく」と私は反論した。

「それは違う。神を信じる、いや神でなくてもいい。超越性を信じる人との間では、対話が可能だ。だから僕とマサルの間では、対話が成り立つ。しかし、共産主義者との間では対話が原理的に成り立たない」

「そう思わない。現にフロマートカは、ガルダフスキー（註＊チェコスロバキア士官学校教授）やマホベッツなど優れたマルクス主義哲学者と対話した」

「それは違う。確かにガルダフスキーやマホベッツはマルクス主義の影響を受けた。しかし、共産主義者ではない。対話ができるようになったら、もはやそれは共産主義者ではなくなる」

「しかし、ソ連共産党だって、世界観の違いを問わず、平和については、宗教人との対話が可能だと主張し、実践しているではないか」

「あれは対話ではない。冷静に考えてみろ。共産主義者は自らの立場を本質的なところで変えようとしない。時間的猶予を与えるから、しばらくの間はわれわれの立場に全面的に従わなくてもいいという構えだ。この姿勢を崩したら共産主義者でなくなってしまう。共産主義者は戦略的、戦術的にキリスト教徒を取り込むことしか考えていない。共産主義者はニヒリストだ。ニヒリストとは対話不能だ」

「しかし、マホベッツだけでなく、西ドイツのエルンスト・ブロッホにしてもニヒリストとは思えない」

「あの二人はマルクス主義者かもしれない。しかし、共産主義者ではない。それだから、マホベッツは共産党を除名され、ブロッホは東ドイツから去ることを余儀なくされた。いいか、共産主義は世界観の全体主義だ。共産主義陣営内の異論は絶対に認めない。共産主義者が対話戦術をとる対象に異論派のマルクス主義者は絶対に含まれない」

「確かにそうだ」

「共産主義者が、本気で対話をするようになったとき、その人の世界観はもはや共産主義ではなくなっている。仮に名目上、共産党員であっても、もはや世界観として共産主義を信奉していない。この世には、本質において対話が成り立たない人がいるということをドストエフスキーは見事に描いている。イワンが苦しみ、精神に変調を来していく。この過程がソ連で始まっている」とサーシャは言った。

『カラマーゾフの兄弟』において、アリョーシャからスメルジャコフの自殺について聞かされた後、イワンは激しい自問自答を繰り返す。そこにときどきアリョーシャが介入する。確かにサーシャが言うとおり、イワンとアリョーシャの間では、対話が成り立っていない。しかし、イワンの自問自答は真剣な対話ではないのだろうか。

〈「でもな、おれを中傷しやがった、いろんなことをあげつらって中傷したんだ。面と向かって嘘もつきやがった。『なるほど、きみは偉大な善をなしとげるために行こうとしている、で、父親を殺した、自分にそそのかされて、下男が父親を殺したと証言なさるわけですね』と、こう言うんだよ……」（中略）

「それは兄さんが言ってることで、あいつじゃありません！」悲しげにアリョーシャは叫んだ。

「病気のせいで、うわごと言って、自分を苦しめてるんです！」

「いや、やつは、ちゃんと自分の言ってることがわかってるのさ。きみはプライドを保つために行くわけで、立ち上がってこう言うんでしょうね。『あれはぼくがやりました、何だってきみたちはそう恐怖に縮みあがっているんです、きみたちは嘘つきなんです！　きみたちの意見なんて怖くはありませんよ、きみたちの恐怖なんて、へとも思っちゃいませんよ』……これはやつがおれについて言ってることだぞ、とつぜんこんなことを言うんだ。『そう、きみは、あの連中に誉められたいんですよね。「犯罪者で、人殺しじゃあるけど、なんて殊勝な心の持ち主なんだ、じつの兄を救いたい一心で告白するなんて！」』こんなのはまあ、たんなる嘘っぱちにすぎんが、アリョーシャ！」イワンは目を輝かせてふいに叫んだ。「臭い百姓どもに、なに誉められたいもんか！　これはやつが嘘をついてるんだ、アリョーシャ、嘘をな、誓って言う！　だから、やつにコップを投げつけてやったのさ、頭にあたってコップが割れたんだ」

「兄さん、落ちついて、もうやめて！」哀願するようにアリョーシャは叫んだ。〉（前掲書四〇五～四〇七頁）

「ベルジャーエフは、大衆を信じていない。それが中央委員会のイデオロギー官僚には魅力的なんだ。ベルジャーエフは共産主義者ではない」とサーシャは言った。

「そう思う。ベルジャーエフは神を信じている」

「それも確かだ。しかし、ベルジャーエフは本質において二元論者だ。精神と肉体、信仰と理性、理論と実践など、すべてを二分法で考える。そして、前者を司るのが貴族であると考える。しかし、共産主義者は貴族になることができない。精神性を認めないからだ。ベルジャーエフを唯物論的に改変することは不可能だ」

「僕もそう思う。しかし、イデオロギー官僚たちは、なぜそれが可能と思いこんでいるのだろうか」

「トルストイには民衆に対する信仰があった。その点では、初期のナロードニキ（人民主義者）につながる悔い改めた貴族だ。これに対してドストエフスキーは民衆を全く信じていない。ベルジャーエフはドストエフスキーの民衆観を継承している。これがソ連共産党中央委員会の連中には魅力的なのだと思う。中央委員会にソ連の権力はすべて集中している。この権力の行使に当たって、あいつらは一切責任を負わない。ベルジャーエフを使いながら、ソ連体制を生き残らせる可能性について考えている」

サーシャの説明には説得力がある。ロシアでは「魚は頭から腐る」という俚諺があるが、ソ連の頭である共産党中央委員会は腐り始めている。それを何としてでも阻止しようとするのがペレストロイカ（改革）の本質なのだろう。

「共産主義者は民衆を恐れ始めた。スメルジャコフの自殺を知った後のイワンの狂乱に似ている。共産主義者がソ連社会を破壊していることに、ソ連のエリートが気づき始めた。ソ連社会が生き残るためには、マサルの言葉を借りるならば、原罪をもたないという神話からソ連国家を解放しなくてはならない。原罪を背負った国家にソ連が転換しなくてはならない。それは、ソ連自体を解体することになる」とサーシャは言った。

ドストエフスキーは、今も生きているのである。ソ連共産党中央委員会イデオロギー部のエリートたちは、ペレストロイカが予測不能の混乱を引き起こすことを感じている。そして、未来の時点に立って、「われわれがソ連を殺したのではない。そんなはずはない」という自問自答をしているのだ。

この自問自答は、対話ではないのだろうか。『カラマーゾフの兄弟』では、こんなやりとりが続く。


〈「いや、やつは人を苦しめる術に長けててさ、残酷なやつだよ」言うことも聞かずに、イワンはつづけた。「おれはいつだって予感してたのさ、どうしてやつがやってくるのか、とね。『プライドを保つために行くにしたって、やっぱり、期待はあったんですよ。スメルジャコフは罪をあばかれて監獄送りになり、ミーチャが無罪になる、で、自分は精神的な裁きを受けるだけ――（いいか、そこでやつは笑ったんだぞ！）――ただし、他の連中からは称賛される、そんな期待もね。ところが、スメルジャコフが死んでしまった、首を吊ってね。となると、いったいだれが法廷でいま、きみ一人の言うことなんか信じるでしょうね？　それでも、きみはともかく行く気でいるし、やっぱり出かけていくんですよ、行くって決心したからにはね。それじゃ、こんなことになったいま、どうしてきみは行こうとするんです？』

恐ろしいことだよ、アリョーシャ、こんな質問、おれには耐えられない。こんな質問、いったいだれに出せるっていうんだ？」

「兄さん」アリョーシャは遮った。恐ろしさのあまり息が止まりそうだったが、それでもイワンを正気に戻らせることに、望みをかけているようにみえた。「ぼくがここに来るまえ、スメルジャコフが死んだことを、だれも教えられるはずないでしょう？　まだだれもそれを知らないし、それにだれにも知らせる時間がなかったんですから」

「やつがしゃべったのさ」一点の疑いも許さない毅然とした口ぶりでイワンは答えた。「こう言ってよけりゃ、やつは、そのことばかりしゃべっていたのさ。

『それなら、善を信じりゃいいものを、さ。だって、信じてもらえなくたっていい、信念を守るために行くってわけでしょう。でもきみは、フョードルの親父さんと同じで、ただの子豚じゃないですか。きみにとって善が何だっていうんです？　いったいどうして、あんな場所にのこのこ出かけて行くんです、きみの犠牲なんて何の役にも立たなくなっているのに？

なぜって、何のために出かけて行くか、自分でもわかってないからですよ！　そう、何のために行くか自分にわからせるためなら、きみはどんな対価でも支払うんです！　それに、きみはもう決心した気でいるみたいですけど、じつはまだ決心していないんですよ。きみはこれからひと晩、徹夜して決めるんです。行くべきか、行かざるべきかをね。

でも、きみはやっぱり出かけて行くし、出かけて行くってことがわかってるし、どんな決心をしても、その決心が自分でしたものじゃないってことを、ちゃんと心えているんですな。出かけて行くのは、出かけないでいるだけの勇気がないからなんです。なぜ、勇気がないのか、そこは、自分で考えるんですな、これこそ、きみに与えられた謎なんですから！』（略）」〉（前掲書四〇七～四〇九頁）

「サーシャ、前から聞こうと思っていたんだけど、どうしても口に出せなかったことがある」

「何でも聞いてくれ」

「何でサーシャはそんなに生き急ぐんだ。僕にはソ連が壊れるとは到底思えない。日本の資本主義体制が壊れないのと同じくらいの確率で、ソ連の共産主義体制は崩壊しないと思っている。それならばどうして体制の内側に入ることを考えないんだ」

「体制の内側？　どういうことだ」

「サーシャは、ラトビア共和国の成績最優秀者じゃないか。それでモスクワ国立大学哲学部に入学した。ソ連共産党中央委員会のイデオロギー部に就職すればよいじゃないか」

「それで内側からソ連を壊すのか？　そんな可能性はない。第一、僕は共産党員じゃないし、コムソモール員ですらない」

モスクワ国立大学の学生のほとんどが共産党の青年組織であるコムソモールのメンバーだ。そもそもコムソモール員でないと大学入試がとても不利になる。もっともモスクワ国立大学で非コムソモール員で合格した学生は一目置かれる。成績が抜群によくないと合格しないからだ。

「ソ連は本格的に変容しなくてはならない。今年は、ロシアのキリスト教受容千年祭だ。ゴルバチョフは宗教政策を変更した。共産党のイデオロギー政策も抜本的に変化する。新しい革袋には新しいブドウ酒を入れなくてはならない。中央委員会も、あたらしいブドウ酒を必要とする時期に来ているんじゃないだろうか」

「マサル、その考えは非現実的だ。中央委員会は古い革袋だ。ここに新しいブドウ酒を入れたら、革袋が破れてしまう。繰り返すけれど、マサルは共産主義者に対して幻想をもっている。共産主義者は本質において対話能力を欠いている。対話ができない人と対話をしてはならない。それだけのことだ」

「確かに共産主義者は頑なかもしれない。しかし、イエスの言葉には、その頑なな心を動かす力があると思う。僕は、チェコにおけるプロテスタント神学者とマルクス主義哲学者の対話からいろいろなことを学んだ。人間には対話能力が備わっている。実際に、チェコでは神学者もマルクス主義哲学者も相互に影響を与え、変容した。ロシアでもそれは可能だと思う。そこに踏み込めないのは、サーシャの勇気が足りないからではないか」

「僕がイワンと同じだと言うのか」

「酔った勢いで言うけれど、そう思う。サーシャには卓越した能力がある。人間の能力は他者のために用いるべきだ。サーシャは、ラトビア人民戦線の運動に熱中している。しかし、それはサーシャでなくてもできる。ここで勇気を出して方針を転換した方がいい。サーシャは大学にも全然顔を出していない。このままでは退学を余儀なくされる」

「退学するつもりだ。大学に籍を置いているのは、そうでないとリガからモスクワへの列車の切符が買いにくくなるからだ。それ以上の意味を僕はモスクワ国立大学に認めない」

「それは間違えている。僕自身、神学生時代は学生運動に熱中していた。ただし、サーシャとは逆に日本の資本主義を壊したいと思っていた。同時にそれは無理だということもわかっていた。僕はマルクス主義者じゃない。資本主義国の外交官だ。しかし、マルクスの疎外論は今でも正しいと思っている。それにマルクスが『資本論』で展開した労働力商品化の論理も正しいと思っている。それだから、マルクス主義者との対話には意味があると思っている。サーシャはマルクス主義とロシア共産主義は異なるものだという。それでもいい。キリスト教徒から見て、共産主義者は外部だ。外部の人、キリスト教から疎遠な考えを持つ人と対話することに、僕は意味があると考える」

「僕は意味がないと思っている」

「わかった。これ以上話しても神々の戦いになるだけだから意味がない。それならば質問を変える。プロテスタント教徒と正教徒の間で対話は可能なのだろうか」

サーシャは、しばらく黙って考えた。そして、こう言った。

「表面的な言葉の一致はある。お互いの考え方の相違を理解することはできるだろう。しかし、本質的なところでは無理だ。マサルは、人が神になる可能性はあると思うか」

「ない。絶対にない。神の圧倒的恩寵によってのみ人間は救われる。上から下への運動しかない」

「しかし、僕は神が人になったのは人が神になるためであったと考える。恐らく、二人の考えはいくら議論しても変わらない。本質的なところで対話は無理だ」

「僕も無理と思うけれど、そう言い切ってはいけないのだと思う。対話という不可能の可能性に挑むことがキリスト教徒に課された責任だと思う」

「僕はそう思わない」

「わかった。この話はここで打ち切ろう。あとは徹底的に飲もう」と私は言った。

その晩は飲み過ぎて、最後は二人とも呂律が回らなくなった。これ以上飲むと足をもっていかれると思い、ウエイターに頼んでウオトカのボトルをさげてもらった。濃いトルコ風コーヒーを注文して、酔いを覚ました。

ホテル「ナツィオナーリ」の玄関でサーシャと別れた。抱き合って、頬に三回キスをした。そのときにサーシャは、「確かにマサルが言うように僕は臆病者だ」と言った。

「サーシャ、僕は君が臆病者だなんて言っていないし、思ってもいない。ただ勇気を出せと言っただけだ」

「同じことだ」とサーシャが答えた。

外交官住宅に帰るタクシーの中で、イワンが臆病者という言葉を使っていたことを思い出した。

〈そう言うと、立ち上がって姿を消した。おまえが来たんで、やつは帰ったのさ。やつめ、このおれを臆病者呼ばわりしやがった、アリョーシャ！　Le mot de l'énigme（あの謎の答え）はな、おれが臆病者ってことなんだ！『そんな鷲は、空高く舞い上がれない！』。これはやつがつけくわえた言葉だよ、やつめ、そんなことつけくわえたんだ。スメルジャコフも、それと同じことを言ったことがある。やつを殺さなきゃ！　カーチャはおれのことを軽蔑している、ひと月前からおれはわかってるんだ。それにリーザもそのうち軽蔑しだす！『誉めてもらうために行くんですよ』だと。そんなのは、悪質な嘘だ！　おまえもおれを軽蔑しているな、アリョーシャ。これからまた、おまえを憎んでやるからな。あの人でなしも嫌いだ、そう、あの人でなしも憎んでいる！　あんな人でなし、救う気なんてあるもんか。監獄でぼろぼろに腐っちまうがいいんだ！賛歌でもなんでも歌ってるがいいんだ！　そうさ、明日おれは出かけて行く、連中の前に立って、あいつらの顔に唾を吐きかけてやる！」

彼は、われを忘れてつと立ち上がると、頭のタオルを放りだし、またしても部屋のなかを歩きだした。アリョーシャはさっきの兄の言葉を思い出した。「おれは現《うつつ》に眠っているみたいなんだよ……歩きまわったり、しゃべったり、見たりしているのに、やっぱり眠ってるんだ」いままさに、その状態が生じようとしているかのようだった。アリョーシャは、兄から離れずにいた。医者を呼びにひとっ走り行ったほうがいいかもしれない——、そんな考えがちらりと浮かんだが、兄を一人にしておくほうが心配だった。兄を任せられる人が、ほかにだれもいなかったのだ。

イワンはやがて、少しずつ意識を失いはじめていった。たえずひっきりなしにしゃべりつづけていたものの、その話はもうまったく脈絡を欠いていた。そのうち、ろれつも怪しくなり、ふいにその場でぐらりとよろめいた。が、アリョーシャがなんとかうまく体を支えてやった。〉(前掲書四〇九〜四一〇頁)

ふと、臆病者はサーシャではなく、自分なのではないかと思った。サーシャとは自分の考えを素直に述べて、議論することができる。しかし、大使館の同僚と踏み込んだ話をすることはない。最初から対話の可能性を私が諦めているからだ。次にサーシャと飲むときには、脈絡のない話を意識を失うまで続けたくなった。私がよろめいても、きっとサーシャが私の体をうまく支えてくれると思った。

第22章　ヤン・ドゥス

一九八八年五月三十一日で私のモスクワ国立大学での研修が終了した。私は大使館の研修指導官に勤務地について「第一希望はレニングラード総領事館、第二希望はナホトカ総領事館です」と伝えていた。ちょうどこの年は、研修終了後、ナホトカ総領事館で二年間勤務した副領事が東京の外務本省に転勤することになっていた。ナホトカは、ウラジオストクのすぐそばにある日本海に面した港町だ。しかし、日本との交通手段は船しかない。また、外国人の立入が通過しか認められていない非開放都市で、しかも日本の総領事館員は秘密警察に常時監視されているので、もっとも嫌がられる勤務地だった。外務省内では「地獄のナホトカ」と呼ばれていた。もっともそれだから給与は抜群によかった。

モスクワの大使館では、毎日、深夜まで勤務が続く。しかし、ナホトカは、日本の漁船がソ連国境警備隊によって拿捕されるようなことがない限り、夕方五時には勤務が終了する。その後は家に帰ってゆっくり本を読むことができる。そこで、大学時代から手がけていたチェコ神学に関する研究を博士論文にまとめようと思っていた。

ナホトカにはまともな本屋がない。そこで、三月頃からは、ナホトカで勉強するときに使うことになりそうなロシア語の本をモスクワ市内の書店を回って手に入れることにエネルギーをかけた。私が欲しい哲学、神学に関する本は新刊書店でも古本屋でも入手できない。もっとも私にはサーシャという強い味方がいる。サーシャが古本屋の従業員や闇屋などのネットワークを通じて、さまざまな本を入手してくれる。ただし、どうしても入手できないのが、ソ連科学アカデミーが刊行した三十巻本のドストエフスキー全集だった。サーシャは、あらゆるネットワークを通じて、ドストエフスキー全集を探してくれた。

「マサル、どうしても見つからない。入手する方法は二つしかない」

「どういう方法？」

「第一は、闇市場でドルを使って入手することだ」

「どれくらいするの」

「二千ドルくらいかかると思う」

「サーシャ、それは危険だ。実勢レートだとロシア人の平均給与の十カ月分になる。KGB（国家保安委員会）に摘発される危険がある」

「僕はそれほど危険と思わないけれど、確かにマサルは外交官だから注意した方がいい。それから、古本を扱っているマフィアに二千ドルもくれてやる必要はない。もう一つの方法を試してみよう」

「どういう方法だ」

「本の交換だ」

「本の交換？　何だそれは」

サーシャが私に説明してくれた「本の交換」とは次のようなシステムだ。「ドーム・クニーギ（本の家）」や「若き親衛隊」といったモスクワの大規模書店には「本の交換」コーナーがある。

ここに私が持っているモスクワ総主教庁発行の聖書、『神学研究』、パリのYMCA出版で出されたベルジャーエフ著作集など、普通のソ連人読者が入手できない本を出品する。そして、これらの本をアカデミー版ドストエフスキー全集と交換したいと告知する。こういうメカニズムとのことだった。

「サーシャ、西側で出ている本を出品することができるのか」

「本による。ベルジャーエフは当局によって解禁されているので大丈夫だ」

「それで、交換が成立するのだろうか」

「多分、成立する。マサルが持っている聖書は、闇値で五百ドルくらいする。それに神学書やYMCA出版のベルジャーエフ著作集も五十～百ドルくらいする。聖書一冊と神学書を二十冊くらい出品すれば、交換は十分成立すると思う」

「誰がドストエフスキー全集を持ってくるんだ」

「マフィアだ。聖書や神学書は商売になる。それだから、この取り引きはマフィアにとって魅力がある」

「なんか『資本論』冒頭の交換形態のようだな」と私がつぶやいた（『資本論』第一巻には、一クオーターの小麦が、一冊の聖書、四ガロンのウイスキーに交換されるという記述がある）。

「そう。聖書はマフィアの手を経て最後はウオトカに化ける」とサーシャが答えた。

　この方法について考えてみた。ドストエフスキー全集は欲しい。しかし、聖書や『神学研究』は大使館から手紙をモスクワ総主教庁出版局に対して書いてもらい、ようやく入手したものだ。一度手放してしまうともう入手できないかもしれない。「本の交換」によってドストエフスキー全集を入手することはあきらめるとサーシャに伝えた。するとサーシャは、「余っているラジカセはないか」と言った。私はロシア政府の官僚や国会議員への「友情の徴」（賄賂）として効果があるビデオデッキの二〜三台、ラジカセを四〜五台、常に自宅のクローゼットに買い置いていた。サーシャは「ラジカセならばドストエフスキー全集と交換できる」と言った。私がストックホルムから入手した日本メーカーのラジカセはマレーシア製で五千円もしなかった。結局、このラジカセが30巻からなるドストエフスキー全集に化けた。

ナホトカ総領事館に勤務することになれば、半年に一回はクーリエ（外交伝書使）として、東京に出張することになる。ロシア語の古本を扱っている高円寺の都丸書店には、ときどきアカデミー版ドストエフスキー全集が出ることがある。二十万円以上するかもしれないが、日本で入手する方が安全だと思った。

五月末に研修指導官から六月一日に発令になる人事の内示があった。予想に反して、私はモスクワの日本大使館政務班に勤務することになった。これでサーシャともときどき会うことができ、また休暇を利用して年に一、二回はプラハに行ってオポチェンスキー教授やチェコの神学者たちと話をすることができるのでよかったと思った。しかし、私の見通しはまったく甘かった。まず、大使館での拘束時間が予想以上に長かった。夜九時に国営第一テレビ放送で「ブレーミャ（時間）」という三十分のニュース番組がある。それを大使館で録画して、重要なニュースについては公電（外務省が公務で用いる電報）にして東京の外務本省に報告することが私の仕事だった。わずか五分のニュース一つを正確に聞き取って、日本語に翻訳するのに三時間くらいかかった。二年間も勤務を離れロシア語を勉強したはずなのに、実務で必要とされる水準の語学力を身につけていないという現実に直面して愕然とした。ゴルバチョフ書記長と日本の総理大臣の通訳をしたことがあるロシア語が達者な先輩に、「佐藤、くよくよすることはない。最初はみんなそうだ。とにかくロシア語から逃げないで、翻訳の訓練を積んでいくことだ」と慰められた。

政務班のファイルを調べてみると、私が勤務するちょうど一年前から、東京に報告する公電の数が増え始めていた。いったい何があったのだろうか。

一九八七年五月二十八日に西ドイツのルストという青年が操縦する小型セスナ機が「赤の広場」に着陸するというハプニングがあった。欧米や日本では、ルスト青年のいたずらという見方だったが、ソ連当局は別の見解をとった。米国と西独の諜報機関による謀略という見方だった。事実、防空体制に欠陥があったことの責任をとらされ、ソコロフ国防相が解任された。この事件が分水嶺になって公電が増えていったという印象を私は受けた。そういえば、ベーコンズフィールドの英国陸軍語学学校の授業で、この事件が西側の謀略であるというソ連の週刊誌「ノーボエ・ブレーミャ（新時代）」の論文をロシア語から英語に訳したことを思い出した。

小型セスナ機の「赤の広場」着陸事件はロシアのインテリたちにも強い衝撃を与えた。サーシャともこの事件について、何度か話したことがある。サーシャは興奮してこう言った。

「ソ連体制がスカスカなことが明らかになった。あのセスナ機が爆弾を搭載していたならば、クレムリンやソ連共産党中央委員会の建物を爆破することが出来た」

「サーシャ、物騒なことを言うな。反ソ煽動の容疑で逮捕されるぞ」

「もはや言論でKGBがインテリを逮捕することはできないよ。ソ連権力の最中枢部を防衛することが物理的にできない政権なんだ。イデオロギー的に社会主義体制を防衛することなど絶対にできない」

「そうかな。ソ連を甘く見ない方がいいんじゃないかな」

「甘くなんか見ていないよ。等身大で見ているんだ。ミーシャたち西側の外交官はソ連を過大評価している。この国は君たちが思っているよりもずっと隙間だらけだ。帝政ロシア時代の末期と同じだ。これからソ連社会の歯車がどんどんずれてくる。ドストエフスキーの作品のような世界が、今度はサンクトペテルブルクではなく、モスクワに現れる」

「信じられない。ソ連は軍事的にもイデオロギー的にも決して弱っていないと思う」

「マサルは就職先を間違えた。日本外務省ではなく、ソ連共産党中央委員会イデオロギー部に就職すればよかった。有能なイデオロギー担当官僚になったよ」

「…………」

「繰り返すが、ソ連を等身大に見ることだ。過大評価も過小評価もしたらだめだ」

「サーシャは今回のセスナ機事件を西側諜報機関による謀略と見ているか」

「マサルはどう見ているか」

「僕はドイツ人青年のいたずらと見ている」

「僕は謀略と見ている。普通の青年のいたずらにしては、リスクが高すぎる。不審機がモスクワに近づいたら撃墜されると考えるのが常識だ。低空を飛行する小型機で、ソ連の防空体制の虚を突いた。プロの仕事と見るのが妥当だよ。謀略でもそうでなくてもいいじゃないか。ソ連体制がスカスカなことが目に見えるようになったことに大きな意味がある」

確かにこの事件の後、ソ連体制のたがが緩み始めているという雰囲気が社会に浸透していった。

国防相が解任されたという事実からもわかるように、セスナ機事件は大きな衝撃だったのである。

一九八七年に「ペレストロイカ（改革）」という言葉が流行になった。一九八七年一月二十七日、ソ連共産党中央委員会総会でゴルバチョフ書記長が「根本的ペレストロイカと共産党の人事政策について」という演説を行ってからペレストロイカという言葉が日常的に用いられるようになった。ペレストロイカを英訳するとリストラクチャーすなわちリストラだ。共産党のリストラを徹底的に行うということである。歴史の見直しが進められ、本格的なスターリン批判が展開された。「歴史の見直し」では、これまで「人民の敵」とされていたブハーリン（一九三八年に銃殺）の名誉回復がなされた。十一月二日のロシア革命七十周年記念式典でゴルバチョフ書記長はスターリンによる「血の粛清」を公式に非難した。これは、「人民の敵に対する粛清は基本的に正しかったが、スターリンの個人的性格に起因する逸脱があった」とするフルシチョフのスターリン批判の枠を踏み越えるものだった。

一九八八年に入ると、民族問題が火を噴き始めた。トランスコーカサスではアゼルバイジャン人とアルメニア人の衝突が起き、集団虐殺に発展した。三月十三日に「ソビエツカヤ・ロシア」紙にニーナ・アンドレーエワの「原則は譲れない」と題する論文が掲載された。名指しこそ避けていたが、ゴルバチョフのペレストロイカ政策がマルクス・レーニン主義の原則を逸脱すると手厳しく批判する内容だった。四月三日にゴルバチョフ側近のヤコブレフ書記がソ連共産党中央委員会機関紙「プラウダ（真理）」にニーナ・アンドレーエワ論文を激しく批判する論文を掲載した。「ソビエツカヤ・ロシア」もソ連共産党機関紙である。ソ連の権力中枢に路線闘争があることが明白になった。このような状況を反映して、モスクワの大使館が東京に報告する公電の数も飛躍的に増えたのである。

大使館政務班の最末席にいる私は、山のような翻訳に追われ、帰宅はいつも午前零時を過ぎるようになった。土日もどちらかは大使館に出て、タス通信をチェックしなくてはならなくなった。ソ連社会が動いていることを肌で感じた。六月初めにはロシアのキリスト教受容千年祭が行われた。ロシア正教会の最高責任者であるピーメン総主教とゴルバチョフ書記長が会見し、歴史的和解が成立した。千年祭を記念する特別版聖書も刊行された。六月末にはソ連共産党第十九回全国協議会が開催された。ソ連内政で宗教やイデオロギー問題が大きな比重を占めるようになった。日本の外交官は、法学部もしくは経済学部の出身者が多い。宗教やイデオロギーについて苦手意識をもっていたので、この分野の仕事が私に回ってきた。さらに民族問題も私の担当になった。仕事が面白くなってきた。それとともに仕事で手一杯なので、神学書や文学書に目を通すことができなくなった。

九月十日、ラトビア共和国の首都リガ市でラトビア人民戦線が結成された。ラトビア出身のサーシャは、ロシア人であるが人民戦線の幹部になった。ラトビア人民戦線機関紙「アトモダ（覚醒）」のロシア語版副編集長になって、反ソ運動を本格的に展開し始めた。十月二十二〜二十三日、リトアニア共和国の首都ビリニュスで「ペレストロイカを支持するサユジス（運動）」の創設大会が行われた。「ペレストロイカを支持する」という看板が掲げられているが、それはソ連からの分離独立という真の目的を隠すための方便だった。十一月十六日にはエストニア共和国最高会議が主権宣言を採択した。ソ連の国家統合が揺らぎ始めた。

このような民族問題に関するソ連の中央紙や、バルト諸国の地方紙の翻訳で忙しくしていた十一月半ばにプラハのオポチェンスキー教授から英語の手紙が届いた。そこにはこんなことが書かれていた。

「マサル、元気にしていることと思う。ソ連情勢とチェコスロバキアの神学状況は緊密に関係している。来年六月初旬にヨゼフ・ルクル・フロマートカ生誕百周年記念国際学会が行われる。是非、出席して欲しい。君が会いたがっている人たちとのアポイントも取り付ける」

検閲を意識しているので、細かいことは記していない。一九六八年八月のワルシャワ条約五カ国軍のチェコスロバキア侵攻に対する抗議文をチェルボネンコ駐チェコスロバキア・ソ連大使に叩きつけたため反体制派に組み入れられたフロマートカの名誉回復がいよいよ行われるということだ。「君が会いたがっている人たち」とは、フロマートカの影響を受けた異論派（ディシデント）のことである。六月八日がフロマートカの誕生日なので、その近辺に国際学会が行われるということなのであろう。

オポチェンスキー教授には「万障繰り合わせて出席する」と返事を書いた。年が明けるとすぐにプラハのコメンスキー福音主義神学大学から招待状が届いた。学会は、六月三〜六日に行われ、その後、故郷のホドスラビッツェ村でも記念式典が行われる予定とのことだ。コメンスキー福音主義神学大学とキリスト者平和会議の共催になっている。さらにチェコスロバキア社会主義共和国文化省が後援に名を連ねている。オポチェンスキーは学会での報告を私に求めている。外務省の内規では、外交に関する講演や寄稿については、事前に届けなくてはならない。神学大学が主催の国際学会に出席することならば大使館も特に関心を示さないが、チェコスロバキア文化省が後援している会合に出席することは、反共的体質の強い大使館の上司が難色を示す危険がある。

さらに米国国務省のレポートでは、キリスト者平和会議は、ソ連の平和攻勢のための機関と位置づけられている。そこで私は、プラハでゆっくり休暇をとりたいということにして六月初めに一週間の年次休暇を申請した。上司は、「健康管理休暇を取らないか」と言った。モスクワで勤務する外交官は、年次休暇を使って西ヨーロッパで健康診断を受けるという名目で休暇を取ることができる。そのとき往復の航空券と高級ホテルに宿泊することができる日当が支給される。モスクワの場合、健康管理の指定都市はイタリアのローマとされているが、西側先進国ならばどこにでも変更できる。ただし、社会主義国で健康管理休暇を取ることはできない。私は、「健康管理休暇の機会は残しておきます。チェコは物価も安く、のんびりしているので、ホテルのベッドで横になって本でも読んでいます」と上司に返事をした。上司は、「変わった趣味だな。まあ人それぞれだから」と言って休暇を認めてくれた。

プラハには六月一日の夕刻に着いた。「パノラマ・ホテル」に宿泊した。オポチェンスキー教授の自宅に電話をすると、「直接会って話したいことがある」というので、「パノラマ・ホテル」のレストランで夕食を取りながら打ち合わせた。オポチェンスキー教授は、早速、私に「ゴルバチョフは国民に支持されているか」と尋ねた。

「ミラン、ソ連人は基本的に指導者を支持する。その意味で、ゴルバチョフの権力基盤は基本的に安泰と思う」

「保守派のリガチョフ政治局員との対立はどうか」

「一方にリガチョフ、他方にヤコブレフを据えて、ゴルバチョフは改革派、保守派双方の力を糾合しようとしている。そのやり方は今のところうまくいっていると思う」

「インテリはゴルバチョフにどう対応しているか」

「改革の進捗が遅いと文句をつけているが、基本的にゴルバチョフのペレストロイカを支持している」

「一般のロシア人は？」

「不満をもっている。反アルコールキャンペーンは緩和され、ウオトカやワインはそれほど苦労しなくても入手できるようになった。ただし、タバコが不足している。どうもアゼルバイジャン・アルメニア紛争と関係しているようだ。アルメニアにあるタバコのフィルター工場が民族紛争のために稼働しなくなって、分業が崩れているのでタバコ不足が起きているという噂が流れている。砂糖不足は依然として深刻だ。砂糖の配給券が発行されている」

「配給券？　それほど事態は深刻なのか」

「食糧難という訳ではないのだけれど、国民の不安心理が高まっている。石鹸は街にほとんどでていない。買い占めが始まっている。インテリと比べれば、庶民のペレストロイカに対する期待感はそれほど高くない。言論の自由よりも生活の安定だ」

「チェコ人もスロバキア人も生活に対する不満は抱いていない」

「ロシア人から見れば、プラハは物があふれている天国だ」

「そう言えば、最近、ソ連からの買い出しツアーがプラハにもよく来るようになった。ロシア人よりもウクライナ人やアルメニア人が多い」

「きっとソ連国内で転売するのだと思う」

「プラハでは、インテリも庶民もペレストロイカを支持している。ゴルバチョフはもっとも人気がある政治家だ。ただし、不安を感じている。『プラハの春』の反復にならないかという不安だ」

「ミラン、しかし、ワルシャワ条約軍がソ連を侵攻することは考えられない」

「しかし、ゴルバチョフがソ連体制が許容する枠を超えて失脚する可能性は排除されない。フルシチョフの例もある。僕たちチェコ人には、いま機会の窓が開いていることに気づいている。この機会の窓がいつまで開いているかが、よくわからない。ただし、僕たちはこの機会の窓を最大限に活用したいと思っている」

「一昨年（八七年）十二月にフサークがチェコスロバキア共産党第一書記から退き、ヤケシュが後任になっただろう。ヤケシュ第一書記はいったいどういう人物なのか」

「よくわからない。イデオロギー的にはリガチョフよりも保守的だ。ニーナ・アンドレーエワに近い。『プラハの春』後の『正常化』（チェコスロバキアで改革派排除を意味する言葉）路線の中心に立った人物だ。同時にモスクワ留学組で、ロシア語に堪能で、クレムリンに全面的忠誠を誓っている。だから、ペレストロイカを断固支持すると言っている」

「そんなことをしていて、本人は自己同一性を維持できるのだろうか」

「わからない。しかし、世の中には自己同一性に関心をもたない人もたくさんいる。僕は一九六八年以後、ここでそういう人を何人も見てきた」

その後、ミランは今回のフロマートカ生誕百周年記念国際学会に関して、案内文に出ていない背景事情について説明した。

今回の国際学会はコメンスキー福音主義神学大学とキリスト者平和会議の呉越同舟だ。現在のキリスト者平和会議の執行部は、正常化路線の推進者で、フロマートカの追放を行った人々である。基本的に共産党と良好な関係を維持している。フロマートカの門下には、「憲章77」運動に積極的に参加している神学者のヤクプ・トロヤン、牧師のヤン・ドゥスらがいる。トロヤンは教授資格を奪われ、ドゥスは牧師の資格を停止されているので、現在は二人とも無職だ。この人たちは劇作家のバーツラフ・ハベルや哲学者のミラン・マホベッツとも良好な関係を維持している。これら異論派の人たちと比較するとコメンスキー福音主義神学大学の教授たちは、体制と正面から対決することを避けている。社会主義体制の中で教会を守ることが第一義的課題と考えているからだ。教会を守るためには神学大学で優秀な牧師を養成しなくてはならない。そこに精力を集中している。体制に迎合するような神学者はいないけれど、異論派に対しては温度差がある。ヨゼフ・スモリーク教授やパベル・フィリッピ教授は、異論派との関係で秘密警察から神学大学が睨まれることを恐れ、接触を避けている。オポチェンスキー教授、オンドラ教授は、異論派との付き合いを慎重に続けている。

「今回の国際学会にも異論派の人々が最終日に個人の資格で参加できるような手配をしてある。国際学会が行われるコメンスキー福音主義神学大学の敷地内ならば、異論派と接触していても大丈夫だ」とミランは言った。

「僕はミラン・マホベッツと会いたい」

「そうだと思ったのでマホベッツには連絡してある。会場でマサルと引き合わせる。それから、マサルのアテンド係でヤン・ドゥスという神学生をつける」

「異論派のヤン・ドゥス牧師と同姓同名か」

「そうだ。しかも、親戚だ。ヤン・ドゥス牧師の甥だ。よくできる学生だ。神学書だけでなく、文学書もよく読んでいる。確かロシア語も少し話すと思う」

学会は午前九時から十二時まで行われ、午後は二時から再開になる。初日は、コメンスキー福音主義神学大学主催の歓迎昼食会が行われた。ブロッシュ学長の祈禱で、立食式の昼食会が始まった。国際学会には五十人くらいの外国からの神学者と牧師が参加していた。招待者一人一人にアテンド係として神学生がつけられていた。ドゥス君が「あなたの担当は私がします」と英語で自己紹介したので、私は「あなたについてはオポチェンスキー教授から聞いています」と答えた。ドゥス君は私がロシア語を話すので少し驚いたようだった。そして、ロシア語で「日本ではロシア語を話す人が多いのですか」と尋ねた。

「それほど多くない。堅苦しいから、丁寧語ではなく、学生同士のような言葉遣いナ・ティ（二人称に敬称のウィではなく、親称のティを使う話し方）を用いよう」と私が提案した。ドゥス君も同意した。ロシア語は単語ごとにアクセント（力点）の位置が異なる。これに対して、チェコ語はアクセントが第一音節に固定している。また、ロシア語と比較して、発音が硬い。発音はチェコ訛りだが、文法的に正確なロシア語をドゥス君は話す。

「ロシア語で外国人と話すのは初めてだ。まさかその外国人が日本人とは思わなかった」とドゥス君は言った。そして、私に「どの大学で教鞭をとっているのか」と尋ねた。

私は「僕は神学部と大学院神学研究科を卒業したけれど、教師でも牧師でもない。外交官をしている」と答えた。ドゥス君は驚いた。

「ミランからは、『日本の神学者で、僕の友人が来る。フロマートカ研究の第一人者だ』と言われただけで、外交官とは思わなかった。神学教育を受けた外交官がいるなんて、チェコスロバキアでは考えられない」
「日本でも多分、僕一人だと思う」
そして、大学時代からの研究と、外務省に入ってからの研修とモスクワでの仕事についてかいつまんで話した。
「僕の伯父もフロマートカの影響を強く受けたんだけれど、この学会には招かれていない」
「伯父さんはこの学会についてどう考えている？」
「率直に言って、やるべきでないと考えている。共産党政権やキリスト者平和会議（ＣＰＣ）に
利用されるだけと思っている」
「確かにそういう見方もある。しかし、この機会を利用して、フロマートカの名誉回復を実現し
て、『憲章77』に連なる人々の社会的発言の場を確保していくというやり方もあると思う」
「マサル、『憲章77』の名前はここで出さない方がいい。『憲章77』が出された直後にコメンスキ
ー福音主義神学大学教授会は、この憲章を非難する教授会決議を出し、それが新聞にも出た」
「そうしないと大学と教会が生き残れないという判断だったんだろう」
「しかし、一九五〇年代にスランスキー（共産党書記長）に対する批判キャンペーンが展開され
たときには、コメンスキー福音主義神学大学はこの粛清に同調するような声明を出さなかった。
フロマートカが秘密警察の圧力に最後まで屈しなかったからだ。それから、一九六八年八月にも
ワルシャワ条約五カ国軍の侵攻に対して抗議文を書いた」
「その抗議文は日本語にも訳されている。僕は修士論文で『プラハの春』とフロマートカの関係
について書いた」

「英語で書いたの」

「いや日本語だ」

「英語、あるいはドイツ語かロシア語に翻訳するつもりはないか」

「今回の講演で修士論文の内容を要約して発表しようと思う。発表はロシア語と英語のどちらがチェコ人にわかりやすいだろうか」

「ドイツ語がいちばんいいと思う」

「僕のドイツ語の知識は受動的で、読む訓練しかしていない。英国には一年留学していたから、ある程度、英語では能動的な表現ができる。ロシア語は仕事で日常的に使っているから、いちばん表現しやすい」

「それならロシア語がいいと思う。戦後生まれの人たちは義務教育でロシア語が必修なので、聞くだけならばロシア語を十分理解できる。ただロシア人と話した経験のある人はほとんどいない」

「どうして。ロシア人の観光客はたくさんいるじゃないか」

「話す気にならない。『プラハの春』が力で潰された後、チェコ人はロシア人と話をしなくなった」

「駐留しているソ連軍の将兵はチェコ人やスロバキア人と交流しないのか」

「交流というよりも、接触自体がほとんどない。ロシア人はソ連軍基地の中で独自の世界を作っている」

「チェコ人がロシア人を嫌っているのか」

「違う。ちょっとうまい表現が見つからないが。チェコ人がロシア人を嫌っているわけではない」とドゥス君は言って、しばらく考え込んだ。

「うまい言葉が見つからない。僕たちは、ロシア人を嫌っているんじゃなくて、ロシア人が異質な人たちだということに気づいたので、特に接触する必要を感じなくなったのだと思う。僕の両親たちの世代がもっているドイツ人に対する感覚に似ている。マサルは『プラハの春』を潰すためのワルシャワ条約五カ国軍に東ドイツ軍が加わっていたことについてどう思う？」

「……」

「フロマートカがワルシャワ条約五カ国軍のチェコスロバキア侵攻に関する論文の中で東ドイツ軍が入っていたことに対する衝撃について簡潔に触れている。あれでナチス・ドイツと東ドイツがチェコ人の心の中でつながった。ロシア人もドイツ人も僕たち小さな民族の気持ちを理解することができない。十九世紀のフランチシェク・パラツキーやチェコスロバキア共和国初代大統領のトマーシュ・マサリクがなぜドイツとロシアを忌避したのかがよくわかる」

「チェコ人は一見社交的だけれど、自分の考えをなかなか述べない」

「確かにそうだと思う。ロシア人やドイツ人だけでなくハンガリー人もポーランド人もチェコ人とスロバキア人から見れば大民族だ。周囲の大民族の動静にチェコ人はとても敏感だ。だから情報を入手するために外国語を必死になって勉強する。僕たち神学生は現代語に加えてコイネーギリシア語、ヘブライ語、ラテン語も勉強しなくてはならない」

「それは日本の神学生も一緒だ。ただし、新約聖書を読むために不可欠なコイネーギリシア語を除き、古典語はそれほど一生懸命勉強しない。現代語は英語とドイツ語が必修だ」

「コメンスキー福音主義神学大学では、ラテン語をかなり厳しく教えられる。現代語はドイツ語とロシア語が必修だ」

「大学になってもロシア語が必修なのか」

「そうだよ。それだから、僕たちはドストエフスキーをロシア語で読むことになる。それなりに楽しいよ」

「フロマートカは、共産主義者を大審問官と見なした。この解釈について君はどう思う」

「一九六八年以後、プラハではドストエフスキーを素直に読むことができなくなった」

「どういうこと」

「ドストエフスキーとカフカをあわせて読まなくてはならない状況が生じた。チェコ人の多くが神はいないと考えている。別にマルクス・レーニン主義的な無神論教育の成果があったわけではない。第二次世界大戦とその後のスターリン主義体制、さらに『プラハの春』がソ連軍や東ドイツ軍によって踏み潰された経験を踏まえ、神はいないと信じるのが普通になった。人間は不条理な環境で生きて行かざるを得ないのだということが、僕たちチェコ人には実感としてよくわかる。ポーランド人は、ナショナリズムを鼓舞してロシアに対抗する。チェコ人は、こういうナショナリズムを見て嫌な感じがする。ナショナリズムの中に嘘を感じるからだ。カフカの『城』に僕たちは迷い込んでしまったような気がする。フロマートカは、ドストエフスキーの影響を強く受けているが、カフカを無視している。それからニヒリズムの力をフロマートカは過小評価していると思う」

「ニヒリズムの力を過小評価していることが、フロマートカ神学の欠陥と考えるのか」

「多分そうだと思う。フロマートカは、『人間の顔をした』社会主義を追求した。またキリスト教徒とマルクス主義者は『人間とは何か』というテーマで対話が可能だと思った。確かに対話は可能だった。しかし、その結果、僕たちはどういう人間の姿を見たのだろうか」

「フロマートカの人間観が楽観的すぎると考えるのか」

「ちょっと違う。フロマートカも二度の世界大戦の大量殺戮と大量破壊を直接経験している。それだから啓蒙主義的人間観は持っていない。しかし、フョードル・カラマーゾフ、イワン・カラマーゾフ、さらに大審問官の人間像は甘いと思う。人間はもっと冷笑的で、信頼できない存在だということを、社会主義の実験を通じてチェコ人は知った。ソ連軍の介入後、『正常化』の結果、現在ここにある社会主義が実は『人間の顔をした』社会主義ではないのだろうか。人間の本質が邪悪なものならば、ああいう事件に意外性はない」

私はしばらく沈黙した。それから、「そういう見方は淋しすぎないか」と言った。

「僕も淋しいと思う。淋しいと思うから、そこから抜け出そうと思って、一生懸命に神学を勉強している。信仰については揺らぎはないつもりだ。僕はイエス・キリストを信じることで、僕自身が救われると信じている。そして、この確信を他者に伝える使命が神から与えられていると信じている。しかし、同時に社会性を失いたくない」

「君が言う社会性を失いたくないということの意味がよくわからない」

「社会性を失った根本主義者（ファンダメンタリスト）になりたくない。あなたは気づかないかもしれないが、チェコのプロテスタント教会では根本主義（ファンダメンタリズム）の影響が強まっている。恐らくコメンスキー福音主義神学大学の神学生の半数は根本主義に惹きつけられている。フロマートカ神学も知的営為を重視するドイツ・プロテスタント神学の系譜に属する。それでは救済を得られないという実感をもっているから根本主義に魅力を感じる。もっともフロマートカにも根本主義につながる要因がある」

「どういうことか」

「フロマートカは、モラビア兄弟団の敬虔主義の影響を受けている。祈りをとても重視し、個人的信仰体験を重視した。フロマートカの主著『人間への途上にある福音』も神学者を対象としたものではない。神学的訓練を受けていない普通の人々に回心を促す信仰書だ」

「確かにそう言われてみると、あの本には脚注が一つもない。少なくとも学術書の体裁を無視している」

「フロマートカはあえてそうしたのだと思う。あの本を弁証法神学の文脈で読むと、あなたが考えているフロマートカ像が生まれる。あの本を敬虔主義の文脈で読むと、根本主義に近づく。フロマートカ神学には明らかに反啓蒙主義的なところがある。フロマートカは根源的なところで分裂しているように思えてならない。フロマートカは人間を信用すると同時に信用していない。フロマートカが『人間とは何か』という問いかけで、マルクス主義者に人間に対する根本的疑念を提示したにもかかわらず、マルクス主義者はその意味を理解することができなかった。そして、フロマートカの人間観をヒューマニズムと解釈した。あるいはマホベッツのような優れた哲学者は、フロマートカの人間観の根源的な分裂に気づいていたのだけれど、そこに踏み込むと収拾がつかなくなると思って、避けたのかもしれない。人間に対して期待していた人々は、一九六八年の経験を経て、人間を信用しなくなった」

「君の言うことはわかった。君の考えを敷衍すると、人間は根源的に分裂し、思いやりのある人間がいつでも冷酷に変わることができる。そうなると人間が地上に正義を実現しようとする社会主義は不可能ということになる」

「その通りだ。『プラハの春』は自由化、資本主義化運動ではなかった。社会主義の人間化を求める民主化運動だった。それが潰されたことは、チェコ人とスロバキア人にとって結果としてとてもよかったと思う。もはやこの国では誰も社会主義に対する幻想を持っていない」

ドゥス君の話を聞きながら、私はサーシャのことを思い出した。ドゥス君はサーシャより二〜三歳若い。サーシャと同じくらい聡明だ。ただし、サーシャとは異なる安定感がドゥス君の世界観にはある。

第23章　ゲルハルト・バサラーク

ドゥス君が私の目を見つめ「マサルは、チェコ語のノルマリザツェ（normalizace）という言葉の持つ意味がわかるか」と尋ねた。

「『正常化』だろう。一九六八年の『プラハの春』がワルシャワ条約五カ国軍の戦車によって叩き潰された後、チェコスロバキア政府が全体主義体制を推し進めるために使った言葉だということは知っている」と私は答えた。

「僕は『プラハの春』の後で生まれた。正常化の時代しか知らない。もっともそれだからドストエフスキーとカフカが身近に感じられる。伯父のヤン・ドゥスは何度も秘密警察によって逮捕された。牧師資格も停止され、教会で説教することもできない」

「コメンスキー福音主義神学大学の教授たちは君の伯父さんを守らなかったのか」

「守らなかった」

「ミラン・オポチェンスキー教授も守らなかったのか」

「守らなかった。ミランは慎重で狡い」

「どういうこと？」

「ミランは、一九六八年にワルシャワ条約五カ国軍がチェコスロバキアに侵攻したときにプラハにいなかった」

「知っている。一九六七年に世界学生キリスト教連盟の総幹事に選ばれたのでスイスのジュネーブに勤務していた。確か、一九七三年に帰国した」

「誰もがミランは亡命すると思っていた。しかし、戻ってきてコメンスキー福音主義神学大学で社会倫理を教えるようになった。ミランは正常化に同調しなかった。一九六〇年代にフロマートカが展開したキリスト教徒とマルクス主義者の対話路線を継続した。しかし、もはや対話の対象になるマルクス主義者はいなくなった」

「ミラン・マホベッツ教授がいるじゃないか」と私は尋ねた。

「確かにマホベッツ教授もキリスト教徒との対話路線を続けようとしている。しかし、マホベッツは『憲章77』に署名している異論派（ディシデント）の中心人物だ。コメンスキー福音主義神学大学の教授が接触するにはリスクが高い。オポチェンスキー教授はそのようなリスクを冒さない。ミランは狡い」

「その評価は厳しすぎるんじゃないか。神学大学を守るためにはどうしても体制と妥協しなくてはならない。異論派に身を置くのは僕には革命的ロマン主義のように思えて仕方がない。所与の条件の中で生き残る道を探す方がイエス・キリストに従う者としての正しい生き方と思う」

「しかし、そうすると必ず共産党体制に取り込まれてしまう。チェコスロバキアでは秘密警察による徹底的な監視網が敷かれている。ミランだって、マサルと会ったことについては秘密警察に報告しているはずだ」

「そう思う。ミランからも秘密警察がやってきて僕についていろいろ尋ねてきたという話を聞いた。僕は資本主義国の外交官だ。東西冷戦ゲームの中で君の国の秘密警察が僕の行動を監視するのは当然のことと思う」

「しかし、妥協として秘密警察との接触を拒否しないことと、秘密警察に積極的に協力することの間の境界線は実に脆い。そう思わないか」

「確かにそうだ。しかし、目に見えないけれど、踏み越えてはいけない境界線が確実に存在する。フロマートカは共産党政権との関係でこの境界線を踏み越えたことはないと思う。オポチェンスキー教授はフロマートカを徹底的に模倣しているのだと思う。ホンザ（チェコ語では、親しい間柄ではヤンをホンザと呼ぶ）の見方はずれていると思う。共産党政権を完全に忌避してしまうことは、逆に共産党に白紙委任状を与えてしまうことになる」

「その理屈はわかる。しかし、それならばナチスとでも対話の可能性を追求しなくてはならないということになる」

「僕はナチスとでも対話の可能性を追求しなくてはならないと思う。キリスト教徒はどのような政治体制とも自己同一化できない。同時にどのような政治体制も忌避してはいけないのだと思う。政治家に白紙委任状を与えてはならない」

「マサルの言うことはわかる。確かに僕たちキリスト教徒は共産党政権に白紙委任状を与えてはならないし、事実、与えていない。僕は体制に迎合するよりも、『憲章77』のような異議申し立て運動の方が共産党政権に影響を与えることになると思う」

「そうだろうか。僕はチェコスロバキアの現状はよくわからない。モスクワにも『憲章77』に近い『ヘルシンキ宣言監視グループ』という異論派運動がある。KGB（国家保安委員会）によってこの運動は完全に封じ込められている。最近になって、モスクワ中心部の旧アルバート通りでビラを配っていることがあるが、ロシア人の関心は薄い。むしろソ連共産党が是認しているような沿バルト三国の人民戦線運動の方が現実の政治に影響を与える」

私はそう言って、モスクワ国立大学に留学したときの経験とそこで知り合ったサーシャについて説明した。ドゥス君は、「面白い。チェコスロバキアとソ連で起きている事態は本質的に異なる」と言った。そしてこう続けた。

「マサルの話を聞いていちばん違うと感じたのが、モスクワ国立大学哲学部の科学的無神論学科の実態だ。プラハのカレル大学哲学部にも科学的無神論学科がある。あそこで学ぶ学生たちも、教える教師たちも、何も信じていない。その意味でほんとうの無宗教者だ」

「ほんとうの無宗教者？」

「そうだ。ロシア人は正教であるか、共産主義であるか、その内容を問わなければ何かを信じている」

「確かにそうだ。共産党の中には、イデオロギーを信じずに出世だけを考えている俗物も多い。ただし、知識人は何かを信じている。それだから、ソ連社会を内側から変えようとする動きが出ている。ペレストロイカは当初、規律強化運動だった。それが現在ではソ連社会を内側から揺さぶっている」

「チェコスロバキアでは状況が根本的に異なる。カレル大学で科学的無神論を学ぶ学生で、宗教を信じている者はいないと思う。宗教という現象に関心を持っている学生か、あるいは将来、共産党のイデオロギー部局か政府で教会を担当する官僚になろうとする学生しかあそこにはいない」

「カレル大学で神学を勉強することは現実として不可能なのか」

「個人で本を読む以外、不可能と思う」

「カレル大学の学生がコメンスキー福音主義神学大学の講義を聴講することはできないのか」

「できない。この国で神学校は総合大学としての地位を与えられていない。教育機関としてはレベルの低いものという位置づけだ。政府は、コメンスキー福音主義神学大学以外にも、チェコスロバキア・フス教会にはフス神学大学、カトリック教会にはキリル・メトディウス神学大学を運営することを認めている。しかし、これらの神学校で行われている教育が社会的広がりをもつことは厳しく制限している。おそらく、明後日の午後、ミラン・マホベッツ教授がここにやってくる」

「ほんとうか」

「ほんとうだ。伯父から聞いた。カレル大学にマホベッツ教授がやってくることは考えられない。コメンスキー福音主義神学大学というこの空間の中には、他のチェコスロバキア社会とは異なる自由がある。しかし、この場から外に出るとこの自由はなくなる」

「なぜ当局はマホベッツ教授の参加を認めたのだろうか」

「この国際学会には、マサルをはじめ世界からフロマートカを研究している神学者や牧師が集まる。マホベッツの名前は国際的に有名だ。チェコスロバキアに言論や信仰の自由があることをマホベッツに自由行動をほんの少しだけ許すことで示して、国際世論の懐柔をはかるのだと思う」

「日本でもマホベッツの翻訳書が二冊出ている」

「マホベッツの参加を認めなければ、異論派がコメンスキー福音主義神学大学の入り口で抗議行動を行う。そうなると世界中の参加者の前でチェコスロバキアの人権抑圧の問題に焦点が当たる。当局としてはそれを避けたい。異論派としても、マホベッツ教授の参加が認められれば、特に騒ぎは起こさない。こういう取り引きが当局と神学大学の間で行われている」

「その取り引きをしたのがオポチェンスキー教授か」

「そうだ。こういうことをできる政治力はオポチェンスキーにしかない。異論派に近い僕をマサルのアテンド係にしたのもオポチェンスキー教授だ」

「確かに思い当たる節がある」と私は答えた。

「マサルは、ヤクプ・トロヤンを個人的に知っているか」とドゥス君が尋ねた。

「知らない」

「フロマートカ門下の組織神学者だ。オポチェンスキー教授と同じく社会倫理学を専門にしている。正常化に抵抗し、異論派になった。僕はトロヤンの生き方の方が好きだ」

「君は今後についてどう考えているのか。異論派に加わるつもりか」

「いまはただ一生懸命に神学を勉強することしか考えていない。夏休みは地方の教会の手伝いをする。実家には異論派の知識人がときどき集まるが、それだけで逮捕されることはないし、また僕が異論派系だからといって神学校で肩身の狭い思いをすることもない」

シンポジウムが始まったので、私はドゥス君と別れ礼拝堂兼講堂に向かった。

シンポジウムでは、フロマートカ神学の意義について、さまざまな議論が展開された。フロマートカが展開したマルクス主義者との対話についても、かなりつっこんだ議論がなされた。マホベッツやガルダフスキーなどチェコスロバキア当局が好ましく思っていないマルクス主義者の主張も欧米の神学者によって紹介された。ソ連では、昨一九八八年にゴルバチョフ書記長がロシア正教会の最高指導者ピーメン総主教と会見し、国家と教会の関係が抜本的に改善された。チェコスロバキアにもその影響が及んでいることを感じた。ただし西側諸国、ハンガリー、東ドイツからやってきた神学者が積極的に政治やマルクス主義について語るのに対して、チェコの神学者が、キリスト論や聖霊論などの教義的論議、あるいは十五世紀のフス派の宗教改革がフロマートカに与えた影響など、現実から距離を置いた話しかしないことが印象的だった。

国際学会の期間中、宿舎はコメンスキー福音主義神学大学が確保するということだった。私は国際学会の二日前にプラハに着いたので、最初の二日間は、神学大学から歩いて五分くらいのところにある学生寮に泊まることになった。学生寮はもともと二人部屋だが、最近は個室として使用するようになっている。そこで、学生たちに部屋を融通させたのである。私が泊まった部屋は、部屋のカーテンの色や調度品から判断して、女子学生の部屋のようだった。本棚に百冊くらい神学書が置かれていた。タイプ打ちの原稿を謄写版印刷し、仮綴じしたものだ。百五十〜三百部程度しか刷られていないのであろう。新約聖書が書かれているコイネーギリシア語とチェコ語の辞書は第二次世界大戦前に出版されたものだ。ドイツ語の神学書も何冊かあるが、すべて東ドイツ製だ。エーベリングやボンヘッファーの著作もあるが東ドイツの「福音主義出版局（Evangelische Verlagsanstalt）」から刊行されている。奥付に「本書はドイツ民主共和国（東ドイツ）と社会主義諸国においてのみ供給される」と記されている。西ドイツの出版社が印税をとらずに福音主義出版局に刊行を許可したのであろう。紙の質がよくないが、値段が西ドイツと比較すると五分の一になる。東側から西側に逆流すると、価格競争で西ドイツの神学書は勝てない。東ドイツやチェコスロバキアで外貨は貴重なので、神学書を購入するために政府から外貨を得ることは難しい。それだから、社会主義国限定版という不思議なドイツ語の神学書が生まれたのだ。この学生の本棚には、フロマートカ門下の神学者でスイスに亡命したヤン・ミリッチュ・ロッホマンの神学書『復活に関する宗教的伝統』があった。一九六四年以前にプラハのカリフ出版社から出されたものだ。ロッホマンはバーゼル大学プロテスタント神学部の教授をつとめている。ヒトラーによってボン大学の神学教授職を追放された後、カール・バルトがバーゼル大学プロテスタント神学部で教鞭をとった。従って、ロッホマンはバルトの後継者ということになる。チェコ人神学者としては最も出世した。『復活に関する宗教的伝統』の横にドストエフスキー『カラマーゾフの兄弟』のチェコ語訳が並んでいた。

外国からの招待客は百人近くいる。これだけの人数を学生寮に収容することはできないので、学会の開始日からはプラハ郊外のＣＫＭ（青年旅行局）のホテルに泊まることになった。夕方五時頃にシンポジウムが終わるとコメンスキー福音主義神学大学前につけられた大型バス二台に分乗して宿舎に向かう。宿舎までは四十分くらいかかった。青年旅行局が管轄していると聞いて、ユースホステルのような安宿を想像していたが、そうではなかった。木製のコテージハウスが数十軒集まった別荘村のようなところだった。二家族で一つのコテージハウスをシェアする。私の相方は東ベルリンから来たバサラーク教授夫妻だった。

「あなたが編纂したエキュメニカル運動に関する論文集を神学生時代に読んだことがある」と私はゲルハルト・バサラーク教授に英語で話しかけた。

バサラーク教授は、英語で「それはとても光栄だ。私も日本に行ったことがある。一九七七年の夏に広島の原水禁大会に参加した。そのときに日本のキリスト教徒たちのお世話になった。日本でドイツ・プロテスタント神学の影響がこれほど大きいとは想像していなかった。バルトやボンヘッファーを日本の牧師たちは東ドイツの牧師たちよりも熱心に読んでいるという印象をもった」と答えた。

私は「それはバサラーク先生が会った牧師たちがたまたま勉強家だったのだと思います」と答えた。バサラーク教授は、非キリスト教的世界で、キリスト教徒がどのような役割を果たすかという問題に正面から取り組まざるを得なくなっているという観点で、東ドイツと日本の教会が置かれている状況は似ていると言った。私は「同じ意見です」と言って、日本ではプロテスタント神学部と大学院でフロマートカについて研究したが、牧師や神学者にはならず、外交官になり、現在モスクワに勤務していると説明した。バサラーク教授は私の説明がよく理解できなかったようで、「大学から文化アタッシェとして大使館に出向しているのですか」と尋ねた。

「バサラーク先生、違います。私は正真正銘の外交官で、日本政府の国家公務員です。三等書記官としてモスクワの日本大使館に勤務しています」と答えた。

「日本では神学部卒業生が外交官になることがよくあるのですか」

「いいえ。とても珍しいと思います。私が知る範囲では初めてです」

「そうでしょうね。東ドイツでは、絶対に考えられません」とバサラーク教授は言った。

バサラーク教授は、ペレストロイカがどうなるか尋ねた。私は、「政治改革は相当進んでいる。グラースノスチ（公開性）政策は社会に浸透し、ソ連の新聞、雑誌は格段に面白くなっている。スターリン時代の実態が明らかにされ、この過程は逆戻りしないでしょう」と言った。

「経済状態はどうでしょうか」とバサラーク教授が尋ねた。

「ひどい状態です。砂糖は配給券がないと買えません。また、石鹼が街でほとんど見あたりません。ルーブルの価値下落が著しく、マールボロが事実上の貨幣の役割を果たしています」

「マールボロですか」

「そうです。ただし赤いマールボロだけです。金色のマールボロライトや緑色のマールボロ・メンソールは貨幣の役割を果たしません」

「タバコが不足しているのですか」

「去年と比べれば、だいぶましになりました。ソ連政府は外国タバコを大量に輸入しています。街のキオスクでもルーブルで買うことが出来ます。しかし、どういうわけかマールボロだけは外貨ショップでしか買えません。闇市場でもほとんど流通していない。その代わり、貨幣の役割を果たしています。私自身はタバコをまったく吸わないのですが、いつも鞄には赤いマールボロを三〜四個入れている。白タクに乗ったり、レストランでのチップにマールボロが必要となるからです」

バサラーク教授は「そうですか」と言って考え込んだ。

しばらくして、「モスクワではどんな本が読まれていますか」と尋ねた。

「歴史書が読まれています。特にスターリン時代について描いた本が人気があります。それからロシアのニコライ二世殺害に関するテーマが人気があります」

「小説では何が読まれていますか」

「プラトーノフやブルガーコフあたりが読まれています。パステルナークの『ドクトル・ジバゴ』も解禁になったので人気があります。もう少し大衆的な広がりをもつものではルィバコフの『アルバート街の子供たち』でしょう」

「『アルバート街の子供たち』？　初めて聞きました」

「ソ連での大ベストセラーです。東ドイツでは知られていないのですか」

「私が注意深く新聞を読んでいないせいかもしれませんが、気づきませんでした」

「スターリン時代を描いた大衆小説です。去年、一昨年と爆発的人気でした。ロシア人はこの本を歴史書として読みました。恐らく、ゴルバチョフ指導部が本格的な歴史の見直しを始めるために、まず大衆文学の形態で解禁したのだと私は見ています」

「それでどこに行き着くのでしょうか」

「どこに行き着くかというと？」

「第二次世界大戦におけるファシズムとの戦いでのスターリンの役割です」

「エストニア、ラトビア、リトアニアでは、沿バルト三国がスターリンとヒトラーの秘密協定によって違法にソ連に併合されたことを認めよと言う声が高まっています。ソ連政府もその声を抑えようとせずに史実を実証的に明らかにしようとしている。いずれ秘密協定の存在を認めることになります」

「そうですか」とバサラーク教授は声を落とした。

「何を心配しているのですか」と私はバサラーク教授に尋ねた。

「ペレストロイカの進捗があまりに速すぎる。それが東ドイツに悪影響を与えると思うのです」

「どういうことでしょうか」

「東ドイツのキリスト教会は、第二次世界大戦に対する反省を十分にしているとは思えない。ここでソ連で急速な反スターリン化が進むと、教会の中で自己正当化の誘惑が強まる」

「東ドイツでは、反ファッショ教育が徹底的に行われ、ナチズムの残滓は一掃されたのではないですか。東ドイツのキリスト教徒でヒトラーを肯定的に評価する人がでてくるとは思えません」

「確かにヒトラーを再評価する動きは出てこないでしょう。それはヒトラーの第三帝国がドイツ国家を崩壊させ、ドイツ人を滅亡の危機に追い込んだからです。しかし、ドイツのプロテスタント教会にヒトラーの台頭を助長する流れがあった。それを東ドイツのキリスト教徒は正面から見ようとしない。その点で、ナチズムの源泉にルターの極端な主観主義があるというフロマートカの指摘は的確なんです」

「バサラーク先生は、フロマートカと直接会ったことがあるんですか」

「もちろんあります。キリスト者平和会議（CPC）で一緒に仕事をしました。とても可愛がってもらった。フロマートカは、ソ連を知るためには、ドストエフスキーとベルジャーエフを読まなくてはならないと強調していました」

「フロマートカは共産主義者を大審問官と考えていました。ヒトラーが闇の子であるのに対し、大審問官や共産主義者を光の子ととらえていました。東西冷戦が始まる前は、ラインホルド・ニーバーの共産主義観もフロマートカと同じだった」と私は言った。

ラインホルド・ニーバーは、一九四四年に上梓した『光の子と闇の子——デモクラシーの批判と擁護』で「光の子」と「闇の子」についてこう定義している。

〈自分の意志や自分の利益以上の律法を認めない道徳的シニックスを、聖書のよび名で「この世の子ら」または「闇の子」と名づけ、私的利益をより高い律法《おきて》のもとに従わせねばならないと信ずる人々を、「光の子」と名づける事としよう。これはただ単にいい加減なよび名ではない。なぜなら「全体」ということが、個人が直接つながりを持つ身近のコミュニティを意味するものであれ、人類的コミュニティを意味するものであれ、また世界の全秩序を指すものであれ、常に「全体」には頓着なく、私的利益を主張することが常に悪だからである。他方、善とは、いろいろのレヴェルにおいて「全体」が常に調和することである。国家のように下位で不完全な「全体」への献身は、人類的コミュニティのような、さらに大きな「全体」の展望から見れば、もちろん悪となるかもしれない。したがって、「光の子」とは、私的利益をより普遍的な法則の規律の下におき、より普遍的な善と調和を保たせようと努力する人々だと定義することが出来る。

　聖書によれば、「この世の子らは、その時代に対しては、光の子らよりも利口である」。この観測は現代の状態によくあてはまる。わがデモクラシー文明は闇の子らによってではなく、愚かな光の子らによってつくられて来た。デモクラシー文明は、強力な国家は自らの力の上に律法《おきて》を認める必要はないと宣言するところの闇の子ら、すなわち道徳的シニックスたちによって攻撃されつづけて来た。こうした攻撃のもとに、デモクラシー文明は、まったく惨憺たる状態にたちいたろうとしているのであるが、それは、デモクラシー文明が道徳的シニックスたちと同じ信条を甘受したからというのではなくて、個人的にも、集団的にも、近代社会にひそむ私的利益の力を軽く見積りすぎたからである。光の子らは闇の子らほど賢くはなかったのである。

　闇の子らは、自己が絶対最高の基準であって、彼らはそれ以上の律法《おきて》を認めないがゆえに、闇の子らは悪である。彼らは悪であるが、私的利益の力を見抜いているゆえに賢い。光の子らは自分の意欲をも審判する高度の律法《おきて》を認めるゆえに正しいのであるが、利己心の力を知らないが故に、常に愚かである。〉（ラインホールド・ニーバー〔武田清子訳〕『光の子と闇の子』聖学院大学出版会、一九九四年、一九～二〇頁）

フロマートカは、大審問官が「光の子」であると考えた。そして、共産主義者もまた「光の子」であると見なした。これに対して、トマーシュ・マサリクは、大審問官も共産主義者も「闇の子」であると考えた。そして、「闇の子」によって作られたソ連を西側民主主義国の力によって封じ込めることが必要と考えた。

東西冷戦前までのラインホルド・ニーバーは、共産主義者を「光の子」と考えた。そして「光の子」である西側民主主義者と共産主義者の共存が可能であると考えた。

〈マルキシズムを道徳的シニシズムの信条だとして告発するのは正当ではない。マルキシズムの信条が、どのように強烈なシニシズムの薬を服用していようとも、結局はセンティメンタルな信条なのであって、シニカルな信条というのは当たらない。マルキストもまた、光の子らである。彼らの暫定的なシニシズムは、他の愚かな光の子らに共通した愚かさや運命から、マルキストを救ってさえもいないのである。〉（前掲書三九～四〇頁）

バサラーク教授は一呼吸置いてから、「そう。東西冷戦が西側の神学者の目を曇らせてしまった。ニーバーは、東西冷戦期にフロマートカを世界教会協議会の理事から除名しろと言ったことがあります。ペレストロイカの過程で東側で反共主義が台頭してくる可能性があります。それが教会に悪影響を与えることを私は恐れているのです。私は戦前、ドストエフスキーの小説を熱中してよみました。『カラマーゾフの兄弟』からは強い影響を受けた。一九三四年、十六歳のときにナチスに抵抗する告白教会に加わりました。一九三七年に召集されドイツの敗戦後、故郷の東プロイセンがポーランド領になったので、ハレ大学で神学を勉強しました。ドイツが東西に分裂したときに東ドイツに残ることにしました。ドイツのキリスト教徒の中にある人種主義、民族主義を克服するのが私の使命と感じたからです」と言った。

「その使命を果たすことはできたと思いますか」と私は尋ねた。

「部分的にはできたと思います。しかし、東ドイツのキリスト教徒は社会的問題に関心を持たず、信仰を個人的内面の問題として処理する傾向が強くなっています。過去の歴史を直視する勇気に欠けているのです」とバサラーク教授は答えた。

私はこのやりとりを通じて、バサラーク教授についてとてもよい印象を抱いた。

翌日の昼、私はコメンスキー福音主義神学大学のそばのカフェでオポチェンスキー教授と昼食をとった。

「ミラン、バサラーク教授夫妻と同じコテージハウスに泊まっている。教授からはとてもいい印象を受けた」

「どこが」とミランは怪訝な顔をして尋ねた。私は、昨晩、バサラーク教授から聞いた話をミランに伝えた。

「バサラーク教授は、フロマートカとの関係でいちばん重要な話をしていない」

「いちばん重要な話？」

「そうだ。一九六八年の出来事だ。ワルシャワ条約五カ国軍の軍事侵攻をいちばん積極的に正当化したのがバサラークだった。フロマートカをアメリカ帝国主義によって操られていると激しく非難した。そして、フロマートカの右腕だったオンドラをキリスト者平和会議の書記から辞任させるように圧力をかける中心になったのがバサラークだった。オンドラは辞任し、フロマートカもキリスト者平和会議議長を辞任することになった。ロシア正教会のニコディム府主教は、フロマートカとチェルボネンコ駐チェコスロバキア・ソ連大使との間にはさまれて、苦悩していたのに対して、バサラークをはじめとする東ドイツの神学者は強硬に圧力をかけてきた」

「……」

「あのときの後遺症はいまも解消されていない。コメンスキー福音主義神学大学も、東ドイツのプロテスタント神学部よりも西ドイツやスイスのプロテスタント神学部との関係の方がずっと深い」

「何でそういう風になってしまったのか」

「フロマートカも述べているけれど、ドイツ・プロテスタンティズムの伝統と関係している。現在、東ドイツになっているプロイセン地方やザクセン地方はプロテスタンティズムの影響が歴史的に強い。特にルター派の『二王国説』が社会倫理に強い影響を落としている。国家と教会を区別して、信仰を内面の事柄に限定し、政治的には王国に対する全面的忠誠を誓った。神の王国と世俗の王国はそれぞれ自律した存在であるという考え方だ。それが東ドイツ体制になってから

『新二王国説』としてさらに進められた。すなわち、信仰は内面的な事柄に限り、政治的には東ドイツの社会主義統一党体制に全面的忠誠を誓う。教会が社会で批判的機能を果たす機能を初めから放棄している」

「バサラーク教授はまさにその点が問題だと言っていた」

「問題を認識していても、解決のための努力をしなければ意味がない。バサラークは教会がどうすればよいか、具体的な提言をしていたか」

「話はそこまで深まらなかった」

「バサラークには具体的提案がない。だから話が深くならない。東ドイツでは、エキュメニカル運動もキリスト者平和会議の運動も社会的な裾野を欠いている」

「キリスト教徒たちが冷笑的なのだろうか」

「冷笑的ということならば、むしろチェコ人にその傾向が強い。東ドイツのプロテスタント教会は、ルター派、改革派ともに敬虔主義の影響が強い。それだからキリスト教信仰を内心の問題に矮小化してしまう傾向がある。率直に言って、チェコの教会にも信仰を内面に限定し、社会との摩擦を極力少なくしようとする傾向が強い。それをどう阻止するかがわれわれ教授陣の課題だ。神があえて人間になったのは、信仰は現実に影響を与えなくてはならないということだ。神学者がそのことを常に呼びかけていかないと教会は収縮する傾向を示す。フロマートカ生誕百年を記念するこの国際学会を、かなり無理をして行ったのも、受肉のリアリティーを甦らせたいからだ。しかし、バサラークもコメンスキー福音主義神学大学側の意図は理解していると思う。しかし、その方向に向けてバサラークが本気で協力する可能性はないと思う」とミランは怒気をはらんだ声で言った。

「ミランはバサラーク教授と口をきかないのか」と私は尋ねた。

「大人だからあいさつくらいはする。しかし、それ以上、踏み込んだ話はしない」

私はドゥス君から聞いた話をした。そして、「ドゥス君はミランと当局の関係が近すぎると思っているようだ」と伝えた。

「実際は、もっと激しい言い方をしていただろう」

「そうかもしれない」と私が答えると、ミランはニヤッと笑ってこう言った。

「神学生時代はそれくらい教師に批判的な目を持った方がいい。ドゥスは将来伸びる。神学者向きではないけれど、いい牧師になる。他人の気持ちになって考えようとする人間的優しさと、意志の強固さがある。ああいう学生は、きちんと守らなくてはならない」

「どうやって」

「危険な線がどこにあるかを理解させる。異論派との関係に深入りすると、教会と社会の外側にはじき出されてしまう。もちろんヤン・パトチュカ、ヤクプ・トロヤンのように異論派の狭いサークルの中で生きていくという選択もある。しかし、それよりも境界線の内側にとどまって、現実の社会に影響を与える可能性をぎりぎりまで模索することが、僕はキリスト教徒としての正しい生き方と思う。面倒なのは、この境界線が移動することだ」

「移動？」

「そうだ。ドゥスたちは、正常化の厳しい時代しか知らない。そのときの規制がいま急速に緩んでいる。しかし、この動きはチェコスロバキア社会の内側から生まれたものではない。それだからいつでも逆戻りする危険がある」

「どういうことか」

「今回の社会的規制の緩和の震源地はモスクワだ。より端的に言うと、ゴルバチョフという一人の人間だ。仮にゴルバチョフが失脚する、あるいはゴルバチョフ自身のイニシアティブでペレストロイカ路線を中止すると、チェコスロバキア社会はすぐに凍りつく」

「一九六八年の『プラハの春』と同じ轍を踏むということか」

「マサル、そうじゃない。もっと深刻な事態を招く」

「もっと深刻というと？　ソ連軍が介入することはないと思う」

「もちろん軍事介入はない。一九六八年八月までソ連軍はチェコスロバキアに駐留していなかった。それだから戦車で侵攻する必要が生じた。現在は、国中の至る所にソ連軍の基地がある。フロマートカが生まれたホドスラビッツェ村のそばにもソ連軍の基地がある。チェコスロバキア全域に対するソ連軍の監視体制ができあがっている。軍事介入をしなくても、ソ連の意図に反する反乱ができない仕組みが完成している。問題は思想的、心理的側面だ」

「ミランの言いたいことがよくわからない。もっとていねいに説明して欲しい」と私は頼んだ。

「試してみる。一九六八年の『プラハの春』に至る過程は、チェコスロバキア社会の内側から生まれたものだ。チェコのプロテスタント教会はもともと反共的体質が強かった。しかし、その教会が一九四八年二月の共産党による無血革命を支持したのは、一九三八年のミュンヘン協定の記憶があったからだ。西側の民主主義国は、ヒトラーの圧力に屈し、チェコスロバキアを売り渡した。その結果、国家は解体され、われわれは辛酸をなめた。ソ連は本気でナチス・ドイツと戦った。この事実がチェコ人とスロバキア人に親ソ感情を抱かせた。ソ連型共産主義は、われわれにとって異質なものだった。最初、チェコスロバキアの共産主義者は、ソ連と異なる独自路線を取ろうとした。前に話したと思うけれど、この独自路線は、一九五〇年代初頭にスターリニズムがこの国に移入されたことによって頓挫した。一九五六年のソ連共産党第二十回大会で、フルシチョフがスターリン批判に舵を切るのを見て、チェコスロバキアでも脱スターリン化が起きた。フロマートカは、キリスト教徒が社会主義社会に直接影響を与えるという戦略を取らなかった。キリスト教的政治、キリスト教的国家、キリスト教的文化、キリスト教的経済なるものが幻想であることをフロマートカは理解していた。社会はキリスト教徒のためだけに存在しているのではない。この当たり前の現実をフロマートカは踏まえて、社会に現実的に影響を与える方策を考えた。それが対話なのである」

「人間とは何か、というテーマでマルクス主義者と対話した」

「そうだ。その対話で、キリスト教徒もマルクス主義者も質的に変容しなくてはならないと考えた。その過程で、コメンスキー福音主義神学大学の神学者たちは過去の小市民的限界を克服することができたと思う。戦前のチェコスロバキアでは、コメンスキー福音主義神学大学の前身であるフス神学大学の教授は、国家公務員で、カレル大学の教授と同じ地位が付与された。富裕層に属し、社会的地位も高かった。戦後、コメンスキー福音主義神学大学は総合大学より一段地位が低い教会によって運営される専門学校に格下げされた。教授たちの給与はかなり低くなった。また、牧師の子弟は高等教育を受ける機会が制限されるようになった。神学教授は同時に牧師であるので、家族にも肩身の狭い思いをさせるようになった。教会は、以前持っていた特権をほとんど失った。フロマートカはそのことを歓迎した。富裕層と教会が結びついていたことの方がおかしいのである。飽食している人がいるなかで、多くの労働者が失業し、飢えているという状態はおかしい。その意味で、社会主義者が理想とする社会にキリスト教徒が反対する必要はない。問題は、マルクス主義の人間観が性善説に基づいているので、人間の本質を捉え損ねていることだ。フロマートカがドストエフスキーに惹きつけられた。それはドストエフスキーが、悪の問題を正面から見据えているからだ。マサリクもフロマートカも、ロシア革命の起源をマルクス主義のみに求めることは間違いと考えた。そして、ロシア革命の起源をドストエフスキーに求めた。ドストエフスキーの小説は、対話を基本にしている。対話の力で、人間の心の中に潜んでいる『何か』を引き出すことができるとフロマートカは考えた。そして、マホベッツたちとの対話を、命がけで行ったのである」

「そうすることで、マルクス主義者を内側から変容させ、社会主義社会を変えようとしたということか」

「そうだ。しかし、その結果は、現実に存在する社会主義体制を根底から破壊する力を持つことになった」とミランは言った。

第24章　ほんものの無神論

フロマートカたちキリスト教徒との対話が、チェコの改革派マルクス主義哲学者に、現実に存在する社会主義体制を根底から破壊させる力をもたせたとは、具体的に何を意味するのだろうか。そのことについて考えているうちに奇妙な疑問が私の頭に浮かんできた。

「ミラン、これから僕がするのは失礼な質問かもしれない。怒らないで聞いて欲しい」

「もちろん怒らないよ。何だい」

「一九六八年八月にワルシャワ条約五カ国軍の戦車によって『プラハの春』は叩き潰された。その後、正常化の過程でフロマートカ門下の神学者も、マホベッツたち人間主義的マルクス主義者も共産党によって弾圧された。どちらに対する弾圧の方が厳しかったか」

「いい質問だ。マルクス主義者の方がひどい目に遭わされた」とミランは即答した。

「なぜだろうか」と私は尋ねた。

「それは現実に存在する社会主義が世界観の全体主義だからだ。神学の世界でも、弁証学よりも論争学の方が先鋭化するのと同じだ」とミランは答えた。

弁証学とは、キリスト教が他宗教もしくは無神論思想を対象に展開する神学論争を指す。これに対して、キリスト教の内側で、どちらが正しいかについて争うのが論争学だ。異端審問は論争学に属する。私は学生時代のことを思い出した。同志社大学に右翼系のサークルもあったが、ブント（共産主義者同盟）系の学友会とは衝突しなかった。学友会と民青（日本民主青年同盟、日本共産党系）は、怒鳴り合いや小突き合いをときどきしていたが、寮や下宿を襲撃するようなことはしなかった。しかし、学友会から分裂したグループと学友会執行部の衝突は熾烈だった。寮を襲撃して、針金で両手を縛り上げて、殴るくらいのことは平気でした。しかし、大けがをするようなリンチはしなかった。革マル派と中核派の間で展開されているような殺し合いはなかった。革マル派と中核派にしても、もとは革共同（革命的共産主義者同盟）という同じ政治組織に属していた。これら左翼の党派闘争も神学の枠組みを当てはめれば論争学になる。

私はミランに、日本の学生運動における党派闘争について説明した。ミランはとても驚いた。

「まるでドストエフスキーの『悪霊』の世界のようだ。チェコ人の間でも激しい意見の対立はある。しかし、殴り合ったり、殺し合ったりすることはない」

「だけど、スランスキー事件のときは多くの人が殺された」

「あの事件はチェコ的でない。スランスキーはユダヤ系スロバキア人だ。この国には確かに反ユダヤ主義者もいる。しかし、キリスト教徒とユダヤ教徒は並存してきた。それに人格神を信じない理神論者もチェコ人には多い。もともとチェコ人は極端な行動をしない。いろいろ考えるのだが、行動はとても慎重だ。スランスキー事件のような粛清は、ロシアのスターリニズムがチェコスロバキアに移入されたために起きた。ロシア人のようにチェコ人は物事を思い詰めない」

「正常化の過程もチェコ的ではないとミランは考えるか」

「チェコ的じゃない。チェコスロバキアの共産党幹部はソ連を恐れている。もはやマルクス主義を信じていない。共産主義者は、自分の頭で考えることを放棄している。イデオロギーではなく、生活水準を向上させることによって国民を支配しようとしている」

「その試みはうまくいっていると思うか」

「とりあえず今まではうまくいっていた。チェコ人には深い諦めがある。長い間、ドイツの脅威にさらされてきた。ロシアと国境を接していないので、皮膚感覚でロシア人がどういう連中なのかわからなかった。チェコの知識人は、ドストエフスキーを通じて近代文明の危機を理解した。チェコスロバキア共和国で大統領のマサリクはロシアに対する警戒感が強かった。さらにマサリクは反共主義者だった。マサリクは二重の意味でソ連を嫌った」

「二重の意味？」

「ロシアそのものと共産主義を嫌った。そして、チェコスロバキア国家を反ボリシェビズムの拠点として、英米仏の協力を得て生き残るという国家戦略を構築した。しかし、チェコ人にはそれとは異なるロシア観もある。初代首相のカレル・クラマーシュだ」

「確かクラマーシュはロマノフ王朝のニコライ二世をチェコスロバキアに招いて国王にしようとした」

「反共だが親露という立場だった。チェコの政治家や知識人の一部には、強力な親露傾向があった。しかし、一九六八年のワルシャワ条約五カ国軍の侵攻によって親露感情はなくなった」

「今後、親露的傾向が甦ることはないのだろうか」

「ゴルバチョフのペレストロイカによって、ロシアに対する感情は改善しつつある。しかし、かつてのクラマーシュのような、心の底からロシアに親しみをもつようなチェコ人はもう出てこないと思う」

「しかし、ナチス・ドイツにあれだけ酷い目に遭わされたにもかかわらず、チェコ人の西ドイツに対する感情は悪くない」

「確かにそうだ。しかし、チェコ人は決してドイツ人のことを信用していない。ナチスによる圧政の記憶はそう簡単に消えるものではない。前にも述べたと思うけれど、一九六八年にソ連軍とともに東ドイツ軍がチェコスロバキアに侵攻してきたということは、われわれにとって衝撃だった。東ドイツとナチスが二重写しになった。チェコ民族とスロバキア民族は小さい。国境を接しているドイツ民族、ハンガリー民族、ポーランド民族はいずれも大きい。小民族であるわれわれは、決して周囲の大民族と喧嘩をしない」

「喧嘩をしても負けるからか」

「その通りだ。強い者とは喧嘩をしない。フス戦争以来、チェコ人が自らのイニシアティブで戦争を行ったことはない。コメンスキーは国際連合に似たような世界システムを考えた。しかし、その根源にはチェコ人の孤独がある」

「孤独？」

「そうだ。イエスが十字架にかけられたときも孤独だった。孤独だったから、そのもっとも悲惨な場所に神が降りてきたのである」

「ルター派的な感じがする」

「間違いない。チェコ福音主義兄弟団教会はルター派と改革派の合同教会だ。チェコのプロテスタント神学はカルバン派の影響が強い。しかし、受肉論については、神が人間の最も深い深淵にまで降りてきたことを強調する」

「そして、十字架の神学を取ることになる」

「そう。イエスが十字架で人間の苦しみを背負ったことを強調する。それだからチェコのプロテスタント教会は苦難のキリスト論をとる。イエスの生涯を苦難ととらえ、それとの類比で生きていくことをわれわれに説く。誰もが一生の中で選択を迫られることがある。そのとき、人間的に考えてより困難な方を選択することが倫理的に正しいと考える。フロマートカはそう考え、実践した」

「それだから、フロマートカは第二次世界大戦後、米国籍を取得してプリンストン神学大学の教授にとどまるという選択をせずに社会主義化して科学的無神論を掲げるチェコスロバキアに帰国した。そして、スランスキー事件のときは、秘密警察と対峙することになった。そして、スターリン批判後、チェコスロバキア社会にイデオロギー的に隙間ができた機会を逃さずにマルクス主義者との対話を始めた」

「その通り」

「そして、ソ連軍の軍事介入に対して抗議し、ドゥプチェク共産党第一書記の側につくことを鮮明にした。そして亡命せずにプラハで死んだ。これはすべて、人生の選択肢において、より難しい方を決断した」

「少し違う。決断ではない」

「苦難を決断するのではないか？」

「決断ではない。自然にそうなるのだ」

「自然に？」

「そう。決断の余地などない。考える前に、より困難な選択をしている。『罪と罰』においてラスコーリニコフは熟慮と決断の結果、回心したのではない。ソーニャが福音書を読むのを聞いて、決断の余地もなく回心した。決断を重視すると実存主義になってしまう。実存主義はチェコのプロテスタント神学にほとんど影響を与えていない」

「ブルトマンは？」

「読まれてはいるが、影響を与えていない。フロマートカもブルトマンの決断主義的な信仰理解を嫌っていた。ブルトマンはゴーガルテンの系譜に属すると考えていた。フロマートカにとって決断主義はナチズムを想起させる」

「ナチズムに対するキリスト教徒の抵抗は決断に基づくのではないか」

「違う。人間の意志はとても弱い力しかもたない。ナチスの圧倒的な暴力の前で、人間の決断がもつ意味はほとんどなかった。決断ではなく、イエス・キリストに従っているうちに自然にナチスと対峙することになる。前にも言ったけれど、チェコ福音主義兄弟団教会の牧師だった僕の父はゲシュタポに逮捕され、ダッハウの強制収容所に送られた。父はナチスに対して抵抗するか否かについてまったく悩んでいなかった。ドイツ軍がチェコを占領しても、あたかも何事もなかったがごとく普通に礼拝し、牧会していた。するとある日突然、ゲシュタポがやってきて父を連行していった。母も僕ももう父と会うことはないと思った。悲しかったが、それはそういうものと思った」

「キリスト教徒として殉教を覚悟しなくてはならなかった」

「殉教などという大げさなことは考えなかった。牧師の家庭では、父親が強制収容所に連行されるのはごく日常的な出来事だった。父はダッハウで、有名な神学者のヤロスラフ・シムサと一緒だった。シムサは獄死した。父はシムサの心臓をナイフで切り取った。心臓を日干しにして、ハンカチに包んで保存した。父は干からびたシムサの心臓を持って家に帰ってきた」

「………」

「父が特に強い意志をもっていたわけではない。父のように行動するのが牧師としてごく自然で普通だった」

「ドイツ・キリスト者のように、ナチスに協力した牧師はいなかったのか」

「そういう親ヒトラーの運動はなかった。ゲシュタポの圧力に屈して密告者になった牧師もいた。しかし、神学的にナチスを正当化しようとするような動きはチェコの教会にはなかった。チェコのプロテスタント教会の場合、フスの時代から弾圧には慣れている。弾圧されたときにはどう対処すればよいかをわれわれは皮膚感覚でわかっている。これは悲しい伝統だけどね」と言ってミランは笑った。

ミランは「キリストに倣う」ということを言っているのだ。倣うというのは決断ではなく、信仰即行為、行為即信仰という形で、自然に苦難を選択するということなのだ。イエスの十字架の死とキリストの復活に人格的に出会うことによって、人間が変容してしまうのである。キリスト教信仰を人間の実存に解消することはできない。神の啓示は圧倒的なので、人間の実存を破壊してしまうのである。

「キリスト教信仰は実存的でなく、脱実存的ということなのだろうか」と私は尋ねた。

「そう思う」とミランは答えた。そして、こう続けた。

「チェコ人は本質において無神論者だ。社会主義政権の科学的無神論政策と関係なく、もともと神を信じない。チェコスロバキア共和国の時代、チェコスロバキアのエリート層をプロテスタント教徒が占めた。そのために社会的地位の向上を望む、神を信じていないにもかかわらず教会の構成員になった人が少なからずいる。フロマートカはこういう形での教会の水ぶくれを嫌った。そして、一九四八年二月の社会主義革命後、キリスト教徒であることが社会的上昇のマイナスになると考えた人々は教会を去った。フロマートカは、このことを心の底から歓迎した。社会主義革命のおかげで似非キリスト教徒が排除され、教会が純化されたのはとてもよいことだと言っていた。もともとフスは、目に見える教会には、真実のキリスト教徒と偽りのキリスト教徒が混在していると考えた。それだから『毒麦のたとえ』を強調した」

「毒麦のたとえ」とは次のことだ。

〈イエスは、別のたとえを持ち出して言われた。「天の国は次のようにたとえられる。ある人が良い種を畑に蒔いた。人々が眠っている間に、敵が来て、麦の中に毒麦を蒔いて行った。芽が出て、実ってみると、毒麦も現れた。僕《しもべ》たちが主人のところに来て言った。『だんなさま、畑には良い種をお蒔きになったではありませんか。どこから毒麦が入ったのでしょう。』主人は、『敵の仕業だ』と言った。そこで、僕たちが、『では、行って抜き集めておきましょうか』と言うと、主人は言った。『いや、毒麦を集めるとき、麦まで一緒に抜くかもしれない。刈り入れまで、両方とも育つままにしておきなさい。刈り入れの時、「まず毒麦を集め、焼くために束にし、麦の方は集めて倉に入れなさい」と、刈り取る者に言いつけよう。』」〉（「マタイによる福音書」一三章

二四〜三〇節）

このたとえの主人公はイエスだ。イエスは畑に良い種を蒔く。しかし、夜中に敵が毒麦を蒔いた。敵を悪魔と言い換えてもよい。イエスが種蒔きをするように、悪魔も種蒔きをするのである。外形的にイエスと悪魔はよく似た行為をするのである。若いうちは、良い麦と毒麦の区別はつかないのである。また、毒麦は畑に根を深く張っているので、無理に抜くと、良い麦まで除去されてしまう危険がある。それで、主人は両方の麦が育つまで待って、刈り入れるときに毒麦をまとめて焼くようにと指示する。

キリスト教は救済宗教である。「毒麦のたとえ」でイエスは人間の救いについて何を語ろうとしたのだろうか。イエス自身がたとえの意味を説いたときの状況を「マタイによる福音書」の記者はこう説明する。

〈イエスはこれらのことをみな、たとえを用いて群衆に語られ、たとえを用いないでは何も語られなかった。それは、預言者を通して言われていたことが実現するためであった。

「わたしは口を開いてたとえを用い、

天地創造の時から隠されていたことを告げる。」

それから、イエスは群衆を後に残して家にお入りになった。すると、弟子たちがそばに寄って来て、「畑の毒麦のたとえを説明してください」と言った。イエスはお答えになった。「良い種を蒔く者は人の子、畑は世界、良い種は御国の子ら、毒麦は悪い者の子らである。毒麦を蒔いた敵は悪魔、刈り入れは世の終わりのことで、刈り入れる者は天使たちである。だから、毒麦が集められて火で焼かれるように、世の終わりにもそうなるのだ。人の子は天使たちを遣わし、つまずきとなるものすべてと不法を行う者どもを自分の国から集めさせ、燃え盛る炉の中に投げ込ませるのである。彼らは、そこで泣きわめいて歯ぎしりするだろう。そのとき、正しい人々はその父の国で太陽のように輝く。耳のある者は聞きなさい。」〉（「マタイによる福音書」一三章三四〜四三節）

現時点において、人間の限られた知恵で、善人と悪人を仕分けてはいけないとイエスは強調する。すなわち、現実に存在する社会においては、悪人に対しても寛容であれとイエスは人々に呼びかけるのである。ただし、それは悪を看過してもよいということではなく、終末の時に悪を徹底的に除去するために必要なのである。フスもこの類比で、現実に存在する教会には司祭の服を着た悪魔がいることを人々に説明したのである。

フスは万人救済説をとらない。教会には予め選ばれ、救済が定められている人々と、そうでない人々が混在しているのである。誰が真実のキリスト教徒であるか、人間には理解できないのである。フスの救済観は、カルバンの予定説を先取りしている。

「チェコの神学は無神論者の存在をフスの時代から前提としている。マサルはチャペックが『山椒魚戦争』でバントフ船長が何も信じないというのがチェコ人の特徴だと述べた部分を覚えているか」

「もちろん」と私は答えた。

チャペックはバントフ船長に、〈チェコ人だけが、こんなに好奇心の強い民族かどうかは知りませんが、どこで会っても、われわれの国の人間は、何にでも首を突っこんで、物事の裏が分かるまで気がすまないんですよ。これはわれわれチェコ人が、何も信じたがらないからじゃないですかね〉（カレル・チャペック〔栗栖継訳〕『山椒魚戦争』岩波文庫、一九七八年、六九頁）と言わせている。

「何も信じたがらないチェコ人の性格を徹底的に詰めていったのがマホベッツだ。マホベッツは徹底的な無神論はヒューマニズムで、それは宗教的性格を帯びると言っている。ドイツ語にも訳されているけれど、マホベッツが一九六二年にチェコスロバキア科学アカデミーから出した『現代プロテスタンティズムのいわゆる弁証法神学について』はとてもよい本だ。これがマルクス主義者とキリスト教徒の対話におけるたたき台となった。マサルはこの本を読んだか」とミランは尋ねた。

「読んだ」

「ドイツ語訳でか」

「日本語訳で読んだ。神学生時代に読んだ。修士論文にも使った。とても印象に残っている」と私は答えた。

マホベッツは無神論をいくつかのカテゴリーに分ける。マホベッツ自身は、マルクスが考えた無神論は目的論的構成をもっていると考える。「自由の王国」である共産主義社会を実現するためには無神論が不可欠であると考える。マルクス主義を「希望の哲学」と考えたブロッホと親和的だ。しかし、チェコスロバキア社会に現実に存在している無神論は目的論的構成をもっていない。世俗化の過程で生み出された自然発生的な無神論なのである。

〈今日の無神論は、人々がその無神論という目的に向かって邁進する努力によって規定されない、あるいは少なくとも完全にはそれによって規定されないところの、自然発生的な過程の成果であるということを、われわれは確認しなければならない。もっとも、目的を目ざさない発展が人間主義的な、またマルクス主義的な意識の目的でもあるところのものをもたらす結果になったということは、まさに奇跡であろう。信仰のこの衰退と死滅の過程において自然発生的な諸要素が優勢であるかぎり、そしてこのことは今日われわれ幾千もの市民において起こっているのだが、その成果は決して満足すべきものではないのである。いな、それらは多くの場合にしばしば非常に問題である。なぜであろうか。

まず第一に、それはそのように目ざされた成果が、十分に満足のいくようになることがまれだからである。無神論がこのようにもくろまなかった原因は、たいていの人々において宗教性が意識そのものの中で克服されるよりも、むしろ宗教性を意識から押し出してしまうからである。そのようにして宗教性は、困難な人生の危機や動揺や危険に際して、それをわれわれ自身においてもこれまでしばしばあとづけることができたように、ふたたび容易に、新しく意識の中に現われてくるのである。〉（M・マコヴェック〔堀光男訳〕『マルクス主義からの問い――マルクス主義とバルト神学との対決』新教出版社、一九七〇年、二二一～二二三頁）

近代の世俗化過程において、宗教性が克服されるのではなく、意識から追い出されてしまうというマホベッツの洞察は鋭い。近代は理性を基本に組み立てられている。理性を唯一の導きの糸として森羅万象を解明できると考える啓蒙主義が主流となる。宗教は、本質において非合理的要素を含む。従って、意識から追い出されてしまうのだ。しかし、啓蒙主義的な社会においても、究極的には信仰が残る。なぜ理性を信頼することができるのかという点で、理性に対する信仰が残るからだ。従って、近代においては、人格神は認めなくても最初の第一撃としての神を想定する理神論が支配的思想となる。

それと同時に物神崇拝、具体的には拝金教が起きる。近代システムにおいては商品経済が社会全体を支配する。マルクスが『資本論』で解明したように、商品交換は必然的に貨幣を生み出す。交換において、商品と貨幣の関係は非対称だ。商品を持っていれば、それが必ず貨幣に交換されるという保証はない。これに対して貨幣を所有していれば、それはいつでも商品と交換することができる。本来、貨幣は人間と人間の社会的関係から生まれたものであるにもかかわらず、貨幣自体に力があるという信仰が生まれる。この信仰は幻想ではない。資本主義社会において、貨幣は現実の力を持つのである。従って、理性と交換が結びつくと、そこにはかならず拝金教が生まれるのである。

この拝金教は疎外された人間と人間の関係である。このような非正常な状態を元に戻したいという欲求を人間はもつ。それだから、宗教が近代社会において完全に消滅してしまうことはないのである。マホベッツはこの点について、〈第二に、信仰のこの自然に起こる衰退は決して至る所で起こらないからである。すなわち、いろいろな階層に属する多くの人々は、様々の理由によって、彼らの信仰を自分のために保存するのである。そしてそれはたいていの場合、最も愚かな人々でもなく、また最も悪しき人々でもない。これらの人々はそこで、他の人々の「麻痺して」無関心になった心の中にも「信仰の火花」が保たれており、その火花は時が来ればふたたび燃えあがることができる、という考えに大きい影響を及ぼすのである。〉（前掲書二三頁）と強調する。

信仰は眠っているだけであって、いつかそれに火がつき燃え上がるという考え方だ。こういう信仰観はロマン主義と親和的だ。宗教の本質を「直観と感情である」と規定したシュライエルマッハーは、自由主義神学の祖であるが、哲学史においてはロマン主義者と位置づけられている。近代以降も生き残ったキリスト教には、いずれもロマン主義の要素がある。このことをマホベッツは肯定的に評価する。バルトはロマン主義に対する忌避反応を示すが、バルトの信仰に対する情熱はロマン主義的である。フロマートカは、米国社会の特徴についてロマン主義を欠いていると指摘した。米国のプラグマティズムは存在論的考察を欠き、啓蒙主義に堕しているとフロマートカは考えた。

啓蒙主義は人間を突き動かす動機とはならない点にマホベッツは着目した。共産主義社会を実現するためには動機が何よりも重要なのである。たとえアヘン的な要素があっても、そこにある人間を突き動かす力を無視してはならない。それだから、マホベッツは宗教批判にあたって留意すべき事柄についてこう記す。

〈第三にそして最後に、宗教的な「アヘン」を放棄する時には、もしそれがただ自然に起こって来るのであるならば、必然的に、ほかの必ずしも悪くも有害でもないものも同時に失われるからである。ここでは赤ん坊が浴水と共に流し捨てられることがまれでない。人生の鍵となるような重要な問題が超自然的なものによって解決される、という信仰を失ったならば、人々はしばしば、これらの問題そのものへの関心もまた失ってしまうのである。

そのようにして人間はついに「無神論者」、すなわち神なき人間にはなるけれども、同時にまた、最高の人間的な諸価値への燃えるような関心を持たない人間になる。そのように浅く表面的な人間は多くの場合に、特殊な専門知識によって、社会にとっては客観的にみて全く有用ではあるけれども、しかしその際に彼の内側においては、彼の専門の一面性のあわれむべき映像があるだけである。あるいは、彼の心情は「近代的であること」の俗物的なあわれさによってひからびており、そして彼はついに新しい伝道の対象となるのである。東と西とを問わず、多くの高度に成長した国の人々が「無神論者」であるのは、彼らを真に確信させるような特に著しく深い世界観的な危機を通りぬけたからであるよりも、むしろ彼らの精神をもっぱら何か「この世的なもの」、たいていの場合にそれは技術であり、また組織や人間のいろいろな事柄の組織や管理である場合もあるが、このようなものにたずさわることに慣れてしまったからである、ということをわれわれは見すごしてはならない。比較的しばしばわれわれは極端な場合に、「無知からくる無神論」を観察することができる。それは誠実な考えから出てはいるが、しかし、これまで自分を特徴づけてきた宗教的諸傾向との戦いを引き受け、逆行するには全く無能である。もしそれができるとしても、その時人々はこの戦いにおいて、せいぜいすでに言及した幼稚な手段を用いるのである。その手段というのはむしろ、しばしば宗教との同盟者になるのである。なぜならそれはただでさえ、努力しつつある敬虔を新しく強力に生かすからである。〉（前掲書二二三〜二二四頁）

人間の決断は、当事者にとって外部と思われる超越的なものの力によってなされるのである。マルクス主義者が命を賭けて革命のために献身するのも、未来の共産主義社会を信じているからだ。宗教を捨て去るときに、このような超越性も失われてしまう可能性がある。そうなると人間はニヒリズムから抜け出すことができなくなってしまう。マホベッツは世俗的な人間を〈特殊な専門知識によって、社会にとっては客観的にみて全く有用ではあるけれども、しかしその際に彼の内側においては、彼の専門の一面性のあわれむべき映像があるだけである〉と特徴づける。まさに近代的なテクノクラートがその典型である。テクノクラートは超越的なものに対して無知である。そのために、合理性の枠を超えた危機に直面したときに無力なのである。

こういう危機に直面したときに、徹底的な思考を怠った無神論者はキリスト教に回帰してしまう。死に直面したとき、大規模な天災地変、あるいは戦争に直面したときに超越的なものを求め、無神論を放棄し、再び神に頼るようになってしまう。このような不徹底な無神論を超克し、神にいっさい依存することのない、超越的な力を内部に含むことができる無神論を構築することをマホベッツは意図する。

〈われわれは次のことを明らかにしなければならない。ただ一つの真理が存在し、それは人間がいかにしてその真理にいたるかということにはかかわりなく、どっちみち価値あるものであるけれども、個々の人間の個人的な生活と倫理的な全側面にとって、ある一定の確信がその人の内部にある込み入った内的葛藤の結果として生じたかどうかということ、あるいは彼がその確信を、「彼の祖先の遺産」としてであろうと、あるいは宗教そのものの無力の結果としてであろうと、あるいはまたその人がすでにあまりにも多くの無関心と、景気によって規定された官僚制を呑みこんでしまったからであろうと、いわばただで得たかどうかということは大きな相違なのである。この「容易に得られた」無神論はさらに進んだ発展段階において、その発展もただ自動的であるかぎり、きっと真に人間主義的な無神論よりもむしろ宗教性に変貌する。そしてもし世界観の衝突や闘争が起こる時、そのような無神論者の列から宗教の効果的な「第五列」が成り立つ。なぜならば、彼らは反感を起こさせるようなやり方と低い標準によって、人々をキリスト教信仰の方に押しやるからである。そこで、ただ信仰を持った人々を説得するだけでなく、もちろんそのことと切り離してはならないが、無神論者たちも教育されねばならない。それは、戦いがすでに勝ちとられていると思われるところにおいてもまた、偏見や幻想なしに戦いをすすめるためである。ただ装備をしているだけではなく、また隊伍をととのえていなければならない。自分が無神論者であると自称する人々や、ひょっとしてそのようなものにみなされることを気にしている人々を、真の無神論者に育てあげるということ、これが困難で要求するところの多い課題なのである。無神論は、それが包括的な弁証法的唯物論の世界および社会秩序の構成部分であるところでのみ、確固とした基礎を持っており、宗教の上位に位置づけられることができる、ということをわれわれは総体的に言うことができる。そしてこの秩序はまた、一貫して人間主義的で活動的な実際的生活態度の一要素にすぎないのである。そこにおいてはじめて、宗教はただわきへ押しやられているだけでなく、克服されているのである。そこにおいては、宗教はふたたび復活することがないであろう。そのことに貢献するのがこの研究の第二の課題である。〉（前掲書二二五〜二二六頁）

マルクスが弁証法的唯物論によって試みた無神論は世界観であり、神に依存する要素のないマルクス主義である。スターリン主義は、スターリンという現人神に対する崇拝を求めた。論理構成としては、マルクス、エンゲルス、レーニンによって解明された普遍的真理がスターリンという人格において体現されているということだ。スターリンに対する個人崇拝ではなく、スターリンという目に見える形を通じて、目に見えないマルクス主義のドクトリンを崇拝するのである。これはビザンツ神学の伝統を踏まえたロシア正教会のイコン（聖画像）崇敬の論理と同じである。キリスト教徒は、イエスやマリア、あるいは預言者や諸聖人が描かれた絵を崇拝するのではない。絵という可視的形態を通じて、その背後にある目に見えない神を礼拝するのである。だから「イコン崇拝」ではなく「イコン崇敬」になる。

マホベッツは、現実に存在する社会主義（スターリン主義と言い換えてもよい）に内在するキリスト教の残滓を徹底的に除去しなくてはならないと考えた。キリスト教をマルクス主義にとって、ほんとうの敵であると考えた。それ故に敵の内在的論理をつかまなくてはならない。そのためにはキリスト教神学者、特に徹底した宗教批判の上に成り立つ弁証法神学の系譜に立つプロテスタント神学者との対話が不可欠であると考えた。このような認識を導く関心から、マホベッツが想定する弁証法神学者の範疇を、通常、神学の世界で想定されるよりも広くとる。バルト、ブルンナー、トゥルナイゼン、ゴーガルテンらの雑誌「時の間に」に集った神学者だけでなく、宗教批判を徹底的に考えた上で独自の神学を構築したボンヘッファーやフロマートカも弁証法神学者に含まれるのである。

弁証法神学者との対話によって、マルクス主義を変容させなくてはならないとマホベッツは考える。

〈しかしながら宗教とかかわりを持つということは、単に論争的また教育的価値を持っているだけではなく、ある程度までマルクス主義の本来の理論的構造に属する事柄である。宗教の理論的分析は、自明のことながらマルクス主義の基礎ではないとしても、その有機的な構成部分である。マルクス主義の本来の実体は（スターリン主義によるマルクス主義の教説のイデオロギー的変形を除外するならば）、全く違った実体である。すなわちマルクス主義は、社会的発展と宗教と、共産主義的に組織化された社会の自覚的構築の諸法則についての科学である。まさにそれゆえにマルクス主義は、社会のこのような発展の過程において、必然的にその地面から芽をふき展開するあらゆる幻想に対する合理的な説明でもあり、それは信仰者たちの幻想に対する合理的説明でもある。この意味でマルクス主義は一つの宗教理論でもあり、マルクス主義はまた、そう言うことが許されるなら、「神学」であり、もっとも、神秘化されることから解放された神なき神学である。〉（前掲書二一六～二一七頁）

〈マルクス主義は一つの宗教理論でもある〉などという理解は、チェコスロバキア共産党のスターリン主義的なイデオロギー官僚にとっては想定できない事柄である。ただし、このような見解を共産党籍をもち、社会主義エリート養成機関であるカレル大学哲学部の教授が紀要で発表する自由がチェコスロバキアにはあった。ソ連や東ドイツと比較して、思想的自由の範囲がチェコスロバキアでは広かったのである。

マホベッツは弁証法神学と対話する必要性についてこう述べる。

〈(まさに弁証法神学に対して、マルクス主義は宗教の一つの「理論」、すなわち人間の幻想についての教説である、と言うだけでなぜ十分でないかということを、読者は以下において認識するであろう。マルクス主義は実際また存在論的諸問題、世界の出来事の客観的性格への問いをも解決しようとするのである。)マルクス主義は一方では、社会的意識の歴史的に制約された形としての宗教、人々の相互的な社会的諸関係の特定の発展段階においてのみ必然的に発展することができたところの、世界についての空想的な見方としての宗教の成立と伝播、およびその社会的機能に対する科学的説明を含んでいる。他方ではマルクス主義は、人間生活の自然的諸要素と諸問題の正しい解決と、首尾一貫した分離とを含んでいる。いろいろな宗教的体系もまた、これらの諸問題にそれぞれ何百年もの間伝統的な仕方で注意を喚起したけれども、しかしそれらを解決しなかったのであり、またそれらの宗教的性格に基づいて、解決することができなかったのである。すなわちわたしがここで意味しているのは、道徳や感情や、いわゆる「人間的実存の形而上学」等々である。〉(前掲書二七頁)

マホベッツの理解では、マルクス主義とキリスト教は同じ事柄を取り扱っているのである。それだから、マルクス主義哲学者は、キリスト教神学者が取り扱っているのと同じ事柄を別の言葉で語ることができるはずだ。『ユダヤ人問題によせて』、『ヘーゲル法哲学批判序説』などでマルクスが展開した宗教批判は、存在論的次元での批判だ。批判によって、同じ対象を別の言葉で語るのだから、それは「一種の宗教理論」なのである。マルクス主義的宗教理論の内容についてマホベッツはこう説明する。

〈別な表現を用いれば、マルクス主義的無神論は、人間の自覚のそのような（引用者註＊道徳や感情や、いわゆる「人間的実存の形而上学」など）発展の局面になることができ、またなろうとするのである。そのような発展の局面においては、原初における宗教の単なる「否定」（歴史においていよいよ進行しつつある否定）が、初めて宗教のあのように「積極的な」歴史的実体、すなわち宗教的生活態度の人間学的核心をも自分のものとして受け入れ、そしてその宗教的形態を止揚することができるのである。なんとなればマルクス主義は、歴史の過程において宗教を成立させた諸前提を革命的な仕方で破壊する実践と結びついた理論だからである。理論としてのマルクス主義は、宗教を実践へと完全に止揚し廃棄する真の可能性を示すのであるが、しかし実践がはじめて神なしにありうる可能性を真の無神性へと変化させるのである。真の無神性は、神なき現実においてはじめて成立するのである。

　社会主義的および共産主義的ヒューマニズムの実践は、宗教によって神秘化されていたが、それ自身決して無意味ではなかったところの人間生活のすべての事実を含むことができる。それゆえにドグマから脱したマルクス主義は、ただ経済的・政治的および「世界観的諸問題」とかかわりを持つだけでなく、倫理や人間学の繊細な諸問題をも解決しなければならない。〉（前掲書二七〜二八頁）

　マルクス主義は、ヘーゲル弁証法を継承しているので、本質において倫理に独自の場を与えることができない。せいぜい「目的は手段を浄化する」というような非道徳的行為を合理化する倫理しかでてこない。マホベッツはそのことに不満なのである。倫理を含むヒューマニズムの哲学としてマルクス主義を再編するという野望をマホベッツは抱いている。そのために役立つ内容が弁証法神学に含まれていると考えるから、マホベッツはフロマートカによる対話の呼びかけに積極的に応えたのだ。キリスト教を懐柔し、国家政策のために用いるという行政的思惑による対話とは本質的に異なる知的作業をマホベッツは試みたのである。

第25章　亡命してはならない

マホベッツは、ヒューマニストだ。現実に存在する社会主義が「人間の顔をしていない」社会主義なので、これを「人間の顔をした」社会主義に転換しようとした。その試みに対して、国際共産主義運動の総本山であるモスクワは戦車で応えた。

「ミラン『憲章77』の異論派（ディシデント）はスターリン主義はもとより改革派的なマルクス主義も放棄していると思うんだけれど、マホベッツはマルクス主義に固執しているのだろうか」

「固執している。ハベルをはじめとする『憲章77』の主流派は放棄している。市場経済、すなわち資本主義を指向している。これに対してマホベッツは、今もマルクス主義を信じている。『信じている』と言うと無神論者のマホベッツは嫌がるかもしれないので、マルクス主義を世界観として確立することを本気で考えていると表現した方がいい。明日、マホベッツがやってくる。マサルには僕が直接紹介する。マホベッツは、英語がよくわからない。ドイツ語はネイティブと同じレベルだ」

「僕はドイツ語での意思疎通はできない。マホベッツはロシア語を理解するだろうか」

「ゆっくり話せば、理解できると思う。ただし、神学的に立ち入った話は無理だろう。ドゥス君を通訳につけるので、ロシア語で話せばよい」

「マホベッツを西側の外交官に紹介すると、秘密警察が関心をもって、ミランやドゥス君に迷惑をかけることにならないか」

「秘密警察でもそれくらいの事は織り込み済みだ。コメンスキー福音主義神学大学の敷地内でならば、どんなに反共的な発言をしても構わない。前にも言ったけれど、その意味でここはチェコスロバキアでもっとも自由な場所だ。明日の午後、マホベッツやトロヤンなどの異論派がやってくる。真っ先にマサルに紹介する」

私がミランと話をした翌六月四日のセッションは、朝から大荒れだった。六月三日深夜から四日未明にかけて中国・北京の天安門広場に民主化を求めて集結していた学生と市民のデモ隊に中国人民解放軍が武力介入し、多くの市民が殺傷される事件が発生したからだ。私たちが泊まっていたCKM（青年旅行局）のコテージハウスには韓国製のテレビ受像機があった。ケーブルテレビとつながっていて欧米諸国やトルコのテレビが映る。私は米国のCNN、英国のBBCとともにソ連国営のオスタンキノテレビのニュース放送を夜遅くまで見ていた。ソ連のテレビも中国当局の弾圧を厳しく批判していた。天安門での民主化デモは、その年の四月十五日に改革派の胡耀邦中国共産党前総書記が死去した後、自然発生的に起きた。そして十万人規模の抗議活動が行われるようになった。そのような中で五月十五〜十七日、ゴルバチョフ・ソ連共産党書記長が中国を公式訪問した。民主化、情報公開を進めるゴルバチョフの訪中を中国の民主派は歓迎した。国際社会は、ゴルバチョフ訪中によって中国の民主化が加速すると考えた。しかし、その見通しは間違っていた。

中国政府は五月二十日、北京を戒厳令下に置いた。デモ隊は天安門広場から去らず、緊張が続いた。そして、六月三日深夜の軍事介入に至ったのである。プラハの国際学会に参加していたオランダ、西ドイツ、米国、イギリス、スイスの神学者と牧師が、フロマートカ生誕百周年記念国際学会の名で中国政府の人権弾圧に抗議する声明文を出すべきとの緊急動議を発表した。これに対して、東ドイツのバサラーク教授やウィルト教授は「事実関係が明らかになっていないので、慎重に対応すべきだ」と主張した。ハンガリーのトート教授も慎重論だった。これに対して、スリランカ、中南米、アフリカのキリスト者平和会議関係者が、「アメリカ帝国主義の侵略に対して批判せず、中国を一方的に非難するのはおかしい」という意見を述べて、議事が紛糾した。最終的には、声明文は出すが、その内容は理事会に一任するということで落ち着いた。西側の神学者と牧師の主張が通り、中国当局による流血を激しく批判する内容の声明が発表された。

一九六八年八月のワルシャワ条約五カ国軍のチェコスロバキア侵攻の問題とのアナロジーで天安門事件をとらえるべきだという意見がいくつも出たが、不思議なことにチェコの神学者は、誰一人、何も発言しなかった。

昼食は、ミラン・オポチェンスキー教授とオンドラ教授と私の三人でとった。オンドラ教授は、フロマートカの弟子の一人である。一九六八年にフロマートカとともにワルシャワ条約五カ国軍の軍事侵攻に反対したためにコメンスキー福音主義神学大学を追われ、十年間、大学の教科書を作成するタイピストの仕事で糊口をしのいだ。一九七〇年代末にコメンスキー福音主義神学大学のエキュメニズム担当教授として戻ってきた。

「なぜ、天安門事件に関する討論にチェコの神学者は加わらなかったのか」と私が尋ねた。ミランとオンドラは顔を見合わせて、笑った。

「私たちの仕事は、声明文を採択することではないからだ」とミランが言った。

「ああいう作業は、一九六八年の『プラハの春』の時に一生分やった」とオンドラが笑いながら言った。

「それにしてもバサラークもだいぶ大人しくなったな。『プラハの春』のときは、社会主義共同体の利益を守るためにワルシャワ条約五カ国の軍事侵攻を断固支持するべきだという大演説をした。今回は慎重な対応をとるということだから、だいぶマシだ」

「ミラン、覚えているか。あのとき僕はバサラークから、CIA（中央情報局）の手先であると激しく非難された。それまで、アメリカや西ドイツの保守的なキリスト教徒たちから僕はKGB（国家保安委員会）の手先だと言われていた」

二人の話を聞きながら、あの温厚なバサラーク教授が、オンドラ教授に対してそのような攻撃的な態度をとったということがにわかには信じられなかった。

「ミラン、『プラハの春』のときロシア正教会はどういう態度をとったのか。ニコディム府主教のワルシャワ条約五カ国軍に対する支持表明を僕はよく覚えている。京都の神学部の図書館にはロシア語版の『モスクワ総主教庁雑誌』のバックナンバーが所蔵されていた。ニコディムの破廉恥な声明文を見てショックを受けた」と私は述べた。私の頭の中で、大学院の一年生のときの記憶が鮮明によみがえってきた。確か一九八二年十二月のことだ。神学生たちはクリスマスの準備があるのであわただしくしている。その頃、私は教会から足が遠のいていたので、学生があまりいない神学館二階の図書室で、一九六八年の「プラハの春」をめぐるドイツ、チェコスロバキア、ソ連の雑誌を読みあさっていた。わら半紙に謄写版で刷られた「チェコスロバキアからの諸教会の情報（Ecumenical Information from Czechoslovakia）」というニューズレターが仮綴じ本になっていた。「人間の顔をした」社会主義という運動が形成される過程において、フロマートカやオンドラをはじめとするチェコの神学者が大きな影響を与えていることが伝わってきた。このニュースレターがみすぼらしい作りであるのに対して、「モスクワ総主教庁雑誌」は、立派な活版印刷の雑誌だ。ソ連で発行される雑誌にはすべて定価と刷り部数が印刷されているが、その表示がない。教会の内部で使用されるということになっているのだろう。日本でソ連の新聞・雑誌は、代理店であるナウカか日ソ図書を通じてしか購読できない。日ソ図書に「モスクワ総主教庁雑誌」を購読できないかと尋ねたら、「その雑誌は、モスクワの『国際図書公団』のカタログに掲載されていないので無理だ」と断られた。それがなぜか同志社大学神学部の図書室にある。過去に神学部でロシア語を解する教師は一人もいないはずだ。現に私以外、誰もこの雑誌を借りだした人はいない。それなのになぜこのような資料があるのだろうか。この疑問を緒方純雄先生にすると、「確か竹中正夫先生がルートをつけたはずだ」と言っていた。

私は竹中教授の研究室を訪ね、事情を聞いてみた。

「佐藤君、今からもう二十年前のことになる。ジュネーブの世界教会協議会（WCC）で国際会議があったときロシア正教会の渉外局の神父と会ったことがある。確かソコロフスキーとかいう名前だった。ソ連にも信教の自由があり、聖書や雑誌も発行されているということを言っていたので、『それならば是非欲しい』と言ったら、機関誌のバックナンバーを送ってきた。それが、いま君が読んでいる『モスクワ総主教庁雑誌』だ」

「竹中先生、ロシア語の資料なんか神学部で誰も読まないでしょう。なぜ図書館に保管することにしたのですか」

「いつか君のようにロシア語を勉強する神学生がでてくるかもしれないからだ。他の学部では、教授個人に割り当てられた研究費で買った洋書は、個人研究室で保管するだろう。それで、その教授が他大学に異動になるときはそのまま本を持っていってしまう。神学部の場合はそういうことがないように、神学館の中に大学図書館とは別に大きな図書室を作った」

確かに神学館の四分の一は図書室だ。そのほとんどが閉架書庫である。大学院生と教師しか閉架書庫の中には入れない。

「どうして独自の図書室を作ったのですか」と私は尋ねた。

「それは同志社の神学部が、神学書を集中管理しないと、日本の神学的基盤がなくなってしまうからだ。神学書は高い。教師からすれば、大学に買わせて自分のものにしておきたいが、そんなことをする贅沢は私たちに認められていない。自分の研究テーマでなくても、日本のキリスト教会のために必要と思う本は極力買うようにしている。君みたく、今まで使っていなかった資料を使う学生がいると、僕はとてもうれしいんだ」

「『チェコスロバキアからの諸教会の情報』も竹中先生が入手したのですか」

「そうだよ。これもジュネーブで、キリスト者平和会議（CPC）のオンドラ書記長と会ったときに、京都に送ってくれとお願いした。それからずっと送られてきたけれど、確か『プラハの春』の後、発禁になったんじゃないだろうか」

「一九六九年の初めに廃刊になりました。最終号が、一九六九年一月十九日にプラハのバーツラフ広場で、ソ連軍の侵攻に抗議して焼身自殺したカレル大学の学生ヤン・パラフの特集でした」

「あの学生はキリスト教徒だったのか」

「そうです。プロテスタントです。フロマートカやオンドラと同じチェコ福音主義兄弟団教会に所属していました。『チェコスロバキアからの諸教会の情報』でも、ヤン・パラフは自殺したのではなく、殉教したのだという議論を展開していました。チェコの宗教改革者ヤン・フスが、一四一五年のコンスタンツの公会議で火あぶりにされたので、それとのアナロジーでとらえられています」

「オンドラさんとは音信不通になっている。『プラハの春』が潰された後も、亡命せずにチェコに留まったというけれど、いまはどうしているのだろうか」と竹中先生はつぶやいた。

京都時代の思い出から、ふたたび私はミラン、オンドラとの話に戻った。

「僕は『プラハの春』のときは、世界学生キリスト教連盟に出向していたのでジュネーブにいた。バサラークに文句を言われたのもジュネーブでのことだ。当時の様子はオンドラがよく知っている」

ミランの発言を受けて、オンドラが当時の事情について説明した。

「マサル、ニコディム府主教は改革派だ。フロマートカや私に対しては同情的だった。ニコディムは、ローマ教皇ヨハネス二十三世についての研究で神学博士号をとった。自由主義的な発想をもっている優れた神学者だ。ニコディムの横には、プラハのソ連大使館から文化アタッシェ、もちろんKGB職員だけれど、そいつが貼り付いて離れなかった。そして、『ロトフ同志、あなたが社会主義共同体の利益を守るのです』と繰り返し、働きかけていた」

「ロトフ同志とはどういう意味か」と私が尋ねた。

「ロトフというのは、ニコディムの本名だ。あえて府主教の名ではなく、本名を呼ぶことでソ連市民であることの自覚を促したということだ。ニコディムがフロマートカや僕の側に立てば確実に失脚させられる。それだけでない。ロシア正教会に対しても弾圧がかけられる。そのような状況でニコディムがわれわれを非難するのはやむを得ないことだ」とオンドラは言った。

そう言えば、「モスクワ総主教庁雑誌」に掲載されたワルシャワ条約五カ国軍のチェコスロバキア侵攻を支持するニコディムの声明文は一回、短いものが掲載されただけだ。ジュネーブのWCC理事会でニコディムがフロマートカやオンドラを激しく批判した演説のロシア語訳は掲載されなかった。

「WCC理事会でのニコディムの演説については、どう評価したらよいのだろうか」と私が尋ねた。今度はミランが答えた。

「ニコディムはあの原稿を書いていない。ソコロフスキーが書いた」

「ソコロフスキー？」

「そうだ。モスクワ総主教庁渉外局の次長をつとめていた。KGBの協力者だ」

「どうしてわかる？」

「臭いがする」と言ってミランは笑った。そして、オンドラが私に「ドストエフスキーの『カラマーゾフの兄弟』にミハイル・ラキーチンという神学生が出てくるだろう。ソコロフスキーはまさにラキーチンのような奴だった」

「奴だったと過去形で言うのは？」

「事故死したからだ。プラハ空港を飛び立った直後、モスクワ行きのアエロフロート（ソ連航空）機が墜落したことがある。その便にソコロフスキーが乗っていた」とオンドラが説明した。

その話を聞いて、私は『カラマーゾフの兄弟』で、アリョーシャとラキーチンがやりあっている情景を思い出した。

〈「良い悪いは別にして、兄さん（引用者註＊イワン）がきみのことを、ちょっとでも何か言ったなんてまったく聞いたことがないな。きみの話なんて一度だってしてないよ」

「ところがぼくが聞いた話だと、一昨日《おととい》、カテリーナさんの家で彼はぼくのことを、ぼろくそにけなしたそうだぜ。召使みたいにおとなしいこのぼくに、それぐらい関心をもっていたというわけさ。だとしたら、いいかい、いったいどっちが嫉妬しているのかわからないじゃないか！

なんでも、こんな考えをご披露なすったそうさ。もしもぼくがかなり近い将来、修道院長になる出世の道にあきたらず、頭を丸める決心がつかないとなったとき、ぼくはきっとペテルブルグに出て、中央誌、それも評論部門とコネをもち、十年ばかり論文を書き、しまいにその雑誌を乗っ取ってしまうとさ。それからまた社会主義的な色というか、社会主義のきらびやかさで飾った、これも必ずリベラル派の無神論がかった雑誌を出版するんだそうだ。ただし耳をしっかりそばだてて、つまりじつのところは敵にも味方にも警戒を怠らず、バカどもの目をごまかすというやつらしい。

きみの兄さんの説によると、ぼくの出世街道はこうやって終わるんだそうだ。要するに、たとえ社会主義の色がついていても当座預金に雑誌の予約金を積み立て、ユダヤ人かだれかの手ほどきをうけて、折りにふれその金を運用し、やがてはペテルブルグに豪勢なビルをおっ建て、そのなかに編集部を移し、残りの階は賃貸に回す。ビルの番地まで指定しているんだ。ネヴァ河にかかるノーヴィ・カーメンヌイ橋のたもとがそこで、この橋というのがいまペテルブルグで計画中の、リテイナヤ通りからヴィボルグ地区をつなぐ橋なのさ……」

「ああミハイル、それならきっと、そっくりそのまま実現するかもしれないよ、一言一句たがわずにね！」こらえきれなくなったアリョーシャが、楽しそうに笑いながら不意に声をあげた。〉（ドストエフスキー［亀山郁夫訳］『カラマーゾフの兄弟1』光文社古典新訳文庫、二〇〇六年、二一七〜二一八頁）

「同じ言葉でも、誰が、どこで発するかによって、まったく意味が異なってくる。『カラマーゾフの兄弟』のイワンは神を信じていない。しかし、神学的な言葉で語ることができる」とオンドラは言った。

オンドラは、ラキーチンがアリョーシャに〈同じ母親から生まれたきみのイワン兄さんはどうなる？　彼もやはりカラマーゾフなんだよ。要するに、きみたちカラマーゾフ一家の問題というのは、女好き、金儲け、神がかり、この三つに根っこがあるってわけさ！　きみのイワン兄さんだって、ほんとうは無神論者のくせして、わけのわからないばかげた思いつきで神学の論文なんか発表している。〉（前掲書二一一頁）という箇所を思い浮かべているのであろう。

『『プラハの春』を経験した後、僕もオンドラも、声明文とか抗議文に関心を失った。僕たち二人だけじゃない。コメンスキー福音主義神学大学の全教師が、今朝のくだらない議論に参加しなかったのは、当たり前の反応と思う」

「当たり前の反応？」

「そうだ。抽象的な抗議声明も、出さないよりは出した方がいいだろう。だからそういうことをやろうとする人たちの動きを止める必要はない。時間の無駄だ。『プラハの春』のときもワルシャワ条約五カ国軍の軍事介入に反対する声明がいくらでても、チェコスロバキアのキリスト教徒の救いにはならなかった。バサラークたち東ドイツの神学者は、自己保身しか考えていない。こういう連中と話をしても時間の無駄だ」

「しかし、そういう態度は政治的シニシズムにつながるのではないか」

「いや、シニシズムの前提は判断中止だ。僕たちは常に具体的人間について考えている」とオンドラが少し強い口調で言った。

「具体的人間？　それこそ具体的に何を意味するんだ」と私が尋ねた。

「あれは確か一九六九年十二月二十四日、クリスマスイブのことだった。フロマートカが死ぬ二日前のことだった」とオンドラが話し始めた。オンドラは、フロマートカを病院に見舞った。そのときフロマートカは遺言を述べた。

「オンドラ君、私にはもう一日、二日しかこの世の生は残されていない。最期に一つだけ君に命じておきたいことがある。私の遺言と思って聞いて欲しい。私はこれまで君に対して一度も命令をしたことがない。いつもお願いだった。ただし、今回は命令である。亡命してはならない。この状況（ソ連とそれに同調するチェコスロバキア当局による「正常化」）が続くならば、君には個人的にきわめて困難な事態が生じるだろう。コメンスキー福音主義神学大学の教授職から追放されるかもしれないし、あるいは投獄されることになるかもしれない。しかしいかなる困難があろうとも西側に亡命してはならない。同じ事柄を同じタイミングで語る場合でも、チェコスロバキアの中で語るのと、西側で語るのでは、その意味がまったく異なる。私たちは祖国にとどまることによって、すなわちチェコスロバキアで生活する人々と具体的に苦難を共有することによってのみ、イエス・キリストの真実を証することができるのである」

オンドラはこの遺言に従って、亡命せずにプラハにとどまった。コメンスキー福音主義神学大学の教授職からは追放されたが、逮捕、投獄されることにはならなかった。

フロマートカの遺言は、ジュネーブのミランにも届けられた。そして、ジュネーブでの任期を終えた後、ミランはプラハに戻った。神学論文を発表することはできず、コメンスキー福音主義神学大学での教育に全力を注いだ。

「天安門事件に関連して、われわれに出来ることは何なのだろうか」と私が尋ねた。

「神に祈ること以外、何もない」とミランが断言した。

「そう。祈ることだけである。それ以外にわれわれに出来ることは何もない。苦難の中にいる具体的人間に手を差し伸べることが客観的に出来ない状況にあるにもかかわらず、何かできると勘違いしてはならない。中国のキリスト教徒に対してわれわれが具体的に出来ることはない。そのことを冷静に認識し、つまらない政治ゲームに加わらないことが重要だ」とオンドラが付け加えた。

その後、しばらく沈黙が続いた。

「マサル、誤解しないで欲しいが、僕は事態を傍観していればよいと言っているのではない。具体的状況が生じるまで、時が満ちるまで、待つ勇気をもつ必要があると考えている」

「待つ勇気？」

「そうだ。僕たちは中国のキリスト教徒のためにできることは何もない。しかし、北朝鮮のキリスト教徒のためには具体的な働きかけをしている」とオンドラが言った。

「興味深い。是非、教えて欲しい」と私は身を乗り出した。

「来月、平壌で第十三回世界青年学生祭典が行われる」

「知っている」

「去年のソウルオリンピックに対抗するための行事だ。実は、四年前のことだ。私はチェコスロバキアの文化省から呼び出された。北朝鮮の学生をコメンスキー福音主義神学大学で受け入れて欲しいという話だった」

「どうして」

「世界青年学生祭典に参加する外国人の中にはキリスト教徒がいる。この人たちが日曜日に教会に行きたいといっても、北朝鮮には文字通り教会が一つもない。これだと信教の自由がないということになり、まずいので教会を建てることを金日成が決定した」

「そもそも北朝鮮にキリスト教徒はいるのか」

「北朝鮮はもともとプロテスタンティズムの強い地域だ。どれだけ弾圧が厳しくても、それに屈しない信者がいる。ただし、こういう信者の活動の余地を拡大することを北朝鮮政府はまったく考えていない」

「それじゃどうして平壌に教会を新設する必要があるのか。理解に苦しむ」

「文明国としてのアクセサリーとして教会が必要と考えているのだろう。カトリック教会とプロテスタント教会をそれぞれ一つ建てるという」

「誰が資金を提供するのか」

「もちろん北朝鮮政府だ。しかし、教会を徹底的に弾圧しているので、カトリックのミサやプロテスタントの礼拝の仕方がわからない。そこで朝鮮労働党中央委員会が、思想的に問題のないイデオロギー部の職員を、教会の儀式だけを覚えるために留学させることにしたというのだ。西側に出すと危険なので、カトリックの儀式を習得する者は東ドイツに派遣することになった。プロテスタントについては、社会主義圏でもっとも権威のあるコメンスキー福音主義神学大学に派遣したいとプラハの北朝鮮大使館が本国からの訓令に基づいて、チェコスロバキア政府に依頼してきた。奇妙な要請に政府も頭を抱え、私に相談してきた」

「それで結論はどうなった」と私は尋ねた。

「受け入れることにした。この話が文化省に持ち込まれてから、私はジュネーブに出かけ、WCC幹部と非公式に相談してみた。朝鮮戦争後、北朝鮮のキリスト教徒とWCCとの関係は完全に切れている。北朝鮮は西側のキリスト教に対する警戒心が、病的といってよいほど強い。たとえ朝鮮労働党から派遣されたインチキ牧師や神父であっても、北朝鮮に教会の建物ができることには意味がある。器があれば、必ずそこに北朝鮮のキリスト教徒たちも出入りすることになる。そうなれば北朝鮮のキリスト教徒とWCCがチャネルを開くことができる。そこで神学生を受け入れることになった」

「洗礼は受けているのか」

「もちろん。単なる儀式と思っているから、イデオロギー部員たちに洗礼を受けることに対する抵抗はない」

「それで儀式だけを教えたのか。それならば一ヵ月もあれば十分だ」

「いや、二年かけて本格的に神学を教えた」

「どうやって北朝鮮側を説得した？」

「プロテスタント教会の儀式を本格的に習得し、一流の牧師になるためには、キリスト教の歴史や理論を勉強する必要があると説明したら、特に疑問ももたなかった」

「朝鮮労働党中央委員会のイデオロギー部員だから、主体思想《チュチェ》で凝り固まっていると思うけれど、神学教育に反発しなかったか」

「反発はまったくなかった。頭がよい学生たちで、すぐに内容を飲み込んだ。キリスト教について正確な知識を持っている北朝鮮エリートがいることは、われわれにとってマイナスではない。それだから、今年から北朝鮮の朝鮮キリスト教連盟がWCCの国際会議にオブザーバーを派遣するようになった。そして、北朝鮮のキリスト教徒との接触が可能になった」

「朝鮮キリスト教連盟は、ダミー組織でほんとうのキリスト教徒はいないのか」

「ダミー組織とは言えない。朝鮮キリスト教連盟の委員長は、金日成の母方の伯父だ。連盟内には朝鮮労働党からの監視員も当然いるが、ほんとうのキリスト教徒もいる。北朝鮮のキリスト教徒が外国との関係を復活できるようになったことはとても重要だ」

「僕もそう思う。しかし、そのことはまったく知られていない」

「大きなニュースにしてはならない。国際社会からの反応が大きすぎると、北朝鮮が再び扉を閉ざしてしまう。そのようなことにならないようにする細心の注意が必要だ。チェコスロバキアが社会主義国の中でも、守旧的であるから北朝鮮も若干、心を許している。こういうわが国の特徴を、最大限に利用することを僕たちは考えている」とオンドラは言った。

「僕たちは、チェコスロバキアでも異論派のキリスト教徒を守らなくてはならない。そのためには目立ったらいけない。静かにしていなくては、ほんとうの仕事ができない」とミランが言った。

午後のセッションに私たちは少し遅刻した。第三世界の「解放の神学」にフロマートカがどのような影響を与えたかという発表をアフリカの神学者がしていた。フロマートカが、革命運動や世界正義を追求する運動の中に潜んでいる人間の自己絶対化傾向に対して厳しかったことにこの神学者はまったく気づいていないようだ。午後三時過ぎにコーヒーブレイクになった。ミランが私のそばにやってきた。

「マホベッツが来ている。紹介しよう」

私はミランの後をついていった。茶色いチョッキを着た、一見、労働者風の身なりをした大柄の男性にミランは近づいた。チェコ語で早口で話しているが、何のことか聞き取れない。

ミランが私に「ミラン・マホベッツ博士だ。現在の職業は無職です」と言って、マホベッツを私に紹介した。あいさつを済ませると、「あなたはカツミ・タキザワを知っていますか」とマホベッツが私に尋ねた。ミランがチェコ語と英語の通訳をする。

「瀧澤克己の本は神学生時代にいくつも読みました。ただし、個人的面識はありません。一九八四年に逝去しました」

「瀧澤教授の逝去を私も新聞で知りました。私は日本の神学者では瀧澤克己がいちばんバルトを精確に読んだと思う。そして、根底的なところでバルトを批判した。ああいう優れた知性が日本で生まれた理由について知りたいと思っているのです」

「マホベッツ先生は瀧澤教授と個人的面識がありますか」

「残念ながらありません。私は一九六八年以後、チェコスロバキアから出国することができません。いや、正確に言うと、政府からは何度も『出国しないか』と勧められました。しかし、出国したら二度とチェコスロバキアに戻ってこないというのが条件なので断りました」

「亡命しないという点では、オポチェンスキー教授、オンドラ教授と同じですね」

「そう。私たちは、自分の持ち場から離れてはいけない。あなたのような日本の外交官が、この国際学会に出席できるようになったのですから、この国も内側から変化し始めています。今はモスクワに住んでいるのですか」

「はい。大使館で政治を担当しています」

「いつからモスクワに住んでいますか」

「一九八七年八月末からです。最初の九カ月間はモスクワ国立大学で研修しました」

「モスクワ国立大学ですか。懐かしい。ロシアの哲学者とさまざまな議論をしました」

　再びセッションが始まるので、マホベッツとはもう一度、夕方、話をすることを約束して私は席に戻った。

　フロマートカと平和運動に関する発表が行われていたが、私はマホベッツのことが気になって、話がほとんど頭に残らなかった。午後五時に学会が終わった。私はドゥス君に「マホベッツ博士と話をしたい。通訳を頼む」と言った。ドゥス君は「よろこんで」と言って、マホベッツに近寄って、耳打ちをした。ドゥス君は、マホベッツと私を小さな教室に案内した。

「一時間後にレセプションがありますが、あなたも出席されますか」と私はマホベッツに尋ねた。

「いや、それはできません。現状では、今日の国際学会を講堂のすみで静かに聞いていることが、私に出来る限度です。オポチェンスキー教授とスモリーク教授が努力してくれたからそれが可能になった。ミランから、日本の外交官で、フロマートカを研究している神学者がいる。一度、紹介したいと前から言われていました」

「あなたの本や論文はドイツ語の辞書を引きながらいくつも読みました。あなたの本は二冊、日本語に訳されています」

「知っています。いずれもドイツ語からの重訳ですね」

「そうです」

「日本語訳のできばえはどうですか」

「弁証法神学に関する本はわかりやすい日本語になっています。『イエズスとの対話——無神論者にとってのイエズス』は、直訳調であることと術語がすべてカトリック系になっているので、私には少し読みにくかったですけれど、十分理解できる日本語になっています」

「それを聞いて安心しました」とマホベッツは答えた。

「端的にお聞きしたいのは、『プラハの春』の挫折を経験して、あなたの世界観がどう変化したかということです。あなたはいまも自分がマルクス主義者であると考えていますか」

「難しい質問をしますね。私は今も自分をマルクス主義者と考えています」

「党籍はないでしょう」

「もちろんです。チェコスロバキア共産党からは除名されました。カレル大学から追放され、秘密警察にも逮捕された。それでも私は自分をマルクス主義者であり、無神論者と考えています。

むしろあの経験を経て、私のマルクス主義に対する信仰は強まりました」

「信仰ですか」

「そう。希望への信仰です」とマホベッツは答えた。

第26章　行為の神学

マホベッツは、マルクス主義を終末論的に理解しているようだ。

「エルンスト・ブロッホが唱える『希望の原理』のようなものでしょうか」と私は尋ねた。

マホベッツは「少し違います」と言った後、「ブロッホの希望は、未来を向きすぎています」と続けた。

「未来を向きすぎている？　マホベッツ先生の言うことの意味がよくわかりません」

「モルトマンの『希望の神学』とフロマートカ神学の違いと類比的です」とマホベッツは言った。

モルトマンは、バルトとブロッホから強い影響を受け、「希望の神学」を構築した。バルトは神と人間の質的断絶を強調した。そして、人間が神について語る自由主義神学から、神が人間について語ることについて虚心坦懐に耳を傾けるべきであると強調した。「神は神であり、人間は人間である」という単純な真理を再発見したのである。シュライエルマッハーに始まる近代の自由主義神学は、直観と感情で神をとらえることができると考えた。その結果、神は人間の心の中に存在することになった。「上にいる神」という古代、中世の形而上学から切り離されていない神概念と近代的宇宙論に基づく世界観との対立を回避することができた。しかし、神と人間の心理作用を区別することができなくなってしまった。そして、自由主義神学は超越性を失ってしまった。

バルトは、「上にいる神」という無邪気な表現を復活させた。しかし、それはシュライエルマッハー以前の形而上学の「上」ではない。ポスト形而上学という大前提のもとでの「上にいる神」なのである。ドストエフスキーが想定する神も、「神なき時代」の神である。ポスト形而上学という大前提のもとで、ドストエフスキーは神について論じている。バルトの登場によってドストエフスキーは、神学的に再解釈されることになる。

モルトマンは、バルトの「上にいる神」を九〇度前方に倒し、「未来にいる神」とした。そして「希望の神学」を構築したのである。「未来にいる神」が「神の国」をつくると考えれば、「希望の神学」は「ユートピアの神学」の構成をもつことになる。もっとも人間は人間であり、神は神であるので、その間に質的断絶がある。この断絶を人間の側から超えることはできない。従って、人間の努力によって「神の国」が実現するという革命論の構成を取ることはできない。「神の国」は、あちら側からやってくる千年王国として理解される。ここで終末論が語られる。

フロマートカも政治的実践を主張した。「フィールドはこの世界である」ということを強調した。ただし、未来の理想郷を信じるというユートピア思想の要素がフロマートカには希薄である。フロマートカは現実を苦難ととらえる。そして、この苦難と格闘する現実の中で、希望が得られると考える。

「そうすると、マホベッツ先生は、未来よりも現実を見るべきという立場を取るのですか」と私は尋ねた。

「そうです。より正確に言うと、未来の希望は、現実の対話の中から見出されると私は考えます。これが私がフロマートカから学んだもっとも重要なことです」とマホベッツは答えた。

「マホベッツ先生は対話が鍵になると考えるのですね」

「はい。あなたも感じていることと思いますが、バルトと比較して、フロマートカの考え方はより保守的です」

「保守的？」

「そうです。バルトは大学教授の息子でした。これに対してフロマートカは大地主の息子です。ドイツやスイスのプロテスタンティズムが都市と結びついているのに対して、チェコのプロテスタンティズムは農村と結びついています。この歴史的経緯については御存知ですね」

「はい。知っています」と私は答えた。

チェコのプロテスタンティズムはフス派の伝統と結びついている。フス派はカトリック教会による徹底的な弾圧を受け、都市部から一掃された。そして、ボヘミアとモラビアの山岳地帯に「隠れ信徒」として残った。フロマートカの生まれた北東モラビア地方は、このようなフス派地下教会の拠点だった。フス宗教改革の百年後に起きたルター、ツビングリ、カルバンたちの宗教改革の影響がチェコに及んだときにフス派の隠れ信徒は、表面上はルター派、カルバン派（改革派）に帰依することになった。しかし、フス派の信仰を維持し続けたのである。

「バルトは、スイスの社会民主党員でした。これに対してフロマートカは、いかなる政党にも加わったことがない。フロマートカは、根源的に政治を信じていなかった。しかし、政治に参与しなくてはならないと考えていた。常に弁証法的緊張の中に自分を置いていました。バルトが政治的であるのに対して、フロマートカは本質において非政治的だった。フロマートカの共産主義に対する批判的姿勢は、一九六八年の『プラハの春』のときに初めて表れたのではありません。第二次世界大戦前から一貫している。あなたはエルンスト・テールマンの裁判に関するフロマートカの論文を読んだことがありますか」

「はい」と私は答えた。

この論文は「テールマン裁判とヨーロッパ文明」と題され「キリスト教評論（Křesťanská revue）」一九三六年九月号に掲載された。

〈「テールマン裁判とヨーロッパ文明」

あらゆる文明国家において、法の世界と世論が、前のドイツ共産党の指導者であり、貨物船の労働者であったエルンスト・テールマンの裁判に注目する可能性がある。ヨーロッパ国家において、正義の感覚を持つ者はみな、この裁判の準備が長引いていることに不安を覚えている。テールマンは、悪名高いヒトラーの選挙の二日前、一九三三年三月三日に逮捕され、ドイツ国会議事堂の放火に共謀したとして告訴された。しかし、彼とその放火との繋がりは、どうしても証明し得なかったために、彼の「危険な革命的活動」に関する他の証拠が探し求められた。伝えられるところでは、一九三三年十一月、共産党の本部であるカール・リープクネヒトハウス（今日のホルスト・ヴェッセルハウス）がもう一度捜索され、テールマンが共産党による政変のための準備に関わっていたことを示す文書が発見された。議会を廃止し、プロレタリアートによる独裁を導入しようとする共産党の計画を示す、様々な種類の選挙のチラシやその他の出版物が発見されたという。テールマンは、こうしたビラによって広まった、革命的、扇動的、背信的な思想のイデオローグであるというレッテルを張られた。彼は最初、一九三五年三月に起訴されたが、裁判の開始に関するいかなる情報もないままに、それから八ヵ月が過ぎた。

政治に関することは脇におこう。共産党が何とか勝利しようと思ったならば、行ったであろうことを追及することはやめよう！　われわれの眼前に広がっていることは、エチオピアに対するイタリアの戦争と、いくぶん類似した事例である。世界に対して用心深く、注意深い人々は、文明や政府の制度、社会的構造という点において、ヨーロッパとは大きく隔たっているエチオピアに味方する価値があるかどうか問うている。同様に、このような賢く、用心深い市民たちは、テールマンの事件を取り上げようとすることに反対し、もし共産党が革命を起こしていたならば、それはヒトラーの反乱よりも恐ろしく、ひどい結果をもたらしていただろうから、たとえこれが恣意的な復讐の裁判であるとしても、共産党の指導者は裁判において擁護に値しないと主張している。われわれは、このような意味において、用心深く、注意深くあってはならない！　起こりえた結果と実際には起こっていない結果とを分析することに関して、われわれは怠惰であってはならないし、臆病であってもならない。正義や、法によって偽装された不正に対する根本的な抵抗の意味は、本質的に重要なことであり、それは同時に、注意深く育てなければならない傷つきやすい花である。もしわれわれが、われわれの敵やわれわれとはあまり関係のない人に対して行われている不正に対して敏感でないならば、われわれは、最も広い意味における生において、法と関わっているわれわれの正義の感覚を鈍らせ、恣意性や抑圧が勝利することを助けることになる。恣意性は常に、復讐や抑圧と関係している。悪事や不正に対する内なる憎悪と同様に、法や正義について徹底的に気遣うことは、われわれが法や正義が、国家や政党よりも上位に位置していると考える場合にのみ、有意味となる。もし無慈悲に人間の良心を足蹴にし、正義や法律に関する共通の感覚を心に留めないならば、いかなる革命と雖も長く続き得ない。「神に逆らうことを王はいとわなければならない。神に従えば王座は堅く立つ」（「箴言」一六章一二節）。王や独裁者、一般的な政府にとって、基本的な前提は、慈悲深さや法、不正に対する恐怖である。政治的な混乱期において、正義を誤ったり、強制的な方法をとったり、蛮行を行うことを避けることは難しいということを認めなければならない。しかし、ひとたび新しい社会秩序が安定した場合には、いかなる恣意性や政治的復讐であれ、それは国家制度の構造を蝕む傾向をもつ。

エチオピアとイタリアの紛争と同様に、テールマンの事案においても、人間の道徳的交流や信頼、文明の根源が、公然と大胆に破壊されている。もしエチオピアにおけるイタリアの軍事行動が、エチオピアによるイタリアの植民地に対する攻撃の準備によって正当化されるのであれば、これは、ヒトラーの政府がテールマンを、ナチによって憎まれ踏みつぶされたワイマール憲法に対する反逆を理由に裁くことを欲しているのと同じくらい、真実や法についての共通の感覚に対する挑発的な攻撃である。その上、政府は、ワイマール憲法下において正当であった法にではなく、テールマンの投獄のずっと後に導入された法によって、彼を裁こうとしている。もし、現在の社会秩序がその敵を、古い憲法の下で行われたことのために裁くのであれば、それを行う人々に暗い影を投げかける政治的復讐に過ぎない。ベルリンにおいて、ナチス自身も（共産党と共に）一九三二年九月のストライキに参加したにもかかわらず、一九三三年三月の選挙にまでさかのぼって共産党のストライキの脅威が反逆として解釈されているか、そうなる可能性があるならば、適切な方法によって世界の世論と共に抵抗し、僅かであれドイツの裁判所に残っている、以前の遵法の感覚に訴える以外に残された道はない。しかし、われわれは、現在のドイツ・イデオロギーという伝染病がわれわれの国に感染していないこと、それに対して人間性が免疫力をもっていることについて、特別な注意を払う必要がある。もし現代の法哲学者（カール・シュミット）が驚愕して、ヒトラーの演説のそれぞれは法に根拠をもっている、すなわち、判決はその演説を、法の解釈において考慮に入れるべきであるということを主張できるならば、これはわれわれがヨーロッパ文明と考えている事柄の根本に関わることになる。今日のドイツにおいて、教会に対して行われている攻撃は、ヨーロッパにおける精神的、法律的、道徳的制度の基礎を構成している全てのものに対する、広範にわたる反逆の一部である。

こうした基礎が現在頻発している混乱に耐えることが重要となる。福音に対する信仰は、より強度で、より強固な基礎の上で作用するのである。〉（Josef Lukl Hromádka, Do nejhlubs Šĺch hlubin［最も深い深淵まで］, Kalich: Praha, 1990, s.145-147）

「マサル、フロマートカはキリスト教会が、反共主義に目を曇らされて、『敵の敵は味方である』という発想で、ナチズムやファシズムの本質において非キリスト教的性格から目を逸らしていることを批判したのです」

「あの論文はとても印象的でした。旧約聖書の『箴言』から、〈神に逆らうことを王はいとわなければならない。神に従えば王座は堅く立つ〉を引用し、権力者の神に対する服従を説いていました。フロマートカの国家に対する評価は一貫していました。『プラハの春』に対するワルシャワ条約五カ国軍の軍事侵攻にフロマートカが異議申し立てを行ったのも、ソ連国家が神に逆らっていると考えたからです」

「その通りです。フロマートカが共産主義者を支持したのは、本来、キリスト教徒がやるべき仕事を共産主義者が行っていると考えたからです。ナチズムやファシズムよりも共産主義を恐れる教会の態度をフロマートカは厳しく批判した。しかし、ソ連体制を無条件に支持したことは一度もない。スペイン市民戦争とモスクワの粛清裁判との関係について論じた『スペインとモスクワの間』（一九三六年）において、フロマートカの考え方が鮮明に表れています」

この論文でフロマートカは、モスクワにおける粛清裁判についてこう述べている。

〈私が、暗殺されたり、打ち負かされて死んだ人々の墓の上で踊っているという印象を持ってほしくない。イエス・キリストの旗によって、完全に平等な地上の利益を覆ってしまわないよう注意を払うことが、われわれ全員の義務である。また、キリストが今日では、反ファシズム、ヒトラーの反対者、社会主義者、民主主義者の味方であると、必ずしも言えるわけではない。どこであろうと、あらゆる戦線において、われわれは堕落や罪と出会い、いたるところに、許しや神との和解を必要としている人がいる。キリストはファシストをもその罪から救いだし、同様に、共産主義者にもまた、彼らが望もうが望むまいが、知っていようが知っていまいが、神に対する罪の責任がある。どの側にいようとも、人々はこの事実のためだけに、救われたり、あるいは非難されるわけではない。人々は神を、自分たちに合うような形で味方につけたがる。時折、無神論者や信仰心のないものでさえ、キリストが自分たちの傍で闘っていると考える人々に反対しない。われわれはみな、われわれ自身の政治的・社会的目標が絶対的であると主張したがるし、われわれに賛同しない人々を、道徳的・政治的に非難したがる。しかし、イエス・キリストは、われわれ全員の上に立っているのだ。キリストはわれわれ全員を裁き、自由にするのだ。（中略）しかし、われわれは決して人々を足で踏みつけてはならない。たとえそれが敵であってもだ。われわれは決して、彼らから名誉や尊厳を奪ってはならない。こういうわけで、八月に行われたモスクワの裁判は、われわれに大きな衝撃を与えた。というのも、その間に、人間存在の本質に対する軽蔑や侮蔑を見たからだ。刑を言い渡す人々は、裁かれる人々よりもわれわれに近い存在ではあったが、もし支配者がそのようなやり方で世界の目の前で裁判を行いうるのであれば、モスクワにおける現在の支配構造は本質的に間違っているという印象を拭い去ることはできないだろう。福音はわれわれに、あらゆる問題に関して警戒し、人々により優れた正義や、より威厳のある状況、より多くの高潔さ、より信頼できる自由を与えるよう、恐れずに働き、闘うように命じるのだ。〉（Josef Lukl Hromádka, The Field is the World, Christian Peace Conference: Prague, 1990, pp193-194）

私はマホベッツに対して、「フロマートカは、この論文で共産主義者が自己絶対化の誘惑に陥ることを厳しく戒めていたことが印象的です。しかし、フロマートカは、共産主義者に対する批判を、常にキリスト教徒に対する批判と結びつけて考える。この点にフロマートカの思考の特徴があると思います」と述べた。

「あなたはよいところに気づきました。バルトは神の前における人間の悔い改めを強調する。しかし、あえてその先に踏み込もうとしない。バルト自身のナチズムやファシズムに対する抵抗、西側ブルジョア文明に対する批判、共産主義に対する批判は、実践的には同じ結論に至っています。しかし、バルトは神学と現実政治の関係について、論理を構築していません」

「教義学がただちに倫理学になると考えている以上、政治神学の構築は必要ないとバルトは考えたのでしょう」

「さらに根源的に歴史に対する姿勢がある。バルトは歴史に対して肯定的価値を付与することを原理的に忌避しました。歴史は人間によって形成されたもので、歴史の理念とか価値を崇拝することが偶像崇拝につながると考えました。しかし、フロマートカはバルトと異なり、歴史を原理的に忌避したことはありません」

「マホベッツ先生、バルトの歴史に対する忌避は、ヘーゲル以降、歴史に神の意思を読み込むような歴史に対して極端な思い入れを持つドイツのコンテクストから生まれてきたのだと思います。チェコでは前提が異なる。チェコ人はドイツ人のように歴史を神秘化していないと私は見ています。この解釈は正しいでしょうか」

「正しいです。日本人は歴史を目的論的に解釈しますか」

「人によると思います。第二次世界大戦に敗北するまでは、日本の知識人の大多数が歴史を目的論的に解釈していたと思います。しかし、いまは実証主義的なアプローチが主流です」

「どういうポジティビズム（実証主義）ですか？」

「どういうと？」

「実証主義の背後にある社会的構造転換をどう見るかということです。チェコスロバキアでは実証主義という名の下で、その背景になるスターリン流の史的唯物論という神話が隠されてしまった。日本の実証主義者たちは、ポジティブな思考を成り立たせる背後に、どのような社会構造や認識を導く関心があると考えているのでしょうか」

「正統派マルクス主義やフランクフルト学派の影響を受けた人たちは、そういう問題に関心を持ちます。しかし、大多数の歴史学者は、事態をあるがままに認め、事態が示す科学的法則を積み重ねていくという素朴な実証主義を自明のこととして受け入れています」

「そうすると歴史哲学に関する議論はなされないわけですね」

「少なくとも第二次世界大戦後の知的風土では、正面から歴史哲学について論じることはありません」

「法哲学については？」

「歴史哲学についてよりも、もっと議論されていません。法律学者は、法律を実証的に解釈することにしか関心がありません」

「そうなると法律がイデオロギーであるという認識が稀薄になりますね」

「そうです。マルクス主義法学者を除いては、法のイデオロギー性を研究のテーマにしません」

「実に興味深い」と言って、マホベッツは笑った。

「どこが興味深いのですか」と私が尋ねた。

「歴史学も法律学も、極端な実証主義的風土の中で、あなたがどういうふうに神学を学んだのかということです。そして、どうしてフロマートカやチェコ神学に惹きつけられたのかということが私には興味深いのです」

「……」

「日本では神学部と哲学部の関係はどうなっていますか」

「日本の総合大学に独立の学部としての哲学部はありません」

「哲学部がない？」

「そうです。哲学部は文学部の哲学科となっています」

「それでは大学生はどのようにして哲学的訓練を受けるのですか」

「哲学、倫理学、思想史あるいは神学を専攻する学生以外は哲学を勉強しません」

「しかし、哲学史とか論理学とか、最低限の哲学的訓練は受けるでしょう」

「いや、それもありません」

「……」

「一部の学生が、大学の一〜二年生のときに一般教養科目として哲学をとります。しかし、哲学的訓練を受けたとは言えないような状況です」

「そういう状況で、経済学、法律学、政治学、あるいは工学などの実学が、実証主義的に教えられている。そうなると学生たちだけでなく、教授も方法論に関心をもたなくなりますね」

「そう思います」

「そうですか」と言って、マホベッツはため息をついた。

「私はモスクワ国立大学に留学しました。ソ連の哲学については、日本でいくつか翻訳書を読んだのですがまったく興味を持つことができませんでした。スターリン主義的な弁証法的唯物論や史的唯物論は、十八世紀の啓蒙主義に素朴唯物論の味付けを加えた、知的操作をあまり加えていない内容なので興味をもてませんでした」

「それは確かにそうです。チェコスロバキアでも、ソ連の教科書を翻案したものが使われています」

「しかし、モスクワ国立大学哲学部の授業を聞いて、レベルの高さに驚きました」

「それは皮肉ですか」

「皮肉ではありません。カント、シェリング、ヘーゲルの研究についても実に知的刺激に富む内容の講義が行われていました。また科学的無神論学科では、弁証法神学や宗教社会学についても、私が日本のプロテスタント神学部で勉強したのと同じような高い水準の研究がなされています。表面では公式の科学的共産主義に関する硬直した教義が教えられているが、その背後では自由な知的活動が保障されているというモスクワ国立大学の実態に驚きました」

「科学的無神論学科では誰の指導を受けましたか」

「ヤブロコフ学科長とニコノフ教授です。ただし、いちばん親しくしていたのはポポフ助教授です」

「ヤブロコフ教授は宗教社会学の専門家ですね。ニコノフ教授は、ブルトマンの非神話化論やパネンベルクのキリスト論について論文を書いている。読んだことがあります。キリスト教に対する批判的研究ではロシアの第一人者ですね」

「そうです。学生の過半数が教会で洗礼を受けていますが、教師は別にそれを問題視していません」

「カレル大学では科学的無神論を専攻する学生が洗礼を受けたら大問題になるでしょう。ロシアのような二重構造はありません。そのかわりコメンスキー福音主義神学大学やフス神学大学は聖域になっているので、公認イデオロギーとは異なる教育と研究が行われています。ところでポポフ助教授は何を教えていますか」

「未来学に関する批判的研究です。神学の区分でいうと終末論を教えています。それからキリスト教徒とマルクス主義者の対話を行おうとしています」

「それは面白い。ついにロシアのマルクス主義者からもそのような動きがでてきましたか」とマホベッツは目を輝かせた。

「ポポフ助教授にフロマートカの話をしたら、強い関心を示しました。大学のゼミでフロマートカが展開したプロテスタント神学者とマルクス主義哲学者の対話について話をしました」

「反応はどうでしたか」

「ポポフ助教授、ヤブロコフ教授、ニコノフ教授は強い関心を示し、肯定的に評価しました。しかし、信者の学生たちはまったく関心を示しませんでした。初めは教師の目があるので自由な見解を言わないのかと思いましたが、個人的に会って話したときも『マサル、共産主義は悪魔が生み出したものだ。あいつらと対話は成立しない。原則は共産主義者と一切接触しない。ただしあいつらは権力を持っている。それだから過度に刺激する必要はない。マルクス主義者との対話などということに余計なエネルギーをかけずに、神学書を読んだ方がいい』というのが科学的無神論学科のキリスト教徒学生の平均的見解でした」

「その学生たちは正教徒ですか」

「そうです。みんな正教徒です。科学的無神論学科にイスラム教徒とアルメニア教会の信者はいましたが、プロテスタント教徒、カトリック教徒は一人もいませんでした」

「わかりました。自己完結的宇宙を構築したがるのはロシア正教の特徴ですからね」

「確かにそう思います。それとともに政治に関しては、本質的に保守的です。時の政府の政策を積極的に支持します。最初、私は無神論国家という与件の下でロシア正教会が生き残るための方便としてソ連政府に迎合しているのかと思っていました。しかし、ロシア正教会幹部や中堅の神父と話して、教会はソ連国家のサブシステムになっていることがよくわかりました。異論派（ディシデント）の正教徒も、共産主義体制を打倒してソ連がロシア帝国に再編されたならば、正教会が国教会の機能を果たすべきと考えています。ビザンツ（東ローマ）帝国型の教会と国家の関係を理想としています。ここからはキリスト教徒と共産主義者の対話はもとより、正教徒とプロテスタント教徒やカトリック教徒との対話という発想もでてきません」

一呼吸置いてから、マホベッツは、「私はフロマートカ神学の特徴は、対話にあると考えています。対話に関する神学的位置づけがバルトとフロマートカでは異なっています。それ故に両者の人間観、歴史観がすべて異なってくる」と述べた。私は「どういうことですか。わかりやすく説明してください」と尋ねた。

「わかりやすく説明する自信はないのですが試してみましょう。バルトは、神を再発見した。そして、人間は神の前で自己批判すべきであると強調しました。第二次世界大戦で、バルトはナチズムに対する抵抗のシンボルになった。それ故にバルト神学に対する二面性がはらむ問題に気づくのが遅れてしまいました」

「バルト神学がはらむ二面性とは、具体的に何を指すのでしょうか」

「バルトの弁証法をどの方向に発展させていくかということです。神と人間は質的に異なり断絶している。人間は神について語ることができない。しかし、神について語らなくてはならない。

この緊張関係から弁証法を展開しました。ここから実証主義的な宗教研究の成果を無視して、キリスト教を救済宗教として再構築するという動きが当然生じます。聖書に書かれている神話は、科学によって否定する対象ではなく、再解釈すべきであるという考え方です」

「ブルトマンがその立場ですね」

「そうです。そして、信仰を内面的現象としてとらえる。教会の中への退却です。第二次世界大戦後、社会主義体制は、ハンガリーやチェコスロバキアにも広がった。これら両国はカトリシズムが主流ですが、知識人の中ではプロテスタント教徒が無視できない影響力を持っています。さらに重要なのが東ドイツです」

「東ドイツの方がチェコスロバキアよりも重要なのですか」

「バルト神学について考察する場合はそうです。なぜなら東ドイツの版図は、歴史的にプロテスタント教会が強い地域だからです。ここでバルトの弁証法は、教会にキリスト教徒が退却することを正当化する武器として使われた。そして、それは東ドイツ当局にとっても都合がよかった。プロテスタント教徒が社会に対して批判的機能を果たさなくなるからです」

その話を聞きながら、私はバサラーク教授の顔を思い浮かべた。マホベッツ教授は話を続けた。

「ここで重要なのは、バルト神学をより左に進めていくアプローチです」

「左ですか」

「そうです。バルト神学を無神論や社会主義に接近させていくアプローチです。教会からキリスト教徒が外に出て、社会主義社会に批判的に参与するという道です。この道に踏み出した神学者はほとんどいない。その数少ない一人がフロマートカです。フロマートカ神学の構成も弁証法的です。しかし、バルトとは基盤を本質的に異にしていると思う」

「どういうことですか」

「バルトと比較して、フロマートカはマルクスの影響を受けていません。フロマートカは、チェコの土着思想、すなわちフス、ヘルチツキー、コメンスキー、パラツキー、マサリクの影響を受けています。さらにフロマートカは、スラブ人だ。その意味でドストエフスキーの影響もバルトよりもはるかに強く受けている。バルトは『カラマーゾフの兄弟』を神中心の物語として読んでいます。バルトの盟友で、弁証法神学のドストエフスキー解釈に決定的な影響を与えたトゥルナイゼンも神の視座からドストエフスキーのテキストを読み解いています。これに対して、フロマートカは人間の視座からドストエフスキーのテキストと対峙している。フロマートカ神学はさまざまな思想のアマルガムです。それだからフロマートカ神学から決定的な特徴を抽出することはできないのです」

「わかります。本質において、学術的研究の対象に馴染まない要素がフロマートカにはある。それだから私も論文をまとめるのに苦労しているのです。本質をつかんだとおもうと、次の瞬間に手からそれが滑り落ちてしまう」

「多分、フロマートカの神学を言語で表現することは不可能なのだと思います。それは本質において、フロマートカが『行為の神学』を展開しているからです。行為の主体となるのは人間です。それだから、フロマートカ神学には人間中心的要素がある」

「それならば、バルト神学と正面から衝突するはずなのに、そうはならない。もっともバルトの主著『教会教義学』には、フロマートカの著作に関する引用はもとより、フロマートカの名前すらも文字通り一度もでてきません。このことでも二人の神学が本質的に異なることがわかります」

「マサルの言う通りです。問題はどう異なっているかということです。フロマートカも時代の危機に対する強い意識をもっているが、それ以上に人間の命が持つ力を強調します。フロマートカにとって、福音とは、人間になっていく道なのです。政治的見解や世界観の差異を超えて、人間が人間になっていく道です。バルトは牧師が説教壇から神の言葉を伝えることによって、人間を変容させることができると考えた。これに対してフロマートカは人間の言葉の力を信じない。ヒトラーを見ればわかるように、人間の言葉には他者を惑わし、破滅させる力もある」

「それは確かにそうです。レーニンやスターリンも、他者を惑わし、破滅させる言葉の力を持っていた。言葉が信じられないので、行為によってキリストの信仰を証するという補助線を引いてフロマートカのテキストを読み解く必要があるということですね」

「そうです」

「その場合、行為とは具体的に何を指すのでしょうか」

「隣人に対して徹底的に奉仕することです。言葉によって他者を変化させるという姿勢ではなく、自分自身がこの奉仕の過程で、他者との対話を通じて、変容し、人間に近づいていくという姿勢です。神学者は、キリスト教的政治やキリスト教的科学という発想を捨て、徹底して他者のために自分の仕事を行うべきであるということをフロマートカは行為で示しました。フロマートカの人間への途上における福音という考え方に立つと、聖書において問題になるのは、神についての人間の正しい思想を追究するという宗教ではなく、人間についての神の正しい思想に耳を傾けるということで、結論としてはバルトと一緒になる。しかし、神学的構成が根本的に異なります。それだから、バルトを信奉する人と、フロマートカに惹きつけられた人は、別の人生を歩くことになるのです。私もあなたと同様にフロマートカの引力圏に引き込まれ、人生が変わった一人です」とマホベッツは笑いながら述べた。

最終章 「カラマーゾフ万歳！」

確かにマホベッツの言うとおりだと思った。私は、大学二回生のときにフロマートカという神学者にテキストを通じて出会った。ただし、この出会いは人格的だった。そして、この神学者の引力圏に、知らず知らずのうちに引き込まれていった。フロマートカと出会わなければ、大学院を卒業した後、ドイツかスイスに留学して、研究者の道を歩んでいたことと思う。あるいは牧師になった神学部の友人たちの感化を受けて、教会で働くことを考えたかもしれない。フロマートカは、「フィールドはこの世界である」と言った。裏返すと、キリスト教徒が活動する場は、現実に存在する教会ではないということだ。フロマートカの言説は十五世紀の宗教改革者ヤン・フスの影響を受けている。

イエスの十二弟子の中に悪魔の手先であるイスカリオテのユダがいた。従って、現実の目に見える教会にも、悪魔の手先がいるのは当然であるとフスは考え、その根拠を〈「マタイによる福音書」一三章四一節の「人の子は天使たちを遣わし、つまずきとなるものすべてと不法を行う者どもを、自分の国から集めさせ」と、また、同五章一九節に「これらの最も小さな掟を一つでも破り、そうするようにと人に教える者は、天の国で最も小さい者と呼ばれる。」と書かれていること〉(John Huss/David S. Schaff D.D., The Church, Charles Scribner's Sons: New York, 1915, pp16-17)に求めた。

その上で、洗礼を受けて教会に所属しているから信者であるという対応が間違っているとして、フスはこんな議論を展開した。

〈信者に対する対応が間違っていたことは、「ルカによる福音書」三章一六〜一七節にも表れている。「このかたは、聖霊と火とによっておまえたちにバプテスマをお授けになるであろう。また、箕《み》を手に持って、打ち場の麦をふるい分け、麦は倉に納め、からは消えない火で焼き捨てるであろう。」ここで言う打ち場は教会博士たち、特にアウグスティヌスが説明するように、カトリック教会を指している。アウグスティヌスはこの点に関しては、信仰とは次のようである、と『信仰についてペトルスに寄す』で述べている。「しっかりと捉えて、どんなに小賢しく疑っても、神の打ち場がカトリック教会であり、殻がその中で麦と混ざったまま世界の終りを迎えることに疑いはない。」そして、アウグスティヌスのこの判断は、キリストの次の言葉によって確認できる。「天国は、良い種を自分の畑にまいておいた人のようなものである。」そして後にキリストは次のように述べている。「収穫まで、両方とも育つままにしておけ。」（「マタイによる福音書」一三章三十節）

これらの事柄や、言うべき事柄を正しく理解するため、われわれは使徒の言葉の中から、キリストが普遍的教会のかしらであり、教会がキリストの体であり、定めを待つ者はすべてその一員であって、したがって、神の思し召しによってキリストの体となっている、つまり、隠れたキリストの体であり、かしらであるキリストの力と影響力により支配されているこの教会の一部であり、予定と結びついて統一されているのである、と断言しなければならない。〉（前掲書 pp17-18）

最後の審判で選ばれる人は、神によって予定されている。人間は神でないので、この予定について知ることは出来ない。この考え方を、洗礼者ヨハネの言説との類比でフスは理解する。民衆が、メシア（救済主）を待望しているときに洗礼者ヨハネが現れた。ヨハネは自らがメシアではないと言明し、こう説明した。

〈民衆はメシアを待ち望んでいて、ヨハネについて、もしかしたら彼がメシアではないかと、皆心の中で考えていた。そこで、ヨハネは皆に向かって言った。「わたしはあなたたちに水で洗礼《バプテスマ》を授けるが、わたしよりも優れた方が来られる。わたしは、その方の履物のひもを解く値打ちもない。その方は、聖霊と火であなたたちに洗礼《バプテスマ》をお授けになる。そして、手に箕を持って、脱穀場を隅々まできれいにし、麦を集めて倉に入れ、殻を消えることのない火で焼き払われる。」ヨハネは、ほかにもさまざまな勧めをして、民衆に福音を告げ知らせた。〉（「ルカによる福音書」三章一五～一八節）

やがて来るメシアは、小麦を実と殻に分ける。そして、殻は火にくべられるのである。現実の教会には、殻がついたままの小麦が集められているので、その仕分けは不可避なのだ。

ここでフスが念頭に置いているのは、有名な「毒麦のたとえ」だ。イエスは重要な事柄について、たとえでしか語らない。その理由について、イエス自身がこう説明した。

〈弟子たちはイエスに近寄って、「なぜ、あの人たちにはたとえを用いてお話しになるのですか」と言った。イエスはお答えになった。「あなたがたには天の国の秘密を悟ることが許されているが、あの人たちには許されていないからである。持っている人は更に与えられて豊かになるが、持っていない人は持っているものまでも取り上げられる。だから、彼らにはたとえを用いて話すのだ。見ても見ず、聞いても聞かず、理解できないからである。イザヤの預言は、彼らによって実現した。

『あなたたちは聞くには聞くが、決して理解せず、
見るには見るが、決して認めない。
この民の心は鈍り、
耳は遠くなり、
目は閉じてしまった。
こうして、彼らは目で見ることなく、
　耳で聞くことなく、
心で理解せず、悔い改めない。
わたしは彼らをいやさない。』

しかし、あなたがたの目は見ているから幸いだ。あなたがたの耳は聞いているから幸いだ。はっきり言っておく。多くの預言者や正しい人たちは、あなたがたが見ているものを見たかったが、見ることができず、あなたがたが聞いているものを聞きたかったが、聞けなかったのである。」〉
（「マタイによる福音書」一三章一〇〜一七節）

ここでは、「あなたがた」に対立する「あの人たち」と称される人々が出てくる。神は目に見えない。天の国についても、それを言語で概念化することはできない。イエスの弟子である「あなたがた」は、天の国について理解することができる。それだから、イエスに従っているのだ。これに対して、「あの人たち」には、目に見えない事柄を、目に見える形で表現しなくてはならない。そのためには、たとえで語らなくてはならない。本来、言語にできない事柄を言語化するためのただ一つの手法がたとえであるとイエスは考えたのである。

前に述べた「毒麦のたとえ」がその例だ。

人間は悪と戦わなくてはならない。このような「不可能の可能性」に挑むことを神はキリスト教徒に求めているのである。この世界の悪と戦い、終わりの日に仕分けられる毒麦から自己を引き離す努力をすることがキリスト教徒として求められているとフスもフロマートカも考える。『カラマーゾフの兄弟』の大審問官について評価するときにフロマートカは、大審問官を「不可能の可能性」に挑んだ光の子と解釈した。フロマートカが「フィールドはこの世界である」というのは、教会の外側にある悪と戦えということなのである。目に見えない「戦う教会」が真実の教会なのである。

無神論者であるマホベッツ教授は、教会の外側の人間だ。しかし、共産主義体制の中にある悪と、リスクを顧みずに戦っている。大学を追われ、秘密警察の監視下に置かれていても怯まない。超越的なものに対する信頼がなくては、このような行動を取ることはできない。この超越性は、理性によって身につけることはできない。超越的なものを信頼する具体的人間の感化を受け、知らず知らずのうちに超越的感覚が伝染するのである。ここでいう具体的人間は、生身の人間である必要はない。テキストを通じ、解釈される具体的人間でもよいのだ。ドストエフスキーの小説が、今も読み継がれているのは、そのテキストに超越性を読者に感知させる「何か」が埋め込まれているからだ。

私もドストエフスキーのテキストから超越的な「何か」を感じる。しかし、フロマートカやバルトのテキストほど強い衝撃はない。ドストエフスキーの神やキリストに対する過剰な信仰告白に、超越性と異質な「何か」を感じるのである。一九八〇年代末、プラハでもモスクワでもドストエフスキーの小説が読まれている。『罪と罰』も『カラマーゾフの兄弟』も、娯楽としてではなく、この閉塞した社会主義社会を脱構築するための道具として読まれている。しかし、チェコ人とロシア人のドストエフスキーの読み方は根源的なところで異なる。ロシア人はドストエフスキーから神について知ろうとする。チェコ人はドストエフスキーを通じて、人間について知ろうとする。

マホベッツに、ドストエフスキーについて尋ねてみた。マホベッツは、「ドストエフスキーはニヒリズムを克服できていません。本質においてポジティビスト（実証主義者）だったマサリクには、ドストエフスキーが体質的に合わなかったのです。フロマートカは、マサリクの思想的継承者です。ドストエフスキーからフロマートカを理解すると、迷路に入ってしまう。フロマートカもマサリクも、ニヒリズムと戦いました」と述べた。そこで私はこう尋ねた。

「しかし、マサリクはドストエフスキーの世界観を拒否しているのに対して、フロマートカは違います。大審問官に関しても、地上での楽園の実現を目指している共産主義者と同類の肯定的人物と理解しています。大審問官を対話によって変化させることは可能とフロマートカは考えていたと私は考えています。私の理解は間違っていますか」

「間違ってはいないが、表面的な解釈と思います」

「表面的な解釈？」

「そうです。あなたが言及したフロマートカの大審問官解釈は、フロマートカが社会主義化したチェコスロバキアに帰国する以前のものですよね」

「はい。一九四五年に刊行された『破滅と復活』においてフロマートカが展開した大審問官解釈です」

「あれからフロマートカのドストエフスキー理解は変化した。チェコスロバキアにスターリン主義が導入され、スランスキー粛清裁判が行われた後、フロマートカは、現実に存在する社会主義がニヒリズムの上に構築されたことを深く自覚しました。それだから、私たちとの対話を、命がけで進めたのです」

「どういうことでしょうか。ニヒリストと対話が可能と考えたのでしょうか」

「ニヒリストとの間の対話は不可能です。しかし、フロマートカは、マルクス主義のなかにあるヒューマニズムに着目した。そこを刺激することにより、対話は可能になると考えました。しかし、このような対話に踏み込んだマルクス主義者は、もはやスターリン主義から脱出しなくてはならなくなります」

「現にマホベッツ先生は、共産党から除名されたわけです」

「私たちは、一九六八年に『人間の顔』をした社会主義がほんとうに実現できると考えました。

脱スターリン化は可能と思いました。再び資本主義に戻るのではない。搾取と疎外を克服した自由な社会主義社会を建設することができると考えた。しかし、スターリン主義の本質がシニシズムであり、ニヒリズムであるという認識が弱かった。『プラハの春』が叩き潰された後、チェコスロバキアにおいて、マルクス主義の権威は地の底に落ちた。公式の共産党を支配しているのは、出世主義とニヒリズムです。異論派（ディシデント）にも、マルクスの思想を生かそうとする知識人はほとんどいません」

「マホベッツ先生は、『憲章77』グループのうち、数少ないマルクス主義者ということですね」

「そうかもしれませんね」とマホベッツは笑いながら答えた。そして、こう続けた。

「フロマートカの影響があるから、私はマルクス主義に踏みとどまっているのです」

「どういうことですか」

「フロマートカは、『人間とは何か』というテーマで、私たちマルクス主義者と対話を進めました。フロマートカから、マルクス主義は徹底したヒューマニズムであるということを教えられました。私は徹底したヒューマニストであり続けたいから、マルクス主義を捨てないのです。神を信じることができない人間が、ヒューマニズムを放棄すると、ニヒリズムの深淵に落ちていくしかない。そうなりたくありません」

結局、フロマートカ生誕百周年記念国際学会で、私がマホベッツと会うことができたのはこの一日だけだった。マホベッツのスーツはよれよれだった。上着の袖口もすり切れていた。経済的には困窮している。それに肌から少し甘いような臭いがした。昨日の夜、かなり強い酒を飲んだのだろう。ドストエフスキーはニヒリストであるというマホベッツの指摘から私は強い知的刺激を受けた。しかし、どうもストンと腹に落ちない。ドストエフスキーのキリストや神に関する過剰なおしゃべりには、人間の可能性を神に仮託する悪しきヒューマニズムを感じる。この問題をモスクワに持ち帰って、サーシャと議論してみることにした。

プラハから戻ると、早速、サーシャから電話があった。プラハで買ったハムとサラミソーセージをつまみに、私の家でウオトカを飲むことにした。私は、プラハでのオポチェンスキー、オンドラ、マホベッツたちとの議論についてサーシャに伝えた。

それを聞いて、サーシャは「チェコ人は西側に属する。あいつらにロシアはわからない」と吐き捨てるように言った。

「僕だってロシアについて、まったく理解することはできない。外国人に理解可能な普遍的な言葉でロシアについて説明しようとする努力を放棄してはいけない」

「いや、放棄していない。ロシアの知識人は、本質においてニヒリストだ」

「サーシャもニヒリストか」

「間違いなくニヒリストだ。しかし、ロシアのニヒリズムは、西欧と異なる。ニーチェの神を殺すようなニヒリズムはロシアにはない。人間は神を殺さずに、神になればよい」

「人間が神になる？」

「そうだ。神が人間になったのは、人間が神になるためであるにもかかわらず、西のキリスト教は人間が神になる可能性を封印してしまった」

「人間が神になるという発想は、どのような神学的操作を加えても、偶像崇拝に過ぎない」

「それはマサルがプロテスタントだからそう思うんだ。ロシア人は、聖霊に満たされて誰もが神になる可能性があると思っている。ロシアのニヒリズムは神殺しを意味しない。国家、宗教を含め、既成の秩序を一切否定することだ。そして、世界を変容させ、人間が神になる。ロシアの無神論者も、無神論を信じていた」

「スターリンはニヒリストか」

「ニヒリストだ。しかし、ロシア流のニヒリストで、妄想に取り憑かれ、自分が神になろうとした。スターリンの基礎教育は神学だ。『神が人間になったのは、人間が神になるためだ』という正教のドグマをそのまま実現しようとした」

「確かにそうだ。サーシャはドストエフスキーをニヒリストと思うか」

「もちろんそうだ。『カラマーゾフの兄弟』の末尾を読んでみろ」

「例のイリューシャ少年が死んで、アリョーシャが復活に関して述べるところか」

「そうだ。『カラマーゾフ万歳!』のところだ」

『カラマーゾフの兄弟』の末尾はこうなっている。


〈「カラマーゾフ万歳!」コーリャが歓喜の声をあげた。

「死んだあの子を永遠に憶えておきましょう!」とアリョーシャがふたたび、思いのたけをこめて言った。

「永遠に憶えておきましょう!」少年たちがふたたび彼の言葉に声を合わせた。

「カラマーゾフさん!」とコーリャが叫んだ。「ぼくたちみんな、死からよみがえって命をえて、おたがいにまた、みんなやイリューシャにも会えるって、宗教は教えていますが、それって本当なんでしょうか？」

「きっとぼくらはよみがえりますよ。きっとたがいに会って、昔のことを愉快に、楽しく語りあうことでしょうね」アリョーシャはなかば笑いながら、なかば感激しながら答えた。

「それって、ほんとうにすばらしいですね！」コーリャが思わず口にした。

「さあ、話はこれぐらいにして、あの子の供養に行きましょうよ。あんまり気にせず、クレープを食べてくださいね。昔から、ずっとつづいているよい習慣なんですから」アリョーシャは笑いながら言った。「それじゃあ、行きましょう！　それじゃぼくらは、手をとりあって行きましょう」

「永遠に、死ぬまで、こうして手をとりあって生きていきましょう！　カラマーゾフ万歳！」

コーリャがもういちど感激して叫ぶと、少年たちはみな、ふたたびその叫びに声を合わせた。〉

（ドストエフスキー〔亀山郁夫訳〕『カラマーゾフの兄弟5　エピローグ別巻』光文社古典新訳文庫、二〇〇七年、六二一〜六二三頁）

「マサル、これは典型的な万人救済論じゃないか」

「言われてみれば確かにそうだ。『みんな、死からよみがえって命をえる』というテーゼをアリョーシャは承認している」

「キリスト教が万人救済論を取ることができるだろうか」

「サーシャ、それはありえない。この世界には、小麦に混ざった毒麦が必ず存在している。毒麦は終わりの日に分類され、火にくべられる。イエスは万人救済説をとっていない。死人のすべてが復活することはありえない。一部の人間は、最後の審判の後、焼き捨てられる」

「ドストエフスキーは万人救済説をとっていると思うか」

「思わない。『カラマーゾフの兄弟』は中途で終わっている。『カラマーゾフ万歳！』という末尾は、第一部の終わりに過ぎない」

「しかしこの内容は、目的論的構成をとっていないだろうか」

「確かにそうだ。そうなると、ドストエフスキーが『カラマーゾフの兄弟』でとりあえず言いたかった事柄は、この箇所に集約されていることになる」

「そう読むのが普通だ。マサルと異なり、僕はドストエフスキーは、万人救済論を支持していたと見ている」

「その根拠は」

「ドストエフスキーがニヒリストだからだ。ニヒリストだから、既存の制度を破壊して、人間の力で神になることが可能と考えた。『手をとりあって』というのは人間の連帯だ。連帯によって、人間が神になる」

「それはキリスト論ではない。神人論でもない。人神論だ。人間による神という名を用いた偶像崇拝だ。反キリストの道だ」

「マサルが西側の神学で訓練されているからそう見える。僕は聖霊に満たされた人間が、神になろうと努力するのはキリスト教徒として当然のことと考える」

「理解不能だ」

「立場設定の違いだから、共通の理解を求めようとする問題設定自体が間違っていると僕は考える」

　このまま議論を続けても、険悪になるだけなので、私は話題を切り替えることにした。

「ナチズムのような政治体制が、ロシアで生まれる可能性はないだろうか」

「絶対にない。イタリア型のファシズムだったら可能性がある。ゴルバチョフのペレストロイカの歴史的意義は、ソ連帝国に国家資本主義を導入して、ファッショ的な再編を図っているということだ。そもそも一九二〇年代にサビツキーが唱えたユーラシア主義がロシア・ファシズムの原型だ。サビツキーは、共産主義には反対したが、ソ連を断固擁護した。ボリシェビズムとファシズムは親和的だ」

「ロシアがファッショ化してもナチス化しない理由はどこにあるのだろうか」

「多分、ニーチェのニヒリズムがロシアに根を下ろさなかったからだと思う」

「なぜニーチェのニヒリズムはロシアに限定的な影響しか与えなかったのだろうか」

「それはニヒリズムという言葉に手垢がついていたからだ」

「手垢？」

「そう。別の言い方をすれば、ロシアの政治、思想の両面で、ニヒリズムは既存の秩序を否定して、社会を変容させる積極的な運動であるという固定観念がある。ニヒリズムという言葉を用いる限り、この固定観念から抜け出すことはできない。ニーチェがロシア語に訳された段階で、ロシア語の нигилизм（ニギリズム、ロシア語ではhに相当するアルファベットがないのでgで転写する）以外の訳語が充てられていたら異なった結果になったかもしれない」

「別の言い方をすれば、ロシアには、西欧的意味でのニヒリズムが存在しないということか」

「単純化するとそういうことになる。いつかマサルは、アメリカにはヨーロッパやロシアと異なってロマン主義がないと言っていたよね」

「十九世紀にロシアやドイツでロマン主義の嵐が吹き荒れていたときに、アメリカ人は西部へのフロンティア開拓にエネルギーを傾注していた。ロマン主義的な内面への洞察が外側に向けられた。そして、十八世紀的な啓蒙主義が十九世紀を経て、いまも続いている」

「アメリカ人はロマン主義を皮膚感覚でわからないということか」

「特殊な知的訓練を積んでいるアメリカ人以外、わからないと思う」

「その言い方を使えば、ロシア人にはニーチェ流のニヒリズムが皮膚感覚としてわからないということになる」

「確かに、ロシアの知識人からニーチェの臭いはしない」と私は答えた。

サーシャと話しているうちに、チェコ人とロシア人のドストエフスキー解釈の違いの輪郭が徐々に見え始めてきた。チェコ人はロシア人と同じスラブ系だ。言語も共通している。ある種のスラブ共通文化も存在する。その意味では、ドイツ人、イギリス人、アメリカ人と比較して、チェコ人はロシア人のことをよくわかる。しかし、チェコは宗教的にカトリック・プロテスタント世界に属する。さらに事態を複雑にしているのは、チェコ人は、カトリック教徒であれプロテスタント教徒であれ、十五世紀のヤン・フスに始まるチェコ宗教改革の伝統を強く受けていることである。もちろんこの伝統は、十九世紀のロマン主義の嵐の中で、ドイツ人と対抗する過程で形成された「作られた伝統」だ。チェコスロバキア建国の父で、初代大統領に就任したトマーシュ・ガリッグ・マサリクは、チェコ民族を統合し、チェコスロバキア共和国を建国するためにカトリック教徒から改革派（カルバン派）のプロテスタント教徒に転宗した。ここで重要なのは、ツビングリやカルバンにより形成されたプロテスタンティズムではない。ヤン・フス、ヤン・アモス・コメンスキー（コメニウス）、フランチシェク・パラツキーなどのフス派の系譜である。フス派の救済観や神観は、カルバン派に近い。神の絶対的主権を強調する。人間の救済は、神による恩恵によってのみ実現される。「神が人間になる」という上から下という方向でしか、人間の救済は実現されない。『カラマーゾフの兄弟』における大審問官伝説、『罪と罰』におけるラスコーリニコフの回心を、上からのキリスト論で読み解いたのがフロマートカだ。しかし、これらの物語は、「神が人間になったのは、人間が神になるためである」という正教の救済論と整合的な形で読み解くことができる。マサリクは、政治家である。宗教の目に見えない力が政治力に転換することをよく理解している。ドストエフスキーが転換する人神への道が、ロシア政治に受肉すると、チェコスロバキア国家にとって脅威になると考えた。

サーシャは、きわめて重要な指摘をした。『カラマーゾフの兄弟』末尾の「カラマーゾフ万歳！」というスローガンでまとめられた物語は、「人間が神になる」という下から上への方向でしか、読み解くことができない。ここにロシア正教精神が集約されているのである。ドストエフスキーの預言は、「これから人間が神になる時代がやってくる」ということだったのだ。

「フロマートカをチェコの具体的コンテクスト抜きで理解できないと言っていたね」とサーシャが尋ねた。

「確かにそう言った。チェコの神学者ヨゼフ・スモリークが、『フロマートカを理解することは、ニューヨークでもハンブルクでもロンドンでもモスクワでも不可能だ。プラハにおいてしかフロマートカを理解することはできない』と言っていたのを、僕なりに言い換えてみた」

「その言い方を使うならば、『ドストエフスキーはロシアでしか理解されない』ということになる。ロシアにとって、ドストエフスキーはわれわれの鏡だ。ニヒリストでない知識人はロシアに一人もいない。しかし、ドストエフスキーは、ロシアの外で読まれると、特に西のキリスト教の伝統で読まれると、必ず誤読される」

「サーシャ、誰にも誤読の権利がある」

「しかし、ロシア外部で、ドストエフスキーのニヒリズムは、禍をもたらす形で変容する。イワンもスメルジャコフも大審問官も、ニーチェやヒトラーとは本質的に異なる。ドストエフスキー自身も、その作品の中の登場人物も、虚無の中で生きている人は一人もいない。ロシア人は本質において、虚無を想像することができない」とサーシャは断言した。

カバー写真　ゲッティイメージズ
装幀　関口聖司
初　出　「文學界」二〇〇九年五月号〜二〇一一年八月号

佐藤優（さとう・まさる）

1960年東京都生まれ。同志社大学大学院神学研究科修了後、外務省に入省し、在ロシア連邦日本国大使館に勤務。その後、本省で主任分析官として活躍。2005年に発表した『国家の罠――外務省のラスプーチンと呼ばれて』で第59回毎日出版文化賞特別賞受賞。『自壊する帝国』で新潮ドキュメント賞、大宅壮一ノンフィクション賞受賞。他の著作に『獄中記』『私のマルクス』『交渉術』『読書の技法』『見抜く力』『ベストセラーに学ぶ最強の教養』など多数。

ドストエフスキーの預言《よげん》

二〇二一年十一月十日　第一刷発行
二〇二一年十二月五日　第二刷発行

著　者　佐《さ》藤《とう》優《まさる》
発行者　大川繁樹
発行所　株式会社文藝春秋
〒一〇二―八〇〇八
東京都千代田区紀尾井町三―二三
電話　〇三―三二六五―一二一一（代）

印刷所　萩原印刷
製本所　大口製本
DTP制作　ローヤル企画

ISBN978-4-16-391463-3